하드웨이

THE HARD WAY

by Lee Child

하드웨이

THE HARD WAY
잭 리처 컬렉션

리 차일드 지음
전미영 옮김

오픈하우스

일러두기

1. 본문의 각주는 모두 역자 주이다.
2. 외국 인명, 지명은 외래어표기법을 따르되 일부는 관용적인 표기를 따랐다.
3. 책·신문·잡지명은 『 』, 영화·연극·TV·라디오 프로그램명은 「 」, 시·곡명은 〈 〉, 음반·오페라·뮤지컬명은 《 》로 묶어 표기했다.

케이티와 제스,
다정한 두 자매에게

1

잭 리처는 더블 에스프레소를 주문했다. 스푼과 설탕 없이, 머그잔이 아니라 일회용 컵에 달라고 했다. 주문한 커피를 기다리는 동안 리처는 한 남자의 인생이 영원히 바뀌는 장면을 목격했다. 웨이터가 꾸물거렸기 때문에 보게 된 건 아니었다. 그 일은 순식간에 일어났으며 물 흐르듯 매끄럽게 진행되었다. 지극히 자연스러웠으므로 눈으로 보면서도 그 의미를 알지 못했다. 어느 도시에서나 볼 수 있는 평범한 풍경, 세계 곳곳에서 하루에 수십억 번 반복되는 장면이었다. 한 남자가 자동차 문을 열고 올라타서 차를 몰고 떠났다. 그게 전부였다.

하지만 그걸로 충분했다.

에스프레소는 완벽에 가까웠다. 리처가 정확히 24시간 뒤 그 카페에 다시 간 것도 그래서였다. 같은 장소에서 연이틀 밤을 보내는 건 이례적인 일이었지만 훌륭한 커피를 위해서라면 일상의 변화를 감수할 가치가 있었다. 카페는 뉴욕 6번가 서쪽, 블리커와 하우스턴가 사이 블록에 있는 평범한 4층 건물의 1층에 자리하고 있었는데 위의 3층은 임대아파트 같았다. 어둑한 조명, 울퉁불퉁한 목재의 질감을 살린 내벽, 기관차처럼 길고 뜨거우며 흠집이 있는 커피머신과 카운터는 로마 뒷골목의 카페를 그대로 옮겨다 놓은 듯했다. 바깥에는 얇은 캔버스 스크린 안쪽으로 인도 위에 철제 테이블이 한 줄로 놓여 있었다. 리처는 전날 밤과 똑같이 가장자리 테이블의 같은 자리에 앉았다. 편안한 자세로 몸을 쭉 뻗으며 의자를 뒤로 젖히자 등이 카페의 외벽에 닿았다. 시선이 자연스레 동쪽으로 향하면서 거리 풍경이 눈에 들어왔다. 그는 뉴욕의 여름에 거리에 있는 게 좋았다. 밤에는 특히 그랬다. 조명이 꺼진 도시의 어둠, 뜨겁고 탁한 공기, 갖가지 소음과 차량 행렬, 미친 듯이 울리는 사이렌, 북적대는 사람들이 그는 좋았다. 그런 것들은 고독한 인간에게 어딘가에 연결되어 있다는 느낌과 단절감을 동시에 안겨준다.

전날 밤과 같은 웨이터가 다가왔고 리처는 같은 걸 주문했다. 일회용 컵에 담긴 더블 에스프레소, 설탕과 스푼은 필요 없음. 커피가 오자마자 바로 계산을 치르고 잔돈을 테이블 위에 놓아두었다. 그렇게 해두면 원할 때 언제든 자리를 뜰 수 있다. 팁을 주지 않아 웨이터를 모욕하거나 커피 값을 떼먹거나 머그잔을 훔쳐야 할 입장에 처하지 않아도 된다. 리처는 뭔가 일이 벌어졌을 때 즉시 움직일 수 있도록 세세한 부분까지 항상 계산해두고 있었다. 그것은 강박적인 습관이었다. 그는 아무것도 소유하지 않았고 몸에 지니지도 않았다. 덩치는 컸으나 남의 눈에 잘 띄지 않았으며 흔적을 거의 남기지 않았다.

리처는 천천히 커피를 마시면서 인도 위로 피어오르는 밤의 열기를 즐겼다. 자동차 행렬과 사람들을 물끄러미 쳐다보았다. 택시 행렬이 북쪽으로 이어지고 있었으며 쓰레기 수거 트럭들이 도로 갓돌 옆에 멈춰 서곤 했다. 낯선 젊은이들이 삼삼오오 클럽으로 향하고 있었다. 한때 남자였던 여자들이 남쪽으로 종종걸음 치는 모습도 보였다. 독일제 파란 세단이 그 블록에 주차되어 있었는데 회색 양복을 입은 체격이 탄탄한 남자가 그 차에서 내려 걸어왔다. 남자가 카페 직원들에게 다가가는 모습을 리처는 일렬로 놓인 테이블 너머로 지켜보았다. 남자는 직원들에게 무언가 묻고 있었다.

중간 정도의 키에 늙지도 젊지도 않은 남자였다. 말랐다고 하기에는 체격이 탄탄했으며 그렇다고 육중하달 만큼은 아니었다. 관자놀이 근처가 희끗희끗한 짧은 머리카락은 단정히 손질되어 있었다. 발바닥 앞쪽으로 무게중심이 쏠린 자세였으며 말을 할 때 입을 그다지 움직이지 않았다. 대신에 눈동자를 좌우로 쉴 새 없이 굴렸다. 마흔쯤 되었겠다고 리처는 어림했다. 주위에서 벌어지는 일들을 명확히 의식하면서 마흔 고개에 다다른 남자였다. 리처는 전에 만났던 사람들 중에서 남자와 닮은꼴을 생각해보았다. 오랜 정글 생활에서 살아남은 노련한 보병대원들의 모습이 떠올랐다.

리처의 테이블을 맡은 웨이터가 몸을 돌리면서 손가락으로 그를 가리키자 회색 양복의 남자가 리처를 물끄러미 쳐다보았다. 리처는 어깨 너머로 남자를 마주 보면서 유리창을 통해 시선을 맞받았다. 두 사람의 눈길이 마주쳤다. 남자는 시선을 리처에게 고정시킨 채로 웨이터에게 고맙다고 말하고는 카페 입구로 향했다. 출입문을 나온 남자는 캔버스 스크린 안쪽으로 바로 발걸음을 돌려 리처가 앉은 테이블로 똑바로 걸어왔다. 리처가 대응 방식을 생각하는 동안 남자는 말없이 테이블 옆에 서 있었다.

잠시 후 리처는 "좋습니다"라고 남자에게 말했다. 질문이 아니라 대답처럼 들리는 말이었다.

"좋다니, 뭐가 말입니까?"

"뭐든. 즐거운 시간을 보내는 중이냐고 묻는 거라면 그렇다고 대답하는 겁니다. 합석해도 되겠느냐고 묻는 거면 역시 같은 대답. 나한테 물어볼 말이 있다면 뭐든 물어도 좋다는 뜻이기도 하고."

남자는 의자 하나를 빼내서 앉았다. 그가 거리를 등지고 앉은 탓에 리
처의 시야가 가로막혔다.

"맞아요. 묻고 싶은 게 있습니다."

"압니다. 어젯밤 일이겠죠."

"어떻게 알았습니까?" 남자의 목소리는 낮고 조용했다. 단조로운 억양
에 딱딱 부러지는 영국 말씨였다.

"웨이터가 나를 가리켰으니까. 내가 다른 손님들과 구별되는 점은 한
가지뿐이잖습니까. 어젯밤에도 나는 이 자리에 있었고 다른 사람들은 그
렇지 않았다는 것."

"확실합니까?"

"고개를 돌려서 거리 쪽을 쳐다봐요."

남자는 자동차 행렬 쪽으로 고개를 돌렸다.

"내가 뭘 입고 있는지 말해봐요."

"녹색 셔츠." 영국 남자가 말했다. "헐렁한 면셔츠. 비싼 물건은 아니고
새것처럼 보이지도 않습니다. 소매를 팔꿈치까지 걷어 올렸고 안에 녹색
티셔츠를 받쳐 입었습니다. 역시 싸구려에다 낡았고 몸에 좀 붙는군요. 카
키색 치노 바지 위로 셔츠를 내서 입었습니다. 양말은 신지 않았습니다. 끈
으로 묶는 갈색 가죽구두는 새것도 아니고 낡은 것도 아닙니다. 구두는 꽤
고급인 것 같지만 구두끈이 너덜너덜합니다. 끈을 묶을 때 너무 단단하게
묶었나 봅니다. 자기절제에 대한 집착을 보여주는 증거일지도 모르죠."

"좋습니다."

"좋다니요?"

"관찰력이 있다는 말입니다. 나 역시 그렇습니다. 우리는 한 콩깍지에 든 콩처럼 비슷한 부류로군요. 다시 말하지만, 어젯밤에도 여기 있었던 사람은 나밖에 없습니다. 확실합니다. 당신이 직원들에게 물었던 말도 그것일 테고. 그래야만 앞뒤가 맞습니다. 웨이터가 나를 가리킬 이유는 그것밖에 없으니까."

"지난밤에 자동차 한 대를 봤습니까?" 남자는 리처 쪽으로 몸을 돌리며 물었다.

"어젯밤에 본 차는 한두 대가 아닙니다. 여긴 6번가니까."

"저쪽에 메르세데스 벤츠가 주차되어 있었습니다." 남자는 다시 몸을 돌려 대각선 방향에 있는 갓돌 쪽의 빈 공간을 가리켰다. 길 건너편 소화전 옆이었다.

"은색 4도어 세단. S420 모델. OSC로 시작하는 뉴욕주 장식번호판. 주로 시내를 주행한 차량. 외장이 지저분하고 타이어가 닳았으며 바큇살이 우그러졌고 앞뒤 범퍼엔 긁히고 함몰된 자국 여러 개."

남자는 다시 리처를 마주 보았다. "그 차를 봤군요."

"분명히 봤습니다. 바로 저기 있었으니까."

"차가 떠나는 것도 봤습니까?"

리처는 고개를 끄덕였다. "11시 45분 직전에 한 남자가 차에 올라 몰고 가더군요."

"당신은 시계를 차고 있지 않은데요."

"시간은 항상 알고 있습니다."

"분명 자정에 더 가까운 시간이었을 겁니다."

"그럴지도."

"운전하는 사람을 봤습니까?"

"말했잖습니까. 차에 타고 떠나는 걸 봤다고."

회색 양복의 남자는 몸을 일으켰다. "나하고 함께 가주셔야겠습니다." 그러다 주머니에 손을 집어넣으며 덧붙였다. "커피는 내가 사죠."

"벌써 계산했습니다."

"그럼 갑시다."

"어디로?"

"내 상사한테로."

"상사?"

"레인이라는 사람입니다."

"내가 보기에 당신은 경찰이 아닙니다. 관찰에 기초한 결론입니다만."

"관찰이라뇨?"

"말투. 미국인 억양이 아닙니다. 당신은 영국인입니다. 뉴욕경찰청이 그 정도로 필사적이진 않습니다."

"우리 조직 사람들 대부분은 미국인이죠." 영국 남자가 말했다. "하지만 당신 말이 맞습니다. 우리는 경찰이 아닙니다. 민간인입니다."

"어떤 종류의?"

"차를 몰고 간 사람의 인상착의를 말해주면 보상을 해주는 그런 종류의 조직이죠."

"어떻게 보상을 해준다는 겁니까?"

"금전으로. 그밖에 다른 방법이 있던가요?"

"방법이야 많지요. 어쨌거나 난 이 자리를 떠나지 않을 겁니다."

"아주 심각한 일입니다."

"심각하시다?"

회색 양복의 영국 남자는 다시 자리에 앉았다.

"내용은 말할 수 없습니다."

"안녕히 가시오."

"이봐요, 내 결정이 아닙니다. 반드시 비밀을 유지해야 한다고 레인 씨가 그랬단 말입니다. 그럴 만한 이유가 있어요."

리처는 컵을 기울여 내용물을 살펴보았다. 거의 비어 있었다.

"당신은 이름이 있습니까?" 리처가 물었다.

"당신은?"

"당신 먼저."

대답 대신 남자는 엄지를 양복 가슴주머니에 찔러 넣어 검은색 가죽 명함지갑을 꺼냈다. 명함지갑을 열고 역시 엄지를 사용해 명함 한 장을 꺼내 테이블을 가로질러 건넸다. 근사한 명함이었다. 톡톡한 리넨 재질에 돋을 새김으로 인쇄했고 아직도 잉크가 마르지 않은 듯 선명했다. 명함 윗부분에 '운영보안 컨설턴트Operational Security Consultants'라는 글씨가 박혀 있었다.

"OSC라. 차량 번호판과 같군."

영국 남자는 아무 말도 하지 않았다.

리처는 미소를 지었다. "보안 컨설팅을 하는 사람이 차량을 도둑맞은 겁니까? 입장이 말이 아니겠군."

"우리가 걱정하는 건 자동차가 아닙니다."

명함 하단에 '존 그레고리'라고 이름이 나와 있었다. 이름 아래에 '영국 육군, 퇴역'이라고 적혀 있었고 그 아래엔 '부사장'이라는 직위가 인쇄되어 있었다.

"나온 지 얼마나 됐습니까?" 리처가 물었다.

"영국 군대에서요? 7년 지났습니다."

"어느 부대였습니까?"

"영국 공수특전단SAS."

"지금도 특수부대원처럼 보이는군요."

"당신도 마찬가집니다. 당신은 얼마나 됐습니까?"

"7년."

"부대는?"

"미국 육군 범죄수사대CID. 대부분 거기 있었습니다."

그레고리가 고개를 들었다. 흥미롭다는 얼굴이었다. "수사관이었습니까?"

"대부분은."

"계급은요?"

"기억 안 납니다. 벌써 7년이나 민간인 생활을 했으니."

"뭘 부끄러워합니까? 최소한 중령은 지냈을 테죠."

"소령. 거기까지였습니다."

"직무상 문제라도?"

"글쎄요."

"당신한테도 이름이 있겠죠?"

"대부분의 사람들은 그렇죠."

"이름이 뭡니까?"

"리처."

"지금 하는 일은요?"

"평화롭게 커피 한 잔 마시려 애쓰는 중입니다."

"일자리가 필요합니까?"

"아니, 필요 없습니다."

"난 중사였습니다."

리처는 고개를 끄덕였다. "그럴 거라 생각했습니다. SAS 출신은 대개 그렇죠. 당신 외모에서 풍기는 인상도 그렇고."

"나와 같이 가서 레인 씨와 이야기를 나눠주시겠습니까?"

"본 건 모두 말했습니다. 그대로 전하면 될 일입니다." 리처는 컵을 한 번 더 들여다보았다. "그 레인이라는 사람은 어디 있습니까?"

"멀지 않아요. 10분 거리입니다."

"글쎄요. 에스프레소를 마시던 참이라."

"가져가면 됩니다. 일회용 컵이잖아요."

"평화롭고 고요한 게 좋은데."

"딱 10분만 시간을 내달라는 겁니다."

"차량 도난사건 정도로 소동이 지나치군요. 아무리 벤츠라도 그렇지."

"차량 문제가 아닙니다."

"그럼 뭡니까?"

"삶과 죽음. 지금쯤 살아 있기보다는 죽었을 확률이 높겠지만."

리처는 다시 컵을 들여다보았다. 찌꺼기가 대부분인 걸쭉하고 미지근한 액체가 3밀리미터 정도 남아 있었다. 남은 건 그게 전부였다. 그는 컵을 내려놓았다.

"좋습니다. 가봅시다."

2

독일제 파란 세단은 신형 BMW 7시리즈였고 OSC 장식번호판이 달려 있었다. 그레고리는 리모컨을 사용해 3미터 앞에서 차문을 열었다. 조수석에 올라앉은 리처는 스위치를 찾아내 좌석을 뒤로 밀어 발 뻗을 공간을 만들었다.

그레고리는 은색 휴대폰을 꺼내 번호를 눌렀다. "증인과 함께 도착할 겁니다." 딱딱 끊어지는 영국 말투로 그는 말했다. 그런 다음 휴대폰을 닫고 시동을 켜서 한밤중의 차량 행렬 속으로 들어갔다.

10분은 20분으로 판명되었다. 그레고리는 6번가 북쪽으로 계속 올라갔다. 미드타운을 지나 57번가에 이르자 서쪽으로 방향을 틀어 두 블록 전진했다. 8번가에서 북쪽으로 꺾은 뒤 콜럼버스 서클에서 센트럴파크 웨스트로 올라 72번가로 향했다. 차가 멈춘 곳은 다코타 빌딩 앞이었다.

"멋진 건물이군요."

"레인 씨한테야 그렇죠." 그레고리의 목소리에는 아무 감정도 들어 있지 않았다.

두 사람이 차에서 내려 인도에 올라서자 회색 양복을 입은 탄탄한 체격의 또 다른 남자가 튀어나오더니 BMW를 몰고 가버렸다. 그레고리는 리처를 건물 안으로 인도해 엘리베이터로 이끌었다. 로비와 홀은 건물의 외양만큼이나 어둡고 또한 화려했다.

"요코를 본 적 있습니까?"* 리처가 물었다.

"아뇨."

두 사람은 5층에서 내렸다. 그레고리가 앞장서 걸었다. 모퉁이를 돌자 문이 열린 아파트가 그들을 기다리고 있었다. 로비 직원이 미리 연락을 해둔 모양이었다. 열린 문은 육중한 오크 재질에 꿀 색깔이었고 아파트 안 복도에서 새어 나오는 불빛 또한 꿀 색깔이었다. 아파트는 천장이 높고 견고했다. 작은 현관이 정방형의 널찍한 거실로 통해 있었다. 거실 공기는 시원했다. 벽은 노란색이었고 키 작은 탁자 스탠드, 편안한 의자, 천을 씌운 소파들이 놓여 있었다. 남자 여섯 명이 거실을 꽉 채우고 있었다. 자리에 앉은 사람은 아무도 없고 죄다 말없이 서 있었다. 셋은 그레고리와 비슷한 회색 양복을 입었고 나머지 셋은 검은 면바지에 검은색 나일론 웜업 재킷 차림이었다. 전원이 군 출신이라는 사실을 리처는 한눈에 알아보았다. 아파트는 패색이 짙어진 전투 현장을 멀리서 지켜보는 사령부 벙커와 같은 절망적인 정적에 휩싸여 있었다.

리처가 안으로 들어가자 여섯 명 전원이 몸을 돌려 그를 쳐다보았다. 아무도 입을 열지 않았으나 그중 다섯 명의 눈길이 여섯 번째 남자에게로 쏠렸다. 그 여섯 번째 남자가 레인, 그 무리의 우두머리인 듯했다. 부하들에 비해 반 세대 정도 나이를 더 먹은 것처럼 보였다. 회색 양복을 입었고 짧게 바싹 자른 머리카락도 회색이었다. 평균치보다 2~3센티미터 더 큰 키에 마른 체격이었다. 창백한 얼굴에는 걱정이 가득했고 몸을 꼿꼿하게

---

* 다코타 빌딩은 비틀스의 존 레넌이 생전에 오노 요코와 함께 살았던 건물로 레넌이 피격당한 장소이기도 하다.

세운 자세에서 팽팽한 긴장감이 풍겼다. 손을 쫙 펴서 손가락 끝으로 탁자를 짚고 있었는데 탁자 위에는 구식 전화기와 아름다운 여자의 사진이 담긴 액자가 놓여 있었다.

"이 사람이 증인입니다." 그레고리가 말했다.

아무도 대답하지 않았다.

"운전한 자를 봤다고 합니다."

탁자를 짚은 남자는 시선을 떨어트려 전화기를 쳐다보더니 눈길을 다시 리처에게로 돌렸다. 아래위로 훑어보면서 판단하고 평가하는 중이었다. 그러더니 리처에게 가까이 다가가 손을 내밀었다.

"에드워드 레인이라고 하오. 만나게 되어 반갑소." 미국인의 말투였다. 맨해튼의 어퍼 이스트사이드와는 꽤 거리가 먼 척박한 땅의 울림이 깃들어 있었다. 아칸소, 혹은 테네시 시골 어디일까? 하지만 중성적인 군대식 어투가 출신지의 억양을 거의 지웠다. 리처는 이름을 밝히고 레인과 악수를 나누었다. 레인의 손은 건조했으며 따뜻하지도 차갑지도 않았다.

"뭘 봤는지 말씀해주시겠소?" 레인이 말했다.

"남자가 차에 타는 걸 봤습니다." 리처가 말했다. "차를 몰고 떠났습니다."

"자세히 얘기해보시오."

"리처 씨는 육군 CID 출신입니다." 그레고리가 끼어들었다. "그 벤츠를 완벽하게 묘사했습니다."

"그럼 운전자에 대해서도 그렇게 해보시오."

"운전자보다는 차량 쪽을 주로 보고 있었습니다."

"그때 당신은 어디 있었소?"

"카페. 그 차는 제가 앉은 곳에서 약간 북동쪽 방향, 6번가 건너편에서 있었습니다. 각도는 20도쯤, 거리는 27미터 정도 됐을 겁니다."

"왜 그 차를 보고 있었소?"

"주차 상태가 형편없었으니까요. 자리에서 삐져나온 듯 보였습니다. 소화전이 있는 곳에 세운 것 같았고."

"맞소. 그리고 또?"

"한 남자가 길을 가로질러 차로 다가갔습니다. 횡단보도가 아니라 차량 사이를 비집고 말입니다. 남자의 위치는 내 자리에서 거의 일직선이었습니다. 각도가 대략 20도 정도? 따라서 내가 본 것은 거의 뒷모습뿐이었습니다."

"그리고?"

"그 사람이 열쇠로 차문을 열더니 올라타더군요. 그러곤 가버렸습니다."

"분명 6번가를 계속 북쪽으로 올라갔겠지요? 방향을 틀던가요?"

"거기까진 못 봤습니다."

"어떤 사람인지 설명할 수 있겠소?"

"청바지에 파란 셔츠, 파란 야구모자, 흰 운동화. 적당히 낡고 편안하게 보이는 옷이었습니다. 신장은 평균 정도, 체중도 평균 정도."

"나이는?"

"얼굴은 보지 못했습니다. 거의 뒷모습만 봤습니다. 하지만 동작이 어린 사람 같지는 않더군요. 최소한 30대일 테고 40대일지도 모르겠습니다."

"정확히 동작이 어땠다는 거요?"

"집중한 모습이었습니다. 차를 향해 똑바로 걸어갔어요. 서두르는 것은 아니었지만 목표가 분명했습니다. 머리를 든 모습으로 보건대 걷는 내내 차에 시선을 두었던 것 같습니다. 차가 명확한 목표였다는 얘깁니다. 마치 표적을 쳐다보듯이. 또 어깨 모양새로 짐작하면 열쇠를 꺼내서 들고 있었습니다. 작은 창을 들 듯 수평으로. 집중하고 몰두해 있었어요. 또 긴박감이 있었습니다. 그런 동작이었습니다."

"그 사람은 어느 쪽에서 왔소?"

"제 등 뒤쪽일 겁니다. 거기서 북쪽을 향해 걸어오면 카페가 있는 인도로 올라설 수 있습니다. 차량을 헤치며 북동쪽을 향해 걸어왔다면."

"다시 보면 알아볼 수 있겠소?"

"아마도요. 하지만 옷차림과 걸음걸이, 자세뿐이니까요. 그런 걸로는 누구도 확신할 수 없을 겁니다."

"그가 차도를 건넜다면 차량 움직임을 보기 위해 반드시 남쪽을 힐끗거렸을 거요. 최소한 한 번은 그랬을 테지. 그러니 당신은 그 사람의 오른쪽 얼굴을 봤을 거요. 그리고 운전석에 앉았을 때는 왼쪽 얼굴을 보았을 테고."

"제가 볼 수 있었던 각도는 얼마 안 됐습니다. 조명도 밝지 않고."

"다른 차량들의 전조등 불빛이 그의 얼굴을 비쳤을 거요."

"백인이었습니다. 수염은 없었고. 제가 본 건 그게 전부입니다."

"백인 남자라." 레인이 말했다. "나이는 서른다섯에서 마흔다섯. 그 정도면 인구의 80퍼센트는 제쳐둘 수 있을 것 같군요. 하지만 그것만으로는 부족하오."

"보험에 들어두지 않았습니까?"

"자동차 문제가 아니오."

"빈 차였는데요."

"빈 차가 아니었소."

"뭐가 실려 있었습니까?"

"감사합니다, 리처 씨." 레인이 말했다. "큰 도움이 되었소."

레인은 몸을 돌려 아까 있던 장소로 돌아갔다. 전화기와 사진이 놓인 탁자 옆으로. 그는 몸을 똑바로 세우고 손가락을 쫙 펴서 윤나는 목제 탁자를 손끝으로 가볍게 짚었다. 전화기 바로 옆을, 전기신호가 전화벨을 울리기 전에 촉각으로 탐지해내려는 듯이.

"도움이 필요한 거잖습니까?" 리처가 말했다. "아닙니까?"

"당신이 걱정할 문제는 아니오."

"습관입니다. 반사적인 반응. 직업적 호기심."

"도움은 충분히 받고 있소." 레인은 탁자를 짚지 않은 손으로 방 전체를 가리켰다. "네이비 실(미국 해군 특수부대), 델타 포스(미국 육군 특수부대 작전분견대), 리컨 마린(미국 해병대 특수수색대), 그린 베레(미국 육군 특수부대), SAS. 세계 최정예 요원들이오."

"당신에게 필요한 건 다른 종류의 도움입니다. 당신 차를 가져간 자, 그 자에 대해 이 사람들은 분명히 전쟁을 선포하겠죠. 그러려면 우선 그를 찾아내야 합니다."

레인은 대답하지 않았다.

"차 안에 뭐가 있었습니까?" 리처가 다시 물었다.

"당신 경력을 말해보시오." 레인이 말했다.

"꽤 장기간 근무했습니다. 그게 핵심이죠."

"최종 계급은?"

"소령."

"육군 CID에는 얼마나?"

"13년."

"수사관이었소?"

"기본적으로는."

"능력 있는 수사관?"

"충분히."

"제110특수부대에도?"

"얼마간 있었습니다. 당신은?"

"레인저와 델타. 베트남에서 시작해 1차 걸프전 무렵 퇴역했소. 소위에서 시작해 대령까지 진급했지."

"차에는 뭐가 있었습니까?"

레인은 눈길을 돌리더니 아무 움직임 없이 그대로 오랫동안 서 있었다. 아주 오랫동안. 그런 뒤 다시 리처를 쳐다보았을 때는 결심이 선 것 같았다.

"먼저 약속을 받아야겠소."

"무슨 약속 말입니까?"

"경찰은 안 됩니다. 내 말을 듣고 나면 경찰에 연락하라는 게 당신이 보일 첫 반응일 텐데 미리 말하지만 그건 안 되오. 그리고 뒤에서 나 몰래 딴짓을 하지 않겠다는 약속도 필요합니다."

리처는 어깨를 으쓱해보였다. "알겠습니다."

"말해봐요."

"경찰에 알리지 말 것."

"다시 말해봐요."

"경찰에 알리지 말 것."

"그랬을 때 윤리적인 문제라도 생깁니까?"

"아니요."

"FBI도 안 됩니다. 누구도 안 돼요. 우리 손으로 처리할 겁니다. 알아들었소? 약속을 깨트리면 당신 눈알을 도려낼 겁니다. 장님 신세로 만들어 줄 거요."

"친구를 사귀는 방식이 독특하군요."

"지금 내게 필요한 건 조력자요. 친구가 아니라."

"제 약속은 믿어도 됩니다."

"당신이 약속을 어겼을 경우 내가 어떻게 할지 이해했다고 당신 입으로 말해보시오."

리처는 방을 둘러보았다. 모든 사람들을 훑어보았다. 절박한 분위기, 그리고 여섯 명의 특수부대 출신들. 그들은 전원 비정한 인물이었고 태연히 그의 시선을 되받았다. 조직에 대한 충성심으로 똘똘 뭉친 여섯 명이 외부인에 대한 적대적인 의혹을 드러내고 있었다.

"제 눈을 멀게 한다고 했습니다."

"그 말을 믿는 게 좋을 거요."

"차에 뭐가 있었습니까?"

레인은 전화기 근처에 있던 손을 움직여 액자를 집었다. 두 손으로 액자를 잡고 리처에게 사진이 보이도록 들어올렸다. 레인과 사진 속의 여자, 그 두 사람이 리처를 쳐다보았다. 여자의 얼굴 위쪽에 창백하고 걱정스러운 레인의 얼굴이 있었다. 사진 속의 여자는 놀랄 만큼 아름다웠다. 검은 머리카락, 녹색 눈, 도드라진 광대뼈, 꽃봉오리 같은 입술. 달인급 사진사가 열정과 기교를 다해 찍고 인화한 사진이었다.

"내 아내요." 레인이 말했다.

리처는 말없이 고개만 끄덕였다.

"이름은 케이트."

아무도 입을 열지 않았다.

"케이트가 어제 아침에 사라졌소. 오후에 납치범에게서 전화가 왔지. 돈을 준비하라고 했소. 차에 실려 있던 게 바로 그 돈이오. 당신이 본 건 내 아내를 납치한 범인 중 하나가 몸값을 가져가는 장면이었던 셈이지."

전원 침묵.

"몸값을 주면 아내를 풀어주겠다고 했는데 24시간이 지나도 아무 연락이 없소."

3

　에드워드 레인이 사진을 내밀 듯 들고 있었으므로 리처는 다가가서 받아 들고 조명이 잘 비치도록 액자를 살짝 기울였다. 케이트 레인은 아름다운 여자였다. 그 점에는 의문의 여지가 없었다. 최면을 거는 듯한 매력을 지닌 그녀는 남편과 스무 살 정도 차이가 날 것 같았고 대략 30대 초반으로 보였다. 사진 속의 그녀는 화면 경계선 바로 바깥에 있는 무언가를 응시하고 있었다. 눈은 사랑에 불탔고 입술은 활짝 웃음을 머금고 있었다. 미소가 막 피어나는 최초의 순간을 포착한 사진이어서 더욱 생생했다. 스틸 사진이었으나 동영상처럼 다음 장면이 이어질 것 같아 보였다. 초점과 질감과 세부 표현이 나무랄 데 없었다. 리처는 사진에 정통한 사람이 아니었으나 지금 손에 든 것이 고가품이라는 점만은 알 수 있었다. 액자만 해도 군대 시절 그의 한 달 월급에 맞먹을 듯했다.

　"나의 모나리자." 레인이 말했다. "나는 사진에 그런 제목을 붙였소."

　리처는 액자를 돌려주었다. "최근에 찍은 겁니까?"

　레인은 액자를 전화기 옆에 다시 세워두었다.

　"1년도 채 되지 않았소."

　"경찰은 왜 안 된다는 겁니까?"

　"여러 이유가 있소."

"이런 종류의 사건에서는 경찰이 제대로 능력을 발휘합니다."

"경찰은 안 됩니다." 레인이 말했고 부하들은 아무도 토를 달지 않았다.

"당신도 수사관이었잖소. 경찰이 하는 일은 당신도 할 수 있을 거요."

"그렇지 않습니다."

"당신은 군대에서의 경찰이었소. 다른 조건이 모두 같다면 당신이 그들보다 잘할 거요."

"다른 조건이 모두 같은 게 아니니까요. 제겐 경찰이 가진 자원이 없습니다."

"일단 착수해볼 순 있을 거요."

거실에는 정적이 흘렀다. 리처는 전화기를 쳐다본 다음 시선을 사진으로 옮겼다.

"몸값으로 요구한 금액이 얼마였습니까?"

"현금 100만 달러."

"그게 차에 있었다고요? 100만 달러가?"

"트렁크에 들어 있었지. 가죽 가방에 담겨서."

"좋습니다." 리처가 말했다. "모두 앉아서 얘기를 계속하시죠."

"앉고 싶은 기분이 아니오."

"진정하십시오. 곧 전화가 걸려올 겁니다. 아마도 빠른 시간 안에. 그 점에 대해서는 확신할 수 있습니다."

"어째서?"

"앉으시라니까요. 사건의 발단부터 시작합시다. 어제 일을 들려주십시오."

레인은 전화기 탁자 옆의 팔걸이의자에 앉아 전날 있었던 일을 이야기하기 시작했다. 리처는 소파 구석자리에 앉았고 그레고리가 리처의 옆자리를 차지했다. 나머지 다섯 남자도 각기 편한 자리를 잡았다. 둘은 앉았고 둘은 의자 팔걸이에 엉덩이를 걸쳤으며 한 명은 벽에 기대어 섰다.

"케이트는 오전 10시에 집에서 나갔소." 레인이 말했다. "블루밍데일 백화점으로 갔을 거요. 내 생각에는."

"당신 생각?"

"얼마쯤 자유로운 행동을 허용하고 있소. 사소한 일정까지 내게 알려줄 필요는 없지. 날마다 시시콜콜."

"혼자 나갔습니까?"

"자기 딸과 함께."

"자기 딸?"

"아내가 첫 결혼에서 얻은 딸이 있소. 여덟 살, 이름은 제이드."

"아이도 여기서 같이 살았습니까?"

레인은 고개를 끄덕였다.

"제이드는 지금 어디 있습니까?"

"없어졌소. 확실하게."

"그럼 이중 납치란 말입니까?"

레인은 다시 고개를 끄덕였다. "삼중 납치일 수도 있겠군. 운전한 사람도 돌아오지 않았으니까."

"왜 그 이야기를 이제야 하는 겁니까?"

"무슨 차이가 있소? 한 명이든 세 명이든."

"운전은 누가 했습니까?"

"테일러. 영국인이고 SAS 출신이지. 좋은 사람이오. 우리 동료고."

"차는 어떻게 되었습니까?"

"사라졌소."

"케이트는 블루밍데일에 자주 갔습니까?"

레인은 고개를 흔들었다. "어쩌다 한 번씩. 예측 가능한 패턴 같은 건 없었소. 우리는 규칙적이거나 예측 가능한 일은 하지 않으니까. 나는 그녀의 운전사를 자주 바꾸었고 다니는 경로도 늘 변화시켰소. 때로는 둘이서 뉴욕시 바깥에 머무르기도 하고."

"왜죠? 적이 많습니까?"

"감수해야 할 부분이지. 내가 하는 일이라는 게 적을 만들게 되어 있으니까."

"당신이 하는 일이 뭔지, 제게 설명해줘야 합니다. 당신의 적들이 누구인지도."

"놈들이 다시 전화를 걸어올 거라고 확신하는 이유는 뭐요?"

"곧 설명드리죠. 그 전에 우선 첫 통화에 관해 말씀해보십시오. 단어 하나하나 그대로."

"전화는 오후 4시에 걸려왔소. 내용은 당신도 예상할 수 있을 거요. '네 아내와 딸을 데리고 있다.'"

"목소리는?"

"변조된 목소리였소. 전자스피커 같은 걸 썼을 테지. 영화에 나오는 로봇 목소리 같은 금속성 소리. 시끄러우면서도 저음이었소. 어쨌거나 아무 의미도 없는 부분이겠지. 놈들이 음높이와 음량을 변조했을 테니까."

"당신은 뭐라고 했습니까?"

"원하는 게 뭔지 물었소. 100만 달러를 내놓으라고 하더군. 그래서 케이트의 목소리를 들려달라고 했소. 놈들은 내 요구를 들어주었소. 잠깐 소리가 끊기더니 케이트의 목소리가 들렸소." 레인은 눈을 감았다. "그녀는 '살려줘요, 살려줘요'라고 했소. 그런 뒤 전자스피커를 쓴 놈이 다시 등장했고, 나는 몸값을 내겠다고 했소. 조금도 주저하지 않았지. 놈은 한 시간 뒤에 다시 전화해 지시사항을 전달하겠다고 했소."

"다시 전화를 걸어왔습니까?"

레인은 고개를 끄덕였다. "5시에 걸려왔소. 여섯 시간 뒤에 당신이 본 그 벤츠 트렁크에 몸값을 넣어서 빌리지로 몰고 가 정각 11시 40분에 그 장소에 주차시켜두라고 하더군. 차를 운전한 사람은 차문을 잠그고 자동차 열쇠를 스프링가와 웨스트 브로드웨이의 남서쪽 모퉁이에 있는 건물의 정문 우편물 투입구에 넣어두라고 했고, 그런 다음엔 웨스트 브로드웨이 남쪽으로 계속 걸어가라고 했소. 운전자가 걸음을 멈추거나 방향을 틀거나 뒤를 돌아보면 케이트는 죽은 목숨이라고 하더군. 차량에 추적장치를 붙여놓았을 때도 마찬가지고."

"단어 하나하나 그대로입니까?"

리처의 물음에 레인은 고개를 끄덕였다.

"그밖에는?"

레인은 고개를 가로저었다.

"벤츠를 운전한 사람은 누굽니까?"

"그레고리."

그러자 그레고리가 입을 열었다. "난 지시사항을 따랐습니다. 그대로 충실히 이행했어요. 어떤 위험도 무릅쓸 수 없었으니까요."

"그래서 얼마나 걸렸습니까?" 리처는 그레고리에게 물었다.

"여섯 블록."

"우편물 투입구가 있는 건물은 어디였습니까?"

"버려진 건물이었어요. 아니면 보수가 예정되어 있거나. 둘 중 하나일 겁니다. 어쨌든 빈 건물이었죠. 오늘 밤에 다시 가봤습니다. 카페에 가기 전에. 사람이 사는 흔적은 찾을 수 없었어요."

"테일러라는 사람은 어떻습니까? 영국에서부터 알던 사이인가요?"

그레고리는 고개를 끄덕였다. "SAS는 일종의 대가족입니다. 테일러는 실력이 뛰어난 대원이었어요."

"알겠습니다."

리처의 말에 레인이 물었다. "알다니 뭘?"

"몇 가지 사항에 대해서는 명백한 초기 결론이 나온 것 같군요."

4

"첫 번째 결론은 테일러가 이미 죽었다는 겁니다." 리처가 말했다. "납치범들은 레인 씨 당신에 대해 어느 정도 사전지식이 분명히 있었습니다. 테일러가 누구인지, 무슨 일을 하는지 알았던 걸로 가정해야겠지요. 따라서 테일러를 살려두지 않았을 겁니다. 그럴 이유가 없습니다. 너무 위험하니까요."

"놈들이 날 알고 있다고 보는 이유는?" 레인이 물었다.

"그자들은 특정한 차량을 요구했습니다. 또 당신이 100만 달러라는 현금을 주위에 두고 있다고 생각했습니다. 그자들은 은행이 문을 닫은 다음에 몸값을 요구했고 문 여는 시간 전에 돈을 갖다 두라고 했습니다. 그런 요구 사항을 충족시킬 수 있는 사람은 많지 않습니다. 갑부라도 100만 달러를 현금으로 마련하려면 시간이 걸립니다. 임시 대출을 받고 자금을 이체시키고 주식을 담보로 잡혀야 하니까. 그런데 납치범들은 당신이 그만한 돈을 즉시 준비할 수 있다는 걸 알고 있었습니다."

"놈들이 어떻게 나에 관해 알았을 것 같소?"

"글쎄요."

아무도 입을 열지 않았다.

"다음. 납치에는 세 명이 관련되어 있습니다. 한 명은 케이트와 제이드를 감시해야 합니다. 한 명은 그레고리가 웨스트 브로드웨이를 남쪽으로 걸어갈 때 뒤를 따라가다가, 안전하다고 판단한 시점에 자동차 열쇠를 회수하려고 대기 중인 제3의 인물한테 휴대폰으로 연락했을 겁니다."

역시 아무도 입을 열지 않았다.

"다음. 그자들의 근거지는 여기서 적어도 300킬로미터 떨어진 뉴욕주 북부입니다. 그들이 행동에 돌입한 건 어제 오전 11시 이전입니다. 그런데 납치 사실을 알리는 전화가 걸려온 건 다섯 시간이 지나서였습니다. 차로 이동 중이었기 때문이죠. 5시에 몸값 요구 전화를 걸어와 여섯 시간 뒤로 시간을 지정했습니다. 놈들 중 두 명이 차를 몰고 몸값을 회수하러 오는 데 그 정도 시간이 필요했다는 뜻입니다. 대여섯 시간이라면 300킬로미터 거리입니다. 400킬로미터나 그 이상일 수도 있고."

"왜 주의 북쪽이라는 거요?" 레인이 물었다. "동서남북 어디든 상관없잖소."

"남쪽과 서쪽은 아닙니다. 그랬다면 커낼가 남쪽에 몸값을 갖다 두라고 했을 겁니다. 곧장 홀랜드 터널로 빠져나갈 수 있으니까요. 롱아일랜드 동쪽도 아닙니다. 그 경우에는 몸값을 받는 장소로 미드타운 터널 근처를 지정했을 겁니다. 이런 사실로 미루어보면 그자들은 조지 워싱턴 다리나 헨리 허드슨 공원도로나 트리버러 쪽으로 북상했을 거란 결론이 나옵니다. 그런 다음 고속도로를 탔겠지요. 아마도 근거지는 캐츠킬 같은 곳일 겁니다. 농가일 가능성이 높고. 분명 커다란 차고나 헛간이 딸린 건물이겠죠."

"어째서?"

"납치범들이 당신의 벤츠를 가져갔잖습니까. 어제 테일러가 블루밍데일로 운전했던 차도 가져갔고. 그 차량들을 숨겨둘 곳이 필요하겠죠."

"테일러가 운전한 차는 재규어였소."

"그러니까요. 그자들의 근거지는 지금쯤 고급차 전시장처럼 보일 겁니다."

"놈들이 다시 전화를 걸어올 거라고 생각하는 이유는 뭐요?"

"인간의 본성 탓이죠. 지금쯤 놈들은 화가 나서 미쳐 날뛸 겁니다. 그자들은 당신에 관해 알고 있었지만 자세히 알지는 못했어요. 기회를 잡아 100만 달러를 요구했는데 당신은 한순간도 망설이지 않고 요구를 수락했습니다. 그렇게 하면 안 되는 거였습니다. 모험을 하고 시간을 끌었어야죠. 이제 그자들은 어떻게 생각하겠습니까? 빌어먹을, 더 뜯어낼 수 있었잖아. 얼마를 내놓을 수 있는지 시험해봤어야 했는데. 당연히 그러지 않겠습니까? 그러니 다시 전화를 걸어와 몸값을 더 요구할 겁니다. 당신이 주변에서 긁어모을 수 있는 현금을 한 푼도 남김없이 챙기려 들 겁니다. 당신을 말려 죽이려 하겠죠."

"다시 전화를 걸어온다 치면 왜 이렇게 오래 걸리는 거지?"

"중요한 전략적 변경이 이루어져야 하니까요. 한창 입씨름을 벌이고 있을 겁니다. 온종일 그러고 있을 테죠. 그 또한 인간의 본성입니다. 세 명이 모이면 항상 논쟁이 벌어진다는 것. 찬성과 반대, 본래 계획대로 밀고 나가자는 쪽과 수정하는 쪽, 안전하게 가자는 쪽과 위험을 무릅쓰자는 쪽."

아무도 입을 열지 않았으므로 리처는 레인에게 물었다.

"현금 보유액이 어느 정도 됩니까?"

"그런 얘기까지 당신한테 할 필요는 없을 것 같소만."

"500만 달러. 그자들이 요구해 올 금액입니다. 곧 전화벨이 울리고, 추가로 500만 달러를 더 내놓으라고 요구할 겁니다."

일곱 명의 눈길이 일제히 전화기 쪽으로 쏠렸다. 하지만 전화벨은 울리지 않았다.

"추가로 요구한 돈도 차에 실어서 갖다 두라고 할 겁니다. 널찍한 헛간이 딸린 건물에 진을 치고 있을 테니까."

"케이트는 괜찮을 것 같소?"

"지금으로선 별일 없을 겁니다. 놈들에겐 그녀가 돈줄이니까요. 그녀의 목소리를 들려달라고 한 건 잘한 일입니다. 덕분에 좋은 패턴이 만들어졌어요. 놈들은 다음 몸값 요구 때도 목소리를 들려줘야 할 테니까요. 문제는 마지막 몸값을 챙긴 다음입니다. 납치사건에서는 언제나 그때가 가장 어렵습니다. 몸값을 인도하는 건 쉬워요. 인질을 돌려받는 게 어렵지."

여전히 전화벨은 울리지 않았다.

"시간을 끌어야 한다는 말이오?"

"저라면 그러겠습니다. 넘겨주는 돈을 쪼개십시오. 인도 절차를 한 번에 내리지 말고 시간을 벌어야 합니다."

전화벨은 울리지 않았다. 냉각된 공기가 흘러나오는 소리와 사람들의 낮은 숨소리 이외엔 아무 소리도 들리지 않았다. 리처는 주위를 둘러보았다. 모두 참을성 있게 기다리고 있었다. 특수부대 요원들은 기다리는 일에 능숙하다. 이따금 극적인 장면에 맞닥뜨리기도 하지만 기다리고 대기하고 준비 태세를 갖추면서 보내는 시간이 더 많다. 그러고도 열 번에 아홉 번은 작전이 취소되어 물러나야 한다.

전화벨은 울리지 않았다.

"그럴듯한 결론이군." 레인은 딱히 누구에게랄 것 없이 말했다. "범인은 셋. 멀리 북쪽. 농장."

하지만 리처의 추론은 완전히 빗나갔다. 도시의 어둠 저편, 겨우 6킬로미터 떨어진 그곳 맨해튼 섬에서 한 남자가 작고 더운 방으로 통하는 문을 열었다. 그가 한 걸음 뒤로 물러서자 케이트 레인과 그녀의 딸 제이드가 남자와 눈을 마주치지 않고 그를 지나쳐 방으로 들어갔다. 두 사람의 눈길이 두 개의 침대에 멎었다. 딱딱하고 좁은 침대였다. 방은 눅눅했으며 사용된 흔적은 없었다. 창은 검은 천으로 가려져 있었다. 창을 가린 천의 네 면이 강력테이프로 벽에 붙어 있었다.

남자는 방문을 닫고 그 자리를 떠났다.

5

정확히 새벽 1시에 전화벨이 울렸다. 레인이 수화기를 낚아챘다.

"여보세요?"

리처의 귀에도 수화기에서 흘러나오는 목소리가 희미하게 들렸다. 기계에 의해, 또 연결 상태 불량으로 인해 겹으로 뒤틀린 목소리였다. 레인이 "뭐라고?" 하며 되묻자 상대의 대답이 있었다. 그러자 레인은 "케이트를 바꿔. 그게 먼저다"라고 했다. 잠시 시간이 흐른 뒤 다른 목소리가 들렸다. 여자의 음성. 겁에 질려 숨을 헐떡이는 억눌린 목소리였다. 그 목소리는 아마도 레인의 이름인 듯 딱 한 단어만 쏟아놓은 뒤 비명 소리로 변했다. 비명이 잦아들고 침묵이 흐르자 레인은 눈을 질끈 감았다. 기계로 변조한 로봇 음성이 돌아와 여섯 음절을 발음했다. 그러자 레인이 "알았어, 알았어, 알았다고"라고 했고 통화가 끊겼다.

레인은 침묵 속에 앉아 있었다. 두 눈을 질끈 감고 숨을 빠르게 내쉬었다. 잠시 후 눈을 뜬 레인은 한 사람 한 사람의 얼굴로 시선을 옮기다가 리처를 쳐다보았다.

"500만 달러. 당신 말이 맞았군. 도대체 어떻게 안 거요?"

"다음 단계는 빤하니까요. 대개 1, 5, 10, 20, 그런 식이죠."

"수정구슬을 가졌군. 미래를 볼 수 있는 모양이야. 당신을 고용하겠소.

매월 25,000달러. 여기 있는 사람들과 같은 금액이오."

"한 달 동안 계속될 일이 아닙니다. 그럴 수가 없지요. 며칠 안에 상황이 종료될 겁니다."

"몸값을 내겠다고 말해버렸소. 협상을 하며 시간을 끌 수가 없었어. 놈들이 그녀를 괴롭혔소."

리처는 말없이 고개만 끄덕였다.

그레고리가 물었다. "지시는 나중에 한답니까?"

"한 시간 뒤에."

방은 다시 침묵에 휩싸였고 다시 기다림이 시작되었다. 방 안의 모든 사람들은 자기 시계를 들여다본 다음 알아볼 수 없을 만큼 미세하게 자세를 풀었다. 레인은 수화기를 얹어두고 허공을 응시했다.

리처가 몸을 기울여 레인의 무릎을 두드렸다.

"얘기를 좀 해야 합니다."

"무슨 얘기?"

"배경에 관해서. 납치범들의 정체를 파악하는 데 도움이 될 겁니다."

"그럽시다." 레인은 애매하게 답했다. "사무실로 가지."

몸을 일으킨 레인은 리처와 함께 거실을 나와서 주방 안쪽의 가정부 방으로 향했다. 작고 평범한 그 방을 개조해 사무실로 쓰는 모양이었다. 책상과 컴퓨터, 팩스, 전화기, 서류장, 선반이 놓여 있었다.

"OSC에 대해 말씀해보십시오." 리처가 말했다.

레인은 책상 앞 의자에 앉아 몸을 돌려서 리처를 마주 보았다.

"특별히 할 얘기는 없소. 우리는 그저 일거리를 계속 따려고 애쓰는 전직 군인들일 뿐이오."

"어떤 일을 합니까?"

"의뢰가 들어오면 무엇이든. 대부분은 경호 업무요. 기업 보안 쪽도 있고. 그런 것들이지."

책상 위에 액자 두 개가 놓여 있었다. 하나는 거실에 놓인 케이트의 사진을 좀 작게 뽑은 것이었다. 14×11 사이즈를 7×5 사이즈로 축소시켜 값비싼 금 액자에 넣어두었다. 다른 액자에 든 사진의 주인공도 여자였다. 케이트와 비슷한 또래였다. 검은 머리가 아니라 금발이고 눈도 녹색이 아니라 파란색이었지만 케이트만큼 아름다웠다. 사진 기술 또한 비슷할 정도로 멋졌다.

"경호 업무?"

"대부분은."

"이해가 안 되는군요, 레인 씨. 경호 일로 한 달에 25,000달러라는 직원 월급을 감당할 수는 없습니다. 10분의 1만 벌어도 다행일 테죠. 또 근접대인경호 전문인력이 있다면 당신은 어제 아침 케이트와 제이드한테 붙였을 겁니다. 테일러가 운전을 하고 이를테면 그레고리가 총을 들고 같이 탔겠죠. 그런데 당신은 그러지 않았습니다. 당신 사업이 경호 쪽은 아니라는 뜻입니다."

"내 일은 기밀 업무요."

"상황이 달라졌습니다. 아내와 딸을 돌려받고 싶지 않다면 모르지만."

대답이 없었다.

"재규어, 벤츠, BMW. 아마 더 있겠죠. 분명 그럴 겁니다. 거기에 다코타에 살고 있으며 주위에 현금이 널려 있고 말입니다. 게다가 한 달에 25,000달러씩 받는 직원들 여섯. 전부 합쳐보면 규모가 장난이 아닙니다."

"모두 합법적인 사업이오."

"경찰과 관련되고 싶지 않다는 점만 빼고 말이겠죠."

레인은 무심결에 금발 여자의 사진을 힐끗 쳐다보았다.

"그 부분은 그런 뜻이 아니오. 그래서가 아니라고."

리처도 레인과 같은 곳에 눈길을 주었다.

"누굽니까?"

"누구였습니까, 라고 해야겠지."

"누구였습니까?"

"앤. 첫 아내요."

"그런데요?"

꽤 오랜 침묵이 흘렀다.

"전에도 같은 일을 겪었소." 레인이 말했다. "5년 전에. 지금과 똑같은 방식으로 앤을 빼앗겼소. 당시에 나는 절차를 밟았소. 경찰에 알렸지. 납치범이 전화로 절대 그래선 안 된다고 했는데도 FBI에 알렸소."

"그래서 어떻게 됐습니까?"

"FBI가 일을 망쳤소. 납치범들이 몸값 인도 장소를 감시했던 모양이오. 앤은 죽었소. 한 달 뒤 뉴저지에서 시체가 발견됐지."

리처는 듣고만 있었다.

"그래서 이번에는 무슨 일이 있어도 경찰을 끌어들이지 않으려는 거요."

6

두 사람은 침묵 속에 앉아 있었다. 한참 만에 리처가 입을 열었다.

"55분입니다. 전화 받을 준비를 해야죠."

"시계를 차고 있지 않잖소."

"몇 시 몇 분인지는 항상 알고 있습니다."

리처는 레인을 따라 거실로 되돌아갔다. 레인은 다시 탁자 옆에 서서 손가락으로 탁자를 짚었다. 부하들에게 둘러싸여 전화를 받고 싶은 거라고 리처는 생각했다. 위안이 필요한 듯했다. 혹은 기댈 곳이.

전화벨은 새벽 2시 정각에 울렸다. 레인이 수화기를 들었다. 수화기에서 흘러나오는 합성음이 이번에도 리처의 귀에 희미하게 들렸다. 레인은 "케이트를 바꿔"라고 했는데 거절당한 것 같았다. 곧바로 "제발 그녀를 해치지 말아요"라고 애원하는 모습을 보니 그랬다. 레인은 1분쯤 상대의 말을 듣고 있더니 "알겠소"라고 했다. 그런 뒤 전화를 끊었다.

"다섯 시간 뒤." 레인은 방에 있는 사람들에게 말했다. "아침 7시에 같은 장소, 같은 방식으로. 차량은 파란 BMW. 한 사람이 운전해서 갖다 둘 것."

"제가 가겠습니다." 그레고리가 말했다.

다른 부하들도 가만히 있지 않았다. 그중 한 명은 "우리 모두 거기에 가야 합니다"라고 했다. 체구가 작고 가무잡잡한 미국인이었다. 상어를 연상시키는 생기 없고 흐릿한 눈만 아니라면 회계사처럼 보일 것 같았다. "그러면 10분 안에 그녀가 있는 장소를 알아낼 수 있습니다. 장담합니다."

"한 사람." 레인이 말했다. "그게 지시사항이야."

"여긴 뉴욕입니다." 상어의 눈을 한 남자가 말했다. "항상 사람들이 있습니다. 놈들도 거리가 텅 비었을 거라고는 생각하지 않을 겁니다."

"놈들은 분명 우리를 알고 있어. 자네를 알아볼 거야."

그때 리처가 끼어들었다. "내가 가면 되겠군요. 날 알아보지는 못할 겁니다."

"그레고리와 같이 이 건물로 들어왔잖소. 놈들이 이 건물을 감시하고 있을 거요."

"가능성은 있겠죠. 하지만 그렇진 않을 겁니다."

레인은 대답하지 않았다.

"당신이 결정하십시오." 리처가 말했다.

"생각해보겠소."

"빨리 생각하십시오. 시간 여유를 충분히 두고 내가 여길 떠나는 게 좋습니다."

"한 시간 안에 결정하겠소."

레인은 전화기 옆을 떠나 사무실로 향했다. 돈을 계산해보러 가는 것이라고 리처는 짐작했다. 500만 달러면 부피가 얼마나 될까? 100만 달러와 같을 것이다. 20달러 지폐가 아니라 100달러 지폐일 테니까.

"레인 씨가 현금을 얼마나 갖고 있습니까?" 리처가 물었다.

"아주 많이." 그레고리가 대답했다.

"이틀 동안 600만 달러인데."

상어의 눈을 지닌 남자가 미소를 지었다.

"그 돈은 우리가 되찾아 올 겁니다. 믿어도 됩니다. 케이트가 안전하게 집에 돌아오는 즉시 행동에 돌입할 겁니다. 누가 승자이고 누가 패자인지 그때 드러나겠죠. 이번엔 놈들이 벌집을 잘못 건드린 겁니다. 게다가 놈들은 테일러를 죽였어요. 우리 동료를. 태어난 걸 후회하게 될 겁니다."

남자의 텅 빈 눈을 보니 한마디 한마디가 진심이었다. 리처가 그런 생각을 하고 있을 때 그가 불쑥 손을 내밀었다. 그러면서도 조심스러운 기색이었다. "카터 그룹입니다. 만나서 반갑습니다. 그러니까 내 말은, 이런 상황에서 만나긴 했지만 말입니다."

이어 다른 네 명도 순서대로 조용히 자기소개를 하면서 악수를 청해왔다. 모두 깍듯하게 예의를 차렸다. 낯선 사람을 앞에 두고 지극히 신중한 모습을 보였다. 리처는 그들의 이름을 얼굴과 결부시켜 외우려 애썼다. 그레고리는 이미 알고 있다. 눈 위로 커다란 상처가 있는 남자는 애디슨이다. 가장 키가 작은 라틴계 인물은 페레스. 제일 키가 큰 쪽이 코발스키. 그리고 흑인은 버크다.

"경호와 기업 보안 일을 한다고 레인 씨한테 들었습니다."

갑작스러운 침묵. 아무도 그 말에 대답하지 않았다.

"걱정 마십시오." 리처는 말을 이었다. "액면 그대로 받아들이진 않았습니다. 내가 보기에 여러분은 모두 작전부사관입니다. 전투원들. 따라서 여러분의 대장 레인 씨는 전혀 다른 사업을 하는 게 아닌가 싶습니다."

"예를 들면요?" 그레고리가 물었다.

"레인 씨의 역할이란 게 용병 공급책이 아닐지?"

그룹이 고개를 흔들었다. "말을 가려 하는 게 좋겠군요, 친구."

"어떤 표현이 적당하겠습니까?"

"우리는 민간 군사조직입니다." 그룹이 말했다. "뭐 문제라도 있습니까?"

"거기에 관해선 아무 의견도 없습니다."

"의견을 갖는 편이 좋지요. 타당한 의견이면 더 좋고. 우리가 하는 일은 합법적인 사업입니다. 우리는 미국 국방부를 위해 일해요. 예전에 우리 모두 그랬듯, 당신 또한 그랬듯 말입니다."

"민영화." 버크가 말했다. "국방부는 민영화를 아주 좋아하죠. 더 효율적이니까. 큰 정부 시대는 끝났습니다."

"얼마나 많은 사람들이 있습니까? 여기 있는 사람들이 전부입니까?"

그룹은 다시 고개를 내저었다. "우리는 A팀입니다. 선임하사 격이죠. 그리고 분대원들로 구성된 B팀이 여럿 있습니다. 우린 이라크에도 100명을 파견했어요."

"당신들도 거기 갔었습니까? 이라크에?"

"물론. 콜롬비아와 파나마, 아프가니스탄에도. 우리는 미국이 필요로 하는 곳이라면 어디든지 갑니다."

"미국이 당신들을 필요로 하지 않은 곳은 어떻습니까?"

아무도 대답하지 않았다.

"국방부는 보수를 수표로 지불할 텐데요." 리처가 말했다. "그런데도 여기엔 현금이 넘쳐흐릅니다."

역시 묵묵부답.

"당신들이 어디서 사업을 벌이든 내가 상관할 일은 아닙니다. 내가 알고 싶은 건 레인 부인이 갔던 장소입니다. 최근 몇 주 동안에."

"그걸 알면 뭔가 달라집니까?" 코발스키가 물었다.

"사전 정찰이 있었을 테니까. 그렇지 않을까요? 납치범들이 운에 맡기고 날마다 블루밍데일에 눌어붙어 있진 않았을 겁니다."

"레인 부인은 햄프턴에 있었습니다." 그레고리가 말했다. "제이드하고 같이 여름 내내 거기서 지냈죠. 여기 돌아온 건 불과 사흘 전입니다."

"올 때는 누가 태우고 왔습니까?"

"테일러."

"이후에는 계속 여기서 지냈고요?"

"맞아요."

"햄프턴에서는 별다른 일이 없었습니까?"

"이를테면?" 그룹이 물었다.

"이례적인 일이라면 뭐든지. 일상에서 벗어난 일 말입니다."

"그런 일은 없었습니다." 그룹이 말했다.

그때 그레고리가 끼어들었다. "모르는 여자가 어느 날 불쑥 찾아오긴 했어요."

"어떤 여자였습니까?"

"그냥 여자. 뚱뚱한 여자였습니다."

"뚱뚱한 여자?"

"육중했어요. 나이는 마흔쯤. 긴 머리에 가운데 가르마를 탔더군요. 레인 부인이 그 여자를 데리고 해변으로 나갔습니다. 그런 뒤 여자는 가버렸고. 친구가 방문했나보다 여겼습니다."

"전에 그 여자를 본 적이 있습니까?"

그레고리는 고개를 저었다. "옛 친구였겠죠. 예전에 알던 사람."

"뉴욕에 돌아온 뒤 레인 부인과 제이드는 뭘 하며 지냈습니까?"

"특별한 건 없었을 겁니다."

"아냐. 한 번 외출했었지." 그룹이 말했다. "아, 레인 부인 말입니다. 제이드 말고. 혼자서 쇼핑을 했습니다. 내가 운전했어요."

"어디로?"

"스테이플스."

"사무용품점?" 리처도 그곳을 둘러본 적이 있었다. 빨강과 흰색을 주조로 꾸며진 대규모 체인점 스테이플스에는 그에게는 필요치 않은 온갖 물건들이 잔뜩 쌓여 있었다. "거기서 뭘 샀습니까?"

"아무것도 안 샀어요." 그룹이 말했다. "길가에 차를 대고 20분 기다렸는데 부인이 빈손으로 나왔습니다."

"배달을 부탁했을 수도 있지." 그레고리가 말했다.

"그랬다면 온라인으로 주문했겠지. 굳이 나를 끌고 나가 운전을 시킬 필요가 없잖아."

"그냥 한 바퀴 둘러본 모양이군."

그레고리의 말을 리처가 받았다. "아이쇼핑을 하기엔 이상한 곳인데요. 그런 사람이 있을까요?"

"곧 새 학기가 시작되니까요." 그룹이 말했다. "제이드한테 필요한 게 있었을지도 모릅니다."

"이유가 뭐든 그녀는 스테이플스에 갔습니다." 리처가 말했다. "그렇지 않습니까? 분명 뭔가를 샀을 겁니다."

"부인이 뭔가 들고 있었나? 반품하러 갔을 수도 있어." 그레고리가 말했다.

"토트백을 들고 있었으니까 그럴 가능성도 있지." 그룹은 말을 하다 말고 리처의 어깨 너머로 눈길을 주었다. 에드워드 레인이 거실로 돌아왔다. 가죽 더플백의 부피를 감당하지 못해 끙끙댔다. 500만 달러. 리처는 생각했다. 500만 달러를 더플백에 넣으면 저렇게 보이는군. 레인이 현관 입구 바닥에 내려놓자 더플백은 쿵 소리와 함께 뚱뚱한 작은 동물의 사체처럼 스르륵 쓰러졌다.

"제이드의 사진을 봐야겠습니다." 리처가 말했다.

"왜?" 레인이 물었다.

"당신은 경찰이 해야 할 일을 나한테 맡기려 하잖습니까. 경찰이 제일 먼저 찾는 게 사진입니다."

"침실에 있소."

리처는 레인을 따라 침실로 들어갔다. 역시 천장이 높은 방이었고 벽은 옅은 회백색으로 칠해져 있었다. 수도원처럼 고요했고 무덤처럼 적막했다. 뾰족한 장식용 기둥이 네 귀퉁이에 달린 체리목 킹 사이즈 침대가 하나 놓여 있었다. 침대 양쪽에 탁자가 하나씩 놓였는데 한쪽은 텔레비전을 올려놓는 장식장인 듯했다. 의자와 함께 놓인 다른 탁자는 책상이었고 액자가 거기 있었다. 10×8 사이즈 사진이 든 사각 액자는 세로가 아니라 가로로 놓여 있었다. 풍경사진에 주로 쓰이는 구도의 액자였지만 안에 든 것은 인물사진이었다. 두 명이 찍혀 있었다. 오른쪽은 케이트 레인으로 거실에 있는 사진과 같은 모습이었다. 똑같은 자세와 눈빛, 피어오르기 직전의 미소. 거실 사진에는 그녀가 애정을 보내는 대상이 구도에 들어와 있지 않았는데 이 사진에서는 보였다. 그녀의 딸 제이드가 왼쪽에 있었다. 제이드는 어머니의 거울상 같았다. 두 사람이 막 마주 보려는 장면. 눈에 애정이 담겼고 둘만 아는 농담을 주고받기라도 하듯 얼굴에서 웃음이 피어나는 중이었다. 사진 속의 제이드는 일곱 살쯤으로 보였다. 약간 구불거리는 길고 검은 머리카락에 윤기가 흘렀다. 눈은 녹색이었고 피부는 도자기 같았다. 예쁜 아이였다. 그리고 아름다운 사진이었다.

"좀 봐도 되겠습니까?"

레인은 말없이 고개만 끄덕였다. 리처는 사진을 들어 올려 가까이서 살펴보았다. 엄마와 아이 사이의 유대를 완벽하고 완전하게 포착한 사진이었다. 닮은꼴이라는 점 이외에도 둘 사이의 유대감이 분명히 드러나 있었다. 둘은 어머니와 딸이면서 동시에 친구였다. 많은 것을 함께 나누는 사이. 멋진 사진이었다.

"누가 찍은 겁니까?"

"시내에서 찾아낸 사진사. 아주 유명한 사람이오. 엄청 비싸고."

리처는 고개를 끄덕였다. 누구인지 몰라도 비싼 보수를 받을 자격이 있는 사람이었다. 그런데 침실 사진의 인화 상태는 거실 사진만큼 좋지는 않았다. 색채의 미묘한 질감이 덜 표현되었고 얼굴 윤곽이 약간 흐렸다. 기계로 뽑은 모양이었다. 의붓딸과 관련된 부분에서는 레인의 재정이 수작업 인화비를 감당할 수준이 아닌 듯했다.

"멋진 사진입니다." 리처는 액자를 탁자 위에 조용히 내려놓았다. 다코타 빌딩이 뉴욕에서 가장 방음이 잘되는 건물이라는 글을 읽은 기억이 떠올랐다. 다코타는 센트럴파크가 조성될 무렵에 지어진 건물이었다. 건축업자는 센트럴파크에서 파낸 진흙을 싣고 와 층간과 천장에 발랐다. 벽도 아주 두꺼웠다. 덕분에 다코다 빌딩은 바위에 새겨 만든 건물인 양 견고했다. 아주 좋은 곳이었겠지. 리처는 생각했다. 존 레넌이 여기 살던 때만 해도.

"어떻소? 사진은 다 본 거요?"

"책상을 살펴봐도 되겠습니까?"

"뭣 때문에?"

"부인의 책상인가요?"

"그렇소."

"그럼 경찰도 분명 확인할 겁니다."

레인이 어깨를 으쓱해보이자 리처는 제일 밑에 있는 서랍부터 시작했다. 맨 아래 왼쪽 서랍에는 문구 상자와 편지지, '케이트 레인'이라고 이름만 새긴 명함이 들어 있었다. 오른쪽 서랍에는 제이드의 교육과 관련된 파일들이 깔끔하게 정리되어 있었다. 제이드는 아파트에서 아홉 블록 떨어진 사립학교에 다니는 것 같았다. 청구서들과 지급완료 수표 내역으로 미루어 학비가 비싼 학교였다. 수표 지급계좌는 케이트 레인의 개인계좌였다. 위쪽 서랍 두 개에는 펜과 연필, 봉투, 우표, 회신용 주소라벨 스티커, 수표장이 들어 있었다. 신용카드 영수증들도 보였다. 중요한 물건은 아무것도 없었다. 최근에 구매한 것도 없었다. 예를 들어 스테이플스에서 샀을 법한 물건은.

제일 위의 중앙 서랍에는 미국 여권 두 개만 들어 있었다. 하나는 케이트, 하나는 제이드의 여권이었다.

"제이드의 아버지는 누굽니까?"

"그게 이 문제와 관련이 있소?"

"그럴지도 모르죠. 명백한 납치사건이라면 반드시 그 사람을 조사해봐야 합니다. 아이들을 납치하는 건 대개 떨어져 사는 부모입니다."

"하지만 이건 몸값을 노린 납치요. 그리고 놈들이 내세운 건 케이트고, 제이드는 우연히 휘말린 것뿐이오."

"납치는 위장술일 수도 있습니다. 제이드의 아버지에게는 딸을 먹이고 입힐 돈도 필요할 겁니다. 학교에도 보내야 하고. 그래서 돈을 요구한 것일지도 모릅니다."

"그 사람은 죽었소. 제이드가 세 살 때 위암으로."

"어떤 사람이었습니까?"

"보석상을 운영했소. 남편이 죽고 케이트가 1년 동안 운영을 맡았고. 하지만 케이트는 그런 쪽엔 소질이 없었지. 본래는 모델이었소. 난 그 상점에서 케이트와 만났소. 시계를 사러 갔다가."

"다른 친척들은요? 소유욕이 강한 조부모나 삼촌, 고모는?"

"아무도 만난 적 없소. 그러니 제이드도 몇 년 동안 친척을 만나지 않았다는 뜻이오. 소유욕이 강한 친척이라면 지금껏 잠잠할 리가 없겠지."

리처는 중앙 서랍을 닫았다. 책상 위의 액자를 바로 세운 다음 주위를 둘러보았다.

"옷장은?"

레인이 길쭉한 흰색 문 두 개를 가리켰다. 문 뒤가 옷장이었다. 뉴욕의 아파트에 있는 것 치고는 컸지만 뉴욕이 아닌 다른 곳이라면 작다고 할 수밖에 없는 옷장이었다. 안에는 줄을 당겨서 켜는 전등이 달렸고 선반에 여성용 옷과 신발이 쌓여 있었다. 아련한 향기가 감돌았다. 깔끔하게 갠 재킷 한 벌이 바닥에 놓여 있었다. 드라이클리닝을 맡길 옷이라고 짐작하면서 리처는 재킷을 들어올렸다. 블루밍데일 상표가 붙은 옷이었다. 주머니를 뒤져보았지만 아무것도 나오지 않았다.

"집을 나갈 때 부인의 옷차림은 어땠습니까?"

"정확하게는 모르겠소."

"알 만한 사람은 없습니까?"

"우리는 모두 그녀보다 먼저 아파트를 나섰소. 남아 있던 사람은 없었지. 테일러만 빼고."

리처는 옷장 문을 닫고 침대 옆 장식장으로 다가갔다. 위쪽에는 문 두 개가, 아래에는 서랍이 달려 있었다. 서랍 하나에는 보석이 들어 있었다. 다른 하나에는 잡동사니가 그득했다. 새 옷을 사면 딸려오는 여분의 단추, 동전 같은 것들이었다. 또 다른 서랍에는 레이스 속옷들이 들어 있었다. 브래지어와 팬티는 하나같이 흰색 아니면 검은색이었다.

"제이드의 방도 보여주시겠습니까?"

레인은 앞장서서 짧은 복도를 걸어갔다. 연한 파스텔 색조로 꾸며진 제이드의 방에는 곰 인형, 도자기 인형, 장난감, 게임 도구 등 아이 물건들이 널려 있었다. 낮은 침대에 놓인 베개 위에 개켜진 잠옷이 얹혀 있었다. 잠자리등은 여태 불이 켜진 상태였다. 책상 위에는 두꺼운 종이에 크레용으로 그린 그림들이 쌓여 있었고 의자는 책상 안쪽으로 깔끔하게 들어가 있었다.

경찰 입장에서 의미가 있을 만한 물건은 아무것도 보이지 않았다.

"다 됐습니다." 리처가 말했다. "번거롭게 해드렸군요."

그는 레인을 따라 거실로 돌아갔다. 가죽 더플백은 현관 근처 바닥에 그대로 놓여 있었다. 그레고리를 비롯한 여섯 사람도 여전히 자리를 지키고 있었다. 전과 마찬가지로 조용히, 걱정스러운 얼굴로.

"결정을 내릴 시간이군." 레인이 말했다. "리처 씨가 이 건물로 들어올 때 감시당했다고 가정해야 할까? 아니라고 봐야 할까?"

"전 아무도 못 봤습니다." 그레고리가 말했다. "그럴 가능성은 상당히 낮다고 봅니다. 24시간 감시하려면 인력이 많이 필요하니까요. 아니라고 생각합니다."

"동의하네. 리처 씨는 아직 놈들에게 드러나지 않았을 거야. 그러니 7시에 리처 씨가 그 장소 근처에 있어야 해. 우리도 놈들을 감시할 필요가 있으니까."

반대 의견은 없었다. 리처는 고개를 끄덕였다.

"모습을 드러내지 마시오." 레인이 리처에게 말했다. "내가 뭘 걱정하는지 알고 있겠지요?"

"충분히 알고 있습니다. 놈들은 나를 알아채지 못할 겁니다."

"감시만 할 것. 절대로 개입해서는 안 되오."

"걱정 마십시오."

"놈들은 일찍 거기 나와 있을 거요. 그러니 당신은 놈들보다 앞서 가 있어야 합니다."

"걱정 마십시오." 리처는 같은 말을 반복했다. "지금 바로 떠나겠습니다."

"차 열쇠를 넣어둘 건물이 어딘지 몰라도 되겠소?"

"그럴 필요 없습니다. 그레고리가 열쇠를 투입하는 장면을 지켜볼 테니까요."

리처는 아파트를 나와 엘리베이터를 타고 아래로 내려갔다. 수위한테 눈인사를 한 뒤 거리로 나섰다. 그는 72번가 지하철역을 향해 브로드웨이쪽으로 걷기 시작했다.

건물을 감시하던 여자는 리처가 떠나는 장면을 보았다. 앞서 여자는 그가 그레고리와 함께 들어가는 모습도 보았었다. 지금 리처 혼자서 나가는 것을 본 여자는 시계를 확인한 뒤 시간을 메모했다. 서쪽으로 걸어가는 리처의 뒷모습을 목을 길게 빼고 눈으로 좇았다. 리처의 모습이 시야에서 사라지자 여자는 다시 어둠 속으로 몸을 감추었다.

7

가장 먼저 들어온 것은 일부 구간을 무정차 통과하는 9열차였다. 리처는 전날 산 지하철 패스를 사용해 아홉 정거장을 타고 갔다. 하우스턴가에서 내려 지상으로 나와 바럭가를 따라 남쪽으로 걸었다. 새벽 3시를 조금 넘긴 시간이라 거리는 고요했다. 리처의 경험에 따르면 잠이 없는 도시도 가끔은 잠이 들 때가 있다. 어쩌다 한 번, 도시는 두세 시간씩 잠에 빠져들곤 했다. 늦게 귀가하는 사람들이 집으로 돌아가고 일찍 움직이는 사람들은 아직 모습을 나타내기 전의 짧은 휴지기 같은 게 있었다. 그럴 때 도시는 고요히 심호흡을 했으며 빛나는 어둠이 거리를 소유했다. 그런 때가 리처의 시간이었다. 그는 사람들이 10층, 30층, 50층 높이로 차곡차곡 쌓여 잠자는 모습, 얇은 아파트 벽을 사이에 두고 전혀 모르는 사람들이 머리를 맞댄 채 곯아떨어진 모습을 상상하곤 했다. 어둠에 잠긴 거리에서 키 큰 남자가 말없이 성큼성큼 발걸음을 옮기는 것을 전혀 알지 못한 채.

그는 찰턴가에서 왼쪽으로 꺾어 6번가를 건너 프린스가에 접어들었다. 거기서 세 블록을 더 걸어서 소호 지구의 중심부인 웨스트 브로드웨이에 도착했다. 거기서 한 블록 남쪽이 스프링가였다. 지정 시간까지는 세 시간 40분이 남아 있었다.

리처는 남쪽으로 걸어갔다. 목적지는 있으나 서두를 이유가 없는 사람이 보이는 한가로운 걸음걸이였다. 웨스트 브로드웨이는 교차하는 도로들보다 폭이 넓었기 때문에 느긋한 걸음걸이로 스프링가를 지나면서 보니 남서쪽 모퉁이 쪽이 잘 보였다. 전면부에 철재를 덧붙여 둔 폭이 좁은 건물이 거기 있었다. 인도에서 삼단 계단을 올라간 곳에 칙칙한 빨간색으로 칠해진 출입문이 있었다. 건물 정면 하단은 낙서로 뒤덮였고 위쪽에는 비상계단이 어지럽게 뒤엉켜 있었다. 땟국으로 얼룩진 위층의 창들은 어두운색 천 같은 것들이 안쪽에 대어져 있었다. 1층에 하나 나 있는 창문에는 건축허가서들이 붙어 있었다. 출입문에는 뚜껑이 달린 우편물 투입구가 달려 있었다. 놋쇠 재질의 투입구가 반짝반짝 빛났던 시절도 있었겠지만 지금은 칙칙하게 변색되었고 표면이 부식되어 얽은 흔적도 보였다.

저기로군. 리처는 생각했다. 틀림없다.

한 블록 더 걸어간 리처는 브룸에서 오른쪽으로 방향을 틀어 그린가를 통해 북쪽으로 다시 올라갔다. 셔터가 내려진 상점들이 보였다. 일등석 비행기표보다 더 비싼 스웨터를 파는 상점, 국산차보다 가격이 더 높은 가구를 파는 상점들이었다. 리처는 프린스에서 서쪽으로 방향을 꺾어 블록 순회를 마무리했다. 다시 웨스트 브로드웨이를 따라 남쪽으로 걸어가다 보니 동쪽 편 인도에 출입문이 하나 있었다. 50센티미터 높이의 계단 하나가 문 아래 놓여 있었다. 리처는 쓰레기를 발로 차서 대충 치운 뒤 땅바닥에 등을 대고 누웠다. 계단 위에서 곯아떨어진 주정뱅이처럼 두 팔로 머리를 감싸고 고개를 인도 쪽으로 약간 떨어트렸다. 하지만 반쯤 뜬 그의 두 눈은 20미터 떨어진 곳에 있는 칙칙한 빨간 문을 주시하고 있었다.

움직이지 말고 절대 소리를 내지 말라는 얘기를 들었지만 케이트 레인은 위험을 무릅쓰기로 마음을 굳혔다. 도저히 잠을 이룰 수가 없었다. 그건 제이드도 마찬가지였다. 이런 상황에서 누군들 잠잘 수 있겠는가? 케이트는 침대에서 빠져나와 발치의 난간을 움켜쥐고 침대를 조금씩 옆으로 밀기 시작했다.

"엄마, 하지 말아요." 제이드가 목소리를 낮춰 속삭였다. "소리 내면 안 되잖아요."

케이트는 대꾸 없이 이번에는 침대 머리 쪽으로 가서 침대를 옆으로 밀었다. 침대 머리와 발치 쪽을 세 번 오가며 조금씩 밀어서 매트리스를 제이드의 매트리스에 딱 붙여놓았다. 그런 뒤 그녀는 이불 아래로 들어가 딸에게 팔을 두르고 꼭 껴안았다. 잠들 수는 없어도 둘이 함께 깨어 있을 수는 있게 되었다.

리처의 머릿속 시곗바늘이 새벽 6시에 가까워졌다. 벽돌과 철의 협곡인 소호는 여태 캄캄했으나 머리 위 하늘은 환하게 밝아왔다. 밤에도 공기는 따뜻했다. 리처는 편안하게 밤을 보냈다. 더 험한 곳에서 밤을 지낸 적도 한두 번이 아니었으며 대개는 지금보다 더 오랜 시간 버텨야 했었다. 칙칙한 빨간 문에서는 지금까지 어떤 움직임도 보이지 않았으나 부지런한 사람들이 벌써 거리에 나와 그의 주위를 오갔다. 승용차와 트럭들이 도로 위에서 움직이고 있었다. 양쪽 인도에도 행인들이 모습을 나타냈다. 하지만 그를 쳐다보는 사람은 아무도 없었다. 리처는 문간에 드러누운 주정뱅이에 불과했다.

그는 몸을 뒤척이며 주위를 살폈다. 그가 가로막고 누운 출입문은 금속 재질의 평범한 회색 문이었다. 외부 손잡이는 달려 있지 않았다. 방화문이

거나 화물이 드나드는 문 같았다. 운이 따라주면 7시까지는 방해받지 않고 계속 자리를 지킬 수 있을 것이다. 리처는 옆으로 돌아누워 남쪽과 서쪽 방향을 다시 한 번 살폈다. 위경련이 일어난 사람처럼 몸을 앞으로 접으면서 이번에는 북쪽으로 눈길을 보냈다. 몸값을 인수하러 오는 자가 누구든 곧 모습을 나타내 위치를 잡을 것이다. 놈들은 바보가 아니다. 조심스럽게 상황을 파악하려 들 것이다. 감시하는 경찰이 있는지 확인하기 위해 지붕 위와 창문들, 주차된 차량을 점검할 것이다. 지금 그가 누워 있는 문간 같은 곳도 확인할지 모른다. 하지만 리처는 지금까지 단 한 번도 경찰로 오인된 적이 없었다. 변장을 한 경찰은 미심쩍은 냄새를 풍기기 마련이지만 리처는 있는 그대로 자기 모습을 드러내고 있을 따름이었다.

경찰이라. 그는 생각했다.

그 단어는 무언가를 떠올리게 했다. 물살에 밀린 나뭇가지가 강둑에 부딪히듯 어떤 기억이 문득 떠올랐다. 하지만 일순간에 불과했고 생각이 채 형태를 갖추기도 전에 나뭇가지는 떠내려가버렸다. 진짜 경찰이 리처의 눈에 들어온 것은 그때였다. 경찰차가 남쪽에서 천천히 다가오는 중이었다. 리처는 꿈틀대며 몸을 일으켜 회색 문에 등을 기대고 앉았다. 공공장소에서 드러누워 자는 모습을 보였다간 부랑죄에 걸릴 수도 있다. 하지만 앉아 있는 건 헌법에 보장된 권리가 아닌가? 뉴욕 경찰은 문간이나 벤치에 누운 사람을 보면 사이렌을 울리면서 확성기로 소리치지만 앉아서 잠든 사람에게는 냉담한 눈길을 던질 뿐 그대로 지나친다.

순찰차는 리처를 그대로 지나쳤다.

그는 다시 드러누웠다. 깍지 낀 팔 위에 머리를 얹고 눈은 반쯤 뜨고 있었다.

6킬로미터 북쪽의 다코타 빌딩에서는 에드워드 레인과 존 그레고리가 엘리베이터를 타고 내려왔다. 레인은 불룩한 가죽 더플백을 들었다. 길가에 주차된 파란 BMW가 어스름한 새벽빛 속에서 그들을 기다리고 있었다. 차고에서 BMW를 가져온 남자는 차에서 내려 열쇠를 그레고리에게 건넸다. 그레고리가 리모컨으로 트렁크를 열자 레인은 더플백을 던져 넣었다.

잠시 가방을 쳐다보던 레인이 트렁크 덮개를 닫았다. "영웅이 되려고 해선 안 돼. 차를 갖다 두고, 열쇠를 갖다 두고, 조용히 그곳에서 벗어나."

"알고 있습니다." 그레고리는 후드 쪽으로 돌아 운전석에 올랐다. 차에 시동을 걸고 서쪽으로 출발해 9번가에서 남쪽으로 방향을 틀었다. 이른 아침이므로 도로 정체는 걱정하지 않아도 될 듯했다.

같은 시각 6킬로미터 남쪽에서는 하우스턴가에서 나온 한 남자가 웨스트 브로드웨이를 향해 출발했다. 남자는 차에 타지 않고 걷는 중이었다. 나이 마흔둘, 키 180센티미터, 체중 86킬로그램인 백인 남자였다. 후드 달린 트레이닝복 위에 데님 재킷을 걸쳤다. 그는 서쪽 인도 쪽으로 길을 건너 프린스가로 향했다. 남자의 눈알이 쉴 새 없이 움직였다. 좌우로, 앞뒤로. 정찰. 자신의 정찰 능력에 자부심을 느껴도 될 만한 사람이었다. 남자는 중요한 것을 놓치는 법이 없었다. 한 번도 그런 적이 없었다. 자신의 시선이 움직이는 탐조등이라고 그는 생각했다. 어둠을 뚫고 모든 것을 드러낸다.

드러난 사실은 다음과 같았다. 전방 좌측 45도 각도에 남자 하나가 문간에 드러누워 있다. 덩치는 크지만 무기력하다. 다리를 편안히 뻗은 채 잠들어 있다. 두 팔 위에 얹힌 머리는 특유의 각도로 인도 쪽으로 기울어져 있다.

주정뱅이인가? 죽었나?

저 남자는 누구지?

후드 트레이닝복을 입은 남자는 프린스가의 횡단보도에서 멈췄다. 오가는 차량이 없었지만 남자는 신호등이 바뀌길 기다리면서 그 시간을 이용해 상황 정리를 끝냈다. 저 덩치의 옷은 형편없다. 하지만 구두는 다르다. 견고하고 중량감 있는 가죽구두는 이음매가 잘 꿰매져 있다. 영국제다. 가격은 300달러 정도. 350달러일지도 모른다. 한 짝의 값만 따져도 저 남자가 몸에 걸친 모든 걸 합친 가격보다 높을 것이다.

대체 누구지?

고급 상점에서 구두를 훔친 부랑자인가?

아니라고 남자는 생각했다.

그는 몸을 90도 돌려 신호등을 무시하고 웨스트 브로드웨이를 가로질러 덩치가 누워 있는 문간을 향해 걷기 시작했다.

그레고리는 42번가에서 잠깐 정체에 휘말렸지만 이후부터는 31번가 우체국 뒤편에 이를 때까지 줄곧 녹색불을 받았다. 그 지점에서 그의 운과 신호등 색깔이 바뀌었다. 쓰레기차 뒤에 BMW를 멈출 수밖에 없었다. 기다리면서 그는 시계를 봤다. 시간은 충분했다.

발소리를 죽이고 걸어온 후드 트레이닝복 남자는 문간에서 멈춰 섰다. 남자는 숨을 죽였다. 그의 발치에 누운 덩치는 잠들어 있었다. 덩치에게서는 악취가 풍기지 않았다. 피부 상태가 좋았고 머리카락도 깨끗했다. 영양 상태도 괜찮았다.

구두를 훔친 부랑자가 아니다.

남자는 자신을 향해 빙긋 웃음을 지었다. 소호의 수백만 달러짜리 고급 아파트에서 재밋거리를 찾아 거리로 나온 놈이다. 재미가 지나쳐 집으로 돌아가지 못하고 여기 쓰러진 것이다.

봉 잡았다.

남자는 반걸음 앞으로 다가섰다. 숨을 내쉬고 또 들이쉬었다. 두 개의 탐조등이 치노 바지에 정지한 뒤 훑어 내렸다.

저기 있군.

왼쪽 앞주머니였다. 군침 당기는 익숙한 형체가 드러나 있었다. 가로 7, 세로 8, 두께는 1센티 정도.

접힌 지폐다.

후드 트레이닝복을 입은 남자는 경험이 풍부했다. 보지 않고도 내용물을 맞힐 수 있었다. 현금인출기에서 뽑아낸 빳빳한 20달러 신권과 택시 요금을 내고 거스름돈으로 받은 낡은 5달러와 10달러 지폐 몇 장, 구깃구깃한 1달러 지폐 몇 장. 모두 173달러다. 남자는 그렇게 예상했다. 그의 예측은 빗나가는 법이 거의 없었다. 실망스러운 결과가 나올지도 모르지만 즐거운 놀람을 맛보게 될 수도 있다.

남자는 허리를 굽혀 팔을 뻗었다.

손가락 끝으로 주머니 이음매를 들어 올려 작은 터널을 만들었다. 그런 뒤 손가락을 펴서 검지와 중지를 안으로 밀어넣었다. 깃털처럼 부드러운 움직임이었다. 손가락을 겹쳐 가위 모양을 만들어 검지를 현금뭉치 아래로 완전히 밀어넣었다. 중지는 돈다발 위로 움직였다. 집게 모양의 두 손가락 사이에 돈을 끼워 넣은 남자는 중지 끝으로 검지 손톱을 지그시 눌렀다. 현금뭉치를 주머니에서 살며시 끌어당기며 천천히 부드럽게 빼내기 시작했다.

그때 남자의 팔목이 툭 부러졌다.

커다란 두 손이 남자의 팔목을 움켜쥐고 썩은 나뭇가지를 꺾듯 단숨에 부러트렸다. 기습적인 움직임에 당한 남자는 눈앞이 흐릿해졌다. 그 순간에는 고통도 없었다. 조금 뒤에야 통증이 물결처럼 밀려왔다. 커다란 손하나가 남자의 입을 움켜쥐었다. 1루수의 글러브로 얼굴을 얻어맞은 것 같은 느낌이었다.

"세 가지 질문이 있다." 덩치 큰 남자가 조용히 말했다. "사실대로 말하면 보내주지. 거짓말을 하면 다른 손목도 부러뜨린다. 알아들었나?"

덩치 큰 남자는 거의 움직이지 않았다. 손만 사용했을 뿐이었다. 한 번, 두 번, 세 번. 빠르게, 군더더기 없이, 치명적으로. 숨조차 크게 쉬지 않았다. 후드 트레이닝복의 남자는 아예 숨을 쉴 수 없었다. 그는 필사적으로 고개를 끄덕였다.

"좋아. 첫 번째 질문. 정확히 뭘 하고 있었지?" 덩치 큰 남자는 대답을 듣기 위해 손을 치웠다.

"돈을 훔치려고." 후드 트레이닝복이 말했다. 목소리를 제대로 내지 못했다. 고통과 공포로 소리가 끽끽 갈라졌다.

"처음이 아니겠지?" 덩치 큰 남자의 눈은 반쯤 열려 있었다. 맑고 푸른 눈에는 아무 감정도 담겨 있지 않았다. 최면 효과를 일으키는 눈이었다. 트레이닝복을 입은 남자는 거짓말을 할 수 없었다.

"새벽 정찰이에요. 당신 같은 사람이 두서넛은 있거든요."

"정확히 나 같은 사람은 아니겠지."

"그래요."

"넌 사람을 잘못 골랐다."

"죄송합니다."

"두 번째 질문. 혼자인가?"

"그렇습니다."

"세 번째 질문. 지금 바로 여기서 벗어나고 싶나?"

"네. 그래요."

"그럼 그렇게 해. 천천히 자연스럽게 북쪽으로 가. 프린스에서 오른쪽으로 돌아서 걸어 가. 달리지 말고 뒤도 돌아보지 말고. 그냥 조용히 사라져. 지금 바로."

그레고리는 8분 일찍 소화전에서 한 블록 반 떨어진 곳에 도착했다. 약속지점에 가기 전에 길가에 차를 대고 잠시 기다려야 할 모양이었다. 시간을 정확히 지켜야 한다고 그는 생각했다.

15초쯤 뒤에 리처의 심장 박동은 정상으로 되돌아왔다. 그는 돈을 주머니 깊숙이 밀어넣고 다시 두 팔을 베고 누웠다. 고개를 인도 쪽으로 살짝 떨어트리고 눈을 반쯤 떴다. 빨간 문 근처에는 아무도 없었다. 그 문에 눈길을 주는 사람조차 없었다.

후드 트레이닝복을 입은 남자는 부러진 팔목을 감싼 채 프린스로 접어

들었다. 거기서부터는 느리고 자연스러운 걸음걸이를 내던지고 힘껏 달렸다. 두 블록을 달린 남자는 배수로로 뛰어들었다. 남자는 거기 잠시 멈춰서 허리를 굽히고 숨을 헐떡였다. 성한 손으로 무릎을 짚고 다친 손은 삼각붕대를 한 것처럼 트레이닝복 주머니에 넣고 있었다.

리처는 시계가 없었지만 그레고리의 모습을 보았을 때의 시간이 아침 7시 8분 아니면 9분일 거라고 생각했다. 하우스턴 아래에 면한 블록은 길었다. 6번가 소화전에서부터 걸어오면 8분이나 9분쯤 걸릴 터였다. 그레고리는 정각에 거기서 떠난 것이다. 그레고리는 스프링가를 따라 서쪽에서 걸어왔다. 한 손을 양복 주머니에 넣고 서둘러 걷고 있었다. 칙칙한 빨간 문 앞에서 걸음을 멈춘 그레고리는 군인 출신답게 절도 있는 동작으로 몸을 돌려 삼단 계단을 올라갔다. 발가락 아랫부분으로 균형을 잡고 가볍게 계단을 올랐다. 그레고리가 주머니에서 손을 꺼내자 반짝이는 금속과 검은 플라스틱이 리처에게도 보였다. 리처는 그레고리가 왼손으로 우편물 투입구 덮개를 올리고 오른손으로 열쇠를 밀어넣는 모습을 지켜보았다. 그레고리는 덮개를 내린 뒤 몸을 돌려 걸어갔다. 웨스트 브로드웨이로 향한 그레고리는 뒤를 돌아보지 않았다. 계속 걸어갈 뿐이었다. 그는 케이트 레인의 목숨을 구하기 위해 맡겨진 역할에 집중하고 있었다.

그레고리가 사라진 뒤에도 리처는 계속 빨간 문을 지켜보았다. 기다렸다. 3분 정도면 될 거라고 그는 생각했다. 500만 달러는 큰돈이며 참을성에는 한계가 있는 법이다. 그레고리가 충분히 멀리 갔다고 일당 중 한 명이 판단한 즉시 다른 놈이 빨간 문에 모습을 나타낼 것이다. 기다란 블록 하나를 지나 횡단보도를 건넌 정도면 안전하다고 여기리라. 그러므로 그레고리가 브룸 남쪽에 접어들면 기다리는 일당에게 신호를 보낼 것이다.

1분.

2분.

3분.

아무 일도 벌어지지 않았다.

리처는 긴장을 풀고 태연한 모습을 유지했다. 관심을 전혀 겉으로 드러내지 않았다. 걱정스러운 마음도.

4분. 아무 움직임도 없었다.

리처는 반쯤 뜬 눈으로 계속 문을 응시했다. 뚫어져라 지켜보는 사이 세세한 모습이 그의 마음에 아로새겨졌다. 흠집, 깨진 자국, 먼지와 녹으로 생긴 얼룩, 겹쳐진 스프레이 낙서들. 50년 뒤에도 즉석사진처럼 정확하게 문의 모습을 그림으로 그릴 수 있을 것 같았다.

6분. 8분. 9분.

아무 일도 일어나지 않았다.

이제 온갖 사람들이 인도 위를 오가고 있었지만 빨간 문으로 다가가는 사람은 아무도 없었다. 차량이 늘어났고 트럭들은 짐을 부렸다. 잡화점과 빵집이 문을 열었다. 뚜껑 닫힌 종이 커피 컵과 신문을 든 사람들이 지하철로 발걸음을 옮겼다.

빨간 문의 계단을 오르는 사람은 없었다.

12분. 15분.

리처는 자문해보았다. 놈들이 나를 봤을까? 그는 그 물음에 답했다. 당연히 보았다. 거의 확실하다. 그 노상강도도 나를 보지 않았는가. 그건 분명한 사실이다. 그런데 납치범 일당은 노상강도 따위와는 비교할 수 없을 정도로 영리하다. 어떤 것도 놓치지 않는 놈들이다. SAS 출신을 백화점 바깥에서 때려눕힐 정도의 놈들이라면 거리를 샅샅이 점검했을 것이다. 그는 다시 자신에게 물어보았다. 그렇다면 놈들이 나한테 신경을 썼을까? 답은 부정적이었다. 그렇지 않았을 것이다. 노상강도가 본 것은 직업적 기회였다. 그게 전부였다. 납치범들에게 있어 문간에 드러누운 인간은 쓰레기통이나 우체통, 소화전, 손님을 찾아 돌아다니는 빈 택시나 다름없다. 거리의 장식물인 셈이다. 단순히 도시의 일부분이다. 게다가 리처는 혼자였다. 경찰이나 FBI는 단독으로 움직이지 않는다. 그들이었다면 술병처럼 생긴 워키토키를 갈색 봉투에 찔러 넣고 수상쩍은 냄새를 풀풀 풍기며 여기저기 흩어져 있었을 것이다.

그러므로 놈들은 나를 봤지만 겁먹지는 않았다.

그렇다면 대체 일이 어떻게 돌아가고 있는 건가?

18분.

소화전. 리처는 생각했다.

BMW는 소화전 옆에 세워져 있다. 그리고 지금은 차량이 점점 늘어나는 시간이다. 뉴욕경찰청의 견인트럭들이 차고에서 나와 업무를 개시할 시간이다. 트럭마다 맡은 구역이 있다. 제정신이 박힌 인간이라면 뉴욕 시내에 불법주차한 차량 속에 500만 달러를 넣어 두고 얼마나 오래 버티겠는가?

19분.

20분이 지나자 리처는 포기했다. 아무 일 없다는 듯 문간에서 굴러 나와 일어섰다. 몸을 한 번 쭉 편 다음 빠른 걸음으로 북쪽을 향해 걸었다. 프린스가에서부터 줄곧 서쪽으로 걸어 6번가에 이르자 다시 북쪽으로 방향을 돌려 하우스턴을 건너 소화전에 도착했다.

그 자리는 텅 비어 있었다. BMW는 사라지고 없었다.

8

리처는 다시 남쪽으로 방향을 돌려 스프링가로 돌아갔다. 빠른 걸음으로 7분 만에 여섯 블록을 걸었다. 그레고리가 칙칙한 빨간 문 앞의 인도에 서 있었다.

"어땠습니까?"

리처는 고개를 가로저었다.

"아무것도 없었습니다. 한 놈도 보이지 않았어요. 모든 일이 쥐똥이 되어버렸습니다. 당신들 SAS가 이럴 때 쓰는 말마따나."

"예의를 차려야 할 때라면 그렇게 말하죠."

"차가 없어졌습니다."

"어떻게 그럴 수가 있습니까?"

"뒷문이 있었을 겁니다. 지금으로서는 그게 가장 가능성이 높아요."

"빌어먹을."

리처는 고개를 끄덕였다. "정말 쥐똥 같은 일이군요."

"확인해봐야 합니다. 레인 씨한테 진상을 보고해야 하니까요."

그들은 서쪽 방향으로 두 개의 건물을 지난 곳에서 샛길 입구를 발견했다. 출입을 막는 문이 달려 있었다. 쇠사슬로 묶어서 프라이팬만 한 맹꽁이자물쇠로 잠가둔 문이었다. 자물쇠를 깨트리는 것은 불가능했다. 하지만 그다지 오래된 자물쇠는 아니었다. 기름칠이 되어 있었고 빈번히 사용된 흔적이 보였다. 문 위에는 샛길과 같은 폭의 철제 스크린이 설치되어 있었는데 높이가 6미터쯤 되어 보였다.

그 샛길로 들어갈 방법은 없었다.

리처는 뒤로 물러나 좌우를 살펴보았다. 문제의 건물 오른편에 초콜릿 상점이 있었다. 창문이 안전망으로 가려져 있었지만 안쪽에 아기 주먹 크기의 초콜릿 제품들이 진열되어 있는 게 보였다. 모조품인 것 같았다. 진짜라면 녹거나 변질될 것이다. 상점 안쪽의 전등이 밝혀져 있었다. 리처는 손을 컵 모양으로 말아 쥐고 창문에 바싹 붙어 안을 들여다보았다. 작고 흐릿한 형체 하나가 움직이고 있었다. 그는 상점 출입문을 손바닥으로 쾅 쾅 두들겼다. 작은 형체가 움직임을 멈추고 몸을 돌리더니 리처의 오른쪽, 허리 높이에 있는 무언가를 가리켰다. 글씨를 보기 좋게 새긴 카드가 출입문 유리에 테이프로 붙어 있었다. '영업시간: 오전 10시-오후 10시'. 리처는 고개를 가로저으며 상대방을 손짓으로 불렀다. 자그마한 형체는 짜증스럽다는 듯 어깨를 으쓱한 뒤 출입문 쪽으로 걸어왔다. 여자였다. 키가 작고 가무잡잡하며 지친 듯 보이는 젊은 여자가 복잡한 자물쇠를 여러 개 풀더니 도어체인이 걸린 상태로 문을 열었다.

"아직 영업 시작 안 했어요." 좁은 틈 사이로 그녀가 말했다.

"보건국에서 나왔습니다."

"그렇게 보이지 않는데요."

여자 말마따나 리처의 행색은 문간에 선 부랑자라 하기에 알맞았다. 리처는 말쑥한 회색 양복을 입은 그레고리에게 고갯짓을 했다.

"시에서 일하는 사람 맞습니다." 그레고리가 말했다. "저와 함께 왔습니다."

"점검은 얼마 전에 받았는데요."

여자의 말에 리처는 "옆 건물에 관한 건입니다"라고 했다.

"무슨 일인데요?"

리처는 여자의 어깨 너머로 가게 안을 훑어보았다. 누구에게도 반드시 필요한 것이 아닌 사치품을 파는 과자점. 따라서 고객 기반이 취약하다. 따라서 상점 주인은 늘 마음이 불안하다.

"쥐 때문입니다." 리처가 말했다. "저는 구제 담당자입니다. 쥐가 나온다는 신고를 받았습니다."

여자는 더 이상 따져 묻지 않았다.

"샛길 출입문의 열쇠를 갖고 계시죠?" 그레고리가 물었다.

그녀는 고개를 끄덕였다. "우리 뒷문을 사용하셔도 돼요. 그 편이 빨라요."

여자는 도어체인을 밀어서 풀고 문을 열어주었다. 안으로 들어서자 짙은 코코아 향기가 풍겼다. 상점 앞쪽은 판매 제품을 진열하는 공간이고 안쪽에 제품을 만드는 주방이 있었다. 오븐들이 따뜻하게 데워지기 시작한 참이었다. 반짝반짝 빛나는 쟁반, 우유, 버터, 설탕, 녹인 초콜릿이 든 통, 철제 작업대들. 뒷문은 타일을 붙여둔 짧은 복도 끝에 있었다. 여자의 안내를 받아 뒷문으로 빠져나오자 1900년의 손수레나 트럭이라면 통과했을 법한 벽돌길이 나왔다. 샛길은 그 블록을 동서로 가로질러 톰슨 가로 이어졌는데 거기에도 출입을 막는 문이 설치되어 있었다. 그 문에서 직각 방향으로 꾸불꾸불 이어진 다른 출구가 그들이 조금 전 스프링가에서 보았던 그곳이었다. 문제의 건물은 후면도 정면만큼이나 후줄근했다. 오히려 더 형편없었다. 낙서는 덜했지만 부식은 더 심했다. 벽돌에 동파된 흔적이 역력했고 깨진 홈통에는 이끼가 끼었다.

1층에 창문이 하나. 그리고 뒷문이 있었다.

뒷문 또한 정문과 마찬가지로 칙칙한 빨간색이었는데 더 낡아보였다. 목재 위에 철을 덧댄 그 문은 한국전쟁 이후 실업자가 되어 일거리를 찾던 미군이 칠한 듯 보였다. 어쩌면 제2차 세계대전, 아니 제1차 세계대전 때로 거슬러 올라갈지도 몰랐다. 하지만 하나뿐인 자물쇠는 현대식이었다. 열쇠로만 열 수 있는 자물쇠는 견고했다. 놋쇠로 만든 구형 손잡이는 세월에 밀려 꺼멓게 변색되고 여기저기 흠집이 나 있었다. 최근 한 시간 이내에 손잡이를 만진 흔적이 있는지 알아내는 것은 불가능했다. 리처는 문손잡이를 잡고 밀어보았다. 3밀리미터쯤 밀리더니 더 이상은 움직이지 않았다.

건물로 들어갈 방법은 없었다.

리처는 몸을 돌려 초콜릿 상점의 주방으로 향했다. 상점 주인은 녹인 초콜릿을 거친 아마포에 넣어 짜내는 중이었다. 은제 분사구로 나온 초콜릿이 5센티미터 간격으로 베이킹시트 위에 점점이 놓였다.

쳐다보는 눈길을 느낀 그녀는 "초콜릿 묻은 스푼이라도 핥고 싶은 건가요?"라고 했다.

"옆 건물에서 사람을 본 적 있습니까?" 리처는 물었다.

"아뇨. 아무도."

"들어갔다가 나가는 사람도?:

"없어요. 거긴 빈 건물인데요."

"매일 이곳에 계십니까?"

"아침 7시 30분부터요. 먼저 오븐을 켜죠. 그러고는 밤 10시에 오븐을 끄고 청소를 한 뒤 11시 30분에 여길 나가요. 하루에 열여섯 시간 일하는 거죠. 시계처럼 규칙적으로."

"쉬는 요일은 없습니까?"

"우리처럼 작은 가게는 쉬는 날이 없어요."

"힘들겠군요."

"그건 당신도 마찬가지죠."

"나요?"

"쥐 잡는 일을 한다면서요."

리처는 고개를 끄덕인 다음 물었다. "옆 건물의 소유주는 누굽니까?"

"그걸 몰라요? 시에서 일한다면서요?"

"도와주시면 시간을 절약할 수 있습니다. 기록이 엉망으로 뒤섞여 있거든요."

"나는 몰라요."

"알겠습니다. 좋은 하루 되십시오."

"건물 정면 창에 있는 건축허가증을 살펴보세요. 전화번호가 여럿 적혀 있던데 소유주 번호도 있지 않을까요? 이 자리에 가게를 열 때 얼마나 많은 서류를 적어내야 했던지. 당신한테도 보여드리고 싶네요."

"고맙습니다."

"초콜릿 좀 드실래요?"

"근무 중이라서."

그는 그레고리를 따라 상점 출입문을 나왔다. 그들은 오른쪽으로 가서 문제의 건물 정면 유리창을 살펴보았다. 안쪽에 짙은 커튼이 드리워진 창문에 열 장 남짓한 각종 허가서들이 붙어 있었다. 유리에 검댕이 잔뜩 앉았고 햇볕에 노출된 허가서는 끝이 말려 있었다. 허가서는 전부 기간 만료된 것들이었지만 검은 매직펜으로 쓴 전화번호가 여러 개 적혀 있었다. 폐기된 프로젝트에 참여했던 사람들의 전화번호였다. 건축가, 도급업자, 소유주. 그레고리는 전화번호를 옮겨 적지 않았다. 자그마한 은색 휴대폰을 꺼내 사진을 찍은 다음 그 휴대폰으로 다코타에 전화를 걸었다. "출발합니다."

그레고리와 리처는 6번가까지 걸어가서 C열차를 타고 여덟 정거장을 가 72번가에 내렸다. 지상으로 나오니 스트로베리 필즈 바로 옆이었다. 그들은 8시 30분 정각에 다코타 빌딩 로비에 도착했다.

두 사람이 건물로 들어가는 것을 지켜보던 여자는 그 시간을 기록했다.

9

나쁜 소식을 들은 에드워드 레인은 신경이 극도로 날카로워졌다. 주의 깊게 관찰한 리처의 눈에는 그가 자제하려 애쓰는 모습이 보였다. 레인은 거실을 서성대며 강박적으로 손가락을 말아 손톱으로 손바닥을 긁어댔다.

"결론은?" 레인이 물었다. 요구하듯, 권리를 주장하듯.

"앞서 내린 결론을 수정해야겠습니다." 리처가 말했다. "일당은 셋이 아닌 것 같습니다. 아마 둘일 겁니다. 한 놈은 케이트, 제이드와 같이 있고 다른 한 놈이 혼자서 시내로 들어왔습니다. 그레고리가 웨스트 브로드웨이로 걸어가는 모습을 지켜볼 필요가 없었습니다. 뒷문을 사용할 계획이었으니까요. 샛길에 미리 잠입해 있었습니다. 눈에 띄지 않게."

"그건 좀 위험한 것 같은데. 거리에서 자유롭게 돌아다니는 편이 더 안전하지 않나?"

리처는 고개를 가로저었다. "놈들은 주위 상황을 미리 검토했습니다. 바로 옆 건물에 아침 7시 30분부터 밤 11시 30분까지 사람이 있습니다. 놈들이 왜 그 시간을 선택했는지 그걸로 설명이 가능해요. 오늘 아침 7시는 상점 주인이 출근하기 전입니다. 지난번의 밤 11시 40분은 퇴근한 다음이고. 11시 40분이라니 어정쩡한 시간 아닙니까? 그럴 만한 이유가 있었던 겁니다."

에드워드 레인은 아무 말도 하지 않았다.

리처가 말을 이었다. "혹은 단독범일지도 모릅니다. 가능한 일입니다. 케이트와 제이드를 주 북부에 확보해두었다면 혼자 시내로 내려올 수 있습니다."

"확보?"

"어딘가 감금해두었다면. 묶어서 재갈을 물려두었다면."

"열두 시간 동안이나? 왕복할 동안?"

"납치입니다. 두 사람은 건강관리시설에 있는 게 아닙니다."

"한 놈이라고?"

"그것도 가능하다는 얘깁니다. 또 하나, 놈은 샛길에 없었을 수도 있습니다. 아예 건물 안에 들어가 기다렸을 수도 있어요. 정문 출입구 바로 뒤에서. 그레고리가 집어넣은 열쇠는 바로 놈의 손에 떨어졌을지도 모릅니다."

"놈들이 다시 전화를 걸어올 것 같은가?" 레인이 물었다. "아니, 한 놈이라 치면 놈이 그렇게 할까?"

"지금부터 네 시간 동안 똑같은 논쟁 과정이 처음부터 되풀이될 겁니다."

"그렇다면?"

"당신은 어떻게 할 겁니까?"

레인은 직접적으로 대답하지 않았다. "단독범이라면 누구와 논쟁을 벌이지?"

"자기 자신과. 논쟁 중에서도 가장 격렬한 논쟁이죠."

레인은 계속 서성거렸다. 하지만 손의 강박적인 움직임은 멈췄다. 새롭게 심사숙고할 문제가 생겼다는 신호 같았다. 리처가 예상한 것도 그거였다. 자, 이제 그 말이 나오겠군.

"자네 말이 맞을지도 모르겠어." 레인이 말했다. "세 명이 아닐지도."

리처는 기다렸다.

"네 명일지도 모르지. 그리고 네놈이 바로 그 네 번째 일당일지도 몰라. 첫 번째 밤에 카페에 있었던 것도 그 때문이지. 일당의 후방에서 감시하고 있었던 거야. 아무 문제가 없는지 확실히 하기 위해서."

리처는 대꾸하지 않았다.

"오늘 아침 그 정문을 감시하겠다고 자청한 것도 네놈이었지. 아무 일도 벌어지지 않으리란 걸 알았으니까. 제대로 하려면 차량을 감시해야 했어. 스프링가가 아니라 6번가에 진을 쳤어야 했다고. 게다가 넌 요구 금액이 500만 달러라는 것도 알고 있었어. 너도 한패야. 안 그래?"

거실에 침묵이 흘렀다.

"두 가지 묻겠습니다." 리처가 입을 열었다. "첫 번째 사건이 일어난 다음 날 내가 카페에 다시 간 이유는 뭐겠습니까? 그날 밤에는 아무 일도 없었는데. 또 만약에 내가 한패라면 그레고리에게 뭔가를 봤다고 밝힌 이유는 또 뭐겠습니까?"

"내부로 잠입하려는 의도였겠지. 그러면 엉뚱한 방향으로 우리를 조종할 수 있으니까. 내가 증인을 찾으러 사람을 보낼 거라는 걸 알았을 테지. 그건 분명해. 그랬더니 네가 거기 떡하니 앉아 있었어. 파리를 기다리는 거미처럼."

레인이 방 안을 둘러보았다. 리처는 그의 시선을 좇았다. 고요하고 절박한 공기, 억제된 위협. 여섯 명의 특수부대 출신자 전원이 리처에게 냉랭한 눈길을 보냈다. 낯선 자에 대한 적의, 전투병이 헌병에게 갖는 의혹으로 가득 찬 눈길이었다. 리처는 그들의 얼굴을 차례로 쳐다본 뒤 케이트 레인의 사진으로 눈길을 돌렸다.

"안타까운 일이군요." 리처는 말했다. "레인 씨, 부인은 아름다운 분입니다. 게다가 사랑스러운 따님까지. 두 사람을 돌려받고 싶다면 당신한테 필요한 사람은 바로 납니다. 전에도 얘기했다시피 당신 부하들이 당장이라도 전쟁을 시작할 수는 있겠죠. 하지만 이들은 수사 경험이 없습니다. 당신이 원하는 걸 찾아낼 능력이 없어요. 막대기 끝에 거울을 매달아 건네줘도 제 똥구멍조차 못 찾을 작자들이란 말입니다."

아무도 입을 열지 않았다.

"내가 어디에 사는지 아십니까?" 리처가 물었다.

"찾아내면 돼." 레인이 말했다.

"못할 겁니다. 왜냐면 난 어디서도 살지 않으니까. 나는 떠돌아다닙니다. 이곳, 저곳, 모든 곳을. 지금 내가 이 방에서 나가면 당신은 평생 다시는 나를 볼 수 없습니다. 내 말을 믿어도 될 겁니다."

레인은 대답하지 않았다.

"그러므로 케이트를, 당신은 두 번 다시 볼 수 없게 됩니다. 이 말 또한 믿어도 좋습니다."

"살아서 여길 나가진 못해." 레인이 말했다. "내가 허락하지 않으면."

리처는 고개를 가로저었다. "여기서 화기를 쓸 수는 없을 텐데요. 다코타 빌딩 안에서는. 임대계약에 명백하게 어긋나는 행동일 겁니다. 맨손으로 싸우는 전투에 대해서라면 난 걱정 안 합니다. 여기 있는 이런 땅꼬마들이 상대라면. 군대 시절을 기억하고 있겠지요? 당신 부하들이 규칙을

어졌을 때 누구를 불렀습니까? 제110특수부대 아닙니까? 강한 자들을 제압하려면 강한 경찰이 필요하죠. 나는 그 강한 경찰의 일원이었습니다. 다시 한번 그 역할을 맡을 용의도 있습니다. 원한다면 한꺼번에 상대해드릴 수도 있고."

방 안에 침묵이 흘렀다.

"나는 그릇된 방향으로 당신들을 조종하려고 여기 온 게 아닙니다. 그럴 작정이었다면 오늘 아침에 가짜 인상착의를 제공했겠죠. 키가 작다 크다, 뚱뚱하다 말랐다, 뭐든 입에서 나오는 대로. 털모자를 쓴 에스키모, 부족의상을 입은 아프리카인이라도 상관없었을 겁니다. 당신들이 곳곳에 흩어져 엉뚱한 그림자를 쫓도록 만들 수 있었어요. 나는 그러지 않았습니다. 이 자리로 돌아왔고, 제대로 방향을 제시하지 못해 미안하다고 말했습니다. 그러지 못해 정말로 미안했으니까요. 솔직하게 말하는 겁니다. 지금까지 진행된 일은 정말 유감입니다."

계속되는 침묵.

"하지만 당신은 그런 상황에 익숙해져야 합니다. 우리 모두가 그렇습니다. 이런 사건은 절대 술술 풀려나가지 않습니다."

침묵이 이어졌다. 잠시 후 레인이 크게 한숨을 내쉬며 고개를 끄덕였다. "사과하지. 진심으로 사과하네. 나를 용서해주게. 스트레스 탓이야."

"악의가 있었다고는 생각하지 않습니다."

"내 아내를 찾아주면 100만 달러를 주겠네."

"내게 말입니까?"

"찾아주는 대가로."

"상당히 많이 올랐군요. 몇 시간 전에는 25,000달러였는데."

"몇 시간 전에 비해 상황이 훨씬 심각해졌으니까."

리처는 입을 다물고 있었다.

"제안을 받아들이겠나?"

"돈 문제는 나중에 이야기합시다. 만약 내가 성공하면."

"만약?"

"난 뒤늦게 합류했습니다. 이 일의 성패는 우리가 얼마나 오랫동안 끌고 나갈 수 있느냐에 달려 있습니다."

"놈들이 다시 전화를 걸어올 것 같은가?"

"그럴 겁니다."

"아프리카인을 들먹인 이유는 뭔가?"

"언제 말입니까?"

"조금 전에. 부족의상을 입은 아프리카인이라고 했잖나. 가공의 인물에 대해 예를 들면서."

"당신 말대로 단순히 예를 든 것뿐입니다."

"아프리카에 대해 얼마나 알고 있나?"

"유럽 남쪽의 큰 대륙이죠. 가본 적은 없습니다."

"그렇군. 자, 그럼 이제 우리는 뭘 하면 되지?"

"생각을 해야죠."

레인은 사무실로 갔고 부하 다섯은 아침을 먹으러 나갔다. 리처는 그레고리와 함께 거실에 남아 있었다. 두 사람은 커피 탁자를 사이에 두고 마주 보며 낮은 소파에 앉아 있었다. 표면에 니스칠이 된 탁자는 마호가니 재질이었다. 꽃무늬 천이 씌워진 소파에는 벨벳 쿠션들이 놓여 있었다. 당면한 심각한 문제를 감안할 때 거실은 터무니없이 장식이 과하고 호화스러우며 지나치게 고상하다는 느낌을 주었다. 그 장소를 지배하는 것은 케이트 레인의 사진이었다. 어디에 있어도 그녀의 눈길이 느껴졌다.

"부인을 되찾아 올 수 있겠습니까?" 그레고리가 물었다.

"모르겠습니다. 대개 이런 종류의 사건은 행복한 결말로 이어지지 않습니다. 납치는 잔혹한 사건입니다. 살인과 정확히 똑같다고 할 수 있죠. 행위가 약간 미뤄지는 것뿐."

"패배주의적으로 들립니다만."

"현실주의겠죠."

"가능성이 전혀 없을까요?"

"약간은 있습니다. 사태가 절반쯤만 진행된 거라면. 반면 결말이 가깝다면 가능성은 제로일 겁니다. 아직까지는 전혀 감을 못 잡겠습니다. 어쨌든 납치사건에서는 마무리 부분이 가장 어렵습니다."

"내가 자동차 열쇠를 투입했을 때 놈들이 정말로 그 건물 안에 있었을까요?"

"가능한 일입니다. 이치에도 맞고. 안에서 기다릴 수 있는데 굳이 바깥에 있을 이유가 없으니까."

"그럼 이건 어떻습니까? 바로 그곳이 놈들의 근거지라는 것. 놈들이 지금 거기 있다는 것. 북부 쪽이 아니라 말입니다."

"차량들은 어디에 숨기고?"

"주차용 차고는 시내 곳곳에 널려 있습니다."

"통보에서 몸값 인수까지 다섯 시간 간격을 둔 건?"

"먼 곳에 있다는 인상을 주기 위해 일부러 그랬는지도 모르죠."

"이중 속임수다? 하지만 그곳은 놈들이 지정한 장소입니다. 자기들의 근거지가 어디인지 우리한테 정확한 지점을 알려준다는 겁니까?"

"있음직한 일 아닐까요?"

리처는 어깨를 으쓱했다. "글쎄요. 하지만 어쨌거나 일이 묘하게 돌아가고 있습니다. 아까 그 번호로 전화를 해봅시다. 알아낼 수 있는 건 뭐든 알아내야 합니다. 가능하면 그 건물 열쇠를 가진 사람과 만날 수 있으면 좋겠군요. 하지만 약속 장소가 건물 앞이어선 안 됩니다. 톰슨가 모퉁이가 좋겠습니다. 눈에 띄지 않아야 하니까."

"언제요?"

"지금. 다음번 몸값 요구 전화가 오기 전에 여기로 돌아와야 합니다."

그레고리가 소파에서 휴대폰으로 전화를 하는 동안 리처는 주방을 가로질러 레인의 사무실로 향했다. 레인은 책상에 앉아 있었지만 생산적인 일을 하고 있는 건 아니었다. 의자를 앞뒤로 밀면서 앞에 놓인 사진 두 장을 응시하고 있었다. 두 아내의 사진을. 한 명은 이미 잃었다. 나머지 한 사람도 곧 잃을지 모른다.

"FBI가 범인을 잡았습니까?" 리처는 물었다. "첫 번째 사건, 앤이 납치당했을 때."

레인은 고개를 가로저었다.

"하지만 당신은 알아냈겠죠?"

"당시에는 아니었네."

"나중에 찾아냈을 겁니다."

"그랬던가?"

"어떻게 찾아냈습니까?"

"일종의 한계치 문제였네. '누가 그런 짓을 했을까?' 처음엔 그런 인물을 도저히 상상도 할 수 없었지. 하지만 사건을 저지른 장본인은 분명 존재했으니까. 그래서 나는 가능성의 문턱을 낮춰보았네. 그러자 이 세상 모든 사람들이 거기 해당하더군. 내가 이해할 수 있는 범위를 뛰어넘는 문제였어."

"놀랍군요. 당신이 사는 세계는 납치나 유괴와 무관한 곳이 아닐 텐데요."

"그랬던가?"

"해외 분쟁. 비정규군. 아닙니까?"

"그건 해외에서 벌어진 사건이 아니야. 바로 이곳 뉴욕 시내에서 벌어진 일이었지. 게다가 납치된 건 내 아내였어. 부하들 중 하나나 내가 아니라."

"하지만 당신은 범인을 찾아냈습니다."

"그랬던가?"

리처는 고개를 끄덕였다. "같은 자의 소행은 아닌지 내게 묻지 않았습니다. 당신은 그런 가능성을 처음부터 배제했습니다. 그렇지 않다는 걸 확신했다는 얘기죠."

레인은 아무 말도 하지 않았다.

"어떻게 범인을 찾아냈습니까?" 리처는 다시 물었다.

"누군가를 아는 누군가가 무슨 얘기를 들었어. 무기 거래상들 사이에서는 여러 이야기가 돌기 마련이니까."

"그래서요?"

"내가 큰 거래를 성사시켰다는 얘기를 듣고 돈 냄새를 맡은 일당 넷이 있다는 얘기가 있었지."

"그 일당은 어떻게 됐습니까?"

"자네라면 어떻게 했겠나?"

"그런 짓을 두 번 다시 할 수 없도록 만들었겠죠."

레인은 고개를 끄덕였다. "같은 일당이 같은 일을 벌인 것은 아니라는 점을 내가 분명히 확신한다고만 해두지."

"새로운 이야기를 들은 건 없습니까?"

"전혀."

"사업상 경쟁자 쪽은 어떻습니까?"

"이 사업에서 내 경쟁자는 없어. 내겐 부하가 있을 뿐이지. 설사 경쟁자가 있다 쳐도 이런 일을 저지르진 않을 거야. 자살행위나 마찬가지니까. 빠르든 늦든 결국엔 서로 맞닥뜨리게 되지 않겠나? 눈에 띄지 않고 등 뒤로 다가올지도 모를 무장한 집단과 적대하는 위험을 무릅쓸 수는 없을 거야."

리처는 대답하지 않았다.

그러자 레인이 "놈들이 다시 전화를 걸어올 것 같나?"라고 물었다.

"그럴 거라고 생각합니다."

"이번에는 얼마나 요구할까?"

"1,000만 달러. 그게 다음 단계죠. 1, 5, 10, 20."

레인은 심란한 듯 한숨을 내쉬었다.

"가방이 두 개 있어야겠군. 1,000만 달러를 가방 하나에 넣을 수는 없을 테니."

그가 밖으로 드러낸 반응은 그게 전부였다. 리처는 생각했다. 100만 달러 더하기 500만 달러가 벌써 몸값으로 나갔다. 거기에 내게 약속한 보수, 거기에 또 1,000만 달러면 총 1,700만 달러다. 이 사람은 1,700만 달러가 수중에서 빠져나가는 것에 눈도 깜짝하지 않는군.

"전화는 언제쯤 걸려올 것 같나?"

"운전해서 돌아가는 시간에다 다음 방침에 대해 논쟁을 벌이는 시간을 더하면 오후 늦게 혹은 저녁 일찍. 그보다 더 빨리는 아닐 겁니다."

레인은 계속해 의자를 앞뒤로 밀면서 침묵에 잠겼다.

나지막한 노크 소리가 나더니 그레고리가 사무실로 고개를 들이밀었다.

"필요한 것을 얻었습니다." 그는 레인이 아니라 리처에게 말했다. "스프링가의 그 건물 소유주는 파산한 개발업자랍니다. 업자의 변호사 사무실 사람과 한 시간 뒤 거기서 만나기로 했어요. 건물 매입에 관심이 있다고 말해두었습니다."

"잘했습니다." 리처가 말했다.

"막대기에 매단 거울 이야기는 취소해주시죠."

"그래야 할지도. 언젠가는."

"자, 갑시다."

그들은 72번가에서 또 다른 BMW 7시리즈 세단과 만났다. 이번 BMW는 검은색이었다. 이번에는 운전자가 차에서 내리지 않고 그대로 앉아 있었으며 그레고리와 리처는 뒷자리에 올라탔다. 건물을 감시하던 여자는 그들이 떠나는 것을 지켜본 뒤 시간을 기록했다.

10

파산한 개발업자의 변호사 사무실에서 나온 사람은 변호사가 아니라 법률보조원이었다. 서른쯤으로 보이는 호리호리한 체격의 남자였는데 열쇠 꾸러미 탓에 양복 주머니가 불룩했다. 그가 속한 변호사 사무실은 부실 부동산 전문이었다. 그레고리는 그에게 OSC 명함을 건네고 리처를 도급업자로 소개했다. 리처의 의견이 계약 성사에 상당히 영향을 미친다는 뜻이었다.

"그 건물에 입주가 가능합니까?" 그레고리가 물었다. "지금 시점에서 말입니다."

"무단 점유자들이 있을까 봐 걱정하시는 건가요?" 호리호리한 남자가 되물었다.

"세입자도 그렇고. 다른 사람들도 그렇고요."

"거기엔 아무도 없습니다. 그 점은 분명합니다. 물도 전기도 가스도 끊겼습니다. 하수구는 막아두었고요. 가서 보시면 알겠지만 그 건물에 누군가 사는 게 불가능한 다른 이유도 있습니다."

그는 열쇠 꾸러미를 뒤적이더니 톰슨가 샛길의 출입문을 열었다. 세 사람은 나란히 동쪽으로 걸어갔다. 초콜릿 상점 뒷문 및 문제의 건물 빨간색 뒷문으로 이어진 길이었다.

"잠깐만." 그레고리가 리처에게 몸을 돌리더니 목소리를 낮춰 소곤거렸다. "놈들이 저기 있을 경우 어떻게 할지 생각해두어야 합니다. 바로 처치해야 할지도 몰라요."

"놈들이 저기 있을 가능성은 희박합니다."

"최악의 경우에 대비해야죠."

리처는 고개를 끄덕인 다음 한 걸음 물러서 건물을 올려다보며 창문을 확인했다. 땟국에 절어 시커멓게 변색된 창문 안쪽에 검은 천이 드리워져 있었다. 거리의 소음이 샛길까지 시끄럽게 들려왔다. 건물에 누군가 있다 해도 그들의 접근을 알아차렸을 리는 없었다.

"어떻게 할까요?" 그레고리가 물었다.

리처는 생각에 잠긴 얼굴로 주위를 둘러본 뒤 변호사 사무실 직원에게로 다가갔다. "저 안에 아무도 없다는 걸 확신하는 이유는 뭡니까?"

"보시면 압니다." 직원은 열쇠로 자물쇠를 풀고 문을 밀어서 열었다. 그러더니 팔을 들어 올려 안으로 들어서려는 그레고리와 리처를 막았다. 사람이 거주하는 것을 불가능하게 만든 특징이 한눈에 드러났다. 그 건물엔 바닥이 없었던 것이다.

방금 열린 뒷문은 3미터 깊이의 거대한 구덩이 위에 매달려 서 있는 형국이었다. 본래 지하층이었던 곳이 구덩이의 바닥이었다. 무릎 높이까지 쓰레기가 쌓였으며 쓰레기더미 위로는 아무것도 없었다. 지붕까지 15미터 높이의 어두운 공간이 뻥 뚫려 있었다. 건물은 거대한 빈 구두상자를 세로로 세워둔 형상이었다. 바닥을 떠받치는 장선이 잘리고 남은 밑동들이 어둠 속에서 어렴풋이 보였다. 내부 공간의 벽들도 장선과 같은 높이에서 잘려 나갔다. 하지만 파티션이 제거된 뒤 남은 자국 및 각기 다른 벽지를 통해 각 방의 본래 위치를 구분할 수 있었다. 외벽의 창마다 여전히 커튼이 달려 있어 그것이 더 오싹한 느낌을 주었다.

"보셨죠?" 변호사 사무실 직원이 말했다. "사람이 살 수 있는 환경이 아니에요."

뒷문 바로 옆에 사다리가 걸쳐져 있었다. 높이가 꽤 되는 낡은 목재 사다리였다. 날렵한 사람이라면 문틀을 잡고 옆으로 옮겨가 사다리를 타고 지하실 쓰레기더미로 내려갈 수 있을 것 같았다. 그런 다음 건물 정면을 향해 걸어가 손전등을 비춰 쓰레기더미를 뒤지면 4미터 위의 우편 투입구에서 떨어진 물건을 회수할 수 있으리라.

미리 아래쪽에서 기다리다 우편 투입구에서 떨어지는 자동차 열쇠를 내야 플라이 공을 잡듯 바로 손으로 잡았는지도 모른다.

"사다리는 본래 있던 물건입니까?" 리처가 물었다.

"기억이 안 나는데요."

"이곳 열쇠를 또 누가 가지고 있습니까?"

"온갖 사람들. 여긴 20년 가까이 비어 있었습니다. 마지막 소유주는 여길 팔려고 대여섯 개의 각기 다른 협상을 진행했어요. 그러니 대여섯 명의 건축사와 대여섯 명의 도급업자들이 있었죠. 그밖에 관련자가 더 있을지도 모릅니다. 그 전에는 또 무슨 일이 있었는지 누가 알겠어요? 이 건물을 매입하시면 제일 먼저 자물쇠부터 바꿔야 할 겁니다."

"여긴 우리가 원하는 곳이 아니군요." 그레고리가 말했다. "우린 바로 입주할 수 있는 곳을 찾고 있습니다. 페인트칠 정도만 하면 되는 그런 곳 말이에요. 여긴 상태가 너무 안 좋습니다."

"가격은 얼마든지 조정 가능합니다."

"1달러." 그레고리가 말했다. "이런 쓰레기장에 낼 수 있는 돈은 그뿐입니다."

"공연히 시간만 낭비했네요." 직원이 투덜거렸다.

그는 입을 딱 벌린 구덩이를 굽어보더니 밖으로 나와 문을 닫았다. 열쇠로 문을 잠근 뒤에는 한마디 말도 없이 샛길 입구로 걸어갔다. 리처와 그레고리는 톰슨가까지 직원의 뒤를 따라갔다. 그는 샛길 출입문을 잠근 뒤 남쪽으로 가버렸고 두 사람은 인도 위에 그대로 서 있었다.

"놈들의 근거지라고 할 수는 없겠네요." 그레고리가 딱 부러지는 영국식 말투로 말했다.

"막대기에 매단 거울 이야기는 여전히 유효합니다."

"단순히 떨어트린 자동차 열쇠를 회수하는 장소였어요. 놈들은 훈련된 원숭이처럼 사다리를 타고 오르내렸겠군요."

"그랬겠죠."

"다음번엔 샛길을 감시해야 합니다."

"그래야겠죠."

"다음번이라는 게 있다면."

"있을 겁니다."

"하지만 놈들은 이미 600만 달러를 손에 넣었습니다. 그 정도면 놈들이 충분하다고 생각하는 수준에 근접한 것 아닐까요?"

리처는 주머니를 더듬던 노상강도의 손놀림을 떠올렸다. "남쪽을 봐요. 저 아래쪽에 월스트리트가 있습니다. 그린가를 거닐면서 상점을 둘러봐도 알 수 있습니다. '충분하다'라는 건 존재하지 않아요."

"600만 달러면 내겐 충분한데요."

"나 역시 마찬가집니다."

"내가 말하려는 게 그거예요. 놈들도 우리와 다르지 않다는 겁니다."

"우리와 똑같은 건 아니죠. 나는 누구도 납치한 적 없습니다. 당신은 있습니까?"

그레고리는 대답하지 않았다. 36분 뒤 두 사람은 다코타 빌딩에 도착했다. 감시하던 여자는 그들이 들어간 시간을 기록했다.

11

리처는 배달음식으로 느지막이 아침식사를 했다. 레인의 돈으로 셈을 치르고 주방에서 혼자 먹었다. 식사를 마친 뒤에는 소파에 드러누워 생각에 잠겼다. 어느 순간 눈이 감겼다. 그는 꾸벅꾸벅 졸면서 전화벨이 울리길 기다렸다.

케이트와 제이드도 자고 있었다. 자연의 섭리였다. 밤에 자지 못했던 탓에 피곤해서 더 이상 버틸 수 없었던 것이다. 둘은 바싹 붙여둔 좁은 침대에서 깊은 잠에 빠져 있었다. 한 남자가 소리 없이 문을 열고 방을 들여다보았다. 그저 상태를 살핀 것뿐이었다. 남자는 둘을 그대로 내버려두고 방을 나갔다. 서두를 필요는 없다. 남자는 생각했다. 어떤 면에서 그는 이 특정한 국면을 즐기는 중이었다. 남자는 위험에 중독된 사람이었다. 언제나 그랬다. 그 사실을 부인하는 것은 의미 없는 짓이었다. 위험에 탐닉하는 것이야말로 그의 본질이었다.

리처가 잠에서 깼을 때 거실에는 상어의 눈을 한 카터 그룸밖에 없었다. 그룸은 달리 하는 일 없이 팔걸이의자에 앉아 있었다.

"보초를 서는 중입니까?" 리처가 물었다.

"당신을 죄수라고 볼 수는 없겠죠. 100만 달러를 손에 넣을 사람이니까."

"그게 신경에 거슬립니까?"

"아뇨. 당신이 레인 부인을 찾아내면 그 돈을 가져야죠. 일꾼이 품삯을 받는 건 당연하니까. 성경에도 그렇게 나와 있습니다."

"자주 그녀의 차를 운전했습니까?"

"차례가 돌아오면."

"제이드와 같이 움직일 때는 엄마와 딸이 함께 뒷좌석에 앉았습니까?"

"부인은 항상 앞에 탔습니다. 기사를 부린다는 사실을 민망하게 여기는 사람이었습니다. 아이는 당연히 뒤에 탔고."

"군대에 있을 때는 어디 소속이었습니까?"

"리컨 마린. 상사였습니다."

"만약 당신이 블루밍데일에 있었다면 일을 어떤 식으로 진행했겠습니까?"

"우리 편? 아니면 납치범 입장에서 말입니까?"

"납치범."

"공범이 몇이라고 가정했을 때?"

"그게 중요한가요?"

그룸은 잠깐 생각해보더니 고개를 흔들었다. "주모자가 가장 중요하겠군요. 주모자 혼자였을 수도 있고."

"그렇다면 어떤 식으로 했겠습니까?"

"깔끔한 방식은 하나밖에 없습니다. 차가 멈춰 서기 전부터 자동차 안의 움직임을 주시하고 있어야 해요. 블루밍데일은 렉싱턴가 동쪽에 있습니다. 렉싱턴가는 시내로 이어지고. 그러니 테일러는 차를 왼편에 대고 백화점 출입구를 마주 보는 곳에 세웠을 겁니다. 임시로 이중주차를 했겠죠. 범인은 정차할 때를 노려 뒷문을 열어젖히고 아이 옆으로 올라탑니다. 아이는 엄마 뒤쪽에 앉아 안전벨트를 하고 있으니까. 그러고는 아이의 머리에 똑바로 총을 겨누고 다른 손으로 머리카락을 움켜쥡니다. 그 시점에서 이미 게임은 끝난 겁니다. 거리에 있던 사람은 아무도 신경 쓰지 않습니다. 누가 차에서 굴러 떨어진 게 아니라 올라탄 거니까. 그때부터 테일러는 시키는 대로 할 수밖에 없습니다. 그에게 달리 선택권이 있겠습니까? 바로 옆자리에서 레인 부인이 비명을 지르고 있는데. 게다가 어떻게 손을 쓸 방법도 없습니다. 레버를 조작해 시트를 힘껏 뒤로 밀어 상대를 덮치는 건 불가능합니다. 재규어는 전동시트니까. 총구로 아이의 머리를 겨누고 있으니 몸을 돌려 싸울 수도 없습니다. 차를 거칠게 몰면서 놈을 떨어트리지도 못합니다. 교통 정체였고 놈이 아이의 머리카락을 움켜쥐고 있으니까요. 게임은 거기서 끝난 겁니다."

"그런 뒤에는?"

"테일러에게 어디 인적이 드문 곳으로 가라고 지시합니다. 시내일 수도 있겠지만 시내를 벗어났을 가능성이 더 크겠죠. 도착하면 테일러를 쏩니다. 좌석을 통해 등을 쏘면 앞창을 깨트리지 않고 목적을 달성할 수 있어요. 그런 다음 레인 부인에게 테일러를 차에서 내던지라고 시킵니다. 남은 길은 레인 부인이 운전하도록 합니다. 아이를 붙잡고 뒷자리에 앉아 있어야 하니까요."

리처는 고개를 끄덕였다. "나도 일이 그런 식으로 진행됐을 거라 봅니다."

"테일러에게는 가혹한 일이었겠죠. 마지막 순간, 차를 길가에 대고 변속장치를 P에 놓은 뒤 꼼짝 말고 그대로 앉아 있으라는 말을 들었을 때 무슨 일을 당할지 알았을 겁니다."

리처가 아무 말도 하지 않자 그룸이 말을 이었다. "아직 그의 시체는 발견되지 않았습니다."

"곧 발견될 것 같습니까?"

그룸은 고개를 저었다. "사람들이 많은 곳은 아니겠죠. 균형의 문제입니다. 빨리 처치하고 싶긴 하지만 안전한 지점까지는 살려두어야 합니다. 시골 어디 아닐까요? 지금쯤 코요테들이 테일러의 살을 물어뜯고 있을 겁니다. 완전히 먹어 치우기 전에 발견할 수 있을지 없을지는 시간 싸움일 테고요."

"테일러와는 얼마나 오래 같이 지냈습니까?"

"3년."

"그를 좋아했습니까?"

"잘 지냈습니다."

"능력 있는 사람이었습니까?"

"그레고리한테 벌써 물어보지 않았던가요?"

"그레고리는 편견을 가질 수도 있죠. 같은 부대 출신이니까. 바다 건너 영국에서 왔다는 공통점도 있고. 당신이 보기엔 어땠습니까?"

"능력 있는 사람이었습니다. SAS는 괜찮은 조직이에요. 델타보다 나을 겁니다. 영국인들은 무자비한 편입니다. 유전자가 그렇죠. 그들이 장기간 세계를 지배했을 때 친절한 방식으로 한 건 아니었잖아요. SAS 출신은 리컨 마린을 제외하면 최고예요. 내 의견은 그렇습니다. 그러니 그레고리 말이 맞습니다. 테일러는 유능했습니다."

"성격은 어땠습니까?"

"임무 수행 중이 아닐 때는 온화한 사람이었어요. 제이드와 사이가 좋았습니다. 레인 부인도 그를 좋아하는 것 같았고. 이곳엔 두 가지 유형의 사람이 있습니다. 측근과 외곽 같은 거죠. 테일러는 측근에 속했습니다. 나는 외곽이었고. 나는 모든 걸 일이라는 차원으로만 받아들입니다. 나는 보잘것없는 사람이에요. 사회적 신분으로 보면 말이죠. 그렇다는 사실을 인정합니다. 행동하는 것을 빼놓으면 나는 아무것도 아니지요. 하지만 여긴 그렇지 않은 사람들도 몇 있습니다."

"5년 전에도 여기 있었습니까?"

"앤 사건 때요? 아뇨. 그 직후에 들어왔습니다. 어쨌거나 이번 일은 앤 사건과는 무관합니다."

"그렇다고 하더군요."

리처의 머릿속 시계가 오후 4시 30분을 가리켰다. 케이트와 제이드에게는 사흘째 되는 날이다. 시간으로 따지면 납치당한 때로부터 대략 54시간 정도가 흘렀다. 54시간은 납치 상황이 지속되는 시간으로는 엄청나게 긴 시간이다. 결과를 떠나 대부분의 납치사건은 24시간 안에 종결된다. 36시간이 경과하면 대개 경찰은 손을 든다. 1분, 1분 흘러갈수록 참담한 결과를 맞을 가능성이 높아진다.

4시 45분 무렵 레인이 거실로 돌아왔고 그레고리, 애디슨, 버크, 코발스키, 페레스도 그를 따라 모여들었다. 전화기 주변에 자연스럽게 경계태세가 다시 형성됐다. 레인이 탁자 옆에 자리했고 방 안에 있는 모든 사람들의 시선이 한 곳에 집중되었다. 그들의 관심이 어디에 쏠려 있는지는 분명했다.

하지만 전화벨은 울리지 않았다.

"전화기에 스피커 기능이 있습니까?" 리처가 물었다.

"없네." 레인이 말했다.

"사무실 쪽은 어떻습니까?"

"그건 안 되네. 그런 변화가 일어나면 놈들이 동요할 거야."

전화벨은 울리지 않았다.

"기다려봅시다." 리처가 말했다.

건물을 감시하던 여자는 길 건너 자기 아파트로 돌아가 수화기를 들고
번호를 눌렀다.

12

길 건너 아파트에 있는 여자의 이름은 패티 조셉이었다. 그녀는 뉴욕경찰청의 한 형사에게 전화를 거는 중이었다. 그녀는 형사의 집 전화번호를 알고 있었다. 형사는 벨이 두 번 울리자 바로 전화를 받았다.

"보고할 게 있어요." 패티가 말했다.

브루어 형사는 전화 건 사람의 이름을 묻지 않았다. 그럴 필요가 없었다. 그는 패티의 목소리를 잘 알고 있었다.

"말해."

"무대에 새로운 인물이 등장했어요."

"누구지?"

"아직 이름은 몰라요."

"어떤 사람인지 설명해 봐."

"키가 아주 크고 싸움꾼처럼 체격이 건장해요. 30대 후반 아니면 40대 초반. 짧은 금발에 눈은 푸른색이에요. 지난밤 늦게 모습을 나타냈어요."

"그들의 동료?"

"옷차림이 달라요. 다른 사람들보다 체격이 훨씬 크고. 하지만 행동거지는 비슷해요."

"행동? 뭘 봤는데?"

"걸음걸이, 움직이는 방식, 움직이지 않고 가만히 있는 모습."

"군 출신 같다는 말인가?"

"거의 확실해요."

"좋아." 브루어는 말했다. "잘했어. 그밖에는?"

"한 가지 있어요. 며칠째 아내와 딸의 모습이 보이지 않아요."

리처의 머릿속 시계가 정각 5시를 가리켰을 때 다코타 아파트의 전화 벨이 울렸다. 레인이 수화기를 낚아채 귀에 갖다 댔다. 끽끽대는 기계음이 리처의 귀에도 희미하게 들렸다. 레인이 "케이트를 바꿔줘"라고 하자 오랫동안, 아주 오랫동안 침묵이 흘렀다. 그런 뒤 여자의 음성이 들렸다. 크고 또렷했지만 차분한 목소리는 아니었다. 레인은 눈을 질끈 감았다. 끽끽대는 기계음이 다시 들려오자 레인은 감았던 눈을 떴다. 변조한 목소리가 족히 1분 동안 계속 들렸다. 레인은 그 말을 들으며 얼굴을 움찔거렸고 눈동자를 굴렸다. 그러더니 통화가 끝났다. 레인이 막 무슨 말을 하려는 순간 전화가 끊어졌다.

레인은 수화기를 올려두었다. 그의 얼굴에는 절반의 희망과 절반의 절망이 교차했다. "몸값을 더 내라고 하는군. 한 시간 뒤에 지시를 내리겠다면서."

"지금 바로 거기 가 있겠습니다." 리처가 말했다. "시간 간격을 바꾸는 식으로 변화구를 던질 가능성도 있습니다."

레인은 리처의 말이 끝나기도 전에 고개를 가로저었다. "놈들은 다른 종류의 변화구를 벌써 던졌네. 몸값 인수 절차를 완전히 바꿀 거라고 하는군. 이전과는 다른 방식으로 진행하겠다고."

거실은 침묵에 휩싸였다.

"부인은 괜찮으십니까?" 그레고리가 물었다.

"목소리가 겁에 질려 있어."

"놈의 목소리는 어땠습니까?" 리처가 물었다. "뭔가 특이한 점은?"

"변조된 음성이었네. 전과 똑같이."

"단순히 음성 외에도 다른 것들이 있습니다. 이번 통화와 이전의 통화를 모두 떠올려 보십시오. 단어 선택, 어순, 억양, 리듬, 흐름. 미국인입니까, 외국인입니까?"

"외국인일 가능성이 있단 말인가?"

"당신의 사업 영역을 고려해보면 그럴지도요. 만약 당신한테 적이 여럿 있다면 그중엔 외국인도 있을 겁니다."

"미국인. 그런 것 같네." 그는 다시 눈을 감고 생각을 집중했다. 머릿속의 대화를 재생하는 듯 입술이 움직였다. "맞아. 미국인이야. 분명 영어가 모국어인 사람이야. 더듬거리지 않았고 묘한 단어를 쓰지도 않았어. 주위에서 늘 들리는 말처럼 이상한 데가 전혀 없었어."

"줄곧 같은 사람이었습니까?"

"내 생각엔 그렇네."

"이번엔 어땠습니까? 뭔가 다른 점은 없었습니까? 분위기는? 긴장감은? 여전히 자제심을 발휘하던가요? 동요하는 징후는 없었습니까?"

"아무렇지도 않은 것 같았어. 안도하는 느낌까지 받았지." 레인은 거기서 잠깐 말을 멈췄다가 다시 입을 열었다. "이 모든 일의 끝이 가까워졌다는 듯이. 이번이 마지막 회라는 듯이."

"너무 이릅니다. 우린 아직 놈들의 윤곽조차 파악하지 못했습니다."

"지휘봉을 쥔 건 저쪽이야."

한참 동안 아무도 입을 열지 않았다.

"그럼 이제 우리는 뭘 해야 합니까?" 그레고리가 물었다.

"기다립시다." 리처가 말했다. "56분 동안."

"기다리는 건 진력이 나요." 그룸이 말했다.

"우리가 할 수 있는 건 그것뿐이야." 레인이 말했다. "지시를 기다리고 거기에 복종하는 것."

"얼마를 요구했습니까?" 리처가 물었다. "1,000만 달러?"

레인의 시선이 리처를 향했다. "다시 맞춰보게."

"더 많습니까?"

"450만." 레인이 말했다. "그게 요구 금액이야. 450만 달러를 가방에 넣어 준비하라는군."

13

리처는 남은 55분을 금액에 관한 수수께끼를 생각하며 보냈다. 묘한 금액이었다. 몸값 배열치고는 기묘했다. 100만, 500만, 450만. 모두 합하면 1,050만 달러다. 종말에 다다랐음을 암시하는 최종 수치처럼 느껴졌다. 하지만 기묘한 숫자가 아닌가? 왜 거기서 멈추었을까? 전혀 이치에 맞지 않았다. 아니면 그 숫자에 뭔가 다른 의미가 있는 걸까?

"놈들은 당신에 관해 알고 있습니다." 리처는 레인에게 말했다. "하지만 속속들이 알지는 못할 겁니다. 지불 능력이 더 있는데 그런 사실을 모르는 것일 수도 있습니다. 당신이 동원할 수 있는 현금 총액이 1,050만 달러였던 시기가 있습니까?"

레인은 간단히 대답했다. "없었어."

"누군가 그렇게 추측했을 가능성이 있었던 때는?"

"없었어." 레인은 같은 대답을 반복했다. "그보다 자금이 적었을 때는 있었지만. 더 많았을 때도 있었고."

"정확히 1,050만 달러의 현금이 수중에 있었던 적은 없었다는 거죠?"

"없었어." 레인은 같은 말을 세 번째 되풀이했다. "1,050만 달러를 털어가면 내가 빈털터리가 될 거라고 생각할 만한 사람이 있을 이유는 전혀 없어."

리처는 손을 들었다. 다시 전화가 걸려오길 기다리는 수밖에 없었다.

전화벨은 정확한 시간에 울렸다. 저녁 6시 정각. 레인은 수화기를 들고 상대의 말을 듣기만 했다. 아무 말도 하지 않았으며 케이트의 목소리를 들려달라고 요구하지도 않았다. 아내의 목소리를 듣는 특권은 개개의 몸값과 관련된 첫 번째 전화에서만 허용된다는 점을 깨달은 모양이었다. 상대가 몸값을 요구할 때만. 지시를 내릴 때는 아니었다.

인도 방법을 지시하는 통화는 2분을 넘기지 않았다. 끽끽대는 기계음은 갑작스럽게 끊겼고 레인은 수화기를 제자리에 돌려놓았다. 쓸쓸한 미소가 그의 얼굴에 퍼졌다. 내키지는 않지만 적의 기술에는 감탄할 수밖에 없다는 듯이.

"이번이 마지막 요구라고 하는군. 돈을 넘겨주면 이 일도 끝나겠지. 놈들은 아내를 돌려주겠다고 약속했어."

너무 이르다. 리처는 생각했다. 그렇게 되지는 않을 것이다.

그레고리가 물었다. "우리는 뭘 하면 됩니까?"

"지금부터 한 시간 뒤에 돈을 검은 BMW에 싣고 한 명이 단독으로 여길 떠난다. 그런 뒤에 내키는 대로 차를 몰고 있으면 돼. 몸값을 운반하는 사람이 내 휴대폰을 가지고 가면, 출발한 뒤 1분에서 20분 사이에 그 휴대폰으로 전화해서 인도 장소를 알려주겠다고 했어. 지시를 받은 다음부터는 휴대폰을 계속 통화 상태로 유지해야 해. 차 안에서 다른 사람과 통화하는 걸 막으려는 거겠지. 다른 전화나 무전을 사용하는지 여부도 감시할 수 있을 테고. 지정된 장소로 가면 재규어가 주차되어 있을 거야. 테일러가 케이트를 태웠던 바로 그 차. 자동차 문이 열려 있을 테니 재규어 뒷자리에 돈을 넣어두고 BMW를 몰고 그 자릴 떠나면 돼. 뒤를 돌아보면 안 돼. 추적하는 차량이 있거나 협력자가 있거나 속임수가 조금이라도 있으면 케이트는 죽은 목숨이야."

"놈들이 당신 휴대폰 번호를 알고 있습니까?" 리처가 물었다.

"케이트한테 물어보면 되겠지."

"제가 가겠습니다." 그레고리가 말했다. "원하신다면."

"아니야. 자네는 여기 있도록 해." 레인이 말했다.

"제가 하겠습니다." 흑인 버크가 나섰다.

레인은 고개를 끄덕였다. "고맙네."

"그다음은 어떻게 됩니까?" 리처가 물었다. "케이트를 어떻게 돌려받는 겁니까?"

"돈을 확인한 후에 다시 전화를 하겠다는군."

"휴대폰으로? 아니면 여기로?"

"여기로." 레인이 말했다. "시간이 꽤 걸릴 거야. 그 정도 금액이면 세는 것도 보통 일이 아닐 테니까. 내 쪽은 괜찮네. 돈은 벌써 다발로 묶어서 금액을 표시해두었어. 하지만 놈들은 제 손으로 확인하려 들 거야. 다발을 풀어서 지폐를 확인하고 손으로 일일이 세어보겠지."

리처는 고개를 끄덕였다. 전에는 생각해보지 못한 문제였다. 100달러 지폐라 치면 45,000장이다. 1분에 100장을 센다고 해도 450분, 그러니까 일곱 시간 반이 걸리는 작업이다. 놈들이 몸값을 갖고 되돌아가는 데 걸리는 여섯 시간에 돈을 세는 시간이 일곱 시간 반. 긴긴 밤이 되겠군. 리처는 생각했다. 놈들에게나 우리에게나.

"그런데 왜 놈들이 재규어를 쓰려는 거지?" 레인이 말했다.

"조롱하는 겁니다." 리처가 말했다. "당신한테 아내의 납치를 상기시키려는 거죠."

레인이 고개를 끄덕였다.

"버크와 리처, 사무실로 가지."

레인은 사무실 충전기에서 자그마한 은색 삼성 휴대폰을 꺼내 버크에게 건넸다. 그러더니 모습을 감추었다. 침실로 간 것 같았다.

"돈을 가지러 간 겁니다." 버크가 말했다.

리처는 책상 위에 놓인 두 장의 사진을 쳐다보았다. 두 명의 아름다운 여인. 둘 다 놀랄 만큼 아름답고 나이도 비슷했다. 하지만 닮은 점은 전혀 없었다. 앤 레인은 금발에 푸른 눈이었다. 60년대가 한참 지난 뒤 태어났겠지만 왠지 그 시대 사람 같은 느낌을 풍겼다. 곧고 긴 머리카락에 앞가르마를 탄 모습이 가수나 모델, 배우를 연상시켰다. 맑고 솔직한 눈에 천진한 미소를 지닌 여자였다. 처음으로 레코드플레이어를 갖게 되었을 때 그녀가 들었을 음악은 하우스나 힙합이나 재즈였겠지만 풍기는 분위기는 히피 같았다. 케이트 레인은 80년대 혹은 90년대 느낌이었다. 더 섬세하고 세상 물정에 밝고 세련돼 보였다.

"앤 납치 때는 아이가 같이 있었던 게 아니었나요?" 리처가 물었다.

"네. 그나마 다행이었죠."

그러니 두 사람의 차이는 모성으로 설명할 수 있을 듯했다. 앤에 비하면 케이트에게는 무게감이 있었다. 신체적인 것이 아니라 내면에 갖춰진 중량감이었다. 하룻밤 같이 지낼 상대로는 앤이, 일주일 내내 함께 지낼 상대로는 케이트가 나을 것이다.

레인이 불룩한 가죽 가방을 든 거북한 모습으로 돌아왔다. 그는 가방을 바닥에 놓고 책상 앞에 앉았다.

"얼마나 남았지?"

"40분." 리처가 대답했다.

버크가 손목시계로 시간을 확인했다. "맞아요. 40분 남았습니다."

"다른 방에 가서 기다리게." 레인이 말했다. "혼자 있고 싶군."

버크도 가방 쪽으로 다가갔으나 먼저 가방을 집은 건 리처였다. 무겁고 부피가 커서 체구가 큰 쪽이 다루기 수월했다. 리처는 가방을 현관으로 가져가 문 근처에 떨어트렸다. 열두 시간 전에 500만 달러가 든 가방이 놓였던 그 자리였다. 이번에도 가방은 죽은 짐승처럼 털썩 나동그라졌다. 리처는 거실로 돌아가 자리 잡고 앉아서 시간을 헤아렸다. 버크는 방 안을 서성였다. 카터 그룸은 불만스러운 듯 손가락으로 의자 팔걸이를 톡톡 치고 있었다. 리컨 마린 출신은 해변으로 쓸려 온 고래 꼴이었다. 그가 했던 말이 떠올랐다. 나는 모든 걸 일이라는 차원으로만 받아들입니다. 행동하는 것을 빼놓으면 나는 아무것도 아니지요. 옆에는 그레고리가 영국인 특유의 신중한 모습으로 조용히 앉아 있었다. 그의 옆에 앉은 사람은 몸집이 작은 라틴계 페레스였다. 페레스의 옆자리는 얼굴에 흉터가 있는 애디슨이 차지했다. 칼에 당한 흔적이겠지. 리처는 생각했다. 그리고 코발스키. 동료들에 비하면 키가 컸으나 리처보다는 작았다. 특수부대 요원들은 대개 체구가 작다. 마르고 날렵하고 낭창낭창하다. 지구력과 체력이 핵심이며 영리하고 교활하다. 곰이 아니라 여우 쪽이다.

아무도 입을 열지 않았다. 납치사건의 막바지에 위험이 가장 커진다는 사실을 제외하면 사실 이야깃거리도 없었다. 무엇을 들이대야 범인이 약속을 지키도록 만들 수 있는가? 명예? 일종의 직업윤리? 머리에 총알을 박아 파묻어버리는 게 훨씬 더 안전하고 간단한데 인질을 넘겨주는 복잡한 일을 할 필요가 있을까? 인류애? 체면? 전화기 옆에 놓인 케이트 레인의 사진에 눈길을 준 리처는 약간 한기를 느꼈다. 지금 그녀는 어느 때보다 죽음에 더 가까이 간 상태였다. 그 사실을 다른 사람들도 모두 알고 있을 것이다.

"시간이 됐군." 버크가 말했다. "출발해야 해요."

"가방을 들어드리지. 자동차까지." 리처가 말했다.

두 사람은 엘리베이터를 타고 내려갔다. 1층 로비에서 길고 검은 코트를 입은 작고 가무잡잡한 여자가 양복 차림의 키 큰 남자를 동반하고 그들을 스쳐 지나갔다.

"누굽니까? 요코?"

버크는 리처의 말에 대꾸하지 않고 도어맨을 지나쳐 밖으로 나갔다. 검은 BMW가 기다리고 있었다. 버크는 뒷문을 열었다.

"뒷자리에 가방을 잘 올려놔요." 버크가 말했다. "그래야 내가 재규어로 가방을 옮길 때 힘이 덜 듭니다."

"내가 함께 가겠습니다."

"바보 같은 소리 말아요."

"뒷좌석 바닥에 누워 있으면 됩니다. 그러면 눈에 띌 염려도 없고."

"그래서 어쩌자고요?"

"우린 뭔가를 해야 합니다. 이번 사건에 「사랑의 국경선」 같은 영화 장면은 없다는 건 당신도 나도 알고 있어요. 케이트가 제이드의 손을 잡고 용감한 미소를 지으며 안개를 뚫고 우리한테로 비틀거리며 달려올 일은 없습니다. 그런 식으로 되지는 않을 겁니다. 우리는 선제적 행동에 나서야 합니다."

"그래서 어떻게 할 작정입니까?"

"당신이 가방을 옮기는 틈에 나는 길모퉁이에 몸을 숨길 겁니다. 그런 뒤 그 자리로 되돌아가 무슨 일이 일어나는지 지켜보는 겁니다."

"뭔가를 목격할 수 있다는 걸 어떻게 알죠?"

"450만 달러가 문이 잠기지 않은 차에 들어 있는데? 절대 장시간 방치해 두진 않을 겁니다. 기다리다 보면 뭔가를 보게 되겠죠."

"그게 도움이 될까요?"

"방에 죽치고 앉아 아무것도 하지 않는 것보다야 훨씬 도움이 되겠죠."

"레인이 나를 죽일 겁니다."

"그에게 말할 필요는 없습니다. 당신을 뒤따라 나도 곧 돌아갈 테니까. 혹시 나를 찾으면 모른다고 하면 됩니다. 나는 잠시 산책했던 거라고 얘기하겠습니다."

"만약 당신 탓에 일을 망치면 레인이 당신을 죽일 겁니다."

"내 탓에 일이 엉망이 되면 내 손으로 목숨을 끊을 겁니다."

"심각하게 얘기하는 겁니다. 정말로 죽일 겁니다."

"내가 감당해야 할 위험입니다."

"케이트의 위험이기도 해요."

"그럼 당신은 「사랑의 국경선」 시나리오를 믿는다는 겁니까?"

버크는 입을 다물었다. 10초. 15초.

"타요." 그가 말했다.

14

버크가 레인의 휴대폰을 BMW의 핸즈프리 장치에 연결하는 동안 리처는 뒷좌석 발밑 공간으로 기어 들어갔다. 카펫에서 모래 알갱이가 바스락거렸다. 후륜구동 차량이라 추진축 부분이 불룩 솟아 있어 자세가 불편했다. 차를 출발시킨 버크는 오가는 차량이 뜸해지길 기다려 유턴을 해 센트럴파크 웨스트 남쪽 방향으로 움직였다. 그러는 동안 리처는 엉덩이를 추진축보다 높은 위치에, 갈비뼈를 낮은 위치에 두는 자세를 잡기 위해 몸을 꿈틀거렸다.

"살살 몰아요." 리처가 말했다.

"말을 하면 안 됩니다."

"전화가 걸려온 다음에는."

"정말로 그래야 됩니다. 이거 보여요?"

꼼지락대며 몸을 약간 세우자 버크가 가리키는 물건이 보였다. 햇빛가리개 근처, 운전석 앞창과 옆창의 경계축에 작고 검은 물건이 달려 있었다.

"마이크예요. 휴대폰용. 아주 감도가 좋아요. 당신이 뒤에서 재채기만 해도 놈들이 알아챌 겁니다."

"상대가 하는 말을 내가 들을 수도 있습니까? 스피커로."

"스피커 열 대로요. 이 전화기는 자동차 오디오 시스템과 연결돼 있어요. 자동으로 작동됩니다."

리처는 다시 몸을 숙였다. 천천히 차를 몰던 버크가 오른쪽으로 급선회했다.

"여기가 어딥니까?" 리처가 물었다.

"57번가. 살인적인 정체군요. 웨스트사이드 고속도로를 타고 남쪽으로 갈 생각입니다. 시내 어디쯤을 지정할 가능성이 높을 것 같아서요. 그럴 수밖에 없을 겁니다. 이 시간에 재규어를 다른 곳에 노상 주차해두는 건 불가능하니까. 배터리 공원에 도착할 때쯤 되어도 전화가 걸려오지 않으면 이스트리버 도로를 타고 다시 북상하면 됩니다."

차가 멈췄다 출발하고, 또 멈췄다 출발하는 것을 리처는 몸으로 느꼈다. 그의 위쪽에서는 돈가방이 이쪽저쪽으로 쏠렸다.

"정말로 단독범의 소행이라고 봅니까?" 버크가 물었다.

"최소 한 명."

"최소 인원이야 늘 한 명이죠."

"단독범행일 가능성도 있다는 뜻입니다."

"그렇다면 놈을 때려눕혀야 합니다. 제압한 뒤 불게 만들어야죠. 모든 문제를 단번에 해결해버립시다."

"단독범이 아닌 경우가 문제겠죠."

"도박을 해보는 거죠."

"어디 있었습니까?" 리처는 물었다. "예전 군대 시절에."

"델타."

"그때부터 레인과 알았습니까?"

"아주 오랫동안 알고 지냈습니다."

"만약 당신이 블루밍데일에 있었더라면 어떤 식으로 했겠습니까?"

"재빨리 차에 올라타야죠. 테일러가 차를 세우자마자."

"그룹도 똑같은 얘기를 하더군요."

"그룹은 똑똑한 친구죠. 해병대원치고는. 그의 말이 틀렸다고 봅니까?"

"아뇨."

"그게 유일한 방법이었을 겁니다. 여긴 멕시코시티나 보고타, 리우데자네이루가 아니니까. 여긴 뉴욕입니다. 인도에서 소동을 벌이면 승산이 없어요. 순찰 경관 여덟 명이 우르르 몰려올 겁니다. 모퉁이마다 경찰이 두 명씩 있지 않습니까. 테러리스트가 있을까 봐 눈에 쌍심지를 켠 위험한 무장경찰들이 말입니다. 그러니 블루밍데일에서는 재빨리 차에 올라타는 게 유일한 방법입니다."

"왜 하필 블루밍데일을 골랐을까요?"

"알기 쉬운 장소죠. 레인 부인이 가장 자주 가는 곳입니다. 모든 쇼핑을 그곳에서 해요. 거기서 주는 커다란 갈색 봉투를 좋아한답니다."

"하지만 누가 그런 사실을 알 수 있었을까요?"

버크는 잠시 침묵을 지키다 말했다. "아주 좋은 질문이군요."

그때 전화벨이 울렸다.

15

열 대의 고감도 차량 스피커를 통해 들리는 전화벨 소리는 기묘한 느낌을 주었다. 자동차 내부가 휴대폰 벨소리로 가득 찼다. 아주 크고 풍부하고 정확하게 들렸다. 휴대폰 네트워크의 귀에 거슬리는 새된 전자음이 눅여져 부드럽게 울렸다.

"이제 입 다물어요." 버크가 말했다.

그는 오른쪽으로 몸을 기울여 삼성 휴대폰의 버튼을 눌렀다.

"여보세요?"

"굿 이브닝." 목소리가 버크한테 답했다. 아주 느리고 조심스럽고 기계적인 음성이라 두 단어가 분절된 네 단어로 들렸다. 굿-이-브-잉.

대단했다. 감탄스러울 정도였다. 철저히 변조된 목소리라 전자장치 없이 본래의 목소리를 들으면 식별이 전적으로 불가능할 것이다. 음성변조기는 스파이용품점에서 파는 상업적 물품이었다. 리처는 그런 물건들을 본 적이 있었다. 송화기에 끼워 쓰는 것인데 한쪽 끝에 붙은 마이크에 대고 얘기하면 회로판을 거쳐 음성이 변조된 뒤 작고 조잡한 스피커를 통해 나온다. 배터리를 사용하며 음성의 변환 정도를 조절하는 회전 다이얼이 달려 있다. 1에서 10까지 다양한 정도로 목소리를 변조할 수 있다. 지금 들리는 목소리는 10에 최대한 가깝게 변조한 것이 분명했다. 높은 울림은 거의 제거되고 저음만을 따서 변환해 재구성한 소리. 저음이 불규칙한 심장박동처럼 쿵쿵 울렸다. 또 숨을 들이쉴 때마다 쉭쉭 소리가 울려 외계에서 들려오는 목소리 같았다. 견고한 강철판을 망치로 내려치는 것 같은 금속성 진동음도 섞였다. BMW의 오디오 볼륨이 아주 높게 맞춰져 있어 스피커 열 대를 통해 나오는 목소리는 몹시 크고 생경했다. 악몽과 직접 연결된 것처럼 압도적이었다.

"전화 받는 사람은 누군가?" 목소리가 천천히 물었다.

"운전자. 돈을 운반 중인 사람." 버크가 대답했다.

"이름을 묻는 거다."

"버크."

악몽의 목소리가 다시 물었다. "차에 같이 있는 사람은 누구지?"

"아무도 없다. 나 혼자다."

"거짓말을 하는 건가?"

"아니, 거짓말이 아니다."

리처는 수화기 저편에 거짓말 탐지기가 장착된 장면을 상상했다. 음성변조기를 판매하는 스파이용품점에서는 간단한 거짓말 탐지기도 팔 것이다. 플라스틱상자에 초록불과 빨간불이 들어오는 장치. 거짓말을 할 때 목소리에 묻어나는 긴장을 탐지해내는 기계다. 리처는 조금 전 버크가 한 대답을 되새겨보았다. 검열을 통과했을 것 같았다. 거짓말 탐지기라고 해도 조악한 제품일 테고 델타 부대원들은 매디슨 가 소매점에서 그런 물건을 사는 자들보다는 테스트에 더 단련되어 있을 것이다. 실제로 플라스틱상자에 초록불이 들어온 듯했다. 악몽의 목소리는 더 이상 그 문제를 따지지 않고 차분하게 다른 질문을 던졌다. "지금 어딘가, 버크?"

"57번가. 서쪽으로 진행 중이다. 곧 웨스트사이드 고속도로로 올라서게 된다."

"내가 원하는 장소에서 멀리 떨어져 있군."

"당신은 누구지?"

"알고 있을 텐데."

"어디로 가면 되나?"

"고속도로를 타. 그 편이 좋다면. 남쪽으로 가라."

"시간이 필요해. 정체가 아주 심하다."

"걱정되나?"

"당신이라면 안 그렇겠나?"

"통화 상태를 계속 유지하도록."

기계를 통해 변조된 숨소리가 차를 가득 채웠다. 느리고 깊은 숨소리였다. 걱정하는 기색이 없다. 리처는 생각했다. 참을성 있는 인물. 자신 있게 상황을 장악한 채 어딘가 안전한 곳에 있다. 차가 속도를 높이면서 왼쪽으로 방향을 트는 게 느껴졌다. 노란불에 고속도로로 진입했군. 버크, 조심해야지. 이런 때 교통위반으로 걸리면 정말 황당하다고.

"고속도로를 탔다." 버크가 말했다. "남쪽으로 달리고 있다."

"계속 가라."

그다음에는 다시 숨소리만 들렸다. 상대방이 쓰는 기계나 BMW의 스테레오에 음성 압축기가 달린 모양이었다. 조용한 숨소리가 차츰 커져서 리처의 귀에 닿을 때는 으르렁거리는 소리처럼 들렸다. 차 내부가 숨소리로 가득 찼다. 폐 속에 들어온 것 같은 기분이었다.

조금 뒤 숨소리가 멎고 목소리가 들려왔다. "교통 흐름은 어떤가?"

"빨간 신호에 계속 걸린다."

"계속 가라." 리처는 머릿속에서 운행경로를 그려보았다. 57번가와 34번가 사이에는 신호등이 유난히 많다. 여객선 터미널, 인트레피드 해양항공우주박물관, 링컨 터널이 근접해 있다.

"지금 42번가를 달리는 중이다." 버크가 말했다.

리처는 생각했다. 지금 나한테 얘기하는 건가? 아니면 저 목소리한테?

"계속 가라." 목소리가 말했다.

"레인 부인은 무사한가?"

"아무 일 없다."

"부인과 얘기할 수 있나?"

"아니."

"제이드도 괜찮나?"

"두 사람에 대해서는 걱정할 것 없다. 계속 운전이나 해."

미국인이다. 리처는 생각했다. 확실하다. 기계에 의한 왜곡 너머에서 리처는 영어가 모국어인 사람의 억양을 가려냈다. 외국인의 다양한 억양을 접해 본 경험이 있는 리처는 알 수 있었다.

"지금은 재비츠다."

"계속 그 방향으로 가라."

젊은 사람이다. 리처는 생각했다. 최소한 노인은 아니다. 전자 회로판에서 나오는 목소리에는 잡음이 엄청나게 섞였지만 세월의 흔적은 느껴지지 않았다. 체격이 좋은 놈은 아니다. 쿵쿵거리는 저음은 인위적인 것이었다. 목소리에는 속도와 경쾌함이 실려 있었다. 깊은 울림을 만들어낼 만큼 가슴이 넓지 않다. 뚱뚱한 녀석일 수도 있다. 뚱뚱한 남자들은 흔히 목소리가 가늘고 높다.

"얼마나 더 가야 되나?" 버크가 물었다.

"연료가 모자라기라도 한가?" 목소리가 되물었다.

"그건 아니지만."

"그럼 뭐가 걱정이지?"

다시 숨소리. 느리고 안정된 숨소리. 한참 더 가야 할 모양이군. 리처는 생각했다.

"24번가에 접어든다."

"계속 가라."

빌리지다. 리처는 생각했다. 그리니치빌리지로 되돌아왔군. 차의 속도가 빨라졌다. 웨스트빌리지로의 좌회전이 대부분 금지되어 있으므로 신호등이 적은 길이다. 게다가 대다수 차량은 남쪽이 아니라 북쪽으로 달린다. 상대적으로 뻥 뚫린 도로다. 리처는 고개를 기울여 뒷좌석 옆창을 통해 바깥을 보았다. 유리창으로 석양빛을 반사하는 건물들이 보였다. 풍경이 만화경처럼 획획 바뀌었다.

목소리가 들렸다. "지금은 어디인가?"

"페리."

"계속 가라. 하지만 지금부터는 대기태세에 들어갈 것."

가까워졌다. 리처는 생각했다. 하우스턴일까? 하우스턴가가 목적지일까? 그러다 퍼뜩 생각이 다른 데 미쳤다. 대기태세에 들어가라고? 군대에서 쓰는 말이다. 군대에서만 쓰는 말이라고 봐도 될까? 놈도 군 출신인가? 아니면 민간인? 입대 희망자?

"모턴가에 접어들었다." 버크가 말했다.

"세 블록 더 가서 좌회전." 목소리가 말했다. "하우스턴에서."

놈은 뉴욕 지리에 훤하다. 리처는 생각했다. 모턴에서 세 블록 남쪽이 하우스턴이라는 걸 알고 있다. 또 놈은 그곳을 철자가 같은 텍사스주 휴스턴과는 달리 하우스-턴이라고 발음한다는 것도 알고 있다.

"알았다." 버크가 말했다.

차가 속도를 늦추는 게 느껴지더니 멈췄다. 서서 기다리다 2~3센티미터 앞으로 나가나 싶더니 신호가 바뀌자 휙 튀어나갔다. 리처는 뒷좌석에 몸통을 세게 부딪쳤다.

"하우스턴가 동쪽이다."

"계속 가라."

하우스턴에서는 차가 꾸물꾸물 움직였다. 코블스톤박물관, 정지 신호들, 도로 곳곳의 함몰 부위, 신호등이 원인이었다. 리처는 머릿속에서 길을 어림해보았다. 워싱턴가, 그리니치가, 하우스턴가, 다음은 바릭. 헛수고로 돌아간 철야 경계를 마치고 지하철에서 지상으로 나온 지점이었다. 자동차는 솟아오른 지면에 부딪쳐 튀어 올랐다가 움푹한 구멍으로 떨어지는 일을 반복하며 덜컹거렸다.

"곧 6번가가 나온다."

"그쪽으로 가라."

버크는 좌회전을 했다. 리처는 최근에 좋아하게 된 그 카페 위층의 아파트들을 목을 빼고 쳐다보았다.

다시 목소리가 들렸다. "지금 오른쪽 차선을 타라."

버크가 브레이크를 꽉 밟은 탓에 리처는 앞쪽으로 굴러가 앞좌석에 부딪혔다. 방향지시등이 깜박이는 소리가 들렸다. 버크는 오른쪽 차선으로 휙 끼어들더니 속도를 떨어트렸다.

목소리가 들렸다. "오른쪽에 목표물이 보일 거다. 녹색 재규어. 첫 번째 날 아침의 그 차다. 정확히 블록의 중간 지점이다. 오른편으로."

"보인다." 버크가 말했다.

리처는 생각했다. 같은 장소? 그 빌어먹을 소화전 옆의 똑같은 자리란 말인가?

"차를 세우고 가방을 옮겨라." 목소리가 말했다.

변속기가 P로 변환되는 것이 느껴졌고 긴급주차 시 사용하는 경고등을 켜는 소리가 들렸다. 버크가 자동차 문을 열자 거리의 소음이 차 안으로 밀려 들어왔다. 그가 내리는 서슬에 차체가 흔들렸다. 뒤에서 경적이 빵빵 울렸다. BMW 탓에 차량 흐름이 막힌 듯했다. 10초 뒤, 리처의 머리 옆에 있는 문이 활짝 열렸다. 버크는 리처 쪽에 눈길을 주지 않고 몸을 기울여 가방을 옮겨쥐었다. 목을 빼고 보았더니 재규어의 모습이 거꾸로 눈에 들어왔다. 진녹색 차체가 힐끗 보였다. 얼굴 앞에서 문이 닫혔다.

재규어 차문이 열리는 소리가 들렸다. 이어 닫히는 소리가 들렸다. 바깥 어디선가 덜컥 잠금장치가 작동되는 소리가 희미하게 들려왔다. 10초 뒤, 버크가 운전석으로 되돌아왔다. 약간 숨을 헐떡이고 있었다.

"옮겼다. 돈은 재규어에 있다." 버크가 말했다.

악몽의 목소리가 말했다. "굿바이."

통화가 끊겼다. BMW 내부는 침묵에 휩싸였다. 깊고 절대적인 침묵.

"출발해요." 리처가 말했다. "블리커에서 우회전."

버크는 깜박이는 경고등을 끄고 신호등이 바뀌길 기다렸다. 횡단보도를 통과하고 20미터쯤 가속하다 갑자기 브레이크를 힘껏 밟았다. 머리 위쪽을 더듬던 리처의 손이 차문 손잡이에 닿았다. 리처는 손잡이를 당기고 머리로 밀어 문을 열어 차에서 기어 나왔다. 몸을 일으킨 다음 차문을 닫고 말려 올라간 셔츠를 끌어내렸다. 그러고는 모퉁이를 향해 황급히 걸음을 옮겼다.

16

블리커를 벗어나기 전 리처는 잠시 걸음을 멈추고 두 손을 주머니에 찔러 넣었다. 다시 출발했을 때는 속도를 늦춘 평범한 걸음걸이였다. 왼쪽으로 방향을 돌려 6번가를 향해 걸어가는 모습은 바쁜 하루를 마치고 귀가하는 길에 잠깐 바에 들러 한잔하고 갈까, 혹은 가는 길에 장을 봐 갈까 생각하는 사람 같았다. 그는 그렇게 거리 풍경 속에 녹아들어갔다. 주위 사람들보다 머리 하나는 더 크다는 걸 감안하면 상당히 놀라운 능력이었다. 감시할 때는 키가 크다는 것이 단점인 동시에 장점이기도 했다. 이론상으로는 키 탓에 쉽게 눈에 띈다. 하지만 덕분에 더 멀리 볼 수 있는 것도 사실이다. 단순한 삼각법이다. 그는 인도 중앙에서 앞만 쳐다보고 걸으면서도 시야의 한구석에 녹색 재규어를 분명하게 잡아두었다. 왼쪽을 확인했다. 아무것도 없었다. 이어 재규어의 지붕 위를 통해 오른쪽을 확인했다.

운전석에서 2미터쯤 떨어진 곳에 한 남자가 보였다.

첫 번째 날 밤에 보았던 남자였다. 절대적으로 확실했다. 같은 키, 같은 자세, 같은 움직임, 같은 옷. 햇볕에 약간 그을린 백인. 마른 몸집, 윤곽이 분명하고 말끔하게 면도한 얼굴. 웃음기 없이 꽉 다문 입술. 나이는 대략 마흔. 차분하면서도 강하게 집중한 모습. 남자는 차량 사이를 교묘하고 재빠르게 빠져나와 재규어에 두 걸음 앞까지 도달했다. 물 흐르듯 경제적인 동작이었다. 차문을 열고 운전석으로 미끄러져 들어간 남자는 엔진을 점화시켰다. 안전벨트를 매고 고개를 돌리더니 꽤 오랫동안 어깨 너머로 차량들을 살폈다. 그런 뒤 능숙하게 자동차 흐름 속으로 끼어들어 북쪽으로 향했다. 리처는 계속 남쪽으로 발걸음을 옮기면서도 고개를 돌려 남자의 모습을 지켜보았다. 남자는 순식간에 시야에서 사라졌다.

시작부터 끝까지 단 6초였다. 그보다 짧았으면 짧았지 길지는 않았다.

그래서 무얼 알아냈나?

보통 키에 보통 체격의 백인. 시내의 여느 백인들이 누구나 입는 일상복을 걸친 남자. 청바지와 셔츠, 운동화, 야구모자. 나이는 마흔쯤. 모든 면에서 평범한 남자. 그저 남자라는 사실뿐, 묘사하려 해도 할 말이 없었다.

리처는 차량 흐름을 지켜보았다. 이쪽으로 오는 빈 택시는 한 대도 없었다. 그는 몸을 돌려 블리커 모퉁이로 되돌아갔다. 버크가 기다리고 있을지도 몰랐다. 하지만 버크는 거기 없었다. 걷는 수밖에 없었다. 너무 좌절감이 커서 지하철을 타기보다는 좀 걷고 싶었다. 리처는 6번가에서 북쪽을 향해 맹렬한 기세로 걸어갔다. 그가 방사능물질이라도 되는 듯 행인들이 슬금슬금 피하며 길을 터주었다.

20분 만에 스무 블록을 지나자 건너편 인도에 스테이플스가 보였다. 빨간색과 흰색으로 꾸민 간판이 걸렸고 창문마다 사무용품 염가판매 안내문이 붙어 있었다. 리처는 차량 사이로 빠져나가며 길을 건넜다. 규모가 큰 상점이었다. 카터 그룹이 케이트 레인을 태우고 간 스테이플스가 어느 지점인지는 몰랐지만 체인점이니만큼 어딜 가나 엇비슷할 것 같았다. 그는 안으로 들어가 쇼핑카트들이 겹쳐져 있는 곳을 지나쳤다. 쇼핑카트들 너머 왼편에 계산대가 있었다. 오른쪽으로는 최첨단 복사기들이 늘어선 복사점이 보였다. 정면에는 천장까지 닿은 진열대 사이로 좁은 통로가 스무 개쯤 있고 진열대에 갖가지 상품이 위태롭게 쌓여 있었다. 그는 왼쪽 통로 입구에서 시작해 지그재그로 움직이며 오른쪽 맨 마지막 통로까지 훑었다. 진열된 상품 중 가장 큰 것은 책상이었다. 가장 작은 건 크기로 따지면 압정, 무게로 보면 클립이었다. 그밖에 종이, 컴퓨터, 프린터, 토너 카트리지, 볼펜, 연필, 봉투, 파일함, 플라스틱상자, 포장용 테이프들이 쌓여 있었다. 한 번도 본 적 없는 물건들도 있었다. 주택 설계 및 세무신고용 소프트웨어, 라벨 프린터, 동영상 촬영 및 이메일 전송이 가능한 휴대폰 등등.

리처는 입구로 되돌아갔다. 케이트 레인이 스테이플스에서 무엇을 찾고 있었는지 전혀 감이 잡히지 않았다. 그는 혼란에 휩싸인 채로 작업 중인 복사기를 멍하니 쳐다보았다. 빨래방 건조기만 한 기계가 어찌나 빠르고 격렬하게 종이를 뱉어내는지 기계 받침이 앞뒤로 흔들렸다. 그 정도 분량이면 비용도 만만치 않을 듯했다. 복사 요금은 칼라 인쇄 여부, 종이의 질에 따라 장당 4센트에서 2달러라는 안내문이 걸려 있었다. 꽤나 남는 장사일 것이다. 복사점 건너편에는 잉크젯 카트리지가 진열돼 있었다. 역시 비쌌다. 리처는 그런 물건이 무엇에 쓰이는지, 어떤 기능을 가진 건지 알지 못했다. 왜 그렇게 가격이 비싼지도. 그는 계산대에 늘어선 사람들을 지나쳐 거리로 향했다.

그로부터 20분 뒤, 스무 블록 떨어진 브라이언트 공원에서 리처는 노점에서 산 핫도그를 먹었다. 다시 20분 동안 스무 블록을 이동한 그는 센트럴파크에 도착해 역시 노점에서 산 생수를 마셨다. 센트럴파크 내부를 북쪽으로 열두 블록 걸어 올라갔더니 건너편에 다코타 빌딩이 나타났다. 바로 거기, 어느 나무 아래에서 리처는 에드워드 레인의 첫 번째 아내였던 앤 레인과 마주치고는 몸이 굳어버렸다.

17

앤 레인이 제일 먼저 한 말은 리처의 착각이라는 얘기였다.

"사진을 봤군요." 그녀가 말했다.

그는 말없이 고개를 끄덕였다.

"우린 아주 닮았답니다."

그는 다시 고개를 끄덕였다.

"앤은 내 언니예요."

"미안합니다." 리처가 말했다. "그렇게 뚫어지게 쳐다봐서. 언니 일은 유감입니다."

"고마워요."

"쌍둥이입니까?"

"내가 여섯 살 터울의 동생이에요. 그러니 지금은 사진 속의 앤과 딱 같은 나이죠. 그렇게 생각하면 쌍둥이나 다름없겠네요."

"완전히 똑같습니다."

"그러려고 애쓰니까요."

"묘하군요."

"언니와 똑같아 보이려고 몹시 애썼어요."

"뭣 때문에?"

"내가 언니를 살려둔다는 느낌이 드니까요. 그때는 그러지 못했죠. 그 사건이 일어났을 때는."

"그렇게 해서 어떻게 언니를 살려둔다는 겁니까?"

"말씀드리죠. 우선, 내 이름은 패티 조셉이에요."

"잭 리처입니다."

"나를 따라오세요. 왔던 길로 돌아가야 해요. 다코타 빌딩에 너무 가까이 가면 안 되니까."

그녀는 리처를 이끌고 남쪽으로 공원을 가로질러 66번가 쪽 출구까지 갔다. 거기서 멀리 떨어진 인도를 향해 길을 건너서 북쪽으로 걸어 올라가 센트럴파크 웨스트 115번지의 아파트 로비로 들어갔다.

"마제스틱에 오신 걸 환영해요." 패티가 말했다. "내가 지금껏 살았던 곳 중에 가장 멋진 곳이죠. 내 아파트를 보여 드릴게요. 약간 시간이 걸려요."

그녀가 말한 시간은 5분이었다. 복도를 걸어가 엘리베이터를 타고, 다시 복도를 걸어가 방에 도착하는 데 그 정도 시간이 걸렸다. 패티의 아파트는 마제스틱의 북쪽면 7층이었다. 아파트의 거실 창으로 72번가가 내려다보였고 다코타 빌딩의 출입구가 한눈에 들어왔다. 창턱이 책상이라도 되는 것처럼 앞에 식탁의자가 하나 놓여 있었다. 실제로 창턱에는 노트와 펜, 롱 렌즈가 달린 니콘 카메라, 라이카 10×42 쌍안경이 얹혀 있었다.

"여기서 뭘 하는 겁니까?" 리처가 물었다.

"당신이 거기서 뭘 하는지 먼저 말해주세요."

"그건 좀 곤란합니다."

"레인 밑에서 일하나요?"

"아닙니다."

패티는 미소를 지었다.

"그럴 줄 알았어요. 브루어한테도 그렇게 말했죠. 당신은 그 사람들 동료가 아니라고. 그들과는 다르거든요. 그들 같은 특수부대 요원 출신이 아니죠?"

"어떻게 알았습니까?"

"당신은 체격이 너무 커요. 참을성 테스트를 통과할 수 없을 걸요. 덩치 큰 사람들은 다들 그렇죠."

"헌병이었습니다."

"군대에서 레인을 알게 되었나요?"

"아니요."

패티는 다시 미소를 지었다.

"그럴 줄 알았어요. 그랬다면 저기 있지 않았을 테니까."

"브루어가 누굽니까?"

"뉴욕경찰청 형사." 그녀는 커다란 몸짓으로 노트와 펜, 카메라, 쌍안경을 가리켰다. "모두 그를 위해 하는 일이에요."

"레인과 부하들을 감시한다는 겁니까? 경찰을 위해?"

"대부분은 나 자신을 위해서예요. 어쨌든 오가는 사람이 누군지 기록하고 있죠."

"뭣 때문에?"

"희망의 샘은 마르는 법이 없으니까요."

"무슨 희망 말입니까?"

"그도 실수를 할 테니까요. 그러면 난 그걸 놓치지 않을 거고."

리처는 창으로 다가가 노트를 힐끗 쳐다보았다. 깔끔한 글씨체였다. 마지막 기록은 다음과 같았다. '시간 2014. 버크가 혼자 돌아옴. 검은 BMW OSC 23에 가방 없음. TDA로 들어감.'

"TDA?"

"다코타 아파트The Dakota Apartments. 저 건물의 공식 명칭이에요."

"요코를 본 적 있습니까?"

"항상 보죠."

"버크의 이름을 알고 있군요."

"앤이 거기 살던 때부터 있었으니까요."

마지막에서 두 번째 기록. '시간 1859. 버크와 벤티가 TDA를 나감. 검은 BMW OSC 23. 가방을 실었음. 벤티가 뒷좌석 쪽에 몸을 숨김.'

"벤티?"

"내가 당신을 부르는 이름이에요. 암호명 같은 거죠."

"왜 그런 이름을?"

"벤티는 스타벅스 커피 사이즈 중 제일 큰 거예요. 다른 것들보다 크죠."

"나도 커피는 좋아합니다."

"그럼 커피를 좀 내올게요."

리처는 창에서 몸을 돌려 아파트 내부를 바라보았다. 침실 하나인 작은 아파트였다. 장식이 거의 없는 깔끔한 아파트는 페인트칠이 잘 되어 있었다. 모르긴 해도 가격이 100만 달러에 근접하지 않을까 싶었다.

"왜 내게 이런 것들을 보여주는 겁니까?" 리처가 물었다.

"최근에 결심했어요. 새로운 사람이 나타나면 불러 세워서 경고해주기로."

"무슨 경고?"

"레인의 진짜 모습이 어떤 것인지. 그가 무슨 짓을 했는지."

"그 사람이 무슨 짓을 했습니까?"

"커피 내올게요."

그녀를 말릴 방법은 없었다. 패티는 작은 주방으로 들어가 커피머신을 켰다. 얼마 지나지 않아 커피 향기가 풍겨왔다. 리처는 목이 마르지 않았다. 생수 한 병을 모두 마신 참이었다. 하지만 그는 커피를 좋아했다. 패티는 커피 한 잔 마시는 시간 정도를 그에게 내어줄 모양이었다.

주방에서 패티의 목소리가 들렸다. "크림도 설탕도 넣지 않는 거죠?"

"그걸 어떻게 알았습니까?"

"난 내 직감을 믿어요."

나 또한 내 직감을 믿지. 리처는 생각했다. 하지만 지금은 그 직감이 자신에게 무슨 말을 하는지 명확하지 않았다.

"빨리 본론으로 들어갔으면 합니다만."

"그러죠. 그럴게요." 패티가 말했다. "앤은 5년 전에 납치된 게 아니었어요. 겉보기에만 그랬죠. 레인이 앤을 살해했어요."

18

패티는 백색 웨지우드 머그잔에 담은 블랙커피를 내왔다. 무게 500그램이 넘는 대형 잔이었다. 벤티. 그녀는 커다란 컵받침 위에 커피를 내려놓고 그에게서 등을 돌린 채 창문 앞에 놓인 식탁 의자에 앉았다. 오른손으로 펜을, 왼손으로 쌍안경을 들었다. 둘 다 꽤 무게가 나가는 것 같았다. 그녀는 투포환 선수가 커다란 쇠공을 잡듯 그 물건들을 손바닥 위에 올려놓고 목 가까이로 가져갔다.

"에드워드 레인은 비정한 사람이에요. 충성심과 존경과 복종을 요구하죠. 그에겐 그런 것들이 필요해요. 중독자에게 마약이 필요하듯. 용병 사업의 실체도 그런 거예요. 군을 떠나게 되자 명령을 내리는 위치를 잃는 걸참을 수 없었던 거죠. 그래서 그 모든 걸 다시 만들어내려 했던 거고요. 명령을 내릴 상대, 자기한테 복종할 상대가 필요했어요. 당신이나 내가 숨쉴필요가 있는 것처럼. 정신병의 경계선에 있는 사람이에요. 사이코라고요."

"그렇습니까?"

"레인은 의붓딸을 무시해요. 눈치 챘나요?"

리처는 대답하지 않았다. 레인은 제이드를 되찾겠다는 말은 하지 않았다. 거실 사진에는 아이가 찍힌 부분이 잘려 나가고 없었다.

"앤은 순종적인 사람이 아니었죠." 패티는 말했다. "분개할 일이나 부당한 일이 있었던 건 아니에요. 그런 건 전혀 없었어요. 하지만 에드워드 레인은 군사작전을 행하듯 결혼생활을 했어요. 앤은 거기에 적응할 수가 없었죠. 앤이 안달하면 할수록 레인은 더욱 엄한 규율을 요구했어요. 그는 거기에 집착하고 거기서 만족감을 느꼈어요."

"처음에 앤이 그에게 이끌린 이유는 뭡니까?"

"그에겐 카리스마가 있어요. 강하고 과묵하죠. 좁은 의미에서는 지성적이기도 하고."

"결혼 전에 앤은 어떤 일을 했습니까?"

"모델이었어요."

리처는 아무 말도 하지 않았다.

"그래요. 두 번째 아내와 마찬가지로."

"무슨 일이 있었습니까?"

"두 사람의 결혼생활은 순탄치 않았어요. 불가피한 일이었죠. 앤은 이혼하고 싶다고 내게 말했어요. 나야 물론 대찬성이었죠. 그게 가장 좋은 길이었으니까. 그런데 앤은 조용히 물러서지 않았어요. 이혼수당, 재산분할 등등 이것저것 모조리 요구했어요. 당시에도 나는 그게 실수라고 생각했어요. 빠져나올 수 있을 때 지옥에서 빠져나오는 것으로 만족해야 한다고. 하지만 본래 앤이 가져간 돈이 있었거든요. 레인은 사업 초창기 때 언니 돈으로 일부 지분을 매입했어요. 앤은 자기 몫을 되돌려 받으려 했죠. 그런데 레인은 아내가 결혼생활을 끝내려 한다는 불복종을 용납할 수 없었던 거예요. 그런 아내한테 돌려줄 돈을 마련한다는 것은 더더욱 있을 수 없는 일이었죠. 뿐만 아니라 그렇게 되면 밖에 나가 새 투자자를 구해야 하니까 공개적으로 굴욕을 당하게 될 판이었어요. 레인은 격분했어요. 그래서 납치사건으로 위장해 앤을 죽인 거예요."

한동안 침묵이 흘렀다.

"경찰이 그 사건에 개입했습니다." 리처가 말했다. "FBI도 그렇고. 분명히 일정 수준의 조사가 이루어졌을 겁니다."

패티는 창문을 등지고 몸을 돌렸다. 미소를 띠고 있었으나 슬픈 미소였다.

"당신도 그런 얘기를 하는군요. 망상에 사로잡힌 여동생이 말도 안 되는 소리를 하는 걸로 들리겠죠. 하지만 그건 레인이 워낙 일을 잘 꾸몄기 때문이에요. 진짜처럼 보이게끔 수를 썼다고요."

"어떻게?"

"부하들이 있잖아요. 레인은 살인자 일당을 고용하고 있어요. 그 사람들은 명령에 복종하도록 길들여져 있죠. 실력도 일급이고요. 그의 부하들은 그런 일을 어떻게 처리하는지 잘 알아요. 전에도 했던 일이고. 전원이 비밀 작전부대 출신이에요. 게다가 아마도 그들 모두가 사람을 죽인 적이 있을 거예요. 직접, 자기들 손으로."

리처는 고개를 끄덕였다. 그건 틀림없는 사실이다. 전원이 그런 경험이 있을 것이다. 그것도 한 번이 아니라 여러 번.

"특별히 짚이는 사람이 있습니까?"

"당신이 본 사람들 중에는 없어요. 지금까지 A팀에 있는 사람은 아니에요. 그런 식으로는 조직이 제대로 굴러가지 않을 테니까요. 시간이 흐르면서 구성원이 바뀌었다기보다는 심리적인 문제 아닐까요? 그렇다고 레인이 B팀을 썼을 것 같지는 않아요. 전적으로 신뢰할 수 있는 사람이 필요했을 테니까."

"그럼 누구라는 겁니까?"

"지금이 아니라 예전에 A팀 소속이었던 사람들."

"거기 해당하는 사람들이 있습니까?"

"두 사람 있어요. 호바트와 나이트."

"그 두 사람은 왜 지금 여기 없습니까? 믿을 만한 A팀원 두 사람이 떠난 이유가 뭐죠?"

"앤이 죽고 얼마 지나지 않아 외국 어딘가의 작전에 투입되었어요. 그 작전은 분명 실패였나 봐요. 두 사람이 돌아오지 않았으니까. 호바트와 나이트 말이에요."

"우연의 일치일 수도 있습니다. 그렇지 않습니까? 두 명의 혐의자가 마침 돌아오지 않은 두 사람이라니."

"레인이 그렇게 되도록 손을 썼을 거예요. 일을 확실히 매듭짓고 싶었겠죠."

리처는 아무 말도 하지 않았다.

"나도 알아요." 패티가 말했다. "앤의 여동생은 미쳤다,는 거죠?"

리처는 그녀를 바라보았다. 미친 사람처럼 보이지 않았다. 약간 멍해 보이기는 했다. 언니 앤과 마찬가지로 60년대를 연상시키는 외모였다. 사진 속의 앤과 똑같이 가운데 가르마를 타 곧고 긴 금발을 양쪽으로 늘어뜨렸다. 커다란 푸른 눈, 작고 둥근 코, 창백한 피부와 주근깨. 헐렁한 흰색 블라우스와 물 빠진 청바지 차림. 맨발이었고 브래지어도 하지 않았다. 지금 이 모습을 사진으로 찍으면 컴필레이션 앨범의 재킷으로 쓸 수도 있으리라. 제목은 '사랑의 여름'*. 마마스 앤드 파파스, 제퍼슨 에어플레인, 빅 브

---

* 1967년 여름, 히피 문화가 절정에 달했던 시기의 사회현상을 통칭하는 말로도 사용된다.

라더 앤드 더 홀딩 컴퍼니의 노래를 모으면 딱 어울릴 것이다. 리처는 그런 종류의 음악이 좋았다. 1967년 사랑의 여름, 그때 리처는 일곱 살이었다. 열일곱 살이길 바랐던 나이였다.

"레인이 했다면 어떤 식으로 했을 것 같습니까?"

"그날 나이트가 앤을 태우고 나갔어요. 그렇게 하기로 사전에 정해져 있었어요. 그는 앤을 쇼핑 장소에 내려주고 길가에 차를 대고 기다렸어요. 그런데 아무리 기다려도 앤이 상점에서 나오지 않았죠. 어떻게 된 일인지 아무도 몰랐어요. 네 시간 뒤 전화가 걸려왔죠. 내용은 상투적인 것이었어요. 경찰에 알리지 말 것, 몸값을 준비할 것."

"목소리는?"

"변조된 목소리였어요."

"어떤 식으로?"

"손수건 같은 걸로 입을 틀어막고 말하는 것 같았어요."

"돈은 얼마나 요구했습니까?"

"10만 달러."

"하지만 레인은 경찰에 알렸군요."

패티는 고개를 끄덕였다. "그건 속셈을 숨기기 위한 것이었을 따름이에요. 객관적인 증인이 필요했던 게 아닐까 싶어요. 사건에 가담하지 않은 다른 부하들의 신뢰를 얻는 게 아주 중요하니까."

"그래서 어떻게 됐습니까?"

"그런 유형의 영화에 나오는 스토리와 똑같아요. FBI가 전화를 감청하고 몸값 인도 장소를 감시했죠. 경찰이 깔렸다는 게 눈에 띄었기 때문에 납치범들이 앤을 죽였다는 게 레인의 주장이에요. 하지만 그 모든 건 연출이었어요. 지정된 장소에서 기다렸지만 아무도 나타나지 않았죠. 그게 애초의 각본이었으니까. 그래서 몸값을 다시 집으로 가져왔어요. 모든 게 연극이었어요. 위장이었죠. 레인은 연기를 마친 뒤 집으로 돌아와 자신의 결백을 주장했고 경찰은 곧이곧대로 믿었어요. 그렇게 FBI가 상황을 납득하자 앤을 죽인 거예요. 확실해요."

"나이트 말고 다른 남자, 호바트가 맡은 역할은 뭐였습니까?"

"아무도 정확히 몰라요. 그 사람은 쉬는 날이었거든요. 자기 말로는 필라델피아에 있었다고 했어요. 하지만 분명 그 상점에 있었을 거예요. 앤이 들어오길 기다리면서. 호바트는 방정식의 나머지 절반이에요."

"당시에 경찰한테 이런 얘기를 했습니까?"

"경찰은 내 얘기를 무시했어요. 생각해봐요, 5년 전이었어요. 쌍둥이 빌딩이 무너지고 얼마 되지 않은 시점이었죠. 모두 거기에만 정신이 팔려 있었어요. 군의 인기가 갑자기 높아졌죠. 모두들 갈팡질팡하며 의지할 만한 사람을 찾고 있던 터라 레인 같은 사람이 구미에 딱 맞았겠죠. 당시에는 특수부대 출신자에 대해 모두들 호의적이었어요. 내가 무슨 말을 해도 승산이 없었죠."

"아까 말한 브루어 형사는 다릅니까?"

"나를 참아주고 있는 거죠. 달리 어쩌겠어요? 나도 납세자인데. 하지만 그 사람이 이 문제 때문에 실제로 움직이는 건 아닐 거라고 봐요. 난 현실주의자거든요."

"레인에게 불리한 증거를 가지고 있습니까?"

"아뇨, 전혀 없어요. 맥락을 통한 추론, 느낌, 직관뿐이에요. 내가 가진 건 그게 전부죠."

"맥락?"

"민간 군사조직이라는 게 실제로 무슨 일을 하는지 알아요? 근본적인 용도가 뭔지?"

"그런 조직의 근본 목적은 국방부가 의회의 감독을 피할 수 있도록 만들어주는 겁니다."

"정확해요. 정식으로 입대한 군인보다 더 뛰어난 전투원이어야 할 필요는 없어요. 전투 역량이 오히려 떨어지는 경우도 많죠. 비용은 확실히 더 많이 들고요. 그런 조직의 용도는 규칙을 위반하는 데 있어요. 아주 단순하죠. 제네바협정? 그들에게는 아무 문제가 안 돼요. 그들에게는 적용할 수가 없거든요. 정부는 무관하다고 주장하면 되는 거고요."

"연구를 많이 했군요."

"그렇다면 레인은 어떤 종류의 인간일까요?"

"당신이 말해봐요."

"추악하고 병적으로 자기중심적인 족제비."

"당시에 당신이 뭘 할 수 있었다는 겁니까? 앤이 죽지 않도록 하는 것?"

"앤을 설득했어야 해요. 거기서 빠져나오도록. 빈털터리가 되었겠지만 죽지는 않았을 거예요."

"쉽지 않았을 겁니다. 당신은 언니가 아니라 동생이니까."

"하지만 레인이 가만히 있지 않을 걸 알았다고요."

"이곳으로 이사는 언제 했습니까?"

"앤이 죽고 1년쯤 뒤에요. 레인을 그냥 내버려둘 수 없었어요."

"레인은 당신이 여기 있다는 걸 압니까?"

그녀는 고개를 흔들었다. "굉장히 조심했으니까요. 그리고 여기 뉴욕에서는 익명성이 철저히 보장되잖아요. 이웃 사람과 한 번도 마주치지 않고 몇 년을 살 수도 있으니까."

"내가 뭘 해주길 원하는 겁니까?"

"당신한테?"

"목적이 있어서 나를 여기로 데려왔겠죠. 그러느라 커다란 위험을 무릅썼고."

"이젠 위험을 감수해야 할 시점이라고 생각해요."

"내가 뭘 해주길 원하는 겁니까?"

"당신이 레인에게서 떨어지길 바랄 따름이에요. 당신 자신을 위해서. 그의 더러운 사업으로 당신 손을 더럽히지 말아요. 그 사람과 관련되어 좋을 일은 전혀 없어요."

잠시 방 안에 침묵이 흘렀다.

"레인은 위험한 사람이에요." 패티가 말했다. "당신이 짐작하는 것보다 훨씬 더. 그런 사람 근처에 있어서 좋을 일은 하나도 없어요."

"충분히 조심할 겁니다."

"그 사람들은 하나같이 위험한 사람들이에요."

"조심할 겁니다." 리처는 같은 말을 되풀이했다. "항상 그렇게 하고 있습니다. 지금은 거기로 돌아가야겠군요. 때가 되면 내가 알아서 떠나겠습니다."

패티는 아무 말도 하지 않았다.

"그런데 브루어라는 형사를 좀 만나봐야겠습니다."

"왜요? 얼빠진 여동생을 주제로 남자들끼리 농담이라도 하고 싶은가요?"

"그런 게 아닙니다. 브루어는 경찰 조직에 몸담고 있으니까 당시 사건에 관련됐던 형사들과 FBI 요원들한테 문의해봤을 겁니다. 더 뚜렷한 그림을 갖고 있을지 모릅니다."

"뚜렷한 그림? 어떤 방식으로 뚜렷하다는 거죠?"

"어떤 방식이든. 어쨌든 난 알고 싶습니다."

"아마도 좀 있으면 이리 올 거예요."

"여기로?"

"내가 전화로 보고한 다음엔 대개 오거든요."

"그가 실제로 뭔가 하고 있는 건 아니라면서요?"

"잠시 말상대가 필요해서 오는 것 같아요. 외로운 사람인가 보죠. 근무 끝나고 집에 가는 길에 잠깐 들르곤 해요."

"그 사람이 사는 곳은 어딥니까?"

"스태튼 섬."

"근무지는?"

"시내에서 근무해요."

"이곳은 집에 돌아가는 길 중간에 있는 게 아닌데요."

패티는 그 말에 대답하지 않았다.

"그의 근무는 언제 끝납니까?"

"자정에."

"자정에 방문한다고요? 집에 돌아가는 길에?"

"그 사람과 특별한 관계인 건 아니에요. 그도 외롭고 나도 외롭고, 그게 전부예요."

이번에는 리처가 입을 다물었다.

"그만 가보세요. 나중에 내 창문을 확인해요. 브루어가 오면 불을 켜둘게요."

19

패티는 창가의 외로운 감시 작업으로 돌아갔고 리처는 그녀를 남겨두고 밖으로 나왔다. 그는 만약을 위해 그 건물을 시계 방향으로 한 바퀴 돈 뒤 서쪽 방향에서 다코타 빌딩 쪽으로 걸어갔다. 밤 9시 45분이었다. 공기는 따뜻했고 공원 어디선가 음악 소리가 들려왔다. 저 멀리에 음악과 사람들이 있다. 완벽하다고 해도 좋을 늦여름 밤이었다. 브롱크스나 시어에서는 야구 경기가 한창일 테고 수천 개의 술집과 클럽에서는 분위기가 달아오르기 시작했을 것이다. 800만 명의 뉴욕 사람들이 오늘을 되돌아보거나 내일을 그려보고 있으리라.

리처는 다코타 빌딩 안으로 들어갔다.

로비 직원이 전화로 레인의 아파트에 확인한 뒤 들여보내 주었다. 엘리베이터에서 내려 모퉁이를 돌자 복도에서 그레고리가 기다리고 있었다.

"당신이 손을 뗀 줄 알았습니다." 그레고리가 말했다.

"잠깐 산책하고 왔습니다. 무슨 소식이라도 있습니까?"

"더 기다려봐야죠."

리처는 그레고리를 따라 아파트로 들어갔다. 시큼한 냄새가 풍겼다. 중국음식과 땀과 걱정이 뒤범벅된 냄새였다. 에드워드 레인은 전화기 옆의 팔걸이의자에 앉아 천장을 응시하고 있었다. 차분한 얼굴이었다. 그의 옆에 놓인 소파 끝자리가 비어 있었다. 쿠션이 꺼진 것으로 보아 조금 전까지 그레고리가 앉았던 자리인 것 같았다. 빈자리 옆에 버크가 움직임 없이 앉아 있었고 애디슨, 페레스, 코발스키가 나란히 자리를 차지하고 있었다. 카터 그룸은 벽에 몸을 기댄 채 문을 마주 보고 경계태세를 취하고 있었다. 보초를 선 것 같은 자세. 나는 모든 걸 일이라는 차원으로만 받아들입니다. 그룸은 그렇게 말했었다.

"놈들이 언제쯤 전화를 걸어오겠나?" 레인이 물었다.

좋은 질문이군. 리처는 생각했다. 그자들이 정말 전화를 걸어올까? 아니면 당신이 그들에게 전화를 걸까? 방아쇠를 당겨도 된다고 말하려고?

속내를 감추고 리처는 말했다. "아침 8시 전에는 전화를 하지 않을 겁니다. 운전해서 되돌아가는 시간, 돈을 세는 데 걸리는 시간이 있으니까요. 적어도 8시는 되어야 할 겁니다."

레인은 손목시계를 힐끗 보았다.

"지금부터 열 시간 후로군."

"그렇습니다."

지금부터 열 시간 뒤, 누군가는 누군가에게 전화를 걸 것이다.

열 시간 가운데 처음 한 시간은 침묵 속에서 흘러갔다. 전화기는 울리지 않았고 누구도 입을 열지 않았다. 조용히 앉아 있자니 행복한 결말에 대한 희망이 빠르게 퇴색하는 게 느껴졌다. 리처는 침실 사진을 마음속에 떠올리며 케이트와 제이드가 멀어져가는 느낌에 사로잡혔다. 희미하게 보일 정도로 지구에 근접했던 혜성이 돌연 새로운 궤도 속으로 뛰어 들어가 얼어붙은 우주의 황무지 속으로 멀어지듯. 혜성은 희끄무레한 점으로 축소되어 곧 영원히 사라져버릴 것이다.

"놈들이 하라는 대로 다 했는데." 레인은 누구에게랄 것 없이, 실은 자신한테 그렇게 말했다.

아무도 그의 말에 대답하지 않았다.

그 남자는 문이 아니라 창문 쪽으로 다가감으로써 자기 손님들을 놀라게 했다. 또한 창문을 가린 천을 붙여둔 테이프를 손가락으로 뜯어내 더욱 놀라움을 안겼다. 남자는 벽에서 테이프의 일부를 뜯어 천을 반으로 접었다. 좁고 기다란 틈새로 뉴욕의 밤 풍경이 드러났다. 유명한 경관. 불 밝혀진 수많은 창들이 검은 벨벳 위의 작은 다이아몬드들처럼 밤을 배경으로 반짝였다. 세상 어디에도 없는, 뉴욕에서만 볼 수 있는 장관이었다.

남자가 말했다. "저걸 좋아할 테지."

이어 그가 말했다. "작별인사를 해."

그러고는 말했다. "다시는 못 볼 테니까."

열 시간 가운데 두 시간째가 절반쯤 지났을 무렵 레인이 리처에게 말했다. "필요하면 주방에 음식이 있네." 그러더니 건조한 미소를 슬쩍 비치며 덧붙였다. "기술적으로 정확하게 말하자면 자네가 필요로 하든 안 하든 주방에는 음식이 있다고 해야겠지."

리처는 밥 생각이 없었다. 핫도그를 먹은 지 얼마 되지 않았으므로 배가 고프지 않았다. 하지만 거실이라는 지옥에서 빠져나가고 싶었다. 확실히 지옥이었다. 여덟 명의 남자가 둘러앉아 임종 장면을 지켜보고 있는 것 같은 분위기였다. 그는 자리에서 일어섰다. "고맙습니다."

리처는 조용히 주방으로 걸어갔다. 따라오는 사람은 아무도 없었다. 조리대 위에 개봉된 중국음식 포장그릇과 더러운 접시들이 쌓여 있었다. 절반쯤 남은 음식은 자극적인 냄새를 풍기며 차갑게 굳어 있었다. 그는 음식에 손대지 않고 스툴에 앉았다. 오른쪽으로 사무실 문이 열린 게 보였다. 책상 위에 놓인 사진들이 눈에 들어왔다. 여동생 패티와 똑같이 생긴 앤 레인. 구도에서 잘려나간 딸을 사랑스러운 눈길로 쳐다보는 케이트 레인.

그는 집중해서 소리에 귀를 기울였다. 거실 쪽에서는 아무 소리도 들리지 않았다. 누군가 이쪽으로 오는 기색은 없었다. 그는 스툴에서 일어나 사무실로 들어갔다. 잠시 그대로 가만히 서 있었다. 책상, 컴퓨터, 팩스, 전화기, 서류장, 선반들.

선반에서 시작했다.

선반들의 길이를 모두 합치면 5미터쯤 될 것 같았다. 전화번호부와 화기 설명서들, 아르헨티나 역사서 한 권, 『글록: 전투용 권총의 새 물결』이라는 책, 알람시계, 펜과 연필이 빼곡히 꽂힌 연필꽂이, 세계지도책이 놓여 있었다. 세계지도는 옛날 것이었다. 소비에트연방과 유고슬라비아가 존재했던 시절의 지도. 일부 아프리카 국가명에는 식민 종주국의 이름이 표기되어 있었다. 지도책 옆에는 두툼한 인덱스파일이 있었다. 이름과 전화번호, MOS(군사주특기) 코드가 기록된 색인카드가 500장이나 끼워져 있었다. MOS 대부분은 11-브라보, 곧 보병 전투병과였다. 리처는 G항목에서 카터 그룹을 찾아보았다. 그의 카드는 없었다. B에서 버크를 찾아보았다. 역시 없었다. 그 파일은 B팀 지원자들의 것이 분명했다. 일부 이름 위에는 검은 줄이 그어져 있고 카드 귀퉁이에 KIA(전사) 또는 MIA(전시 실종)라고 표시되어 있었다. 하지만 나머지는 여전히 이 게임에서 뛰고 있다. 500명 가까운 남자들이 일거리를 찾으며 대기하고 있다. 일부 여자들도.

리처는 인덱스파일을 제자리에 돌려두고 컴퓨터의 마우스를 건드려 보았다. 하드 드라이브가 구동되면서 화면에 암호를 묻는 대화상자가 떴다. 리처는 열린 문 쪽을 힐끗 쳐다본 뒤 '케이트'라고 쳐보았다. 접근이 거부되었다. 다시 에드워드 레인 대령이란 뜻의 'O5LaneE'를 입력했다. 마찬가지 결과였다. 그는 어깨를 으쓱한 뒤 포기했다. 암호는 레인의 생일이나 옛 군번, 고등학교 때 축구팀 이름일 것이다. 조사를 더 해보지 않고서는 알아낼 도리가 없다.

그는 서류장으로 옮겨갔다.

강철에 페인트를 칠한 서류장은 흔히 파는 것으로 같은 물건이 네 개 놓여 있었다. 높이는 70센티미터쯤이고 서랍이 두 개씩 달렸다. 총 여덟 개의 서랍에는 분류 라벨이 붙어 있지 않았고 잠겨 있지도 않았다. 리처는 가만히 서서 들리는 소리가 없는지 다시 확인한 뒤 첫 번째 서랍을 열었다. 서랍은 조용히 매끄럽게 움직였다. 두 줄 레일 위에 세로로 꽂힌 얇은 노란색 마분지 재질의 칸막이가 여섯 개로 내용물을 구분하게끔 되어 있었다. 리처는 비스듬히 아래를 내려다보며 엄지로 서류를 넘겼다. 회계 기록들이었다. 들어오고 나간 돈이 적혀 있었다. 여섯 자리 숫자를 넘는 금액도, 네 자리 숫자보다 적은 금액도 없었다. 그렇지 않았다면 오히려 이상했을 것이다. 그는 그 서랍을 닫았다.

이번에는 왼쪽 아래 서랍을 열었다. 똑같은 레일, 똑같은 노란색 칸막이 구조였다. 새 차를 사면 글러브박스에 들어 있는 대형 비닐지갑이 여러 개 있었다. 사용설명서, 품질보증서, 점검기록표, 소유증명서, 보험증권 등이 든 비닐지갑들. 차량은 BMW, 메르세데스 벤츠, 재규어, 랜드로버였다. 예비열쇠 중 일부는 속이 비치는 비닐봉투 안에 들어 있었고, 일부는 딜러가 홍보용으로 증정한 열쇠고리에 리모컨과 같이 매달려 있었다. EZ패스(전자통과장치) 통행료 기록과 주유소 영수증들도 있었다. 차량 영업자들과 서비스 관리자들의 명함도 있었다.

리처는 그 서랍을 닫고 다시 문 쪽을 힐끗 돌아보았다. 버크가 거기 서 있었다. 버크는 기척을 내지 않고 그를 가만히 지켜보고 있었다.

20

버크는 말없이 서 있다가 한참 뒤에야 한마디했다. "산책을 갈까 합니다."

"그렇군요."

버크는 대꾸하지 않았다.

리처가 물었다. "같이 갈 사람을 찾고 있습니까?"

버크는 컴퓨터 화면을 힐끗 쳐다본 뒤 시선을 서류장으로 돌렸다.

"내가 같이 가죠."

버크는 말없이 어깨만 으쓱해 보였다. 리처는 그를 따라 주방을 나와 현관으로 향했다. 거실에 있던 레인이 두 사람을 힐끗 쳐다보긴 했지만 딴생각에 골몰한 듯 말을 걸지는 않았다. 리처는 버크를 따라 바깥 복도로 나갔다. 그들은 침묵 속에서 엘리베이터를 타고 내려갔다. 거리로 나선 두 사람은 센트럴파크로 걸음을 옮겼다. 리처는 패티의 집 창문을 올려다보았다. 창은 캄캄했다. 방에 불이 켜져 있지 않았다. 혼자 있는 것이다. 그녀가 어둠 속에서 창턱 앞의 의자에 앉은 모습이 떠올랐다. 펜으로 노트에 기록하는 모습도 그려볼 수 있었다. '시간 2327. 버크와 벤티가 TDA를 나감. 도보. 동쪽 센트럴파크로 향함.' 아니, 센트럴파크가 아니라 'CP'라고 썼을 것이다. 다코타 빌딩을 TDA로 표기한 걸 보면 센트럴파크는 분명

CP다. 이젠 벤티라는 이름 대신 그의 실명을 사용했을 수도 있다. 그가 가르쳐주었으니까. 그러니 '버크와 리처가 TDA를 나감'이라고 썼는지도 모른다.

어쩌면 잠들어 있을 수도 있다. 그녀도 잠은 자야 할 것이다.

"당신이 물었던 것 말인데요." 버크가 말을 꺼냈다.

"어떤 거?"

"레인 부인이 블루밍데일을 좋아한다는 사실을 누가 알고 있느냐고 물었잖아요."

"그게 왜요?"

"좋은 질문입니다."

"대답은 뭡니까?"

"또 다른 질문이 있어요."

"뭡니까?"

"바로 그날 아침에 그녀가 블루밍데일에 갈 거라는 걸 알았던 사람은 누구인지 하는 것."

"당신들 전부가 알고 있었을 것 같은데."

"아마 그랬을 겁니다."

"그러니 거기에 큰 의미가 있는 건 아닐 텐데요."

"내부자가 관련되어 있을 것 같거든요. 누군가가 다른 누군가한테 귀띔해주었던 겁니다."

"당신이 그랬습니까?"

"아뇨."

리처는 센트럴파크 웨스트의 횡단보도 앞에 멈췄다. 버크는 그의 뒤에서 있었다. 버크는 피부색이 새까맣고 몸집이 작았다. 옛 메이저리그 2루수를 연상시키는 체격이었다. 명예의 전당에 이름을 올린 조 모건이 생각났다. 버크의 동작에는 모건과 동일한 신체적 자신감이 배어 있었다.

신호등이 바뀌었다. 똑바로 펼친 붉은 손이 깜박이더니 몸을 앞으로 기울인 하얀 사람의 모습으로 바뀌었다. 리처는 'WALK', 'DONT WALK'라고 글씨로 표시되는 신호등이 늘 마음에 들지 않았다. 둘 중에서 고르라면 문자 신호등보다는 그림 신호등이 나았다. 어렸을 때는 문자 신호등의 잘못된 구두법 표기를 두고 분개하기도 했다. 미국 내 도시들을 통틀어 아포스트로피(')를 빠트린 게 만 개는 될 것이다. 리처는 그 문제에 분개하면서 남들보다 똑똑하다는 은밀한 만족감을 느꼈었다.

리처는 횡단보도로 걸음을 옮기며 물었다. "앤 사건이 있은 뒤 어떻게 했습니까?"

"그녀를 납치한 일당 넷한테? 모르는 게 나을 겁니다."

"당신도 그들을 처리하는 데 가담했을 것 같은데요."

"노코멘트."

"그자들이 범행을 인정했습니까?"

"아뇨. 자기들과는 전혀 관계없는 일이라고 주장했죠."

"당신들은 그 말을 믿지 않았고?"

"물론입니다. 놈들이 무슨 말을 하겠습니까?"

그들은 횡단보도 건너편에 닿았다. 공원의 모습이 어렴풋하게 눈앞에 펼쳐졌다. 텅 빈 공원은 캄캄했다. 음악 소리도 들리지 않았다.

"어디로 가는 겁니까?" 리처가 물었다.

"어디든 상관없어요. 그냥 얘기가 하고 싶었으니까."

"내부자가 관계되어 있다는 얘기?"

"그래요."

그들은 남쪽으로 방향을 바꾸어 콜럼버스 서클로 향했다. 거기엔 불빛과 차량들이 있었고 인도는 사람들로 붐볐다.

"누가 그랬다고 생각합니까?"

"전혀 모릅니다."

"그렇다면 아주 짧은 대화가 될 수밖에 없군요. 그렇지 않습니까? 이야기를 하고 싶긴 하지만 당신 쪽에서는 딱히 할 말이 없다는 거니까."

버크는 대꾸하지 않았다.

"귀띔을 받은 사람은 누구일까요?" 리처가 말했다. "정보를 알려준 사람 말고. 그쪽이 더 중요할 것 같은데. 당신이 말하려는 것도 그것일 테고."

버크는 말없이 걷기만 했다.

"당신은 솜씨 좋게 나를 여기로 끌고 왔습니다. 내게 신선한 공기와 운동이 필요하다고 걱정한 탓은 아닐 텐데."

버크는 계속 입을 다물고 있었다.

"스무고개라도 하자는 겁니까?"

그제야 버크가 대답했다. "그게 제일 낫겠군요."

"이 사건의 핵심이 돈이라고 봅니까?"

"아뇨."

"그렇다면 돈은 연막일까요?"

"몸값의 비중은 많이 쳐도 절반일 겁니다. 아마도 이중 노림수겠죠."

"나머지 절반은 처벌일까요?"

"맞습니다."

"레인에 대해 원한을 품은 누군가가 있다는 겁니까?"

"그렇습니다."

"한 사람?"

"아뇨."

"몇이나 됩니까?"

"이론적으로는 수백 명이겠죠. 수천 명일 수도 있고. 모든 국가라고 할 수도 있겠네요. 우린 이곳저곳에서 수많은 사람들과 얽혔으니까."

"현실적으로는?"

"한 명 이상."

"두 명입니까?"

"그래요."

"어떤 원한입니까?"

"한 사람이 다른 사람한테 할 수 있는 짓 중에서 최악은 뭐겠습니까?"

"그 짓을 한 사람이 누구냐에 따라 다르겠죠."

"맞습니다." 버크가 말했다. "우리가 누굽니까?"

리처는 생각했다. 네이비 실, 델타 포스, 리컨 마린, 그린 베레, 영국 SAS. 세계 최상급 특수부대.

"특수부대원." 리처가 말했다.

"맞습니다. 그렇다면 우리가 하지 않을 행동은 뭐겠습니까?"

"동료를 전장에 버리고 가는 것."

버크는 거기서 입을 다물었다.

"하지만 레인은 그렇게 했군요." 리처가 말했다.

버크는 콜럼버스 서클의 북쪽 지점에서 발을 멈췄다. 사방에서 자동차들이 씽씽 달리고 전조등 불빛이 어지럽게 뒤엉켰다. 오른쪽으로 높이 솟은 신축 건물의 은색 형체가 보였다. 59번가를 가로막은 부지 위에 쌍둥이 빌딩이 솟아 있었다.

"그래서 당신 얘기는 뭡니까?" 리처가 말했다. "그 사람들한테 형제나 아들이 있었다는 겁니까? 복수를 위해 누군가 난데없이 나타났다는 것? 이제 와서? 죽은 자들을 대신해?"

"꼭 형제나 아들이어야 할 필요는 없습니다."

"전우?"

"반드시 그래야 할 필요도 없죠."

"그럼 누굽니까?"

버크는 대답하지 않았다. 리처는 그를 뚫어지게 쳐다보았다.

"정말입니까? 두 사람을 산 채로 버려두고 왔다는 거요?"

"내가 아니라," 버크가 말했다. "레인이 한 짓이에요."

"그들이 살아서 이곳으로 돌아왔다고 생각하는 거군요."

"몹시 힘들었을 겁니다."

"호바트와 나이트."

"이름을 알고 있군요?"

"그렇게 들었습니다."

"어떻게? 누가 당신한테 그런 얘길 했습니까? 당신이 뒤지던 서류장에는 그들에 관한 건 아무것도 없어요. 컴퓨터에도. 그들은 말소되었습니다. 아예 존재하지도 않았던 사람들처럼. 더러운 비밀이라도 되는 듯. 실제로 그랬지만요."

"그 사람들한테 무슨 일이 있었습니까?"

"크게 다쳤습니다. 레인의 말이 그랬습니다. 우리는 그들을 보지 못했어요. 그들은 전방 관측 지점에 있었는데 화기가 터지는 소리가 들려왔습니다. 레인이 그쪽으로 갔다가 돌아오더니 심하게 다쳐서 가망이 없다고 했어요. 그들을 데려갈 수 없다고 했죠. 그러다간 많은 사람이 죽게 된다고. 레인은 딱 잘라서 우리한테 명령했어요. 결국 우리는 두 사람을 버려두고 왔습니다."

"이후에 그들이 어떻게 되었을 것 같습니까?"

"포로가 되었을 겁니다. 어떤 경우든 곧 죽을 목숨이었겠죠."

살아 돌아올 수 없게끔 레인이 확실히 손을 썼겠지.

"어디서 있었던 일입니까?" 리처가 물었다.

"그건 말할 수 없습니다. 내가 감옥에 가게 돼요."

"당신은 왜 그 후에도 여기서 일한 겁니까? 지금까지 내내?"

"그러면 안 됩니까?"

"일이 그런 식으로 진행된 것이 마땅치 않았을 텐데요."

"나는 명령에 복종할 따름입니다. 결정을 내리는 건 장교들 몫이에요. 지금까지 항상 그랬고 앞으로도 그럴 겁니다."

"그는 두 사람이 돌아온 걸 알고 있습니까? 레인 말입니다."

"내 말을 제대로 듣지 않았군요. 그들이 돌아왔는지 어떤지 아무도 몰라요. 살았는지 죽었는지조차 정확히 아는 사람은 없어요. 모든 게 내 짐작입니다. 이번 일이 너무 규모가 커서 그런 생각을 해본 겁니다."

"그들이 그런 짓을 할까요? 호바트와 나이트가? 레인을 겁주기 위해 여자와 어린아이를 다치게 할까요?"

"그런 행동이 정당화될 수 있겠냐는 뜻입니까? 물론 아니죠. 하지만 그들이 그런 행동을 했겠냐고 묻는다면, 그렇습니다. 그렇게 할 겁니다. 실제적인 사람은 가장 잘 통할 수단을 쓰죠. 레인이 두 사람에게 한 짓을 생각하면 더더욱 그럴 겁니다."

리처는 고개를 끄덕였다. "두 사람과 내통한 인물은 누구일까요? 내부자 말입니다."

"그건 모르겠습니다."

"그들은 어디 출신이었습니까?"

"해병대."

"카터 그룹과 같군요."

"그렇습니다. 카터 그룹과 같아요."

리처가 대꾸하지 않자 버크가 말을 이었다.

"해병대는 그런 짓을 혐오하죠. 특히 리컨 마린은 전우를 버리는 걸 용납하지 않습니다. 누구보다 심하게 싫어해요. 그것이 그들의 규칙이죠."

"그렇다면 왜 그룹은 아직 여기 남아 있습니까?"

"나하고 같은 이유겠죠. 이유를 따지는 건 우리 몫이 아닙니다. 그것 또한 규칙입니다."

"군대에서라면 그렇겠죠. 하지만 이런 어중간한 민간 조직에서는 그럴 필요가 없을 텐데."

"나는 똑같다고 봅니다."

"아, 그러시군, 잘난 군인 양반."

"말조심해요. 난 당신을 도와주려고 하는 겁니다. 당신이 100만 달러를 벌 수 있도록. 호바트와 나이트를 찾아내면 케이트와 제이드도 찾아낼 수 있을 테니까."

"그렇게 생각합니까?"

"100퍼센트 확신합니다. 100만 달러만큼 확신한다고요. 그러니 말조심해요."

"난 그럴 필요가 없습니다. 당신이 여전히 군대 규칙을 지킨다면 그 경우에 난 장교니까, 내가 원하는 바를 말하면 당신은 명령을 받들고 경례를 붙이면 그만입니다."

버크는 차량 행렬이 소용돌이를 이룬 도로에서 몸을 돌려 북쪽을 향해 걷기 시작했다. 버크가 5미터쯤 멀어지자 리처는 그를 따라잡아 옆에서 나란히 걸었다. 대화는 끝이었다. 10분 뒤 그들은 72번가에 접어들었다. 리처는 왼편을 올려다보았다. 패티의 집 창문에 불이 밝혀져 있었다.

21

리처가 말했다. "먼저 가시죠. 난 좀 더 걷다 들어갈 테니."

"왜요?" 버크가 물었다.

"당신 덕분에 생각할 거리가 생겼습니다."

"걸어야만 생각이 가능합니까?"

"아파트 안에서 호바트와 나이트를 찾아봤자 헛수고일 테니까."

"그건 분명합니다. 그들은 말소되었으니까요."

"한 가지 더. 레인과 케이트는 언제 만났습니까?"

"앤이 죽고 얼마 지나지 않았을 때였죠. 레인은 혼자 지내는 걸 좋아하지 않습니다."

"부부 사이는 좋았습니까?"

"여태 결혼생활을 유지하고 있으니까요."

"무슨 뜻인지?"

"사이가 좋았다는 뜻입니다."

"얼마나?"

"충분히 좋았어요."

"앤과의 관계 정도로? 첫 결혼생활과 비슷하게?"

버크는 고개를 끄덕였다. "비슷합니다."

"알겠습니다. 그럼, 나중에 봅시다."

리처는 버크가 다코타 빌딩 안으로 들어가는 것을 지켜본 뒤 패티의 아파트에서 멀어지면서 서쪽으로 움직였다. 몸에 밴 일상적인 신중함이 보답을 받았다. 슬쩍 뒤를 돌아보니 버크가 다코타 로비를 한 바퀴 돈 다음 미행에 나선 모양이었다. 어설픈 솜씨였다. 살금살금 움직이고 있었으나 어둠 속에서는 눈에 띄지 않는 검은 피부와 검은 옷이 가로등 아래를 지날 때마다 별처럼 번쩍였다.

나를 믿지 않는군.

델타 부사관은 헌병을 신뢰하지 않는 법이지.

깜짝 선물을 준비해야겠군.

리처는 그 블록 끝까지 걸어가서 지하철로 통하는 계단을 내려갔다. 북행 지하철을 기다리는 승강장 쪽이었다. 지하철 패스를 써서 회전식 개찰구를 통과했다. 버크에게는 지하철 패스가 없을 가능성이 높았다. 레인의 부하들은 어디든 차를 타고 움직인다. 버크는 신용카드를 긁거나 투입구에 동전을 밀어넣으며 기계 앞에서 시간을 지체하게 될 것이다. 그의 미행은 첫 번째 장애물에서 실패로 돌아간다. 열차가 빨리 와주기만 하면.

리처의 계산은 어긋났다.

한밤중이어서 열차 간격이 뜸했다. 대략 15분 내지 20분에 한 대꼴일 텐데 기대와는 달리 운이 따라주지 않았다. 슬쩍 돌아보니 버크는 기계에서 패스를 뽑은 뒤 움직이지 않고 그 자리에 그대로 있었다.

나와 나란히 승강장에 있는 걸 피하려는 거다. 마지막 순간에 개찰구를 통과해 뛰어올 작정이군.

리처는 기다렸다. 승강장에 있는 사람은 열두 명이었다. 일행 셋, 일행 둘, 나머지 일곱 명은 혼자 있었다. 대부분 옷차림이 좋았다. 영화를 보거나 레스토랑에서 식사를 한 뒤 저렴한 임대 주택이나 아파트로 돌아가기 위해 멀게는 허드슨하이츠까지 지하철을 타고 갈 것이다.

승강장 터널은 조용했으며 공기가 따뜻했다. 리처는 기둥에 몸을 기댔다. 기다리고 있자니 철로의 독특하고 기묘한 금속성 울림이 느껴졌다. 열차가 1킬로미터 안쪽으로 접근해왔다. 어둠 속에서 희미한 불빛이 보였고 뜨거운 공기가 훅 끼쳐왔다. 커지는 소음 속에서 열두 명의 사람들이 앞으로 움직였다.

리처는 뒤로 움직였다. 전화 부스 크기의 점검도구함에 몸을 납작하게 붙이고 가만히 서 있었다. 끽끽대는 시끄러운 소리와 함께 기다란 열차가 빠른 속도로 승강장으로 들어왔다. 1열차, 역마다 모두 정차하는 일반 열차였다. 알루미늄 몸체가 매끄럽게 빛났고 창에 불이 환했다. 열차가 멈추고 사람들이 타고 내렸다. 바로 그때 개찰구를 빠져나온 버크가 달려오더니 문이 닫히기 직전에 올라탔다. 열차가 움직이기 시작했다. 리처는 차창을 통해 버크의 모습을 지켜보았다. 정면을 쳐다보면서 사냥감을 찾아 한 칸씩 앞쪽 차량으로 걸어가고 있었다.

사냥감이 열차에 타지 않았다는 것을 깨달을 때쯤엔 브롱크스, 242번가, 반 코틀란트파크 역에 닿게 될 것이다.

리처는 도구함에서 몸을 떼고 셔츠 어깨에 묻은 먼지를 털었다. 출구로 향한 그는 다시 거리로 나왔다. 2달러를 날렸지만 원했던 대로 혼자가 되었다.

마제스틱의 도어맨은 위층에 전화를 걸어 확인한 다음 엘리베이터 쪽을 가리켰다. 3분 뒤, 리처는 브루어와 악수를 나누었다. 패티는 주방에서 커피를 준비하는 중이었다. 아까 보았을 때와는 옷차림이 달라져 있었다. 검은 바지 정장을 입은 단정한 모습이었고 구두도 신었다. 그녀는 주방에서 머그잔 두 개를 들고 나왔다. 앞서 내왔던 것과 같은 커다란 웨스트우드 제품이었다. 그녀는 하나를 브루어에게, 다른 하나를 리처에게 건네며 말했다. "두 분이 알아서 이야기 나누세요. 내가 여기 있는 것보다 그게 편하겠죠. 난 산책이나 갈게요. 안전하게 밖으로 나갈 수 있는 유일한 때가 밤이니까요."

"한 시간쯤 뒤에 버크가 지하철에서 나올 겁니다." 리처가 말했다.

"눈에 띄지 않도록 할게요."

패티는 자신의 미래가 걸려 있기라도 한 듯 초조한 눈길로 돌아본 다음 밖으로 나갔다. 리처는 그녀의 등 뒤로 문이 닫히는 것을 지켜보다가 몸을 돌려 브루어를 뜯어보았다. 뉴욕경찰청 형사라고 하면 떠오르는 이미지 그대로였다. 그 이미지를 약간 확대해야 한다는 것만 달랐다. 키가 약간 더 컸고, 체중이 약간 더 많이 나갔고, 머리가 약간 더 길었고, 약간 더 흐트러진 모습에 활기가 조금 더 있었다. 나이는 쉰쯤 되어 보였다. 머리가 일찍 세어서 그렇지 아직 40대일지도 몰랐다.

"왜 이 일에 관심을 갖는 거요?" 브루어가 물었다.

"우연히 에드워드 레인과 얽히게 되었습니다." 리처는 대답했다. "패티의 이야기도 들었고. 내가 무슨 일에 말려든 것인지 알고 싶을 뿐입니다."

"레인과는 어떤 식으로?"

"어떤 일을 내게 맡기고 싶어 합니다."

"당신이 하는 일이 뭔데요?"

"군대에 있었습니다."

"여긴 자유국가요. 누구든 하고 싶은 일을 할 수가 있죠."

그러면서 브루어는 소파에 앉았다. 패티의 소파가 자기 것이라도 되는 양 자연스럽게. 리처는 창가에서 멀어졌다. 실내에 불이 켜져 있어 거리에서 올려다보면 눈에 띌 우려가 있었다. 그는 현관 안쪽 벽에 기댄 채 커피를 홀짝였다.

"나도 경찰이었습니다." 리처가 말했다. "군대 경찰, 헌병 말이오."

"감명이라도 받으라고 하는 소리요?"

"당신이 일하는 곳에도 나와 같은 곳 출신이 많을 겁니다. 그들에게서 감명을 받았습니까?"

브루어는 어깨를 으쓱해 보인 뒤 말했다. "당신한테 5분을 낼 수 있습니다."

"요점만 말하죠. 5년 전에 무슨 일이 벌어진 겁니까?"

"말할 수 없어요. 뉴욕경찰청의 누구라도 당신한테 그 얘기를 할 수 없소. 만약 그게 납치사건이었다면 그건 FBI 소관이오. 납치는 연방에서 관할하는 범죄니까. 만약 명백한 살인사건이었다면 그건 뉴저지 소관이오. 시신이 조지 워싱턴 다리 저쪽에서 발견되었고 검시도 그쪽에서 했으니까. 따라서 실제로 우리 사건이 아니고, 우리는 어떤 의견도 갖고 있지 않소."

"그럼 당신은 왜 여기 있는 겁니까?"

"공동체 관리라고나 할까. 상처 입은 애가 자기 말을 들어줄 사람을 필요로 하니까. 게다가 매력적이고 커피도 맛있게 끓입니다. 안 올 까닭이 없죠."

"당신네들도 관련 서류의 복사본을 가지고 있을 겁니다."

브루어는 고개를 끄덕였다. "파일 하나가 있긴 하죠."

"내용은 뭡니까?"

"거미줄과 먼지. 대부분은. 누구나 분명하게 알고 있는 유일한 사실은 앤 레인이 5년 전에 뉴저지에서 죽었다는 것뿐이오. 죽은 지 한 달 지나서 발견되었고, 솔직히 보기 좋은 광경은 아니었지. 하지만 치아를 통해 신원은 분명히 확인했소."

"장소는?"

"턴파이크 근처 공터."

"사망 원인은 뭡니까?"

"뒤통수의 치명적인 총상. 사용된 총기는 대구경 권총. 9밀리 권총일 가능성이 높지만 확실한 건 아니고. 그녀는 노천에 버려져 있었소. 총알구멍으로 쥐들이 드나들었지. 놈들은 멍청이가 아니거든. 안쪽에 맛있는 먹이가 있다는 걸 알고 파고들기 전에 구멍을 넓혀 놓았소. 뼈까지 갉아 놓았지. 그렇긴 해도 아마 9밀리가 맞을 거요. 금속외피를 씌운 탄환이었을 테고."

"패티한테 이런 이야기까지는 하지 않았겠죠?"

"당신이 뭐라도 됩니까? 오빠라도 되나? 당연히 이런 얘기는 하지 않았소."

"현장에 다른 건 없었습니까?"

"트럼프가 한 장 있었소. 클럽(클로버) 3. 그녀의 목덜미 쪽에 찔러 넣어두었더군. 그 카드의 의미가 무엇인지 법의학팀에서는 아무것도 알아내지 못했소."

"일종의 서명일까요?"

"장난질일지도 모르지. 허튼짓거리를 해두면 모두가 그 의미를 알아내는 데 정신이 쏠리니까."

"그래서 당신은 어떻게 생각합니까? 납치? 아니면 살인?"

브루어는 하품을 했다. "공연히 일을 복잡하게 만들 이유가 없소. 발굽 소리를 들으면 말을 찾아야지 얼룩말을 찾을 필요는 없으니까. 아내가 납치당했다고 어떤 남자가 신고해왔다면 그게 사실이라고 가정하지 아내를 없애기 위한 복잡한 계략이라고 가정하진 않을 거요. 게다가 모든 게 이치에 맞았소. 진짜로 납치범한테서 전화가 왔고 가방에 정말로 현금을 담았단 말이지."

"그런데 왜?"

브루어는 잠시 말이 없었다. 커피를 길게 한 모금 삼키더니 크게 한숨을 내쉬고는 머리를 소파에 기댔다.

"패티가 당신을 이 일에 끌어들인 모양이군." 브루어가 말했다. "늦건 이르건 당신도 패티의 가설이 다른 이야기만큼이나 그럴 듯하다는 생각을 하게 될 거요."

"육감입니까?"

"정말로 모르겠다는 뜻이오. 모른다는 그 자체가 이상한 일이란 말이지. 그러니까 내 말은, 내가 엉뚱한 방향으로 갈 때도 있지만 그런 때도 항상 진상을 알고는 있다는 거요."

"그래서 지금 이 일과 관련해서 뭘 하는 중입니까?"

"아무것도. 그건 우리 관할권 밖에서 일어난 미해결사건이오. 뉴욕경찰청이 자발적으로 남들의 미해결사건에 손대길 기다리는 것보다는 지옥이 얼어붙길 기다리는 게 더 빠를 거요."

"하지만 당신은 계속 여기에 들르지 않습니까?"

"아까도 말했지만 패티가 자기 말을 들어줄 사람을 필요로 하기 때문이오. 비탄은 길고도 복잡한 과정이니까."

"희생자의 모든 친척들한테 이렇게 합니까?"

"상대가 『플레이보이』 잡지에 실릴 만한 여자일 경우에만."

리처는 대꾸하지 않았다.

"왜 이 일에 관심을 갖는 거요?" 브루어가 아까 했던 질문을 되풀이했다.

"말한 그대롭니다."

"헛소리. 레인은 전투원이었소. 지금은 용병이고. 그가 5년 전에 누군가를 살해했는지 여부에 관심을 가지는 게 아니잖소. 레인 같은 작자가 그런 짓을 하지 않았다면 그게 이상하지."

리처는 입을 다물고 있었다.

"뭔가 다른 게 당신 마음속에 있는 거요." 브루어가 말했다.

한동안 침묵이 흐른 뒤 브루어는 다시 입을 열었다.

"패티가 내게 알려준 게 한 가지 있소. 새 레인 부인을 며칠간 보지 못했다고 하더군. 아이도."

리처는 대답하지 않았다.

"그녀가 실종되었고, 당신은 예전에 같은 사건이 있었는지 조사하는 것일 수도 있겠군."

리처는 계속 입을 다물고 있었다.

다시 브루어가 말했다. "당신은 군대에서도 경찰 계통이었소. 전투병이 아니라. 그러니 에드워드 레인이 무슨 일로 당신을 고용하려 하는지 궁금해지는군."

리처는 그 말에도 대답하지 않았다.

"나한테 말해주고 싶은 건 없소?"

"난 묻고 있는 겁니다. 이야기해주는 입장이 아니라."

더 긴 침묵. 경찰과 경찰 사이의 적대적 시선.

"좋으실 대로." 브루어가 말했다. "여긴 자유국가니까."

리처는 남은 커피를 모두 비운 다음 주방으로 들어가 머그잔을 헹궈 개수대에 놓아두었다. 그 일을 마치고는 팔꿈치를 조리대에 기댄 채 정면을 응시했다. 주방에서 음식을 내가는 창을 통해 정면의 거실이 눈에 들어왔다. 등이 높은 의자가 창가에 놓였고 창턱에는 감시 도구들이 깔끔하게 배열되어 있었다. 노트, 펜, 사진기, 쌍안경.

"당신은 그녀가 전화로 알려준 사실들을 어떻게 하고 있습니까? 그냥 덮어두는 겁니까?"

브루어는 고개를 흔들었다.

"전달하고 있소. 경찰청 외부 인물, 여기에 관심이 있는 인물한테."

"그게 누굽니까?"

"시내의 사립탐정. 여자. 그녀 또한 매력적이지. 패티보다는 나이가 많지만 꽤 괜찮은 여자요."

"요즘엔 뉴욕경찰청이 사립탐정하고 같이 일합니까?"

"그녀는 좀 독특한 입장이오. 은퇴한 FBI 요원이니까."

"사립탐정은 모두 어디선가 은퇴한 사람들이죠."

"앤 레인 사건을 지휘한 요원이었소."

리처는 아무 말도 하지 않았다.

브루어가 미소를 지었다. "그런 까닭에 내가 말했듯 관심을 갖고 있지."

"패티는 알고 있습니까?"

브루어는 고개를 흔들었다. "패티는 모르는 편이 낫소. 앞으로도 몰라야 하고. 두 사람이 마주쳐서 좋을 일이 없으니까."

"그 여자 탐정의 이름이 뭡니까?"

"이런, 절대 안 물어볼 줄 알았는데."

22

리처는 명함 두 장을 지니고 패티의 아파트를 나왔다. 하나는 브루어의 뉴욕경찰청 공식 명함이었고 다른 하나는 보다 우아한 물건이었다. '로런 폴링'이라는 이름이 제일 위에 박혔고, 이름 아래에 차례로 '사립탐정', '전 FBI 특수요원'이라고 나와 있었다. 하단에는 시내 주소, 212로 시작하는 일반전화와 917 휴대폰 번호, 이메일과 웹사이트 주소가 있었다. 상당히 내용이 복잡했지만 전체적으로 빳빳하고 고급스럽고 전문적이며 효율적으로 보였다. 브루어의 뉴욕경찰청 명함보다 나았고 그레고리의 OSC 명함보다도 나았다.

리처는 센트럴파크 웨스트의 쓰레기통에 브루어의 명함을 던져넣고 로런 폴링의 명함은 구두 속에 넣었다. 그런 다음 우회로를 택해 다코타 빌딩 쪽으로 향했다. 새벽 1시에 가까운 시간이었다. 블록 모퉁이를 돌자 콜럼버스가에 있는 경찰차가 보였다. 경찰. 그 단어는 소호에서와 마찬가지로 그의 마음에 들러붙었다. 강둑에 부딪치는 물결에 붙잡혀 둥둥 떠 있는 나뭇가지처럼. 그는 걸음을 멈추고 눈을 감은 채 그것을 잡으려 해보았다. 하지만 나뭇가지는 또다시 떠내려 가버렸다. 리처는 잡기를 포기하고 72번가로 접어들어 다코타 빌딩의 로비로 들어갔다. 밤 근무 도어맨은 품위 있는 노인이었다. 위층에 전화를 한 뒤 초대 절차를 밟듯 고개를 살짝 기울여 보였다. 5층에서는 그레고리가 아파트 문을 열어둔 채 복도에서 기다리고 있었다. 리처를 안으로 데리고 들어가면서 그레고리가 말했다. "아직 아무 일도 없어요. 하지만 일곱 시간 남았으니까."

아파트는 쥐 죽은 듯 고요했고 여태 중국음식 냄새가 풍겼다. 모두 거실에 모여 있는 것도 여전했다. 버크의 모습만 보이지 않았다. 버크는 아직 돌아오지 않았다. 그레고리는 활기차 보였고 레인도 의자에 똑바로 앉아 있었다. 하지만 나머지 사람들은 피곤에 지쳐 다양한 자세로 고꾸라져 있었다. 노란빛이 감도는 조명은 그리 밝지 않았고 커튼은 내려진 상태였으며 공기는 무더웠다.

"여기서 같이 기다리겠나." 레인이 말했다.

"눈을 좀 붙여야겠습니다. 서너 시간쯤."

리처의 말에 레인은 "제이드 방을 쓰면 되겠군"이라고 했다.

리처는 고개를 끄덕여 보이고 내부 복도를 통해 제이드의 방으로 들어갔다. 야간등은 아직도 밝혀져 있었다. 베이비파우더 냄새와 깨끗한 살갗의 향기가 어렴풋이 감돌았다. 침대는 리처처럼 덩치 큰 남자가 눕기엔 턱없이 작았다. 체격을 떠나 어떤 남자에게도 작은 침대였다. 어린이용품점에서 판매하는 소형 침대 같았다. 역시 가정부 방을 개조해 만든 욕실에는 개수대, 변기, 욕조가 있고 샤워기가 욕조 위에 달려 있었다. 슬라이드형 샤워대 위에 꼭지가 얹혔는데 배수 구멍에서 샤워 꼭지까지의 높이는 1미터가 채 안 되었다. 투명 비닐 재질의 샤워 커튼에는 노란 오리들이 그려져 있었다.

리처는 샤워대를 최대한 높게 조절한 다음 걸이에서 빼내 빠르게 몸을 씻었다. 딸기 모양의 분홍색 비누와 베이비 샴푸를 썼다. 샴푸병에 '눈이 따갑지 않아요'라고 적혀 있었다. 그랬으면 좋겠군. 그는 조그만 분홍색 수건으로 몸을 닦은 뒤 작고 향긋한 제이드의 잠옷을 의자 위에 걸쳐 놓고 침대에서 들어낸 베개와 이불로 바닥에 잠자리를 만들었다. 몸이 닿을 만한 곳에 있는 곰 인형과 인형들을 치웠다. 곰 인형들은 모두 푹신푹신한 새것이었고 다른 인형들에도 전혀 손때가 묻지 않았다. 공간을 확보하기 위해 책상을 30센티미터쯤 옆으로 옮기자 위에 있던 종이가 우수수 떨어졌다. 싸구려 종이에 크레용으로 그린 그림들이었다. 그중 하나에는 갈색 막대에 붙은 초록색 둥근 사탕 같은 나무들 너머로 커다란 회색 건물이 그려져 있었다. 센트럴파크에서 바라본 다코타 빌딩인 듯했다. 다른 그림에도 막대를 연상시키는 형체가 세 개 그려져 있었는데 막대 하나가 다른 것들보다 작은 걸 보니 가족인 모양이었다. 엄마와 딸, 의붓아버지. 엄마와 딸은 웃고 있었으나 의붓아버지는 치아가 절반쯤 뽑혀나간 듯 입에 검은 구멍이 뻥 뚫린 모습이었다. 하늘에 낮게 떠 있는 비행기를 그린 그림도 있었다. 아래쪽 땅은 초록색으로, 비행기 위의 하늘은 한 줄기 파란색으로 표현했다. 태양은 노란 공처럼 보였다. 소시지처럼 생긴 비행기 동체에는 창이 셋 있는데 창마다 얼굴을 그려놓았다. 비행기 날개는 위에서 내려다본 시선으로 그려 비행기가 급선회라도 하고 있는 것처럼 보였다. 마지막 것도 가족 그림이었는데 가족 수를 배로 늘려놓았다. 두 명의 레인을 나란히 그렸고 케이트와 제이드도 두 명이었다. 사물이 이중으로 보이는 복시複視로 두 번째 그림을 보는 것 같은 느낌이었다.

리처는 그림을 챙겨두고 야간등을 끈 뒤 이불 속으로 파고들었다. 이불은 가슴에서 무릎까지 내려왔다. 제이드의 베개에서 베이비 샴푸 냄새가 풍겼는데 그의 머리카락에서 나는 것일지도 몰랐다. 그는 머릿속 알람시계를 새벽 5시에 맞추고 눈을 감았다. 숨을 한 번, 그리고 또 한 번 내쉬고 는 잠이 들었다. 센트럴파크에서 파낸 1미터 두께의 단단하고 뻑뻑한 진흙으로 만든 바닥 위에서.

리처는 예정대로 새벽 5시에 잠에서 깼다. 몸이 욱신거렸고 여전히 피곤했으며 추웠다. 커피 향기가 풍겨왔다. 주방에 가보니 대형 커피메이커 옆에 카터 그룸이 서 있었다.

"이제 세 시간 남았군요. 놈들이 전화를 걸어올 거라고 봅니까?" 그룸이 물었다.

"글쎄. 당신 생각은?"

그룸은 대답하지 않았다. 커피가 내려지는 동안 조리대 위를 손가락으로 톡톡 두들기고만 있었다. 그룸과 함께 커피를 기다리고 있자니 버크가 들어왔다. 밤을 샌 것 같았는데 아무 말도 하지 않았다. 살가운 것도 적대적인 것도 아니었다. 전날 저녁이 아예 존재한 적 없는 듯 행동할 따름이었다. 그룸은 머그잔 세 개에 커피를 따른 뒤 하나만 들고 주방에서 나갔다. 버크도 하나를 집어 들고 그룸의 뒤를 따랐다. 리처는 자기 몫을 조리대에서 마셨다. 오븐에 달린 시계를 보니 5시 10분이었다. 시계가 조금 늦게 가는 듯했다. 그의 머릿속 시계는 15분에 가까운 시간을 가리켰다.

전 특수요원 로런 폴링에게 모닝콜을 할 시간이군.

바깥으로 나가기 전 거실에 들러보았다. 레인은 같은 의자에 꼼짝 않고 앉아 있었다. 자세가 여전히 꼿꼿했으며 여전히 침착했다. 극도의 자제심을 발휘하고 있었다. 진짜든 위장이든 참을성의 표본이라 할 만했다. 그레고리와 페레스, 코발스키는 소파에서 잠들어 있었다. 애디슨은 눈은 뜨고 있었으나 기력이 없어 보였다. 그룸과 버크는 커피를 마시는 중이었다.

"나갔다 오겠습니다."

"또 산책입니까?" 버크가 물었다. 말투에 신랄함이 묻어나왔다.

"아침 먹으러."

로비에는 밤에 보았던 노인이 여태 근무하고 있었다. 리처는 그에게 고개를 끄덕여 보인 다음 72번가에서 오른쪽으로 돌아 브로드웨이로 향했다. 뒤를 따르는 사람은 없었다. 유료 공중전화를 찾아낸 그는 구두 속에 넣어 두었던 명함을 보며 주머니에서 꺼낸 25센트 동전으로 폴링의 휴대폰으로 전화를 했다. 베개 근처 침실용 탁자 위에 휴대폰을 올려 두었을 것이다.

세 번째 신호가 울리자 그녀가 전화를 받았다.

"여보세요?" 폴링이 말했다. 잠긴 목소리. 자고 있던 건 아니고 하루의 첫 발성이라 그런 듯했다. 혼자 사는 것 같았다.

"최근에 리처라는 이름을 들어 봤습니까?"

"그랬어야 하나요?"

"간단히 그렇다고 하면 우리는 시간을 크게 절약할 수 있습니다. 앤 레인의 여동생 패티에게서 그 이름을 알게 되었을 겁니다. 브루어라는 형사를 통해. 맞습니까?"

"그래요. 어제 늦게."

"빨리 당신과 만나야 합니다."

"리처 본인인가요?"

"그렇습니다. 30분 뒤에 당신 사무실에서. 어떻습니까?"

"사무실이 어딘지 아세요?"

"브루어한테서 명함을 받았습니다."

"좋아요. 30분 뒤에."

30분 뒤 리처는 한 손에 커피를, 다른 손에 도넛을 들고 웨스트 4번가의 인도에 서 있었다. 로런 폴링이 그를 향해 걸어왔다.

23

리처는 자기를 향해 걸어오는 여자가 로런 폴링이라는 걸 바로 알아보았다. 시선이 그의 얼굴에 못 박혀 있었기 때문이었다. 패티는 그의 이름뿐 아니라 신체적 특징도 알려준 게 분명했다. 폴링은 사무실 문 근처에서 키가 크고 건장하고 금발에 단정치 못한 사내를 찾으면 되었던 것이다. 그날 아침 웨스트 4번가에서 거기에 해당하는 사람은 리처뿐이었다.

폴링은 우아한 여자로 나이는 쉰쯤 되어보였다. 자세가 곧아서 그렇지 실제 나이는 더 들었을 수도 있었다. 브루어가 "그녀 또한 매력적이지"라고 했는데 맞는 말이었다. 평균 키보다 3센티미터쯤 더 컸으며 무릎길이의 폭 좁은 치마를 입고, 검은 스타킹에 굽 있는 검은 구두를 신었다. 선명한 녹색 블라우스는 실크 재질 같았다. 알이 굵은 인조 진주 목걸이를 두르고 굵게 고불거리는 금발을 어깨까지 늘어뜨렸으며 녹색 눈동자에 웃음기가 감돌았다. 얼굴에는 '만나서 아주 기쁘군요. 하지만 바로 본론으로 들어갑시다'라는 말이 쓰여 있었다. 리처는 그녀가 FBI에서 팀 미팅을 주도하는 모습을 그려볼 수 있었다.

"잭 리처 씨, 맞죠?" 폴링이 말했다.

리처는 남은 도넛을 한입에 먹어 치우고 손가락을 바지에 문질러 닦은 뒤 그녀와 악수를 했다. 그런 다음 폴링이 거리에 면한 출입문을 열고 로

비의 키패드로 보안장치를 해제하는 모습을 뒤에서 어깨 너머로 지켜보았다. 숫자가 가로세로 세 개씩 배열되어 있고 0이 제일 아래쪽에 있는 일반적인 키패드였다. 그녀는 중지, 검지, 약지, 중지를 차례로 사용해 손을 그다지 움직이지 않고 보안을 해제했다. 빠르고 확실한 동작이었다. 8461 같은데. 리처는 생각했다. 내게 비밀번호를 보여주다니 멍청이 아니면 정신이 산란한 것이다. 정신이 산란한 쪽이 맞겠지. 멍청이일 리는 없다. 그 비밀번호는 건물 전체에 통용되는 것으로 그녀가 개인적으로 선택한 숫자는 아니었다. 자택의 보안번호나 현금카드 번호를 흘린 것과는 다르다.

"따라오세요." 폴링이 말했다.

리처는 그녀의 뒤를 따라 2층으로 이어지는 좁은 계단을 올라갔다. 폴링이 문을 열고 그를 안으로 안내했다. 공간은 둘로 나눠져 있었다. 앞쪽 방은 대기실이었고 안쪽에 책상 및 방문자용 의자 두 개가 놓인 방이 따로 있었다. 아주 작은 사무실이었지만 실내 장식은 훌륭했다. 고급스러운 취향이 세심하게 발휘되었고 전문업체에서 임대한 값비싼 물건들은 고객한테 신뢰감을 주기에 충분했다. 조금만 더 규모가 컸더라면 변호사나 성형외과 의사의 사무실이라고 해도 무방할 정도였다.

"좀 전에 브루어와 통화했어요." 그녀가 말했다. "당신 전화를 받은 뒤 그 사람 집으로 전화를 했죠. 자고 있는 걸 깨웠어요. 기분이 썩 좋지는 않은 것 같았어요."

"상상이 갑니다."

"당신의 동기가 뭔지 궁금해 하더군요."

지난 30년간 내내 후두염을 앓다 회복기에 접어든 사람처럼 낮고 약간 쉰 목소리였다. "나도 그게 궁금하고 말이죠."

그녀가 고객용 가죽 의자를 가리키기에 리처는 거기 앉았다. 폴링은 모서리에 바싹 붙어 몸을 틀어서 책상 앞으로 갔다. 날씬한 몸매여서 그리 힘들어 보이지 않았다. 그녀는 리처를 향해 의자를 돌려놓고 거기 앉았다.

"정보를 구하고 있을 따름입니다." 리처가 말했다.

"하지만 왜요?"

"당신이 줄 정보의 내용에 따라 내가 당신에게 설명할 부분이 있을지 없을지도 결정될 것 같습니다만."

"브루어 말로는 헌병이었다고요?"

"오래전 일입니다."

"능력 있는 수사관이었나요?"

"그밖에 다른 종류도 있습니까?"

폴링은 미소를 지었다. 약간의 슬픔과 약간의 아쉬움이 섞인 미소였다.

"그렇다면 당신은 나와 이야기해선 안 된다는 것도 알고 있겠군요."

"왜 그렇습니까?"

"난 믿을 만한 증인이 못되니까요. 절대적으로 편견을 갖고 있거든요."

"어째서요?"

"생각해보세요. 너무도 분명하지 않은가요? 만약 에드워드 레인이 아내를 살해한 게 아니라면 대체 누구의 짓이죠? 바로 나예요. 그녀가 죽은 건 나 때문이라는 얘기가 돼요. 내 경솔함 탓에 말이에요."

24

리처는 의자 깊숙이 몸을 묻었다. "누구도 100점을 기록할 순 없습니다. 현실 세계에서는 그럴 수 없어요. 나도, 당신도, 누구라도 그렇습니다. 그러니 죄책감을 느낄 필요는 없습니다."

"그게 당신의 대답인가요?"

"아마 나는 당신이 지금껏 만난 어떤 사람보다도 많은 사람을 죽였을 겁니다. 그래도 나는 자책하지 않습니다. 일이 그런 식으로 풀려 가면 어쩔 도리가 없으니까요."

폴링은 고개를 끄덕였다. "앤의 여동생은 줄곧 그 기묘한 맹금류 둥지에서 지내고 있어요. 그녀가 마치 내 양심 같아요."

"나도 만났습니다."

"그녀가 마음에 걸려요."

"클럽 3에 대해 말씀해주십시오."

폴링은 대답에 사이를 두었다. 기어를 바꾸려는 듯이.

"우리는 거기에 아무 의미도 없다고 결론 내렸어요. 암살범이 카드를 남겨두는 책이나 영화, 당시에는 그런 것들을 많이 조사했었어요. 대부분의 경우엔 트럼프의 그림패를 사용해요. 대개는 에이스 카드고 네 종류 중에선 스페이드가 압도적이죠. 데이터베이스에는 카드 3에 관한 건 없었어요. 클럽에 대한 것도 마찬가지였고. 그래서 우리는 연결된 세 가지 사건 중 하나가 아닐까 생각했죠. 하지만 그럴 만한 사건이 전혀 없었어요. 우리는 상징과 숫자 이론에 대해서도 조사했어요. UCLA를 찾아가 범죄조직문화를 연구하는 사람들과도 얘기해봤죠. 아무것도 얻지 못했어요. 하버드와 예일, 스미스소니언협회*의 기호학 전문가들과도 얘기해봤고 코네티컷의 웨슬리안대학교로 가서 언어학자한테도 물어봤고 컬럼비아대학교 대학원생도 만나봤어요. 두뇌 크기가 행성에 맞먹는 전문가들을 두루 만났지만 어디서도 무엇 하나 건지지 못했죠. 그러니 결국 클럽 3은 아무 의미도 없는 거예요. 우리가 헛수고를 하며 시간을 보내게끔 하려는 수작이었겠죠. 그 자체는 무의미한 결론일 뿐이었어요. 필요했던 건 우리가 헛수고하길 바란 자가 누구인지 알아내는 것이었으니까요."

"당시에도 레인에 대해 조사했었습니까? 패티의 가설을 듣기 전에 말입니다."

폴링은 고개를 끄덕였다. "아주 철저하게 조사했죠. 부하들도 전부. 당시의 위협평가기준에서 보면 심하다 싶을 만큼. 레인을 아는 자가 누구인가? 그에게 돈이 있다는 것을 아는 자는? 그에게 아내가 있다는 사실을 아는 자는? 등등."

"그래서요?"

"레인은 유쾌한 사람이 아니었어요. 정신병의 경계선에 있죠. 명령을 내리려는 욕구가 병적으로 강해요."

"패티도 똑같은 얘기를 했습니다."

"그녀 말이 맞아요."

---

* 미국의 박물관, 미술관, 연구소, 도서관 등을 관리하는 특수학술연구기관.

"이건 아십니까? 레인의 부하들 대부분은 좀 모자라는 작자들입니다. 명령을 받으려는 욕구가 병적으로 강하더군요. 그 사람들하고 얘기를 해봤는데 민간인이면서도 예전의 군대 규칙에 강하게 얽매여 있었습니다. 그래야 안심이 되는 건지. 예상되는 결과에 찬성하지 않을 때라도 무조건 복종하더군요."

"무시무시한 사람들이에요. 모두가 특수부대 출신에 비밀작전에 투입되었던 사람들이죠. 자연히 국방부는 우리가 파헤치는 걸 꺼렸어요. 하지만 우리는 두 가지 사실을 알아챘죠. 그 사람들 대부분이 전투 경험은 아주, 아주 풍부했지만 그런 것치고 훈장의 개수는 아주 적다는 걸요. 또한 그들 대부분이 부상에 의한 명예제대가 아니라 일반제대였어요. 레인까지 포함해서. 이런 사실들이 뭘 의미한다고 보세요?"

"무슨 의미인지 분명하게 알고 있을 텐데요."

"당신의 전문적 의견을 듣고 싶은 거예요."

"나쁜 짓을 저질렀다는 뜻이죠. 상부의 신경에 거슬리는 사소한 문제를 일으켰거나 심각한 문제이긴 한데 혐의를 입증할 수 없었다거나."

"훈장이 거의 없는 건?"

"작전 중에 문제를 일으켰겠죠. 불필요한 부수적 피해를 입혔거나 약탈, 포로 학대 등. 포로를 쐈을 수도 있고 건물을 불태웠을 수도 있습니다."

"레인의 경우에는 어떨까요?"

"학대를 지시했거나 방지하지 못했던 것일 테죠. 직접 그런 행위에 가담했을 수도 있고, 1차 걸프전쟁 즈음에 퇴역했다고 나한테 말했는데, 나도 거기에 있었습니다. 악행이 만연했던 지역이죠."

"혐의를 입증할 수 없는 일이라면 어떤 건가요?"

"특수부대는 어디서나 독자적으로 작전을 수행합니다. 비밀스러운 세계죠. 어느 정도 소문이야 돌겠지만 그게 전부입니다. 내부고발자 한두 명이 나설 수는 있겠지만. 하지만 확실한 증거는 없는 거죠."

폴링은 다시 고개를 끄덕였다. "우리가 내린 결론도 그랬어요. 내부에서 내놓은 결론이죠. 군 출신들이 꽤 많았으니까요."

"훌륭한 사람들이 많았군요. 명예제대를 하고 훈장과 추천을 받은 사람들."

"당신도 그런 걸 받았나요?"

"앞서 말한 세 가지 전부. 하지만 진급이 늦어진 적이 두 번 있었습니다. 그다지 협조적인 성격이 아니라서요. 그레고리가 내게 그걸 묻더군요. 레인의 부하들 중 제일 먼저 얘기를 나눠본 친구인데, 내 경력에 문제가 있느냐고 물어서 그렇다고 하니 만족스러운 듯 보였습니다."

"같은 처지라고 생각한 모양이네요."

리처는 고개를 끄덕였다. "왜 그들이 레인한테 붙어 있는지도 그걸로 설명이 됩니다. 그런 전력으로 한 달에 25,000달러를 받을 수 있는 곳이 달리 있겠습니까?"

"그렇게나 많이 받아요? 연봉으로 치면 30만 달러나 되는데?"

"그런가요? 수학을 배운 게 워낙 옛날 일이라."

"레인은 당신한테도 그 금액을 제안했나요? 30만 달러를?"

리처는 대답하지 않았다.

"무슨 생각을 하는 거죠?" 폴링이 물었다.

"아직 정보에 관한 이야기가 마무리되지 않았습니다."

"앤 레인은 죽었어요. 5년 전에, 뉴저지 턴파이크 근처 공터에서. 우리가 아는 확실한 사실은 그게 전부예요."

"육감 쪽은 어떻습니까?"

"당신의 육감은?"

리처는 어깨를 으쓱했다. "브루어가 이런 얘기를 했습니다. 전혀 모르겠다고, 그게 이상한 일이라고. 엉뚱한 방향으로 갈 때도 있지만 항상 알기는 아는데 말입니다. 나도 정확히 같습니다. 나도 언제나 압니다. 그런데 이번엔 달라요. 모르겠습니다. 전혀 짚이는 게 없다는 생각 이외에는 떠오르는 게 없습니다."

"나는 정말로 납치사건이었다고 생각해요. 그런데 내가 망쳐버렸어요."

"그렇습니까?"

그녀는 고개를 흔들었다.

"정말로 그렇진 않아요. 솔직히 말해 모르겠어요. 레인 짓이길 내가 바란다는 걸 하늘은 알겠죠. 그건 분명해요. 실제로 그가 했을 수도 있고. 하지만 내게는 분별이라는 게 있기 때문에 그게 희망사항이라는 것, 나 자신을 위한 변명이라는 걸 인정할 수밖에 없어요. 나는 그 모든 것을 어딘가에 그대로 보관해두어야 해요. 정신적으로 말이죠. 그래야 값싼 위안에 기대거나 나 자신한테 면죄부를 주는 일을 피할 수 있어요. 대개는 단순한 답이 올바른 답이죠. 그건 단순한 납치사건이었어요. 정교한 위장 공작이 아니라. 그런데 내가 망쳐버렸죠."

"어떤 식으로 망쳤다는 겁니까?"

"모르겠어요. 수백 번을 밤에 깨어서 생각하고 또 생각해봤어요. 내가 어디서 실수를 했는지 알 수가 없어요."

"그렇다면 당신이 망친 게 아닌 겁니다. 정교한 위장 공작이었을 가능성이 있는 거지."

"그래서요?"

리처는 그녀를 똑바로 쳐다보며 말했다.

"납치였든 살인이었든 지금 그 일이 다시 벌어지고 있습니다."

25

로런 폴링은 의자에서 몸을 똑바로 곧추세우더니 "말해보세요"라고 했다. 그래서 리처는 처음 카페에 갔던 밤의 일부터 시작해 모든 것을 이야기했다. 첫째 날, 일회용 컵에 담긴 더블 에스프레소, 삐뚜름히 주차된 메르세데스 벤츠, 6번가로 걸어와 벤츠를 몰고 간 정체불명의 남자. 둘째 날, 그레고리가 증인을 찾아 카페로 왔던 일. 셋째 날, 사용되지 않은 빨간 문과 파란색 BMW, 이어 검은 BMW를 정확히 같은 장소에 갖다 두라고 지시했던 악몽과도 같은 변조된 목소리에 이르기까지.

이야기를 듣고 난 폴링은 "그게 위장 공작이라면 믿을 수 없을 정도로 정교하군요"라고 했다.

"내 느낌도 정확히 같습니다."

"말도 안 되게 비용이 많이 들기도 하고요."

"그렇지 않을 수도 있고."

"돈이 돌고 돌아 제자리로 돌아온다는 뜻인가요?"

"실제로 돈을 내 눈으로 보진 못했습니다. 내가 본 건 잠긴 가방이 전부였으니까요."

"신문지를 잘라 넣었을까요?"

"아마도요. 위장이었다면."

"위장이 아니라면?"

"현금이었겠죠."

"내 생각엔 진짜 납치인 것 같아요."

"혹시 위장이었다 쳐도 누가 실행을 맡았는지 짐작도 안 갑니다. 그러려면 레인에게는 확실히 믿을 수 있는 사람이 필요해요. 결국 A팀원이라는 얘긴데, 그들 중 무단이탈자는 한 명도 없었습니다."

"두 사람 사이는 좋았나요? 부부 사이 말이에요."

"다른 얘기를 하는 사람은 아무도 없었습니다."

"그럼 정말로 납치군요."

리처는 고개를 끄덕였다. "여기엔 내적 일관성이 존재합니다. 처음 납치했을 때 내부자가 관련된 건 분명합니다. 케이트와 제이드가 언제 어디로 갈 예정인지 알아야 하니까요. 내부자 연루설은 두 가지 방식으로 입증할 수 있습니다. 첫째, 레인의 사업에 대해 어느 정도 알고 있어야 합니다. 예를 들어 레인이 어떤 차량을 갖고 있는지."

"두 번째는요?"

"그게 나를 괴롭히는 문제입니다. 경찰과 관련된 부분이에요. 처음으로 전화가 왔을 때 납치범이 뭐라고 했는지 레인에게 한마디 한마디 그대로 들려달라고 했는데, 경찰에게 알리면 안 된다는 얘기가 전혀 없었습니다. 경찰에 알리지 마라. 그게 정상 아닙니까? 그런데 그런 말이 전혀 없었어요. 그건 납치범들이 5년 전의 사건을 알고 있다는 뜻입니다. 레인이 경찰에 알리지 않을 걸 알고 있었다는 거죠. 그러니 굳이 말할 필요가 없었고."

"그렇다는 건 5년 전의 일은 진짜였다는 거네요."

"반드시 그래야 하는 건 아닙니다. 레인이 세상에 밝힌 내용을 반영하고 있을 뿐인지도 모르죠."

"만약 이번 사건이 진짜라면 5년 전 사건도 진짜였을 가능성이 높아지는 것 아닌가요?"

"그럴 수도 있고 아닐 수도 있습니다. 어쨌거나 옛날 일로 너무 자책하지는 마십시오."

"꼭 유령의 집에 있는 거울방 같군요."

리처는 고개를 끄덕였다. "그런데 어떤 시나리오에도 들어맞지 않는 사실이 한 가지 있습니다. 납치가 이루어진 바로 그 순간입니다. 납치가 성공할 수 있는 유일한 방법은 차가 멈추는 순간을 놓치지 않고 범인이 재빨리 차에 올라타는 것뿐입니다. 여기엔 모두가 동의했어요. 내가 놓친 부분이 있나 해서 레인의 부하 둘에게도 물어봤는데, 그들도 나와 같은 의견을 내놓았습니다. 그런데 이 경우 블루밍데일이 한 블록을 차지할 만큼 길다는 게 문제가 됩니다. 테일러의 재규어가 렉싱턴 가의 어떤 지점에 정차할지 정확히 예상하는 게 가능할까요? 예상이 어긋나면 그 자리에서 모든 게 수포로 돌아갑니다. 케이트나 제이드가 한발 먼저 인도로 내려선다든가 수상한 자가 달려오는 걸 테일러가 봤다든가. 그랬다면 테일러가 가만히 있지는 않았을 겁니다. 최소한 차문이라도 잠갔겠죠."

"하고 싶은 얘기가 뭔가요?"

"진짜든 가짜든 이 일에는 뭔가 아귀가 맞지 않는 부분이 있다는 겁니다. 어떻게 된 건지 감을 못 잡겠다는 뜻이에요. 도저히 파악이 안 됩니다. 평생 처음으로, 정말로 모르겠다는 생각이 듭니다. 브루어 말마따나 나 역시 수많은 잘못을 저질렀지만 그것과는 별도로 항상 진상을 알고는 있었습니다."

"브루어한테 이 일을 얘기해야 해요. 공식적으로."

"소용없습니다. 레인 쪽에서 신고하지 않는 한 뉴욕경찰청은 아무것도 할 수 없습니다. 최소한 관계자로부터 실종신고라도 있어야 하니까요."

"그럼 앞으로 어떻게 할 건가요?"

"하드웨이hard way로 하는 수밖에요."

"그게 무슨 뜻이죠?"

"군대에서는 잠시도 쉬지 않고 계속 해나갈 때 하드웨이라는 말을 씁니다. 그렇게 할 수밖에 없을 때 말입니다. 즉 출발점으로 되돌아가 모든 것을 재검토하고 세부사항을 파고들어 단서를 잡아야 합니다."

"케이트와 제이드는 이미 죽었을 가능성이 커요."

"그렇다면 누군가 죗값을 치르도록 해야죠."

"내가 어떤 도움이 될 수 있을까요?"

"호바트와 나이트, 그 두 사람에 대해 알고 싶습니다."

폴링은 고개를 끄덕였다. "앤이 납치당한 날 차량을 운전했던 사람이 나이트예요. 호바트는 그때 필라델피아에 있었고. 그런데 패티가 그 두 사람을 들먹이더군요. 그들은 해외에서 죽었어요."

"죽지 않았을 수도 있습니다. 부상당한 채 버려졌지만 당시엔 살아 있었으니까요. 두 사람에게 무슨 일이, 언제, 어디서, 어떤 방식으로 일어났는지 알아야 합니다."

"그들이 살아 있다고 생각해요? 살아서 돌아왔다고?"

"모르겠습니다. 하지만 레인의 부하들 중 적어도 한 명은 어젯밤 편히 잠을 자지 못하더군요."

"알다시피 난 호바트와 나이트를 만났었어요, 5년 전에. 조사 과정에서

178

말이에요."

"둘 중 누구라도 내가 목격한 남자와 비슷하게 생겼습니까?"

"보통 체격에 평범한 외모? 둘 다 딱 그래요."

"도움이 되는 정보로군요."

"이제 뭘 할 작정인가요?"

"다코타로 돌아갈 겁니다. 전화가 한 통 걸려올 거고, 그걸로 이 모든 일이 막을 내릴지도 모릅니다. 하지만 전화가 오지 않을 가능성이 더 높습니다. 그 경우에 사건은 이제 시작인 거죠."

"나도 나름대로 조사해볼게요." 폴링이 말했다. "세 시간 뒤에 내 휴대폰으로 전화주세요."

26

　리처가 다코타 빌딩에 도착한 것은 아침 7시로 완연한 아침이 새벽을 밀어낸 뒤였다. 연푸른 하늘에는 구름 한 점 없었다. 늦여름 특유의 멋진 날씨였다. 하지만 5층에 있는 아파트로 들어가자 공기가 후텁지근했고 커튼도 여태 내려진 상태였다. 전화가 왔는지 굳이 물어볼 필요가 없었다. 한눈에도 전화벨이 울리지 않았다는 것이 확연했다. 눈앞에 펼쳐진 광경은 아홉 시간 전과 조금도 달라지지 않았다. 레인은 의자에 똑바로 앉아 있고 그레고리와 그룸, 버크, 페레스, 애디슨, 코발스키도 모두 거실에 있었다. 거실 여기저기에 흩어져 있는 그들은 하나같이 입을 꾹 다물고 침울한 모습으로 숨죽이고 있었다. 일부는 눈을 감고 있었고 눈을 뜬 사람들은 허공을 응시하고 있었다.

　훈장을 받지 못함.

　일반제대.

　나쁜 자들.

　레인이 천천히 고개를 돌려 리처를 똑바로 쳐다보았다. "대체 어디 있다 오는 건가?"

　"아침식사를 했습니다."

　"아침을 오래도 먹는군. 포시즌 호텔에서 다섯 가지 코스 요리라도 먹었나?"

"간이식당이었는데 잘못 들어갔나 봅니다. 음식이 형편없이 늦게 나와서."

"일을 하라고 돈을 지불하는 거야. 밖에 나가 배 터지게 밥이나 먹으라고 주는 게 아니고."

"돈은 한 푼도 받은 적이 없습니다만."

레인이 몸을 곧추세우더니 고개를 90도 옆으로 돌렸다. 짜증을 내는 바닷새 같은 모습이었다. 축축하게 젖은 어두운 눈이 번쩍였다.

"그게 자네 문제인가? 돈이?"

리처는 대답하지 않았다.

"그렇다면 쉽게 해결할 수 있지."

그는 리처의 얼굴에서 시선을 떼지 않은 채 의자 팔걸이를 움켜쥐었다. 창백한 손등에 솟은 힘줄과 정맥들이 노란 불빛 속에서 어렴풋이 드러났다. 레인은 아홉 시간 만에 처음으로 움직이는 것인 양 힘겹게 몸을 일으켰다. 실제로 그런지도 몰랐다. 비틀거리며 일어선 레인은 늙고 병든 사람처럼 뻣뻣하고 흔들리는 걸음걸이로 복도로 향했다.

"따라오게." 예전 대령 시절을 연상시키는 명령투였다. 리처는 그를 따라 부부 침실로 들어갔다. 끝이 뾰족한 장식용 기둥이 달린 침대, 서랍 달린 장식장, 책상, 사진, 그리고 정적이 놓인 방. 레인이 자기 벽장을 열었다. 양쪽 문 가운데 좁은 쪽이 그의 벽장이었다. 안쪽에 얕은 벽감이 있고 또 다른 문이 달려 있었다. 안쪽 문 왼편에 보안 키보드가 있었다. 로런 폴링의 사무실과 마찬가지로 숫자가 세 개씩 세로로 배열되어 있고 0이 덧붙여진 형태였다. 레인이 왼손으로 키보드를 눌렀다. 검지를 굽혀서 한 번, 약지를 세워서 한 번, 중지를 세워서 한 번, 중지를 굽혀서 한 번. 3785다. 리처는 생각했다. 내게 비밀번호를 노출시키다니 멍청이 아니면 정신이 산란한 것이다. 키패드가 삐삐 울리자 레인은 안쪽 문을 열고 손을 뻗어 줄을 잡아당겼다. 불이 켜지면서 폭은 90센티미터, 깊이는 180센티미터 크기의 공간이 모습을 드러냈다. 강도 높은 열압착 비닐로 단단히 감싼 사각형 물건들이 차곡차곡 쌓였고 외국어가 인쇄된 비닐 위엔 먼지가 앉아 있었다. 처음에 리처는 그것이 무엇인지 알아보지 못했다.

그러다 깨달았다. 인쇄된 글씨는 프랑스어였다. 방크 상트랄Banque Centrale. 중앙은행.

돈이다.

비닐 포장 안에 미국 달러화 다발이 차곡차곡 쌓여 있었다. 대부분 손 댄 흔적 없이 깔끔했고 하나만 포장이 찢겨 안에 든 돈다발이 흐트러져 있었다. 바닥에는 비닐 포장재가 버려져 있었다. 비닐은 두툼해서 쉽게 찢을 수 있을 것 같지 않았다. 엄지손톱을 찔러넣어 구멍을 내고 거기에 손가락들을 집어넣어 있는 힘을 다해 잡아당겨야만 늘어나면서 버틸 때까지 버티던 비닐이 겨우 찢어질 것이다.

레인은 허리를 굽혀 개봉된 뭉치를 끌어냈다. 그것을 들어 올리더니 리처의 발치로 획 던졌다. 비닐 포장이 윤기 흐르는 목재 바닥을 타고 미끄러지면서 현금 두 다발이 밖으로 튀어나왔다.

"여기 있네. 자네가 말한 돈."

리처는 대답하지 않았다.

"가져. 자네 돈이니까."

리처는 말없이 문으로 발걸음을 옮겼다.

182

"가져가라니까."

리처는 멈춰 섰다.

레인이 허리를 굽혀 튀어나온 돈다발 중 하나를 집어 손바닥 위에 올려놓았다. 만 달러였다. 100달러 지폐 100장.

"가져가."

"돈 얘기는 결과가 나온 다음에 합시다."

"가져가!" 레인이 버럭 소리를 지르며 손에 든 돈다발을 리처의 가슴팍으로 던졌다. 가슴뼈 위 움푹한 곳을 정통으로 맞힌 돈다발은 놀랄 만큼 무거웠다. 리처의 몸에 맞고 튕겨나간 돈다발이 바닥에 떨어졌다. 레인은 나머지 다발 하나를 주워서 또 던졌다. 이번에도 똑같은 곳을 때렸다.

"가져가라고!"

레인은 다시 몸을 굽혀 비닐 포장재 안에 든 돈을 하나씩 내던졌다. 쳐다보지도 겨냥하지도 않고 계속해 막무가내로 던졌다. 돈다발은 리처의 다리에, 배에, 가슴에, 머리에 와서 부딪혔다. 만 달러 돈다발로 일제사격을 당하는 셈이었다. 돈다발이 빗발쳤다. 그 속엔 극도의 괴로움이 스며 있었다. 눈물이 레인의 얼굴을 타고 흘렀다. 그는 자제력을 상실한 채 비명을 지르고 헐떡이고 흐느끼면서 돈다발을 던지며 외쳤다. 가져가! 가져가! 케이트를 돌려줘! 돌려줘! 제발! 제발! 절망적인 외침 한마디마다 분노와 고통, 아픔, 두려움, 상실감이 배어 있었다.

리처는 따끔따끔한 돈다발 세례를 받으며 그대로 서 있었다. 돈다발들이 발치에 흩어졌다. 그는 생각했다. 아무리 명배우라도 저런 연기는 불가능하다.

그리고 또 생각했다. 이번엔 진짜다.

27

리처는 내부 복도로 나가 레인이 진정하기를 기다렸다. 욕실에서 물소리가 들려왔다. 얼굴을 씻고 있군. 리처는 생각했다. 찬물로. 이어 마룻바닥 위로 종이가 긁히는 소리, 돈을 다시 탁탁 챙겨 넣는 소리, 비닐 포장에 정리한 돈뭉치를 안쪽 벽장에 갖다 두는 소리가 들렸다. 이어 벽장문 닫히는 소리, 문이 잠겼음을 확인해주며 키패드가 삐삐 울리는 소리. 리처는 거실로 돌아왔다. 1분 뒤 뒤따라온 레인은 아무 일 없었다는 듯 차분한 모습으로 의자에 앉아 울리지 않는 전화기를 물끄러미 쳐다보았다.

아침 7시 45분 직전에 전화벨이 울렸다. 레인이 수화기를 낚아챘다. "여보세요?" 긴장한 탓에 목소리를 제대로 내지 못했다. 상대방의 말을 듣던 그의 얼굴에서 표정이 사라졌고 초조한 듯 신경질적으로 머리를 흔들었다. 그 전화가 아니군. 레인은 10초 정도 더 얘기를 듣고 있더니 수화기를 내려놓았다.

"누굽니까?" 그레고리가 물었다.

"그냥 친구야. 미리 부탁해두었지. 이런저런 정보를 모아주고 있어. 오늘 아침에 경찰이 허드슨강에서 시체를 한 구 발견했다는군. 강에 떠 있었다고 해. 79번가 보트 정박지에. 신원불명의 백인 남자. 나이는 마흔 정도.

총알을 한 발 맞았고."

"테일러일까요?"

"그렇겠지. 거긴 강물 수위가 높아. 정박지에서는 웨스트사이드 고속도로를 쉽게 탈 수 있고. 북쪽으로 향하는 자한테는 이상적인 장소지."

"그럼 우린 어떻게 하면 될까요?"

"지금? 아무것도 안 해. 우린 여기서 기다려야 해. 그 전화가 걸려올 때까지. 우리가 기다리는 전화 말이네."

전화는 걸려오지 않았다. 아침 8시, 기나긴 기다림이 열 시간을 채웠으나 전화벨은 울리지 않았다. 8시 15분에도, 30분에도, 45분에도 울리지 않았다. 9시가 되어도 마찬가지였다. 결코 오지 않을 주지사의 형 집행 정지명령을 기다리는 심정이었다. 결백한 고객의 변호인단 또한 이런 감정을 경험할 것이라고 리처는 생각했다. 당황, 불안, 충격, 불신, 실망, 마음의 상처, 노여움, 격분.

그리고 절망.

9시 30분이 되어도 전화기는 울리지 않았다.

레인이 눈을 감으며 말했다. "좋지 않군."

아무도 대답하지 않았다.

9시 45분이 되자 피할 수 없는 일을 받아들이기라도 한 듯 레인의 온몸에서 의지가 사라졌다. 그는 의자 깊숙이 몸을 묻고 고개를 뒤로 젖힌 채 멍하니 천장을 바라보았다.

"끝났어. 그녀는 죽은 거야." 그가 말했다.

모두 침묵을 지켰다.

"그녀는 죽었어." 레인은 같은 말을 되풀이했다. "그렇지?"

역시 대답은 없었다. 거실은 완벽한 정적에 휩싸였다. 관을 옆에 두고 밤을 샐 때처럼, 피로 얼룩진 비극적인 사고 현장에서처럼. 장례식이나 추모회, 수술 실패 후의 응급처치실에서처럼. 불가능한 가능성에 매달려 애써 삑삑거리던 심박 모니터가 갑작스럽게 조용해진 직후처럼.

모니터의 평탄선.

죽음.

10시가 되자 레인은 의자 등받이에서 머리를 들어올리며 말했다. "좋아." 그는 다시 한 번 "좋아"라고 되풀이한 뒤 말했다. "이제 움직인다. 우리가 해야 할 일을 하는 거야. 찾아내서 뭉개버린다. 시간이 얼마나 걸리든 정의는 행해져야 해. 우리 방식의 정의 말이야. 경찰도 변호사도 재판도 필요 없다. 항소도 심리도 감옥도. 고통 없는 사형 집행도 없다."

아무도 입을 열지 않았다.

"케이트를 위해. 그리고 테일러를 위해." 레인이 말했다.

"저도 하겠습니다." 그레고리가 말했다.

"전력을 다해." 그룸이 말했다.

"언제나 그랬듯." 버크가 말했다.

페레스도 고개를 끄덕이며 말했다. "죽을 때까지."

"저도 함께하겠습니다." 애디슨이 말했다.

"놈들이 태어난 걸 후회하도록 만들어주겠습니다." 코발스키가 말했다.

리처는 그들의 표정을 살폈다. 여섯 남자. 소총중대보다 수는 적지만 죽음을 불사하는 결의만큼은 군 전체와 맞먹는다.

"고맙네." 레인이 말했다.

그는 기운을 차린 듯 자세를 똑바로 고치더니 리처의 얼굴을 쳐다보았다. "자네가 이 방에서 거의 처음으로 한 말이 이거였지. 내 부하들은 놈들을 상대로 전쟁을 시작할 수 있겠지만 그러려면 먼저 놈들을 찾아내야 한다고. 기억하나?"

리처는 고개를 끄덕였다.

"놈들을 찾아내게." 레인이 말했다.

리처는 나가기 전 부부 침실에 들렀다. 그는 책상 위의 액자를 집어 들었다. 거실 사진에 비해 못한 사진. 제이드가 함께 나온 사진. 액자의 유리에 얼룩이 묻지 않도록 조심하면서 오랫동안 집중해서 들여다보았다. 당신들을 위해서다. 당신들 두 사람을 위해. 그를 위해서가 아니라. 그는 액자를 제자리에 돌려놓고 조용히 아파트를 빠져나왔다.

찾아내서 뭉개버린다.

리처는 전에 사용했던 공중전화로 갔다. 구두에서 명함을 꺼내 로런 폴링의 휴대폰 번호를 눌렀다. "이번엔 진짜입니다. 두 사람은 돌아오지 못할 겁니다."

폴링이 말했다. "30분 안에 유엔으로 올 수 있나요?"

28

경비 탓에 유엔 건물에는 접근할 수 없었지만 1번가 인도에서 기다리고 있는 로런 폴링의 모습이 눈에 들어왔다. 그녀 또한 리처와 같은 처지였다. 통과를 승인받을 마법의 주문은 그녀에게도 없었다. 무늬가 있는 스카프를 어깨에 두른 모습이 근사했다. 자기보다 열 살 많았지만 마음에 드는 여자였다. 리처가 그쪽으로 걸어가자 폴링도 그를 알아보고 걸어왔다. 둘은 중간 지점에서 마주쳤다.

"부탁을 좀 했어요." 폴링이 말했다. "국방부에서 파견된 장교와 면담을 할 거예요. 유엔 위원회 쪽과 연락을 맡고 있는 장교죠."

"면담 주제는요?"

"용병. 미국은 용병에 반대하는 걸로 되어 있어요. 온갖 조약에 서명을 했잖아요."

"국방부는 용병을 즐겨 이용합니다. 항상 용병을 고용하고 있어요."

"하지만 자기들이 보낸 곳으로 가는 걸 좋아하겠죠. 용병들이 빈 시간을 이용해 인가받지 않은 부차적인 사업을 벌이는 건 좋아하지 않을 걸요."

"나이트와 호바트가 없어진 장소가 그런 곳입니까? 부차적인 사업을 벌인 곳?"

"아프리카 어디선가 그랬죠."

"우리가 만날 장교가 자세한 내용을 알고 있습니까?"

"일부는. 꽤 고참이니까요. 하지만 유엔 쪽에서 일한 지는 얼마 안 되었어요. 그 사람은 당신한테 자기 이름을 밝히지 않을 거예요. 당신도 물으면 안 되고요. 알겠죠?"

"그 사람은 내 이름을 알고 있습니까?"

"말하지 않았어요."

"좋습니다. 공평하군요."

그때 폴링의 휴대폰이 울렸다. 그녀는 상대의 목소리에 귀를 기울이면서 주위를 둘러보았다.

통화를 끝낸 그녀가 리처에게 말했다. "광장에 있대요. 우리 모습이 보인다는군요. 하지만 곧장 이리로 오지는 않겠대요. 2번가 카페에 가 있으라네요. 그쪽으로 오겠다고."

카페는 실내 장식을 갈색으로 통일한 그런 곳들 중 하나였다. 카운터 판매, 점내 판매, 그리스 문양이 새겨진 종이컵에 커피를 담아주는 테이크아웃 판매의 비중이 거의 비슷했다. 폴링은 앞장서서 제일 안쪽으로 들어가 문을 지켜볼 수 있는 곳에 자리를 잡았다. 리처는 그녀의 옆자리에 앉았다. 그는 언제 어디서든 항상 벽을 등지고 앉았다. 굳어진 습관은 이 카페처럼 곳곳에 거울이 있는 장소에서도 마찬가지였다. 표면에 얇은 구릿빛을 입힌 거울은 실내를 넓어 보이게 하는 효과를 발휘했으며 거기 비친 사람들은 방금 해변에서 돌아온 것처럼 피부색이 그을려 보였다. 폴링은 손을 흔들어 웨이트리스의 눈길을 잡은 뒤 '커피'라고 입모양으로 말하며 손가락 세 개를 세워 보였다. 조금 뒤 웨이트리스가 그들의 자리로 와서 묵직한 갈색 머그잔 세 개를 내려놓고 플라스크에서 커피를 따랐다.

리처는 한 모금 마셔보았다. 뜨겁고 진한 블렌드 커피였다.

그는 국방부 사람이 문을 통과하기도 전에 바로 알아보았다. 한눈에 어떤 인물인지 알 수 있었다. 군인이지만 전투원은 아니다. 단순 관리직. 예리한 맛이 없다. 늙은 것도 젊은 것도 아닌 나이. 옥수수 빛깔 머리카락을 짧게 자르고, 파란색의 값싼 울 양복 안에 광택이 도는 흰색 셔츠를 받쳐 입고 줄무늬 넥타이를 맸다. 고급 구두는 거울처럼 반짝였다. 제복이 아니면서도 일종의 제복이다. 대위나 소령이 처제의 두 번째 결혼식에 참석할 때 입는 그런 복장. 바로 그런 목적으로 지금 입은 옷을 구입했던 것인지도 모른다. 경력 쌓기용 뉴욕 임시파견근무가 시작되기 한참 전에.

남자는 문 안쪽에 서서 주위를 둘러보았다. 우리를 보고 있는 게 아니다. 리처는 생각했다. 실내에 아는 사람이 있는지 확인하는 중이다. 혹시 아는 얼굴이 보이면 전화가 울린 척 가장하면서 밖으로 나갈 것이다. 나중에라도 터무니없는 질문을 받는 일이 없도록. 어쨌거나 멍청이는 아니군.

이어 이런 생각도 떠올랐다. 폴링 또한 멍청이가 아니다. 묘한 사람들과 같이 있는 게 눈에 띄면 안 되는 인물들을 알고 있다.

남자는 걱정할 것 없다는 결론을 내린 듯했다. 안쪽으로 걸어오더니 폴링과 리처의 맞은편에 앉았다. 두 사람을 힐끗 쳐다본 남자는 시선을 폴링과 리처의 머리 사이에 있는 거울에 고정시켰다. 가까이서 보니 권총 두 자루가 교차된 문양의 검은색 라펠핀을 꽂고 있었으며 얼굴 한쪽에 가벼운 흉터가 있었다. 멀찌감치 떨어진 곳에서 수류탄이나 사제폭탄 파편을 맞은 모양이었다. 어렸을 때 산탄총 사고를 당한 흔적일지도 몰랐다.

"알려드릴 게 그다지 많지 않습니다." 남자가 말했다. "해외에서 전투를 벌이는 미국 용병의 존재는 바람직하지 못한 것으로 간주되고 있습니다. 특히 아프리카에 파견된 용병. 따라서 이 건에 관한 정보는 단단히 봉해져 있으며 꼭 필요한 경우에만 접근할 수 있습니다. 게다가 내가 근무하기 전의 일이었습니다. 그러므로 나는 거기에 관해 그다지 아는 게 많지 않습니다. 아마 내가 알려드릴 수 있는 건 당신들 나름대로 짐작할 수 있는 사항들이 대부분일 겁니다."

"장소가 어디였습니까?" 리처가 물었다.

"그것조차 확실히 모릅니다. 부르키나파소, 혹은 말리였을 거라 생각합니다만. 서아프리카의 작은 나라들 중 어디입니다. 솔직히 말해 그 지역에는 분란에 휩싸인 국가가 한두 곳이 아니어서 일일이 파악하기도 힘듭니다. 그 건은 통상적인 것이었습니다. 내전 말입니다. 정부는 잔뜩 겁을 집어먹고 반란군 일파는 정글에서 뛰쳐나오기 직전인 상태. 군은 믿을 수 없고요. 궁지에 몰린 정부는 엄청난 비용을 지불하고 세계 시장에서 보호책을 사들였습니다."

"두 나라 중에 프랑스어를 사용하는 곳이 있습니까?"

"공식 언어로? 부르키나파소와 말리 둘 다 그렇습니다. 그건 왜 묻는 겁니까?"

"지폐를 봤습니다. 비닐 포장재에 프랑스어가 인쇄되어 있더군요. 방크 상트랄, 중앙은행."

"금액이 얼마나 됩니까?"

"당신이나 내가 한평생, 아니 두 평생 걸려도 벌 수 없는 금액이었습니다."

"미국 달러화?"

리처는 고개를 끄덕였다. "엄청나게 많은."

"돈은 때로 원하는 결과를 낳기도 하지만 그렇지 않을 때도 있습니다."

"서아프리카에선 어땠습니까?"

"돈값을 하지 못했죠. 떠도는 얘기로는 에드워드 레인이 돈만 챙겨 달아났다고 합니다. 그렇다고 레인을 욕할 수는 없을 겁니다. 상대 병력에 비해 압도적으로 수가 적었고 전략적으로도 밀렸으니까."

"하지만 전원이 빠져나온 건 아니었겠죠."

남자는 고개를 끄덕였다. "그런 것 같습니다. 하지만 그런 지역에서 정보를 모으는 것은 달의 캄캄한 반대편에서 오는 무선신호를 잡으려는 것과 같습니다. 침묵과 잡음뿐이지요. 기껏 뭔가 들린다 싶으면 신호가 너무 약하거나 왜곡되어 있고. 그래서 우리는 대개 적십자사나 국경없는의사회에 의존합니다. 아무튼 그런 식으로 해서 두 명의 미국인이 포로가 되었다는 확실한 정보를 입수했고, 그로부터 1년 뒤 그들의 이름을 알아냈습니다. 나이트와 호바트. 리컨 마린 출신인 나이트와 호바트였지요."

"두 사람이 살아 있었다니 놀랍군요."

"반란군이 승리를 거두고 새 정부를 세웠습니다. 그런 다음 그들은 죄수를 모두 석방했어요. 감옥에는 그들의 동료가 그득했으니까요. 하지만 모름지기 정부는 감옥을 가득 채워야 할 필요가 있는 법입니다. 그래야 국민을 복종시킬 수 있으니까. 그렇게 해서 예전의 선한 자들이 새로운 악한으로 변하는 겁니다. 옛 정권을 위해 일한 자들은 갑자기 궁지에 몰리게 되고요. 그런 상황에서 그들에게 미국인은 트로피와 같습니다. 그래서 살려둔 거죠. 하지만 나이트와 호바트는 혹독한 대우를 받았습니다. 국경없는 의사회의 보고내용을 보면 끔찍합니다. 소름이 끼쳐요. 재미로 신체를 절단하는 게 현실 속에서 벌어진 일입니다."

"구체적으로 어떤?"

"칼로 할 수 있는 온갖 짓을 했던 모양입니다."

"구출 시도는 생각해보지 않았습니까?"

"내 말을 제대로 듣지 않았군요. 국방부는 군 출신 미국인 용병들이 아프리카에서 활개친다는 사실을 인정할 수 없는 입장입니다. 게다가 아까도 말했듯 반란군이 정권을 장악했습니다. 그들이 정부를 운영하고 있어요. 우리는 그들과 잘 지내야 합니다. 우리가 원하는 것들이 거기 있으니까요. 석유, 다이아몬드, 우라늄이. 알코아(알루미늄 제조회사)는 주석과 보크사이트와 구리가 필요합니다. 할리버튼(석유 채굴 기업)은 거기 진출해 한몫 잡고 싶어 하죠. 텍사스 업체들은 거기에 들어가서 바로 그 빌어먹을 감옥을 운영하려 하고요."

"그래서 어떻게 결말이 났습니까?"

"대략적인 내용뿐입니다. 하지만 각각의 점들을 연결하면 그림이 보일 겁니다. 적십자사 발표로는 한 명은 감옥에서 사망했고 한 명은 살아남았습니다. 적십자사의 압박으로 쿠데타 5주년을 기념한 인도주의적 제스처가 있었어요. 모든 죄수를 석방했지요. 그게 이 이야기의 끝입니다. 비교적 최근에 한 명은 죽고 한 명은 살아서 그곳을 나왔다는 것. 아프리카에서 온 뉴스는 그게 전부입니다. 하지만 좀 더 깊이 파고들어 조사해보고 이민국 자료를 뒤져보면 적십자사의 성명이 발표된 직후에 한 사람이 아프리카에서 미국으로 입국했다는 걸 알게 될 겁니다. 한편 재향군인관리국의 자료를 보면 아프리카에서 귀국한 어떤 인물이 외래환자로 치료를 받았다는 게 드러납니다. 열대성 질환 및 국경없는의사회에서 보고한 그런 절단 후유증으로 말입니다."

"살아서 돌아온 건 둘 중 누굽니까?" 리처가 물었다.

"모릅니다. 한 명은 살아남았고 다른 한 명은 그러지 못했다는 것밖에 듣지 못했습니다."

"그걸 알아야 합니다."

"말했잖아요. 사건 초기에 나는 이 자리에 없었다고. 게다가 난 핵심층에 들어 있는 것도 아닙니다. 내 귀에 들어오는 건 떠도는 소문 정도예요."

"귀국한 사람이 누군지 이름을 알아야 합니다. 재향군인관리국으로부터 주소도 알아내야 하고."

"그건 무리한 요구입니다. 내 권한을 넘어선 일이에요. 그렇게까지 하려면 그만한 이유, 굉장히 그럴듯한 이유가 있어야 합니다."

"날 쳐다봐요."

남자는 거울에서 시선을 옮겨 리처를 쳐다보았다.

리처는 말했다. "10-60-2."

남자는 아무 반응도 보이지 않았다.

"그러니 딴소리 마십시오. 알아들었습니까?" 리처가 말했다.

남자는 시선을 다시 거울로 돌렸다. 표정에는 아무것도 나타나지 않았다.

"나중에 폴링 씨의 휴대폰으로 전화하겠습니다. 언제가 될지 그건 모르겠습니다. 미리 정할 수가 없어요. 며칠은 걸릴 겁니다. 하지만 최대한 빨리 알아보겠습니다."

남자는 이 말만 하고 자리에서 일어나 출입구를 향해 똑바로 걸어갔다.

문을 열고 나가더니 오른쪽으로 향했고 곧 시야에서 사라졌다.

로런 폴링이 긴 한숨을 내쉬었다. "너무 밀어붙였어요. 약간 무례하다 싶을 정도로."

"하지만 도와줄 겁니다."

"왜요? 10-60-2가 대체 뭐죠?"

"그 사람은 헌병 라펠핀을 꽂고 있었습니다. 권총 두 자루가 교차된 문양. 그의 본업은 헌병입니다. 10-60-2는 헌병의 무선코드입니다. '동료 위험. 긴급조력 요청'이라는 뜻이죠. 그러니 그 사람은 도와줄 겁니다. 그래야만 하니까요. 헌병이 헌병을 돕지 않으면 누가 그러겠습니까?"

"행운이네요. 당신이 하드웨이로 고생할 필요가 없을지도 모르겠군요."

"그럴지도 모르죠. 하지만 그 사람이 빠르게 일을 처리할 것 같지는 않습니다. 약간 소심하게 보이더군요. 나라면 누군가의 서류함으로 바로 달려갈 텐데. 그 사람은 여러 채널을 통해 예의 바르게 요청하겠죠."

"바로 그 이유 때문에 그는 상승가도를 달리는 중이고 당신은 그게 안 되었을 수도 있어요."

"그런 소심한 인물은 진급에 한계가 있습니다. 아마 소령으로 끝날 겁니다."

"그는 이미 준장이에요."

"그 사람이요?" 리처는 잔상이 남아 있기라도 한 듯 출입문을 쳐다보았다. "꽤 젊은 편이던데?"

"그렇지 않아요. 당신이 꽤 나이가 든 축이라 그렇죠. 모든 건 상대적이니까. 어쨌거나 준장이 나섰다는 건 미국이 이 용병 건을 얼마나 진지하게 여기는지 보여주는 것일 테죠."

"얼마나 진지하게 눈속임을 위한 겉치레를 하고 있는지를 보여주는 것이기도 합니다."

한동안 침묵이 흐른 뒤 폴링이 다른 이야기를 꺼냈다.

"재미 삼아 신체를 절단하다니. 끔찍한 얘기네요."

"그러게 말입니다."

다시 침묵. 웨이트리스가 다가와 커피를 다시 채울지 물었다. 폴링은 거절했고 리처는 달라고 했다.

"뉴욕경찰청이 오늘 아침 강에서 신원미상의 시체를 발견했습니다. 마흔 살가량의 백인 남자. 보트 정박지 근처에서. 총알을 한 발 맞았답니다. 레인이 그 전화를 받았어요." 리처가 말했다.

"테일러일까요?"

"거의 확실합니다."

"그럼 이제 뭘 해야 될까요?"

"지금까지 얻은 정보를 토대로 어떻게든 해봐야죠. 일단 우리는 나이트 혹은 호바트가 원한을 품고 귀국했다는 가설을 세웠습니다."

"그 가설을 어떻게 진전시키죠?"

"힘껏 애쓰는 수밖에요. 국방부 준장한테서 뭔가 얻을 거라고는 기대하지 않습니다. 별과 흉터가 아무리 많아도 그 사람은 뼛속 깊이 관료니까."

"토론을 해보면 도움이 될까요? 나도 예전엔 수사관이었어요. 꽤 괜찮은 수사관. 뭐, 내 생각엔 그랬어요. 그 일이 일어나기 전까지는."

"말로 하는 건 도움이 안 됩니다. 생각을 해야 해요."

"생각을 말로 해봐요. 뭐가 들어맞지 않는가? 제자리에 있지 않고 삐져나온 건 뭔가? 등등. 사소한 거라도 당신을 놀라게 한 건 없었나요?"

"납치 당시의 정황. 어떻게 그럴 수 있었는지 도저히 모르겠습니다."

"그밖에는?"

"모든 게 그렇습니다. 나를 놀라게 하는 건 도무지 이 일을 파악할 수가 없다는 점입니다. 내가 뭔가 잘못되어 있든지 아니면 이 상황 전체가 잘못되어 있든지 둘 중 하나입니다."

"너무 덩어리가 커요. 작은 것에서 시작해보죠. 당신을 놀라게 한 걸 한 가지만 말해요."

"그런 식으로 일을 했던 겁니까? FBI에서? 브레인스토밍 회의에서?"

"늘 그랬죠. 당신은 아닌가요?"

"나는 헌병이었습니다. 브레인스토밍을 할 만한 두뇌를 가진 사람을 만나면 운이 좋은 거였죠."

"진지하게 말해요. 당신을 놀라게 한 일 한 가지."

리처는 커피를 한 모금 마셨다. 폴링 말이 맞다. 그는 생각했다. 맥락에서 벗어난 것이 항상 존재하기 마련이다. 그 맥락이란 것이 어떤 건지 제대로 파악하지 못했을 때에도.

"한 가지만." 폴링이 다시 말했다. "아무거나 괜찮아요."

"버크가 돈가방을 재규어로 옮긴 뒤 나는 검은 BMW에서 빠져나왔습니다. 그때 나는 그자가 벌써 운전석에 앉은 걸 보고 놀랐습니다. 그자가 나타나기 전에 모퉁이까지 가서 위치를 잡을 시간이 있을 거라고 계산했거든요. 하지만 놈은 벌써 와 있었습니다. 사실상 바로 내 눈 앞에. 기껏해야 몇 초였는데. 놈이 스쳐지나가는 걸 힐끗 본 게 전부였습니다."

"그렇다는 건 무슨 뜻일까요?"

"바로 그 자리에서 기다리고 있었다는 겁니다."

"그런 위험을 무릅썼을까요? 나이트나 호바트라면 버크가 한눈에 알아볼 텐데."

"어느 건물의 문간에 서 있었는지도 모릅니다."

"세 번이나 연속해서? 그는 세 번 모두 똑같은 소화전을 이용했어요. 늦은 밤, 이른 아침, 러시아워 때로 시간대는 각각 달랐지만. 게다가 기억에 남을 외모가 아니던가요? 절단 당했다 치면."

"내가 본 남자는 기억에 남을 인물이 전혀 아니었습니다. 그냥 평범한 남자였어요."

"어쨌거나 매번 몸을 숨길 적절한 장소를 찾는 건 어려운 일이에요. 나도 그 일을 해봐서 알아요. 여러 번 했죠. 5년 전의 그날 밤까지 포함해서."

"너무 자책하지 말라니까요."

그러면서 리처는 생각했다. 몸을 숨길 적절한 장소.

그는 자동차 뒷자리 발판에서 여기저기 부딪치며 악몽의 목소리를 듣던 장면을 떠올렸다. 그때 무슨 생각을 했는지 떠올렸다. '그 빌어먹을 소화전 옆의 똑같은 자리란 말인가?'

똑같은 소화전.

몸을 숨길 적절한 장소.

그는 커피잔을 내려놓았다. 조용히, 천천히, 조심스럽게. 그런 다음 왼손으로 폴링의 오른손을 잡아 입술로 가져가서는 부드럽게 입을 맞췄다. 그녀의 손가락은 차갑고 가늘고 향기로웠다. 리처는 그 손이 마음에 들었다.

"고맙습니다." 그가 말했다. "정말로 고마워요."

"뭐가요?"

"놈은 소화전을 연속 세 번 이용했습니다. 왜? 소화전 옆의 갓돌은 거의 언제나 비어 있으니까. 그게 이유입니다. 주차금지구역. 소화전 옆에 차를 세우면 안 되죠. 누구나 알고 있습니다. 또한 놈은 매번 똑같은 소화전을 이용했어요. 왜? 소화전이야 사방에 널려 있지 않습니까? 한 블록마다 최소 하나는 있습니다. 그런데 왜 그 소화전이었을까요? 놈은 그 소화전이 마음에 들었던 겁니다. 그래서 그런 겁니다. 하필 왜 그 소화전이 마음에 들었을까요? 그 소화전에는 사람의 마음을 끌 특별한 매력이 있었던 걸까요?"

"글쎄요."

"소화전은 죄다 똑같습니다. 대량 생산품이니 다 똑같이 생겼을 수밖에 없어요. 그런데 놈에게 유리한 위치가 있었던 겁니다. 유리한 위치가 먼저고, 소화전은 단지 거기서 가장 가까운 지점에 놓여 있었을 뿐입니다. 그 유리한 위치에서 봤을 때 가장 눈에 띄는 표지였을 겁니다. 당신이 올바르게 지적한 것처럼, 놈에게는 안심하고 숨어 있으면서 방해받지 않을 장소가 필요했습니다. 늦은 밤에도, 이른 아침에도, 러시아워 때도. 몸을 숨기고 있는 시간이 생각보다 길어질 가능성도 염두에 둬야 했겠죠. 그레고리는 두 번 모두 시간을 칼같이 지켰지만 교통체증에 휘말리지 말라는 법도 없었으니까. 또 전화를 걸었을 때 버크가 어디 있을지 어떻게 알겠습니까? 지정된 장소에 도착하는데 시간이 얼마나 걸릴지 어떻게 압니까? 그러므로 어디에 몸을 숨겼든 시간에 구애받지 않는 장소였던 겁니다."

"그 사실이 무슨 도움이 되나요?"

"사슬에서 최초로 드러난 명확한 고리입니다. 고정된 지점. 알아볼 수 있는 장소니까요. 6번가로 가서 그런 곳을 찾아봅시다. 놈이 거기 있는 걸 본 사람이 있을 겁니다. 놈이 누구인지 아는 사람이 있을지도 몰라요."

29

리처와 폴링은 2번가에서 택시를 잡았다. 택시는 하우스턴가까지 줄곧 남쪽으로 달린 다음 서쪽으로 방향을 틀어 6번가에 도착했다. 두 사람은 6번가 남동쪽 모퉁이에서 내려 예전에 쌍둥이 빌딩이 솟아 있었던 빈 하늘 쪽을 힐끗 쳐다본 뒤 북쪽을 향해 걷기 시작했다. 온갖 쓰레기와 모래를 품은 따스한 미풍이 불어왔다.

"그 유명한 소화전으로 가 봐요." 폴링이 말했다.

그들은 문제의 장소를 향해 북쪽으로 걸어갔다. 소화전은 그 블록 중간의 오른편 인도에 있었다. 페인트칠이 볼품없이 벗겨진 뭉툭하고 땅딸막한 소화전이었다. 보호용 금속 기둥 두 개 사이에는 1미터 길이의 쇠사슬이 늘어져 있었다. 소화전이 놓인 갓돌 옆은 비어 있었다. 그 블록의 나머지 합법적인 주차 공간은 모두 들어찬 상태였다. 폴링은 소화전 옆에 서서 천천히 몸을 한 바퀴 돌렸다. 동쪽, 북쪽, 서쪽, 남쪽을 바라보면서.

"군사적 지식이 있는 사람이 탐낼 장소는 어딜까요?" 그녀가 물었다.

"바람직한 감시 장소는 전방 시야가 트여 있고 측면과 후방으로 적절한 안전이 확보된 곳이라는 걸 군인은 알고 있습니다. 그래야 위험에 대비할 수 있고 남들 눈에 띄지 않으니까요. 또한 작전 수행 시간 내내 방해받지 않을 거라고 확신할 만한 근거가 있어야 합니다."

"시간이라면 얼마나?"

"최대 한 시간이라고 해두죠. 각각의 경우마다."

"처음 두 번은 어떻게 진행되었을까요?"

"그레고리가 차를 세우는 것을 감시하고 있다가 스프링가까지 그레고리의 뒤를 밟았을 겁니다."

"그렇다면 버려진 건물 안에서 기다린 건 아니라는 뜻이네요."

"혼자 일을 벌인 거라면 그랬을 겁니다."

"하지만 뒷문은 사용했어요."

"적어도 두 번째 몸값 인수 때는 그랬었죠."

"왜 정문을 이용하지 않았을까요?"

"모르겠습니다."

"그가 혼자서 움직이는 거라고 확실히 결론을 내린 건가요?"

"살아서 돌아온 사람은 한 명뿐이니까요."

폴링은 다시 한 번 천천히 몸을 돌렸다. "그렇다면 어디서 감시하고 있었을까요?"

"여기서 서쪽 방향입니다. 탁 트인 시야를 확보하려 했을 겁니다."

"도로 건너편?"

리처는 고개를 끄덕였다. "이 블록 중간쯤. 중간 지점에서 남북으로 멀리 떨어진 곳은 아닐 겁니다. 빗각의 각도가 너무 큰 곳은 아닙니다. 대략 30미터 범위. 그 이상은 아닙니다."

"쌍안경을 썼을 수도 있잖아요. 패티처럼."

"그래도 역시 각도는 중요합니다. 패티처럼. 그녀도 거의 도로를 직선으로 가로지른 지점에 자리를 잡았죠."

"자, 그럼 이제 범위를 설정할 수 있겠군요."

"최대각 45도인 원호. 그러니까 북쪽으로 20도, 남쪽으로 20도 정도입니다. 최대 반경은 약 30미터."

폴링은 소화전 옆의 갓돌을 마주 보고 서서 두 팔을 45도로 벌렸다. 가라테 손동작을 흉내 내듯 손바닥을 쫙 뻗어서 세로로 세우더니 시야에 들어온 것들을 자세히 살폈다. 반지름 30미터인 원에서 45도 각도로 잘라낸 원호의 길이가 그녀가 훑어보는 폭으로 대략 23미터였다. 그리니치빌리지 상점들의 평균적인 너비가 6미터인 점을 감안하면 상점 세 곳을 나란히 붙여둔 폭보다는 길었고 네 곳의 폭보다는 짧았다. 폴링의 양손 사이에 들어온 건 나란히 줄지어 선 건물 다섯 채였고 그중 중간의 세 곳이 유력했다. 가장자리의 두 건물은 제외해도 될 것 같았다. 리처는 폴링의 바로 뒤에 서서 그녀의 머리 너머로 같은 방향을 쳐다보았다. 그녀의 왼손이 가리키는 곳은 꽃가게였다. 이어 최근 그의 마음에 든 카페, 액자가게, 계산대가 두 곳이어서 다른 곳보다 폭이 넓은 와인가게가 눈에 들어왔다. 그녀의 오른손은 비타민가게를 가리켰다.

"꽃가게는 아니겠어요." 폴링이 말했다. "납치범 입장에서 보면 등 뒤에 벽이 있고 앞의 유리창으로 시야도 확보할 수 있지만 밤 11시 45분에는 영업을 하지 않으니까요."

리처는 듣고만 있었다.

"와인가게는 그 시간에도 열려 있겠죠. 하지만 아침 7시면 영업 시작 전일 거예요."

"꽃가게나 와인가게에서 한 시간씩 어슬렁거릴 수는 없을 겁니다. 양쪽 모두 작전을 수행하는 동안 방해받지 않고 위치를 지킬 수 있다고 확신하기 어렵습니다."

"그건 다른 상점들도 마찬가지예요. 카페만 제외하고. 카페는 그 세 가지 시간대에 모두 열려 있어요. 한 시간쯤 앉아 있어도 아무 문제없고요."

"하지만 위험이 너무 큽니다. 상당히 오랜 시간 동안, 그것도 세 번이나 되면 누군가 범인을 기억할 수도 있습니다. 나는 커피 한 잔 마셨을 뿐인데도 직원들의 기억에 남았습니다."

"당신이 이곳에 왔을 때 인도는 붐볐나요?"

"아주 붐볐습니다."

"그렇다면 거리에 있었을 수도 있겠네요. 아니면 출입구 근처에. 그늘 속에 몸을 숨기고요. 그 정도 위험은 감수했을 거예요. 도로를 사이에 두고 자동차가 주차된 곳 건너편에 있었을 거예요."

"불의의 사태에 대한 보호장치도 없고 몸을 숨길 수도 없습니다. 한 시간 내내 불편한 상태에 놓이게 됩니다. 세 번 연속으로."

"리컨 마린 출신이에요. 아프리카에서 5년간 감옥 생활을 했고. 불편함에는 익숙할 걸요."

"내가 말하는 건 전술적인 불편함입니다. 이 지역에서는 마약 거래상으로 오인돼 단속을 당할 수도 있습니다. 테러리스트 혐의를 받을 수도 있고요. 23번가 남쪽을 어슬렁대다가는 경찰의 시선을 끌기 십상입니다."

"그렇다면 어디에 있었을까요?"

리처는 왼쪽을 쳐다본 다음 오른쪽으로 시선을 돌렸다.

다시 위를 올려다보았다.

"패티가 사는 곳을 두고 아까 당신은 맹금류의 둥지라고 했습니다."

"그래서요?"

"맹금류의 둥지가 뭡니까?"

"독수리 둥지죠."

"맞습니다. 옛 프랑스어에서 유래된 단어로 은신처라는 뜻입니다. 내가 하고 싶은 말은, 패티가 높은 곳에 자리 잡은 건 합리적인 선택이라는 겁니다. 2차대전 이전에 지어진 건물의 7층. 나무 꼭대기보다 약간 높은 위치. 거기에서는 시야를 가리는 게 없습니다. 리컨 마린도 시야가 트인 곳을 원했겠죠. 길거리에서는 시야 확보를 확신할 수 없으니까요. 배달 차량이 멈춰 서서 결정적인 순간에 눈앞을 가로막을 수도 있으니까."

로런 폴링은 갓돌을 마주 보고 서서 다시 팔을 벌렸다. 이번에는 위쪽으로 각도를 잡고 손바닥을 가라테 손동작처럼 세로로 세웠다. 같은 건물 다섯 채의 위층들이 그녀의 손바닥 사이로 들어왔다.

"범인이 어느 쪽에서 왔죠? 첫 번째 몸값 인수 때." 폴링이 물었다.

"내가 앉은 자리에서 남쪽 방향. 내 오른편이었습니다. 나는 가장자리 테이블에 앉아 북동쪽 방향을 쳐다보고 있었습니다. 그때 놈이 스프링가에서 왔습니다. 출발지는 알 수 없지만. 자리에 앉아 커피를 주문했는데 그자는 그 커피가 나오기도 전에 벌써 차에 올라탔습니다."

"하지만 두 번째 때, 버크가 가방을 옮긴 뒤에 범인은 곧바로 감시 장소에서 차량으로 직행했던 거죠. 그렇죠?"

"내가 봤을 때 바로 차 옆에 있었으니까요."

"움직이는 중이었던가요?"

"마지막 두 걸음을 옮겼습니다."

"어느 방향에서요?"

리처는 블리커 모퉁이를 돌아 전에 서 있었던 지점으로 이동했다. 그는 폴링이 서 있는 곳 너머에 녹색 재규어가 주차되어 있던 장면, 놈이 최후의 두 걸음을 유연하게 옮기던 장면을 떠올렸다. 리처는 그자의 진행 방향에서 일직선을 긋고 출발지를 추정해보았다. 그는 시선을 그 방향에 고정시킨 채 뒷걸음질로 폴링에게로 돌아갔다.

"첫 번째와 아주 유사합니다. 북동쪽을 향해 차도를 건넜습니다. 내가 앉았던 카페 자리의 남쪽에서부터."

폴링은 오른팔의 위치를 조정했다. 팔을 남쪽 방향으로 움직여 카페의 북쪽 가장자리에 놓인 테이블 왼쪽으로 폭을 좁혔다. 그녀의 양쪽 팔 안에 들어온 풍경의 폭이 좁아졌다. 꽃가게 건물의 절반에서부터 카페 건물의 대부분을 포괄하는 너비였다. 꽃가게 건물 위로는 세 개의 층이 더 있었다. 창문들 안쪽에는 버티컬 블라인드가 설치되어 있고 창턱에는 프린터와 화분과 종이뭉치가 놓여 있었다. 천장에는 형광등이 달려 있었다.

"사무실이네요." 폴링이 말했다.

카페 위쪽에도 3층이 있었는데 거기 창문들을 가린 것은 붉은 인디언 천으로 만든 낡은 커튼, 마크라메, 스테인드글라스 장식 등 다양했다. 꾸밈이 전혀 없는 창문이 하나 있었고 신문지를 붙여둔 창문도 하나 있었다. 안쪽 유리에 체 게바라 포스터를 붙여둔 곳도 보였다.

"아파트군요." 폴링이 말했다.

꽃가게와 카페 사이에 파란색 문이 있었다. 문 왼쪽에는 버튼과 입주자 이름, 스피커가 달린 단조로운 은색 함이 붙어 있었다.

리처가 말했다. "저 문에서 나와 소화전으로 가려면 북동쪽 방향으로 차도를 건너야 합니다."

"놈을 찾아낸 것 같군요." 폴링이 말했다.

30

파란 문 왼편의 은색 함에는 호출버튼 여섯 개가 세로로 달려 있었다. 입주자 표시란 제일 위쪽에는 단정한 글씨체로 '쿠블린스키'라고 적혀 있었는데 잉크가 희미하게 바랜 상태였다. 가장 아래쪽에는 검은 매직으로 휘갈겨 쓴 '관리인'이라는 표시가 있고 중간의 네 개는 비어 있었다.

"값싼 단기임대 아파트네요." 폴링이 말했다. "단기 체류자들이 사는 곳. 쿠블린스키 부부만 빼고 말이에요. 정성 들여 쓴 글씨로 봐서 그 부부는 여기 눌러 앉은 것 같아요."

"그 사람들은 50년 전에 플로리다로 이사했을 겁니다. 아니면 벌써 이세상 사람이 아닐지도 모릅니다. 이후에 아무도 손대지 않았을 뿐."

"관리인 쪽을 알아볼까요?"

"당신 명함을 사용합시다. 손가락으로 '전Ex'이라는 부분을 가려요. 아직도 FBI에서 일하는 것처럼 보이게 하는 겁니다."

"그럴 필요가 있을까요?"

"도움이 될 만한 건 뭐라도 건져야 합니다. 여긴 급진주의자들이 사는 곳입니다. 체 게바라가 우리를 굽어보고 있습니다. 마크라메도 늘어져 있고."

폴링의 우아한 손가락이 관리인의 호출버튼을 눌렀다. 스피커에서 찍찍거리는 대답이 들려오기까지 꽤 오래 기다려야 했다. '예'라고 하는 건지 '누구세요' 혹은 '뭡니까'라는 건지 알아들을 수 없었다. 그저 잡음이었는지도 모른다.

"연방요원입니다." 폴링이 말했다. 아주 조금은 사실이었다. 폴링과 리처는 둘 다 미국 정부를 위해 일한 적이 있으니까. 그녀는 지갑에서 명함을 한 장 꺼냈다. 스피커에서 다시 찍찍거리는 소리가 들려왔다.

"내려오나 봅니다." 리처가 말했다. 무단이탈한 병사들을 추적하던 시절에 그는 이런 건물에 수도 없이 와보았다. 탈영병들은 현금을 주고 단기간 빌릴 수 있는 곳을 선호했다. 또 그의 경험에 따르면 이런 건물의 관리인들은 대개 협조적이었다. 관리 업무를 맡는 대신 공짜로 살고 있으므로 자기의 거주지를 위험에 처하게 하는 일은 피하려 한다. 누군가 감옥에 가는 일이 생기더라도 그건 남의 일이다. 자기만 살던 곳에서 계속 살 수 있으면 된다.

물론 관리인 자신이 납치사건을 일으킨 장본인이 아닐 경우에만 그렇다.

관리인은 뒤가 구린 데가 없는 듯했다. 파란 문이 안쪽으로 열리더니 꾀죄죄한 민소매셔츠를 입은 키가 크고 마른 남자가 모습을 드러냈다. 목재처럼 평평한 슬라브인 특유의 얼굴에 검은색 편물 모자를 쓰고 있었다.

"예스?" 강한 러시아어 억양 탓에 '예스'가 아니라 '다$_{Da}$'라고 말하는 것처럼 들렸다.

폴링은 상대가 내용을 알아볼 수 있을 만한 시간 동안 명함을 보여준 뒤 말했다. "가장 최근에 입주한 사람에 대해 얘기를 듣고 싶습니다."

"가장 최근에?" 남자가 폴링의 말을 되풀이했다. 반감은 느껴지지 않았다. 영리한 사람이 외국어의 뉘앙스를 구별하지 못해 애를 먹을 때 나타내는 반응일 따름이었다.

"최근 몇 주 안에 새로 들어온 사람이 있습니까?" 리처가 물었다.

"5호실." 관리인이 말했다. "일주일 전에요. 건물주의 부탁으로 신문광고를 냈는데 그걸 보고 찾아 왔습니다."

"그 아파트를 좀 봐야 합니다." 폴링이 말했다.

"그렇게 해도 되는지 모르겠네요. 미국에는 규칙이라는 게 있습니다."

"국가 안보. 애국법. 미국에 이제 규칙 같은 건 없습니다." 리처가 말했다.

관리인은 어깨를 으쓱해 보이더니 안쪽의 좁은 공간으로 기다랗고 마른 몸을 돌려 계단을 올라갔다. 리처와 폴링은 그의 뒤를 따랐다. 카페 벽을 통해 커피 냄새가 풍겨왔다. 1호실과 2호실은 없었다. 건물 안쪽으로 이어진 계단을 올라가자 4호실 문이 보였고, 복도를 따라 건물 정면 방향에 3호실이 있었다. 따라서 5호실은 3호실 바로 위였다. 건물 3층, 동쪽으로 거리를 내려다보는 곳. 폴링이 리처를 힐끗 쳐다보았고 리처는 고개를 끄덕였다.

"창문에 아무것도 없던 그 방이군요." 그가 말했다.

3층에 도착한 그들은 6호실을 지나쳐 5호실로 걸어갔다. 커피 향기가 희미해지고 삶은 채소 냄새 같은 복도 특유의 냄새로 대체되었다.

"그 사람이 안에 있습니까?" 리처가 물었다.

관리인은 고개를 가로저었다. "본 적은 두 번밖에 없어요. 지금도 분명히 밖에 나가고 없을 겁니다. 마침 나는 파이프 수리 때문에 건물 곳곳을 돌아다니는 중이거든요." 그는 허리에 찬 벨트 고리에서 마스터키를 꺼내 문을 열고는 한 걸음 뒤로 물러섰다.

부동산 중개업자들이 알코브 스튜디오라고 부르는 그런 곳이었다. 소형 침대를 놓는다면 이론적으로는 침실로 사용할 수 있는 작은 공간이 덧붙여진 원룸으로 조그만 개방형 욕실과 주방이 딸려 있었다. 그런데 눈에 들어오는 것은 먼지와 마룻바닥이 전부였다.

아파트는 휑하니 비어 있었다.

안에 놓인 물건은 식탁의자 하나가 전부였다. 낡은 의자는 아니었지만 중고품이었다. 파산한 식당 업주가 비품을 늘어놓고 파는 바우어리 거리의 인도 같은 데서 볼 수 있는 물건이었다. 창문 앞의 식탁의자는 북동쪽을 향해 비스듬히 놓여 있었다. 리처가 이틀 연속 커피를 마시며 앉아 있었던 그 자리에서 대략 6미터 위, 1미터 뒤였다.

리처는 성큼성큼 걸어가 의자에 앉았다. 편안히 다리를 뻗는 동시에 경계심을 늦추지 않는 자세를 취해보았다. 그러자 자연스럽게 6번가 건너편 소화전이 정면으로 보였다. 주차된 배달용 밴이 비스듬히 내려다보였고 견인차에 연결하는 트레일러 한 대도 확실하게 시야에 들어왔다. 장님이 아닌 다음에야 누구든 거리를 훤히 내려다볼 수 있을 듯했다. 리처는 의자에서 일어나 천천히 몸을 한 바퀴 돌렸다. 닫힌 출입문, 3면의 벽, 커튼이 없는 창. '군인이라면 바람직한 감시 장소는 전방 시야가 트여 있고 측면과 후방으로 적절한 안전이 확보된 곳이라는 걸 알고 있을 것이다. 그래야 위험에 대비할 수 있고 남들 눈에 띄지 않으니까. 또한 작전 수행 시간 내내 방해받지 않을 거라고 확신할 만한 근거가 있어야 한다.'

"패티의 아파트와 똑같은 느낌이네요." 폴링이 말했다.

"거기 가본 적 있습니까?"

"브루어한테서 어떤 곳인지 들었어요."

"자세히도 알려주었군요."

리처는 관리인을 쳐다보면서 물었다. "여기 이사 온 사람은 어떤 사람입니까?"

"그 사람은 말을 못해요." 관리인이 대답했다.

"무슨 얘깁니까?"

"그 남자는 말을 못한다고요."

"벙어리라는 겁니까?"

"태어날 때부터 그랬던 건 아니고 트라우마 때문에 말을 못하게 되었답니다."

"그럴 정도로 심한 충격을 받았다던가요?"

"감정적인 게 아니라 신체적인 문제였어요. 노란색 종이 묶음에 글을 써서 나하고 의사소통을 했어요. 끈기 있게 완전한 문장으로 쓰더라고요. 군대에서 다쳤다고 하더군요. 전투 중 부상 같았어요. 그런데 눈에 보이는 곳에 흉터는 없었습니다. 또 언제나 입술을 굳게 다물고 있었고요. 내게 무엇도 보여주지 않으려는 사람처럼. 그런 모습을 보자 예전 기억이 퍼뜩 떠오르더군요. 20년도 더 전에 보았던 광경이."

"어떤 기억입니까?"

"나는 러시아 사람입니다. 전생에 무슨 죄를 지었는지 붉은군대로 아프가니스탄에 주둔했습니다. 한번은 부족민들이 경고의 표지로 포로 한 명을 돌려보낸 적이 있었어요. 포로의 혀가 잘려나가고 없었지요."

31

관리인은 리처와 폴링을 건물 안쪽 반지하층에 있는 자기 아파트로 데리고 가서 서류장에서 5호실의 최근 임대계약서를 꺼냈다. 리로이 클락슨이라고 이름을 밝힌 남자와 정확히 일주일 전에 계약한 서류였다. 당연히 가명이다. 클락슨과 리로이는 하우스턴 북쪽의 웨스트사이드 고속도로와 만나는 첫 번째와 두 번째 거리 이름으로 아파트에서 겨우 몇 블록 떨어진 곳이었다. 클락슨 끄트머리에는 스트립 바가 있고 리로이 끄트머리에는 세차장이 있다. 리처는 스트립 바와 세차장 중간에 있는 식당에 한 번 가 본 적이 있었다. 알루미늄 의자가 놓인 작은 식당이었다.

"신분증은 확인하지 않았습니까?" 폴링이 물었다.

"수표를 낼 때나 신분증을 요구하지요. 이 사람은 현금으로 지불했으니까요." 관리인이 대답했다.

서명은 읽을 수 없었다. 사회보장번호는 단정한 글씨체로 적어 두었지만 숫자 아홉 개를 되는 대로 나열한 데 불과할 것이다.

관리인이 남자의 신체적 특징을 꽤 자세하게 알려주었지만 그다지 도움이 되지 않았다. 리처가 두 번에 걸쳐 본 것에 보태진 내용은 없었다. 30대 후반 혹은 40대. 백인. 중키에 보통 체격. 깔끔하고 단정한 인상. 수염 없음. 청바지에 파란 셔츠, 야구모자, 운동화. 옷이나 신발은 모두 적당히 닳아 있고 편안하게 보임.

"건강 상태는 괜찮아 보였습니까?" 리처가 관리인에게 물었다.

"말을 하지 못한다는 걸 빼놓고 말이죠? 좋아 보였습니다."

"한동안 다른 곳에 갔다 온다고 하던가요?"

"아무 얘기도 없었습니다."

"계약 기간은 얼마입니까?"

"한 달. 그게 최소 임대기간입니다. 갱신 가능하고요."

"이 사람은 돌아오지 않을 겁니다. 가서 빌리지 보이스(생활정보지)에 전화하세요. 다시 광고를 내야 할 겁니다."

그때 폴링이 불쑥 물었다. "붉은군대에 있던 당신 동료는 어떻게 되었나요?"

"살았습니다." 관리인이 대답했다. "행복하게 산 것은 아니었지만 어쨌든 목숨은 부지했어요."

리처와 폴링은 파란 문을 나와 에스프레소를 마시러 바로 옆에 있는 카페로 들어갔다. 두 사람은 인도의 가장자리 테이블을 택했고 리처는 앞서 두 번 앉았던 바로 그 자리에 앉았다.

"그자가 혼자서 한 짓이 아니었네요." 폴링이 말했다.

리처는 말없이 앉아 있었다.

"전화로 얘기할 수 없었을 테니까요."

리처는 계속 입을 다물고 있었다.

그러자 폴링이 물었다. "당신이 들은 목소리는 어땠나요?"

"미국인이었습니다. 기계로 변조해도 단어나 억양, 리듬을 속일 순 없지요. 또 그자는 참을성이 강했습니다. 영리하고, 상황을 장악했고, 자신감 있고, 흔들리지 않았습니다. 뉴욕 지리에도 밝았습니다. 말투로 보건대 군 출신입니다. 그자는 버크한테 이름을 대라고 했습니다. 레인의 부하들을 꿰고 있거나 거짓말 탐지기를 다루고 있었다는 뜻이겠지요. 그밖에는 단지 추측할 수밖에 없습니다. 변조 정도가 아주 심했거든요. 하지만 나이든 사람 같지는 않았습니다. 경쾌함 같은 게 목소리에 묻어났습니다. 날렵한 느낌. 아마 체구가 작은 사람일 겁니다."

"특수부대 출신들처럼 말이죠."

"그렇습니다."

"흔들리지 않고 자신감을 내비쳤다면 주모자 같네요. 조력자가 아니라."

리처는 고개를 끄덕였다.

"좋은 지적입니다. 나도 그 목소리를 들으며 그렇게 느꼈습니다. 전화를 건 자가 상황을 지휘하는 것 같았습니다. 단순 조력자가 아니라 최소한 공범일 것 같습니다."

"대체 누구일까요?"

"당신이 소개한 국방부 친구의 얘기가 없었다면 나는 호바트와 나이트 두 사람이라고 했을 겁니다. 둘 다 목숨을 건지고 여기로 돌아와서 함께 사건을 꾸몄다고."

"하지만 그렇지 않잖아요. 그 사람이 이런 문제를 잘못 알고 있을 리는 없어요."

"그렇다면 둘 중 하나가 돌아와서 새 파트너를 골랐겠지요."

"믿을 만한 사람이라야 할 텐데요. 아주 빠른 시간 안에 찾아야 했고."

리처는 문제의 소화전을 물끄러미 쳐다보았다. 소화전은 지나치는 자동차 행렬에 가려졌다가 하우스턴의 불빛 속에 다시 모습을 드러내곤 했다.

"이 정도 거리에서도 리모컨이 말을 듣습니까?" 리처가 물었다.

"자동차 리모컨이요? 아마 그럴 걸요. 차종에 따라 다르겠지만. 왜 그런 걸 묻는 거죠?"

"버크가 가방을 옮긴 뒤 차문이 잠기는 소리 같은 걸 들었습니다. 그자가 저기 위쪽 자기 방에서 차문을 잠갔을 것 같군요. 계속 감시하고 있던 거죠. 그만한 뭉칫돈이 든 자동차라면 문을 한시라도 빨리 잠그고 싶었을 겁니다."

"그게 현명하겠죠."

리처는 잠시 말을 멈추었다 다시 입을 열었다. "하지만 현명하다고 볼 수 없는 일도 있습니다. 왜 그자는 줄곧 저 위의 방에 있었던 걸까요?"

"왜 그 방을 선택했는지 알잖아요."

"아니, 왜 그자가 거기 있었냐는 겁니다. 공범이 아니라. 자, 여기 두 사람이 있습니다. 한 사람은 말을 할 수 있고 다른 한 사람은 못합니다. 왜 말 못하는 쪽이 아파트를 계약했을까요? 누구와 만나든 뚜렷한 인상을 남길 게 분명한데 말입니다. 게다가 감시 장소라는 게 본질적으로 뭡니까? 지휘와 통제를 위한 장소입니다. 눈에 띄는 상황 변화가 발생하면 감시하던 사람이 지시를 내려 조정해야 합니다. 그런데 그자는 휴대폰조차 사용할 수 없습니다. 그레고리가 몸값을 운반한 처음 두 경우를 생각해봅시다. 그자는 저 위쪽 아파트에 있었습니다. 그레고리가 주차하는 것을 지켜봤겠죠. 하지만 그자가 뭘 할 수 있겠습니까? 파트너한테 전화를 걸어 스프링가까지 그레고리를 따라가라고 지시할 수도 없습니다."

"문자로 하면 되잖아요."

"문자가 뭡니까?"

"글을 써서 휴대폰으로 전송하는 거예요."

"문자라는 게 언제 나왔습니까?"

"몇 년 됐어요."

"별 게 다 있군요. 그건 그렇다 쳐도 왜 말 못하는 쪽이 건물 관리인을 만나 계약을 했는지 그 이유는 여전히 모르겠습니다."

"나도 모르겠네요."

"작전 지휘도 마찬가집니다. 그자가 아래에서 전화로 지시를 받는 게 훨씬 이치에 맞습니다. 말할 순 없지만 들을 순 있으니까."

두 사람은 잠시 말없이 앉아 있었다.

폴링이 침묵을 깼다. "이제 뭘 하죠?"

"계속 힘껏 노력해봐야죠. 같이하겠습니까?"

"나를 고용하겠단 건가요?"

"아닙니다. 당신은 맡은 일을 모두 보류하고 자진해서 돕는 겁니다. 이번 일을 제대로 해결하면 5년 전 앤 레인에게 무슨 일이 있었는지 알게 될 테니까. 잠 못 드는 밤도 끝입니다."

"5년 전 일이 진짜 납치사건이 아니었다고 밝혀질 경우에만 그렇죠. 그게 아니면 두 번 다시 잠을 자지 못하게 될 거예요."

"인생은 도박입니다. 그게 사는 재미죠."

폴링은 오랫동안 침묵을 지켰다.

마침내 그녀는 "좋아요. 나도 함께하죠"라고 말했다.

"그럼, 가서 그 러시아 친구를 다시 쥐어짜 봅시다. 그 의자도 가져오고. 지난주에 샀을 테니 바우어리로 가져가 출처를 확인해봅시다. 공범이 의자를 샀을 수도 있고, 누군가 그자를 기억할 가능성도 있습니다."

32

리처는 의자를 가방처럼 한 손으로 들고 폴링과 나란히 동쪽으로 걸었다. 하우스턴 남부의 바우어리는 상점들이 인도에 물건을 진열해두는 독특한 소매구역이다. 노점거리 같은 인상을 풍기는 그곳에서는 전자제품, 조명기구, 중고 사무용품, 산업용 주방설비, 식당의 비품 등을 판다. 리처는 바우어리를 좋아했다. 그의 구미에 맞는 거리였다.

그가 손에 든 의자는 아주 평범한 것이었으나 다른 의자와 구별되는 특징도 몇 가지 있었다. 말로 이런저런 특징을 설명하는 건 어려웠지만 의자를 들고 가서 직접 비교해보면 짝을 찾을 수 있을 듯했다. 그들은 여섯 군데의 혼잡한 노점 가운데 가장 북쪽에 있는 곳에서 시작했다. 노점이 늘어선 거리는 기껏 90미터 정도였지만 맨해튼에서 중고 식탁의자를 사려는 사람이라면 그 90미터 안에서 원하는 물건을 찾아낼 수 있다.

'좋은 물건을 창가에 진열하라'는 게 소매점의 기본이다. 하지만 바우어리에서는 최상품이 인도로 나와 있고 창가 자리는 이등석이었다. 리처가 손에 든 의자는 그다지 좋은 물건이라 할 수 없었다. 단독으로 하나만 팔린 걸로 미루어 세트의 구성품이 아니었기 때문이다. 스물네 개짜리 의자 세트에서 하나만 쏙 빼서 파는 상점은 없는 법이다. 그래서 리처와 폴링은 인도에 진열된 상품들을 무시하고 좁은 가게 문을 기웃거리며 먼지를 뒤집어쓴 물건들을 들여다보았다. 짝을 잃고 남겨진 서글픈 물건들, 세트 상품의 일부분, 단독 상품들. 의자들도 많이 있었다. 모두가 같으면서도 달랐다. 다리 네 개, 좌석, 등받이로 이뤄진 건 동일했지만 형태와 세부는 천차만별이었다. 편안해 보이는 의자는 단 한 개도 없었다. 리처는 식당용 의자 제작법에 숨은 과학이 있다는 글을 어딘가에서 읽은 적이 있었다. 튼튼하고 가격만큼 품질이 좋으며 앉고 싶은 기분이 들게 해야 한다. 하지만 앉았을 때 정말로 편하면 안 된다. 손님들이 밤새 앉아 있을 정도로 의자가 편하면 저녁시간의 고객 회전율이 3회에서 2회로 떨어져 식당이 손해를 본다. 테이블 회전은 음식량 조절과 함께 식당업에서 아주 중요한 요소이니만큼 의자 제작업자들은 그 부분을 항상 염두에 두는 모양이었다.

세 곳을 도는 동안에도 짝이 맞는 의자는 보이지 않았고 문제의 의자를 팔았다는 상점도 없었다.

찾던 물건을 발견한 것은 네 번째 상점이었다.

그 상점은 폭이 다른 상점의 두 배쯤 넓었다. 입구에는 크롬 재질의 주방가구들이 놓였고 중국인 소유주 몇 명이 안쪽에 있었다. 인도에는 화려하고 푹신한 스툴들 뒤편에 낡은 테이블과 의자 세트가 여섯 개씩 겹쳐 쌓였고, 그 뒤편에 자투리 물건들이 뒤죽박죽 섞여 있었다. 리처가 손에 든 것과 정확히 일치하는 의자 두 개가 벽을 버팀대 삼아 높다랗게 쌓인 그 잡동사니 무더기 속에 들어 있었다. 형태와 구성, 색깔, 노후 정도가 똑같았다.

"화살이 과녁을 맞혔네요." 폴링이 말했다.

리처는 확실히 하기 위해 다시 살펴보았다. 의심의 여지가 없었다. 같은 의자들이었다. 심지어는 표면의 먼지와 때까지도 정확히 일치했다. 같은 색깔, 같은 질감, 같은 농도의 얼룩들.

"좀 물어봅시다."

리처는 6번가에서 가져온 의자를 들고 상점 안쪽으로 갔다. 닫힌 현금 상자를 얹어둔 기우뚱거리는 탁자에 중국인 남자가 한 명 앉아 있었다. 무표정한 그 노인이 주인인 듯했다. 현금상자를 갖고 있는 걸 보니 모든 거래는 그의 손을 거치는 모양이었다.

"이 의자를 팔았습니까?" 리처는 의자를 들어 보이며 같은 물건이 쌓여 있는 벽 쪽으로 고갯짓을 했다. "일주일쯤 전에."

"5달러."

"사려는 게 아닙니다. 이 의자는 여기 있던 물건이 아니라 당신이 전에 팔았던 겁니다. 누구한테 팔았는지 알고 싶습니다. 우리가 알고 싶은 건 그게 다입니다."

"5달러." 중국 노인이 다시 말했다.

"내 말을 못 알아들으시는군."

중국 노인이 미소를 지었다.

"아니. 당신 말은 충분히 알아들었소. 그 의자를 산 사람에 대한 정보를 원하는 거 아니오? 나는 정보에도 가격이 있다고 말하는 거요. 이번 경우 엔 그게 5달러라는 거고."

"이 의자를 다시 드리면 어떻겠습니까? 같은 의자를 두 번 팔 수 있잖습니까?"

"나는 그 의자를 이미 두 번 이상 팔았소. 여러 곳이 문을 열었다 닫았지. 물건들은 돌고 돌아. 세상이 돌고 도는 것처럼."

"일주일 전에 누가 이 물건을 샀습니까?"

"5달러."

"그 정보가 분명히 5달러 값어치를 합니까?"

"받을 만큼 받는 거요."

"이 의자하고 2달러 50센트."

"어쨌거나 의자는 두고 갈 것 아닌가? 그걸 계속 들고 다니려면 골치 아플 텐데."

"옆 가게에 두고 갈 수도 있습니다."

처음으로 노인의 눈이 움직였다. 노인은 벽 쪽을 힐끗 올려다보았다. 리처는 그가 무슨 생각을 하는지 알 수 있었다. 세 개 세트가 두 개 세트보다 낫겠지.

"4달러와 의자." 노인이 말했다.

"3달러와 의자." 리처가 말했다.

"3달러 50센트와 의자."

"3달러 25센트와 의자."

리처가 마지막으로 부른 값에 상대는 반응을 보이지 않았다.

폴링이 끼어들었다. "이봐요들, 제발."

그녀는 기우뚱거리는 탁자 앞으로 나서 지갑을 열었다. 문고판 책 두께의 두둑한 내용물이 든 검은 지갑에서 빳빳한 10달러 지폐를 꺼내 흠집투성이 탁자 위에 올려놓았다.

"10달러. 그리고 저 잘난 의자도 드리죠. 그러니 제대로 얘기해주세요."

중국 노인은 고개를 끄덕였다. "핵심을 짚는 건 항상 여자 쪽이라니까."

"의자를 산 사람에 대해 얘기해보세요." 폴링이 재촉했다.

"말을 못하는 사람이었소."

33

노인이 말했다. "처음엔 그런 줄 몰랐소. 미국인이 여기 와서 우리끼리 우리말을 하는 걸 들으면 대개 우리가 영어를 못하는 줄 알거든. 그러면 몸짓으로 거래를 하려 들지. 그런 식으로 우리를 무지하게 보는 건 좀 무례한 행동이지만 우린 그런 일에 익숙하오. 나는 그런 손님이 손짓발짓을 하도록 내버려두었다가 나무람을 담아 완벽한 영어로 답하곤 하지."

"나한테 그랬듯이요." 리처가 말했다.

"그렇소. 당신들이 찾는 남자한테도 난 그렇게 했소. 하지만 그 사람은 전혀 대답을 못합디다. 입을 꾹 다물고 물고기처럼 침만 꼴깍꼴깍 삼키지 뭐요. 그래서 말을 못하는 장애가 있나 보다 했소."

"어떻게 생긴 사람이었습니까?"

노인은 생각을 가다듬기 위해 잠시 말을 멈췄다가 설명을 시작했다. 6 번가 관리인이 했던 말과 같았다. 백인. 30대 후반, 어쩌면 40대 초반. 중키에 보통 체격. 깔끔하고 단정함. 턱수염이나 콧수염 없음. 청바지, 파란 셔츠, 야구모자, 운동화. 적당히 닳아서 편안해 보였음. 말을 못한다는 사실 외에는 특이하거나 기억에 남는 사항 없음.

"얼마를 받고 의자를 팔았습니까?" 리처는 물었다.

"5달러."

"남자가 와서 의자 하나만 사는 게 흔한 일은 아닐 텐데요?"

"식당 주인이 아닌 사람이 이 가게에 오면 무조건 경찰을 불러야 한다는 뜻이오?"

"의자를 하나만 사 가는 사람이 많습니까?"

"아주 많지. 최근에 이혼한 사람, 주머니사정이 좋지 않은 사람, 이스트 빌리지의 작은 아파트에서 혼자 살기로 한 사람. 집이 너무 비좁아 의자 하나만 사 가는 사람이 꽤 됩니다. 책상에 놓으려는 거겠지. 식탁 겸용 책상 말이오."

"무슨 말씀인지 알겠습니다." 리처가 말했다.

노인은 폴링에게 몸을 돌리며 물었다.

"내 정보가 도움이 됐소?"

"아마도요. 하지만 새로운 사실을 덧붙여주진 못했어요."

"그 말 못하는 사람에 대해 이미 알고 온 거요?"

폴링이 고개를 끄덕였다.

"그렇다면 미안하게 됐소. 의자는 가져가시오."

"들고 다니느라 힘듭니다." 리처가 말했다.

노인이 고개를 약간 숙이며 말했다. "내 생각대로군. 그러면 여기 두고 가시든지."

리처는 폴링을 따라 바우어리 거리의 인도로 나왔다. 주인의 손자로 보이는 청년이 장대로 그 의자를 들어 올려 벽에 쌓여 있는 같은 의자 두 개 옆에 갖다 두는 모습이 보였다.

"쉽지 않군요." 폴링이 말했다.

"아무래도 이치에 맞지 않습니다." 리처가 말했다. "왜 다른 사람들을 만나는 일에 말 못하는 자가 나선 건지."

"그자의 공범한테는 한층 더 눈에 띄는 특징이 있나 보죠."

"그게 어떤 것일지 생각도 하기 싫군요."

"레인은 동료 두 사람을 버렸어요. 그런데 당신은 왜 레인을 돕는 거죠?"

"그를 돕는 게 아닙니다. 케이트와 아이를 위한 겁니다."

"그들은 이미 죽었어요. 당신 입으로 말했잖아요."

"하지만 전말을 알아야 합니다. 설명이 있어야죠. 누가, 어디서, 왜? 두 사람에게 무슨 일이 일어난 건지 모든 사람이 알아야 합니다. 조용히, 이 대로 그들을 보내선 안 돼요. 누군가 그들의 편이 되어야 합니다."

"그게 당신인가요?"

"난 손에 든 패로 게임을 할 뿐입니다. 우는 소리를 해봐야 소용없습니다."

"그리고요?"

"케이트와 제이드의 복수를 해야 합니다. 이건 그들의 싸움이 아닙니다. 특히 제이드와는 조금도 관계가 없는 싸움입니다. 만약 호바트나 나이트가 레인을 직접 뒤쫓았다면 나는 물러나서 두 사람을 응원했을 겁니다. 하지만 그러지 않았습니다. 케이트와 제이드에게 손을 댔습니다. 악에 악을 더한다고 선이 되는 건 아닙니다."

"세 가지 악이 더해져도 마찬가지죠."

"이번 경우엔 그렇지 않습니다."

"케이트와 제이드를 본 적도 없잖아요."

"사진을 봤습니다. 그걸로 충분합니다."

"당신을 화나게 하는 일은 정말이지 피하고 싶군요."

"당신이 그럴 일은 없을 겁니다."

두 사람은 뚜렷한 목적지도 없는 상태에서 하우스턴가를 향해 북쪽으로 걸었다. 폴링은 의자를 찾으러 가면서 휴대폰을 진동모드로 해 둔 모양이었다. 아무 소리도 듣지 못했는데 주머니에서 휴대폰을 꺼내는 걸 보니 그랬다. 리처는 소리 없이 울리는 휴대폰을 보면 신경이 예민해졌다. 그가 살았던 세계에서는 주머니에 갑자기 손을 집어넣는 행동은 휴대폰이 아니라 권총을 꺼낼 때 하는 것이었다. 그런 장면을 볼 때마다 리처의 몸속에서는 갑자기 아드레날린이 솟구치곤 했다.

폴링은 인도 위에 멈춰 서서 거리의 소음에 지지 않도록 큰 소리로 자기 이름을 말한 뒤 1분가량 상대의 얘기를 듣고 있었다. 그러더니 고맙다고 인사하고 휴대폰을 닫았다.

그녀는 리처 쪽으로 몸을 돌리며 미소 지었다.

"그 국방부 친구예요. 꽤 괜찮은 정보를 찾아냈네요. 누군가의 서류함으로 돌진했나봐요."

"그가 이름을 찾아냈습니까?"

"아직 아니에요. 하지만 장소를 알려줬어요. 부르키나파소래요. 거기 가본 적 있나요?"

"아프리카에는 간 적이 없습니다."

"예전엔 그 나라 이름이 오트볼타였어요. 프랑스 식민지였죠. 크기는 콜로라도 정도고 인구는 1,300만 명이에요. GDP는 빌 게이츠 재산의 4분의 1쯤."

"하지만 레인 일당을 고용할 정도의 뒷돈은 충분하겠죠."

"국방부 친구 말에 따르면 그렇지 않다고 해요. 그게 이상한 점이에요. 나이트와 호바트가 포로가 된 곳은 부르키나파소인데 거기 정부가 레인 과 맺은 계약에 관한 기록은 없대요."

"국방부 친구는 그런 곳에 기록이 남아 있을 거라고 생각한답니까?"

"그 사람 말로는 기록이란 것은 항상 어딘가 있기 마련이래요."

"우리한테 필요한 건 이름입니다, 이름. 세계사는 필요 없습니다."

"그 사람이 계속 알아보고 있어요."

"하지만 속도가 느립니다. 마냥 기다리고 있을 수만은 없습니다. 우리 끼리 뭔가 시도해봐야 합니다."

"예를 들면?"

"그자는 자기 이름을 리로이 클락슨이라고 했습니다. 자기만 아는 농담 일지도 모르고 그자의 잠재의식 속에 들었던 단어일지도 모릅니다. 근처 에 살았을 수도 있습니다."

"클락슨이나 리로이 근처에?"

"허드슨이나 그리니치일지도 모르죠."

"모두 고급 주택지잖아요. 아프리카의 감옥에 5년 동안 갇혔다가 이제 막 돌아온 사람은 거기 사람들이 쓰는 옷장 하나 살 돈도 없을 텐데요."

"5년의 공백기 이전에 한 재산 모았다면 그 지역에 집을 사두었을 수도 있습니다."

폴링은 고개를 끄덕이며 말했다. "우선 내 사무실로 가요. 전화번호부 에서 시작해보죠."

맨해튼 인명 전화번호부에는 호바트가 몇 명 나와 있고 나이트라는 이름은 페이지의 절반을 차지하고 있었다. 하지만 리로이 클락슨이라는 가명을 쓸 유력한 후보로서 웨스트빌리지 지역에 거주하는 사람은 아무도 없었다. 거주지에서 가명을 딴다면 나이트 중 한 명은 허레이쇼 갠스부트라는 이름을, 호바트 중 한 명은 크리스토퍼 페리라는 이름을 택할 수는 있을 것 같았지만, 그 둘을 제외한 나머지 나이트와 호바트는 죄다 숫자로 표시되는 거리 아니면 동쪽 끝에 치우친 지역에 살고 있었다. 동쪽 가장자리에 사는 사람들이 잠재의식에 따라 가명을 선택한다면 헨리 매디슨이나 앨런 엘드리지, 스탠턴 리빙턴이 아닐까?

"마치 낮 시간대 TV처럼 볼 만한 게 없네요." 폴링이 말했다.

폴링에게는 다른 데이터베이스도 있었다. 경찰에 옛 친구들이 있으며 인터넷을 통해 모은 정보를 정리해두는 성실한 사립탐정이 가지고 있을 법한 데이터였다. 하지만 수상한 나이트나 호바트는 어디서도 발견할 수 없었다.

"그자는 5년간 해외에 있었어요." 폴링이 말했다. "결과적으로 실종 상태였던 거죠. 전화가 끊기고 수도나 전기 요금이 밀려 있지 않을까요?"

"그렇겠죠. 하지만 반드시 그렇다는 보장은 없습니다. 그런 일을 하는 사람은 갑작스레 집을 비우는 일이 잦습니다. 군대에 있을 때부터 그랬을 테니 자동이체가 되도록 해두었을 겁니다."

"그랬다면 은행 계좌가 바닥났을 텐데요."

"그야 처음에 돈이 얼마나 들어 있었는지에 따라 다르겠죠. 그자가 동료들만큼 벌었다면 전기 요금 청구서쯤은 몇 백 장이라도 지불할 수 있을 겁니다. 특히 집을 비워 전기를 쓸 일이 없었던 기간의 요금이라면."

"5년 전에는 레인의 사업 규모가 지금보다 작았어요. 테러리즘이라는 행운열차가 역에서 출발하기 전에는 모두들 그랬죠. 진짜였든 위장이었든 앤의 몸값은 겨우 10만 달러였잖아요. 1,000만 달러나 500만 달러가 아니었다고요. 그러니 급료도 예전엔 지금 수준이 아니었을 테고 부하들도 전부터 부자는 아니었을 거예요."

리처는 고개를 끄덕였다. "아마 집은 임대였을 겁니다. 집주인이 벌써 몇 년 전에 그자의 짐을 길거리에 내놨을 테죠."

"그럼, 이제 우리는 뭘 하면 될까요?"

"기다려야 합니다. 당신의 국방부 친구로부터 연락이 올 때까지. 그 전에 먼저 우리가 늙어 죽지 않기만 바라는 수밖에."

하지만 바로 1분 뒤에 폴링의 휴대폰이 울렸다. 이번에는 휴대폰이 책상 위에 놓여 있어 떨리는 모습을 눈으로 볼 수 있었고 진동하면서 책상 표면과 닿아 미세한 기계적 진동음이 들렸다. 폴링은 이름을 대고 전화를 받은 뒤 상대의 말에 귀를 기울였다. 1분쯤 지나자 천천히 휴대폰을 닫고 책상 위에 다시 올려두었다.

"그사이에 우리가 폭삭 늙지는 않았네요."

"누군지 알아냈답니까?"

"호바트. 살아서 돌아온 쪽은 호바트래요."

34

리처가 물었다. "퍼스트네임은?"

"클레이. 클레이 제임스 호바트."

"주소는 어딥니까?"

"재향군인국에서 답이 오기를 기다리는 중이래요."

"전화번호부를 다시 찾아봅시다."

"전화번호부는 예전 것을 그대로 쓰고 있어요. 연도별로 보관해 두진 않아요. 5년 전의 것은 없어요."

"이곳에 가족이 있을 겁니다. 돌아오면 가족을 찾아가기 마련입니다."

전화번호부에는 호바트가 일곱 명 있었다. 하지만 한 명은 번호가 이중으로 나와 있었다. 치과의사인 호바트는 집과 사무실 번호가 따로 나와 있어 주소와 전화번호는 달랐지만 같은 사람이었다.

"모든 호바트에게 전화를 해봅시다." 리처가 말했다. "재향군인국에서 사소한 서류상의 문제로 전화한 걸로 하면 될 겁니다."

폴링은 사무실 전화의 스피커폰 기능을 켠 다음 전화를 걸었다. 처음 두 곳은 자동응답기가 받았고 세 번째 전화는 사건과 무관한 호바트에게 연결되었다. 재향군인수당을 받는 노인이 전화를 받고는 수당이 없어질까 걱정해 마구 흥분했다. 폴링이 겨우 진정시키자 노인은 클레이 제임스 호

228

바트란 이름은 들어본 적도 없다고 했다. 네 번째와 다섯 번째 전화에서도 소득이 없었다. 여섯 번째 번호는 치과의사의 사무실 번호였다. 그는 안티 과로 휴가를 떠나고 없었다. 접수담당자 말로는 클레이 제임스란 친척은 없다고 했다. 어쩌나 자신만만하게 장담하는지 단순히 접수담당자 역할만 하는 건 아닐 것 같은 느낌을 풍겼다. 하지만 안티과에 함께 가지 않은 걸 로 봐서는 오랫동안 일한 직원일 뿐인지도 몰랐다.

"자, 이젠 어떡하죠?" 폴링이 말했다.

"처음 두 곳에 나중에 다시 전화해봅시다. 그 건을 제외하면 역시 늘어 가며 기다리는 수밖에 없겠군요."

폴링의 국방부 친구는 나름대로 선전하고 있었다. 11분 뒤 폴링의 휴 대폰이 다시 떨렸고, 그가 새로운 정보를 전해주었다. 폴링은 상대의 말을 노란색 메모장에 모두 받아 적었다. 빠르게 휘갈겨 썼기 때문에 약간 떨어 진 곳에서 거꾸로 본 리처는 글씨를 알아볼 수 없었다. 폴링이 받아 쓴 내 용은 두 쪽이나 되었다. 통화를 마친 그녀가 배터리 잔량을 점검하고 휴대 폰을 충전기에 올려둘 정도로 긴 통화였다.

"호바트의 주소입니까?" 리처가 물었다.

"아직 그건 못 받았어요. 재향군인국이 머뭇거리고 있대요. 비밀 엄수 조항 때문에."

"주소는 의료기록과 다를 텐데요."

"내 친구도 바로 그 점을 주장하는 중이에요."

"그럼 어떤 걸 알려주었습니까?"

폴링은 묶음을 넘겨 메모의 앞 페이지로 돌아갔다.

"레인은 국방부의 블랙리스트에 공식적으로 올라가 있어요."

"왜죠?"

"'정당한 명분 작전Operation Just Cause'에 대해 알아요?"

"마누엘 노리에가를 공격한 거였죠. 15년도 더 전에. 나도 잠깐이었지만 거기 있었습니다."

"레인도 파나마에 있었어요. 당시에는 군복을 입고 있었죠. 꽤 훌륭하게 해냈나 봐요. 거기서 대령으로 진급했거든요. 그 뒤 첫 번째 걸프전에 파견되었고 이후 약간 수상한 정황에서 퇴역했어요. 하지만 국방부가 이후에 민간 계약자로 고용하는 걸 마다할 만큼 미심쩍은 일은 없었나 봐요. 국방부는 레인을 콜롬비아로 보냈어요. 파나마 침공 작전 때의 전과 덕분에 레인은 중남미 전문가로 평판이 좋았거든요. 그는 용병조직의 초창기 부하들을 데리고 콜롬비아로 가서 코카인 카르텔 중 하나와 전투를 벌였어요. 그러면서 미국 정부의 자금을 받았을 뿐 아니라 바로 그 문제의 카르텔에게서도 돈을 받았어요. 자기들 대신 경쟁 카르텔을 제거해주는 대가로. 그 일로 국방부가 크게 화를 내지는 않았어요. 이 카르텔이든 저 카르텔이든 국방부 입장에서는 큰 차이가 없었으니까. 하지만 그때부터 국방부는 레인을 신뢰하지 않게 되었고 다시는 그를 고용하지도 않았어요."

"부하들 말로는 이라크와 아프가니스탄에도 갔었다고 하던데요."

폴링은 고개를 끄덕였다. "쌍둥이 빌딩이 무너진 뒤 온갖 종류의 사람들이 온갖 곳으로 갔어요. 레인의 팀도 마찬가지였죠. 하지만 주계약자가 아니라 하청을 받아서 간 거예요. 다시 말해 국방부는 자기들이 신뢰하는 누군가에게 일을 맡겼고 그 누군가가 작업의 일부를 레인에게 떼어준 거죠."

"그런 방식이 허용되는 겁니까?"

"체면만 지킨 거라고 봐야겠죠. 콜롬비아 건으로 일을 맡긴 이후 국방부가 레인 앞으로 수표를 발행한 적은 한 번도 없었어요. 하지만 찬밥 더운밥 가릴 수 없는 입장이 되자 국방부에서도 못 본 척한 거죠."

"레인은 일을 꾸준히 맡고 있습니다. 수입도 엄청납니다. 마치 왕처럼 살고 있어요. 아프리카에서 번 돈의 대부분은 여전히 포장도 풀지 않은 상태로 쌓여 있습니다."

"그건 그 부정한 돈벌이의 규모가 얼마나 엄청난지 보여주는 것일 뿐이에요. 국방부 친구 말로는 콜롬비아 건 이후 레인은 다른 사람들의 식탁에서 떨어진 부스러기로 연명하는 처지래요. 그에게는 다른 방법이 없었죠. 부스러기만 해도 처음엔 제법 컸지만 점점 작아지고 있어요. 이젠 경쟁이 치열해졌거든요. 아프리카에서 레인이 막대한 돈을 번 것은 분명하지만 지금은 그 돈에서 쓰고 남은 게 그가 가진 재산의 전부예요."

"레인은 대단한 거물인 양 거들먹거렸습니다. 경쟁자도 파트너도 없다고 내게 말했습니다."

"그렇다면 그가 거짓말을 한 거예요. 하지만 어떤 의미로는 진실을 말한 거라고 할 수도 있겠네요. 그 무리에서 레인이 가장 밑바닥에 있으니까요. 엄밀히 말해 동격인 사람은 없는 거죠. 모두가 레인보다 우월한 입장에 있으니까."

"그가 부르키나파소에서도 하청을 받았습니까?"

"분명 그랬을 거예요. 그렇지 않다면 왜 그의 이름이 주계약자 명단에 없겠어요?"

"우리 정부도 거기 관련돼 있었습니까?"

"가능한 일이죠. 공직에 있는 그 친구가 다소 긴장한 것 같았거든요."

리처는 고개를 끄덕였다. "그래서 그 사람이 우리를 돕는 거군요? 헌병이 다른 헌병을 돕는 문제가 아니었습니다. 관료가 상황을 장악하려 하는 겁니다. 정보의 흐름을 관리하려는 거죠. 우리한테 개인적으로 정보를 제공함으로써 우리가 제멋대로 어슬렁대거나 공공연히 소란을 피우지 못하도록."

폴링은 그 말에 대답하지 않았다.

그때 휴대폰이 다시 울렸다. 충전기에 꽂은 채 통화를 하기에는 선이 너무 짧았으므로 폴링은 휴대폰을 빼내 전화를 받았다. 15초쯤 상대의 말을 듣고 있더니 메모장의 새 페이지를 펴 달러 기호를 적었다. 이어 두 개의 숫자와 여섯 개의 0을 썼다. 전화를 끊은 폴링은 메모장을 빙글 돌려 리처에게 내용을 보여주었다.

"2,100만 달러. 현금으로. 레인이 아프리카에서 벌어들인 금액이에요." 폴링이 말했다.

"당신 말대로군요. 커다란 부스러기입니다. 하청업자로서는 군침을 흘릴 만합니다."

폴링이 고개를 끄덕이며 말했다. "전체 계약 규모는 1억 500만 달러였어요. 그곳 정부의 중앙은행에서 미국 달러화 현금으로 지불했죠. 레인은 인력의 절반을 제공해 대부분의 일을 맡아서 하기로 하고 20퍼센트를 가져갔어요."

"얻어먹는 주제에 쓰다 달다 할 수 없었겠군요." 그러더니 리처는 잠시 후에 "그렇군"이라고 했다.

"그렇다니, 뭐가요?"

"2,100만 달러의 절반이 얼마죠?"

"1,050만 달러."

"그래요. 케이트의 몸값은 부르키나파소에서 받은 돈의 정확히 절반입니다."

잠시 침묵이 흘렀다.

"1,050만 달러." 리처가 말했다. "계속 그 묘한 금액이 마음에 걸렸습니다. 이제야 뭔가 의미가 통하는 것 같습니다. 아마도 레인은 수입의 50퍼센트를 취했겠죠. 귀환한 호바트는 자기가 겪은 고통의 대가로 레인이 취한 몫을 요구한 겁니다."

"합리적이네요."

"나라면 더 많이 요구했을 겁니다. 모두 내놓으라고 했겠죠."

폴링은 전화번호부의 H 페이지를 손끝으로 짚어 내려가 스피커폰으로 두 명의 호바트에게 다시 전화를 걸었다. 이번에도 둘 다 자동응답기가 전화를 받았다. 스피커폰에 연결된 전화를 끊자 작은 사무실에 정적이 흘렀다. 그때 다시 휴대폰 진동음이 울렸다. 폴링은 먼저 충전기를 뗀 다음 전화를 받았다. 이름을 대고 잠시 듣고 있더니 노란 메모장의 새 페이지를 넘겨 딱 세 줄의 문장을 썼다.

그녀는 전화를 끊고 리처에게 말했다.

"주소를 알아냈어요."

35

"호바트는 여동생네로 이사했어요. 허드슨가에 있는 건물이에요. 클락슨과 리로이 사이의 블록이 분명해요." 폴링이 말했다.

"결혼한 여동생이군요. 그렇지 않았다면 전화번호부에 이름이 나와 있었을 테니까."

"과부래요. 남편 성을 그대로 쓰고 있나 봐요. 하지만 혼자 살아요. 적어도 호바트가 아프리카에서 귀국한 당시에는 그랬어요."

홀로 된 여동생의 이름은 디 마리 그라지아노였고 그 이름은 전화번호부에 허드슨가 주소로 나와 있었다. 폴링은 시의 세금 데이터베이스에 접속해 그녀의 주소를 재차 확인한 뒤 말했다.

"임대료 상승 폭을 법으로 규제하는 건물이에요. 10년 동안 거기서 살고 있어요. 집세가 싸다는 걸 감안해도 좁은 집일 거예요." 폴링은 디 마리의 사회보장번호를 복사해 다른 데이터베이스의 입력란에 붙여 넣었다. "서른여덟 살이네요. 수입은 변변치 않고. 일을 그다지 하지 않아요. 연방소득세 과세 기준에도 한참 못 미쳐요. 죽은 남편도 해병대원이었군요. 빈센트 피터 그라지아노 일병. 3년 전에 사망했어요."

"이라크에서?"

"여긴 안 나와 있네요." 폴링은 그 데이터베이스를 닫고 구글로 들어가

'디 마리 그라지아노'라고 입력하고 엔터키를 쳤다. 검색 결과를 훑어보다가 거기서 뭔가 발견한 듯 구글을 닫고 법률정보 사이트인 렉시스-넥시스를 열었다. 화면을 아래로 내리던 그녀는 페이지 전체가 인용 자료로 채워진 부분에서 멈췄다.

"어, 이것 좀 봐요."

"뭡니까?"

"그녀가 정부를 상대로 소송을 제기했어요. 국무부와 국방부를 상대로."

"왜죠?"

"오빠의 소식을 알아내려고."

폴링은 인쇄 버튼을 눌러 프린터에서 나오는 종이를 한 장씩 리처에게 건네주었다. 리처는 종이에 인쇄된 내용을, 폴링은 화면에 뜬 내용을 읽었다. 디 마리 그라지오는 오빠 클레이 제임스 호바트의 행방을 알아내기 위해 5년 동안 갖은 애를 썼다. 길고 어렵고 힘든 일이었을 것이다. 불 보듯 뻔했다. 처음에 호바트의 고용주인 OSC의 에드워드 레인은 해당 시기에 호바트가 미국 정부의 하청계약자였다고 선서진술서에 서명했다. 그러자 디 마리는 자기 주의 하원의원과 두 명의 상원의원에게 청원했다. 주의 범위를 벗어나 하원과 상원의 군사위원회 의장들에게도 요청했다. 신문사에 편지를 보냈고 기자들에게 사연을 말했다. 직전에 취소되긴 했지만 래리 킹의 토크쇼에 출연이 예정된 적도 있었다. 짧은 기간이나마 조사원도 고용했다. 마침내 그녀는 무료 변호사를 찾아내 국방부를 상대로 소송을 제기했다. 국방부는 클레이 제임스 호바트가 해병대 군복을 벗은 이후의 행적에 관해서는 전혀 아는 것이 없다고 했다. 그러자 디 마리는 국무부를 고소했다. 무료 변호사가 다시 그녀에게 접근해 서아프리카에서 행방불명된 여행자 명단에 호바트의 이름이 틀림없이 있을 거라고 장담했다. 그 말을 듣고 디 마리는 다시 기자들을 들볶는 한편 정보자유법에 의거해 일련의 청원을 제출했다. 그녀가 낸 청원의 절반 이상이 이미 기각되었고 나머지는 여전히 관료주의적 절차 속에 파묻혀 있는 형편이었다.

"정말 열심이었군요. 그렇지 않나요?" 폴링이 말했다. "오빠를 위해 5년 동안 은유적으로 말하자면 날마다 촛불을 켠 셈이에요."

"패티처럼 말입니다. 이건 두 자매의 이야기로군요."

"12개월 뒤 국방부에서는 호바트의 생존 사실을 알았어요. 어디 있는지도 알았고요. 그런데도 4년간 입을 다물고 있었죠. 그 가여운 여자가 고통받도록 내버려두고 있었어요."

"알려준들 그녀가 뭘 할 수 있었겠습니까? 총알을 장전해 아프리카로 날아가서 단독으로 오빠를 구해냅니까? 오빠를 데려와 앤 레인 살인사건의 재판정에 세우려고?"

"그 사건과 관련해 호바트에게 불리한 증거는 전혀 없었어요."

"아무튼 그녀에게 아무것도 알리지 않는 게 최선의 정책이었을 겁니다."

"군인다운 말이군요."

"FBI가 정보 자유의 원천인 것처럼 말입니까?"

"그녀가 부르키나파소로 가서 거기 새 정부에 개인적으로 청원하는 방법도 있었어요."

"영화에서나 그런 식으로 일이 풀려나가는 겁니다."

"아주 냉소적이네요. 자신이 그렇다는 걸 알고 있긴 한가요?"

"냉소적인 게 아니라 현실적인 겁니다. 개 같은 일들이 벌어지곤 하니까."

갑자기 폴링이 조용해졌다.

"왜 그래요?" 리처가 물었다.

"좀 전에 당신이 총알을 장전한다고 했죠. 디 마리가 총알을 장전해 아프리카로 간다고."

"아니죠. 난 그녀가 그럴 수 없다고 했습니다."

"하지만 우리는 호바트가 새 파트너를 구했다는 데는 동의했어요. 돌아오자마자 어떻게 그럴 수 있었을까요? 진심으로 믿을 수 있는 사람을 그렇게 빨리 찾아낼 수 있을까요?"

"그건 그렇습니다."

"여동생이 새 파트너일 수도 있지 않을까요?"

리처는 대답하지 않았다.

"신뢰는 이미 존재하고 있었어요. 그렇죠? 새삼 쌓을 필요가 없었어요. 그리고 그녀가 거기 있었던 거예요. 새 파트너를 순식간에 구했다는 사실은 그걸로 설명이 되죠. 게다가 그녀는 이미 열의를 갖고 있었어요. 열의와 분노를. 자, 당신이 자동차에서 들었던 목소리가 여자였을 가능성도 있나요?"

리처는 한동안 침묵을 지키다 입을 열었다.

"가능합니다. 그럴 수도 있었겠군요. 사실 당시엔 한 번도 그런 생각을 하진 않았습니다. 하지만 그건 내 선입견 탓일 수도 있습니다. 무의식적인 편견. 음성변조기를 통한 목소리는 아주 거칠게 들리죠. 미니마우스의 목소리도 「스타워즈」에 나오는 다스베이더 목소리처럼 들릴 겁니다."

"목소리에 경쾌함이 묻어났다고 했잖아요. 체구가 작은 남자 같다고."

리처는 고개를 끄덕였다. "맞습니다."

"여자 같다는 말도 되겠네요. 음높이 조절로 옥타브를 바꾸면 그럴 듯하게 들릴 거예요."

"그럴지도. 게다가 전화를 건 자가 누구였건 웨스트빌리지 거리를 훤히 꿰고 있었습니다."

"10년 동안 산 사람처럼 말이죠. 군대용어만 해도 해병대 출신의 남편과 오빠에게서 자주 들었을 거고요."

"그럴지도. 햄프턴에 여자가 모습을 나타냈다고 그레고리가 말했었습니다. 뚱뚱한 여자였다고."

"뚱뚱한 여자요?"

"그레고리 말로는 몸집이 컸답니다."

"감시 중이었을까요?"

"그건 아닙니다. 케이트하고 이야기를 나눴다고 했습니다. 두 사람이 나란히 해변을 걸었다고 했어요."

"그 여자가 디 마리였을지도 모르겠네요. 디 마리가 그 뚱뚱한 여자일지도. 돈을 요구했을 수도 있어요. 케이트에게 거절당하자 더 이상 참을 수 없게 되었을지도 몰라요."

"이번 사건에는 돈 이상의 것이 얽혀 있습니다."

"그렇다고 해서 돈과 관련이 없는 건 아니죠. 사는 곳으로 봐서 디 마리는 돈이 필요할 거예요. 500만 달러 이상이 그녀 몫으로 돌아갈 걸요. 그녀는 그걸 보상금으로 여길 수도 있어요. 5년 동안 겪은 일에 대한. 1년에 100만 달러씩 말이에요."

"그럴지도."

"이것도 하나의 가정이에요. 우린 이걸 배제하면 안돼요."

"물론입니다. 배제해선 안 되죠."

폴링은 책꽂이에서 시내 안내책자를 뽑아 허드슨가의 주소를 확인했다.

"허드슨 남부지역이네요. 밴댐과 찰턴 사이. 클락슨과 리로이 사이가 아니에요. 우리가 틀렸어요."

"몇 블록 북쪽에 단골 술집이 있는지도 모르죠. 어쨌거나 찰턴 밴댐이라는 이름을 쓸 수는 없었을 겁니다. 너무 가짜 같은 냄새를 풍기니까."

"그들이 사는 곳은 여기서 겨우 15분 거리예요."

"지나친 희망은 금물입니다. 그 두 사람, 혹은 그중 한 사람은 고작해야 벽 속의 벽돌 한 조각에 지나지 않습니다. 아무튼 그들은 벌써 멀리 가버렸을 겁니다. 여기서 계속 얼쩡거린다면 제정신이 아니죠."

"그렇게 생각해요?"

"그들의 손엔 피가 묻었고 주머니에는 돈이 들어와 있습니다. 지금쯤 케이맨제도에 있을지도 모르겠군요. 아니면 버뮤다나 베네수엘라. 그런 사람들이 도피하는 곳에 말입니다."

"그럼 우리는 뭘 해야 되죠?"

"일단은 허드슨가로 가봅시다. 따끈따끈한 증거를 약간이라도 찾게 되기를 바랄 수밖에요."

36

혐의자의 은신처로 의심되는 건물에 접근했던 리처와 폴링의 경험을
합하면 천 번은 될 것이다. 두 사람은 그런 일에 정통했으므로 전술에 관
한 토론은 효율적으로 이루어졌다. 그들은 자신들의 약점을 인식하고 있
었다. 둘 다 무장하지 않았다는 점과 폴링이 예전에 호바트를 두 번 만난
적이 있다는 점. 앤 레인이 사라진 뒤 폴링은 레인의 모든 부하들을 장시
간 심문했었다. 고통스럽게 지낸 5년의 간격이 있다 해도 호바트가 폴링
을 여전히 기억할 가능성을 배제할 수 없었다. 이런 약점에 대해 리처는
허드슨가의 아파트는 이미 비어 있을 것이라는 확신을 제시해 균형추를
놓았다. 거기 가서 발견할 수 있는 건 급하게 짐을 싼 흔적과 썩어가는 내
용물이 담긴 쓰레기통뿐일 것이라고 그는 생각했다.

그 건물에는 도어맨이 없었다. 그런 수준의 건물이었다. 정면이 단조로
운 붉은 벽돌 벽으로 이루어진 5층 다세대주택으로 검은 철제 비상계단이
달려 있었다. 디자인 사무실과 은행들이 점령한 블록에 홀로 남은 낡은 건
물이었다. 칠이 벗겨진 검은 문 옆에 양쪽을 깎아 틀에 고정시켜 둔 알루
미늄 스피커가 달려 있었다. 열 개의 검은 버튼에 열 개의 이름. 4L이라는
표시 옆에 '그라지아노'라고 단정한 글씨체로 쓴 이름이 붙어 있었다.

"엘리베이터가 없군요." 폴링이 말했다. "중앙계단이에요. 폭이 좁고 앞

뒤로 긴 아파트가 한 층에 두 개씩. 하나는 왼편에, 하나는 오른편에. 4L은 4층 왼편이겠죠."

리처는 문을 열려고 해보았다. 굳게 잠겨 있었다.

"뒤편엔 뭐가 있을까요?" 그가 물었다.

"통풍 공간일걸요. 이 건물과 그리니치에 있는 건물 뒤편 사이."

"지붕에서 내려와 그 집 주방 창문으로 들어갈 수 있겠군요."

"콴티코에서 하강훈련은 받았지만 실제로 해본 적은 없는데요."

"나도 주방 창문으로 들어간 적은 없습니다. 욕실 창문으로는 한 번 들어가 봤지만."

"재미있었나요?"

"설마."

"그럼 어떻게 해야 할까요?"

이런 때 리처는 대개 아무 버튼이나 눌러 UPS나 페덱스의 배달원을 가장했다. 하지만 이런 건물에서 그게 통할지는 의문이었다. 택배원이 종종 들르는 건물이라고는 생각되지 않았다. 오후 4시에 가까운 시간이라 피자나 중국음식 배달원이 올 때도 아니었다. 점심으로는 너무 늦고 저녁으로는 너무 일렀다. 결국 그는 4L을 제외한 모든 버튼을 닥치는 대로 누른 뒤 우물거리는 발음으로 "열쇠를 잃어버렸어!"라고 크게 외쳤다. 문을 열어주는 소리가 두 번 들린 걸 보니 외출한 가족이 돌아오길 기다리는 집이 최소 두 곳은 있었던 모양이었다. 폴링이 문을 밀었다.

안으로 들어가자 침침한 중앙복도 오른편으로 폭이 좁은 계단이 보였다. 한 층 올라간 다음 건물 정면 쪽으로 한 바퀴 돌아 다음 층으로 이어지는 계단으로 가는 구조였다. 계단을 덮은 리놀륨은 여기저기 벗겨졌고 조도가 낮은 흐릿한 전구가 밝혀져 있었다. 계단은 마치 죽음의 덫처럼 보였다.

"이제 어쩌죠?" 폴링이 물었다.

"잠시 기다립시다. 열쇠를 잃어버린 게 누군지 보려고 적어도 두 명이 문밖을 내다볼 테니까."

그들은 기다렸다. 1분. 2분. 머리 위 침침한 어둠 속에서 문이 하나 열렸다가 닫혔다. 다시 문이 열리는 소리가 들렸다. 이번에는 더 가까웠다. 2층인 것 같았다. 30초 뒤 그 문도 쾅 닫혔다.

"됐습니다." 리처가 말했다. "이제 갑시다."

그가 계단의 제일 아래쪽 단을 밟자 삐걱거리는 소리가 울려 퍼졌다. 둘째 단, 셋째 단도 마찬가지였다. 리처가 넷째 단에 발을 올려놓았을 때 폴링도 계단을 오르기 시작했다. 그가 중간에 이르자 계단 전체가 소총으로 일제사격이라도 하듯 요란하게 삐걱거렸다.

하지만 두 사람이 2층 복도에 닿았을 때에도 문을 열고 내다보는 사람은 없었다.

계단 꼭대기에 선 그들 앞에는 문 두 개가 있었다. 하나는 왼편에, 하나는 오른편에. 2L과 2R이었다. 구조상 현관에서 거실로 이어지는 내부 복도 옆에 각 방이 일렬로 늘어선 싸구려 아파트가 분명했다. 문을 들어서자마자 외투걸이들이 벽에 붙어 있고 각 방의 출입 공간 구실을 하는 복도가 거실로 이어지며 주방은 안쪽에 있을 것이다. 주방 문간에서 몸을 돌리면 욕실이 보이고 이어 건물 정면 쪽에 위치한 침실이 보일 것이다. 침실은 거리를 내려다보고 있을 것이다.

"그리 나쁘진 않군요." 리처가 목소리를 낮춰 말했다.

"장을 봐서 들고 올라가려면 힘들겠어요."

어릴 때 이후 리처는 장을 본 물건을 집으로 들고 간 적이 한 번도 없었다.

"비상계단으로 로프를 늘어뜨려 침실로 끌어올리면 됩니다."

폴링은 그 말에 대답하지 않았다. 그들은 건물 정면 쪽으로 180도 돌아서 위층으로 올라가는 계단이 있는 곳으로 발걸음을 옮겼다. 삐걱거리는 소리와 함께 3층으로 올라가자 3L과 3R이 눈앞에 나타났다. 한 층 아래와 똑같고 한 층 위와도 같을 것이다.

"자, 갑시다." 리처가 말했다.

4층으로 통하는 계단 입구에서 그들은 침침한 어둠에 묻힌 4층을 올려다보았다. 4R의 문이 보였다. 4L의 문은 두 사람이 선 위치에서는 보이지 않았다. 리처가 앞장섰다. 요란한 소음을 절반으로 줄이기 위해 그는 계단을 두 단씩 올랐다. 폴링은 비교적 삐걱대는 소리가 덜 나는 가장자리 쪽을 밟으며 뒤를 따랐다. 계단 꼭대기에서 두 사람은 멈춰 섰다. 대도시에서 사람들이 모여 사는 곳 어디든 배경음악처럼 깔리는 불분명한 소리들이 그 건물을 채우고 있었다. 거리의 소음이 어렴풋이 들려왔다. 건물 벽을 통과하며 약해진 자동차 경적소리와 사이렌 소리가 들렸다. 열 대의 냉장고가 윙윙 돌아가는 소리, 벽걸이 에어컨, 천장의 선풍기, TV, 라디오, 지직지직 깜박이는 고장 난 형광등, 파이프를 타고 흐르는 물소리.

4L의 문은 규격화된 단조로운 녹색이었다. 칠한 지 몇 년이 지나 색이 바랬지만 본래는 꼼꼼하게 작업한 문이었다. 장시간 훈련을 받으며 고된 도제생활을 견뎌낸 조합 소속 도장공이 페인트칠을 했을 것이다. 고르게 광택이 나도록 발라둔 칠 위로 버스의 검댕, 식당의 기름기, 지하철의 먼

지 등 세월의 때가 내려앉았다. 안에서 밖을 내다보는 렌즈가 리처의 가슴 높이에 달려 있었는데 거기에도 뿌옇게 먼지가 앉았다. '4'와 'L'은 각각 따로 만들어진 황동주물을 나란히 붙여 나사로 죄어둔 물건이었다.

리처는 옆으로 몸을 돌려 허리를 숙였다. 문틈에 귀를 갖다 대고 잠시 그대로 있다가 허리를 펴며 속삭였다.

"안에 누군가 있습니다."

37

리처는 허리를 숙여 다시 귀를 기울였다. "여기서 똑바로 안쪽에. 여자가 뭔가를 말하고 있습니다." 그는 몸을 펴고 한 발 물러섰다. "내부는 어떻게 생겼을까요?"

"짧은 복도가 있을 거예요." 폴링이 목소리를 낮춰 답했다. "2미터 정도의 좁은 복도가 욕실까지 이어지겠죠. 그다음은 거실. 거실 길이는 아마도 3미터쯤. 뒷벽엔 볕이 잘 드는 왼쪽으로 창이 하나 나 있고, 주방문은 오른쪽이에요. 주방이 제일 안쪽에 있을 테고 길이는 2미터 정도."

리처는 고개를 끄덕였다. 최악의 경우 여자는 주방에 있을 것이다. 출입문에서 직선 쪽, 최대 7미터 거리에. 최악의 경우보다 더 나쁜 경우라면 조리대 위에 장전된 총이 놓여 있고 여자가 총 쏘는 법을 알고 있는 것이다.

폴링이 물었다. "누구와 이야기하고 있을까요?"

리처는 속삭이듯 낮은 소리로 대답했다. "모르겠습니다."

"그 사람들이겠죠? 그렇죠?"

"그들이 아직 여기에 있다면 제정신이 아닌 겁니다."

"그들이 아니라면 누구겠어요?"

리처가 대답하지 않자 폴링이 다시 물었다.

"어떻게 할 작정인가요?"

"어쨌으면 좋겠습니까?"

"영장을 받아와야죠. 경찰특공대를 부르고요. 완전무장을 하고 문을 부숴야죠."

"당신이 그럴 수 있었던 시절은 지났습니다."

"그럼 어쩌면 좋을지 당신이 말해봐요."

리처는 한 발 더 물러나 4R의 문을 가리켰다.

"저기서 기다려요. 총소리가 들리면 구급차를 부르고. 그게 싫으면 2미터 간격을 두고 내 뒤를 따라와요."

"일단 노크를 할 생각인가요?"

"아니요. 약간 다릅니다."

리처는 한 발 더 물러났다. 그의 키는 195센티미터, 체중은 110킬로그램이었다. 구두는 영국 노샘프턴의 치니JOSEPH CHEANEY & SONS라는 기업에서 만든 수제화였다. 처치스Church's 구두와 기본적으로 똑같지만 명품이란 이름값으로 프리미엄이 붙은 처치스보다 가격이 저렴한 제품이었다. 리처가 고른 것은 무두질한 딱딱한 가죽으로 만든 갈색 세미브로그*인 텐터덴이라는 제품으로 12사이즈였다. 묵직한 인조가죽 밑창은 다이나이트Dainite 제품이었다. 리처는 가죽 밑창을 싫어했다. 가죽 밑창은 너무 빨리 닳고 비에 젖으면 잘 마르지 않는다. 다이나이트 밑창이 훨씬 나았다. 다이나이트 밑창의 뒷굽은 치니 가죽 웰트, 다이나이트 웰트, 두 겹의 견고한 치니 가죽에 두툼한 다이나이트 캡까지 모두 다섯 겹으로, 두께는 3센티미터 정도이고 구두 한쪽의 무게만 900그램이 넘었다.

4L의 문은 열쇠구멍이 세 개였다. 자물쇠도 세 개라는 뜻이다. 단단한

---

* 구두코에만 장식구멍을 뚫은 구두.

자물쇠일 것이며 안에는 체인도 있을 것이다. 하지만 문 자체는 목재였다. 100년은 묵었을 더글러스 전나무로 만든 문에 문틀도 같은 목재였다. 쉽게 성장하는 나무. 백 번의 여름 동안 비에 젖어 부풀고 백 번의 겨울 동안 말라 쪼그라든 나무. 벌레가 갉아먹은 부분도 있을 것이다.

리처가 낮은 목소리로 말했다. "그대로 서 있어요."

그는 무게중심을 뒷다리로 옮기고 문을 응시하다가 기록 경신을 노리는 높이뛰기 선수처럼 펄쩍 뛰어올랐다. 두 번 도움닫기를 한 다음 오른발 뒤꿈치로 문의 손잡이 부분을 가격했다. 나무가 부서지고 먼지가 피어오르며 문이 박살났다. 리처는 멈추지 않고 그대로 내달렸다. 두 발짝 달리자 거실 한복판이었다. 리처는 거기 멈춰 섰다. 서서 가만히 쳐다보기만 했다. 로런 폴링이 뒤따라 달려와 리처 옆에 섰다.

폴링도 가만히 쳐다보기만 했다.

아파트의 구조는 폴링의 예상과 정확히 일치했다. 허물어져가는 주방이 바로 앞에 있었고 주방 왼편으로 3미터 길이의 거실이 있었다. 거실에는 닳아빠진 소파가 놓였고 볕이 드는 쪽으로 땟국이 낀 창문이 나 있었다. 헐렁한 원피스를 입은 체격이 큰 여자가 주방 문간에 서 있었다. 긴 갈색 머리카락을 가운데 가르마로 늘어뜨린 여자는 한 손에 뚜껑을 딴 수프 캔을, 다른 손에 나무스푼을 들고 있었다. 놀라고 당황한 나머지 여자의 눈과 입이 크게 열렸다. 비명을 지르려 했으나 충격 탓에 목소리가 나오지 않는 모양이었다.

거실의 닳아빠진 소파에는 남자가 한 명 누워 있었다.

리처가 한 번도 본 적 없는 사람이었다.

병자였다. 겉늙은 남자는 몹시 쇠약했다. 이가 하나도 없었고 누렇게 변한 피부는 열에 들떠 번들거렸다. 회색 머리카락 몇 올만 남아 있을 뿐 머리카락도 모두 빠지고 없었다.

남자는 양손이 없었다.

남자는 양발이 없었다.

폴링이 말했다. "호바트?"

소파에 누운 남자를 놀라게 할 수 있는 일은 아무것도 없는 듯했다. 그에게는 놀라움이라는 감정이 남아 있지 않았다. 남자는 가까스로 고개를 움직였다.

"폴링 요원, 다시 만나 반갑습니다."

혀는 있었다. 이 없이 잇몸만 남은 탓에 우물우물 발음이 불명확했다. 목소리가 약했고 또한 희미했다. 그러나 말은 할 수 있었다. 그건 분명했다.

폴링은 여자를 쳐다보며 물었다. "디 마리 그라지아노?"

"그래요." 여자가 대답했다.

"제 동생입니다." 호바트가 말했다.

폴링은 호바트에게로 다시 몸을 돌렸다. "어쩌다 이렇게 된 거죠?"

"아프리카." 호바트가 말했다. "아프리카에서."

호바트는 뻣뻣한 데님 천 재질의 새 옷을 입고 있었다. 진청색의 청바지와 셔츠를 정강이와 팔목 부근에서 말아 올렸고 그 부위에 연고가 잔뜩 발려 있었다. 절단 상태는 잔인하고 참혹했다. 누런 아래팔뼈가 부러진 피아노 건반처럼 삐죽이 나와 있었다. 절단된 살 부위에는 봉합 자국이 없었다. 새살이 돋지도 않았다. 화상 자국처럼 두툼한 흉터만 남아 있었다.

"대체 어쩌다가요?" 폴링이 다시 물었다.

"얘기하자면 깁니다." 호바트가 대답했다.

리처가 끼어들었다. "우린 들어야 합니다."

"왜요? 날 돕겠다고 지금 FBI가 여기 온 겁니까? 동생집 문을 박살내고 뛰어들어서?"

"난 FBI가 아닙니다." 리처가 말했다.

"나도 아니에요." 폴링이 말했다. "지금은."

"그럼 지금은 뭡니까?"

"사립탐정이에요."

호바트는 시선을 리처에게로 돌렸다. "당신은?"

"폴링과 같습니다. 비슷한 거죠. 프리랜서입니다. 허가증은 없지만. 나는 헌병 출신입니다."

잠시 침묵이 흘렀다.

디 마리 그라지아노가 입을 열었다. "수프를 만들던 중이었어요."

폴링이 말했다. "하던 일 하세요. 방해해서 죄송합니다."

리처는 현관으로 가서 부서진 문을 밀어 최대한 꽉 닫아두었다. 그가 거실로 돌아오자 디 마리는 주방에서 소스팬을 불에 얹고 있었다. 그녀는 깡통 속의 수프를 팬에 붓고 나무주걱으로 휘저었다. 폴링은 소파에 누운 망가진 남자를 계속 쳐다보고 있었다.

"어쩌다 이렇게 된 거예요?" 폴링은 세 번째로 같은 질문을 했다.

그 말에 대답한 것은 디 마리였다.

"오빠는 우선 식사를 해야 해요."

38

호바트의 여동생은 오빠 옆에 앉아서 머리를 안고 숟가락으로 천천히 조심스럽게 수프를 떠먹였다. 호바트는 한입 먹을 때마다 혀로 입술을 핥았다. 턱으로 흘러내린 걸 닦으려는 듯 잃어버린 팔을 들어 올리는 동작을 하기도 했는데 그럴 때마다 그는 잠시 당황했다가 이어 한탄하는 기색을 내비쳤다. 단순한 신체적 동작이 더 이상 가능하지 않게 된 뒤에도 그 기억이 몸에 얼마나 오래 남아 있는지 깨닫고 놀라는 것처럼. 그럴 때면 동생은 오빠가 손 없는 팔목을 다시 무릎 쪽으로 가져갈 때까지 참을성 있게 기다린 다음 수건으로 턱을 닦아주었다. 오빠가 아니라 아기를 대하듯 부드럽고 사랑이 담긴 손길이었다. 셀러리나 아스파라거스 같은 녹색 채소로 만든 수프는 걸쭉했다. 그릇이 빌 때쯤 되자 수건은 온통 수프 얼룩으로 물들었다.

폴링이 말했다. "호바트, 이야기 좀 해봐요."

"무슨 이야기요?"

"당신에 대해서요."

"별로 얘기할 게 없습니다. 지금 눈에 보이는 그대로죠."

"에드워드 레인에 대해서도요. 우리는 에드워드 레인에 관해 들어야 해요."

"레인은 어디 있습니까?"

"그를 마지막으로 본 게 언제였죠?"

"5년 전입니다. 아프리카에서."

"거기서 무슨 일이 있었나요?"

"산 채로 포로가 되었습니다. 한심한 꼴이었죠."

"나이트도 그랬나요?"

호바트는 고개를 끄덕였다.

이번에는 리처가 물었다. "어쩌다가 그렇게 된 겁니까?"

"부르키나파소에 가본 적이 있습니까?"

"아프리카에는 한 번도 간 적 없습니다."

호바트는 한동안 말이 없었다. 입을 열지 않기로 결심한 사람처럼 보였다. 그러다 마음을 바꾼 것 같았다.

"내전이 벌어졌어요. 거긴 늘 그렇습니다. 우리는 한 도시의 방어를 맡았어요. 우리가 항상 하는 일입니다. 이번엔 그게 수도였죠. 당시엔 수도 이름을 발음할 줄도 몰랐습니다. 나중에야 알게 되었어요. 와가두구. 하지만 그때 우리는 거길 오타운O-Town이라고 불렀습니다. 당신은 헌병이었다니까 그게 어떤 건지 알 겁니다. 파병된 군대는 그곳의 이름을 바꿔버리죠. 우리가 알아먹기 쉬운 이름으로 바꾸는 거라고 생각하지만 실은 그 장소의 개성을 제거해버리는 겁니다. 심리적으로 말이죠. 그런 식으로 바꿔버리면 그곳을 파괴할 때 죄책감도 없습니다."

"거기서 무슨 일이 있었나요?" 폴링이 물었다.

"오타운의 면적은 미주리주 캔자스시티 정도 됩니다. 작전은 북동부 지역에 집중되었습니다. 시 경계에서 1.6킬로미터쯤 떨어진 곳이 수목한계선이었고 도로는 바큇살처럼 두 갈래로 뻗어 있었습니다. 하나는 북동부의 북쪽으로, 하나는 북동부의 동쪽으로. 우리는 그걸 1시 도로, 2시 도로라고 불렀어요. 시계를 보면 알겠죠. 12시가 정북 방향이라 치면 그 길들은 1시, 2시 위치에 있었던 겁니다. 우리가 걱정한 건 1시 도로였어요. 반란군들이 그 도로를 이용할 가능성이 높았거든요. 아니, 정확히 말하면 도로 자체를 이용하지는 않겠죠. 도로를 끼고 정글 속에서 움직일 테니까. 갓길에서 6미터만 떨어져도 우리는 놈들의 모습을 볼 수 없었습니다. 반란군들은 보병이었어요. 휴대 가능한 것 이외에는 아무 무기도 없었습니다. 놈들이 풀숲에 몸을 숨기고 기어오면 수목한계선을 건너 모습을 드러낼 때까지 우리 시야에는 들어오지 않습니다."

"수목한계선은 1.6킬로미터 떨어져 있었다고요?" 리처가 물었다.

"그렇습니다. 사실 큰 문제는 아니었어요. 수목한계선을 넘어온 반란군들은 툭 트인 지대를 1.6킬로미터 지나야 했고 우리한테는 중화기가 있었으니까요."

"그럼 뭐가 문제였습니까?"

"당신이 반란군 입장이라면 어떻게 했겠습니까?"

"내가 있는 곳을 기준으로 왼편으로 움직여 당신들의 동쪽을 측면에서 공격했을 겁니다. 절반, 혹은 그보다 약간 더 많은 병력을 데리고 풀숲 속으로 계속 움직인 다음 우회해서 당신들을 기준으로 4시 방향에서 튀어나갈 겁니다. 양방향 협공이죠. 당신들은 어디가 전선인지 어디가 측면인지 구별하지도 못했을 겁니다."

호바트는 고개를 끄덕였다. 그런 작은 동작에도 고통이 따르는지 거죽만 남은 목에 힘줄이 불끈 섰다.

"우리도 정확히 그렇게 예상했습니다. 놈들의 병력 절반이 1시 도로를 따라 우리의 왼쪽에서, 나머지 절반은 오른쪽에서 공격해올 거라고 생각했죠. 우리의 오른쪽을 노린 놈들은 대략 3킬로미터 전방에서 90도 꺾어 측면공격을 시도할 거라고 말입니다. 그런데 그러려면 대략 5,000명 정도의 병력이 2시 도로를 건너야 했거든요. 당연히 우리 눈에 띌 수밖에 없었습니다. 2시 도로는 일직선이었어요. 폭은 좁았지만 나무들 사이로 80킬로미터에 걸쳐 쭉 뻗어 있었죠. 지평선까지 도로 전체가 한눈에 들어왔어요. 타임스퀘어의 횡단보도를 지켜보는 것과 마찬가지였습니다."

"그랬는데요?" 폴링이 물었다.

"나이트와 나는 항상 함께였습니다. 둘 다 리컨 마린 출신이어서 전방 작전거점을 확보하겠다고 자원했습니다. 둘이서 270미터쯤 기어갔더니 몸을 숨기기 좋은 움푹한 곳이 두 군데 있더군요. 예전에 생긴 포탄구멍이었습니다. 전투가 끊이지 않는 지역이었으니까요. 나이트는 1시 도로가 잘 보이는 곳에, 나는 2시 도로가 잘 보이는 곳에 자리를 잡았습니다. 우리의 작전은 반란군이 측면공격을 시도하지 않으면 우리가 정면에서 놈들을 치고, 우리의 공격이 효과를 발휘하면 주병력이 우리한테 합류한다는 것이었습니다. 반란군의 공세가 거셀 경우에는 나이트와 내가 시 경계선까지 후퇴해 2차 방어선을 치기로 했고, 만약 놈들이 측면공격 움직임을 보이면 우리는 즉시 퇴각해 전선을 두 개로 재편하기로 했습니다."

리처가 물었다. "그런데 어디서 틀어진 겁니까?"

"내가 두 가지 잘못을 저질렀습니다." 몇 마디 안 되는 말이었다. 그러나 그 말을 입 밖에 내는 게 힘들었던지 호바트는 급격히 기력이 떨어졌다. 그는 눈을 질끈 감고 이 없는 잇몸 위로 입술을 굳게 다물었다. 숨 쉬기가 힘든지 가슴에서 쌕쌕 소리가 났다.

"오빠는 말라리아와 결핵을 앓고 있어요." 호바트의 여동생이 끼어들었다. "당신들 때문에 기력이 떨어지잖아요."

"치료는 받고 있나요?" 폴링이 물었다.

"우린 의료보험이 없어요. 재향군인국에서 약간 치료를 해줘요. 그렇지 않을 때는 성 빈센트 병원 응급실로 데려가야 해요."

"어떻게요? 계단을 어떻게 오르내려요?"

"내가 업고 가요."

호바트가 격하게 기침을 하자 피가 섞인 가래가 턱으로 흘러내렸다. 그는 절단된 팔목을 들어 올려 이두박근 부위에 남은 가래를 닦았다.

호바트가 감았던 눈을 뜨기를 기다렸다가 리처가 물었다. "어떤 두 가지 잘못이었습니까?"

"놈들이 초보적인 속임수를 썼습니다. 나이트의 전방 1.6킬로미터쯤에서 열 명 정도의 척후병이 숲에서 나왔어요. 영광 아니면 죽음, 아시죠? 놈들은 내달리면서 닥치는 대로 총을 쏘아댔습니다. 나이트는 놈들이 1.4킬로미터쯤 달려오도록 기다렸다가 소총 사격으로 모조리 쓰러트렸습니다. 내가 있는 곳에서는 나이트의 모습이 보이지 않았습니다. 90미터쯤 떨어져 있었던 데다 지형이 울퉁불퉁했으니까요. 나이트가 괜찮은지 살펴보기 위해 나는 그쪽으로 기어갔습니다."

"괜찮던가요?"

"그는 무사했습니다."

"두 사람 모두 부상을 입지 않았습니까?"

"부상? 털끝 하나 다치지 않았습니다."

"어쨌든 소규모 교전이 있었던 거군요."

"그래요."

"그래서요?"

"나이트가 몸을 숨긴 곳에 가보았더니 그곳에서 2시 도로가 더 잘 보이지 뭡니까. 총격전이 시작되면 둘이 함께 있는 게 유리하다는 생각도 들었습니다. 총알을 장전할 때 서로를 보호해줄 수 있으니까. 그래서 나는 나이트와 같은 참호에 들어가는 잘못을 저지르고 말았습니다."

"두 번째 잘못은 뭡니까?"

"에드워드 레인이 한 말을 믿었다는 겁니다."

39

리처가 물었다.

"에드워드 레인이 뭐라고 했습니까?"

호바트는 바로 대답하지 못했다. 또 한 차례 기침발작이 일어났던 것이다. 그는 움푹 꺼진 가슴을 들썩이며 절단된 사지를 헛되이 버둥거렸다. 피와 함께 끈적이는 누런 점액이 입에서 흘러나왔다. 디 마리가 주방으로 달려가 수건을 행구고 물 한 잔을 갖고 왔다. 그녀는 오빠의 얼굴을 꼼꼼히 닦고 물잔을 입에 대어주었다. 그런 뒤 팔로 호바트를 안아 올려 똑바로 앉도록 자세를 고쳐주었다. 호바트는 기침을 두 번 더 했지만 가래가 폐 아래쪽으로 내려가자 안정을 찾았다.

"균형의 문제예요." 디 마리는 딱히 누구에게랄 것 없이 말했다. "가슴 속에 차오르는 건 비워내야 하는데 그렇다고 기침을 너무 많이 하면 녹초가 되어버리죠."

리처는 조금 전의 질문을 되풀이했다. "호바트, 레인이 당신한테 뭐라고 했습니까?"

호바트는 숨을 헐떡이며 리처에게 좀 기다려달라는 눈길을 보냈고 한참 뒤에야 입을 열었다.

"반란군의 위장 공격이 있고 30분쯤 뒤에 레인이 나이트의 참호로 왔습니다. 내가 거기 함께 있는 걸 보고 놀란 것 같더군요. 그는 나이트가 무사하다는 걸 확인하고는 임무를 계속하라고 했습니다. 그러더니 결정적인 새 첩보가 들어왔다고 내게 말했습니다. 2시 도로를 가로지르는 병력이 곧 나타날 텐데 그건 덤불 속에 숨어 있던 정부군이라고 말입니다. 정부군이 후방에서 우리를 지원하기 위해 주위를 에워싸는 것이라고 했습니다. 반란군이 너무 가까이 있기 때문에 정부군은 속도를 늦춰 비밀스럽게 야간행군을 한 것이라고 했죠. 그러니까 양측이 35미터도 안 되는 거리를 사이에 두고 마주 보고 있다는 얘기였습니다. 덤불이 무성해서 반란군들한테 발견될 위험은 없지만 소리 탓에 들킬까 봐 신경을 쓰고 있으니 꼼짝 말고 지켜보기만 하라는 거였습니다. 2시 도로를 건너는 병력의 숫자나 세라면서요. 수가 많으면 많을수록 안심해도 된다고 했습니다. 모두가 우리 편이니까."

"그래서 그들이 2시 도로를 건너는 걸 봤습니까?"

"수천 명이었습니다. 오합지졸로 이루어진 병력이었죠. 모두가 도보로 움직였고 차량은 한 대도 없었습니다. 화력은 그럭저럭 괜찮았습니다. 브라우닝 자동소총이 잔뜩 있었고 M60기관총과 경박격포도 여러 대 있었어요. 그들이 두 줄로 나란히 도로를 건너는 데 두 시간이 걸렸죠."

"그래서요?"

"우리는 꼼짝 않고 참호 속에 앉아 있었어요. 온종일, 그리고 밤이 되어서도. 그러자 대혼란이 일어났습니다. 우린 야간투시경을 통해 무슨 일이 벌어지는지 보았습니다. 대략 5,000명 규모의 병력이 나무들 사이에서 튀어나와 1시 도로에 집결하더니 곧바로 우리를 향해 행군해 왔습니다. 동시에 또 다른 병력 5,000명이 4시 방향 남쪽의 덤불 속에서 솟아나 역시 우리 쪽으로 진격해 왔습니다. 그런데 그들은 우리가 앞서 지켜보았던 그 군인들이었어요. 정부군이 아니라 반란군이었죠. 레인이 새로 입수한 첩보가 잘못되었던 겁니다. 아니, 그런 거라고 처음엔 생각했어요. 나중에야 그가 거짓말을 했다는 걸 깨달았습니다."

이번엔 폴링이 물었다. "그래서요?"

"처음엔 일이 어떻게 돌아가는 건지 감도 잡지 못했습니다. 반란군들이 너무 멀리 떨어진 지점에서부터 사격을 개시했어요. 아프리카가 아무리 넓은 땅이라지만 대부분의 총알이 빗나갔어요. 그 시점에도 나이트와 나는 크게 걱정하지 않았습니다. 계획이란 건 항상 그 꼴이 나니까요. 전쟁터에서는 모든 것이 즉석에서 이루어집니다. 그래서 우리는 우리가 뒤로 빠질 수 있게끔 후방에서 아군의 제압사격이 있을 줄 알았습니다. 하지만 후방은 잠잠하기만 했어요. 나는 몸을 돌려 뒤편에 있는 도시를 쳐다보았습니다. 불과 270미터 거리였죠. 그런데 도시에는 불빛 하나 없고 조용하기만 했습니다. 다시 몸을 돌려 앞을 보았더니 만 명의 병력이 우리를 향해 오는 중이었습니다. 90도 각도에서 양방향으로 죄어 들어왔죠. 깊은 밤이었습니다. 나이트와 내가 이 나라에 남은 유일한 서구인일 거란 생각이 불현듯 머리를 스치더군요. 나중에 보니 내 생각이 맞았습니다. 후에 조각들을 꿰맞춰보니 레인과 다른 동료들은 열두 시간 전에 이미 철수했던 겁니다. 레인은 잠깐 우리와 만난 다음 그 길로 지프에 올라탔습니다. 부하들을 모조리 싣고 남쪽으로 달려 가나와의 국경으로 가서 타말레 공항으로 직행했던 거죠. 우리가 들어왔던 그 공항으로."

리처가 말했다. "우리가 알고 싶은 건 레인이 왜 그런 짓을 했냐는 겁니다."

"쉬운 질문이군요." 호바트가 말했다. "나는 그 이유가 뭔지 생각하느라 엄청난 시간을 보냈으니까요. 레인이 우리를 버린 건 나이트가 죽기를 바랐기 때문입니다. 나는 나이트와 같은 참호에 있었던 죄밖에 없어요. 부수적 피해를 입은 셈이죠."

"레인은 왜 나이트가 죽기를 바랐던 겁니까?"

"나이트가 레인의 아내를 살해했기 때문입니다."

40

폴링이 물었다. "나이트가 그 사실을 당신한테 직접 고백했나요?"

호바트는 대답하지 않았다. 손이 잘려나간 오른쪽 팔목을 약하고 모호하게 흔들 뿐이었다. 경멸하는 듯한 작은 몸짓.

"나이트가 앤 레인을 죽였다고 고백했나요?"

"수십만 가지 다른 일에 대해서도 고백했었죠." 호바트는 음울한 미소를 지어 보이며 말을 이었다. "거기 있었던 사람이 아니면 그게 어떤 건지 모릅니다. 나이트는 4년 내내 헛소리를 지껄였어요. 3년 동안은 아예 제정신이 아니었죠. 나도 마찬가지였을 겁니다."

폴링이 다시 물었다. "그런데 어떻게? 말해봐요."

그때 디 마리 그라지아노가 끼어들었다. "이런 얘기를 또 듣고 싶지 않아요. 다시 듣고 있을 수가 없어요. 밖에 나가야겠어요."

그러자 폴링이 지갑을 꺼냈다. 돈뭉치에서 얼마를 빼낸 그녀는 세어보지도 않고 그것을 디 마리에게 내밀었다.

"뭘 좀 사세요. 식료품, 약. 뭐든 필요한 걸 사요."

"돈으로 오빠의 증언을 살 순 없어요."

"그런 게 아니에요. 그냥 도우려는 거예요. 다른 뜻은 없어요."

"동정은 싫습니다."

"그런 생각은 하지 마십시오." 리처가 말했다. "당신 오빠한테는 도움이 필요합니다."

"디, 받아." 호바트가 말했다. "하지만 나한테 쓰지 말고 네게 필요한 걸 사도록 해."

디 마리는 어깨를 으쓱해 보이고는 돈을 받았다. 그녀는 폴링이 준 돈을 원피스 주머니에 넣고 열쇠를 챙기더니 거실에서 나갔다. 현관문이 열리는 소리가 들렸다. 자기가 부순 경첩이 삐걱거리는 소리에 리처가 복도로 나갔다.

"목수를 불러야겠어요." 폴링이 그의 등 뒤에서 말했다.

"6번가의 그 러시아인을 부릅시다. 그 관리인은 꽤 유능해 보였고 분명 부업을 할 겁니다."

"그렇게 생각해요?"

리처는 목소리를 낮췄다. "붉은군대에 소속돼 아프가니스탄에 있었던 사람입니다. 손발이 없는 사람을 봐도 기겁하지 않을 겁니다."

"지금 내 얘기 하는 겁니까?" 호바트가 두 사람을 불렀다.

폴링을 따라 거실로 돌아간 리처는 호바트에게 말했다. "저런 여동생이 있다는 건 대단한 행운입니다."

호바트는 고개를 끄덕였다. 느리고 고통스럽게.

"하지만 그 애한테는 힘든 일이죠. 알잖아요, 목욕이나 용변 같은 것. 여느 여동생들은 안 봐도 될 광경을 봐야만 하죠."

"나이트에 대해 말해주십시오. 그 끔찍한 사건의 전말을 알고 싶습니다."

호바트는 머리를 소파 쿠션에 기대고 천장을 응시했다. 여동생이 없는 자리에서 얘기하는 게 더 마음이 편한 듯했다. 그의 망가진 몸은 침착한 자세를 유지했다.

"살다보면 갑작스러운 깨달음이 올 때가 있죠. 어느 순간 나이트와 나는 우리 둘만 남았다는 사실을 알게 되었습니다. 단 둘이서 만 명의 적들에게 둘러싸여 깊은 밤, 황무지에서. 우리가 있을 자격을 갖지 못한 나라 한가운데서. 전에도 궁지에 몰려본 적 있다고 흔히들 생각하죠. 하지만 그 궁지란 게 얼마나 지독할 수 있는지 실은 전혀 몰랐다는 걸 깨닫게 되는 겁니다. 처음에 우리는 아무것도 하지 않았습니다. 그저 서로를 멍하니 바라보기만 했죠. 내가 마음의 평화를 느낀 건 그때가 마지막이었습니다. 서로의 얼굴을 쳐다보는 동안 우리 사이에서는 싸우자는 말 없는 결정이 내려졌습니다. 앉아서 개죽음을 당하는 것보다는 낫다, 우리는 그렇게 생각했습니다. 누구나 언젠가는 죽는 법 아닌가, 지금 죽는 것도 나쁘지 않다. 그래서 우리는 사격을 개시했습니다. 그러면서 박격포탄이 날아올 거라고 생각했습니다. 그런데 놈들은 그러지 않았습니다. 열 명씩, 스무 명씩 계속 우리 쪽으로 진격해올 뿐이었습니다. 도리 없이 우리는 계속 총을 쏘았습니다. 수백 명을 쓰러트렸을 겁니다. 그런데도 놈들은 계속 다가왔습니다. 지금 와서 생각해보면 그게 놈들의 전술이었어요. 계속 총을 쏘아대다 보니 무기에 문제가 생겼고 놈들은 그걸 노렸던 겁니다. M60 총신이 과열됐고 탄환도 바닥나기 시작했습니다. 우리한테는 늘 몸에 지니고 있던 것 이외에는 다른 무기가 없었습니다. 놈들은 그 사실을 눈치 채고 일제히 돌격해 왔습니다. 나는 생각했죠. 좋아, 덤벼라. 참호 속으로 총알을 쏘거나 총검으로 쑤셔대면 원거리에서 박격포를 쏘는 것과 같은 효과를 낼 수 있으니까요."

거기까지 말하고 호바트는 두 눈을 감았다. 작은 거실은 침묵에 휩싸였다.

리처가 침묵을 깼다. "그런데요?"

호바트는 눈을 뜨고 이야기를 계속했다.

"하지만 그런 일은 일어나지 않았습니다. 놈들은 참호 어귀까지 와서 멈추더니 그냥 거기 서 있었습니다. 달빛 속에서 우두커니 서 있기만 했죠. 우리가 남은 총알을 찾아 허둥대는 걸 빤히 쳐다보기만 하면서. 우리에겐 총알이 남아 있지 않았습니다. 놈들의 무리가 둘로 갈라지더니 그 사이로 장교 같은 인물이 걸어오더군요. 그자는 우리를 내려다보며 빙긋 웃었습니다. 달빛 속에서 그자의 검은 얼굴과 하얀 이가 보였습니다. 그때 그 생각이 머리를 스치더군요. 전에도 궁지에 몰린 적이 있다고 생각했었지. 하지만 그건 아무것도 아니었어. 이번에야말로 진짜 궁지다. 우리는 방금 그들의 전우 수백 명을 죽였고 이제 막 포로가 될 참이었으니까요."

"포로생활은 어땠습니까?"

"생각보다 훨씬 괜찮았어요. 처음에는 그랬습니다. 우선은 우리가 가진 걸 모조리 빼앗은 뒤 몇 분간 두들겨 패더군요. 그건 아무것도 아니었습니다. 신병훈련소에서는 부사관들한테 그보다 더 심하게 얻어맞았으니까. 우리의 전투복에는 작은 미국 국기가 꿰매져 있었어요. 그래서 놈들이 막 대하지 않는 거라고 생각했습니다. 처음 며칠은 혼란의 연속이었어요. 줄곧 사슬에 묶여 있었지만 그건 우리를 학대해서라기보다는 필요에 의한 것이었습니다. 감옥시설이 없었으니까요. 그들에겐 아무것도 없었습니다. 정말 아무것도 없었어요. 덤불 속에서 몇 년을 살아왔으니 시설이랄 게 전혀 없었습니다. 어쨌든 우리한테 먹을 건 주었습니다. 끔찍한 음식이었지만 자기들이 먹는 것과 같은 음식이었어요. 중요한 건 그거죠. 그렇게 일주일이 지나자 쿠데타가 성공했다는 게 분명해졌습니다. 그러자 그들은 오타운으로 입성하면서 우리를 끌고 가 시의 감옥에 집어넣었습니다. 우리는 대략 4주 정도 별관에 수감돼 있었어요. 워싱턴과 협상 중인 모양이라고 생각했습니다. 음식만 갖다 주고 우리를 그냥 내버려두었거든요. 감옥 안에서 온갖 악행이 벌어지고 있다고 얘기를 들었었는데 우리는 특별하다고 여겼습니다. 그러니 처음 한 달은 훗날 당한 일에 비하면 피서지에서 보낸 하루와도 같았죠."

"훗날 당한 일이라면?"

"워싱턴과의 협상을 포기했거나 특별한 존재로 대우하길 중지하기로 결정했나 봅니다. 우리를 별관에서 꺼내 다른 죄수들이 있는 곳에 던져넣었거든요. 상황이 아주 나빠졌습니다. 정말로 형편없었죠. 믿을 수 없을 만큼 많은 사람들이 한 방에서 지냈고 오물범벅이었습니다. 전염병이 돌고 깨끗한 물도 없었죠. 거의 굶어야 했고요. 한 달도 지나지 않아 우리는 뼈만 남았습니다. 두 달이 지나자 야만인으로 전락했습니다. 처음 있었던 감방은 얼마나 복닥거렸던지 여섯 달 동안 한 번도 눕지 못했습니다. 똥오줌이 발목까지 차 있었어요. 벌레도 들끓었습니다. 특히 밤에는 벌레들이 기승을 부렸죠. 병과 굶주림으로 사람들이 죽어나갔습니다. 그러다 우리는 재판을 받게 되었습니다."

"재판을 받았다고요?"

"재판이었다고 생각합니다. 전쟁범죄 혐의였겠죠. 그들이 하는 말을 하나도 알아들을 수 없었으니 짐작일 따름이지만."

"프랑스어를 쓰지 않던가요?"

"공무원과 외교관이나 그렇지요. 나머지 사람들은 부족 언어를 씁니다. 나는 두 시간 동안 전혀 알아들을 수 없는 소리를 듣고 있었습니다. 그러고는 유죄 판결이 내려졌습니다. 우리는 다시 교도소로 끌려갔어요. 그제야 그때까지 있었던 감방은 VIP 룸이었다는 걸 알게 되었습니다. 재판 뒤에는 평민으로 강등되었고 환경이 전보다 훨씬 열악했습니다. 그렇게 두 달을 보내자 더 이상 추락할 곳도 없다는 생각이 들었습니다. 하지만 그 생각은 틀린 거였죠. 마침 그때 내 생일이 돌아왔습니다."

"생일에 무슨 일이 있었습니까?"

"그들이 선물을 주었지요."

"선물이라면?"

"선택권을 주었습니다."

"어떤?"

"그들은 열 명 남짓한 사람들을 끌어냈습니다. 생일이 같은 사람들인 듯했어요. 우리는 마당으로 끌려갔습니다. 처음 눈에 들어온 것은 프로판 버너 위에 얹힌 커다란 양동이였는데 거기 타르가 들어 있었습니다. 타르는 끓고 있었어요. 아주 뜨거웠죠. 그 냄새가 기억이 났습니다. 어렸을 때 동네에서 아스팔트 포장 공사를 할 때 맡았던 냄새였습니다. 어머니는 아이들이 타르 냄새를 맡으면 감기에 걸리지 않는다는 미신을 믿으셨던 분이라 그 트럭 뒤를 쫓아가라고 우리를 밖으로 내보냈습니다. 그래서 나는 그 냄새를 아주 잘 알고 있었죠. 양동이 옆에는 커다란 돌멩이가 놓여 있었습니다. 시커먼 핏자국으로 뒤덮여 있었죠. 몸집이 큰 경비원이 마체테를 움켜쥐고 줄에 선 첫 번째 죄수를 향해 뭐라고 소리를 쳤습니다. 나는 경비원이 뭐라고 하는지 전혀 알아들을 수가 없었어요. 마침 내 옆에 선

죄수가 영어를 약간 할 줄 아는 사람이어서 통역을 해주었습니다. 우리에게 선택권을 준다는 것이었습니다. 세 가지 선택권이었죠. 생일 축하 선물로 발을 자른다는 것이었습니다. 첫 번째는 왼쪽이냐 오른쪽이냐 선택하라는 것이었어요. 두 번째는 반바지냐 긴바지냐 선택하라고 했습니다. 일종의 농담이었죠. 무릎 아래와 위 어디를 절단할지를 묻는다는 얘기였어요. 우리에게 주어진 세 번째 선택권은 그 양동이를 사용할지 말지 하는 것이었습니다. 잘린 부위를 양동이 속에 담그면 끓는 타르가 동맥을 봉하고 상처를 지져 출혈이나 감염을 막아줍니다. 양동이를 선택하지 않으면 피를 흘리다 죽게 되는 거고요. 그게 우리에게 주어진 선택권이었습니다. 마체테를 든 경비원은 빨리 선택하라고 재촉하더군요. 뜸을 들이며 시간을 끌면 뒤에 선 사람들이 기다리게 된다고 말입니다."

좁은 거실은 침묵에 휩싸였다. 아무도 입을 열지 않았다. 멀리서 뉴욕의 불규칙적인 사이렌 소리가 아련히 들려올 뿐 거실에는 정적이 흘렀다.

호바트가 말했다. "나는 왼쪽, 긴바지, 양동이 사용을 선택했습니다."

41

오랫동안 좁은 거실에는 무덤처럼 고요한 정적이 흘렀다. 호바트는 목을 풀기 위해 고개를 이쪽저쪽으로 돌렸고 리처는 창가에 놓인 작은 의자에 앉았다.

호바트가 다시 이야기를 시작했다. "열두 달 뒤 다음 생일에는 오른쪽, 긴바지, 양동이 사용을 선택했습니다."

리처가 물었다. "나이트도 똑같은 일을 당했습니까?"

호바트는 고개를 끄덕였다. "그 전에도 우리가 가까운 사이라고 생각했었습니다. 하지만 그런 일을 겪으면 진정으로 하나가 되는 법이죠."

폴링은 주방 문간에 기대 서 있었다. 얼굴이 백지장처럼 창백했다. "나이트에게서 앤 레인에 관한 이야기를 들었나요?"

"그는 온갖 일들을 얘기했습니다. 우리가 정말로 힘겨운 시간을 보냈다는 걸 당신들은 감안해야 합니다. 우리는 아팠고 굶주렸어요. 전염병에 걸렸죠. 말라리아와 이질. 열에 들떠서 몇 주 동안 제정신이 아니었습니다."

"나이트가 뭐라고 했나요?"

"뉴저지에서 앤 레인을 봤다고 했습니다."

"이유를 말하던가요?"

"말할 때마다 이유가 달라졌습니다. 날짜도, 이유도. 그녀와 관계를 맺었는데 변심하는 바람에 꼭지가 돌아서 그랬다고 했다가, 레인이 화가 나서 그녀를 죽이라고 시켰다고 했다가 얘기가 왔다 갔다 했죠. CIA를 위해 임무를 수행한 것이라는 말도 했습니다. 한번은 그녀가 다른 행성에서 온 외계인이라는 얘기도 했고."

"나이트가 그녀를 납치했던 건가요?"

호바트는 고개를 끄덕였다. 역시 느리고 고통스러운 움직임. "상점까지 태우고 갔지만 목적지에서 멈추지 않았다고 했습니다. 권총을 꺼내 위협하면서 계속 달렸다고 했어요. 그렇게 뉴저지까지 줄곧 달려가 거기서 그녀를 쏴 죽였다고 했습니다."

"곧바로 말인가요?"

"그렇습니다. 곧바로. 당신이 얘기를 듣기 하루 전에 그녀는 이미 죽었던 거죠. 당신 수사에는 잘못이 없었습니다. 나이트는 사건 당일 아침에 앤을 죽이고 차를 몰고 돌아와 상점 밖에서 기다렸던 겁니다. 그녀가 나타나지 않는다고 소란을 피워도 이상하게 여겨지지 않을 시간만큼 기다렸죠."

"그건 불가능해요. 나이트의 EZ패스 기록을 조사했어요. 그날 다리를 건너거나 터널을 지난 흔적은 없었어요."

"아니죠. 앞창에 있던 장치를 떼어 은박 포장지 안에 집어넣으면 됩니다. 그 물건을 받았을 때 포장재로 쓰였던 거기 말입니다. 요금소를 지날 때는 현금 차선을 이용하고."

이번에는 리처가 물었다. "당신은 사건 당일에 정말로 필라델피아에 갔었습니까?"

"예. 그랬습니다."

"나이트가 그날 뭘 하는지는 알았습니까?"

"아뇨. 몰랐습니다."

"전화로 들은 앤의 목소리는 어떻게 된 거죠?" 폴링이 물었다. "앤 레인인 척 가장한 사람은 누구죠? 몸값 인도 지시는 누가 한 거고요?"

"나이트는 공범 두 명이 있었다고 했습니다. 그러다 모든 걸 꾸민 건 레인이라고 말을 바꾸기도 했고."

"당신은 어떤 게 사실이라고 생각합니까?"

호바트는 머리를 가슴으로 떨어트리고 고개를 비스듬히 왼쪽으로 돌리더니 바닥만 쳐다보고 있었다. 그 모습을 보고 리처가 물었다. "뭐 필요한 것 있습니까? 가져올까요?"

"당신 구두를 보고 있는 것뿐입니다. 나도 멋진 구두를 좋아하거든요. 전에는 그랬죠."

"의족을 하면 됩니다. 그리고 구두를 신으면 됩니다."

"그럴 여유가 없습니다. 의족도, 구두도."

폴링이 물었다. "앤 레인 사건의 진상은 뭐죠?"

호바트는 고개를 뒤로 젖혀 쿠션 위에 올려놓고 폴링을 똑바로 쳐다보았다. 그의 얼굴에 서글픈 웃음이 번졌다.

"앤 레인 사건의 진상? 그 문제도 여러 번 생각해봤습니다. 정말입니다. 집착하다시피 했죠. 그게 내 인생의 핵심적인 문제였으니까. 내게 일어난 일의 근본 원인이 그거였으니까요. 감옥에서 세 번째 생일을 맞았을 때 다시 마당으로 끌려갔습니다. 두 번째 선택권이 약간 바뀌었죠. 긴소매냐 반소매냐. 어리석은 물음이죠. 반소매를 원하는 사람은 아무도 없으니까. 누가 그걸 택하겠습니까? 팔이 잘린 사람을 거기서 천 명 가까이 봤지만 팔꿈치 위에서 절단된 사람은 한 명도 없었습니다."

잠시 침묵이 흐른 뒤 호바트가 말을 이었다. "당신들에게도 잊지 못하는 일이 있겠죠. 나는 비릿한 피냄새와 타르가 든 양동이, 커다란 돌벽 뒤에 쌓였던 절단된 손들을 기억합니다. 검은 손 무더기 속에 하얀 손이 하나 섞여 있었죠."

폴링이 다시 물었다. "앤 사건의 진상은 뭔가요?"

"기다리는 시간이 가장 힘듭니다. 나는 1년 내내 남은 오른손만 쳐다보며 살았습니다. 손으로 할 수 있는 일들을 의식적으로 하면서요. 주먹을 쥐어보고, 손가락을 쫙 펴보고, 손톱으로 내 몸을 긁어보기도 했습니다."

"나이트는 왜 앤 레인을 죽인 건가요?"

"두 사람은 바람을 피우지 않았습니다. 가능하지 않은 일이었어요. 나이트는 그런 유형의 사내가 아니었습니다. 양심의 가책 같은 게 아닙니다. 여자에 대해서는 좀 소심했거든요. 술집에서 만난 쓰레기 같은 여자나 창녀라면 괜찮았을 겁니다. 하지만 앤 레인은 그와는 다른 세상에 사는 사람이었습니다. 세련된 여자였죠. 개성과 에너지가 넘쳤고 자기 자신이 누군지 잘 아는 여자였습니다. 지성적인 여자였어요. 나이트가 줄 수 있는 것에 반응을 보였을 리 없습니다. 백만 년이 지나도 말입니다. 게다가 실제로 나이트 쪽에서도 나서지 않았을 겁니다. 앤은 지휘관의 아내였으니까요. 미국 전투원들 사이에서는 그런 일이 최대 금기사항이죠. 영화에서는 가끔 그런 장면이 나오지만 현실은 전혀 다릅니다. 그런 일은 일어날 수가 없어요. 만약 나이트가 정말로 그랬다면 그는 그런 짓을 한 지구상의 마지막 해병대원일 겁니다."

"확신해요?"

"나는 나이트를 잘 압니다. 게다가 그에게는 목소리를 흉내 낼 만한 친구들도 없습니다. 여자 목소리는 더더욱 안 되죠. 여자친구가 한 명도 없었거든요. 나와 다른 부대원들을 제외하고 바깥에는 사실상 친구가 한 명도 없었습니다. 정말입니다. 납치 같은 일을 도와줄 만큼 가까운 사람은 없었어요. 해병대가 어떤 곳입니까? 나이트가 앤 레인에 대해 하는 말이 허튼소리라는 걸 그때 알았습니다. 척척 걸어가서 '이봐, 가짜 납치사건을 벌이려는데 손 좀 빌려줘'라고 말할 만한 사람이 그가 알고 지낸 사람들 중에서 있었을까요?"

"그럼 왜 나이트는 당신한테 없는 얘기를 했던 걸까요?"

"현실이 이미 끝장났다는 것을 그가 나보다 더 잘 이해했기 때문이었겠죠. 당시 우리한테는 사실과 환상이 아무 차이도 없었습니다. 전적으로 똑같았죠. 그는 단지 자기를 즐겁게 해주기 위해 그랬던 겁니다. 더불어 나도 즐겁게 만들어주려는 것이었는지도 모르죠. 그래도 나는 그가 한 말들을 계속해서 곰곰이 생각했습니다. 그는 내게 갖가지 이유와 세부사항, 사실, 시나리오를 펼쳐 보였어요. 나는 5년이라는 긴긴 시간 동안 그것들을 하나하나 신중하게 검토했습니다. 그 결과 설득력 있는 단 하나의 시나리오는 레인이 그 모든 것을 꾸민 거라는 결론에 도달했습니다. 앤이 결혼생활에서 벗어나려 했기 때문에요. 그녀는 이혼을 원했고 이혼수당을 요구했죠. 레인의 자아는 그걸 도저히 받아들일 수 없었던 겁니다. 그래서 아내를 살해한 겁니다."

"나이트가 레인의 명령을 그대로 실행한 것뿐이라면 왜 레인은 나이트의 죽음을 바랐던 걸까요?"

"문제의 소지를 없애야 했으니까요. 게다가 누군가에게 빚을 졌다는 사실도 참을 수 없었겠죠. 실은 그게 핵심일 겁니다. 근본 이유는 그겁니다.
레인 같은 사람은 그런 걸 견딜 수 없죠. 누군가에게 감사해야 한다는 사
실을."

　잠시 침묵이 흐른 뒤 리처가 물었다. "나이트는 결국 어떻게 됐습니
까?"

　"네 번째 생일에 그는 양동이를 택하지 않았습니다. 그런 일이 해마다
되풀이되는 걸 견딜 수 없었던 겁니다. 그 나약한 친구는 날 버리고 가버
렸어요. 형편없는 전우였죠."

42

10분 뒤 디 마리 그라지아노가 집으로 돌아왔다. 복도의 스피커를 통해 짐 나르는 걸 도와달라고 하기에 리처는 4층 아래로 내려가 쇼핑 봉투 네 개를 들고 그녀와 함께 올라왔다. 디 마리는 주방에서 짐을 풀었다. 수프를 잔뜩 사왔고 디저트용 젤리, 진통제, 항생제 연고도 있었다.

리처가 그녀에게 말했다. "햄프턴으로 케이트 레인을 방문한 사람이 있다고 들었습니다."

디 마리는 대답하지 않았다.

"그게 당신이었습니까?"

"처음엔 다코타로 갔어요. 그들이 다른 데 가고 없다고 도어맨이 그러더군요."

"그래서 햄프턴으로 갔군요."

"이틀 뒤에요. 그래야 한다고 우리는 결정했어요. 아주 긴 하루였죠. 돈도 많이 들었고."

"앤 레인의 뒤를 이은 여자한테 경고하러 간 거로군요."

"남편이 어떤 짓을 할 수 있는 사람인지 그녀도 알아야 한다고 생각했어요."

"케이트의 반응은 어땠습니까?"

"귀 기울여 들었어요. 모래 위를 걸으며 얘기했는데 내가 하는 말을 차분히 들었어요."

"그게 전부였습니까?"

"그녀는 듣기만 했어요. 특별한 반응은 보이지 않았고."

"얼마나 분명하게 얘기했습니까?"

"증거는 없다고 했어요. 하지만 그것이 사실임을 전혀 의심하지 않는다고 말했어요."

"그래도 아무 반응이 없었습니까?"

"그녀는 귀담아듣기만 했어요. 내 말을 공평하게 들어주었죠."

"오빠에 대해서도 얘기했습니까?"

"줄거리의 일부분이니까요. 그녀는 그 얘기도 묵묵히 들었어요. 말은 많이 하지 않았어요. 아름답고 부자잖아요. 그런 사람들은 우리와 좀 다르니까. 자기한테 직접 벌어진 일이 아니면 아무 일도 벌어지지 않은 거죠."

"당신 남편에게는 어떤 일이 벌어진 겁니까?"

"비니? 이라크였죠. 팔루자에서 길가의 부비트랩에 당했어요."

"유감입니다."

"즉사했다고 하더군요. 하지만 늘 그런 식으로 말하는 거니까."

"사실일 때도 있습니다."

"그랬으면 좋겠어요. 비니 때만큼은."

"국방부 소속이었습니까, 민간 용병이었습니까?"

"비니요? 군인이었죠. 비니는 민간 용병들을 싫어했어요."

리처는 디 마리를 주방에 남겨두고 거실로 돌아왔다. 호바트는 머리를 뒤로 기댄 채 입술을 찡그리고 있었다. 가느다란 목에 인대가 불룩 솟아 있었다. 고통 속에 쓸모가 없어진 몸통은 남은 사지에 비해 괴상할 정도로 길어보였다.

"필요한 것 없습니까?" 리처가 물었다.

호바트는 간단히 대답했다. "어리석은 질문이군요."

"클럽 3이 당신한테 뭔가 특별한 의미가 있습니까?"

"나이트한테 그렇죠."

"어떤?"

"3은 나이트에게 행운의 숫자였습니다. 클럽은 군대 시절 나이트의 별명이었고요. 그가 파티 같은 걸 좋아해서 이름으로 말장난을 한 거죠. 나이트클럽Knight Club과 나이트클럽nightclub. 뭐, 그런 식이죠. 군대 시절엔 그래서 클럽으로 불렸습니다."

"그는 앤 레인의 시신에 클럽 3을 놓아두었습니다."

"그랬나요? 나이트한테 그 얘기를 듣긴 했지만 믿지 않았습니다. 얘기를 재미있게 하려고 꾸며낸 거라고 생각했어요. 책이나 영화에서처럼."

리처는 아무 말도 하지 않았다.

"화장실에 가야겠습니다." 호바트가 말했다. "디를 불러줘요."

"내가 하죠. 디를 좀 쉬게 해줍시다."

리처는 호바트에게 다가가 셔츠 앞자락을 잡고 똑바로 앉힌 다음 그의 어깨 뒤로 한 팔을 둘렀다. 몸을 수그려 호바트의 무릎 아랫부분을 잡고 소파에서 들어올렸다. 호바트는 믿을 수 없을 만큼 가벼웠다. 45킬로그램 정도일 것 같았다. 그의 몸에는 남은 게 별로 없었다.

리처는 호바트를 욕실로 데려가 한손으로 다시 그의 셔츠 앞자락을 쥐고 헝겊 인형을 들듯 허공에 똑바로 세웠다. 바지를 벗기자 호바트가 말했다.

"전에도 이런 일을 해봤군요."

"난 헌병이었습니다. 안 해본 일이 없죠."

리처가 호바트를 소파로 옮기자 디 마리는 아까 썼던 젖은 수건으로 오빠의 턱을 닦아 가며 수프를 먹였다.

리처가 말했다. "당신들한테 한 가지 중요한 질문이 있습니다. 지난 나흘 동안 두 사람이 어디에 있었는지, 무얼 했는지 알아야 합니다."

대답을 한 것은 디 마리였다. 솔직하고 망설임 없는 대답이었다. 꾸며 낸 기미도 미리 연습한 기색도 없었다. 아주 조금 앞뒤가 맞지 않는 부분도 있었지만 세부 사실들을 조합해보면 전적으로 납득이 가는 설명이었다. 악몽이 시작된 바로 그날, 호바트는 성 빈센트 병원에 있었다. 말라리아 병세가 심각하게 악화돼 전날 밤 디 마리가 그를 응급실로 데려갔다. 의사는 호바트를 입원시켜 48시간 동안 정맥 투약을 받도록 했다. 호바트가 병원에 있는 동안 디 마리는 대부분 곁을 지켰다. 퇴원하자 그를 택시에 태우고 와서 업고 4층 계단을 올랐다. 그때 이후로는 아파트에만 있었다. 주방 찬장에 든 것들을 먹으며 아무것도 하지 않고 아무도 만나지 않았다. 리처가 문을 부수고 거실로 들이닥치기 전까지.

"왜 그런 걸 묻습니까?" 호바트가 물었다.

"새 레인 부인이 납치당했습니다. 아이도 같이."

"내가 한 짓이라고 생각했군요?"

"잠시 그랬습니다."

"다시 생각해봐요."

"이미 다시 생각해봤습니다."

"왜 내가 그런 짓을 한단 말입니까?"

"복수를 위해. 돈을 위해. 몸값은 부르키나파소에서 받은 돈의 정확히 절반이었습니다."

"나라면 전액을 요구했을 겁니다."

"나도 그랬을 겁니다."

"하지만 나는 여자와 아이를 건드리진 않았을 겁니다."

"나 역시."

"왜 나를 지목했죠?"

"당신과 나이트에 대한 기본적인 사항을 알게 되었습니다. 절단에 대해서도 들었습니다. 상세한 내용은 몰랐지만. 그러다 혀가 없는 남자 얘기를 들었습니다. 그래서 2 더하기 2는 3이란 결론을 내렸지요. 우리는 그게 당신이라고 생각했습니다."

"혀가 없다고요? 그쪽이 낫지요. 선택권이 있었다면 그걸 택했을 겁니다. 하지만 혀를 자르는 건 남미 쪽입니다. 브라질, 콜롬비아, 페루. 유럽에선 시실리 정도. 아프리카는 아니에요. 마체테를 입 속에 넣을 순 없습니다. 입술이라면 몰라도. 입술을 도려낸 사람을 몇 명 보기는 했습니다. 귀가 잘린 사람들도. 하지만 혀는 아닙니다."

"사과드릴게요. 죄송합니다." 폴링이 말했다.

"특별히 피해를 입은 건 아니니까요."

"문은 고쳐드리겠습니다."

"그래주면 고맙겠군요."

"할 수 있는 한 다른 것도 도와드릴게요."

"그것도 고마운 일입니다. 하지만 우선은 여자와 아이를 찾아야죠."

"이미 늦은 것 같아요."

"그런 말 말아요. 늦고 이르고는 납치범이 누군지에 달려 있습니다. 희망이 있으면 삶도 있는 법이죠. 희망 하나로 나는 지옥 같은 5년을 버텼습니다."

리처와 폴링은 절반쯤 비운 수프 그릇을 앞에 놓고 낡은 소파에 나란히 앉은 두 사람을 두고 나왔다. 그들은 4층 계단을 내려와 거리로 나서 멋진 늦여름 오후가 드리운 그늘 속으로 들어갔다. 자동차 행렬이 느릿느릿 짜증스럽게 스쳐 지나갔다. 경적 소리와 사이렌 소리가 뒤섞였다. 인도 위에는 사람들이 바쁘게 걷고 있었다.

리처가 말했다. "이 무방비 도시에는 800만 가지 이야기가 있군요."

폴링이 말했다. "우린 원점으로 돌아왔고요."

43

리처는 폴링을 이끌고 허드슨가를 따라 북쪽으로 올라가 하우스턴을 지나 클락슨과 리로이 사이의 블록에 도착했다.

리처가 말했다. "그 혀 없는 남자가 이 근처에 살 것 같습니다."

"2만 명의 사람들이 이 근처에 살고 있죠."

리처는 대꾸하지 않았다.

"자, 이제 뭘 하죠?" 폴링이 물었다.

"하드웨이로 되돌아가야죠. 우리는 시간을 낭비했습니다. 에너지도 낭비했고. 전적으로 내 잘못입니다. 내가 어리석었습니다."

"뭐가요?"

"호바트가 입은 옷을 봤습니까?"

"싸구려 데님이었죠. 새 옷이었고요."

"차를 몰고 가는 걸 내가 목격했던 남자는 낡은 데님을 입고 있었습니다. 두 번 모두. 낡고, 부드럽고, 세탁 흔적이 있고, 닳았고, 색이 빠진 편안한 데님이었습니다. 러시아인 관리인도 같은 말을 했어요. 중국 노인도 그랬고. 내가 본 남자는 어딜 봐도 아프리카에서 막 돌아온 사람이 아니었던 겁니다. 5년간 지옥 같은 감옥에 갇혀 있었던 게 아니라 집에서 빨래를 하며 편안히 지낸 사람이었습니다."

폴링은 입을 다물고 있었다.

"당신은 여기서 끝내도 좋습니다. 원하던 걸 이미 얻었잖습니까. 앤 레인은 당신 잘못으로 죽은 게 아니었습니다. 당신이 그 사건에 대해 듣기도 전에 이미 살해당한 상태였어요. 이제 밤에 잠 못 이루는 일은 없을 겁니다."

"그렇다고 푹 잘 수 있는 것도 아니죠. 에드워드 레인에게 손을 댈 수 없는걸요. 호바트의 증언은 아무 의미도 없어요."

"전해 들은 말이기 때문입니까?"

"남에게 들은 말도 때론 법정에서 통해요. 나이트가 죽어가며 한 말은 아마 받아들여질 거예요. 법정은 그가 죽음의 침상에서 거짓말을 할 동기가 없다고 판단할 테니까."

"그런데 뭐가 문제입니까?"

"죽음의 침상에서 한 말이 아니니까요. 4년에 걸쳐 갖가지 환상을 펼쳤잖아요. 호바트가 그중 하나를 진실로 고른 것뿐이에요. 게다가 호바트 자신도 인정했다시피 두 사람은 대부분 제정신이 아니었다고 하잖아요. 그런 증언을 들고 나가면 난 법정에서 웃음거리가 될 거예요. 정말로 웃음이 터질 거라고요."

"하지만 당신은 호바트가 하는 말을 믿는 것 아닙니까?"

폴링은 고개를 끄덕였다. "의심의 여지가 없죠."

"그러면 절반 정도는 만족할 수 있겠군요. 패티도 그럴 겁니다. 내가 그녀를 만나 호바트의 이야기를 전해주겠습니다."

"당신은 절반으로 만족하나요?"

"나는 당신이 손을 떼도 된다고 했습니다. 내가 아니라. 나는 아직 중단

하지 않았습니다. 내가 해야 할 일들은 매순간 점점 더 늘어나는 중입니다."

"나도 같이할게요."

"당신이 선택할 문제입니다."

"나도 알아요. 그런데 당신은 어떤가요? 내가 함께하길 바라나요?"

리처는 그녀를 똑바로 쳐다보면서 솔직하게 답했다. "그렇습니다."

"그럼 그렇게 할게요."

"내가 모든 일을 법적 절차에 따라 진행할 거라고 기대하진 말아요. 이번 일은 죽어가는 사람의 고백과 함께 법정에서 처리될 일이 아닙니다."

"그럼 어떻게 처리될 일인가요?"

"예전에 나와 대립했던 대령이 있었는데 나는 그자의 머리에 총을 쏘았습니다. 그런데 레인은 그때 그자보다 더 싫습니다. 레인과 비교하면 그 대령은 성자 축에 들 겁니다."

"나도 패티를 만나러 같이 갈게요."

"아닙니다. 거기서 만나죠. 두 시간 뒤에. 따로 움직이는 게 낫겠습니다."

"왜요?"

"내가 혼자 있어야 내 목숨을 노리는 쪽이 편할 테니까요."

폴링은 두 시간 뒤에 마제스틱의 로비에서 보자고 하면서 지하철로 향했다. 리처는 허드슨가를 따라 북쪽으로 걸어갔다. 왼편 인도의 한가운데를 빠르지도 늦지도 않게 걸었다. 그의 왼쪽 어깨에서 9미터 뒤, 12층 높이에 북향 창문이 하나 있었다. 창 안쪽에는 두꺼운 검은 천이 테이프로 붙여져 있었다. 그 검은 천이 가로로 4분의 1 정도 젖혀져 좁고 기다란 틈이 생긴 상태였다. 그 방의 사람은 시내 풍경을 일부분이라도 보고 싶었던 듯했다.

리처는 모턴, 배로, 크리스토퍼를 차례로 건넜다. 웨스트 10번가에 이르자 빌리지가의 좁은 가로수길을 지그재그로 움직였다. 한 블록 동쪽으로 간 다음 북쪽으로, 이어 서쪽으로, 다시 북쪽으로 걸었다. 8번가 남쪽에 도착한 그는 잠시 북쪽으로 올라가다가 조용한 첼시의 골목길에 맞닥뜨리자 다시 지그재그로 방향을 바꾸며 움직였다. 갈색 건물의 정면 계단 앞에서 걸음을 멈추고 허리를 굽혀 구두끈을 고쳐 맸다. 잠시 걸어가다가 커다란 사각 플라스틱 쓰레기통 앞에서 멈춰 땅바닥을 살폈으며 웨스트 23번가에서 동쪽으로, 이어 북쪽으로 방향을 틀어 다시 8번가에 접어들었다. 왼편 보도 한복판으로 걸으면서 천천히 앞으로 나아갔다. 패티가 있는 마제스틱은 직선거리로 3킬로미터 앞에 있었다. 거기 도착할 때까지 리처에게는 온전히 한 시간이 남아 있었다.

30분 뒤 콜럼버스 서클에 도착한 리처는 센트럴파크로 들어갔다. 햇살이 기울면서 그림자가 길어지고 옅어졌다. 공기는 아직 따뜻했다. 잠시 산책로를 따라 걷던 리처는 나무들 사이로 되는 대로 난 길로 접어들었다. 거기서 걸음을 멈추고 나무 둥치에 몸을 기댄 채 북쪽을 바라보았다. 다시 산책로로 돌아간 그는 빈 벤치가 나오자 지나치는 사람들을 등지고 앉았다. 머릿속 시계가 움직일 시간이라고 알려줄 때까지 벤치에 그대로 앉아 있었다.

리처가 마제스틱에 도착해서 보니 폴링은 로비에 놓인 팔걸이의자 중 하나에 앉아 있었다. 생기를 되찾은 듯 한결 좋아보였다. 그녀에게는 품격이 있었다. 20년 뒤의 케이트 레인도 저런 모습일 거라고 리처는 생각했다.

"오는 길에 러시아인 관리인한테 들렀어요." 폴링이 말했다. "오늘 밤 늦게 문을 고치러 가겠대요."

"잘됐군요."

"살해당하지 않고 무사히 왔네요."

리처는 그녀의 옆자리에 앉았다.

"또 하나 내가 잘못 생각한 게 있습니다. 레인의 부하 중 하나가 가담했다고 추정했는데 그럴 리 없다는 걸 깨달았습니다. 어제 아침, 레인은 케이트를 구해내면 내게 100만 달러를 주겠다고 했습니다. 오늘 아침이 되어 희망이 사라지자 그는 범인을 찾아달라고 했습니다. 찾아내서 뭉개버리라고. 정말로 진지했습니다. 내부 가담자라면 내게 일을 떠맡을 충분한 동기가 있다는 점을 알았을 겁니다. 게다가 내가 어느 정도 유능하다는 걸 보여준 참이었습니다. 그런데 아무도 나를 제지하려 들지 않았습니다. 범인들은 당연히 사전에 나를 막으려 하지 않겠습니까? 내부 가담자라면 분명 그렇게 할 겁니다. 하지만 그런 시도는 없었습니다. 나는 두 시간 동안 맨해튼을 돌아다녔습니다. 외곽의 거리들, 조용한 장소, 센트럴파크를 평화롭게 거닐었습니다. 중간 중간 멈췄고, 등을 보였습니다. 나를 공격하려는 자가 있었다면 기회는 열 번도 넘게 있었습니다. 하지만 아무 일도 벌어지지 않았습니다."

"그자들이 당신을 미행했을까요?"

"그러라고 클락슨과 리로이 사이에서 출발한 겁니다. 그곳에 일종의 베이스캠프가 있을 테니까요. 거기라면 그자들의 눈에 띄었을 겁니다."

"내부자의 협력 없이 어떻게 이 모든 게 가능했을까요?"

"정말로 전혀 모르겠습니다."

"당신은 알아낼 수 있을 거예요."

"다시 말해봐요."

"왜요? 영감이 필요한가요?"

"그냥 당신 목소리를 듣는 게 좋아서요."

"당신은 알아낼 수 있을 거예요."

폴링은 30년간 후두염을 앓다 회복기에 접어든 사람처럼 낮고 쉰 목소리로 말했다.

그들은 안내 데스크에 방문 사실을 알린 뒤 엘리베이터를 타고 7층으로 올라갔다. 패티는 복도에 나와 기다리고 있었다. 패티와 폴링의 만남에는 어색한 기운이 감돌았다. 지난 5년 동안 패티는 폴링이 언니를 구해주지 못했다고 생각했으며 폴링 또한 거의 같은 생각을 하며 지냈던 것이다. 하지만 새로운 소식을 듣게 될 것이란 기대가 패티의 냉랭함을 어느 정도 눅여주었다. 또한 폴링은 슬픔에 잠긴 유족을 대하는 일에 경험이 풍부할 것이라고 리처는 생각했다. 수사관들은 모두가 그렇다.

"커피 드실래요?" 안으로 채 들어서기도 전에 패티가 물었다.

리처가 대답했다. "묻는 일 없이 그냥 내어오는 줄 알았는데요."

패티가 커피를 내리러 주방으로 가자 폴링은 곧바로 창가로 걸어갔다. 창턱에 놓인 물건들을 쳐다본 다음 창에서 내다보이는 것이 무엇인지 확인했다. 리처를 올려다보면서 그녀는 어깨를 살짝 으쓱하며 몸짓으로 말했다. 섬뜩하네요. 하지만 이보다 더한 것도 봤었죠.

주방에서 패티의 목소리가 들려왔다. "그래, 무슨 일이죠?"

리처가 대답했다. "우선 자리에 앉은 다음 얘기합시다."

10분 뒤, 세 사람은 모두 자리에 앉아 있었고 패티의 눈에서는 눈물이 흘러내렸다. 슬픔의 눈물, 안도의 눈물, 종결을 뜻하는 눈물.

분노의 눈물.

패티가 물었다. "나이트는 지금 어디 있나요?"

"죽었습니다." 리처가 말했다. "몹시 고통스러운 죽음이었죠."

"다행이네요. 그랬다니 기뻐요."

"그러면 안 된다고 하지는 않겠습니다."

"레인은 어떻게 하면 되죠?"

"앞으로 일이 풀려나가는 걸 두고 봐야겠지요."

"브루어한테 전화해야겠어요."

"브루어는 아무것도 할 수 없습니다. 진실은 여기 있지만 증거가 전혀 없어요. 경찰이나 검찰이 필요로 하는 증거는요."

"그럼 당신이 레인의 부하들에게 호바트 얘기를 해줘요. 레인이 자기들 동료한테 무슨 짓을 했는지 알려줘야 해요. 호바트한테 가서 직접 눈으로 보라고 해요."

"그것도 통하지 않을 겁니다. 그 사람들은 개의치 않을 겁니다. 그럴 사람들이었다면 애초에 아프리카에서 레인의 명령에 따르지도 않았을 겁니다. 지금에 와서 그들이 호바트한테 마음을 쓴다 해도 죄책감을 덜 수 있는 최선의 방법은 계속 부정하는 겁니다. 5년 동안 그렇게 해왔으니까."

"하지만 시도해볼 만하잖아요. 직접 눈으로 보면 다를 거예요."

"그런 위험을 무릅쓸 수는 없습니다. 그들이 어떤 반응을 보일지 완전히 확신할 수 없기 때문입니다. 레인은 나이트가 감옥에서 비밀을 누설했을 거라고 추정할 겁니다. 그러니 지금은 호바트가 그의 약점입니다. 그에 겐 위협이나 다름없어요. 호바트를 살려두려 하지 않을 겁니다. 부하들은 레인의 명령이라면 어떤 짓이라도 하는 자들이에요. 따라서 그런 위험을 무릅쓸 수는 없습니다. 호바트는 무방비 상태입니다. 바람만 살짝 불어도 날아가버릴 겁니다. 호바트의 여동생 또한 십자포화를 맞게 될 거고."

"당신은 왜 여기 있죠?"

"당신한테 소식을 전하러 온 거죠."

"아니, 이 집 말고요. 왜 다코타를 들락거리느냐고요."

리처가 대답하지 않자 패티가 이야기를 계속했다.

"난 바보가 아니에요. 일이 어떻게 돌아가는지 알고 있다고요. 나보다 많이 아는 사람이 있나요? 누가 그럴 수 있죠? 케이트와 제이드를 마지막으로 본 바로 다음 날 당신이 모습을 나타냈어요. 사람들이 가방을 차에 실었고 당신은 뒷자리에 숨었죠. 그러더니 이리로 와서 브루어를 붙잡고 에드워드 레인의 전처가 행방불명된 정황에 대해 물었고요."

"당신은 왜 내가 여기 있다고 생각합니까?"

"레인이 이번에도 같은 짓을 한 거라고 생각하니까요."

리처가 폴링을 쳐다보자 폴링은 패티에게도 들을 자격이 있다는 듯 살짝 어깨를 으쓱했다. 5년 동안 패티 언니의 기억을 잊지 않음으로써 자신이 그런 권리를 얻었던 것과 마찬가지라는 뜻으로 보였다. 그래서 리처는 패티에게 모든 것을 털어놓았다. 모든 사실, 모든 추측, 모든 가정, 모든 결론들을.

그가 이야기를 마치자 패티는 리처의 얼굴을 물끄러미 바라보았다.

"이번엔 진짜 납치라는 거죠? 레인이 감동적인 연기를 했다는 이유로?"

"그게 아닙니다. 아무리 대단한 배우라도 그런 연기는 할 수 없기 때문입니다."

"그래요? 아돌프 히틀러는? 온갖 가짜 분노를 온몸으로 표현해내지 않았던가요?"

패티는 자리에서 일어나 장식장으로 가더니 서랍에서 사진뭉치를 꺼내 내용물을 훑어본 다음 리처의 무릎에 던졌다. 사진이 든 비닐봉투는 새것이었다. 한 시간 현상인화 서비스. 서른여섯 장짜리 필름 한 통. 리처는 사진을 넘겨보았다. 제일 위에 놓인 사진은 리처 자신을 찍은 것이었다. 다코타의 로비에서 나와 센트럴파크 웨스트 지하철역으로 가려고 몸을 돌리기 직전의 모습. 얼굴이 카메라를 향하고 있었다. 오늘 아침 일찍 찍은 사진이군. 폴링의 사무실로 가는 B열차를 타러 가는 길이다.

"이게 왜요?"

"다른 사진들도 보세요."

계속 사진을 넘기다 마지막 몇 장이 남았을 때 디 마리 그라지아노가 보였다. 다코타 빌딩의 로비에서 나오는 모습으로 얼굴이 카메라 쪽을 향하고 있었다. 해가 서쪽에 떠 있었다. 오후에 찍은 사진. 다음 사진은 그녀가 걸어가는 모습을 뒤에서 찍은 것이었다.

"호바트의 동생이죠. 그렇죠? 당신 얘기에 따르면 호바트의 여동생이 틀림없겠죠. 내 노트에도 기록되어 있어요. 30대 후반, 과체중, 가난해 보임. 그때는 누군지 몰랐어요. 하지만 지금은 알겠네요. 다코타의 도어맨이 레인 가족은 햄프턴에 가고 없다고 한 그날인 거죠. 그 얘길 듣고 그녀가 나오는 장면."

"그래서요?"

"아직도 모르겠어요? 케이트 레인은 이상한 여자와 함께 해변을 거닐면서 끔찍하고 기이한 이야기를 들었죠. 그 이야기에 뭔가가 있었던 거예요. 그 여자의 이야기를 미친 소리라고 넘겨버릴 수 없는 뭔가가 남편에게 있었어요. 그녀가 생각을 해봐야 할 만큼 단편적인 진실들이 충분히 있었던 거죠. 남편한테 설명을 요구할 정도로 이것저것 많은 조각들이."

리처는 듣고만 있었다.

"그럴 경우 엄청난 혼란이 일어날 수밖에요. 모르겠어요? 충실하고 복종적인 아내 케이트가 갑자기 변해버린 거예요. 갑자기 앤과 똑같이 되어버렸죠. 그러자 케이트 또한 처리해야 할 문제가 되었어요. 아마 앤보다 더 심각한 위협이었을 거예요."

"만약 그랬다면 레인은 호바트와 디 마리를 가만두지 않았을 겁니다. 케이트만이 아니라."

"그들을 찾아낼 수 있었다면 그랬겠죠. 당신만 해도 국방부의 도움을 받아 찾아낸 것 아닌가요?"

"국방부는 레인을 싫어하죠." 폴링이 말했다. "레인한테 진상을 알려주진 않을 거예요."

"두 가지 질문이 있습니다." 리처가 말했다. "역사가 되풀이되는 거라면, 이번 일이 앤 사건과 같다면 왜 레인이 내게 도움을 청했을까요?"

패티가 말했다. "레인은 도박을 하고 있는 거예요. 그만큼 오만한 사람이니까. 부하들 보라고 연기를 하는 거라고요. 자기가 당신보다 영리하다고 생각하는 거죠."

"두 번째 질문입니다. 그렇다면 이번에는 누가 나이트의 역할을 맡았을까요?"

"그게 문제가 되나요?"

"문제가 됩니다. 중요한 세부사항입니다."

패티는 눈길을 돌렸다.

"귀찮은 문제네요. 이번엔 아무도 사라진 사람이 없으니까. 그래요, 내가 사과하죠. 당신이 맞을지도 모르겠네요. 앤 사건이 꾸며진 거라고 해서 케이트도 그러란 법은 없겠죠. 하지만 레인의 일을 거드는 동안 한 가지는 기억해두세요. 당신은 그가 사랑하는 여자를 찾는 게 아니에요. 그가 소중히 여기는 물건을 찾는 거예요. 누군가가 그에게서 금시계를 훔쳐간 거랑 똑같아요. 레인은 그 때문에 화를 내고 있는 거예요."

그런 뒤 패티는 리처가 보기에는 습관이 되어버린 듯한 행동을 했다. 창가로 가서 두 손을 등 뒤로 얽은 채 창밖을 내려다보았다.

"내겐 아직 끝나지 않았어요. 레인이 자기가 한 짓에 걸맞은 꼴을 당할 때까지는 끝이 아니에요."

44

리처와 폴링은 침묵 속에서 묵묵히 로비로 내려왔다. 두 사람이 밖으로 나섰을 때는 초저녁이었다. 4차선 도로에는 차량 행렬이 이어졌고 공원에 있는 연인들의 모습이 눈에 띄었다. 목줄에 묶인 개들, 관광객들, 소방차의 묵직한 경적 소리.

폴링이 물었다. "이제 어디로 가죠?"

"밤에는 휴식을 취해야죠." 리처는 말했다. "나는 악당 소굴로 돌아가야겠습니다."

폴링은 지하철역으로, 리처는 다코타 빌딩으로 향했다. 다코타의 도어맨은 위층에 확인하지 않고 리처를 들여보내 주었다. 레인이 별도의 확인 절차가 필요 없는 출입자 명단에 그의 이름을 올려두었거나 도어맨에게 리처의 얼굴이 익은 모양이었다. 어느 쪽이었건 기분 좋은 일은 아니었다. 보안이 약한 것도, 레인의 일당으로 간주되는 것도 마음에 들지 않았다. 물론 다코타 빌딩에 살 일이야 없을 테지만. 리처의 수입으로는 어림없는 일이다.

5층 복도에서 그를 기다리는 사람은 없었다. 레인의 아파트 문은 닫혀 있었다. 리처는 노크를 하던 중에 초인종을 발견하고 그것을 눌렀다. 1분 뒤 코발스키가 문을 열었다. 대략 키 183센티미터에 체중 90킬로그램으로 레인의 부하 중에서는 가장 크지만 거한이라 할 정도는 아니었다. 코발스키는 혼자 있는 것 같았다. 그의 등 뒤에서 인기척이 느껴지지 않았다. 코발스키가 한 걸음 물러서 문을 잡고 있는 동안 리처는 안으로 들어갔다.

"다른 사람들은 모두 어디에 있습니까?"

"뭐가 떨어지는지 보려고 나무를 흔들러 나갔습니다."

"어떤 나무?"

"버크가 가설을 내놓았습니다. 과거의 유령들이 우리를 방문하고 있다고요."

"유령?"

"어떤 유령인지 알잖습니까. 버크한테 이야기를 들었을 텐데요."

"나이트와 호바트 말이군요."

"맞아요."

"시간 낭비입니다. 두 사람은 아프리카에서 죽었습니다."

"그렇지 않습니다. 친구의 친구의 친구를 통해 재향군인국 직원한테 물어봤더니 죽은 사람은 한 명이었습니다."

"둘 중 어느 쪽?"

"아직 모릅니다. 하지만 우린 찾아낼 겁니다. 재향군인국 직원의 보수가 얼마인지 압니까?"

"많을 것 같지는 않군요."

"누구에게나 가격이 있지요. 재향군인국 직원의 가격은 아주 낮습니다."

그들은 현관을 지나 텅 빈 거실로 들어섰다. 테이블 위에 케이트 레인의 사진이 그대로 놓여 있었다. 사진은 천장 속에 설치된 조명을 받아 은

은하게 빛났다.

"그들을 압니까?" 리처가 물었다. "나이트와 호바트 말입니다."

"물론이죠."

"당신도 아프리카에 갔었습니까?"

"당연히."

"그럼 당신은 누구 편입니까? 그들입니까, 레인입니까?"

"레인은 내게 보수를 지불하지만 그들은 아닙니다."

"그렇다면 당신에게도 가격이 있겠군요."

"돈을 따지지 않는다는 자는 거짓말쟁이겠죠."

"군 생활은 어디서 했습니까?"

"네이비 실."

"그렇다면 헤엄을 칠 수 있겠군요."

리처는 내부 복도를 지나 부부 침실로 향했다. 코발스키가 바짝 붙어서 따라왔다.

"내 뒤를 졸졸 따라다닐 작정입니까?"

"아마도. 그런데 대체 어디로 가는 겁니까?"

"돈을 세러."

"레인이 허락했습니까?"

"그렇지 않았다면 내게 번호를 알려주지 않았겠죠."

"번호를 알려줬다고요?"

그랬다고 해두지. 왼손 검지를 굽히고, 약지를 펴고, 중지를 펴고, 중지를 굽히고. 3785. 맞아야 할 텐데.

리처는 벽장문을 열고 보안 키패드에 3785를 입력했다. 초조한 몇 초가 지나자 삐삐 소리와 함께 안쪽 문의 잠금이 풀렸다.

"나한테는 절대 가르쳐주지 않았는데." 코발스키가 말했다.

"그래도 햄프턴에서는 당신한테 인명구조원 역할을 맡겼을 테죠."

리처는 안쪽 문을 열고 끈을 당겨 불을 켰다. 벽장의 깊이는 180센티미터, 폭은 90센티미터였다. 왼쪽으로 발 디딜 좁은 공간이 있고 돈은 오른쪽에 놓여 있었다. 현금뭉치들. 다른 것들에는 손 댄 흔적이 없고 하나만 개봉된 채 절반쯤 비어 있었다. 레인이 방 안에 뿌려댄 뒤 다시 챙겨둔 것이다. 리처는 개봉된 돈뭉치를 끌어냈다. 침대 근처로 끌고 와 바닥에 털썩 내려놓았다. 코발스키는 리처의 바로 옆에 섰다.

리처가 말했다. "돈 셀 줄 압니까?"

"웃기는 사람이군."

"세어 봐요."

리처는 벽장으로 가서 옆으로 쪼그리고 앉아 손 댄 흔적이 없는 비닐뭉치들 중에서 제일 위에 놓인 것을 들어 올려 두 손으로 이리저리 돌리면서 여섯 면을 모두 살펴보았다. 그중 한 면에 '중앙은행'이라고 돋을새김으로 인쇄된 글씨 하단에 더 작은 글씨로 '중앙정부, 와가두구, 부르키나파소'라고 찍혀 있었다. 그 아래에는 '1,000,000'이라는 금액이 표기되어 있었다. 현금뭉치를 포장한 두꺼운 비닐은 낡고 때가 묻어 있었다. 엄지에 침을 묻혀 비닐 표면을 닦아보았더니 벤 프랭클린의 얼굴이 보였다. 100달러 지폐였다. 한 뭉치에 100달러 지폐 만 장이 들어 있는 것이다. 피막을 가열해 상품의 형태대로 수축 포장한 비닐은 본래 그대로였고 연 흔적이 없었다. 부르키나파소 정부의 오타운 은행가들이 속임수를 쓰지는 않았을 테니 100만 달러가 맞을 것이다.

100만 달러가 든 현금뭉치의 무게는 짐을 꽉 채운 휴대용 가방의 무게와 비슷했다.

총 2,000만 달러가 여기 있었던 것이다. 예전에는.

코발스키가 말했다. "50다발이군요. 한 다발에 만 달러씩."

"그럼 총 얼마죠?"

대답이 없었다.

"곱셈 배우는 날 아파서 학교에 결석이라도 했던 거요?"

"아주 큰돈이군요."

네 말이 맞아. 50만 달러니까. 100만 달러의 절반. 아직 1,050만 달러가 여기 있지. 1,050만 달러가 사라진 뒤에도.

예전에는 2,100만 달러가 있었을 것이다.

부르키나파소에서 번 돈 중에서 레인의 몫이 5년 동안 고스란히 여기 있었다.

사흘 전까지, 손도 대지 않고 그대로.

코발스키가 찢어진 포장 비닐을 들고 벽장으로 다가왔다. 그는 현금을 가지런히 다시 챙겼다. 두 다발씩 쌓고 남은 한 다발을 제일 위에 세로로 놓았다. 그런 뒤 본래 크기의 절반으로 줄어든 불투명한 비닐을 가지런한 돈뭉치에 씌웠다.

그 모습을 지켜보던 리처가 말했다. "학교에서 숫자를 배운 날도 결석했던 모양이군."

대답이 없었다.

"난 안 그랬거든. 그날도 학교에 갔었지."

대답이 없었다.

"숫자에는 짝수와 홀수가 있고 짝수는 둘로 나누면 크기가 같아져. 그래서 균일하다*even*는 뜻으로 짝수*even number*라고 하는 모양이지. 하지만 홀수를 둘로 나누면 하나가 남아서 당신이 한 것처럼 한 개를 따로 위에 걸쳐둘 수밖에 없겠지."

코발스키는 계속 입을 다물고 있었다.

"50은 짝수. 하지만 예를 들어 49는 홀수거든."

"그래서?"

"그러니 당신이 만 달러를 슬쩍했다는 뜻이지. 이리 돌려줘."

코발스키는 묵묵히 서 있었다.

"선택은 당신 몫이야. 그 만 달러를 갖고 싶다면 나를 때려눕혀야 할 거야. 그렇게 하면 더 많은 돈이 갖고 싶어질 테고, 더 많은 돈을 가지게 되면 도망쳐야 하겠지. 하지만 레인과 부하들이 돌아오면 어떻게 될까? 이번에는 당신을 찾아내러 나무를 흔들 테지. 그렇게 되길 원하는 건가?"

여전히 묵묵부답.

"어쨌거나 날 때려눕히지도 못하겠지만."

"그럴까?"

"데미 무어라도 너 정도는 날려버릴 수 있겠지."

"난 훈련받은 사람이야."

"무슨 훈련? 헤엄치기? 여기 물이라도 있나?"

코발스키는 입을 다물었다.

"첫 한 방이 모든 걸 결정하지. 항상 그래. 너라면 누구한테 걸겠나? 작고 비리비리한 놈, 아니면 몸집이 큰 놈?"

"나를 적으로 삼고 싶지는 않을 텐데."

"친구로 삼고 싶은 것도 아니지. 그건 분명해. 같이 아프리카에 가고 싶진 않으니까. 너 같은 놈한테 등을 보이면서 전방 진지로 기어가고 싶지는 않다고. 뒤를 돌아봤더니 차에 올라타고 석양 속으로 사라지는 꼴을 구경하고 싶은 마음은 없어."

"그 일이 어떻게 된 건지 알지도 못하면서."

"정확히 알고 있어. 네놈들은 270미터 앞쪽의 전선에 두 사람을 버려두고 도망쳤지. 역겨운 놈들."

"거기 있지도 않았잖아."

"네놈은 네가 예전에 입었던 군복을 더럽힌 거다."

코발스키는 그 말에 대꾸하지 않았다.

"하지만 빵의 어느 면에 버터가 발려 있는지는 알지. 먹이를 주는 손을 물 생각도 없고 말이야."

코발스키는 한참을 그대로 서 있더니 포장한 돈뭉치를 바닥에 내려놓은 다음 엉덩이 주머니에서 100달러 지폐 한 다발을 꺼냈다. 지폐 다발은 반으로 접혀 있었다. 그가 지폐 다발을 바닥에 떨어뜨리자 꽃이 피어나듯 접혔던 부분이 펴지면서 평평한 모습으로 되돌아갔다. 리처는 그것을 챙겨 개봉된 현금뭉치 속에 넣고 비닐 포장을 들어 올려 제일 위에 쌓았다. 그런 뒤 끈을 당겨 불을 끄고 문을 닫았다. 전자자물쇠가 철컥 걸리면서 삐삐 신호음이 울렸다.

"됐지?" 코발스키가 말했다. "실제로 아무 피해도 없었으니까. 그렇지?"

"상관없겠지."

리처는 코발스키를 거실에 데려다놓고 주방으로 가서 사무실 쪽을 슬쩍 엿보았다. 컴퓨터와 서류장. 무언가 그의 신경을 긁었다. 그는 텅 빈 정적 속에서 몇 초간 서 있었다. 그때 퍼뜩 새로운 생각이 머리를 스쳤다. 얼음덩어리가 목덜미에 툭 떨어진 것 같은 느낌이었다.

리처는 코발스키에게 물었다. "어떤 나무를 흔들러 나갔지?"

"병원. 돌아온 자가 누구든 병들어 있을 테니까."

"어느 병원?"

"그건 몰라. 아마 죄다 뒤져보겠지."

"병원에선 환자에 관해 얘기해주지 않을 텐데."

"그렇게 생각해? 응급실 간호사의 월급이 얼만지 알아?"

잠시 침묵이 흘렀다.

"다시 나가봐야겠군." 리처가 말했다. "넌 여기 있어."

3분 뒤 리처는 공중전화 부스에서 폴링의 휴대폰으로 전화를 걸었다.

45

폴링은 벨이 두 번 울리자 전화를 받았다. 두 번째 진동에 응답한 것일 수도 있었다. 리처는 그녀가 이름을 대자마자 물었다. "자동차 있습니까?"

"없어요."

"그럼 당장 택시를 잡아타고 디 마리의 집으로 가요. 레인 일당이 병원을 뒤지는 중입니다. 나이트인지 호바트인지는 아직 모르고 있지만 어쨌든 찾아낼 작정입니다. 그자들이 성 빈센트 병원에서 호바트의 이름을 발견하고 주소를 얻어내는 건 시간문제입니다. 나도 그리로 가겠습니다. 두 사람을 피신시켜야 합니다."

리처는 전화를 끊고 9번가에서 손짓으로 지나가는 택시를 세웠다. 기사의 운전 솜씨는 좋았으나 교통이 막혔다. 브로드웨이를 지나자 약간 나아졌지만 술술 빠지는 것은 아니었다. 리처는 좌석 가장자리에 앉아 머리를 차창에 기댔다. 편안하고 느리게 호흡을 조절하면서 그는 생각했다. 마음대로 할 수 없는 일로 안달해봤자 소용없다. 맨해튼 거리에는 빨간 신호등이 계속 이어졌다. 다코타 빌딩에서 호바트가 있는 곳 사이에는 대략 72개의 신호등이 있을 것이다.

웨스트 14번가 아래의 허드슨가는 남쪽에서 북쪽으로 가는 일방통행로였으므로 택시는 블리커, 7번가, 바릭으로 이어지는 길을 달려 우회전해서 찰턴으로 접어들었다. 리처는 그 블록의 중간지점에서 내려 나머지는 걸었다. 디 마리의 아파트 건물 근처에는 세 대의 자동차가 주차되어 있었지만 OSC 번호판이 붙은 고급 세단은 없었다. 그는 아파트 쪽으로 오는 차량들을 힐끗 쳐다본 다음 4L의 초인종을 눌렀다. 폴링의 목소리가 들리기에 이름을 대자 건물 출입문이 덜컹 열렸다.

4층에 올라가 보니 경첩이 망가지고 문틀이 부서진 4L의 현관문은 여전히 제대로 닫혀 있지 않았다. 거실에서 이야기를 나누는 소리가 문 너머로 들려왔다. 디 마리와 폴링의 목소리였다. 리처는 안으로 들어갔다. 말소리가 멈추면서 안에 있던 사람들의 시선이 일제히 문으로 쏠렸다. 그들이 무슨 생각을 하는지 알 것 같았다. 바깥세상의 위협을 막아주는 보호 장막이 전혀 없는 것이다. 디 마리는 아까 보았던 면 원피스를 그대로 입고 있었지만 폴링은 옷을 갈아입었다. 청바지에 티셔츠 차림이었다. 좋아 보였다. 호바트는 리처가 떠날 때 보았던 것과 같은 장소인 소파에 그대로 기대어 앉아 있었다. 호바트는 좋아 보이지 않았다. 창백하고 병색이 짙었다. 하지만 두 눈은 활활 타올랐다. 몹시 화가 난 것이다.

"레인이 이리로 온다고요?" 호바트가 물었다.

"아마도." 리처가 말했다. "가능성을 배제할 순 없습니다."

"그럼 이제 우리는 어떻게 해야 합니까?"

"현명하게 대처해야겠죠. 레인이 텅 빈 아파트를 발견하도록 해야 합니다."

호바트는 바로 반응을 보이지 않았다. 조금 뒤에야 마지못한 듯 고개를 끄덕였다.

"당신은 어디로 가면 됩니까?" 리처가 물었다. "치료를 받으려면?"

"치료? 모르겠습니다. 디가 알아보긴 했을 텐데."

디 마리가 오빠의 말을 부연했다. "앨라배마주 버밍햄이나 테네시주 내슈빌. 큰 대학병원이 거기 있어요. 안내책자를 갖고 있어요. 괜찮은 병원들이에요."

"월터리드육군의료센터가 아니고요?"

"갓 부상을 당한 사람한테는 그곳도 괜찮죠. 하지만 오빠의 왼발이 절단된 건 거의 5년 전이잖아요. 심지어 오른손목까지도 완전히 아물었으니까요. 제대로 치료를 받은 건 아니지만 아물긴 아물었죠. 그러니 우선 전면적인 검사를 받은 뒤 뼈를 치료하고 복원수술을 해야 돼요. 그보다 먼저 말라리아와 결핵부터 치료해야 하고, 영양실조와 기생충 감염도 치료해야 해요."

"오늘 밤에 버밍햄이나 내슈빌로 옮길 수는 없습니다."

"오늘 밤이 아니라 다른 날에도 마찬가지예요. 수술 하나만도 비용이 20만 달러가 넘어요. 의족과 의수를 하려면 그보다 돈이 더 들 거고요."

그녀는 작은 탁자에 놓인 브로슈어 두 개를 집어서 건넸다. 둘 다 표지에 고급스러운 그림과 광택 있는 사진이 박혀 있었다. 푸른 하늘과 녹색 잔디밭, 따뜻한 느낌을 주는 벽돌건물들. 표지를 넘겨보니 각종 수술 프로그램과 보장구 디자인이 나와 있었고 사진도 많았다. 흰 가운을 입은 온화한 인상의 백발 남자들이 의족과 의수를 아기 안듯 소중히 안은 사진. 한쪽 다리에 매끈한 티타늄 의족을 한 이들이 육상 유니폼을 입고 마라톤 출발선에 선 사진. 아래에 달린 사진 설명에는 온통 낙관적인 얘기들뿐이었다.

"좋은 곳 같군요."

리처가 브로슈어를 돌려주자 디 마리는 본래 놓여 있던 자리에 내려놓으며 말했다. "그림의 떡이죠."

"오늘 밤은 모텔에서 지내세요." 폴링이 말했다. "근처에 있는 모텔. 자동차도 한 대 렌트해 드릴게요. 운전할 줄 아세요?"

디 마리는 대답하지 않았다.

"디, 제안을 받아들여." 호바트가 말했다. "그래야 네가 좀 편해질 거야."

그제야 디 마리가 말했다. "면허증은 있어요."

"휠체어도 렌트할 수 있을 거예요."

"좋네요." 호바트가 말했다. "디, 1층에 있는 방에다 휠체어까지 있으면 네가 훨씬 힘이 덜 들 거야."

"작은 주방이 딸린 원룸형 아파트가 좋겠네요." 폴링이 말했다. "음식을 해 먹으려면."

"그럴 여유는 없어요." 디 마리가 말했다.

대화가 끊겼다. 리처는 현관문으로 가서 복도를 확인했다. 계단 쪽도 살펴보았다. 아무것도 없었다. 그는 안으로 들어와 닫을 수 있는 만큼 최대한 문을 꽉 닫았다. 현관에서 왼쪽으로 돌아 욕실을 지나쳐 침실로 갔다. 퀸 사이즈 침대 하나가 놓였을 뿐인데도 비좁게 느껴지는 작은 방이었다. 침대 옆 탁자에 항생제 연고와 처방전 없이 살 수 있는 진통제들이 쌓인 걸 보니 호바트가 자는 방인 듯했다. 침대는 꽤 높았다. 디 마리가 호바트를 들쳐 업고 와서는 몸을 돌려 허리를 뒤로 펴면서 오빠를 매트리스 위에 내려놓는 장면이 떠올랐다. 그런 뒤 그를 똑바로 눕히고 이불을 덮어줄 것이다. 그런 뒤 소파로 가서 잠을 청할 것이다.

침실 창문틀은 목재였고 창에는 그을음이 시커멓게 앉아 있었다. 빛바랜 커튼은 4분의 3 정도 열려 있었다. 창턱에 놓인 장식품 중에는 해병대 일병 계급장을 단 군인의 사진도 있었다. 죽은 남편 비니의 사진인 듯했다. 팔루자 도로에서 산산조각 난 사람. 즉사였을지도 모르고 아닐지도 모른다. 정장용 군모의 챙을 푹 눌러쓴 모습. 색깔이 선명하고 광택이 도는 걸 보니 에어브러시로 수정한 사진이었다. 부대 밖의 사진사한테 찍은 사진일 것이다. 우편 발송용 마분지 봉투까지 포함해 사진 두 장을 뽑는 데 하루치 급료를 썼으리라. 하나는 어머니에게, 하나는 아내나 애인에게 보내려고. 리처도 해외 근무를 나갔을 때 그런 사진들을 찍었다. 한동안은 진급할 때마다 사진을 찍어 어머니한테 보냈다. 어머니는 그 사진들을 진열해두지 않았다. 웃는 얼굴이 아니었기 때문이다. 리처는 카메라를 향해 웃어본 적이 없었다.

그는 창가로 다가가 북쪽을 쳐다보았다. 멀리 보이는 차량 행렬이 강물 같았다. 다시 남쪽을 살폈다. 이쪽을 향해 오는 차량들을 바라보았다.

검은 레인지로버 한 대가 속도를 늦추더니 길가에 멈춰 섰다.

OSC 19 번호판이었다.

리처는 급히 몸을 돌려 세 걸음 만에 침실을 나가서 다시 세 걸음 만에 거실로 갔다.

"그자들이 왔습니다. 방금."

짧은 순간 침묵이 흐른 뒤 폴링이 말했다. "빌어먹을."

"이제 어쩌면 좋죠?" 디 마리가 물었다.

"욕실로 가요." 리처가 말했다. "모두. 당장."

리처는 소파로 다가가 호바트의 셔츠 앞자락을 쥐고 그를 들어올렸다. 욕실로 호바트를 옮긴 다음 욕조에 조심스레 내려놓았다. 디 마리와 폴링이 뒤따라 들어왔다. 리처는 그들을 지나쳐 복도로 나갔다.

"밖에 나가면 안 돼요." 폴링이 말했다.

"그래야 합니다. 안 그러면 그자들이 집 안을 모두 뒤질 겁니다."

"당신이 여기 있는 모습을 보이면 안 되는 거잖아요."

"문을 잠가요. 꼼짝 말고 아무 소리도 내지 말아요."

복도에 서 있으니 욕실 문이 딸깍 잠기는 소리가 들렸고 몇 초 뒤 인터컴 부저가 울렸다. 리처는 잠시 뜸을 들인 뒤 버튼을 누르며 말했다. "누구요?"

차량 소음과 함께 누구인지 구별할 수 없는 목소리가 들렸다. "재향군인국 방문간호서비스입니다."

리처는 미소를 지었다. 제법인데.

그는 다시 버튼을 누르며 말했다. "올라오시오."

리처는 거실로 돌아가 소파에 앉아 그들을 기다렸다.

46

계단이 요란스레 삐걱거리는 소리가 들렸다. 세 명이군. 그들이 복도를 돌아 4층으로 통하는 계단을 오르는 소리가 들렸다. 계단을 올라와 부서진 문을 보고 놀라서 멈춰 선 기척이 느껴졌다. 이어 현관문을 여는 소리가 났다. 부서진 경첩이 나지막한 금속성 신음소리를 냈고 현관을 통과하는 발소리가 이어졌다.

제일 먼저 거실로 들어온 것은 몸집이 작은 라틴계 페레스였다.

그다음엔 눈 위에 칼자국이 있는 애디슨이 들어왔다.

이어 레인이 모습을 나타냈다.

페레스는 한 발 왼쪽으로 비켜섰고 애디슨은 한 발 오른쪽으로 움직였다. 레인은 그 사이로 들어오다 멈춰 서서 리처를 쳐다보았다.

"대체 여기서 뭘 하는 거지?"

"내게 선수를 빼앗겼군요."

"어떻게?"

"말했잖습니까. 나는 이런 일로 먹고산다고. 당신들한테 거울 달린 막대기를 주고도 몇 시간은 앞지를 수 있습니다."

"그래, 호바트는 어디 있나?"

"여긴 없습니다."

"문을 부순 게 자네인가?"

"열쇠가 없어서요."

"그자는 어디 있지?"

"병원."

"헛소리. 방금 거기서 오는 길인데."

"여기 병원이 아니라 앨라배마주 버밍햄 아니면 테네시주 내슈빌에 있는 병원입니다."

"그걸 어떻게 알지?"

"그에게는 특별한 치료가 필요합니다. 성 빈센트에서 남부의 대학병원을 추천했어요. 자료가 여기 있습니다."

리처가 작은 탁자를 가리키자 에드워드 레인이 앞으로 나서서 광택이 도는 브로슈어들을 집었다. 그는 브로슈어 두 개를 휙휙 넘겨보면서 물었다.

"어느 쪽일까?"

"어느 쪽이든 상관없습니다."

"상관이 없다?"

"호바트는 케이트를 납치하지 않았습니다."

"그렇게 생각하나?"

"생각하는 게 아닙니다. 알고 있는 거지."

"어째서?"

"호바트의 주소만이 아니라 다른 정보도 샀어야죠. 애초에 그가 왜 성 빈센트에 왔었는지 물어보지 않은 겁니까?"

"물어봤어. 말라리아 치료를 받으러 왔다더군. 클로로퀸을 정맥투여 했다고 들었네."

"그리고?"

"뭐가 더 있나? 아프리카에서 막 돌아온 자라면 말라리아에 걸렸을 법하지."

"이야기를 일부분만 들어선 곤란한데요."

"무슨 말이지?"

"우선 그는 케이트가 납치된 바로 그 시간에 정맥주사를 맞으러 침대에 누웠습니다. 둘째, 그에겐 기존병력이라는 게 있습니다."

"무슨 병력이라고?"

리처는 시선을 돌려 페레스와 애디슨을 똑바로 쳐다보았다.

"호바트는 사지가 절단되었습니다. 손도 발도 없습니다. 걸을 수도, 운전을 할 수도, 총을 쥘 수도, 전화를 걸 수도 없습니다."

아무도 입을 열지 않자 리처가 말을 이었다.

"감옥에서 벌어진 일입니다. 부르키나파소에서. 새 정부는 소소한 재밋거리를 찾았던 모양입니다. 1년에 한 번 생일이 돌아올 때마다, 왼발-오른발-왼손-오른손 순으로, 마체테로 싹둑 싹둑 싹둑 싹둑."

역시 아무도 입을 열지 않았다.

"당신들이 그를 뒤에 버려두고 도망친 후에."

반응이 없었다. 죄책감도 후회의 빛도 나타나지 않았다.

분노도.

아무것도 없었다.

레인이 말했다. "자네는 그곳에 없었어. 왜 일이 그렇게 되었는지 모른다고."

"하지만 지금은 일이 어떻게 돌아가는지 압니다. 호바트는 당신이 찾는 범인이 아닙니다. 신체적으로 불가능합니다."

"확신하나?"

"확신 이상입니다."

"그래도 나는 그자를 찾아내고 싶은데."

"뭣 때문에요?"

레인은 대답하지 않았다. 체크 메이트. 레인은 말할 수 없다. 옛날로 거슬러 올라가 5년 전 나이트에게 어떤 일을 시켰는지 인정하지 않고는 이유를 댈 수 없다. 그러려면 부하들 앞에서 가면을 벗어야 하므로 말을 할 수 있을 리 없다.

"이제 우리는 원점으로 돌아온 셈이군." 레인이 말했다. "누가 범인이 아닌지를 자네가 밝혀냈어. 대단하네, 소령. 분명한 진척을 이뤄냈군."

"정확히 원점은 아닙니다."

"어째서?"

"범인의 윤곽을 잡았으니까요. 당신한테 놈을 넘겨드리죠."

"언제?"

"돈을 받으면."

"무슨 돈?"

"100만 달러를 준다고 했잖습니까."

"내 아내를 찾아주는 대가였지. 이젠 너무 늦었네."

"좋습니다. 그럼 놈을 넘기는 건 그만두겠습니다. 대신 거울 달린 막대기를 드리죠."

"안 돼. 놈을 내게 넘겨."

"그럼 나한테 맞는 가격을 지불하셔야죠."

"자네, 그런 사람이었나?"

"돈을 따지지 않는다는 자는 거짓말쟁이겠죠."

"너무 비싸."

"내가 그 정도의 값어치는 될 텐데요."

"자네를 두들겨 패서 이름을 알아낼 수도 있어."

"한번 해보시죠." 리처는 조금도 움직이지 않았다. 소파에 편안히 기대 앉아 다리를 쭉 뻗고 두 팔을 등 쿠션 위에 걸치고 있었다. 신체적 우월감을 극대화해서 드러내는 자세였다. "당신을 납작하게 접은 다음 애디슨의 머리를 망치 삼아 페레스를 못처럼 당신 똥구멍에 박아드릴 테니."

"날 협박하는 건가?"

"나를 장님으로 만들겠다고 한 사람이 누구더라?"

"그때 나는 혼란스러워서 제정신이 아니었네."

"그때 나는 빈털터리였고 지금도 마찬가지입니다."

잠시 침묵이 흐른 뒤 레인이 말했다. "좋아. 100만 달러를 주지. 언제 그 이름을 들을 수 있나?"

"내일."

레인은 고개를 끄덕이고는 몸을 돌리면서 부하들에게 말했다. "그만 가지."

그때 애디슨이 말했다. "잠깐 화장실 좀 가야겠습니다."

47

방 안 공기는 무덥고 고요했다. 애디슨이 물었다. "화장실이 어딥니까?"

리처가 천천히 몸을 일으키며 말했다. "내가 설계사라도 되나?"

하지만 그는 애디슨의 왼쪽 어깨 너머 주방문 쪽을 흘낏 쳐다보았고 애디슨은 그 시선을 따라 한 걸음 움직였다. 동시에 리처는 반대 방향으로 한 걸음 내디뎠다. 미묘한 움직임이었지만 워낙 좁은 거실이라 그들의 위치가 바뀌었다. 이제 리처가 욕실에 더 가까이 서 있었다.

애디슨이 말했다. "주방 같은데."

"그럴지도." 리처가 말했다. "가 보면 알겠지."

리처는 현관으로 통하는 복도 입구로 움직이며 애디슨이 주방문을 여는 것을 쳐다보았다. 애디슨은 문을 열고 안이 주방이라는 걸 확인한 뒤 돌아섰다. 그러다가 동작을 멈추고 천천히 몸을 돌려 안을 다시 확인했다.

"호바트가 언제 남쪽으로 갔다고요?"

"그야 모르지. 오늘이 아닐까 싶지만."

"아주 서둘러 떠난 모양인데. 레인지 위에 수프가 있군요."

"설거지를 하고 떠났어야 한다는 건가?"

"대개들 그렇죠."

"두 손이 없는 사람도?"

"그럼 수프는 어떻게 끓였을까요?"

"도움을 받았겠지. 사회복지사나 뭐 그런 사람들에게. 호바트는 구급차에 실려서 여길 나갔어. 정부에서 최저임금을 받는 가사도우미가 호바트가 떠난 뒤에도 남아서 청소를 했을 거라 생각하는 건가? 이건 내가 잘 몰라서 물어보는 거야."

애디슨은 어깨를 으쓱하고는 주방문을 닫았다.

"그럼 화장실은 어디죠?"

"집에 가서 하시지."

"뭐라고요?"

"언젠가 호바트가 금속으로 만든 손 같은 걸 달고 여기 돌아와서 지퍼를 내리면서 당신이 자기와 같은 변기에 소변을 봤다는 생각을 하면 즐거워할 것 같지 않거든."

"왜죠?"

"당신은 그와 같은 변기를 쓰기에 적당한 사람은 아니니까. 그를 버리고 도망친 주제에."

"거기 있지도 않았으면서."

"내가 거기 없었단 사실에 감사하시지. 그랬더라면 반쯤 죽여놓았을 테니까."

에드워드 레인이 한 걸음 앞으로 나섰다. "부대를 구하기 위해선 희생이 불가피했네."

리처는 레인을 똑바로 쳐다보았다. "희생과 구조는 전혀 다른 문제입니다."

"내 명령을 두고 이러니저러니 하지 말게."

"내가 하는 말에 대해서도 마찬가집니다. 당신 부하들을 여기서 데리고 나가요. 오줌 같은 건 시궁창에 싸라고 하고."

오랫동안 침묵이 흘렀다. 페레스는 무표정했고 애디슨은 얼굴을 찌푸리고 있었다. 레인의 눈에서는 기민한 판단을 읽을 수 있었다.

"이름." 레인이 말했다. "이름을 내일까지 말해주게."

"그러죠. 나중에 다코타에서 봅시다."

레인이 고개를 끄덕여 보였고 그들은 들어온 순서대로 밖을 향해 움직였다. 페레스, 애디슨, 레인 순으로. 리처는 계단을 내려가는 발걸음 소리, 도로 쪽 출입문이 쾅 닫히는 소리에 귀를 기울이다 침실로 움직여 그들이 검은색 레인지로버에 올라 북쪽으로 떠나는 모습을 지켜보았다. 1분을 더 기다렸다. 레인 일행이 하우스턴의 신호등을 통과했을 거라는 생각이 들자 다시 현관으로 나와 욕실 문을 두드렸다.

"놈들이 갔습니다."

리처는 호바트를 소파로 다시 옮기고 헝겊 인형을 다루듯 그를 똑바로 앉혔다. 디 마리는 주방으로 향했다. 폴링이 바닥을 내려다보며 말했다. "다 들었어요."

디 마리의 목소리가 들려왔다. "수프가 아직 따뜻해요. 그 사람이 더 가까이 가지 않아서 다행이에요."

"그자가 운이 좋은 거죠." 리처가 대답했다.

호바트가 소파에서 자세를 바꾸며 말을 꺼냈다. "자만하지 말아요. 쉽게 볼 놈들이 아닙니다. 자칫 크게 당할 수도 있었어요. 레인은 질 좋은 사람들을 고용하지 않습니다."

"레인은 당신도 고용했죠."

"그랬습니다."

"그랬다는 건?"

"나도 질 좋은 사람이 아니죠. 그들과 잘 어울리는 인간이었습니다."

"당신은 괜찮은 사람으로 보입니다만."

"동정심 탓에 그렇게 보이는 것뿐입니다."

"나쁜 인간이라는 건?"

"불명예제대. 군대에서 내쫓겼죠."

"뭣 때문에?"

"명령 불복종. 게다가 명령을 내린 상관을 늘씬하게 패주었죠."

"어떤 명령이었습니까?"

"민간인 차량에 불을 지르라는 거였죠. 보스니아에서."

"불법적인 명령 아닙니까?"

호바트는 고개를 저었다. "아닙니다. 그 중위가 옳았습니다. 그 차에 탄 것은 단순한 민간인들이 아니었어요. 동료 둘이 바로 그날 그놈들한테 당해 부상을 입었습니다. 내 탓이었죠."

"그때 아프리카에서 전방 진지에 있었던 게 페레스와 애디슨이었다고 해봅시다. 당신은 그들을 버렸겠습니까?"

"해병대원의 임무는 명령에 복종하는 겁니다. 게다가 나는 쓰라린 경험을 통해 지휘관들이 우리보다 상황을 더 잘 알 때도 있다는 것을 배웠어요."

"그런 건 관두고. 핵심이 뭡니까?"

호바트는 허공을 응시했다. "나는 그들을 두고 떠나지 않았을 겁니다. 절대 그럴 수는 없지요. 그런 짓을 할 수 있었다는 걸 이해할 수가 없습니다. 그들이 어떻게 나를 거기 두고 가버릴 수 있었는지 정말 모르겠습니다. 그 일이 사실이 아니었으면 좋겠다고 지금도 생각합니다."

디 마리가 다가왔다. "수프야. 얘기는 그만하고 수프 먼저 먹어."

폴링이 말했다. "우선 오빠를 다른 곳으로 옮겨야 해요."

"이젠 그럴 필요가 없어요." 디 마리가 말했다. "그자들은 돌아오지 않을 테니까. 지금은 이곳이 뉴욕에서 가장 안전한 장소예요."

"옮기는 게 당신한테 편할 거예요."

"내가 원하는 건 편안함이 아니에요. 내가 원하는 건 정의예요."

그때 부저가 울리더니 인터컴에서 러시아 억양이 들려왔다. 부서진 문을 고치러 온 6번가의 관리인이었다. 리처가 복도로 나가 그를 맞았다. 관리인은 연장가방과 함께 기다란 목재도 하나 들고 왔다.

"이제는 이곳이 더더욱 안전해지겠네요." 디 마리가 말했다.

폴링은 잠자코 러시아인에게 수리비를 건넸다. 그녀와 리처는 함께 계단을 내려와 거리로 나섰다.

입을 다물고 걷는 폴링에게서 희미한 적의가 풍겼다. 그녀는 리처와 거리를 유지하며 앞만 똑바로 쳐다보았다. 리처 쪽을 보는 것을 의식적으로 피하는 것 같았다.

"왜 그러는 겁니까?"

"욕실에서 모든 걸 들었어요."

"그런데요?"

"당신은 레인과 계약을 맺었어요. 자신을 팔았다고요. 그러니 지금 레인을 위해 일하고 있는 셈이죠."

"케이트와 제이드를 위해 일하고 있는 겁니다."

"그런데 왜 돈을 요구해요?"

"레인을 시험해본 겁니다. 이번에는 진짜 납치라는 증거가 필요하니까. 만약 아니라면 레인은 뒷걸음질 칠 테니까요. 이미 늦었으니 돈 얘기는 물 건너갔다고 할 수도 있었습니다. 그런데 레인은 그러지 않았습니다. 그는 범인을 찾아내려고 합니다. 그건 범인이 따로 있다는 뜻입니다."

"당신을 믿기 어렵군요. 그건 무의미한 시험이었어요. 패티의 말대로 레인은 도박을 하는 거예요. 부하들 보라고 연기를 하는 거고, 자기가 당신보다 영리하다고 여기는 거라고요."

"하지만 나보다 영리하지 않다는 사실을 막 깨달은 참이었습니다. 내가 호바트를 먼저 찾아냈으니까."

"어찌 됐든 결국 돈 문제네요. 그렇죠?"

"맞습니다."

"최소한 부정이라도 할 줄 알았는데."

리처는 빙긋 웃으며 계속 걸었다.

"현금 100만 달러를 직접 눈으로 본 적 있습니까? 손으로 만져본 적은요? 나는 해봤습니다. 바로 오늘. 느낌이 끝내주더군요. 그 무게감하며 밀도하며. 힘 그 자체였습니다. 작은 원자폭탄처럼 따끈따끈하더군요."

"분명히 인상적이었겠죠."

"폴링, 나는 그 돈을 원합니다. 정말로 원해요. 그리고 나는 그 100만 달러를 레인한테서 받아낼 수 있습니다. 케이트와 제이드를 위해 어쨌든 범

인을 찾아낼 테니까. 기왕에 찾아내면 레인한테 범인을 알려주는 게 낫겠
죠. 그렇다 해도 기본전제는 변하지 않습니다."

"변해요. 돈 때문에 나선 당신은 용병이 되는 거니까. 바로 그자들처
럼."

"돈으로 할 수 있는 게 대단히 많습니다."

"그래서 100만 달러로 뭘 할 건가요? 집이나 차를 살 건가요? 새 셔츠
가 필요해요? 도무지 모르겠군요."

"종종 그런 식으로 오해를 받곤 합니다."

"오해를 한 건 바로 나예요. 난 당신을 좋아했어요. 이보다는 나은 사람
인 줄 알았다고요."

"당신도 돈을 벌려고 일하고 있잖습니까."

"하지만 난 누구를 위해 일할 건지 선택해요. 아주 신중하게."

"100만 달러는 큰돈입니다."

"더러운 돈이에요."

"더러운 돈이나 깨끗한 돈이나 쓸 때는 똑같습니다."

"그래요. 마음껏 써요."

"그럴 겁니다."

그녀는 더 이상 대꾸하지 않았다.

리처가 말했다. "폴링, 이제 그만해요."

"내가 왜 그래야 하죠?"

"왜냐면 나는 그 돈으로 우선 당신이 쓴 시간과 업무에 대한 비용을 지
불할 생각이니까요. 그다음엔 호바트를 버밍햄이나 내슈빌로 보내 수술이
며 치료를 받게 할 겁니다. 그가 평생 쓸 수 있는 보장구를 사주고 살 집을

마련해줄 겁니다. 현금도 얼마간 줄 겁니다. 당장 일할 수 있는 형편이 아니니까. 최소한 예전에 하던 일을 할 수는 없을 테니까요. 그러고도 혹시 돈이 남으면 그때는 내 셔츠를 살 겁니다."

"진심이에요?"

"물론. 새 셔츠가 필요하니까."

"그게 아니라 호바트 얘기 말이에요."

"완전 진심입니다. 그에게는 치료와 집이 필요합니다. 그리고 그는 받을 만한 자격이 있습니다. 분명히 그렇죠. 그 돈을 레인이 지불하게 해도 별 지장은 없을 겁니다."

폴링은 걸음을 멈췄다. 리처의 손을 움켜쥐고 그를 멈춰 세웠다.

"미안해요. 사과할게요."

"그렇다면 제대로 보상해요."

"어떻게요?"

"나와 같이 일합시다. 할 일이 많습니다."

"레인한테 내일까지 범인을 알려주겠다고 했었죠."

"무슨 말이든 해야 했으니까. 레인을 거기서 내보내야 했거든요."

"내일까지 우리가 해낼 수 있을까요?"

"못할 이유도 없죠."

"그럼 어디서부터 시작하면 될까요?"

"그걸 전혀 모르겠습니다."

48

그들은 로런 폴링의 아파트에서 시작했다. 그녀는 웨스트 4번가 근처, 배로가의 작은 아파트에 살고 있었다. 공장을 개조해 만든 그 건물의 벽돌 지붕은 아치형이었고 벽 두께가 60센티미터에 달했다. 노란색으로 칠해진 폴링의 아파트는 따뜻하고 아늑한 느낌을 주었다. 창문이 없는 벽감형 침실 하나, 욕실, 주방. 나머지 방에는 소파와 의자, 텔레비전이 놓였고 책이 많았다. 편안한 색감의 깔개, 부드러운 천, 어두운색 목재로 채워진 깔끔한 아파트는 혼자 사는 여자의 공간이었다. 꾸미고 장식하는 데 오직 한 사람의 개성이 발휘된 공간. 아이들 사진이 든 작은 액자도 몇 개 있었는데 굳이 묻지 않아도 조카들의 사진임을 알 수 있었다.

리처는 소파에 앉아 쿠션에 편안히 머리를 기대고 둥근 천장을 올려다보았다. 그는 모든 것이 역설계*가 가능하다고 생각했다. 누군가의 손으로 조립해 만든 것은 다른 누군가가 해체하는 게 가능하다. 기본적인 원칙이다. 필요한 것은 공감과 궁리와 상상력뿐이다. 또한 리처는 압박감을 좋아했다. 시한에 쫓기며 정해진 짧은 시간 안에 문제를 해결하는 것을 즐겼다. 그리고 비슷한 성향을 가진 사람과 일하는 것을 좋아했다. 내일 아침이 되기 전에 자기와 폴링이 사건을 해결해낼 것이라는 데 전혀 의심을 품

---

* 완성품을 분해하여 설계방식을 알아내는 것.

지 않고 그녀의 아파트로 왔다.

그런 확신은 30분쯤 지속되었다.

폴링은 조명을 낮추고 촛불을 켠 다음 인도음식을 주문했다. 리처의 머릿속 시계가 밤 9시 30분을 가리켰다. 창밖의 하늘이 진청색에서 검은색으로 바뀌었고 도시의 불빛들은 밝게 빛났다. 배로가는 조용한 곳이었으나 웨스트 4번가를 달리는 택시들이 경적을 울려댔다. 때마침 구급차 한 대가 몇 블록 떨어진 곳에서 요란한 사이렌을 울리며 성 빈센트 병원으로 달려가는 중이었다. 폴링의 아파트는 도시의 일부분인 동시에 어느 정도 도시에서 떨어진 곳 같은 느낌을 주었다. 약간의 단절감. 불완전한 성역.

"그걸 다시 해봅시다." 리처가 말했다.

"뭘요?"

"브레인스토밍. 자, 나한테 질문을 해봐요."

"좋아요. 지금까지 우리가 얻은 게 뭐죠?"

"불가능한 기습. 말을 할 수 없는 인물."

"혀 절단은 문화적으로 아프리카와는 관련이 없다는 사실도 알게 됐죠."

"하지만 몸값은 아프리카와 관련이 있습니다. 정확히 절반이었으니까."

방 안에 침묵이 흘렀다. 7번가를 남쪽으로 달리는 사이렌 소리만 멀리서 들려왔다.

"다시 출발점으로 돌아가보죠." 폴링이 말했다. "가장 먼저 눈에 띈 이상한 점이 뭐였죠? 최초의 경고 신호 같은 거요. 뭐든 좋아요. 아무리 사소하고 하찮은 거라도 괜찮아요."

리처는 두 눈을 감고 이 모든 일이 시작된 장면을 다시 떠올려보았다.

손에 든 에스프레소 일회용 컵 표면의 오돌토돌한 감촉과 질감, 뜨겁지도 차갑지도 않은 온도. 갓돌에서 그레고리가 걸어오는 장면. 기민하고 경제적인 움직임. 상황을 꿰뚫어보면서 주의 깊게 웨이터에게 질문을 하는 모습은 노련한 수사관을 연상시켰다. 그런 다음 그레고리는 인도에 놓인 테이블로 곧장 다가왔다.

리처가 말했다. "그레고리는 내가 전날 밤에 본 차량에 관해 물었습니다. 11시 45분 조금 못 미쳐 그 차가 떠났다고 했더니 아니라고 하더군요. 분명 자정에 가까운 시각이었을 거라고."

"시간을 두고 논쟁이 있었나요?"

"논쟁이랄 건 없었습니다. 당신 말대로 사소한 부분이었으니까."

"그 시간에 어떤 의미가 있을까요?"

"내가 틀렸거나 그레고리가 틀렸다는 뜻이겠죠."

"당신한테는 시계가 없잖아요."

"전에는 있었습니다. 부서져서 버렸고."

"그레고리가 옳을 가능성이 높네요."

"시계가 없어도 내가 시간을 정확히 안다는 사실을 제외하면 그렇죠."

"잠깐 눈을 감아볼래요?"

"그러죠."

"지금 몇 시예요?"

"9시 36분."

"나쁘진 않네요. 내 시계는 9시 38분을 가리키고 있어요."

"그 시계가 빠른 겁니다."

"진지하게 하는 말이에요?"

리처가 눈을 뜨며 말했다. "물론."

폴링은 커피 테이블로 가서 TV 리모컨을 들고 와 날씨 채널을 켰다. 화면 구석에 기상청에서 공식적으로 알려주는 시각이 초 단위까지 표시되었다. 폴링은 손목시계를 다시 쳐다보았다.

"당신 말이 맞네요. 이 시계가 2분 빨라요."

리처는 아무 말도 하지 않았다.

"어떻게 그럴 수 있죠?"

"나도 모릅니다."

"그렇다 쳐도 그레고리가 당신한테 질문을 한 건 24시간 뒤였어요. 당신이 말한 시간이 정확하다고 할 수 있을까요?"

"확실하진 않습니다."

"만약 당신이 맞고 그레고리가 틀렸다면 그건 무슨 의미일까요?"

"무슨 의미가 있겠죠. 하지만 정확히 그게 뭔지는 모르겠습니다."

"시간 얘기가 오간 다음엔 무슨 말을 했나요?"

지금쯤은 살아 있기보다는 죽었을 확률이 높겠지만. 그레고리는 그렇게 말했었다. 그때 리처는 컵을 살펴보았고 미지근한 에스프레소는 3밀리미터쯤 남아 있었는데 걸쭉한 찌꺼기뿐이었다. 그는 컵을 내려놓고 말했다. 좋습니다. 가봅시다.

"그레고리의 차에 탈 때 뭔가가 있었습니다. 파란 BMW. 머릿속에 신호가 울렸습니다. 그 순간이 아니라 나중에. 그 장면을 돌이켜 생각해봤을 때."

"그게 뭔지는 모르는 거죠?"

"모릅니다."

"그다음엔 무슨 일이 있었나요?"

"우리는 다코타 빌딩에 도착했습니다. 거기서부터 나는 사건에 휘말리게 되었죠." 사진. 리처는 생각했다. 모든 게 그 사진에서 비롯되었다.

폴링이 말했다. "잠깐 쉬는 게 좋겠어요. 억지로 짜낸다고 될 일도 아니고."

"냉장고에 맥주 있습니까?"

"화이트와인이 있어요. 드실래요?"

"내가 너무 이기적이었군요. 당신은 5년 동안 그 일을 떨쳐버리지 못하다가 이제야 자기 잘못이 아니라는 사실을 알게 되었는데. 잠깐 시간을 내어 축하를 합시다."

폴링은 잠시 말없이 앉아 있더니 미소를 지었다.

"그래요. 솔직히 말해 정말로 기분이 좋거든요."

리처는 주방으로 함께 갔다. 폴링이 냉장고에서 꺼낸 와인병을 서랍의 와인따개로 열고 찬장에서 잔 두 개를 가져와 조리대 위에 나란히 놓았다. 리처가 와인을 따랐다. 두 사람은 잔을 들어 올려 부딪쳤다.

"잘 사는 게 복수죠." 리처가 말했다.

두 사람은 와인을 한 모금 마신 뒤 소파로 돌아가 나란히 앉았다.

리처가 물었다. "앤 레인 때문에 사직했습니까?"

"직접적으로 그런 건 아니에요. 그러니까 사건 직후에 그만둔 건 아니라는 뜻이에요. 하지만 궁극적으로는 그게 원인이었죠. 어떤 식인지 당신도 알 거예요. 해군 함대의 전함 하나가 바닥에 구멍이 뚫린 것과 비슷하죠. 가시적인 손상은 없지만 그 전함은 약간 뒤처지게 돼요. 시간이 지날수록 점점 더 처지고 항로에서도 약간 벗어나죠. 그러다 다음번 대규모 교전이 벌어질 때면 아예 보이지 않아요. 그게 나였어요."

리처는 듣고만 있었다.

"그 일이 아니었더라도 한계에 달했던 건지 몰라요. 나는 이곳을 사랑하고 다른 도시로 옮겨가고 싶지 않았어요. 그런데 뉴욕 사무실의 수장은 부장급이거든요. 승산이 없었죠."

그녀는 와인을 한 모금 마신 뒤 책상다리를 하고 리처의 모습을 더 잘볼 수 있게끔 약간 옆으로 몸을 틀었다. 리처도 조금 몸을 틀었으므로 두 사람은 30센티미터 정도 사이를 두고 마주 보게 되었다.

"당신은 왜 군대에서 나왔어요?"

"그만두고 싶으면 그래도 된다는 얘기를 들었습니다."

"본래 퇴역할 작정이었나요?"

"아뇨. 계속 군대에 있을 생각이었습니다. 그런데 그만두는 것도 선택 사항에 들어간다는 말을 듣고 보니 제정신이 들더군요. 상관들의 계획에서 나 개인의 존재는 필수적인 부분이 아니었다는 걸 깨닫게 된 거죠. 내가 계속 군대에 남겠다고 했으면 상관들은 그것도 그것대로 기쁘게 여겼을 겁니다. 그렇다고 내가 떠난다 해서 가슴이 찢어지는 건 아니었다는 거죠."

"필요한 인물이 아니면 견딜 수 없다는 건가요?"

"그건 아닙니다. 꿈에서 깨어난 듯 현실을 보게 되었다고나 할까요. 그게 전부입니다. 제대로 설명할 수가 없군요."

리처는 말을 멈추고 조용히 폴링을 쳐다보았다. 촛불의 은은한 빛을 받은 폴링은 근사해보였다. 눈이 촉촉하고 살결이 부드러웠다. 리처는 여느 남자들만큼, 아니 그 이상으로 여자를 좋아하는 편이었지만 습관적으로 여자에게서 결점을 찾는 사람이기도 했다. 귀의 생김새, 발목의 두께, 키, 몸매, 체중. 사소한 것 하나라도 마음에 들지 않으면 그걸로 끝이었다. 그런데 로런 폴링에게서는 그런 결점을 찾을 수 없었다. 단 한 가지도. 정말로 그랬다.

"어쨌거나 축하합니다." 리처가 말했다. "오늘 밤에는 푹 자도록 해요."

"그러죠."

그러더니 폴링은 "그럴 기회가 없을지도 모르겠네요"라고 덧붙였다.

리처는 그녀의 향기를 맡을 수 있었다. 은은한 향수, 비누, 깨끗한 살결, 청결한 면섬유의 향기. 쇄골까지 늘어진 머리카락이 약간 솟아오른 티셔츠의 어깨솔기와 닿아 매혹적인 동그란 그늘을 만들었다. 폴링은 날씬하고 몸이 탄탄했다. 그럴 필요가 없는 부분은 제외하고. "기회가 없다니요?"

"밤을 새워 일해야 할 수도 있잖아요."

"일만 하고 놀지 않으면 따분한 사람이 됩니다."

"당신은 따분한 사람은 아니에요."

"고맙군요."

그는 몸을 앞으로 기울여 폴링의 입술에 키스했다. 가볍게.

약간 벌어진 그녀의 입술은 차가웠고 와인 맛이 남아 달콤했다. 리처는 와인잔을 들지 않은 팔을 그녀의 목 뒤로 뻗어 폴링을 가까이 당긴 뒤 더 강하게 키스했다. 폴링도 한 팔로 리처의 목을 껴안았다. 그들은 입을 맞추며 족히 1분 동안 서로를 안고 있었다. 두 개의 와인 잔은 거의 같은 높이로 공중에 들려 있었다. 이윽고 그들은 몸을 떼고 테이블 위에 잔을 내려놓았다.

폴링이 물었다.

"지금 몇 시예요?"

"9시 51분."

"어떻게 시간을 그렇게 정확히 알 수 있죠?"

"모르겠습니다."

폴링은 잠시 그대로 앉아 있다가 리처에게로 몸을 기울여 다시 키스했다. 이번에는 두 손을 모두 사용했다. 한 손은 그의 머리 뒤에, 다른 손은 등 뒤에 있었다. 리처도 대칭으로 같은 자세를 취했다. 그녀의 혀는 빠르고 능숙하게 움직였다. 등은 좁았고 살결은 따뜻했다. 리처의 손이 폴링의 티셔츠 아래로 미끄러져 들어갔다. 그녀가 반사적으로 주먹을 꽉 쥐면서 리처의 셔츠를 허리춤에서 빼냈다. 그녀의 손톱이 등을 파고드는 게 느껴졌다.

"본래는 이러지 않아요." 그녀는 입술을 격렬하게 비비며 말했다. "같이 일하는 사람하고는."

"우리는 일하는 게 아닙니다. 쉬는 중이죠."

"축하하는 중이고요."

"맞아요."

"우리가 호바트가 아니란 사실을 축하하는 거죠. 그렇죠? 케이트 레인이 아니라는 사실도."

"당신이 당신이라는 사실을 축하하는 중입니다."

폴링이 두 팔을 머리 위로 들어 올리자 리처는 그녀의 셔츠를 벗겼다. 그녀는 자그만 검은색 브래지어를 하고 있었다. 이번에는 그가 두 팔을 들었다. 그녀는 소파에 무릎을 대고 몸을 일으켜 리처의 셔츠와 안에 입은 티셔츠를 차례로 벗었다. 손바닥을 그의 널찍하고 평평한 가슴 위에 대고 불가사리처럼 손가락을 쫙 펴더니 그의 허리 쪽으로 움직였다. 그녀는 그의 벨트를 풀었다. 그는 폴링의 브래지어를 풀고 그녀를 들어 올려 소파 위에 눕힌 다음 가슴에 입을 맞추었다. 그의 머릿속 시계가 10시 5분을 가리켰을 때 두 사람은 그녀의 침대에 있었다. 벌거벗은 몸을 서로 껴안고 천천히 부드럽게 사랑을 나누었다. 리처가 전에는 한 번도 경험해보지 못한 방식이었다.

"나이 든 여자는 나잇값을 하는 법이죠."

리처는 대답하지 않았다. 미소를 지으며 머리를 숙여 그녀의 목덜미에 키스했다. 축축이 젖은 살결에서 소금 맛이 났다.

그들은 함께 샤워를 하고 잔에 남은 와인을 비운 뒤 침대로 돌아왔다. 리처는 너무 피곤해 생각할 힘이 없었으나 몹시 편안했으므로 그대로 좋았다. 둥둥 뜬 느낌이었고 따뜻했다. 녹초가 되었으나 행복했다. 폴링이 그에게로 파고들었다. 두 사람은 꼭 껴안은 채 잠이 들었다.

한참 뒤 리처는 움직이는 기척을 느끼고 잠에서 깼다. 폴링이 두 손을 그의 눈 위에 얹고 속삭이듯 물었다. "몇 시일까요?"

"아침 7시 42분."

"정말 대단하군요."

"그다지 쓸모 있는 재능은 아닙니다. 시계값을 절약할 수 있는 정도죠."

"전에 찼던 시계는 어떻게 됐나요?"

"밟았어요. 침대 옆에 뒀었는데 잠에서 깨어나 밟고 말았습니다."

"그래서 망가졌나요?"

"구두를 신은 채였으니까요."

"침대에서?"

"옷 입을 시간을 절약하려고."

"정말 대단한 사람이네요."

"항상 그러는 건 아닙니다. 어떤 침대에서 자느냐에 달려 있지요."

"시간문제에서 만약 그레고리가 틀렸고 당신이 옳았다면 그건 뭘 뜻하는 걸까요?"

모르겠습니다, 라고 말하려고 그는 숨을 들이쉬며 입을 벌렸다.

하지만 입을 벌린 채 딱 멈추었다.

그 일의 의미를 갑자기 깨달았던 것이다.

"잠깐만요."

그는 베개에 머리를 눕히고 컴컴한 천장을 응시했다.

조금 뒤 리처가 물었다. "초콜릿 좋아합니까?"

"그럴걸요."

"손전등은 있습니까?"

"가방 속에 작은 맥라이트가 들어 있어요."

"주머니 속에 넣어둬요. 가방은 집에 두고. 그리고 바지를 입어요. 치마는 불편할 겁니다."

49

그들은 걸었다. 도시의 아침이 아름다웠기 때문이며 리처가 너무 안절부절못해 지하철이나 택시를 탈 수 없었기 때문이기도 했다. 두 사람은 배로에서 블리커를 거쳐 6번가 남쪽으로 갔다. 벌써 공기가 따뜻해졌다. 적당한 시간을 염두에 두고 천천히 걸었으므로 스프링가에서 동쪽으로 방향을 틀었을 때가 정각 7시 30분이었다. 그들은 설리번과 톰프슨을 가로질렀다.

"그 버려진 건물로 가는 건가요?" 폴링이 물었다.

"먼저 들를 곳이 있습니다."

리처는 초콜릿 상점 앞에 멈춰 섰다. 컵 모양으로 동그랗게 말아 쥔 두 손을 유리에 대고 안을 들여다보았다. 주방에 불이 켜져 있었다. 상점 주인이 움직이는 모습이 보였다. 작고 흐릿하고 피곤해 보이는 형체가 그에게 등을 보인 채 일하는 중이었다. 하루에 열여섯 시간 일하는 거죠. 시계처럼 규칙적으로. 일주일에 7일. 우리처럼 작은 가게는 쉬는 날이 없어요.

그는 창을 세게 두드렸다. 주인이 하던 일을 멈추고 짜증스러운 얼굴로 돌아보았다. 리처를 알아보고는 얼굴에서 짜증을 지우고 어쩔 수 없다는 듯 어깨를 으쓱한 다음 진열대를 지나 출입문 쪽으로 다가왔다. 주인은 자물쇠를 풀고 문을 빼꼼히 열더니 말했다. "무슨 일이죠?"

쌉싸름한 초콜릿 냄새가 훅 끼쳐왔다.

"저 샛길로 다시 들어가볼 수 있겠습니까?"

"이번에 같이 온 사람은 누구죠?"

폴링이 앞으로 나서며 이름을 밝히자 가게 주인이 다시 물었다. "당신들 정말로 해충구제업자 맞아요?"

폴링은 명함을 건네며 말했다. "우린 조사원입니다."

"뭘 조사하고 있는데요?"

"여자가 한 명 실종되었습니다." 리처가 말했다. "아이도 같이."

잠시 침묵이 흐른 뒤 주인이 물었다. "그들이 옆 건물에 있다는 건가요?"

"아닙니다." 리처가 대답했다. "거긴 아무도 없습니다."

"다행이네요."

"이건 그저 일반적인 조사 절차입니다."

"초콜릿 좀 드실래요?"

"아침식사로는 사양합니다." 리처가 말했다.

폴링은 달랐다. "전 먹을래요."

주인이 문을 활짝 열어주었고 두 사람은 안으로 들어갔다. 폴링은 초콜릿을 고르느라 잠깐 머뭇거리더니 골프공 크기의 라즈베리 퐁당을 집어 들었다. 한입 깨물고는 감탄하는 듯한 신음소리를 내면서 리처의 뒤를 따라 주방을 통과해 경사진 짧은 복도를 지났다. 두 사람은 뒷문을 통해 샛길로 나왔다.

버려진 건물의 후면은 리처가 마지막으로 보았을 때와 똑같았다. 칙칙한 빨간 문, 녹슨 검은 손잡이, 땟국이 흐르는 1층 창문. 그는 혹시나 싶어 손잡이를 돌리며 밀어보았다. 역시 문은 잠겨 있었다. 리처는 몸을 숙여 구두끈을 풀었다. 구두를 벗어 앞코를 손에 쥐고 뒤축을 900그램짜리 망치처럼 휘둘러 창문 왼편 아래쪽, 문의 자물쇠 근처 유리를 깨트렸다.

몇 번 더 유리를 두드려 구멍을 넓힌 다음 그는 구두를 다시 신었다. 창에 난 구멍으로 팔을 완전히 집어넣어 벽을 껴안듯 하면서 손으로 더듬어 문의 안쪽 손잡이를 잡았다. 안쪽에서 자물쇠를 풀고는 팔을 천천히 빼냈다.

"됐습니다."

그는 문을 열고 내부 모습을 폴링이 잘 볼 수 있도록 옆으로 비켜섰다.

"당신한테 들었던 그대로네요. 사람이 살 수 있는 곳이 아니에요. 바닥이 없군요."

"사다리를 타고 내려가 봐요."

"왜 내가요?"

"만약 내 생각이 틀렸으면 너무 상심한 나머지 영영 저 아래서 나오지 못할 것 같아서 그럽니다."

폴링은 고개를 들이밀어 사다리를 쳐다보았다. 사다리는 전에 두었던 그 자리에 그대로 있었다. 두 사람의 오른쪽, 창문과 문 사이의 좁은 벽에 가파른 각도로 걸쳐져 있었다.

"콴티코에서 이보다 더한 것도 해봤지만 아주 옛날 일인데."

"혹시 떨어진다 해도 3미터밖에 안 됩니다."

"고맙군요."

그녀는 몸을 돌려 구덩이를 등지고 섰다. 리처가 오른손을 잡아주자 폴링은 옆걸음으로 왼쪽으로 옮겨가 왼발과 왼손을 사다리 위에 올려놓았다. 사다리를 단단히 디디고 선 뒤 리처의 손을 놓고 잠시 머뭇거리다 발밑의 어둠 속으로 내려갔다. 사다리가 약간 덜컹거리더니 쓰레기가 버스럭대는 소리가 들렸다. 바닥에 닿아 사다리에서 내려선 모양이었다.

"여긴 엉망진창이군요." 아래에서 폴링이 큰 소리로 말했다.

"미안합니다."

"쥐도 있을 것 같은데."

"손전등을 켜요."

"그럼 쥐들이 겁먹을까요?"

"아뇨. 하지만 쥐가 당신 쪽으로 오면 볼 수는 있을 겁니다."

"아주 고맙군요."

리처는 구덩이 쪽으로 몸을 기울였다. 어둠을 가르는 손전등 불빛이 보였다.

그녀가 소리쳤다. "어느 쪽으로 움직이면 되죠?"

"건물 정면 쪽으로 가요. 출입문 바로 아래로."

불빛이 수평으로 움직이며 방향을 가늠하더니 앞쪽으로 뻗어나갔다. 석회 화합물 같은 것으로 하얗게 칠해진 지하실 벽은 빛을 약간 반사했다. 쓰레기더미가 리처의 눈에도 보였다. 종이, 포장 상자, 정체불명의 썩은 물건들.

폴링이 정면 벽에 닿았다. 손전등을 위로 비추며 위에 있는 문의 위치를 확인했다. 그녀는 약간 왼쪽으로 움직여 문과 수직이 되는 지점에 섰다.

"아래를 봐요." 리처가 소리쳤다. "뭐가 보입니까?"

불빛이 바닥을 향했다. 비추는 범위는 좁았지만 아주 밝았다.

"쓰레기요."

"가까이 들여다봐요. 아마 튀어나와 있을 겁니다."

"뭐가 튀어나와 있다는 거예요?"

"주위를 살펴봐요. 그럼 보일 겁니다."

손전등 불빛이 작은 원을 그리며 움직였다. 조금 더 큰 원을 그리며 한 번 더 움직였다. 그러더니 한 지점에서 멈췄다.

"그래요. 이제 보여요. 도대체 어떻게 알았죠?"

리처가 대답하지 않자 폴링은 잠시 그대로 서 있다가 몸을 숙였다. 다시 일어섰을 때는 두 손을 높이 들고 있었다. 오른손에 든 것은 손전등이었다. 왼손에 든 것은 자동차 열쇠 두 개, 메르세데스 벤츠와 BMW의 열쇠였다.

50

폴링은 쓰레기더미를 헤치고 사다리 밑으로 돌아와 열쇠를 위로 던졌다. 리처는 왼손으로 하나를, 오른손으로 다른 하나를 받았다. 열쇠는 둘다 크롬 링에 끼워져 있었으며 고유한 에나멜 문양이 박힌 검은 가죽 장식이 달려 있었다. 가지가 세 개 뻗은 메르세데스의 별 문양과 파란색과 흰색의 BMW 프로펠러. 열쇠고리에는 각각 커다란 자동차 열쇠 한 개와 리모컨이 달려 있었다. 리처는 먼지와 쓰레기를 털어내고 두 개의 열쇠를 주머니에 넣었다. 그런 뒤 구덩이로 몸을 기울여 사다리에 선 폴링의 팔을 잡아 안전한 지점으로 끌어올렸다. 그녀는 몸의 먼지를 훑어내고는 신발에 묻은 쓰레기들을 떨어내려 허공에 발길질을 하면서 말했다. "자, 이제?"

"점수가 1 대 1이 되었군요."

리처는 칙칙한 빨간 문을 닫고 유리 구멍으로 다시 손을 집어넣어 벽을 안듯이 하면서 안에서 자물쇠를 잠갔다. 조심스레 손을 빼낸 뒤 손잡이를 돌려보았다. 굳게 잠겨 있었다. 안전했다.

"우편 투입구 어쩌고 한 것은 전부가 완전히 미끼였습니다." 그가 말했다. "주의를 흩뜨리려는 터무니없는 술책이었습니다. 그자는 열쇠를 갖고 있었습니다. 레인의 사무실에 있는 서류장에서 열쇠를 빼냈죠. 자동차 관런 물품들이 죄다 거기 들어 있었는데 예비열쇠 몇 개가 보이지 않았습니다."

"결국 시간에 관해서 당신이 맞았던 거군요."

리처는 고개를 끄덕였다. "그자는 카페 위층 아파트에 있었습니다. 의자에 앉아 창밖을 내다보며 그레고리가 11시 40분에 자동차를 세우고 떠나는 걸 지켜봤습니다. 하지만 그레고리를 뒤쫓아 스프링가로 가진 않았습니다. 그럴 필요가 없었던 겁니다. 스프링가 따위엔 신경 쓸 필요가 없었어요. 그냥 아파트 밖으로 나와 6번가를 건너 주머니에 든 예비열쇠를 쓰면 되는 거였으니까요. 그레고리가 떠나고 바로. 그러니 자정보다는 11시 40분에 가까운 시간이 맞습니다."

"둘째 날 아침의 BMW도 똑같은 식이었겠네요."

"정확히 같은 방식입니다. 그 빌어먹을 문을 20분 동안이나 지켜보고 있었는데 그자는 문 근처에도 오지 않았습니다. 하우스턴가 남쪽에도 아예 오지 않았습니다. 그레고리가 차를 세운 뒤 2분 뒤에 벌써 BMW에 올라탔던 겁니다."

"그래서 그자가 차량을 정확히 지정했던 거군요. 훔친 열쇠에 맞는 차량이라야 했으니까."

"첫째 날 밤에 그레고리가 나를 차에 태울 때 뭔가 이상한 느낌이 들었던 것도 그래서였습니다. 그레고리는 3미터 떨어진 곳에서 리모컨을 사용했어요. 누구나 그렇게 합니다. 그런데 전날 밤 그자는 벤츠에 리모컨을 쓰지 않았습니다. 차량 앞까지 가서 열쇠를 집어넣었죠. 요즘 누가 그렇게 차문을 엽니까? 하지만 그자는 그랬습니다. 그럴 수밖에 없었으니까. 리모컨이 없었던 겁니다. 예비열쇠만 갖고 있었던 거죠. 그자가 마지막에 재규어를 지정한 것도 그걸로 설명이 됩니다. 버크가 몸값을 갖다 두는 즉시 길 건너에서 차 문을 잠그고 싶었던 거죠. 재규어라야 그게 가능했습니다. 재규어 리모컨만 갖고 있었으니까. 처음에 납치할 때 손에 넣었던 겁니다."

폴링은 듣고만 있었다.

"나는 레인한테 그자가 재규어를 택한 건 일종의 조롱이라고 말했습니다. 아픈 기억을 들쑤시려는. 하지만 아주 실제적인 이유가 있었군요. 심리적인 게 아니라."

폴링은 잠시 그대로 침묵을 지키다 입을 열었다. "그렇게 되면 내부자 조력설로 돌아가게 돼요. 그렇지 않나요? 예비열쇠를 훔치는 건 그게 아니면 가능하지 않은 일이에요. 하지만 당신은 내부자가 연루되지 않았다고 했었잖아요. 내부자가 관련됐을 가능성은 전혀 없다고 말이에요."

"이젠 짐작이 갑니다."

"누구죠?"

"그 혀 없는 남자. 그자가 이 모든 일의 열쇠입니다."

51

폴링과 리처가 초콜릿 상점을 통해 다시 거리로 나온 것은 오전 8시 30분이 되기 전이었다. 그들은 9시 조금 전에 웨스트 4번가에 있는 폴링의 사무실에 도착했다.

"브루어와 연락을 해야 합니다." 리처가 말했다. "패티와도."

"브루어는 아직 자고 있을 거예요. 느지막이 일을 시작해요."

"오늘은 빨리 시작하게 되겠군요. 잽싸게 움직여야만 할 겁니다. 우리는 허드슨강에서 건져 올린 시신의 신원을 확실히 알아야 합니다."

"테일러 말인가요?"

"테일러가 맞는지 확인해야 합니다. 분명 패티가 테일러의 사진을 가지고 있을 겁니다. 다코타를 드나든 모든 사람들의 사진을 찍었을 테니까. 테일러가 제대로 찍힌 사진을 받아 브루어가 시체안치소로 가서 대조해보면 됩니다."

"패티가 기꺼이 협력할 것 같지 않은데요. 그녀가 원하는 건 레인을 쓰러트리는 거지 돕는 게 아니에요."

"우린 레인을 도우려는 게 아닙니다. 알잖습니까."

"패티가 그 차이를 구별할지 모르겠네요."

"우리가 원하는 건 그저 사진 한 장입니다. 그 정도는 해줄 겁니다."

폴링은 패티에게 전화를 걸었다. 패티는 4년 전 마제스틱 아파트에 살기 시작한 시점부터 레인 부하 전원의 사진을 갖고 있다고 했다. 처음엔 사진을 내어주는 걸 꺼리는 기색이었지만 시신이 테일러로 확인되면 직접적이든 간접적이든 레인에게 일종의 압력이 될 것이라고 생각한 모양이었다. 패티는 테일러의 전신이 가장 잘 찍힌 사진을 골라두었다가 브루어가 오면 주겠다고 했다. 이어 폴링은 브루어에게 전화를 걸었다. 전화벨 소리에 잠이 깬 브루어는 짜증을 내긴 했으나 사진을 받으러 가겠다고 했다. 거기엔 당연히 이기적인 이유도 있었다. 신원불명 시체의 신원을 밝혀내면 경찰청 윗사람들한테서 점수를 따게 될 테니까.

통화를 끝낸 폴링이 물었다. "이제 뭘 하죠?"

"아침식사를 해야죠."

"그럴 시간이 있어요? 오늘 중에 레인한테 범인을 알려줘야 하는데."

"자정까지는 오늘입니다."

"아침을 먹은 다음에는?"

"당신은 샤워를 해야 하지 않을까요?"

"괜찮아요. 지하 구덩이도 그렇게 나쁘진 않았어요."

"구덩이 생각을 한 게 아닙니다. 커피와 크루아상을 사서 당신 집으로 갈까 합니다. 아까 거기 있을 때는 결국 둘 다 샤워를 하게 되었었죠."

"그런 얘기였군요."

"당신이 동의한다면."

"근사한 크루아상 가게를 알고 있어요."

두 시간 뒤, 리처는 수건으로 머리카락을 닦으며 직감을 따를까 말까 고민하고 있었다. 그는 직감을 그다지 믿지 않는 편이었다. 직감을 믿고 따랐다간 시간만 낭비하고 아무 데도 가닿지 못하기 일쑤였다. 하지만 브루어의 연락을 기다리는 동안에는 낭비할 시간이 있었고 어차피 달리 갈 곳도 없었다.

폴링이 외출 준비를 마치고 나왔다. 굉장한 모습이었다. 구두, 스타킹, 타이트한 스커트, 실크 블라우스까지 죄다 검은색으로 갖춰 입었다. 머리를 단정히 손질하고 엷게 화장을 했는데 특히 눈이 멋졌다. 개방적이고 솔직하고 지성적으로 보였다.

그녀가 물었다. "지금 몇 시예요?"

"11시 13분. 얼추 그쯤입니다."

"어떻게 그렇게 할 수 있는지 언젠가 설명해줘야 해요."

"설명할 수 있게 되면 제일 먼저 해드리죠."

"아침을 오래 먹었네요. 하지만 즐거웠어요."

"나도 그랬습니다."

"이젠 뭘 하죠?"

"점심식사를 하면 되겠군요."

"아직 배가 안 고픈걸요."

"먹는 부분을 건너뛰면 됩니다."

그녀는 미소를 지었다.

"이제 진지해져야죠. 할 일이 많아요."

"당신 사무실로 돌아갈까요? 가서 확인해보고 싶은 게 있습니다."

배로가는 조용했지만 웨스트 4번가는 도시의 점심시간이 시작되면서 혼잡했다. 인도가 사람들로 넘쳐났다. 리처와 폴링은 인파에 휩쓸려 천천히 앞으로 나아갈 수밖에 없었다. 달리 방법이 없었다. 보행자 정체는 차량 정체와 다르지 않다. 5분이면 걸어갈 거리인데 10분이 걸린다. 폴링의 사무실이 있는 건물의 출입문은 벌써 열려 있었다. 다른 입주자들은 일찌감치 나와 몇 시간째 일하는 중이었다. 리처는 폴링을 따라 계단을 올라갔다. 그녀가 열쇠로 문을 열었고 두 사람은 대기실로 들어갔다. 리처는 폴링보다 앞서 책꽂이와 컴퓨터가 있는 안쪽 사무실로 들어갔다.

폴링이 물었다. "확인하고 싶은 게 뭔가요?"

"우선 전화번호부를 봐야겠습니다. 테일러의 T 항목."

그녀는 책꽂이에서 인명 전화번호부를 꺼내 책상 위에 펼쳤다. 테일러란 성은 아주 많았다. 상당히 흔한 성이다.

"이름의 첫 글자가 뭐죠?"

"모릅니다. 거리 주소를 살펴봅시다. 웨스트빌리지에 사는 사람을 찾아 봐요."

폴링은 해당 지역에서 테일러란 성을 찾아내 전화번호부 여백에 연필로 표시를 해나갔다. 가능성 있는 주소로 뽑아낸 것은 일곱 군데였다. 웨스트 8번가, 뱅크, 페리, 설리번, 웨스트 12번가, 허드슨, 웨이벌리플레이스였다.

리처가 말했다. "허드슨가에서 시작하죠. 시내 안내책자에서 그 주소가 어느 블록에 있는지 찾아봅시다."

폴링은 허드슨가에 거주하는 테일러의 주소가 나온 전화번호부 아래에 밑줄 치듯 안내책자를 겹쳐서 놓고 그 주소가 어떤 블록에 있는지 넘기며 찾았다.

그녀가 고개를 들고 리처를 쳐다보았다.

"정확히 클락슨과 리로이 중간 지점이에요."

리처는 말없이 폴링을 마주 보았다.

"이게 무슨 의미일까요?"

"당신 생각에는?"

"혀가 없는 남자가 테일러를 알고 있었다? 테일러와 같이 살았다? 같이 일했다? 테일러를 죽였다?"

리처가 대답하지 않자 폴링이 혼자 대화를 이었다.

"아니, 잠깐만. 테일러는 내부 인물이었잖아요. 그가 예비열쇠를 훔친 거예요. 블루밍데일에서는 공범과 약속해 둔 바로 그 장소에 차를 세웠고, 당신은 어떻게 납치가 가능했는지 줄곧 의문을 품었었죠. 그게 가능하려면 이 방법이 유일해요."

리처는 계속 입을 다물고 있었다.

"강에서 발견된 게 정말 테일러일까요?"

"브루어한테서 전화가 오면 바로 알 수 있습니다."

"그 보트 정박장은 시내에서 북쪽으로 꽤 멀리 떨어져 있어요. 납치와 몸값 인수는 죄다 시내에서 이루어졌고요."

"허드슨은 타판지 유역까지 조수의 영향을 받습니다. 기술적으로는 강이 아니라 만灣이에요. 허드슨의 부유물은 남쪽뿐 아니라 북쪽으로도 밀려갈 수 있습니다."

"지금 우리가 뭘 하고 있는 건가요?"

"세부 내용과 단서들을 점검하고 있는 중입니다. 그게 지금 우리가 하고 있는 일이죠. 어렵사리 나아가고 있습니다. 한 번에 한 단계씩. 다음 단계는 허드슨가에 있는 테일러의 주소지를 찾아가보는 겁니다."

"지금요?"

"안 될 것 있습니까?"

"안에 들어가려고요?"

"두말하면 잔소리죠."

폴링은 'G. 테일러'라는 이름과 전화번호부의 주소를 종이에 옮겨 적으면서 말했다.

"G로 시작하는 이름이네요. 뭘까요?"

"테일러가 영국인이란 점을 감안해야겠죠. 제프리나 제럴드? 개러스? 글린? 제바이스, 고드프리, 갤러해드일 수도 있고."

리처와 폴링은 걸어갔다. 쓰레기통과 배수로에 버려진 라테 찌꺼기 속의 우유가 오후의 햇볕을 받아 악취를 풍겼다. 소형 밴과 택시들이 도로를 꽉 메웠다. 제시간에 대지 못할까 봐 초조해진 운전자들이 경적을 울려댔다. 2층에 매달린 에어컨에서 커다란 빗방울 같은 물방울이 뚝뚝 떨어졌다. 노점상들은 짝퉁 시계, 우산, 휴대폰 액세서리를 사라고 목소리를 높였다. 도시의 혼잡이 최고조에 달해 있었다. 리처는 다른 도시보다 뉴욕을 좋아했다. 태평스러운 무관심과 극도의 혼잡함, 전적인 익명성이 좋았다.

클락슨과 리로이 사이에 위치한 허드슨가의 서쪽에는 건물들이 늘어서 있고 동쪽에는 제임스 J. 워커 공원이 있었다. 테일러의 주소지에는 16층 벽돌 건물이 서 있었다. 평범한 출입문과는 달리 로비는 근사했으며 기다란 데스크 뒤에 앉은 남자가 보였다. 도어맨이 따로 없어 일이 더 편해질 것 같았다. 언제나 두 명보다는 한 명이 쉽다. 증인이 없기 때문이다.

폴링이 물었다. "들어갈 거예요?"

"직접적인 방식이 가장 간편한 법입니다."

두 사람은 출입문을 당겨서 열고 안으로 들어갔다. 어두운색 목재를 주조로 광택이 도는 금속으로 강조를 주었고 바닥은 화강암이었다. 유행하는 실내장식이긴 했으나 최신 스타일은 아니었다. 리처가 데스크로 뚜벅뚜벅 걸어가자 거기 앉은 남자가 그를 올려다보았다. 리처는 폴링을 가리키며 말했다.

"거래를 합시다. 우리를 G. 테일러 씨의 아파트로 들여보내 주면 이 여자분이 400달러를 드릴 겁니다."

역시 직접적인 방식이 가장 간편하다. 수위도 사람이다. 게다가 400달러란 금액도 신중히 계산된 것이었다. 400은 다소 이례적인 숫자라서 특별한 느낌을 준다. 한 귀로 들어가 한 귀로 흘러나오지 않는 숫자다. 자연스럽게 상대의 주의를 끌어당기는 한편 두둑한 현금이라는 인상을 줄 정도로 높은 금액이다. 또한 리처의 경험에 따르면 이럴 때 상대는 자동적으로 500달러라는 협상안을 제시하고 싶은 유혹을 느끼게 된다. 역시 리처의 경험에 따르면 상대가 그런 유혹을 느끼는 순간 게임은 끝난다. 매춘과 마찬가지다. 원칙이 정해지면 남는 문제는 가격뿐이다.

데스크에 앉은 남자는 왼쪽과 오른쪽을 번갈아 힐끗거렸다. 로비에는 다른 사람이 아무도 없었다.

증인이 없다. 일이 더 쉬워진다.

수위가 물었다. "당신들끼리만?"

"상관없습니다. 당신이 우리와 같이 가도 좋고, 잡역부를 올려 보내도 괜찮고."

수위는 잠시 뜸을 들이다 입을 열었다. "좋아요. 잡역부를 보내죠."

하지만 현금은 혼자 꿀꺽하겠지. 리처는 생각했다.

"500달러에"라고 수위가 말했고 리처는 "좋습니다"라고 했다.

폴링이 지갑을 열었다. 엄지에 침을 묻혀 500달러를 센 다음 반으로 접어 건너편에 앉은 수위한테로 밀었다.

"12층입니다." 수위가 말했다. "왼쪽으로 돌아서 오른편 끝에 있는 문이에요. 잡역부가 문 앞에서 당신들을 기다릴 겁니다."

수위는 엘리베이터를 가리키고는 잡역부를 부르기 위해 워키토키를 들었다. 리처와 폴링은 엘리베이터로 가서 상향버튼을 눌렀다. 기다렸다는 듯 엘리베이터 문이 바로 열렸다.

"나한테 꽤 많은 빚을 졌어요." 폴링이 말했다.

"충분히 갚을 수 있습니다. 오늘 밤이면 부자가 되니까요."

"우리 건물에서 일하는 사람들은 저 수위처럼 굴지 않았으면 좋겠네요."

"꿈 깨요. 수많은 건물을 들락거린 경험자로서 하는 말입니다. 군대에 있을 때."

"뇌물용 예산이 따로 있었나요?"

"엄청났습니다. 평화배당* 이전에는. 평화배당금 덕분에 이런저런 예산이 크게 줄었죠."

엘리베이터가 12층에 멈추고 문이 열렸다. 복도의 일부는 도드라진 벽돌로, 일부는 흰 페인트칠로 꾸며져 있었다. 유리 뒤에 허리 높이로 설치해 둔 텔레비전 스크린들에서 나오는 빛이 유일한 조명이었다.

"근사한데요." 폴링이 말했다.

"나는 당신 아파트가 더 좋습니다."

그들은 복도를 왼쪽으로 돌아 오른편 끝에 있는 문으로 갔다. 바깥을

---

* 국방예산을 사회공급예산으로 돌리는 정책.

내다보는 렌즈와 아파트 호실, 이름 표시란이 있는 작은 박스가 문에 달려 있었다. 이름 표시란의 검은 테이프에는 '테일러'라고 적혀 있었다. 건물의 북동쪽 모서리에 있는 아파트였다. 복도는 정적에 싸였고 방향제와 카펫 세제 냄새가 희미하게 떠돌았다.

"이런 곳은 얼마나 합니까?"

"임대하려면요?" 폴링은 아파트의 크기를 가늠하려는 듯 각 호실의 문과 문 사이 간격을 확인한 뒤 말했다. "방 두 개짜리 작은 아파트네요. 한 달에 4,000달러 정도일 거예요. 이 정도 건물이면 4,250달러?"

"비싸군요."

"한 달에 25,000달러를 버는 사람한테는 그렇지도 않죠."

오른편 엘리베이터가 띵 울리더니 녹색 유니폼에 황갈색 연장벨트를 찬 남자가 내렸다. 잡역부였다. 그는 두 사람이 있는 쪽으로 와서 주머니에서 열쇠고리를 하나 꺼냈다. 아무것도 묻지 않고 테일러의 아파트 자물쇠를 풀고 문을 밀어서 열더니 뒤로 물러섰다.

리처가 먼저 들어갔다. 비어 있는 것 같았다. 공기가 무겁고 적막했다. 공중전화 부스 크기의 현관을 지나 왼쪽에 스테인리스제 주방이, 오른쪽에 의복 수납장이 있었다. 거실은 현관 바로 앞에 있고 거실 왼쪽으로 방 두 개가 나란히 있었다. 방 하나가 다른 하나보다 더 컸다. 주방과 거실은 먼지 한 점 없이 완벽하게 정돈되어 있었다. 20세기 중반 모던스타일의 실내 장식은 차분하고 취향이 고급스러웠으며 남성적이었다. 짙은 색 목재 바닥, 옅은 벽, 두꺼운 울 러그, 단풍나무 재목으로 만든 책상. 플로렌스 놀 소파와 마주 보며 임스 안락의자와 오토만이 놓여 있었다. 커피 테이블은 노구치, 의자는 르 코르뷔지에 제품이었다. 잡지에서 사진을 보았던 기억이 있어 리처는 그 제품들을 알아볼 수 있었다. 벽에는 복제화가 아니라 원화가 한 점 걸려 있었다. 혼잡하고 밝고 생동감 넘치는 도시 풍경을 표현한 아크릴화였다. 책꽂이에 꽂힌 책들은 알파벳순으로 가지런히 정리되어 있었다. CD가 많았고 헤드폰 전용의 고급스러운 오디오 시스템도 있었다. 스피커가 없는 걸 보니 집주인은 사려 깊은 인물일 것이다. 좋은 이웃일 것이다.

폴링이 말했다.

"아주 우아한데요."

"뉴욕에 사는 영국인이군요. 커피가 아니라 차를 마실 겁니다."

큰 방은 장식이 거의 없어 수도자의 방 같았다. 하얀 벽, 킹 사이즈 침대, 회색 리넨, 나이트 테이블 위의 이탈리아제 스탠드, 책들, 같은 화가의 다른 그림 한 점. 옷장에는 행거와 선반이 있었다. 행거에는 슈트와 재킷, 셔츠, 바지들이 계절과 색깔별로 분류되어 빼곡히 걸려 있었다. 모두 깨끗이 세탁한 뒤 다림질까지 되어 있었다. 옷걸이들은 정확히 3센티미터 간격으로 걸려 있었다. 선반에는 티셔츠, 속옷, 양말이 차곡차곡 개켜져 있었다. 정확히 각이 잡혔으며 각 무더기들의 높이도 균일했다. 제일 아래 선반에는 구두들이 놓였는데 전부 리처의 구두처럼 견고한 영국 제품이었다. 검은색과 갈색의 구두들은 거울처럼 빛났고 형태 보존을 위한 삼나무틀이 빠짐없이 들어 있었다.

"정말 대단하네요. 이 남자와 결혼하고 싶군요."

리처는 폴링의 말에 대꾸하지 않은 채 다른 방으로 향했다. 두 번째 방에 이르러서는 돈이나 의지 혹은 열정이 바닥난 모양이었다. 따로 꾸미지 않은 평범한 작은 방이었다. 사용하지 않는 방 같았다. 어둡고 무덥고 습했다. 천장에 부착된 조명기구에는 전구가 들어 있지 않았다. 철제 침대 두 개만 덩그러니 놓여 있었다. 두 개가 꼭 붙어 있었고 사용한 흔적이 있는 시트들이 덮여 있었다. 베개 두 개에도 움푹 들어간 자국이 있었다. 창문은 검은 천으로 가려져 있었다. 본래 가로세로 네 면에 모두 덕트 테이프를 붙여 두었던 것 같은데 지금은 세로 한쪽이 떨어져 나가고 검은 천은 기다란 사각형 모양으로 접혀 있었다. 바깥 풍경을 내다보거나 환기를 위한 것인 듯했다.

리처가 말했다. "여기가 케이트와 제이드를 숨겨두었던 곳이군요."

"누가요? 그 말 못하는 사람이?"

"그렇습니다. 말 못하는 그자가 두 사람을 여기 숨겨두었습니다."

52

폴링은 트윈 침대 옆으로 다가가 베개를 살펴보았다.

"길고 검은 머리카락이네요. 엄마와 딸아이의 머리카락. 밤새 뒤척였나 봐요."

"분명 그랬을 겁니다."

"아마도 이틀 밤을."

리처는 거실로 가서 책상을 확인했다. 잡역부가 문간에서 그의 행동을 지켜보고 있었다. 책상 또한 옷장처럼 깔끔하게 정리되어 있었으나 안에 든 것은 별로 없었다. 신분증명서, 재정 관계 서류, 아파트 임대계약서 정도였다. 서류를 살펴보니 테일러의 이름은 그레이엄이었고 미국 영주권을 가진 영국인이었다. 미국의 사회보장번호와 보험증권이 있었고 연금 계좌도 있었다. 책상 위에 놓인 근사한 전화기는 지멘스 제품이었다. 단축번호 버튼이 열 개 있고 각 버튼 옆에는 수신처 표시란이 있었다. 플라스틱 덮개 아래 끼워진 종이에 수신처가 이니셜로만 표시되어 있었다. 제일 위의 단축번호는 'L'이라고 쓰여 있었다. 레인일 듯했다. 리처는 그 버튼을 눌러보았다. 회색 LCD 창에 맨해튼 지역번호인 212로 시작되는 숫자가 번쩍거렸다. 다코타 빌딩일 터였다. 나머지 아홉 개 단축번호도 차례로 눌러보았다. 회색 창에 212 번호 세 개, 917 번호 세 개, 718 번호 두 개, 01144

로 시작하는 긴 번호 하나가 떴다. 212 번호들은 모두 맨해튼으로 동료들의 전화번호일 것 같았다. 그 번호 중 하나에 'G'라고 적혀 있는 걸 보니 그레고리인 듯했다. 917로 시작하는 휴대폰 번호 역시 동료들일 가능성이 높았다. 통화 상대가 외출했을 때 사용하거나 유선전화가 없는 동료일 것이다. 718로 시작하는 번호는 브루클린 번호다. 맨해튼에 살지 않는 동료들이다. 01144로 시작하는 긴 전화번호는 영국 전화번호일 것이다. 아마도 가족. 그 단축버튼에 적힌 것은 'S'였다. 어머니 아니면 아버지일 듯했다.

리처는 한동안 전화기 버튼을 눌러보다가 책상에서의 볼일을 끝내고 두 번째 방으로 돌아갔다. 폴링이 창문 옆에 서서 검은 천이 젖혀진 좁은 틈을 통해 밖을 내다보고 있었다.

"기분이 이상하네요. 케이트와 제이드가 바로 이 방에 있었던 거잖아요. 그들이 마지막으로 본 게 이 풍경이었을지도 몰라요."

"여기서 살해당하지는 않았습니다. 시체를 밖으로 내어가는 게 너무 힘드니까."

"문자 그대로의 뜻은 아니에요. 그들이 마지막으로 본 일상적인 풍경이었을 거란 말이죠."

리처는 대꾸하지 않았다.

"여기서 두 사람의 자취를 느낄 수 있나요?"

리처는 간단히 대답했다. "아니요."

그는 주먹으로 벽을 두드려 보고 무릎을 꿇고 앉아 바닥도 두드렸다. 벽은 두껍고 견고했다. 단단한 목재 바닥 아래는 콘크리트인 것 같았다. 본래 아파트란 사람을 가둬 두기에 적당한 장소가 아니지만 이곳은 충분히 안전했다. 잡혀 온 사람들에게 겁을 줘서 소리를 내지 못하게 하면 이웃 주민들에게 들킬 위험은 없었다. 이웃은 결코 알 수 없다. 패티가 말한 그대로다. 여기 뉴욕에서는 익명성이 철저히 보장되잖아요. 이웃 사람과 한 번도 마주치지 않고 몇 년을 살 수도 있어요.

아파트로 끌려온 손님들도 마찬가지일 것이다.

"이곳에서는 도어맨이 24시간 근무할까요?" 리처가 물었다.

"아닐 거예요. 도심 외곽이니까. 우리 아파트에도 없어요. 여긴 파트타임 근무일 거예요. 8시까지."

"그걸로 시간 지연이 설명되는군요. 그자는 도어맨이 있을 때 케이트와 제이드를 이곳으로 데려올 수 없었던 겁니다. 두 사람이 얌전히 끌려오진 않았을 테니까. 납치 후 몇 시간은 기다려야 했습니다. 이후에도 일관성을 유지하기 위해 계속 시간 간격을 둔 거고."

"멀리 떨어진 곳이란 인상을 줄 필요도 있었겠죠."

"그레고리가 그런 말을 했었습니다. 그가 옳았고 내가 틀렸습니다. 나는 캐츠킬 산맥 쪽이라고 생각했습니다."

"그것도 이치에 닿는 추론이에요."

리처는 대답하지 않았다.

"이제 뭘 하면 되죠?"

"국방부에 있는 당신 친구를 만나야겠습니다."

"그러겠다고 할지 모르겠네요. 그는 당신을 좋아하지 않는 것 같아요."

"나도 그 사람이 엄청나게 마음에 드는 건 아닙니다. 하지만 이건 일입니다. 그 사람한테 제안을 해봐요."

"우리한테 제안할 거리가 있나요?"

"사소한 정보 하나만 주면 레인의 조직을 와해시키겠다고 해요. 거래를 받아들일 겁니다. 우리와 카페에서 10분만 마주 앉아 있으면 유엔에서 10년 동안 떠들고 다닐 얘깃거리가 생길 테니까. 활동 중인 진짜 용병부대 하나를 영원히 무력화시켰다고 말입니다."

"우리가 그 약속을 지킬 수 있을까요?"

"거래가 아니더라도 어차피 그래야 합니다. 조만간 그자들과 부딪쳐야 할 테니까."

그들은 온 길을 되짚어 폴링의 사무실로 돌아갔다. 세인트 루크 교회, 7번가, 코넬리아 로를 거쳐 웨스트 4번가까지.

폴링이 유엔 빌딩으로 전화를 거는 동안 리처는 손님용 의자에 앉아 느긋하게 쉬었다. 상대가 자리에 없어 여기저기 전화를 돌린 끝에 폴링은 한 시간 뒤에야 통화를 할 수 있었다. 내키지 않는 기색이었지만 상대는 오후 3시에 같은 카페에서 만나는 데 동의했다.

전화를 끊고 폴링이 말했다. "시간이 자꾸 흘러가고 있어요."

"시간은 항상 흐릅니다. 브루어한테 전화해봐요. 시신 확인 결과를 들어야 합니다."

브루어는 경찰서에 없었고 휴대폰 전원도 꺼져 있었다. 리처는 의자에 편안히 기대어 눈을 감았다. 마음대로 할 수 없는 일로 안달해봤자 소용없다.

혹시 모를 경우를 감안해 약속시간보다 훨씬 이른 2시에 밖으로 나가 택시를 탔는데 아무 일도 없었으므로 2번가 카페에 40분이나 일찍 도착했다. 거기서 폴링은 브루어에게 다시 전화를 걸어봤지만 통화가 되지 않았다. 그녀는 휴대폰을 닫고 탁자 위에 놓더니 팽이처럼 돌렸다. 빙글빙

글 돌던 휴대폰은 안테나로 리처를 똑바로 가리키며 멈췄다.

"당신은 이론을 세웠죠." 폴링이 말했다. "물리학자처럼 말이에요. 만물을 설명하는 통일이론."

"아닙니다. 모든 것을 설명하지는 못합니다. 근처에도 가지 못해요. 내 이론으로는 일부분만 설명이 가능합니다. 중요한 요소가 빠져 있어요. 하지만 레인에게 알려줄 이름은 알아냈습니다."

"납치범이 누구죠?"

"브루어의 연락을 기다려봅시다."

리처가 손을 흔들자 지난번과 같은 웨이트리스가 왔다. 그는 커피를 주문했다. 웨이트리스는 전과 같은 갈색 머그잔과 같은 플라스크를 내왔다. 역시 지난번과 똑같은 뜨겁고 진한 블렌드 커피였다.

국방부 사람이 모습을 나타내기 30분 전에 폴링의 전화에서 진동음이 울렸다. 그녀는 이름을 대고 잠시 상대의 말을 듣다가 지금 있는 위치를 알려주었다. 2번가 동쪽, 44번가와 45번가 사이에 있는 카페의 안쪽 자리. 그러고는 전화를 끊었다.

"브루어네요. 드디어 연락이 왔군요. 이리로 오겠대요. 얼굴을 맞대고 얘기하고 싶다네요."

"왜요?"

"이유는 얘기 안했어요."

"지금 어디랍니까?"

"시체안치소에서 나오는 길이래요."

"이곳이 혼잡해지겠군요. 국방부 친구와 같은 시간에 도착하겠는데요."

"국방부 친구가 싫어할 거예요. 사람이 많이 모인 걸 좋아할 것 같지 않은데."

"꺼리는 기색이면 내가 그 친구를 밖으로 데리고 나가죠."

하지만 폴링의 국방부 친구는 약속시간보다 약간 일찍 나타났다. 만나기에 앞서 주변 상황을 점검하기 위해서인 듯했다. 리처는 그가 바깥 인도에 서서 안을 들여다보면서 손님들의 얼굴을 하나하나 확인하는 것을 지켜보았다. 꼼꼼하고 철저하게 확인하고 있었다. 문제가 없다는 판단이 섰는지 출입문을 밀고 들어와 빠른 걸음으로 실내를 가로질러 두 사람의 맞은편 자리에 앉았다. 전에 보았을 때와 똑같은 파란 양복에 넥타이도 같았다. 셔츠는 갈아 입었겠지만 겉으로 봐선 알 수 없었다. 흰색 옥스퍼드 천으로 만든 버튼다운 셔츠는 전과 똑같아 보였다.

"당신들의 제안이 마음에 걸립니다." 그가 말했다. "불법적인 일은 용납할 수 없습니다."

포커페이스 따윈 집어치우시지. 리처는 생각했다. 우울한 인생을 산다 해도 한 번쯤은 제대로 감사하라고. 자기가 처한 상황 정도는 파악하고 있으니 그나마 별을 단 것 아니겠나.

하지만 리처는 속마음을 숨기고 말했다. "어떤 점을 염려하시는지 잘 압니다. 분명하게 이해하고 있습니다. 미국의 경찰이나 검찰, 그 누구도 내가 한 일을 문제 삼지 않을 거란 사실을 약속합니다."

"약속한다고요?"

"장교로서 말입니다."

상대는 미소를 머금었다. "그리고 신사로서도?"

리처는 웃음기 없이 답했다. "그런 명예를 주장하진 않겠습니다."

"미국 내의 어떤 경찰도, 어떤 검찰도 문제 삼지 않을 거라고 했죠?"

"장담합니다."

"정말로 그렇게 할 수 있습니까?"

"절대적으로."

상대는 잠시 뜸을 들이다가 물었다. "내게 원하는 게 뭡니까?"

"어떤 사실을 확인해주십시오. 그러면 내 시간과 돈을 낭비하지 않아도 됩니다."

"뭘 확인하라는 겁니까?"

"지난 48시간 동안 이 지역에서 출발한 항공기의 탑승자 명부를 확인해주면 됩니다."

"군용기?"

"아뇨, 민간 항공기입니다."

"그건 국토안보부 소관입니다."

리처는 고개를 끄덕였다. "그래서 이렇게 부탁드리는 겁니다. 거긴 아는 사람이 없어서. 당신은 선이 닿을 겁니다."

"어느 공항의 어느 항공편입니까?"

"확실치 않습니다. 낚시질을 해봐야 할 겁니다. 나라면 JFK 공항에서부터 찾아보겠습니다. 런던행 브리티시항공, 유나이티드항공, 아메리칸항공. 시간대는 그제 저녁일 가능성이 가장 높습니다. JFK에서 아무것도 안 나오면 뉴어크 공항을 확인하십시오. 거기에도 없으면 JFK에서 어제 아침에 출발한 항공편을 확인하고."

"대서양을 건너는 항로라는 건 확실합니까?"

"지금으로선 그렇게 생각합니다."

"알겠습니다." 그는 리처가 한 얘기를 머리에 담으려는 듯 시간을 두고 천천히 대답한 뒤에 다시 물었다. "누굴 찾아야 하는 겁니까? 에드워드 레인의 부하 중 한 명?"

리처는 고개를 끄덕였다. "최근까지 레인의 부하였던 인물입니다."

"이름은?"

"테일러. 그레이엄 테일러. 영국 국적을 갖고 있습니다."

53

국방부 사람은 적당한 때에 로런 폴링의 휴대폰으로 연락하기로 약속하고 자리를 떴다.

리처가 커피 리필을 부탁하고 나자 폴링이 말했다. "테일러의 아파트에 그의 여권이 없었군요."

"그렇습니다."

"그렇다면 그가 아직 살아 있거나 다른 사람이 테일러로 가장했다는 거네요."

리처는 대답하지 않았다.

폴링이 말을 이었다. "예를 들어서 테일러가 혀 없는 남자와 같이 일을 꾸몄다고 쳐요. 그러다 둘 사이에 다툼이 일어났다고 쳐요. 케이트와 제이드를 어떻게 할 건지를 두고, 아니면 돈 문제로. 둘 다일 수도 있고요. 그래서 한 명이 다른 한 명을 살해하고 돈을 몽땅 챙겨서 테일러의 여권으로 달아난 걸까요?"

"만약 혀 없는 남자가 그랬다면 왜 테일러의 여권을 사용해야 합니까?"

"여권이 없었던 걸지도 모르죠. 많은 미국인들이 그러니까. 감시목록에 올라 있을지도 모르고. 자기 이름으로는 출국할 수 없었을 수도 있어요."

"여권엔 사진이 있습니다."

"여권 사진은 대부분 옛날 것이거나 두루뭉술해요. 당신 여권 사진은 그렇지 않나요?"

"약간 닮게 나오긴 했습니다."

"때로는 그 약간으로 충분하죠. 더구나 출국이잖아요. 입국 때만큼 까다롭게 보지 않을 거예요."

고개를 끄덕이던 리처의 눈에 카페로 들어오는 브루어가 보였다. 커다란 몸집에 비해 재빠르고 활기찬 모습이었으나 표정이 심상치 않았다. 실망인지 근심인지 읽기 어려웠다. 아침 일찍 일어난 탓에 단순히 피곤해서 그런 것일 수도 있었다. 브루어는 잰걸음으로 다가와 방금 국방부 사람이 떠난 자리에 앉았다.

브루어가 말했다. "강에서 건진 시신은 패티의 사진 속 인물과는 다른 사람이었소."

리처가 물었다. "확실합니까?"

"확실한 것 이상이오. 사진의 인물은 키가 175센티쯤 되고 근육질인데 시신은 190센티의 쇠약한 남자였소. 근본적으로 다르다고 할 수 있지."

리처는 고개를 끄덕였다. "근본적으로 다르군요."

폴링이 물었다. "시신에 혀가 있던가요?"

"뭐가 있냐고요?"

"혀 말입니다. 시신에 혀가 제대로 있었나요?"

"혀 없는 사람도 있습니까? 무슨 질문이 그래요?"

"우리는 혀가 절단된 사람을 찾고 있어요."

브루어는 폴링을 똑바로 쳐다보았다. "그렇다면 시신은 당신들이 찾는 사람이 아닙니다. 내가 시체안치소에서 확인했어요. 심장박동이 없는 걸 제외하면 모든 게 제자리에 붙어 있었소."

"확실한 거죠?"

"검시관이 그런 걸 놓쳤겠습니까?"

"알겠습니다." 리처가 말했다. "도와주셔서 고맙습니다."

"감사 인사는 아직 빨라요. 얘기해보시오."

"무슨 얘기를 말입니까?"

"왜 시신에 관심을 가졌나 하는 것."

브루어의 표정엔 뭔가가 있었다.

리처가 물었다. "신원이 확인되었습니까?"

브루어는 고개를 끄덕였다. "지문으로 확인했소. 곤죽이 되어 있었지만 어찌어찌 해냈지. 뉴욕경찰청의 끄나풀이었소. 상당히 가치 있는 끄나풀. 관계된 경찰들한테 확인시켰는데 꽤나 분해 하더군."

"밀고 내용은 뭐였습니까?"

"롱아일랜드에서 흘러나온 메탐페타민. 증인으로 출석할 예정이었소."

"그 사람은 어디에 있었습니까?"

"막 라이커스 교도소에서 나온 참이었소. 위장이 들키지 않도록 다른 놈들과 같이 며칠 붙잡아두었다가 풀어준 거요."

"언제?"

"막 나온 참이라니까. 검시관 말로는 라이커스 정문을 나선 지 세 시간 만에 죽었을 거라고 했소."

"그렇다면 우리는 그 사람에 대해 전혀 아는 게 없습니다. 우리 사건과는 무관한 사람입니다."

이번에는 브루어가 조금 전 폴링이 그랬듯 확실한 거냐고 물었고 리처는 고개를 끄덕였다. "내가 보증하겠습니다."

브루어는 리처를 냉랭한 눈길로 한동안 쳐다보았다. 경찰이 경찰을 보는 시선으로. 그러더니 어깨를 으쓱했다. "알겠소."

"도움이 못 되어 미안합니다."

"어쩔 수 없지."

"패티에게 받은 사진을 아직 갖고 있습니까?"

"두 장. 어느 게 더 잘 나왔는지 모르겠다며 둘 다 줬소."

"그 사진들을 가지고 있습니까?"

"주머니 속에."

"나한테 주시겠습니까?"

브루어가 이번에는 미소를 지었다. 남자 대 남자로서. "당신이 돌려주러 가겠다는 거로군."

"그럴 수도 있지요. 하지만 우선 사진을 봐야겠습니다."

사진은 평범한 흰색 편지봉투에 들어 있었다. 브루어는 그 봉투를 안주머니에서 꺼내 테이블 위에 놓았다. 겉면에 '테일러'의 이름과 '브루어에게'라는 글씨가 파란 잉크로 깔끔하게 적혀 있었다. 봉투를 놓아두고 브루어는 떠났다. 벌떡 일어서더니 올 때와 마찬가지로 빠르고 활기차게 잰걸음으로 가버렸다. 리처는 브루어의 모습을 눈으로 좇다가 봉투를 앞으로 끌어당겨 겉면이 아래로 가도록 뒤집었다. 뚫어지게 그것을 쳐다보면서도 열지는 않았다.

"우리가 알게 된 게 뭐죠?" 리처가 폴링에게 물었다.

"이미 알고 있던 사실뿐이죠. 테일러, 그리고 말 못하는 남자."

"테일러가 바로 그 말 못하는 남자입니다."

54

"터무니없는 얘기예요." 폴링이 말했다. "레인이 말 못하는 사람을 고용했을 것 같아요? 왜 그러겠어요? 아무도 테일러가 말을 못한단 얘기는 하지 않았어요. 당신은 테일러에 대해 몇 번이나 물었는데 돌아온 답은 훌륭한 군인이라는 것뿐이었어요. 말은 못하지만 훌륭한 군인이라고 하지 않았다고요. 말을 못하는 사람이라면 반드시 그 이야기가 나왔을 거예요."

"단어 두 개. 우리에게 필요한 건 단어 두 개를 더하는 것뿐입니다. 그렇게 하면 모든 게 완벽하게 설명됩니다."

"그 두 개의 단어가 뭔가요?"

"우리는 그자가 말을 못한다고 얘기해왔습니다. 진실은 그게 아닙니다. 그자는 말을 할 형편이 못되었던 겁니다."

폴링은 오랫동안 침묵을 지켰다.

한참 만에야 그녀는 입을 열었다. "억양 때문이군요."

리처는 고개를 끄덕였다. "바로 그겁니다. 우리는 실종된 사람이 없다고 줄곧 생각했습니다. 하지만 엄밀히 따지면 최초의 시점에서 테일러가 모습을 감추었습니다. 이 모든 일의 배후에 그가 있습니다. 테일러가 계획하고 꾸미고 실행했습니다. 아파트를 임대하고 의자를 샀습니다. 아직 우리가 파악하지 못한 다른 준비물도 있었을 테죠. 그는 어디에 가든 입을 여는 위험을 감수할 수 없었습니다. 단 한 차례도 그럴 순 없었죠. 영국인이기 때문에, 억양이 드러나기 때문에. 그는 현실적인 인물입니다. 추적을 당할 거라는 사실을 알고 있었습니다. 나중에 추적자가 영국 억양의 평범한 40대 남자에 대해 들으면 즉시 자기한테 혐의가 돌아올 걸 알았습니다. 당연한 일입니다. 달리 누가 있습니까? 케이트와 제이드가 납치당하기 전의 모습을 마지막으로 본 게 자신이니까요."

"테일러는 5년 전에 나이트가 했던 것과 같은 방법을 썼어요. 그래서 납치에 성공할 수 있었고요."

"바로 그겁니다. 납치 방식을 설명할 유일한 답은 그것밖에 없습니다. 아마도 두 사람을 싣고 블루밍데일로 가긴 갔을 겁니다. 하지만 거기서 정차하지 않았습니다. 총을 꺼내 들고 계속 달렸을 겁니다. 아이 눈앞에서 케이트를 쏘겠다고 위협했겠죠. 케이트는 시키는 대로 가만히 있을 수밖에 없습니다. 그런 뒤 테일러는 연락을 끊고 자기 자신을 위해 만들어둔 이중 알리바이를 실행합니다. 첫째, 그는 죽은 걸로 되어 있습니다. 둘째, 범행과 관련해 그를 만난 모든 사람은 그를 말 못하는 남자로 기억합니다. 혀가 없는 남자로. 추적자를 잘못된 방향으로 이끌기에는 더할 나위 없는 장치죠. 기묘하고 색다른 그 단서는 우리를 엉뚱한 곳으로 끌고 갑니다."

폴링은 고개를 끄덕였다. "대단하네요. 어떤 면에서는."

"모든 사람이 그것밖에는 기억하지 못합니다. 중국 노인처럼 말입니다. 노인이 기억한 건 그가 물고기처럼 침을 꼴깍꼴깍 삼켰다는 것뿐이었죠. 6번가의 관리인은 어땠습니까? 우리가 그에 관해 얘기해달라고 하자 말을 할 수 없다는 것이 난처해 줄곧 입을 꽉 다물고 있었다고 했습니다. 그에 관해 얘기할 때면 그 부분이 시작이자 끝입니다. 너무도 눈에 확 띄기 때문에 그것만 보이는 겁니다. 다른 특징들은 묻혀버리고 맙니다."

"봉투를 열어봐요. 확인해야죠."

리처는 봉투에서 사진들을 꺼내 뒷면이 위로 오도록 놓고는 사기 도박꾼이 운을 시험하듯 위에 놓인 사진 뒷면을 톡톡 쳤다.

그런 뒤 그 사진을 뒤집었다.

그가 두 번 보았던 바로 그 남자였다.

의문의 여지가 없었다.

테일러.

백인. 볕에 약간 그을린 피부. 마른 체격에 윤곽이 분명한 얼굴. 깔끔하게 면도한 모습. 턱을 꽉 다물고 웃음기 없음. 나이는 대략 마흔. 청바지에 파란 셔츠, 파란 야구모자, 흰 운동화. 적당히 낡아 편안해 보이는 옷. 사진은 아주 최근에 찍은 것인 듯했다. 패티는 어느 늦여름 아침에 그가 다코타에서 나오는 장면을 포착했다. 인도에 서서 날씨를 살피느라 하늘을 쳐다보는 모습 같았다. 그렇게 고개를 들었기 때문에 패티의 니콘 롱렌즈 각도와 완벽하게 맞아떨어졌다.

"확실합니다." 리처가 말했다. "벤츠와 재규어에 타는 장면에서 본 남자가 분명해요."

리처는 두 번째 사진을 뒤집었다. 더 가까이서 찍은 사진이었다. 최대 줌으로 촬영해 아주 또렷하지는 않았다. 거기다 카메라가 약간 흔들려 초점도 정확하지 않았다. 하지만 나름대로 가치 있는 사진이었다. 같은 장소, 같은 각도에서 같은 인물을 날짜만 달리해 촬영한 사진. 이번에는 입을 벌리고 있었다. 입술이 열려 있었는데 웃는 건 아니었다. 컴컴한 다코타 로비에서 나와 갑자기 밝은 햇살이 쏟아지자 자기도 모르게 얼굴을 쩡 그런 것 같았다. 치아가 엉망이었다. 몇 개는 빠졌고 나머지도 잇새가 벌어졌으며 치열이 고르지 않았다.

"그랬군." 리처가 말했다. "또 다른 이유가 있었습니다. 모두들 그가 입을 꽉 다물고 있었다고 한 게 이상한 일이 아니었습니다. 테일러는 멍청이가 아니었어요. 동시에 두 가지 증거를 숨기고 있었습니다. 영국 억양과 독특한 치열. 둘 다 결정적인 증거였습니다. 레인 일당이 치아가 엉망인 영국인에 대해 들으면 어떻겠습니까? 목에 이름표를 걸고 있는 거나 마찬가지일 겁니다."

"테일러는 지금 어디 있을까요? 영국?"

"내 생각엔 그렇습니다. 고향으로 날아갔겠죠. 아무래도 고향이 안전하게 느껴질 테니."

"돈을 가지고?"

"화물을 확인해봐야죠. 세 개의 가방을."

"그게 가능할까요? 검색대에서 투시 촬영을 하는데?"

"안 될 이유가 없습니다. 예전에 지폐에 관해 전문가한테 배운 적이 있습니다. 바로 이곳 뉴욕, 컬럼비아대학에서요. 엄밀한 뜻에서 지폐는 종이가 아닙니다. 대부분 아마와 면섬유로 이루어져 있죠. 신문보다는 셔츠에 가깝습니다. 엑스레이 기계를 통해서 보면 옷처럼 보이게 할 수 있을 겁니다."

폴링은 사진을 자기 앞으로 끌어당겨 나란히 늘어놓고 하나씩 쳐다보았다. 리처는 그녀가 머릿속으로 무슨 생각을 하는지 알 수 있었다. 분석 중이다. 사건을 서술하고 있다.

"햄프턴에서 피부가 탔군요." 폴링이 말했다. "레인 가족과 함께 여름 내내 거기 있었죠. 사건 후에는 누군가 거리에서 자기 아파트를 확인할까 봐 걱정이 돼서 손님방의 전구를 빼고 창문을 가렸어요. 거긴 사람이 없는 곳으로 보여야 했으니까요. 혹시라도 누가 확인했을 때."

"아주 철저했습니다."

"감상적인 면도 전혀 없었죠. 그 멋진 아파트를 버리고 나왔으니."

"지금은 그런 곳을 열 개라도 빌릴 수 있습니다."

"그건 그렇죠."

"유감입니다. 그 사람을 좋아했는데. 사건에 휘말려 죽은 줄 알았을 때는, 테일러에 대해서는 모두 좋은 말만 했습니다."

"그런 말을 한 사람이 누구죠? 그런 사람한테 추천서를 받아선 쓸모가 없겠네요."

"그럴 테죠. 하지만 난 영국인들을 좋아합니다. 그레고리는 괜찮은 사람 같았습니다."

"그 사람 역시 나머지 부하들과 마찬가지로 악질일 거예요."

폴링은 사진을 정리해 리처 앞으로 다시 밀었다. "어쨌든 레인한테 알려줄 이름은 확실해졌네요."

리처는 대답하지 않았다.

"모든 것을 설명하는 통일이론." 폴링이 말했다. "물리학자들처럼 말이죠. 당신이 부분적인 설명에 지나지 않는다고 한 이유를 모르겠네요. 모든 게 테일러 짓이었잖아요."

"그렇지 않습니다. 몸값 전화를 건 사람은 테일러가 아니었습니다. 미국인입니다."

55

"테일러에겐 공범이 있었습니다." 리처가 말했다. "분명합니다. 그에겐 반드시 공범이 필요했습니다. 역시 억양 때문이죠. 처음엔 강에서 발견된 남자가 아닐까 했습니다. 당신이 말했듯 나중에 둘 사이에 분란이 생긴 모양이라고 여겼습니다. 혹은 테일러가 탐욕을 부려 몸값을 통째로 삼키려 들었다고 말입니다. 하지만 그래서는 얘기가 안 됩니다. 강에서 발견된 건 뉴욕에서 통상적으로 발견되는 시신이었습니다. 별도의 살인사건이었죠. 납치사건이 진행 중일 때 라이커스 교도소에 있었던 사람입니다. 그렇게 되고 보니 전화를 건 자가 누군지 짐작할 수가 없습니다. 그래서 부분적인 설명만 가능하다고 한 겁니다."

"레인은 파트너가 누군지도 알고 싶어 할 거예요. 절반만으로는 만족하지 않을 테죠."

"분명히 그럴 겁니다."

"약속한 돈을 지불하지 않을 거예요."

"일부는 내놓을 겁니다. 나머지는 나중에 받으면 됩니다. 공범의 정체를 밝혀낸 뒤에."

"어떻게 찾아내죠?"

"가장 확실한 방법은 테일러를 찾아내 물어보는 겁니다."

"테일러에게 묻는다고요?"

"말하도록 만들어야죠."

"영국에 가서?"

"국방부 친구가 행선지가 영국이라고 확인해주면. 비행기에서 테일러 옆자리에 누가 앉았는지도 그 친구가 확인할 수 있을 겁니다. 공범과 함께 떠났을 가능성도 미약하나마 없는 건 아닙니다."

"가능성은 낮아요."

"매우 낮지만 시도해볼 가치는 있습니다."

폴링은 국방부 친구에게 전화를 걸었으나 또 부재중이었다. 유엔 여기 저기로 전화한 끝에 10분 만에 포기하고는 테일러에게 여행 동반자가 있 었는지 확인해달라고 음성사서함에 메시지를 남겼다.

"자, 그럼 이제 뭘 하죠?" 그녀가 물었다.

"우선 국방부 친구의 연락을 기다립시다. 그런 다음 차를 한 대 예약해 공항으로 가서 런던행 비행기를 타야죠. 테일러가 런던으로 간 게 확인되 면 말입니다. 그럴 공산이 크니까 오늘 밤 야간 항공편을 이용해야 할 겁 니다. 레인도 내게 그쪽으로 가라고 할 게 뻔합니다. 나한테 사전공작을 요청할 겁니다. 그런 뒤에 부하들을 죄다 끌고 테일러를 죽이러 가겠죠. 우린 거기서 레인 일당과 만나 거래를 하면 됩니다."

"그래서 미국 내의 경찰이나 검찰과는 무관하다고 한 거로군요."

리처는 고개를 끄덕였다. "하지만 영국 경찰이나 검찰은 꽤 긴장해야 할 겁니다. 그건 분명해요."

리처는 패티에게 받은 사진들을 담은 봉투를 셔츠 앞주머니에 넣었다.

거리로 나와 폴링에게 키스한 뒤 지하철로 향했다. 오후 5시가 되기 전에 그는 다코타 빌딩 앞에 도착했다.

범인의 이름. 내일까지.

임무 완료.

하지만 그는 안으로 들어가지 않았다. 계속 걸어가 센트럴파크 웨스트를 가로질러 스트로베리 필즈로 통하는 출입문을 지났다. 스트로베리 필즈는 피살된 존 레넌을 기념하는 장소다. 비슷한 나이대의 사람들이 대부분 그렇듯 리처에게도 비틀스는 인생의 일부분이었다. 비틀스는 그의 사운드트랙이고 배경음악이었다. 리처가 영국인을 좋아하는 것도 비틀스 때문인지 몰랐다.

지금부터 하려는 일에 마음이 내키지 않는 것도 그래서일지 몰랐다.

그는 셔츠 주머니를 두드려 사진이 든 것을 확인한 뒤 폴링이 그랬던 것처럼 사건의 전말을 정리해보았다. 의심의 여지가 없었다. 테일러는 악당이다. 분명했다. 리처 자신이 바로 눈으로 직접 본 증인이었다. 처음엔 벤츠, 다음엔 재규어.

의심의 여지가 없었다.

한 악당을 다른 악당에게 넘겨주는 일이기 때문에 전혀 기쁨을 느끼지 못하는 것일지도 몰랐다.

하지만 이건 케이트를 위한 일이다. 리처는 생각했다. 제이드를 위한 것이다. 호바트에게 필요한 돈을 위해서다.

레인을 위해서가 아니다.

리처는 깊게 숨을 들이쉬면서 서쪽의 건물들 뒤편으로 가라앉기 직전의 태양을 올려다보았다. 그런 뒤 돌아서서 공원을 나왔다.

에드워드 레인은 두 장의 사진을 조심스럽게 손가락 사이에 끼워 부채꼴로 편 채로 리처에게 질문을 던졌다. 짧고 단순한 질문이었다.

"이유는?"

"탐욕. 아니면 악의. 혹은 질투. 세 가지가 뒤섞인 것인지도 모르죠."

"테일러는 지금 어디 있나?"

"내 생각엔 영국입니다. 확인 중입니다."

"누가?"

"정보원이 있습니다."

"훌륭하군."

"당신이 지금껏 만난 자들 중에서 최고겠지요." 그렇지 않았다면 군 시절에 네놈이 저지른 일도 진즉에 발각되었겠지.

레인이 사진을 돌려주며 말했다. "공범이 있었겠군."

"분명합니다."

"전화를 건 건 미국인이었지. 그자는 누군가?"

"그건 당신이 직접 테일러한테 물어봐야 할 겁니다."

"영국에 가서?"

"그가 조만간 이리 돌아올 것 같지는 않으니까요."

"놈을 찾아내게."

"돈을 받으면."

레인은 고개를 끄덕였다. "받게 될 걸세."

"지금 받아야 합니다."

"10퍼센트를 지금 주겠네. 나머지는 내가 테일러와 얼굴을 맞댔을 때 넘기도록 하지."

"20퍼센트."

레인은 대답하지 않았다.

"싫다면 난 여기서 손을 떼겠습니다. 당신은 서점으로 가서 영국 지도와 표시용 핀이라도 사시든가."

"15퍼센트."

"20퍼센트."

"17.5퍼센트."

"20퍼센트. 아니면 난 지금 바로 여길 나가겠습니다."

"흠, 좋아. 20퍼센트로 하지. 하지만 지금 바로 여길 나가는 건 그렇게 하게. 지금 당장. 오늘 중에 출발할 수 있겠지? 자네는 할 수 있을 거야. 우리는 24시간 뒤에 따라가도록 하겠네. 우리 일곱 명 모두. 그레고리, 그룸, 버크, 코발스키, 애디슨, 페레스, 나까지 일곱이면 충분하겠지. 런던 지리는 잘 알고 있나?"

"가본 적 있습니다."

"파크레인 힐튼에서 보는 걸로."

"나머지 돈도 가지고 오는 거겠죠?"

"한 푼도 빠짐없이. 호텔에서 만났을 때 돈을 보여주겠네. 그러면 나한테 테일러가 있는 곳을 말해주게. 내 눈으로 테일러를 확인하면 바로 그 돈을 넘기지."

"좋습니다. 그러죠."

10분 뒤 리처는 지하철을 타고 남쪽으로 향했다. 20만 달러의 현금이 그가 손에 든 쇼핑백 속에 들어 있었다.

리처는 폴링의 아파트로 가서 그녀에게 쇼핑백을 건넸다.

"이걸로 빚을 갚겠습니다. 나머지는 잘 보관해줘요. 이 돈이면 최소한 호바트가 예비적인 치료는 받을 수 있을 겁니다."

폴링은 쇼핑백 속에 전염병균이라도 든 것처럼 몸에 닿지 않도록 신경 쓰면서 받았다. "그 아프리카 돈인가요?"

리처는 고개를 끄덕였다. "와가두구에서 직행한 돈입니다. 에드워드 레인의 벽장을 거쳐."

"더러운 돈이군요."

"그렇지 않은 돈이 있다면 보고 싶군요."

폴링은 잠시 침묵을 지키더니 돈을 약간 꺼내 주방 조리대 위에 놓고는 쇼핑백을 다시 접어 오븐 안에 넣었다.

"집에 금고가 없어요."

"오븐이 금고 역할을 할 겁니다. 깜박 잊고 요리만 하지 않는다면."

그녀는 조리대 위의 돈뭉치에서 지폐 넉 장을 빼내 리처에게 내밀었다. "옷을 좀 사요. 필요할 테니. 우린 오늘 밤에 영국으로 가요."

"국방부 친구한테서 연락이 왔습니까?"

그녀는 고개를 끄덕였다. "테일러는 브리티시항공편으로 영국에 갔대요. 버크가 재규어에 몸값을 놓아두고 네 시간도 지나지 않았을 때."

"혼자서?"

"그런 것 같아요. 우리가 알아본 한에서는. 테일러 옆자리에 앉은 건 영국 여자였다고 해요. 공범이 따로 수속을 밟아 따로 떨어져 앉았을 가능성을 배제할 순 없지만요. 기본적으로 그 정도는 조심할 테니까. 그 항공기에는 동반자가 없는 성인 미국 남자가 67명 있었어요."

"당신 친구는 아주 철저하군요."

"그래요. 승객 명단을 입수했더군요. 팩스로. 수하물 목록도. 테일러는 가방 세 개를 부쳤어요."

"중량 초과 운임을 물었던가요?"

"아뇨. 테일러는 비즈니스 클래스에 탔어요. 항공사에서도 그 정도는 그냥 넘겼을 거예요."

"그건 그렇고, 옷을 사는 데 400달러나 필요하진 않습니다."

"나와 같이 여행하려면 필요해요."

난 헌병이었습니다. 리처는 호바트에게 그렇게 말했었다. 안 해본 일이 없습니다. 그 말은 사실이 아니었다. 30분 뒤, 그는 평생 한 번도 해보지 않은 일을 하는 중이었다. 백화점에서 옷을 사고 있었다. 리처는 헤럴드 광장에 있는 메이시 백화점 신사복 매장에서 회색 바지, 회색 재킷, 검은색 티셔츠, 검은색 V넥 스웨터, 검은색 양말, 흰색 사각팬티를 골라 계산대 앞에 섰다. 그의 선택은 사이즈 탓에 상당히 제한적이었다. 신고 있는 갈색 구두가 옷과 색깔이 맞지 않을까 봐 마음에 걸렸다. 폴링은 구두도 새로 사라고 했지만 리처는 거절했다. 그가 원하는 구두를 살 여유는 없었다. 그러자 폴링은 갈색 구두도 회색 바지와 잘 어울린다고 했다. 줄에 서서 기다린 끝에 계산을 했다. 세금 포함 396달러에 몇 푼이 더 붙었다. 리처는 폴링의 아파트에서 샤워한 뒤 옷을 갈아입고 헌 바지에 들었던 구깃구깃하고 낡은 여권은 새 바지의 주머니로 옮겼다. 셔츠 주머니에 넣어두었던 접이식 칫솔과 패티에게서 받은 사진은 새 재킷 주머니에 넣었다. 그런 다음 헌옷뭉치를 들고 복도로 나가 쓰레기 투하장치에 던져넣었다.

폴링과 리처는 로비로 내려가 공항으로 그들을 데려갈 예약 차량을 묵묵히 기다렸다.

56

폴링이 예약한 항공편은 48시간 전에 테일러가 탔던 것과 같은 브리티시항공의 비즈니스 클래스였다. 매일 왕복 운행하는 점을 감안하면 동일한 항공기일 가능성이 높았다. 하지만 좌석까지 테일러가 앉았던 것으로 구할 수는 없었다. 그들이 앉은 자리는 창가 및 통로 좌석 두 개가 나란히 배치된 곳이었는데 국토안보부의 탑승객 명부에 따르면 테일러의 자리는 중앙에 좌석 네 개가 나란히 있는 곳의 첫 번째 줄이었다.

좌석은 괴상한 욕조 모양의 코쿤*으로 각기 다른 방향을 향해 있었다. 리처가 앉은 창가 좌석은 꼬리날개 쪽으로 향해 있었고 폴링의 자리는 앞쪽을 향했다. 젖히면 완전히 평평한 침대가 된다고 광고하는 좌석이었는데 폴링한테는 맞는 말이었다. 리처의 침대가 되기에는 30센티미터쯤 모자랐다. 하지만 그런 불편을 보상하고도 남는 게 있었다. 서로 마주 보도록 배치되어 있다는 것은 일곱 시간 동안 폴링의 얼굴을 마주 봐야 한다는 뜻이지만 리처에게는 조금도 괴로운 일이 아니었다.

"자, 어떤 전략인가요?" 폴링이 물었다.

"우선 우리가 테일러를 찾아냅니다. 레인이 테일러를 처치할 테고 그다음엔 내가 레인을 처치합니다."

---

* 누에고치 형태의 독립좌석.

"어떻게요?"

"생각 중입니다. 호바트 말대로 전쟁 중에는 모든 것에 즉석에서 대처해야 하는 법입니다."

"레인의 부하들은?"

"아직은 결정할 수 없습니다. 레인이 없어진 걸 계기로 뿔뿔이 흩어질 것 같으면 그대로 내버려둘 겁니다. 하지만 레인의 역할을 떠맡아 하던 일을 계속하려 드는 자가 있다면 역시 처치해야죠. 그런 식입니다. 그자들이 완전히 흩어질 때까지."

"잔인하네요."

"무엇과 비교해서?"

"아무튼 테일러를 찾아내는 것도 쉽지 않을 거예요."

"영국은 작은 나라입니다."

"그 정도로 작지는 않아요."

"우린 호바트도 찾아냈습니다."

"도움을 받았잖아요. 주소를 알려줬죠."

"어떻게든 될 겁니다."

"어떻게요?"

"계획이 있습니다."

"말해봐요."

"영국에 아는 사립탐정이 있습니까? 국제적 형제애 같은 게 존재하나요?"

"자매애겠죠. 여자 탐정 몇 명을 알아요."

"그럼 됐군요."

"그게 당신 계획이에요? 영국 탐정을 고용하는 거?"

"지역에 대한 지식이 항상 모든 일의 핵심입니다."

"그럴 거면 전화로 알아볼 수도 있었잖아요."

"우리한테 주어진 시간이 빠듯하니까요."

"런던 한 곳에만 800만 명이 살아요. 런던만 있나요? 버밍엄, 맨체스터, 셰필드, 리즈도 있죠. 시골도 많아요. 코츠월드, 스트랫퍼드어폰에이븐 등등. 게다가 스코틀랜드와 웨일스도 있죠. 테일러는 벌써 이틀 전에 히스로 공항 문을 나갔어요. 지금쯤이면 어디든 마음먹은 곳에 가 있을 테죠. 우린 그의 출신지도 모르잖아요."

"어떻게든 될 겁니다." 리처는 같은 대답을 되풀이했다.

폴링은 스튜어디스에게 베개와 담요를 청한 뒤 좌석을 뒤로 젖혔다. 리처는 그녀가 잠자는 모습을 한동안 쳐다보고 있다가 몸을 눕혔다. 무릎을 접고 머리를 좌석 끝부분에 우겨 넣었다. 푸른 조명은 부드러웠고 낮은 엔진 소리가 편안하게 울렸다. 리처는 비행기 타는 것을 좋아했다. 뉴욕에서 잠들었다 런던에서 깨어난다는 환상적인 발상은 리처 같은 사람을 위한 것이다.

스튜어디스가 아침식사를 하라고 깨웠다. 병원에 있는 것 같군. 리처는 생각했다. 병원에서도 밥 먹으라며 환자들을 깨우지. 하지만 병원과는 달리 근사한 아침식사였다. 뜨거운 커피와 베이컨 롤. 그는 커피를 여섯 잔 마시고 베이컨 롤을 여섯 개 먹었다. 대단하다는 눈길로 폴링이 그를 쳐다보며 물었다. "지금 몇 시예요?"

"5시 5분입니다. 새벽. 이 지역 시간으로는 오전 9시 55분이겠군요."

그때 표시등에서 모든 표지가 꺼지고 히스로 공항에 진입한다는 안내문이 떴다. 런던의 위도를 감안하면 늦여름 오전 10시는 해가 중천에 뜬 시각이었다. 아래에 펼쳐진 풍경이 밝게 빛났다. 하늘에 동동 뜬 작은 구름들이 땅에 그림자를 드리웠다. 리처의 방향 감각은 시간 감각만큼 좋지는 않지만 그가 보기에 항공기는 런던 시내를 휘돌아 동쪽에서부터 공항으로 접근하고 있는 듯했다. 항공기가 급선회했으므로 착륙대기 선회비행을 시작했다는 것을 알 수 있었다. 히스로는 혼잡하기로 악명 높은 곳이다. 적어도 런던 상공을 한 바퀴는 돌아야 할 것이다. 두 바퀴가 될 수도 있다.

그는 이마를 창문에 대고 아래를 내려다보았다. 템스강이 햇볕을 받아 광택 나는 납처럼 번쩍였다. 최근에 세척하고 철재 부분에 꼼꼼히 칠을 새로 한 타워교의 하얀 석재가 보였다. 이어 강에 정박된 회색 전함이 눈에 들어왔다. 영구 전시물이다. 이어 런던교. 그는 목을 빼고 세인트 폴 대성당을 찾아보았다. 커다란 돔과 고대에 난 꼬불꼬불한 골목길이 보였다. 런던은 저층 도시. 템스강이 주위의 빽빽하고 혼잡하게 들어찬 건물들을 지나 가물거리는 먼 곳까지 뻗어 있었다.

워털루 역을 향해 뻗은 철도도 보였다. 국회의사당. 빅벤은 그의 기억 속에 있는 모습보다 더 낮고 뭉툭했다. 이어 천 년 역사를 지닌 흰색의 거대한 웨스트민스터 성당. 강 건너편에는 커다란 페리 한 대가 떠 있었다. 관광객들이 탄 배인 것 같았다. 눈 닿는 곳 어디에나 녹색 나무들이 서 있었다. 버킹엄 궁전과 하이드파크도 보였다. 궁전 정원의 북쪽 경계에 파크 레인 힐튼 호텔이 있었다. 원통형 건물에 발코니들이 빽빽하게 달린 호텔은 하늘에서 내려다보니 납작한 웨딩케이크 같았다. 거기서 좀 더 북쪽으로 눈길을 돌렸더니 그로스버너 광장의 미국 대사관이 보였다. 리처는 거기 사무실을 이용한 적이 있었다. 지하실에 위치한 창문 없는 사무실이었다. 4주 동안 군대와 관련된 중대한 조사를 진행했는데 기억이 가물가물했다. 하지만 그 부근 사람들에 대해서는 또렷이 생각났다. 그의 기질에 비춰서는 지나치게 부유한 사람들이었다. 동쪽 소호 지역에 이르기까지 온통 그런 사람들이었다.

리처가 폴링에게 물었다. "런던에 와본 적 있습니까?"

"런던경찰청과 교환연수 프로그램이 있었어요."

"그런 경험이 이번에 도움이 되겠군요."

"백만 년 전의 일인걸요."

"어디서 지냈습니까?"

"대학 기숙사에 우릴 집어넣더군요."

"호텔은 아는 곳 없습니까?"

"당신은?"

"400달러짜리 옷을 걸친 사람을 들여보내 주는 그런 곳은 모릅니다. 구두를 신은 채 침대에 눕는 곳이라면 알지만."

"레인 일당과 가까운 곳은 안 돼요. 레인과 공동행동을 할 순 없어요. 레인을 처리할 때라면 모르지만."

"그야 물론."

"아주 근사한 호텔은 어때요? 리츠 같은 곳."

"정반대 의미에서 문제가 생깁니다. 400달러짜리 옷은 그런 곳에서는 누더기나 다름없습니다. 게다가 우리는 가능한 한 신분을 드러내지 않는 게 좋습니다. 여권을 들여다보지 않고 현금으로 지불해도 괜찮다고 하는 곳. 베이스워터 정도면 괜찮을 것 같군요. 시내 서쪽입니다. 나중에 공항으로 가기에도 좋고."

리처는 다시 창가에 몸을 기대고 널따란 6차선 고속도로 위를 차량들이 왼쪽 차선으로 꾸물꾸물 달리는 광경을 내려다보았다. 이어 교외지역이 눈에 들어왔다. 두 세대용 주택, 구불구불한 도로, 자그마한 뒤뜰, 공구 창고들이 이어져 있고 소형 차량으로 가득 찬 공항 주차장이 보였다. 빨간색 자동차가 많았다. 공항 담장이 보이는가 싶더니 활주로 진입로가 나타났다. 일곱 시간 동안 비좁다고만 생각했던 항공기가 지면 가까이서 보니다시 거대하게 느껴졌다. 좁은 대롱처럼 여겨졌던 것이 시속 300킬로미터로 나는 무게 200톤 괴물의 위상을 되찾았다. 지면에 쾅 내려앉은 항공기는 덜컹거리며 브레이크가 잡히자 곧 조용하고 유순해져서 터미널로 천천히 미끄러졌다. 스튜어디스가 기내방송으로 런던에 도착했음을 알렸다. 리처는 몸을 틀어 탑승구를 쳐다보았다. 테일러의 처음 몇 발자국을 추적하는 건 어렵지 않을 터였다. 수하물을 찾고 택시 승차장으로 가는 것까진 정해진 수순이다. 그다음부터가 문제였다. 쉬운 일은 아니겠지만 불가능한 것도 아니다.

"어떻게든 될 겁니다."

폴링이 아무 말도 하지 않았는데 리처는 그렇게 말했다.

57

그들이 입국신고서를 작성해 제출하자 회색 양복을 입은 공무원이 여권에 스탬프를 찍었다. 영국 공문서에 내 이름이 올라간다. 리처는 생각했다. 반갑지 않은데. 하지만 어쩔 수 없는 일이었다. 게다가 그의 이름은 이미 탑승객 명부에 적혀 있었다. 그 명부는 팩스를 타고 즉시 각지로 전송될 터였다. 수하물용 벨트컨베이어에서 폴링의 가방을 찾은 뒤 밖으로 나가려는데 세관 직원이 리처를 붙들었다. 의심스러운 짐을 갖고 있어서가 아니라 짐이 일체 없다는 게 문제였다. 그를 불러 세운 사람은 진짜 세관 직원이 아니라 변장한 MI5 요원이거나 런던경찰청 특수부 소속일 거라고 리처는 생각했다. 짐 없이 여행하는 것은 명백한 위험신호. 잠깐 붙들렸을 뿐이고 질문도 일상적인 것이었지만 세관 직원으로 가장한 자는 그의 얼굴과 여권을 꼼꼼히 뜯어보았다. 반갑지 않은데.

공항 환전소에서 오타운 달러를 영국돈으로 바꾼 다음 살펴보니 패딩턴 역으로 가는 급행열차가 있었다. 패딩턴 역은 첫 기착지로 적당한 곳이었다. 리처에게 익숙한 그런 종류의 지역. 쓰레기와 창녀들로 넘쳐나는 베이스워터의 호텔들로 가기에도 편리했다. 테일러를 베이스워터나 그 근처에서 발견할 것이라는 기대는 없었지만 눈에 띄지 않는 베이스캠프로는 적격이었다. 철도회사 말로는 15분쯤 걸릴 것이라고 했으나 실제로는 거의 20분 뒤에 패딩턴 역에 도착했다. 리처와 폴링이 런던 중심부로 나온 시각은 정오 직전이었다. 미국 웨스트 4번가에서 영국의 이스트본 테라스*까지 겨우 열 시간 걸린 셈이었다. 비행기와 열차, 자동차들.

런던은 밝고 산뜻하고 추웠으며 외부인의 눈에는 나무로 뒤덮인 것 같았다. 건물들은 나지막했다. 낡은 몸체에 지붕이 처져 있었지만 파손 상태와 노후함을 가리기 위해 대부분 정면을 개축했다. 늘어선 건물은 대개가 체인점 아니면 프랜차이즈였다. 테이크아웃 외국 음식점과 가족경영 자동차서비스센터 정도가 예외였다. 상태가 좋은 평평한 아스팔트 도로에는 운전자와 보행자에 대한 지시사항이 굵은 활자체로 찍혀 있었다. 도로 갓돌 곳곳에 '왼쪽을 살피시오', '오른쪽을 살피시오'라는 보행자용 경고문구가 있었다. 운전자에 대해서는 직선 주로에서 방향이 바뀌는 지점마다 갖가지 선과 화살표와 '천천히' 표시가 있었다. 아스팔트의 검은색보다 지시문의 흰색이 더 많은 도로도 있었다. 복지국가는 다르군. 리처는 생각했다. 국민을 끔찍하게 보살핀다니까.

리처는 폴링의 가방을 대신 들고 걸었다. 두 사람은 서식스가든을 향해 남동쪽으로 나란히 걸었다. 리처는 전에 영국에 왔을 때 웨스트본 테라스, 글로스터 테라스, 랭커스터게이트의 연립주택들이 옹기종기 모여 싸구려 호텔촌을 이루고 있었던 기억을 떠올렸다. 복도에 두툼하고 딱딱한 카펫을 깔고, 문이며 창틀에는 페인트를 얼룩덜룩 두껍게 칠하고, 권위 있는 기관으로부터 양질의 서비스를 인증 받았다는 듯 출입문 위에 무의미한 장식을 잔뜩 달아둔 그런 곳들. 폴링은 리처가 찾아낸 호텔 두 군데를 잇달아 거절했다. 하지만 모퉁이를 돌아 다른 곳에 가봐야 나을 것 하나 없

---

* 비슷한 주택들이 연이어 다닥다닥 붙어 있는 거리.

다는 사실을 곧 깨닫고 세 번째에는 고개를 끄덕였다. 인접한 주택 네 채의 벽을 터서 만든 길쭉하고 비스듬한 건물로 이름과 그다지 어울리지 않는 곳이었다. '버킹엄 스위트'라는 이름은 아무래도 런던 관광업계의 최신 유행어 모음집에서 되는 대로 고른 듯했다. 데스크에 앉은 동유럽 출신 안내원은 현금을 환영했다. 다른 곳이었다면 비싸다는 생각이 들었겠지만 런던인 점을 감안하면 숙박료도 저렴했다. 숙박부는 없었다. 방마다 작은 욕실이 딸려 있고 작은 탁자가 놓였다는 걸로 '스위트'란 이름을 정당화하는 듯했다. 퀸 사이즈 침대에는 녹색 나일론 시트가 깔렸고 침대와 욕실, 탁자가 차지하고 남은 여유공간은 얼마 되지 않았다.

"오래 머무를 건 아닙니다." 리처가 말했다.

"다행이네요."

폴링은 짐을 풀지 않았다. 여행가방을 열어서 바닥에 놓아두는 품이 그 상태로 지낼 모양이었다. 리처도 칫솔을 꺼내지 않고 주머니에 그대로 넣어두었다. 폴링이 샤워하는 동안 리처는 침대에 앉아 있었다. 욕실에서 나온 폴링은 창가로 가서 고개를 빼고 건너편 지붕과 굴뚝 너머를 올려다보았다.

"거의 15만 제곱킬로미터쯤 돼요. 여기 면적이 말이에요."

"오리건주보다 작군요."

"오리건 인구는 350만 명이에요. 영국에 사는 사람은 6천만 명이고."

"숨기엔 이곳이 더 불편합니다. 말 많은 이웃이 항상 있으니까요."

"어디서 시작하면 될까요?"

"우선 낮잠부터."

"자고 싶어요?"

"그 일을 마친 다음에."

폴링은 미소를 지었다. 구름 속에서 해가 얼굴을 내보이듯 환한 미소였다.

"베이스워터가 딴 데로 도망가는 건 아니니까요." 그녀가 말했다.

섹스와 시차 탓에 그들은 오후 4시까지 쓰러져 잤다. 하루의 시작이 대부분 날아가고 말았다.

"자, 이제 시작합시다. 자매들한테 전화를 걸어요."

리처의 말에 폴링은 몸을 일으켜 손가방을 가져와 작은 장치를 꺼냈다. 폴링이 전자수첩을 사용한다는 것을 리처는 그때 처음 알았다. 팜 파일럿 모델이었다. 그녀는 주소록 화면을 아래로 스크롤해서 이름과 주소 하나를 찾아냈다.

"그레이스인 로드. 여기서 가까운가요?"

"아닐 겁니다. 런던 동쪽일 것 같은데요. 상업지역에서 가까운 곳. 변호사 사무실이 밀집된 그런 곳으로 알고 있습니다."

"사립탐정사무소가 있을 법한 곳이네요."

"좀 더 가까운 곳에 있는 사람은 없습니까?"

"여기 사람들이 유능해요."

"아마 지하철로 갈 수 있을 겁니다. 센트럴 라인이었던 것 같은데. 챈서리레인 행. 중산모와 우산도 사올 걸 그랬군요. 나한테 잘 어울렸을 텐데."

"과연 그럴까요? 시티(런던 금융가) 사람들은 아주 고상하다고요."

폴링은 침대 위에서 몸을 굴려 옆의 탁자에 놓인 전화기 버튼을 눌렀다. 수화기를 통해 들리는 발신음이 낯설었다. 신호음이 한 번씩 울리는 게 아니라 두 번씩 연달아 울렸다. 상대가 전화를 받는 소리가 났다. 리처는 폴링이 하는 말에 귀를 기울였다. 폴링은 자기가 뉴욕의 사립탐정이고 FBI 출신이며 무슨 국제단체의 회원이라고 설명한 다음, 일이 있어 런던에 왔다고 했다. 그런 뒤 이름을 밝히고 정중하게 만남을 요청했다. 그녀가 "6시면 괜찮으십니까?"라고 묻는 걸 보니 상대가 선선히 만남에 동의한 듯했다. 폴링은 별다른 말을 하지 않고 "고맙습니다. 6시에 뵙겠습니다"라면서 전화를 끊었다.

"자매애가 통하는군요."

"남자예요. 내 주소록에 있는 여자 탐정이 사업을 그에게 넘겼나 봐요. 그렇다 해도 달라질 건 없죠. 당신이 국방부 준장한테 했던 10-60-2와 비슷한 거예요. 영국 탐정도 뉴욕에 올 일이 있잖아요. 우리가 서로 돕지 않으면 누가 도와주겠어요?"

"에드워드 레인에게는 런던 전화번호가 잔뜩 든 팜 파일럿이 없으면 좋겠군요."

그들은 샤워를 하고 옷을 챙겨 입은 다음 랭커스터게이트 지하철역으로 걸어갔다. 타일에 때가 잔뜩 낀 지하철역 로비는 꽃장수의 존재만 제외하면 야구장 화장실 같았다. 하지만 플랫폼은 깨끗했으며 열차도 신형이었다. 런던식 영어로는 지하철을 튜브tube라고 하는데 그 말마따나 열차는 관棺 같은 느낌을 주는 초현대식 디자인이었다. 터널도 지상의 자동차 터널을 지하로 주저앉힌 것처럼 원형이어서 지하철 시스템 전체가 전기 아닌 압축공기로 작동할 것 같은 느낌이었다.

그들은 승객들로 붐비는 지하철을 타고 낭만적인 이름을 가진 유명한

역 다섯 군데를 지나서 내렸다. 마블아치, 본드스트리트, 옥스퍼드서커스, 토트넘코트 로드, 홀번. 리처는 어렸을 때 나토 기지에서 발견한, 누군가 내버린 영국판 모노폴리 게임 속의 카드들을 떠올렸다. 그 게임에서는 메이페어와 파크레인이 가장 금싸라기 땅이었다. 열여덟 시간 뒤에 레인 일행과 만나기로 한 파크레인 힐튼 호텔이 있는 곳.

6시 15분 전, 그들이 챈서리레인 역에서 나왔을 때도 아직 대낮이었고 좁은 도로는 차량들로 꽉 막혀 있었다. 검은색 택시, 빨간색 버스, 흰색 밴들과 디젤 배기가스. 리처가 처음 보는 소형 5도어 세단들도 있었다. 거기에 오토바이와 자전거들이 가세했고 인도는 사람들로 넘쳤다. 굵은 선으로 표시된 보행자용 횡단보도, 번쩍이는 신호등, 삐삐 울려대는 신호음. 공기가 아주 차가웠지만 사람들은 그 정도면 따뜻하다는 듯 재킷을 벗어서 팔에 걸치고 셔츠 차림으로 걷고 있었다. 자동차 경적 소리나 사이렌 소리는 들리지 않았다. 맨해튼 구시가지의 건물들을 5층 높이에서 잘라낸 뒤 압축시키면 이런 모습이 될 것 같았다. 거기에 기온을 얼마쯤 낮추고 사람들이 좀 더 예의를 갖추도록 하면 런던 거리가 된다. 리처는 웃음을 머금었다. 그는 탁 트인 길을 좋아했지만 세계적 대도시들의 혼잡함 또한 똑같이 좋아했다. 어제는 뉴욕, 오늘은 런던. 멋진 삶이다.

지금까지는 말이다.

리처와 폴링은 그레이스인 로드를 따라 북쪽으로 걸었다. 예상했던 것보다 멀었다. 좌우로 낡은 건물들이 줄지어 있었는데 1층은 현대식으로 개축했지만 2층부터는 옛 모습 그대로였다. 조금 더 가면 왼편에 찰스 디킨스가 살았던 집이 나온다는 표지판이 있었다. 런던이 역사적 도시로서의 면모를 고스란히 간직하고 있긴 해도 지금 디킨스가 온다면 자기 집을 찾지 못할 것이다. 어림도 없다. 리처만 해도 10여 년 전에 왔을 때와는 많이 달라졌다고 생각하고 있었다. 그는 빨간 공중전화 박스, 정중한 경관들을 떠올렸다. 그때 런던 경찰은 무기를 소지하지 않았고 뾰족한 모자를 썼었다. 지금은 공중전화 박스가 밋밋한 유리 박스로 변했고 모든 사람들이 휴대폰을 사용한다. 무표정한 얼굴로 짝을 지어 순찰하는 경관들은 방탄 조끼를 입고 총알이 장전된 우지 자동권총을 차고 있다. 또한 도처에 감시 카메라가 매달려 있다.

폴링이 말했다. "빅 브라더가 지켜보고 있네요."

"나도 봤습니다. 레인을 시내 밖으로 데리고 나가야겠습니다. 여기선 아무 짓도 못할 테니."

폴링은 주소를 확인하느라 바빠 리처의 말에 대꾸하지 않았다. 찾던 장소는 길 건너 오른편에 있었다. 채광창이 달린 밤색 출입문이었다. 채광창을 통해 2층으로 이어지는 계단이 들여다보였다. 4,800킬로미터 떨어진 곳에 있는 폴링의 사무실과 별반 다르지 않았다. 두 사람은 정체로 멈춰선 차량 사이로 길을 건너서 석조물 위에 박힌 황동판의 내용을 확인했다. '조사 서비스 사'라고 새겨져 있었다. 명료한 서체에 명료한 내용. 리처가 출입문을 당겨보았으나 꿈쩍도 하지 않았다. 영국의 문은 여는 방향이 반대라는 사실을 그제야 떠올리고 밀어보았더니 이번엔 제대로 열렸다. 계단은 낡았지만 바닥에 깐 리놀륨은 새것이었다. 그들은 두 개 층을 걸어 올라가 목적지에 도착했다. 사무실 출입문도 열려 있었다. 의자에 앉은 채 문과 창문을 동시에 볼 수 있도록 책상을 45도 각도로 배치해 둔 작은 사무실이었다. 머리카락이 듬성듬성한 작은 남자가 책상에 앉아 있었다. 쉰 살쯤 되어 보이는 남자는 넥타이와 셔츠 위에 민소매 스웨터를 입고 있었다.

"당신들이 그 미국인들이로군요." 남자의 말에 리처는 잠시 어리둥절했다. 어떻게 한눈에 알아보았을까? 옷차림? 치열? 체취? 셜록 홈스 식의 추론? 하지만 남자의 다음 말로 의문이 풀렸다.

"당신들을 기다리느라 여태 사무실에 있었습니다. 전화가 없었더라면 지금쯤 집에 가는 중일 겁니다. 다른 약속은 없었거든요."

폴링이 말했다. "죄송해요, 우리 때문에."

"아닙니다. 같은 일을 하는 동료를 돕는 건 즐거운 일이니까요."

"사람을 찾고 있어요. 이틀 전에 뉴욕에서 이리로 온 사람인데 영국인이고 이름은 테일러예요."

남자가 두 사람을 힐끗 올려다보았다.

"하루에 두 번이라. 당신들이 찾는 테일러 씨란 사람은 유명인인가 보군요."

"무슨 말씀인가요?"

"어떤 남자가 뉴욕에서 전화를 걸어와 같은 질문을 했어요. 자기가 누군지는 밝히지 않았고요. 런던에 있는 모든 탐정사무소에 차례로 전화를 거는 것 같았습니다."

"미국인이었나요?"

"확실합니다."

폴링은 몸을 돌려 리처를 쳐다보며 '레인'이라고 입모양으로 말했다.

리처는 고개를 끄덕였다. "혼자서 해보려는 모양이군요. 나한테 수고비를 주지 않으려고."

폴링이 다시 책상 쪽을 쳐다보며 물었다. "그래서 전화 건 사람한테 뭐라고 하셨어요?"

"영국에는 6천만 명이 살고 있고 그중 테일러라는 이름을 가진 사람은 수십만 명일 거라고 했습니다. 세부적인 정보가 없으면 도와줄 수 없다고 했어요."

"우릴 도와줄 순 있으세요?"

"그건 당신들이 어떤 추가 정보를 갖고 있느냐에 달려 있습니다."

"사진이 있어요."

"그건 나중엔 도움이 되겠지만 일에 착수하는 단계에서는 소용이 없습니다. 테일러 씨는 미국에 얼마 동안 있었죠?"

"꽤 오래 있었을 거예요."

"이곳엔 근거지가 없습니까? 집은?"

"분명히 없을 거예요."

"그렇다면 가망이 없습니다. 아시잖아요. 나는 데이터베이스를 근거로 일합니다. 당신도 뉴욕에서 같은 방식으로 일할 텐데요. 청구서, 선거인 명부, 세금, 재판기록, 신용기록, 보험증권 등등. 만약 테일러 씨가 오랫동안 여기 살지 않았다면 어떤 데이터에도 나타나지 않을 겁니다."

폴링은 묵묵히 서 있었다.

"정말 유감입니다." 영국 탐정이 말했다. "하지만 내 말뜻은 분명히 이해하시겠죠?"

폴링이 리처를 쳐다보았다. 그 눈길은 '계획이 있다더니 참 대단한 계획이었군요'라고 말하고 있었다.

리처가 입을 열었다. "그 사람과 아주 밀접한 관계자의 전화번호를 갖고 있습니다."

58

"뉴욕에 있는 테일러의 아파트를 수색하다가 전화기에 열 개의 단축 번호가 설정돼 있는 걸 발견했습니다." 리처가 말했다. "그중에서 영국 전 화번호는 딱 한 개였는데 'S'라고만 표시돼 있었습니다. 내 생각에는 부 모 아니면 형제의 전화번호 같습니다. 형제일 가능성이 높겠죠. 테일러 같 은 남자는 어머니나 아버지라면 'M'이나 'D'로 표시했을 겁니다. S는 아마 도 샘, 샐리, 세라, 숀 같은 이름의 머리글자겠죠. 형제간 우애가 좋은가 봅 니다. 단축번호를 설정해둘 정도니까요. 그처럼 가까이 지내는 형제가 있 다면 영국으로 돌아오면서 연락을 하지 않았을 리 없습니다. 최소한 온다 는 소식이라도 알렸을 겁니다. 상대방도 테일러를 단축번호에 등록해두고 있을 테니 아무 연락 없이 집전화를 계속 받지 않으면 걱정하지 않겠습니 까? 분명 S는 우리가 원하는 정보를 갖고 있을 겁니다."

탐정이 물었다. "전화번호가 어떻게 됩니까?"

리처는 눈을 감고 허드슨가의 아파트에서 암기했던 01144 번호를 기 억해내어 불러주었다. 남자는 뭉툭한 연필로 번호를 메모지에 받아 적었다.

"좋아요. 여기서 국가번호를 빼고 그 자리에 0을 넣어봅시다."

남자는 연필로 숫자를 고쳤다. "이제 저 고물 컴퓨터를 작동시켜 찾아 보겠습니다."

그는 의자를 180도 돌려 등 뒤에 놓인 컴퓨터 테이블로 돌아앉아 스페이스바를 누르고 암호를 입력해 화면을 띄웠다. 리처가 있는 곳에서는 암호를 넣는 손놀림이 보이지 않았다. 남자는 화면을 클릭해 대화상자를 띄웠다.

"여기선 주소만 볼 수 있습니다. 그 주소지에 누가 사는지 알아내려면 다른 데이터베이스를 이용해야 합니다." 그가 '확인'을 누르자 몇 초 뒤 화면이 바뀌면서 주소가 떴다. "그레인지 팜. 비숍스파지터에 있어요. 시골 같은데요."

리처가 물었다. "얼마나 시골입니까?"

"노리치에서 그리 멀지 않아요. 우편번호를 보니."

"비숍스파지터는 지명입니까?"

남자는 고개를 끄덕였다. "아마 작은 마을일 겁니다. 학교도 없는 아주 작은 동네일 수도 있어요. 건물 열두어 채와 13세기 노르만 교회가 있는. 노퍽 카운티와 이스트 앵글리아에서는 그런 곳이 전형적입니다. 농업, 평평한 땅, 소택지, 바람 많이 불고. 뭐, 그런 것들 말입니다. 영국의 북부와 동부는 그래요. 여기서 불과 200킬로미터밖에 떨어져 있지 않은데도."

"그 주소의 거주자를 찾아봅시다."

"잠깐, 잠깐만 기다려요. 지금 들어가요."

남자는 주소를 마우스로 끌어 화면에 있는 별도의 임시보관함에 집어넣은 뒤 다른 데이터베이스를 열었다.

"선거인 명부예요. 나는 웬만한 건 여기서 찾습니다. 공개된 데이터라 완전히 합법적이에요. 내용도 종합적인 데다 신뢰할 수 있고. 사람들이 투표에 열의를 갖고 있다면 말이지만요. 물론 모두가 그렇진 않고요."

그는 주소를 끌어서 새 대화상자에 넣고 다시 '확인'을 눌렀다. 오랫동안, 아주 오랫동안 기다린 뒤에야 화면이 바뀌었다.

"자, 나옵니다. 그 주소지엔 유권자가 두 명 있군요. 잭슨. 이름이 잭슨이네요. 앤서니 잭슨 씨. 그리고…… 봅시다, 그래요, 수전 잭슨 부인. S가나왔어요. 수전의 S였네요."

"여동생이군요." 폴링이 말했다. "결혼한 여동생. 호바트하고 똑같군요."

"자, 그럼." 남자가 말했다. "이제 뭔가를 좀 더 해봅시다. 이번에는 전적으로 합법적이라고 할 수는 없지만 그래도 동료들이 옆에 있으니까 내친 김에 좀 더 가봐야죠." 그는 다른 데이터베이스를 열었다. 화면에 단조로운 구식 도스DOS 서체가 떴다. "기본 내용을 해킹으로 빼냈을 겁니다. 그래서 그래픽이 이 모양이죠. 하지만 우리야 정보만 얻으면 되니까. 고용연금부 자료예요. 복지국가다운 부서죠." 그는 앤서니 잭슨의 이름과 주소를 입력하고 복잡한 명령어를 키보드로 친 뒤 화면을 아래로 스크롤해서세 개의 이름과 여러 숫자를 뽑아냈다. "앤서니 잭슨은 서른아홉 살이고아내 수전은 서른여덟 살이네요. 수전 부인의 결혼 전 성은 테일러가 맞네요. 아이는 하나. 딸이고 나이는 여덟 살. 멜로디라는 불운한 이름을 붙였군요. 애한테 부담이 되겠는걸요."

"멋진 이름인데요." 폴링이 말했다.

"노퍽에선 안 그래요. 학교에서 놀림 받을걸요."

리처가 물었다. "노퍽에서 오래 살았습니까? 테일러 가족의 고향이 본래 거기입니까?"

남자는 화면을 끌어올렸다. "불운한 멜로디는 런던에서 태어난 것 같아요. 그걸 보면 노픽이 고향은 아닌 모양입니다." 그는 단조로운 도스 사이트를 닫고 다른 걸 열었다. "이번엔 토지등기소로 갑니다." 다시 주소를 입력하고 '확인'을 누르자 화면이 바뀌었다. "그래요. 그들이 비숍스파지터의 집을 산 게 1년 약간 넘었네요. 같은 시기에 런던 남부의 집을 팔았어요. 귀농한 도시민들인가 봅니다. 널리 퍼진 환상이죠. 앞으로 1년쯤 더 지나면 싫증이 나서 못 견딜걸요."

"고맙습니다." 리처가 말했다. "도와주셔서 감사합니다."

리처는 감사를 표하고는 책상 위에 놓인 뭉툭한 연필을 집었다. 주머니에서 패티가 준 봉투를 꺼내 거기에 '앤서니, 수전, 멜로디 잭슨. 노픽 비숍스파지터 그레인지 팜'이라고 썼다.

그런 다음 남자에게 말했다. "뉴욕에서 또 전화가 오면 지금 있었던 일들은 완전히 잊어주시겠습니까?"

"돈이 걸려 있나요?"

"거금입니다."

"뭐, 선착순이죠. 일찍 일어나는 새가 벌레를 잡는다지 않습니까? 내 입술은 딱 붙어 있을 겁니다."

"고맙습니다. 얼마를 드리면 될까요?"

"아, 전혀 필요 없습니다. 도움을 드릴 수 있어 정말 기쁩니다. 같은 일을 하는 동료를 돕는 건 언제나 즐거운 일이죠."

다시 거리로 나왔을 때 폴링이 말했다.

"레인이 테일러의 아파트를 수색해 전화기를 보기만 하면 우리가 더 유리하다고 할 수도 없게 돼요. 런던의 다른 탐정사무소에 연락하면 되겠죠. 아니면 뉴욕에 있는 누군가한테 부탁할 수도 있고. 좀 전에 본 자료들은 온라인으로 찾아볼 수 있으니까요."

"그는 전화기를 발견하지 못할 겁니다. 설사 보더라도 연결점을 찾지 못할 테고. 그런 일은 그의 전문 분야가 아닙니다. 막대기에 매단 거울이 필요할걸요."

"정말 그럴까요?"

"전적으로 확신할 순 없어요. 그래서 예방책을 취해두었습니다. 전화번호를 삭제해버렸죠."

"그런 거야말로 불공평한 이점이네요."

"돈을 받으려면 확실히 해둬야죠."

"그럼 이제 우리가 할 일은 수전 잭슨에게 전화를 하는 건가요?"

"그럴 작정이었습니다. 하지만 당신이 호바트와 그의 여동생에 대해 말을 꺼내는 바람에 생각난 게 있습니다. 수전이 디 마리처럼 오빠를 감싸고 돌면 어쩌겠습니까? 우리한테 거짓말을 하면 그만입니다."

"런던에 온 김에 전화한 동료라고 하면 어때요?"

"우리한테 얘기하기 전에 반드시 테일러한테 확인할 겁니다."

"그럼 어떻게 하죠?"

"직접 그리로 가야죠. 비숍스파지터에. 대체 어느 구석에 박힌 곳인지는 몰라도."

59

   그들이 묵는 호텔에는 안내 서비스 같은 게 아예 없었으므로 리처와 폴링은 렌터카 사무실을 찾아 마블아치까지 걸어가야 했다. 운전면허증도 신용카드도 없는 리처는 차를 빌리기 위한 서류 작성을 폴링에게 맡기고 옥스퍼드가로 가서 서점을 찾았다. 그가 들어간 곳은 안쪽의 여행 코너에 위치한 서가 하나를 통째로 영국의 자동차 지도로 채워둔 곳이었다. 책을 빼서 살펴보았지만 세 권을 들춰 봐도 비숍스파지터란 지명은 나와 있지 않았다. 색인에도 없었다. 정말 작은 곳인 모양이다. 그는 생각했다. 지도 위에 점 하나로 표시될 정도도 안 된다는 얘기다. 런던과 노퍽, 노리치는 쉽게 찾을 수 있었다. 소도시와 큰 마을도 나와 있었다. 하지만 그보다 작은 곳은 전혀 실려 있지 않았다. 주위를 둘러보던 그는 구석진 곳에 숨기듯 꽂아둔 육지측량부 지도를 발견했다. 벽에 붙은 서가의 아래쪽 네 단에 시리즈 전체가 있었다. 영국 정부의 후원을 받아 육지측량부라는 기관에서 꼼꼼하게 제작한 지도들로 큼지막하게 접혀 있었다. 도보 여행자를 위한 지도 같았다. 지리 마니아를 위한 것일지도 몰랐다. 축척별로 선택할 수 있는데 가장 축척이 작은 지도에는 개별 건물들까지 상세히 나와 있었다. 그는 노퍽 지도를 서가에서 죄다 빼내 하나씩 살펴보았다. 네 번째로 펼친 지도에 비숍스파지터가 나왔다. 노리치 외곽에서 남서쪽으로 50킬로미터가량 떨어진 곳의 교차로에 있는 작은 마을이었다. 작은 도로 두 개가 만나는 지점인데 자동차 지도에는 그 도로 자체도 나와 있지 않았었다.

리처는 그 지도와 함께 기본적인 방향을 참고하기 위해 가장 싼 자동차 지도도 하나 샀다. 그런 뒤 렌터카 사무실로 돌아갔더니 폴링이 미니쿠퍼의 열쇠를 들고 기다리고 있었다.

"빨간 차예요. 지붕은 흰색. 아주 멋져요."

"내 생각엔 테일러가 바로 거기 있을 거 같습니다. 여동생과 함께."

"어째서요?"

"본능적으로 인적이 드문 곳에 숨으려 할 테니까요. 군인 출신이니만큼 방어 가능한 곳을 원할 테고. 그곳은 당구대만큼이나 평평한 지역입니다. 방금 지도를 봤습니다. 누군가 8킬로미터 이내로 접근하면 바로 눈에 띌 겁니다. 소총 한 자루만 있으면 천하무적이지요. 거기에 사륜구동 차량 한 대면 도주 경로가 360개나 됩니다. 들판을 건너 어디로든 갈 수 있으니까요."

"두 사람을 살해하고 1,000만 달러 이상을 훔친 사람이 태연히 동생 집으로 갈 수는 없을걸요."

"동생에게 자세한 얘기를 하진 않았을 겁니다. 사실 어떤 이야기도 할 필요가 없죠. 아마도 잠시 가 있는 것일 테니까요. 잠깐 숨 돌릴 여유가 필요했을 겁니다. 엄청난 스트레스에 시달렸으니까."

"동정이 간다는 말투네요."

"테일러의 입장에서 생각해보려는 겁니다. 오랜 시간을 들여 계획을 세웠을 테고 지난주는 지옥 같았겠죠. 기진맥진했을 겁니다. 몸을 숨기고 휴식을 취하고 싶겠죠."

"하지만 동생 집은 너무 위험해요. 누굴 찾을 때는 가족을 가장 먼저 떠올리니까요. 우리도 호바트를 찾아낼 때 그랬고요. 전화번호부에서 호바트란 이름을 뒤졌잖아요."

"동생의 성은 잭슨입니다. 테일러가 아니라. 호바트 동생의 성이 그라지아노였던 것처럼. 게다가 그레인지 팜은 조상 대대로 살아온 곳이 아닙니다. 동생이 이사한 지 얼마 안 되는 곳이에요. 그의 가족을 추적하려는 사람은 런던에서 벽에 부딪칠 겁니다."

"거기엔 아이가 있어요. 테일러의 조카. 그가 무고한 사람들을 위험에 처하게 할까요?"

"이미 두 사람을 살해했어요. 양심적인 사람이라고 보긴 힘듭니다."

폴링은 자동차 열쇠를 앞뒤로 흔들며 생각에 잠겼다.

"그럴지도 모르겠네요. 자, 계획이 뭔가요?"

"테일러는 지난 3년 동안 레인 밑에 있었습니다. 그러니 당신과 만난 적이 없습니다. 당연히 나와 만난 적도 없습니다. 우리 모습을 봐도 괜찮을 겁니다. 집 근처로 낯선 사람들이 다가온다고 해서 다짜고짜 총알을 날리진 않을 겁니다. 우린 그 사실만 마음에 새기면 됩니다."

"곧바로 그 집으로 가자는 뜻인가요?"

리처는 고개를 끄덕였다. "최소한 자세히 살펴볼 수 있는 거리까지는 접근해야 합니다. 테일러가 거기 있는 게 확인되면 물러나 레인을 기다릴 겁니다. 그가 없다면 집을 찾아가서 수전과 이야기를 해봐야겠죠."

"언제요?"

"지금 바로."

렌터카 사무실 사람이 뒤편 차고에서 미니쿠퍼를 가지고 왔다. 리처는 조수석 좌석을 뒤쪽으로 최대한 민 다음 올라탔고 폴링은 운전석에 올라 시동을 걸었다. 작고 예쁜 차였다. 빨간색이라 더욱 근사해 보였다. 하지만 운전은 쉽지 않았다. 스틱 기어에다 운전석이 오른쪽에 있고, 왼쪽 차선으로 달려야 했고, 세계에서 가장 혼잡한 도시의 초저녁 차량 정체가 시작된 참이었다. 그래도 무사히 호텔까지 가기는 했다. 폴링은 이중주차를 해두고 가방을 가지러 안으로 뛰어갔다. 칫솔을 주머니에 넣어두었던 리처는 그대로 차 안에 있었다. 5분 뒤 폴링이 돌아와 운전석에 앉으며 말했다. "지금 우리가 있는 곳은 런던 서쪽이에요. 공항을 이용하기엔 편리한 지점이죠. 하지만 지금은 런던 동쪽에서 빠져나가야 해요."

"정확히는 북동쪽입니다. M11이라는 고속도로를 타고."

"러시아워 때 런던 중심부를 가로질러야 한다는 얘기죠."

"파리나 로마보다는 낫습니다."

"난 파리나 로마에 가본 적이 없어요."

"그럼 이제 거기 가면 어떨지 알게 되겠군요."

동쪽과 북쪽을 향해 간다는 건 말만 들으면 간단하다. 하지만 여느 대도시와 마찬가지로 런던도 일방통행로 및 복잡한 교차로가 한두 개가 아니다. 거기에 신호등마다 차량이 꼬리를 물고 서 있어 그들은 쇼어디치까지 가다 서다 반복하며 꾸물꾸물 나아갔다. 그러다 A10으로 표기된, 북쪽으로 뻗은 넓은 도로를 만났다. 조금 더 동쪽으로 가야 했으나 그들은 A10을 탔다. 혼잡이 덜한 곳에 가서 방향을 조정하면 될 터였다. 가다 보니 M25 도로가 나왔다. 순환도로였다. 그 도로를 타고 시계 방향으로 돌아 출구를 두 개 지났더니 M11 도로가 나왔다. M11 도로를 타고 북쪽과 동쪽으로 달려 케임브리지, 뉴마켓을 지나 노픽에 도착한 시간은 밤 9시였다. 어둠이 내리기 시작했다.

폴링이 물었다. "지금 우리가 가는 곳의 지리를 알아요?"

"잘 모릅니다. 여긴 육군이 아니라 공군의 나라니까요. 곳곳에 폭격기 기지가 있습니다. 평평하고 넓고 유럽에 근접해 있으니 공군 기지로 이상적이죠."

영국은 불 하나는 밝은 나라였다. 밝은 불빛이 고속도로를 한 치도 빠짐없이 밝히고 있었다. 사람들은 차를 빨리 몰았다. 규정 속도가 시속 110 킬로라고 표시되어 있었으나 대부분이 무시하고 달렸다. 130킬로 후반, 140킬로 초반이 보통이었다. 그래도 차선은 잘 지켰다. 끼어드는 운전자는 아무도 없었다. 고속도로 출구마다 예외 없이 명료한 표지판과 많은 경고문, 긴 감속 차로가 있었다. 리처는 영국의 고속도로 사망 사고가 적다는 글을 읽은 기억을 떠올렸다. 기반시설이 안전을 보장하고 있는 것이다.

폴링이 물었다. "그레인지 팜은 어떤 곳일까요?"

"모르겠습니다. 고대 영어에서는 그레인지가 곡식을 저장하는 큰 헛간을 뜻합니다. 그러다 귀족 경작지에 있는 본관 건물을 의미하는 단어가 되었지요. 그걸로 미루어 커다란 집이 한 채 있고 작은 별채가 몇 개 딸린 건물이 아닐까 싶습니다. 주위는 온통 들판이고요. 수십만 제곱미터에 이르는 넓은 들판. 봉건 영지처럼 말입니다."

"아는 게 많군요."

"쓸모없는 정보뿐입니다. 그런 것들이 상상력에 불을 지펴주길 기대해야죠."

"그렇지만 만족감을 얻진 못했겠죠."

"전혀. 이 모든 상황이 싫습니다. 잘못됐다는 느낌이 듭니다."

"선한 사람이 아무도 없기 때문일 거예요. 나쁜 놈과 더 나쁜 놈만 있고."

"똑같이 끔찍한 작자들입니다."

"어렵군요. 때론 흑백으로만 나뉘지 않는 경우도 있어요."

"내가 엄청난 실수를 하고 있다는 느낌을 떨쳐버릴 수가 없습니다."

영국은 작은 나라지만 그런 셈치고 이스트 앵글리아는 텅 빈 드넓은 지역이었다. 대초원 지대를 운전해 가는 느낌이었다. 아무것도 없는 평원에 끝없는 도로가 앞으로 쫙 뻗어 있었다. 자그맣고 빨간 미니쿠퍼는 쌩쌩 달렸다. 어느덧 리처의 머릿속 시계가 밤 10시를 가리켰다. 마지막 황혼 빛도 사라지고 없었다. 불빛이 환하게 밝혀진 한 줄기 도로 너머에는 캄캄한 어둠뿐이었다.

케임브리지와 펜처치 세인트메리를 지나자 도로 폭이 좁아지면서 가로등도 사라졌다. '노리치까지 65킬로미터'라는 표지판이 나왔다. 리처는 육지측량부 지도를 꺼냈다. 그들은 비숍스파지터로 이어지는 출구를 놓치지 않기 위해 신경을 곤두세웠다. 도로표지판은 명확하고 알아보기 쉬웠다. 하지만 모든 지명이 동일한 크기의 활자로 적힌 걸로 미루어 일정 길이가 넘는 지명은 약칭으로 나와 있을 듯했다. 리처가 B'sh'ps P'ter라는 표지판을 스쳐 지나가며 흘낏 보긴 했지만 그게 비숍스파지터를 뜻한다는 걸 깨달았을 때는 이미 200미터 가까이 지나친 뒤였다. 폴링은 캄캄한 어둠 속에서 급브레이크를 밟고 유턴을 해서 되돌아갔다. 잠시 후 미니쿠퍼는 주도로를 벗어나 작은 도로에 올라섰다. 좁고 구불구불했으며 표면이 울퉁불퉁했다. 전조등 불빛 너머는 칠흑 같은 어둠이었다.

"얼마나 더 가면 돼요?"

리처는 손가락으로 지도를 짚어가며 대답했다. "15킬로미터쯤 될 것 같습니다."

자동차 지도에는 노리치 남쪽에서 뻗은 두 도로 사이가 텅 빈 삼각형으로 표시돼 있을 뿐 아무것도 없었다. 육지측량부 지도에는 그 부분에 작은 도로들이 그려져 있고 점점이 작은 마을들이 나와 있었다. 그는 손가락으로 비숍스파지터 교차로를 짚고 차창 밖을 바라보았다. "표지가 될 만한 게 없습니다. 너무 캄캄해요. 그 집에 누가 있는지 알아보는 건 고사하고 집 자체가 안 보이겠어요."

리처는 다시 지도로 눈길을 돌렸다. 6킬로미터 앞에 건물이 몇 채 있고 그중 한 곳에 'PH'라는 표시가 있었다. 지도 귀퉁이의 기호표에서 그 표시의 의미를 찾아보았다. "PH는 퍼블릭 하우스public house군요. 선술집pub 말입니다. 여관일 수도 있고. 어쨌거나 일단 방을 잡고 날이 밝은 뒤에 찾아봅시다."

"알겠습니다, 대장."

폴링의 목소리에서 피곤이 묻어나왔다. 대서양 횡단여행과 시차, 낯선 도로, 거기에 운전 스트레스까지 겹쳤으니 그럴 만했다.

"미안합니다. 많이 힘들죠? 내가 좀 더 계획을 잘 세웠어야 했는데."

"아니에요. 제대로 된 방법이에요. 아침엔 그 집 근처에 갈 수 있을 거예요. 그런데 얼마나 더 가야 하죠?"

"펍까지 6킬로미터입니다. 거기서부터 비숍스파지터까지는 8킬로미터. 내일 움직이면 됩니다."

"지금 몇 신지 알겠어요?"

리처는 미소 지으며 대답했다. "11시 45분."

"시차가 있어도 시간을 알 수 있군요."

"대시보드에 있는 시계를 본 겁니다. 여기서도 잘 보이니까요. 당신 무릎에 앉아 있는 것 같군요."

8분 뒤 불빛이 눈에 들어왔다. 가까이 가서 보니 펍의 조명이었다. 높게 내걸린 조명이 부드러운 밤바람 속에서 흔들리고 있었다. 펍의 이름은 '비숍스 암스'였다. 아스팔트 주차장에 차량 다섯 대가 들었고 불 밝혀진 창문들이 나란히 이어져 있었다. 따뜻하고 유혹적인 불빛이었다. 건물의 컴컴한 윤곽 너머에는 아무것도 없었다. 드넓은 밤하늘 아래 평평한 땅이 끝없이 펼쳐져 있을 따름이었다.

폴링이 말했다. "예전엔 마차들이 머물던 여관이었을지도 모르겠네요."

"아닐 겁니다. 여긴 다른 곳으로 통하는 길목이 아니니까. 농장 일꾼들을 위한 장소였을 겁니다."

폴링은 주차장으로 차를 몰아 제조사와 연도를 알 수 없는 낡은 세단과 더러운 랜드로버 사이에 작은 미니쿠퍼를 세웠다. 시동을 끄더니 운전대에서 손을 떼고 한숨을 내쉬었다. 적막이 밀려왔고 그와 함께 습한 대지의 냄새가 느껴졌다. 밤공기는 차가우면서 약간 습했다. 리처는 폴링의 가방을 들고 그녀와 함께 펍의 문을 밀고 들어갔다. 현관 오른편에 휘어진 계단이 보였다. 천장은 들보가 낮았으며 바닥엔 무늬 카펫이 깔려 있었다. 그리고 엄청난 숫자의 놋쇠 장식품이 곳곳에 놓여 있었다. 현관에서 직선 방향에 어두운 색깔의 오래된 나무로 만든 안내 데스크가 있었다. 반들반들 윤이 나는 데스크에는 아무도 앉아 있지 않았다. 왼편으로 '특실 바 Saloon Bar'라는 표지판이 붙은 출입구가 있었는데 안은 비어 있는 듯했다.

오른편 계단 너머 출입구에는 '일반 바Public Bar'라는 표지가 있었다. 출입구를 통해 바텐더의 모습과 스툴에 앉은 손님들의 굽은 등이 보였다. 구석 자리 탁자에 혼자 앉은 사람의 뒷모습도 보였다. 다섯 명 모두 500밀리 맥주잔을 앞에 놓고 있었다.

리처는 빈 데스크로 가서 벨을 눌렀다. 한참을 기다리자 바텐더가 데스크 뒤의 문으로 모습을 나타냈다. 예순 살쯤 된 바텐더는 체격이 크고 얼굴이 불그레했다. 그는 피곤한 기색을 내보이며 수건으로 손을 닦았다.

리처가 그에게 말했다. "방이 필요합니다."

"오늘 밤에 묵을 방 말이오?"

"그렇습니다. 오늘 밤에."

"40파운드요. 조식까지 포함해서."

"비싸지는 않군요."

"어떤 방이 좋겠소?"

"어떤 방을 추천하십니까?"

"욕실 딸린 방을 원하시오?"

거기서 폴링이 끼어들었다.

"네, 욕실 딸린 방요. 그게 좋겠네요."

"알겠소. 그 방으로 드리지."

바텐더는 폴링에게서 10파운드 지폐 넉 장을 받고 장식술이 달린 고리에 매달린 놋쇠 열쇠를 건넸다. 그런 뒤 리처에게 볼펜을 주면서 숙박부를 내밀었다. 리처는 이름을 쓰는 란에 'J. & L. 베이스워터'라고 썼다. 그런 뒤 집 주소가 아니라 사무실 주소에 체크한 다음 '미국 뉴욕 브롱크스 이스트 161번가'라고 기재했다. 양키 스타디움의 주소였다. 리처는 그곳이 정말로 자기가 일하는 곳이었으면 했다. 그의 평생소원이었다. 차량 종류를 쓰는 칸에는 '롤스로이스'라고 기록했다. 등록번호를 쓰도록 된 칸은 번호판을 적으라는 것이려니 짐작하고 'R34CHR'이라고 썼다. 그런 뒤 그는 바텐더에게 물었다.

"지금 식사할 수 있습니까?"

"식사시간은 끝났는데 어쩌나? 하지만 샌드위치 정도는 해줄 수 있소."

"샌드위치면 충분합니다."

"미국분들이오? 여긴 미국 사람들이 많이 온다오. 옛날 비행장들을 보러. 예전에 자기들이 주둔했던 장소를 찾아서 말이오."

"그건 저보다 앞세대 얘깁니다."

바텐더는 점잖게 고개를 끄덕여 보였다. "자, 들어와서 한잔하면서 기다리시오. 곧 샌드위치를 준비해드리겠소."

리처는 폴링의 가방을 계단 발치에 놓아두고 일반 바로 들어갔다. 다섯 명이 일제히 고개를 돌려 그를 쳐다보았다. 햇볕에 탄 불그레한 피부, 두꺼운 손, 무표정한 얼굴로 미루어 카운터에 앉은 네 명은 농부들 같았다.

구석 자리에 혼자 앉은 남자는 테일러였다.

60

위협 수위를 평가하려는 듯 테일러는 노련한 군인의 눈으로 리처를 쳐다보았다. 그러다 뒤따라온 폴링의 모습을 보고 마음을 놓는 기색이었다. 괜찮은 옷을 입은 남자와 세련된 여자. 커플 또는 관광객. 테일러는 시선을 돌리고 다시 맥주를 마시기 시작했다. 그가 리처를 쳐다본 시간은 술집에 낯선 사람이 들어왔을 때 힐끔거리는 일반적인 시간보다 몇 분의 1초 정도 길었을 따름이었다. 카운터의 농부들과 비교하면 오히려 짧았다. 농부들은 낯선 사람에 대해 단골이 갖는 특권의식을 노골적으로 내비치며 심사숙고하는 눈길로 한참을 쳐다보았다.

리처는 폴링을 이끌고 테일러가 앉은 자리의 반대편 탁자로 가서 벽을 등지고 앉았다. 농부들이 카운터 쪽으로 돌아앉는 모습이 보였다. 그들은 한 사람씩 차례로 천천히 몸을 돌렸다. 마지막으로 몸을 돌린 농부가 잔을 들자 바 안의 공기는 평상시로 돌아갔다. 잠시 후 바텐더가 나타나 행주로 잔을 닦기 시작했다.

리처가 말했다. "정상적으로 행동해야 합니다. 한 잔 마셔야 해요."

"지역 맥주를 마셔보는 것도 좋죠. 로마에 가서도 그래볼래요."

리처는 자리에서 일어나 카운터로 발걸음을 옮기면서 10년 전 유사한 상황에 놓였을 때를 기억해내려 애썼다. 상황에 맞는 말을 하는 게 중요하다. 그는 두 농부 사이로 몸을 기울여 손을 카운터 위에 올려놓고 말했다.

"제일 좋은 걸로 한 잔 주십시오. 여성분에게는 반 잔만."

상황에 맞는 태도를 취하는 것도 중요하다. 그는 네 명의 농부를 좌우로 둘러보며 덧붙였다. "우리와 같이 한잔하시겠습니까?" 리처는 바텐더에게도 말했다. "제가 한잔 사도 되겠습니까?" 그러자 바에 있는 모든 사람들의 관심이 아직 초대받지 못한 유일한 단골인 테일러에게로 쏠렸다. 테일러는 초대하는 말을 기대하듯 몸을 돌리고 리처를 올려다보았다. 리처는 술을 마시는 동작을 취하면서 말했다. "한잔 어떻습니까?"

테일러는 리처를 마주 보면서 "고맙습니다. 하지만 그만 가봐야 합니다"라고 했다. 그레고리의 억양과 유사한 단조로운 영국 억양이었다. 그의 눈에서는 상황을 계산하는 기미가 보였다. 하지만 얼굴에는 아무것도 나타나 있지 않았다. 의심을 품은 것 같지는 않았다. 약간의 어색함과 함께 무뚝뚝한 중에도 부드러운 기색을 살짝 내비쳤다. 테일러가 악의 없는 미소를 짓자 상태가 좋지 못한 치아들이 드러났다. 그는 잔을 비워 탁자 위에 내려놓고는 자리에서 일어나 출입구 쪽으로 향했다.

"먼저 갑니다." 테일러가 지나치면서 인사했다.

바텐더는 질 좋은 비터* 여섯 잔과 반 잔짜리 하나를 보초병들처럼 늘어놓았다. 술값을 지불한 리처는 마시자는 뜻으로 맥주잔들을 앞으로 살짝 밀었다. 그런 뒤 자기 잔을 집어 "건배"라고 하고는 한입 들이켰다. 그가 폴링의 잔을 들고 자리로 돌아오자 네 명의 농부와 바텐더가 일제히 그들 쪽을 향해 건배를 했다. 리처는 생각했다. 30파운드도 안 되는 돈으로 즉시 마음을 터놓게 할 수 있다. 60파운드라 해도 싼 셈이지.

---

* 쓴맛이 강한 맥주.

그는 그런 생각을 감추고 말했다. "아까 그분이 저 때문에 마음 상한 게 아니어야 할 텐데요."

"모르는 사람이오." 농부 중 한 사람이 말했다. "전에 한 번도 본 적이 없는 얼굴인데."

"그레인지 팜에 있는 사람이야." 다른 농부가 말했다. "틀림없어. 그레인지 팜의 랜드로버를 모는 걸 봤거든."

"그 사람도 농부입니까?" 리처가 물었다.

"그렇게 보이진 않소." 처음에 대답했던 농부가 말했다. "한 번도 본 적이 없거든."

"그레인지 팜이 어디입니까?"

"길을 쭉 따라가면 나와요. 거기 한 가족이 살고 있소."

세 번째 농부가 끼어들었다. "데이브 켐프한테 물어봐요. 그 사람이 알려줄 거요."

"데이브 켐프가 누굽니까?"

"상점의 데이브 켐프 말이오." 세 번째 농부가 말했다. 그를 모르냐는 듯 초조한 말투였다. "비숍스파지터에 있는 상점. 그 사람이 알 거요. 데이브 켐프는 모르는 게 없는 사람이거든. 우체국도 같이하고 있으니까. 참견하기 좋아하는 작자요."

"거긴 펍이 없습니까? 왜 여기까지 와서 술을 마시는 거죠?"

"이곳이 몇 킬로 안짝에서는 유일한 펍이오. 여기가 무슨 번화가라도 되는 줄 아시오?"

리처는 그 말에 대답하지 않았다.

"그레인지 팜으로 새로 이사 온 사람들이야." 첫 번째 농부가 그제야 생각났다는 듯 말했다. "그 가족이야. 최근에 왔지. 런던에서 온 것 같던데. 나야 그 사람들을 모르지만. 유기농 재배를 한다지? 화학비료를 쓰지 않고 말이야."

이후 농부들이 유기농법의 장단점에 대해 자기들끼리 이야기를 하기 시작한 걸로 봐서 맥주 한 잔에 대한 대가는 치렀다는 결론을 내린 듯했다. 그 주제는 닳고 닳은 논쟁거리인 것 같았다. 간간이 귀에 들어온 말로 짐작건대 도시인들이 유기농 작물을 선호한다는 불가해한 이유를 제외하면 유기농법에는 전혀 이점이 없다는 이야기였다.

"당신이 맞았네요." 폴링이 말했다. "테일러는 농장에 있어요."

"하지만 지금도 거기 있을까요?"

"그러지 않을 이유가 없죠. 멍청하고 후한 미국인 행세를 한 당신의 연기는 일품이었어요. 그는 우리가 아버지들이 주둔했던 기지를 돌아보러 온 관광객인 줄 알 거예요. 여긴 그런 사람들의 발길이 끊이지 않는다잖아요."

리처는 묵묵히 앉아 있었다.

"내가 차를 세운 곳이 바로 테일러의 차 옆이었네요. 저 농부들 말이 그가 랜드로버를 몬다고 했잖아요. 주차장에 랜드로버는 한 대뿐이었어요."

"그를 여기서 만나지 않았다면 좋았을 텐데."

"테일러가 돌아온 이유 중 하나가 이것일지도 모르겠네요. 영국 맥주 말이에요."

"영국 맥주를 좋아합니까?"

"아뇨. 하지만 영국인들은 그럴걸요."

샌드위치는 깜짝 놀랄 만큼 근사했다. 버터, 살짝 익힌 소고기에 걸쭉한 고추냉이 소스를 발라 껍질이 두껍고 신선한 수제 빵에 끼운 샌드위치였다. 거기에 농장에서 만든 치즈를 곁들이고 얄팍한 포테이토칩을 고명으로 뿌렸다. 리처와 폴링은 샌드위치를 먹으며 맥주를 마셨다. 그런 뒤 위층의 방으로 올라갔다. 베이스워터의 방보다 훨씬 나았다. 침대는 퀸이 아니라 더블이었는데 침대가 작다는 걸 감안해도 공간이 한결 여유 있었다. 리처는 생각했다. 진짜 고생이랄 수는 없군. 상황을 고려해본다면. 그는 머릿속 알람시계를 동트는 시간인 새벽 6시로 맞췄다. 테일러는 그대로 있을 수도 있고 도망칠 수도 있다. 어쨌든 곧 알게 되겠지.

61

다음 날 새벽 6시. 창밖에는 안개 낀 평원이 끝없이 펼쳐져 있었다. 회색이 감도는 녹색 들판이 지평선까지 이어졌으며 이따금 곧은 도랑과 나무들이 보일 뿐이었다. 나무들은 바람에 견디기 좋도록 길고 가늘며 낭창낭창한 몸통 위에 촘촘하고 동그란 머리를 얹고 있었다. 멀리서도 나무들이 바람에 흔들리고 휘는 것이 보였다.

바깥은 추웠고 미니쿠퍼는 이슬로 뒤덮여 있었다. 리처가 재킷 소매로 차창을 문질러 닦은 뒤 두 사람은 묵묵히 차에 올랐다. 폴링은 후진한 다음 기어를 바꿔 주차장을 빠져나가 살짝 브레이크를 밟은 뒤 도로에 올라섰다. 아침 하늘을 향해 동쪽으로 뻗은 도로였다. 비숍스파지터까지 앞으로 8킬로미터였다. 그레인지 팜까지 8킬로미터가 남아 있었다.

마을보다 농장이 먼저 눈에 들어왔다. 농장은 교차로로 나눠진 사분면 중에서 왼쪽 상단에 위치해 있었다. 그들은 남서쪽 방향에서 교차로로 접근하다 농장을 발견했다. 농장의 경계는 울타리가 아니라 도랑이었다. 곧게 난 도랑은 울퉁불퉁하고 깊었다. 쟁기로 잘 갈아둔 도랑 너머 들판은 최근에 경작한 작물들로 연초록빛을 띠고 있었다. 농장 중심부 근처에 키 작은 나무 몇 그루가 서 있었다. 장식적 효과를 위해 일부러 거기 심어둔 것 같았다. 이어 커다란 회색 석조건물이 보였다. 리처가 생각했던 것보다 더 컸다. 성이나 위풍당당한 저택이라 할 것까진 아니었지만 평범한 농장들보다는 인상적이었다. 본체에서 북쪽과 동쪽 방향으로 멀찌감치 떨어진 곳에 헛간이 다섯 채 있었다. 나지막하고 기다란 그 헛간들은 외양이 깔끔했다. 그중 세 채는 마당을 중심으로 사각형의 삼면을 이루었고 다른 두 채는 따로 하나씩 떨어져 서 있었다.

도로는 농장의 남쪽 경계를 이룬 도랑을 끼고 달렸다. 도로 위를 달리면서 바라본 농장은 회전테이블 위에 얹힌 것처럼 시시각각 방향이 변했다. 전체적으로 크고 멋진 농장이었다. 차량 진입로는 경계 도랑을 가로지른 평평한 다리를 통해 농장으로 이어져 멀리 북쪽으로 뻗었으며 다져진 흙은 물이 잘 빠지도록 가운데가 볼록하게 돋워져 있었다. 본체는 800미터 정도 간격을 두고 도로를 마주 보며 서 있었다. 정문은 서쪽을, 뒷문은 동쪽을 향했다. 랜드로버가 본체 뒷면과 외따로 떨어진 헛간 사이에 세워져 있었다. 멀리서 보니 이슬에 뒤덮인 차량이 작고 무기력하고 추워 보였다.

리처가 말했다. "테일러가 아직 저기 있군요."

"자기 차를 따로 갖고 있는 게 아니라면 말이죠."

"자기 차가 있었다면 어젯밤에도 그 차를 썼을 겁니다."

폴링은 걸어가는 정도로 주행 속도를 뚝 떨어뜨렸다. 집 주위에는 사람의 기척이 전혀 없었다. 굴뚝에서 가느다란 연기 한 줄기가 뿜어져 나와 바람에 수평으로 흩날렸다. 난방기 가동을 일시 중지하면서 화력을 약하게 해 둔 모양이었다. 창에도 불빛은 없었다.

폴링이 말했다. "농부들은 일찍 일어나는 줄 알았는데."

"축산 농가는 그렇겠죠. 소젖을 짠다거나 해야 하니까. 그런데 여긴 농작물뿐입니다. 밭을 갈고 수확하는 중간에는 할 일이 없겠죠. 편안히 앉아서 농작물이 자라는 걸 기다리면 될 테니까."

"비료를 살포해야 되잖아요. 트랙터를 몰고 밖에 나간 모양이네요."

"유기농법을 하잖습니까. 물만 조금씩 주고 있을 겁니다."

"여긴 영국이에요. 항상 비가 오는 곳이라고요."

"우리가 도착한 뒤에는 한 번도 비가 안 왔습니다."

"열여덟 시간 동안 안 왔죠. 기록이네요. 내가 런던경찰청에 있을 때는 줄곧 비가 내렸는데."

폴링은 천천히 차를 세우고 기어를 중립에 놓은 다음 차창을 내렸다. 리처도 창을 내렸다. 차갑고 습한 공기가 차 안으로 밀려 들어왔다. 바깥은 정적에 휩싸여 있었다. 바람이 나뭇가지를 스치는 소리가 멀리서 들리고, 안개 속으로 어렴풋한 아침 햇살이 조금씩 녹아들 따름이었다.

폴링이 말했다. "예전엔 온 세상이 이런 풍경이었을 테죠."

"여긴 북쪽 종족들이 살던 곳입니다. 노퍽과 서퍽은 북쪽 종족과 남쪽 종족이란 뜻이죠. 고대 켈트족의 두 왕국이었을 겁니다."

그때 산탄총 소리가 정적을 깨트렸다. 멀리서 울리는 총성이 폭발음처럼 들판 위로 퍼졌다. 고요한 곳이어서 소리가 엄청나게 크게 들렸다. 리처와 폴링은 본능적으로 머리를 홱 숙였다. 잠시 후 그들은 발사된 총에서 피어오르는 화약 연기를 찾아 지평선을 훑어보았다.

폴링이 말했다. "테일러일까요?"

"모습을 보지 못했습니다."

"그가 아니라면 누굴까요?"

"우릴 노린 것이라고 보기엔 거리가 너무 멉니다."

"사냥꾼들일까요?"

"시동을 꺼봐요."

리처는 귀를 세우고 신경을 집중했다. 더 이상 아무 소리도 들리지 않았다. 움직이는 기척도 재장전하는 소리도 없었다.

"새를 쫓는 장치 같군요. 막 겨울용 작물을 심었는데 새들이 씨앗을 먹어 치우면 안 되니까요. 온종일 무작위로 공포탄을 쏘는 장치를 설치해 둔 것 같습니다."

"정말로 그렇다면 다행이고요."

"나중에 다시 와봅시다. 지금은 가게로 가서 데이브 켐프를 만나보죠."

폴링이 시동을 걸고 출발했다. 리처는 몸을 틀어 스쳐 지나가는 농장을 쳐다보았다. 농장의 동편은 서편과 완전히 똑같았다. 배치된 순서가 역순이었을 뿐이다. 집 근처에 나무들이 있고, 이어 들판이 있고, 이어 경계 도랑이 보였다. 그 너머로 비숍스파지터 교차로의 북쪽 도로가 있었다. 작은 마을은 거기 자리 잡고 있었다. 교차로 사분면 오른쪽 상단에 고대 석조교회의 모습을 고스란히 간직한 교회 건물이 홀로 섰고, 반대편 길가에는 건물들이 45미터 정도 늘어서 있었다. 대부분의 건물이 주택으로 보였으나 그중 유독 낮고 폭이 넓은 건물 한 채는 다용도 상점이었다. 신문 판매점과 슈퍼와 우체국을 겸한 상점. 신문과 아침식사용 식료품을 판매하기 때문에 일찍 문을 여는 곳이었다.

"직접적으로 부딪쳐요?" 폴링이 물었다.

"이번엔 약간 변화를 줍시다."

폴링은 상점 맞은편에 차를 세웠다. 교회 입구와 가까운 곳이라 갓길에 자갈이 깔려 있었다. 그들은 차에서 내려 동쪽에서 불어오는 강한 바람 속으로 내려섰다. 리처가 말했다. "중간에 아무것도 가로막는 게 없어 이 바람은 시베리아에서 곧장 불어오는 거랍니다. 여기서 복무했던 사람이 그렇게 호언장담하더군요."

마을 상점은 바깥에 비하면 따뜻하고 아늑했다. 가스히터 한 대가 공기 중으로 따스한 열기를 내뿜고 있었다. 우체국 창구는 셔터가 닫혔고 가게 중앙에 식료품이 진열돼 있었다. 구석의 신문 판매대 뒤에 노인이 서 있었다. 카디건을 입고 스카프를 두른 노인은 신문을 분류하는 중이었는데 손가락에 회색 신문 잉크가 묻어 있었다.

"데이브 켐프 씨입니까?" 리처가 물었다.

"그게 내 이름이긴 하오만."

"물어볼 게 있으면 당신한테 가라고 하더군요."

"뭐에 대해 물어볼 거요?"

"우린 업무차 여기 왔습니다."

"아주 일찌감치 왔구려."

"선착순 아니겠습니까." 리처는 런던의 탐정에게 들은 말을 그대로 써먹었다. 그러면 믿을 만한 인상을 줄 것 같아서였다.

"원하는 게 뭐요?"

"농장을 사려고 왔습니다."

"당신들, 미국인이오?"

"그렇습니다. 미국의 대형 농업회사를 대표해 왔습니다. 투자처를 찾고 있지요. 우리는 중개수수료를 넉넉히 책정해두고 있습니다."

직접 부딪히기. 약간의 변화.

"얼마나?"

410

"대개 1퍼센트입니다."

"어떤 농장 말이오?"

"그건 켐프 씨가 소개해주셔야죠. 우리가 찾는 건 잘 경작된 농장이면서 소유권의 안정성에 약간 문제가 있는 그런 곳입니다."

"대체 그게 무슨 뜻이오?"

"좋은 농장이긴 한데 최근 농사 초보자가 매입한 곳을 원한다는 뜻입니다. 그런 농장이 있다면 빨리 매입하고 싶습니다. 초보가 공연히 망쳐놓기 전에."

"딱 그레인지 팜 얘기로군. 그 사람들은 생짜배기 초보요. 유기농 재배를 한다니."

"그 농장의 이름은 들었습니다."

"그게 바로 당신들이 찾는 농장이오. 바로 당신이 말한 그런 곳이니까. 그 사람들, 욕심이 지나쳤지. 둘 다 집에 있다면 그럭저럭 해나갈지도 모르지만 늘 그렇진 않거든. 지금만 해도 며칠째 남자 하나만 있을걸. 남자 혼자서 돌보기엔 너무 땅이 넓지. 게다가 그치는 생초보거든. 그 사람들은 나무도 너무 많이 심었소. 나무를 키운다고 돈이 나오나."

"그레인지 팜에 구미가 당기는군요. 그런데 누군가 이 근처를 기웃거렸단 얘기가 있던데요. 최근에 그런 사람을 봤다고 하더군요. 그 농장에서. 아마 우리 경쟁업체 사람일 겁니다."

"정말이오?"

켐프는 흥분한 기색을 내비쳤다. 그러더니 곧 표정이 누그러졌다. "아, 누굴 말하는지 알겠군. 그 사람은 당신들의 경쟁사 사람이 아니오. 그 여자의 오빠요. 여동생네로 이사 왔다더군."

"확실합니까? 몇 명을 이주시켜야 하는지는 우리한테 중요한 문제입니다."

켐프는 고개를 끄덕였다. "그 사람이 이리로 와서 자기를 소개했으니 확실하오. 여기저기 떠돌다 이곳에 정착하기로 했다더군. 여기서 미국으로 소포를 보냈소. 항공우편으로. 여긴 항공우편을 보내는 사람이 많지 않은데. 아무튼 난 그 사람과 꽤 즐겁게 이야기를 나누었소."

"그 말씀은 그 사람이 장기적으로 여기 거주하는 사람이라는 겁니까? 우리 입장에서는 차이가 큽니다."

"그 사람 말이 그랬소."

폴링이 물었다. "미국으로 보낸 건 뭐였나요?"

"내게는 말해주지 않았소. 뉴욕의 어느 호텔로 보내는 소포였는데, 받는 사람에 인명이 아니라 방 번호가 적혀 있었소. 묘하다고 생각했지."

리처가 물었다. "뭔지 짐작이 가십니까?"

데이브 켐프는 참견하기 좋아하는 작자요. 바에 있던 농부가 그렇게 말했었다.

"얄팍한 책 같았소. 쪽수가 많지 않은. 고무 밴드로 묶어두었더군. 빌린 책이 아닐까 싶소만. 나도 꼬치꼬치 캐묻진 않았소."

"그 사람이 세관신고서를 작성하진 않았습니까?"

"인쇄된 양식을 붙이게 되어 있소. 따로 작성하진 않고."

"켐프 씨, 고맙습니다." 리처가 말했다. "큰 도움이 되었습니다."

"수수료는?"

"우리가 그 농장을 매입하게 되면 수수료를 지불하지요."

우리가 그 농장을 매입한다면. 그는 생각했다. 불행한 사태가 벌어졌다는 뜻이지. 리처는 갑작스레 한기를 느꼈다.

데이브 켐프의 상점에서는 테이크아웃 커피를 팔지 않았으므로 그들은 콜라와 초코바를 사서 농장의 정면을 지켜볼 수 있는 길가에 서서 먹었다. 그곳에서는 여전히 움직임이 없었다. 불도 계속 꺼진 상태였다. 가느다란 연기 한 줄기가 피어올라 바람에 흩어지는 모습만 여전했다.

리처가 물었다. "미국으로 보낸 항공우편물에 대해 물어본 건 왜 그랬습니까?"

"옛날 습관이죠. 뭐가 중요하고 뭐가 중요하지 않은지 알지 못할 때는 모든 것에 관해 질문하라. 그런 식이죠. 사실 묘한 일이기도 했고요. 막 미국을 떠나왔는데, 여기 와서 제일 처음으로 한 일이 우편물을 보내는 거라니. 대체 내용물이 뭐였을까요?"

"공범한테 보낸 건지도 모릅니다. 공범이 아직 뉴욕에 있을 가능성도 있으니까요."

"주소를 얻지 못한 게 아쉽네요. 그래도 전체적으로 보면 우린 꽤 잘해냈죠. 당신은 아주 그럴듯했어요. 어젯밤에는 더 대단했고. 바에서 정감 넘치는 연기를 잘도 하더군요. 켐프가 곧 소문을 퍼트리겠죠. 농장을 헐값에 사서 떼돈을 벌려는 사기꾼을 테일러 일가가 두고 보지 않을 거라고."

"나는 꽤 그럴듯하게 거짓말을 할 수 있습니다. 슬픈 일이죠."

순간 800미터 저쪽에서 움직이는 기척을 감지한 리처는 급히 입을 다물었다. 아침 안개가 자욱이 끼었고 해는 집 반대편에 있었으며 거리가 워낙 멀었음에도 불구하고 그는 네 사람의 모습을 알아보았다. 둘은 몸집이 컸고, 하나는 그보다 약간 작았고, 하나는 아주 작았다. 남자 둘과 여자 하나, 그리고 아이일 것이다. 아마도 여자아이.

"그들이 나타났습니다." 리처가 말했다.

"나도 보여요. 하지만 네 사람이라는 것밖에 모르겠네요. 새를 쫓는 장치가 그들을 깨웠나 봐요. 수탉 소리보다 더 시끄러웠으니까. 잭슨 가족과 테일러 맞죠? 엄마, 아빠, 멜로디, 그리고 멜로디가 사랑하는 삼촌."

"아마도."

그들은 모두 어깨에 뭔가를 메고 있었다. 길고 곧은 막대기였다. 어른들에게는 딱 맞았으나 아이에게는 너무 컸다.

폴링이 물었다. "저 사람들이 지금 뭐하는 거죠?"

"어깨에 멘 건 괭이군요. 들에 일하러 가나 봅니다."

"잡초를 뽑으러?"

"유기농 재배니까요. 제초제를 쓸 수는 없지 않습니까."

멀리 보이는 사람 형체들은 함께 북쪽으로 움직여 길에서 벗어났다. 그들은 차츰 멀어져 흐릿한 점들로 변했다. 안개 속으로 사라지는 모습이 유령처럼 느껴졌다.

"테일러가 떠나지 않았네요." 폴링이 말했다. "그렇죠? 분명 그대로 머물고 있어요. 달아날 생각이라면 여동생을 위해 잡초를 매러 나가진 않을 테니까요."

리처가 고개를 끄덕였다. "충분히 관찰한 것 같군요. 우리 일은 끝났습니다. 런던으로 돌아가 레인을 기다립시다."

62

런던으로 돌아가던 그들은 출근길 교통 정체에 발이 묶였다. 극심한 정체였다. 주위 수백 킬로미터에 이르는 지역이 런던의 기숙사 역할을 하는 듯싶었다. 런던은 광범위하게 뻗어가는 자석처럼 주변 지역을 안으로 끌어당겼다. 리처가 산 지도에 따르면 M11은 영국 수도에 이르는 방사형 동맥 스무 개 가운데 하나였다. 런던으로 통하는 다른 도로들도 마찬가지로 붐빌 터였다. 동맥들은 저녁이면 다시 밀려나올 작은 혈구들로 꽉 들어차 있으리라. 판에 박힌 일상. 그는 9시부터 5시까지 일해본 적도, 통근을 해본 적도 없었다. 가끔 그런 사실에 깊은 고마움을 느끼는 순간이 있는데 지금이 그런 때였다.

혼잡한 도로에서 기어를 바꾸는 건 예삿일이 아니었다. 두 시간가량 그렇게 달린 끝에 주유소로 들어가 연료를 채운 다음 리처는 폴링과 자리를 바꿔 앉았다. 차를 빌릴 때 작성한 서류에 리처의 이름이 없어 보험이 적용되지 않겠지만 그렇게 했다. 그들이 나중에 하려는 일과 비교하면 아무것도 아닌 사소한 위반이었다. 그는 영국에서 운전해본 경험이 있었다. 여러 해 전에 미국 육군 소유의 커다란 영국제 세단을 몰았었다. 하지만 지금은 도로가 더 혼잡했다. 영국이라는 섬 전체가 사람들로 빈틈없이 꽉 들어찬 것 같다고 리처는 생각했다. 그런데 노퍽에 이르자 그곳은 텅 비어 있었다. 아무래도 특정 지역에만 사람들이 몰려 있는 모양이었다. 그건 꽤 문제가 될 법했다. 꽉꽉 들어차거나 텅 비어 있거나 둘 중 하나였으니 말이다. 중간 지대는 없었다. 그의 경험에 따르면 영국인들치고는 이례적인 일이었다. 대개 영국인들은 모호하고 우물쭈물하는 편이다. 중간을 선호하는 사람들이다.

M25 순환도로에 이른 그들은 신중함이야말로 용기의 미덕이라는 결론을 내렸다. M25를 시계 반대 방향으로 4분의 1바퀴 돌아 웨스트엔드로 나가 편한 길을 택하기로 했다. 하지만 M25 도로 자체가 주차장이었다.

폴링이 말했다. "어떻게 이런 걸 날마다 견딜까요?"

"하우스턴이나 로스앤젤레스도 이렇습니다."

"어쨌거나 잭슨 일가가 왜 런던을 떠났는지 알 것도 같네요."

"그러게요."

욕조의 물이 배수구로 빠지듯 차량들은 천천히 순환도로를 따라 움직이며 도시가 끌어당기는 방향으로 이끌려 갔다.

그들은 비틀스가 앨범을 녹음한 애비로드 스튜디오가 있는 세인트존스우드를 지나고, 리젠트파크와 맬러번을 통과하고, 셜록 홈스가 살았다는 베이커가를 지난 다음 마블아치를 다시 지나쳐 파크레인에 접어들었다. 힐튼 호텔은 파크레인 남쪽 끝, 그야말로 자동차에 대한 세계 최고 수준의 광기를 보여주는 하이드파크 코너 근처에 있었다. 그들은 오전 10시 45분에 지하 민영 주차장에 차를 세웠다. 한 시간 전쯤에 레인 일행이 호텔에 체크인 했을 것이다.

폴링이 물었다. "점심 먹을까요?"

"안 넘어갈 것 같군요."

"당신도 결국 인간이네요."

"내가 테일러한테 처형자를 보내는 것 같은 느낌이 듭니다."

"죽어 마땅한 사람이에요."

"차라리 내 손으로 하는 게 낫겠습니다."

"그럼 그렇게 제안해봐요."

"레인이 받아들이지 않을 겁니다. 공범의 이름을 알아내야 하니까. 테일러를 고문하는 일까지 맡을 수는 없습니다."

"그렇다면 여기서 손 떼요."

"안 됩니다. 케이트와 제이드를 대신해 응징해야 하고 호바트에게 줄 돈도 받아야 합니다. 달리 방법이 없습니다. 게다가 당신의 국방부 친구와 약속한 거래도 있고. 그가 약속을 지켰으니 나도 그래야 합니다. 상황이 이러니 아무래도 점심은 건너뛰는 게 좋겠군요."

"나는 어디 있는 게 좋을까요?"

"로비에서 감시하고 있어요. 우리가 나가면 어디 다른 곳에 방을 잡고 힐튼 호텔 데스크에 메모를 남겨둬요. 베이스워터란 이름으로. 내가 레인을 노픽까지 데려다주면 레인이 테일러를 처리할 겁니다. 그런 뒤 레인과의 거래를 마무리 지을 거고. 그게 끝나면 돌아와서 바로 당신이 있는 곳으로 가겠습니다. 그런 뒤 함께 어디든 갑시다. 로마의 온천에서 목욕을 하는 건 어떻습니까? 거기서 이 일을 모두 씻고 털어버립시다."

그들은 조금 전까지 탔던 미니쿠퍼의 신형 차종을 선전하는 자동차 전시장을 지나쳐 계속 걸어갔다. 맨션 단지에서 멀찍이 떨어진 곳에 위치한 단지 출입구를 지나 파크레인 힐튼 호텔 로비로 통하는 짧은 콘크리트 계단을 올랐다. 폴링은 멀찍이 놓인 팔걸이의자들 쪽으로 향했고 리처는 안내 데스크로 걸어갔다. 줄을 서서 기다리는 동안 그는 호텔 직원들을 지켜보았다. 전화를 받고 컴퓨터를 두드리느라 바쁘게 움직이고 있었다. 직원들 등 뒤에 놓인 탁자에는 프린터와 복사기가 얹혀 있고, 복사기 위쪽에 '법에 의해 일부 문서는 복사가 제한됩니다'라는 놋쇠 현판이 걸려 있었다. 지폐 같은 것 말이겠지. 리처는 생각했다. 최신 복사기는 성능이 워낙 좋아서 법률까지 동원해야만 할 것이다. 탁자 위쪽으로 도쿄에서부터 로스앤젤레스까지 세계 각지의 시간을 알리는 시계들이 일렬로 붙어 있었다. 그는 뉴욕의 시간을 머릿속 시계와 비교해 보았다. 딱 맞았다. 그때 바로 앞에 섰던 사람의 용무가 끝났다. 그는 데스크로 다가갔다.

"에드워드 레인 일행을 만나러 왔습니다. 체크인 했습니까?"

호텔 직원이 키보드를 두드렸다. "아직 체크인 하지 않았습니다."

"그 사람들을 기다리는 중입니다. 도착하면 내가 로비 건너편에 있다고 전해주십시오."

"성함이 어떻게 되십니까?"

"테일러입니다."

리처는 그렇게 말해두고 안내 데스크를 떠났다. 복잡한 곳을 피해 조용한 지점을 찾았다. 곧 80만 달러라는 현금을 세어야 할 테니 사람들 눈길이 달갑지 않았다. 그는 모여 있는 네 개의 팔걸이의자 가운데 하나에 푹 주저앉았다. 오랜 경험을 통해 아무도 곁에 오지 않으리란 사실을 알고 있었다. 한 번도 그런 적이 없었다. 그는 부지불식간에 '접근 금지' 신호를 발산했으며 정신이 온전한 사람들은 그 신호에 따랐다. 가까이 있던 한 가족이 이미 경계하는 눈초리로 그를 쳐다보는 중이었다. 두 아이와 엄마가 조금 떨어진 팔걸이의자에 앉아 있었는데 이른 항공편으로 도착해 룸이 준비되기를 기다리는 것 같았다. 엄마는 피곤해 보였고 아이들은 짜증을 내고 있었다. 엄마는 짐을 반쯤 풀어놓고 아이들을 달래려 했다. 장난감, 색칠놀이 책, 낡은 곰 인형, 팔이 하나 떨어져 나간 인형, 소형 비디오 게임기 등등을 늘어놓았다. 엄마가 건성으로 아이들에게 하는 말이 들렸다. 이것 좀 해보렴. 저것 좀 해봐. 앞으로 볼 것들을 그려보렴. 심리요법을 연상시켰다.

그는 몸을 돌려 출입문을 쳐다보았다. 끊이지 않고 사람들이 들어왔다. 여행 탓에 추레해진 옷을 입은 피곤해 보이는 사람도 있었고, 바쁘게 움직이며 부산을 떠는 사람도 있었다. 산더미 같은 짐을 들고 온 사람도 있었고, 달랑 서류가방 하나만 든 사람도 있었다. 옆에 앉은 아이가 다른 아이의 머리로 곰 인형을 던지다 빗나갔다. 곰 인형은 타일 위를 미끄러져 리처의 발에 맞았다. 그는 몸을 굽혀 속이 온통 삐져나온 곰 인형을 집어 아이한테로 던져주었다. 엄마가 다시 무의미한 제안을 하는 소리가 들려왔다. 이것 좀 해보렴. 리처는 생각했다. 제발 입 닥치고 정상적인 인간들처럼 조용히 앉아 있어요.

그가 다시 출입문으로 눈길을 돌리자 마침 페레스가 들어서는 참이었다. 이어 코발스키와 에드워드 레인이 들어왔다. 그 뒤에 그레고리와 그룸이, 이어 애디슨과 버크가 모습을 보였다. 레인 일행은 바퀴 달린 가방과 더플백, 슈트 캐리어를 들고 있었다. 모두들 면바지에 스포츠 재킷, 검은색 나일론 윔업 재킷, 야구모자에 운동화 차림이었다. 일부는 선글라스 끈을, 일부는 이어폰 끈을 늘어뜨리고 있었다. 밤새 비행기를 타고 오느라 피곤한 기색이었고 옷에 약간 구김이 가 있었다. 하지만 빈틈없이 주위를 살피며 경계를 늦추지 않았다. 그들은 정확히 그들 자신처럼, 즉 신분을 숨기고 여행하는 특수부대원 일행처럼 보였다.

리처는 그들이 안내 데스크에서 줄을 서는 모습, 기다리다가 차례가 되자 체크인 하는 모습, 호텔 직원이 레인에게 메시지를 전해주는 것을 지켜보았다. 레인이 몸을 돌리고 리처를 찾았다. 그의 시선이 로비에 있는 모든 사람을 훑었다. 폴링에게도 시선이 가닿았으나 그대로 지나쳤다. 그 시선은 짜증스러운 가족을 지나 리처의 얼굴에 고정되었다. 레인이 고개를 끄덕여 보였다. 리처도 같은 몸짓을 보냈다. 그레고리가 직원에게서 카드키 뭉치를 받아 들자 일곱 명 전원이 자기 짐을 들고 로비를 건너왔다. 어깨로 사람들을 헤치며 다가온 그들은 리처가 앉은 곳 앞에서 걸음을 멈췄다. 레인은 가방 하나를 내려두고 하나는 그대로 지닌 채 리처의 맞은편에 앉았다. 그레고리도 앉았고 남은 팔걸이의자 하나는 카터 그룹이 차지했다. 코발스키, 페레스, 애디슨, 버크는 선 채로 둥그렇게 주위를 둘러쌌다. 버크와 페레스는 바깥을 향해 섰다. 빈틈없이 주위를 살피며 경계를 늦추지 않았다. 철저하고 신중하게.

"돈을 보여주시죠." 리처가 말했다

"테일러가 어디에 있는지 말해주게." 레인이 말했다.

"돈 먼저 보여주시죠."

"테일러가 있는 곳을 알고 있나?"

리처는 고개를 끄덕였다. "어디 있는지 압니다. 두 번 봤습니다. 어젯밤에, 또 오늘 아침에. 불과 몇 시간 전에."

"대단하군."

"나도 압니다."

"그럼 그곳이 어디인지 말해보게."

"돈 먼저."

레인은 대꾸하지 않았다. 침묵이 흐르는 가운데 아이들한테 시달리는 엄마의 목소리가 들려왔다. 버킹엄 궁전을 그려보렴.

"런던의 사립탐정들한테 전화를 걸었더군요. 내 등 뒤에서 말입니다. 나를 물먹이려고."

"불필요한 비용을 절약하려는 건 누구나 하는 일이지."

"그래서, 나를 앞질렀습니까?"

"아니."

"그렇다면 그 돈을 불필요한 비용이라고 할 수는 없겠군요."

"그렇지."

"그럼 돈을 보여주시죠."

"좋아. 보여주지."

레인은 무릎에 얹었던 더플백을 바닥에 놓고 지퍼를 내렸다. 리처는 오른쪽을 살펴보았다. 왼쪽도 살펴보았다. 아이가 낡은 곰 인형을 다시 내던지려 하고 있었다. 그러다 레인의 얼굴에 떠오른 표정을 보고 아이는 엄마 품으로 파고들었다. 리처는 의자 앞쪽으로 앉아 몸을 숙였다. 더플백에는 돈이 빼곡히 들어 있었다. 오타운의 돈뭉치 포장 하나를 새로 열어야 했으리라.

"비행기를 타는 데 문제는 없었습니까?"

"엑스레이 검색대를 통과했네. 팬티뭉치를 들춰보려는 사람은 없는 법이지. 자네도 아무 일 없이 집으로 가져갈 수 있을 거야. 이 돈이 자네 것이 된다면 말이지만."

리처는 풀어헤쳐진 비닐을 끌어당겨 지폐 다발을 묶은 종이끈 밑으로 손가락을 집어넣어보았다. 탄탄하게 묶여 있었다. 빼낸 지폐가 없다는 뜻이다. 더플백 안에는 지폐 다발이 스무 개씩 넉 줄로 쌓여 있었다. 한 다발에 만 달러씩 모두 80다발. 80만 달러.

지금까지는 좋군.

그는 지폐 한 장의 귀퉁이를 들춰 엄지와 검지로 문질러보면서 로비 건너편의 복사기 위에 걸린 현판을 힐끗 쳐다보았다. '법에 의해 일부 문서는 복사가 제한됩니다.' 이 지폐는 복사된 것이 아니라 진짜다. 손가락으로 새김 부분을 느낄 수 있었다. 지폐의 잉크 냄새까지도 맡을 수 있었다. 틀림없이 진짜였다.

"됐습니다." 그는 뒤로 편안히 기대앉으며 말했다.

레인이 몸을 숙여 더플백을 닫았다.

"자, 이제 말해보게. 그자는 어디에 있나?"

"그 전에 할 얘기가 있습니다."

"농담 따먹기라도 하고 싶은 건가?"

"거기에는 민간인들이 있습니다. 전투원이 아니라 무고한 사람들이죠. 한 가족이 같이 있습니다."

"그래서?"

"당신이 미친 듯 돌입하도록 내버려둘 수는 없습니다. 부수적 피해는 용납할 수 없어요."

"그런 짓은 하지 않네."

"확실히 보장을 받아야겠습니다."

"약속하지."

"그 말을 어떻게 믿습니까?"

"우린 총을 쏘지 않을 거야. 그 점은 확실히 해두지. 테일러한테는 총알도 아까워. 안으로 들어가 놈을 데리고 나올 걸세. 테일러든 누구든 털끝 하나 다치게 하지 않고 말이야. 그게 내가 원하는 방식이거든. 나는 놈을 온전하게 손에 넣을 작정이네. 놈은 생생하게 살아 있는 상태로 모든 것을 의식하고 느껴야 해. 우리한테 공범의 정체를 털어놓은 다음에 죽게 될 거야. 길고 느리고 고통스러운 죽음이 되겠지. 1~2주쯤 걸려서 말이야. 그러니 총싸움을 하는 건 내가 바라는 바가 아니야. 민간인들을 걱정해서가 아니라 테일러를 다치게 할까 봐 말이야. 그렇게 쉽게 죽도록 하진 않을 걸세. 그 점에 관해서는 내 말을 믿어도 될 거야."

"알겠습니다."

"자, 그자는 어디에 있나?"

리처는 곧바로 대답하지 않았다. 그는 호바트를 생각했다. 앨라배마주 버밍햄과 테네시주 내슈빌을 생각했다. 실험실 가운을 입은 백발의 친절한 의사가 의수족을 들고 있는 모습을 떠올렸다.

"노픽에 있습니다."

"거기가 어딘가?"

"시골입니다. 여기서 북동쪽으로 190킬로미터쯤 떨어진 곳입니다."

"노픽 어디?"

"그레인지 팜."

"농장에 있다고?"

"당구대처럼 평평한 땅입니다. 도랑도 있고, 방어하기 좋은 곳이죠."

"가장 가까운 대도시는 어딘가?"

"노리치에서 남서쪽으로 50킬로미터쯤 떨어져 있습니다."

"제일 가까운 소도시는?"

리처는 대답하지 않았다.

"제일 가까운 소도시는 어딘가?" 레인이 다시 물었다.

리처는 안내 데스크를 힐끗 쳐다보았다. '법에 의해 일부 문서는 복사가 제한됩니다.' 복사기가 작동하고 있었다. 띠 모양의 녹색 불빛이 뚜껑 아래서 수평으로 왔다 갔다 하는 모습이 보였다. 그는 지친 엄마를 쳐다보았다. 그 엄마의 목소리가 머릿속에서 들렸다. 앞으로 볼 것들을 그려보렴. 그는 한쪽 팔이 떨어져나간 인형을 쳐다보았다. 시골 상점에서 만난 데이브 켐프의 말을 생각했다. 얄팍한 책 같았소. 쪽수가 많지 않은. 고무밴드로 묶어두었더군. 아이가 던진 낡은 곰 인형이 타일에서 미끄러져 구두 위로 떨어질 때의 미세한 감촉을 떠올렸다.

레인이 재촉했다. "리처?"

그는 로런 폴링의 목소리를 마음속에서 들었다. 때로는 그 약간으로 충분하죠. 더구나 출국이잖아요. 입국 때만큼 까다롭게 보지 않을 거예요.

레인이 말했다. "리처? 왜 그러나? 가장 가까운 소도시가 어디냐니까?"

리처는 허공을 바라보던 시선을 천천히, 조심스럽게, 힘겹게 돌려 레인의 눈을 똑바로 쳐다보았다. "가장 가까운 소도시는 펜처치 세인트메리입니다. 그곳까지 함께 가겠습니다. 한 시간 안에 떠날 수 있도록 준비해요. 시간 맞춰 다시 오겠습니다."

리처는 자리에서 일어나 최대한 천천히 걸으려 애쓰면서 로비를 가로질렀다. 한 발을 다른 발 앞에 내딛는 것이다. 왼발, 다음은 오른발. 폴링과 잠깐 눈이 마주쳤다. 그는 그대로 출입문을 빠져나왔다. 콘크리트 계단을 내려가 인도로 올라섰다.

거기서부터는 주차장을 향해 미친 듯이 달려갔다.

63

주차시킨 사람이 리처였으므로 자동차 열쇠를 그가 가지고 있었다. 그는 10미터 앞에서 리모컨으로 잠금장치를 푼 뒤에 문을 홱 열고 올라탔다. 열쇠를 꽂고 시동을 걸고는 기어를 후진에 놓았다. 액셀러레이터를 밟아 차를 빼낸 다음 핸들을 돌려 앞으로 나아갔다. 앞바퀴가 끽끽거리며 연기를 뿜어냈다. 주차관리인에게 10파운드 지폐를 던진 뒤 잔돈을 기다리지 않고 차단기가 45도쯤 올라가자마자 바로 액셀러레이터를 밟았다. 경사로를 올라가 2차선 도로를 곧장 가로지른 리처는 반대편 갓돌에 급히 차를 세웠다. 폴링이 달려오는 모습을 보았기 때문이었다. 그녀가 올라타도록 차문을 열어준 뒤 문이 채 닫히기도 전에 리처는 이미 20미터를 내달렸다.

"북쪽." 그가 말했다. "어느 길로 가야 북쪽입니까?"

"북쪽? 우리 등 뒤가 북쪽이에요. 원형 교차로에서 차를 돌려요."

하이드파크 코너. 그는 빨간 신호등 두 개를 무시하고 달리며 차선을 홱홱 바꾸었다. 줄곧 내달려 파크레인의 반대 차선에 올라설 때까지 시속 100킬로미터 가까이 속도를 냈다. 브레이크를 거의 밟지 않고 내달렸다.

"이제 어디로 가면 됩니까?"

"대체 목적지가 어딘데요?"

"시내에서 벗어나기만 하면 됩니다."

"나도 길을 몰라요."

"지도를 봐요. 도시계획이 나와 있습니다."

리처는 버스와 택시들을 홱홱 피하며 차를 몰았고 폴링은 서둘러 지도책을 넘겼다.

"직진해요."

"그쪽이 북쪽입니까?"

"북쪽으로 통하는 도로예요."

그들은 엔진의 굉음과 함께 마블아치를 통과했다. 맬러번로를 지난 다음부터는 계속 초록 신호등이었다. 메이다베일에 이르자 리처는 속도를 약간 늦췄다. 30분 만에 처음으로 제대로 숨을 쉬는 기분이었다.

"이제 어디로 가면 됩니까?"

"리처, 무슨 일이에요?"

"일단 방향부터 알려줘요."

"세인트존스우드가에서 우회전해요. 그러면 리젠트파크로 되돌아가게 돼요. 거기서 좌회전해서 우리가 들어왔던 길로 나가면 돼요. 자, 대체 무슨 일인지 제발 말 좀 해봐요."

"내가 실수를 했습니다. 뭔가 큰 실수를 한 것 같은 느낌을 떨칠 수 없다고 얘기한 것 기억합니까? 그래요. 내가 틀렸습니다. 큰 실수 정도가 아니었어요. 파멸적인 실수였습니다. 우주 역사상 최대의 실수였습니다."

"뭐가 실수였다는 거예요?"

"당신 아파트에 있던 사진들."

"사진이 왜요?"

"조카들 사진이었죠?"

"그 애들 사진이 많이 있죠."

"조카들을 잘 압니까?"

"그럼요."

"조카들과 같이 보낸 시간은?"

"많아요."

"조카들이 제일 좋아하는 장난감이 뭡니까?"

"장난감? 그 애들의 장난감에 대해서는 정확히 모르겠는데요. 따라잡을 수가 없잖아요. X박스라든지 비디오게임들. 날마다 신제품이 나오니까요."

"신제품 말고 조카들이 예전에 좋아했던 장난감 말입니다. 어렸을 때 좋아했던 장난감은 뭐가 있습니까? 되찾기 위해서라면 불에라도 뛰어들 그런 장난감이 뭐였죠? 조카들이 여덟 살 때 좋아했던 장난감은 뭐였습니까?"

"여덟 살 때? 곰돌이나 인형이었을걸요. 아기 때부터 갖고 있던 것들 말이에요."

"바로 그겁니다. 친숙하고 위안을 주는 것들. 아끼고 사랑하는 것들. 여행을 갈 때 챙겨 가는 것들. 조금 전 로비에서 내 주위에 앉아 있던 가족들처럼. 아이들을 달래려고 아이의 엄마는 짐을 풀어서 그것들을 몽땅 꺼내놓았죠."

"그래서요?"

"그 장난감들이 무엇처럼 보이겠습니까?"

"곰돌이와 인형들처럼 보이겠죠."

"아니, 나중에 말입니다. 아이들이 커서 여덟 살이 되었을 때."

"애들이 여덟 살이 되었을 때? 영원히 갖고 있을 것처럼 굴었지만 그때쯤엔 낡아빠져서 쓰레기 같았죠."

리처는 고개를 끄덕였다. "곰 인형은 닳아서 너덜너덜해지고 속은 다 삐져나왔죠? 인형은 깨져서 팔이 달아났겠죠?"

"그래요. 그런 식이죠. 모든 애들은 그런 장난감을 갖고 있어요."

"제이드는 그렇지 않았습니다. 그 애 방에서 없어진 게 바로 그거예요. 방에는 새 인형들이 있었습니다. 제이드가 가져가지 않은 새 인형들. 하지만 아끼는 낡은 장난감은 하나도 없었습니다."

"무슨 말인가요?"

"평범한 아침에 블루밍데일에 갔다가 제이드가 납치당한 거라면 그 애 방에서 아끼던 낡은 장난감이 발견되었어야 한다는 겁니다. 하지만 없었습니다."

"그럼 그게 뜻하는 건?"

"집을 떠난다는 사실을 제이드가 알고 있었다는 뜻입니다. 아이가 제 손으로 자기 짐을 챙겼다는 거죠."

리처는 리젠트파크에서 좌회전을 해 M1 도로를 향해 북쪽으로 달렸다. M1을 타고 달리다 보면 M25 순환도로로 이어질 터였다. 좌회전을 한 뒤부터는 차분하게 차를 몰았다. 영국 교통경찰한테 잡혀선 안 되었다. 그럴 시간이 없었다. 그는 자기가 에드워드 레인보다 두 시간 정도 앞서 있다고 짐작했다. 리처가 오지 않을 거란 사실을 레인이 깨닫는 데 한 시간쯤 걸릴 것이다. 그때부터 차를 수배하고 추적대를 조직하려면 적어도 한 시간은 걸릴 것이다. 그러니 두 시간이었다. 시간이 좀 더 많았으면 싶었지만 두 시간으로도 충분할 것 같았다.

아마도.

폴링이 말했다. "제이드가 짐을 챙겼다고요?"

"케이트도."

"케이트는 뭘 챙겼죠?"

"딱 한 가지. 그녀가 가장 귀중하게 여긴 물건, 가장 멋진 추억이 담긴 물건이었습니다. 딸과 함께 찍은 사진. 침실에 놓인 사진. 그건 내가 지금껏 본 사진 중에서 가장 아름다운 사진이었습니다."

폴링은 잠시 입을 다물고 있다가 이야기를 계속했다. "하지만 당신이 그 사진을 봤잖아요. 그녀는 그걸 가져가지 않았어요."

리처는 고개를 저었다. "내가 본 건 복사본이었습니다. 스테이플스에서 복사한 사진. 레이저 컬러 복사로 한 장에 2달러죠. 그걸 집으로 가져와 액자에 끼워둔 겁니다. 아주 복사가 잘됐지만 약간 부족한 면이 있었죠. 색채의 생생함이나 윤곽의 뚜렷함에 차이가 있었습니다."

"하지만 납치를 예상하고 짐을 챙기는 사람이 있을까요? 내 말은 그러니까, 순순히 납치당할 사람이 있겠냐고요."

"케이트와 제이드는 납치된 게 아닙니다. 그게 핵심입니다. 그들은 구조되었습니다. 해방된 것이었습니다. 자유로워진 거죠. 둘은 어딘가에 살아 있을 겁니다. 행복하게 잘 살고 있겠죠. 긴장을 완전히 떨칠 순 없겠지만 새처럼 자유롭게 살고 있을 겁니다."

그들은 천천히 그러나 꾸준히 앞으로 달려갔다. 런던의 북부 외곽 지역을 지나, 스위스코티지를 지나, 헨던을 향해 뻗은 핀츨리가에 이르렀다.

"케이트는 디 마리가 한 말을 믿었습니다." 리처가 말했다. "멀리 햄프턴에서 벌어진 일이 바로 그것이었습니다. 디 마리는 그녀에게 앤에 대해 이야기하며 경고했고 케이트는 그 말을 믿었습니다. 패티의 말마따나 그 이야기에는 뭔가가 있었고, 남편에게 뭔가가 있었던 겁니다. 앤이 5년 전에 느꼈던 것과 똑같은 감정을 케이트 역시 벌써부터 느끼고 있었던 건지도 모릅니다. 앤과 똑같은 행동을 취할 결심을 이미 했던 건지도 모르고."

"그게 뭘 뜻하는지 알고 하는 말이죠?"

"물론입니다."

"테일러가 그들을 도왔다는 거네요."

"물론 그는 그랬습니다."

"그가 그들을 구해주고 숨겨주고 보호해주었던 거네요. 목숨을 걸고 말이에요. 테일러는 악당이 아니라 좋은 사람이었군요."

리처는 고개를 끄덕였다. "그런데 나는 조금 전에 테일러가 어디 있는지 말해버렸습니다."

그들은 헨던을 지나 런던의 마지막 원형교차로를 통해 M1 고속도로의 남쪽 하단에 올라탔다. 리처는 속도를 높여 작은 미니쿠퍼를 시속 150킬로미터로 몰았다.

폴링이 물었다. "돈은 어떻게 된 거죠?"

"이혼수당인 셈입니다. 그게 케이트가 뭔가 받을 수 있는 유일한 방법이었을 겁니다. 우리는 범인이 몸값으로 요구한 금액을 두고 부르키나파소에서 받은 돈의 절반이라고 생각했어요. 사실 그랬습니다. 하지만 케이트의 눈으로 보면 공동재산의 절반이었던 겁니다. 레인이 가진 재산의 절반. 그녀는 그 절반을 받을 권리가 있어요. 예전에 그녀도 레인에게 자기 돈을 주었을 겁니다. 레인은 아내를 전리품으로 여기는 것 이외에 자금 조달처 용도로도 생각했던 모양입니다."

"무모한 계획이에요."

"그 방법밖에 없다고 생각했겠지요. 아마 그 생각이 맞을 겁니다."

"하지만 그들은 실수를 저질렀어요."

"분명히 그랬습니다. 정말로 모습을 감추고 싶다면 아무것도 가져가면 안 됩니다. 절대로, 단 한 가지도. 그건 치명적입니다."

"테일러를 도와준 사람은 누굴까요?"

"아무도 없습니다."

"미국인 협력자가 있었잖아요. 전화를 건 사람."

"그건 케이트 자신이었습니다. 당신이 며칠 전에 한 말이 절반은 옳았어요. 음성변조기를 쓴 사람은 여자였습니다. 하지만 디 마리가 아니라 케이트였습니다. 틀림없습니다. 그들은 한 팀이었습니다. 같이 협력했어요. 말하는 역할은 전부 케이트가 맡았습니다. 테일러는 말을 하면 안 됐으니까. 그녀도 꽤 힘들었을 겁니다. 레인이 아내의 목소리를 들려달라고 할 때마다 수화기에서 장치를 뗐다가 다시 붙여야 했을 테니."

"정말로 레인한테 테일러가 있는 곳을 말한 거예요?"

"말한 거나 다름없습니다. 비숍스파지터란 지명은 말하지 않았지만. 너무 늦기 전에 퍼뜩 생각이 미쳐 대신에 펜처치 세인트메리란 이름을 댔습니다. 하지만 너무 가까운 곳입니다. 게다가 노픽이란 지명을, 노리치에서 50킬로미터란 얘기를 입 밖에 낸 뒤였습니다. 게다가 그레인지 팜이라는 말도 했으니 레인은 찾아낼 겁니다. 적당한 지도만 있으면 2분이면 충분해요."

"그는 우리보다 뒤처져 있어요."

"최소한 두 시간은."

폴링이 갑자기 입을 다물었다. 리처가 물었다. "왜 그래요?"

"지금 시점에선 레인이 우리보다 두 시간 뒤처져 있어요. 하지만 계속 그렇진 않을 거예요. 우린 영국 도로를 잘 몰라서 먼 길을 돌아가고 있으니까."

"레인도 영국 지리는 모릅니다."

"하지만 그레고리는 알아요."

리처는 M1 고속도로가 북동쪽이 아니라 북서쪽으로 향하고 있다는 것을 민감하게 의식하면서 출구 일곱 군데를 지나쳤다. 이어 M25 순환도로에 올라 시계 방향으로 여섯 개의 출구를 지나 M11 도로로 갈아탔다. 지금까지의 시간을 모두 날려버린 셈이었다. 그레고리가 런던 중심부를 관통해 M1의 남쪽 하단으로 직행하는 길을 알려준다면 두 시간의 차이가 고스란히 메워질 판이었다.

폴링이 말했다. "차를 세우고 전화부터 해요. 당신이 번호를 알고 있잖아요."

"그건 엄청난 도박입니다. 고속도로에서 쌩쌩 달리다가 속도를 줄이고 도로에서 벗어나 차를 세우고, 작동되는 전화기를 찾아 헤맨 끝에 전화를 건 다음 돌아오면 시간이 많이 걸립니다. 영국 고속도로의 속도를 감안하면 엄청난 시간 손실입니다. 기껏 전화를 했는데 받지 않으면 어떡합니까? 아직도 밖에서 잡초에 괭이질을 하고 있다면? 계속 전화만 하다 볼 장 다 봅니다."

"그래도 그 사람들에게 경고해줘야 해요. 테일러 혼자 있는 게 아니잖아요. 수전도 있어요. 멜로디도 있고."

"수전과 멜로디는 완벽하게 안전합니다."

"당신이 어떻게 알아요?"

"케이트와 제이드가 지금 어디 있는지 알겠습니까?"

"전혀 몰라요."

"당신은 알고 있습니다. 그들이 있는 곳을 정확하게 알고 있어요. 당신은 오늘 아침에 그들을 봤습니다."

64

그들은 케임브리지 남쪽에서 고속도로를 빠져나와 노리치를 향해 들판을 가로질렀다. 길이 익숙하게 느껴졌으나 그렇다고 더 빨리 달릴 수 있는 건 아니었다. 계속 달리긴 했으나 앞으로 나아간다는 실감은 나지 않았다. 바람이 구름을 깨끗이 걷어낸 드넓은 하늘만 눈앞에 펼쳐졌다.

"일이 왜 그렇게 전개되었는지 생각해봅시다." 리처가 말했다. "왜 케이트는 테일러에게 도움을 청했을까요? 어떻게 레인의 부하 중 한 사람한테 도와달라고 할 수 있었을까요? 부하들은 모두 레인에게 광적으로 충성하고 있는데 말입니다. 나이트가 앤한테 무슨 짓을 했습니까? 케이트는 막 그 이야기를 들은 참이었습니다. 그런데도 그녀가 레인이 고용한 살인자들 중 한 명한테 가서 도와달라고 하겠습니까? '이봐요, 내가 여기서 나갈 수 있게 좀 도와줘요. 대장을 배신하고 내가 그의 돈을 훔치게 도와줘요.' 가능한 얘깁니까?"

"그들 사이에 벌써부터 뭔가가 있었군요."

리처는 운전을 하며 고개를 끄덕였다. "그래야만 설명이 됩니다. 이미 불륜을 저질렀던 겁니다. 아마도 오래전부터."

"지휘관의 아내와? 호바트 말이 전투원은 절대 그러지 않는다고 했잖아요."

"호바트는 미국 전투원은 그러지 않는다고 했습니다. 영국 전투원은 다른 모양이죠. 징후가 있었습니다. 카터 그룹은 담벼락처럼 감정이 없는 사람인데도 케이트가 테일러를 좋아한다고 말했습니다. 테일러가 아이와 잘 지낸다는 얘기도 했고."

"디 마리의 등장이 일종의 전환점이 된 거네요."

리처는 다시 고개를 끄덕였다. "케이트와 테일러는 계획을 세우고 그것을 실행에 옮겼습니다. 하지만 우선 제이드에게 사정을 설명해야 했겠죠. 갑자기 그런 일을 당하면 아이에게 상처가 될지도 모른다고 걱정했을 겁니다. 아이한테는 반드시 비밀을 지키라고 다짐에 또 다짐을 받았을 테고. 사실 제이드는 비밀을 잘 지켰습니다."

"아이한테 뭐라고 했을까요?"

"너한테는 지금도 아빠를 대신하는 사람이 있는데 곧 또 다른 사람이 아빠를 대신할 거다. 지금까지 새집에 옮겨와서 살았는데 이제 또 이사를 갈 거다.' 그런 식이었겠죠."

"애가 혼자 간직하기엔 너무 큰 비밀이에요."

"아이가 비밀을 전혀 내보이지 않은 건 아닙니다. 아마도 걱정이 되었겠죠. 아이는 그걸 그림으로 그려서 정리하려 했습니다. 오래된 습관이었을 겁니다. 엄마들이란 항상 앞으로 보게 될 걸 그림으로 그려보라고 하잖습니까."

"어떤 그림 말인가요?"

"제이드의 방에 그림이 넉 장 있었습니다. 책상 위에. 케이트는 그 점에서 주의가 약간 부족했습니다. 늘 보던 그림으로 생각하고 무심히 넘겼을지도 모릅니다만. 그림에는 커다란 회색 건물이 그려져 있고 앞에 나무가 몇 그루 서 있었습니다. 처음 봤을 때는 센트럴파크에서 바라본 다코타 빌딩인 줄 알았습니다. 지금 생각해보니 그레인지 팜이었군요. 아이한테 마음의 준비를 시키기 위해 사진을 보여준 게 틀림없습니다. 집 앞의 나무들을 제대로 그렸으니까요. 가늘고 곧은 몸통에 둥그런 왕관 같은 잎사귀들. 바람에 견디기 위해 그런 모양을 하고 있죠. 갈색 막대에 연초록 사탕을 꽂아둔 것처럼 말입니다. 가족을 그린 그림도 있었습니다. 남자 모습을 보고 나는 당연히 레인인 줄 알았습니다. 하지만 그림 속 남자의 입이 뭔가 이상했습니다. 이가 절반쯤 없는 것 같았거든요. 레인이 아니었던 겁니다. 분명 테일러였습니다. 치아를 보면 확실해요. 제이드는 그게 몹시 신기했나 봅니다. 아이는 새 가족을 그린 거였습니다. 테일러와 케이트, 그리고 자기 자신. 그 생각을 마음 깊이 새기기 위해서."

"테일러가 그들을 영국으로 데려왔을 거라고 생각한다는 거죠?"

"케이트가 그걸 바랐을 거라고 생각합니다. 그렇게 해달라고 간청했을지도 모르죠. 그들에게는 안전한 도피처가 필요했습니다. 아주 멀리 떨어진 곳에 있는. 레인의 손이 미치지 않는 곳에 있는. 그리고 그들은 사랑하는 사이였습니다. 떨어져 있기 싫었을 겁니다. 그러니 테일러가 여기 있다면 케이트도 여기 있어야 하는 거죠. 제이드는 세 사람이 비행기를 탄 그림도 그렸습니다. 아이가 갈 거라고 생각했던 여행이었죠. 또 두 가족이 함께 있는 그림도 그렸습니다. 하나의 물체가 둘로 보이는 것 같은 그림이었습니다. 그게 뭘 뜻하는지 전혀 몰랐는데 지금 생각해보니 잭슨과 테일러, 수전과 케이트, 멜로디와 자기를 그린 거였어요. 자기가 살게 될 새로운 환경, 새로 생길 확대가족. 그들과 함께 그레인지 팜에서 영원토록 행복하게 산다는 줄거리였습니다."

"그럴 리 없어요. 그들의 여권이 서랍 속에 그대로 들어 있었잖아요."

"너무 노골적이었습니다. 그렇지 않습니까? 당신도 책상을 천 개는 수색해봤을 겁니다. 여권만 달랑 서랍 속에 든 경우가 있었습니까? 과시하듯 놓여 있던 경우가 있던가요? 난 그런 걸 한 번도 본 적이 없습니다. 여권이란 건 잡동사니 밑에 묻혀 있기 마련입니다. 보란 듯이 놓아둔 건 일종의 메시지입니다. 이봐요, 우린 아직 이 나라에 있다고요. 그렇게 말하고 있는 겁니다. 그건 사실은 그렇지 않다는 의미입니다."

"여권 없이 어떻게 출국한다는 거예요?"

"못하겠죠. 하지만 언젠가 당신도 말하지 않았습니까. 입국 때와는 달리 출국할 때는 꼼꼼히 보지 않는다고. 때로는 약간 비슷하기만 해도 된다고."

폴링은 잠시 생각하다가 말했다. "다른 사람의 여권을 썼다는 건가요?"

"여권의 기재 내용에 들어맞는 사람이 누구겠습니까? 30대 여성과 여덟 살짜리 여자아이라면."

"수전과 멜로디군요."

"데이브 켐프는 잭슨이 농장에 혼자 있다고 했습니다. 그건 수전과 멜로디가 미국으로 날아갔기 때문입니다. 그들은 제대로 된 입국 스탬프를 받은 뒤 자기들의 여권을 케이트와 제이드에게 주었습니다. 테일러의 아파트에서 건네줬을 테죠. 저녁식사라도 함께하면서 기념식 같은 걸 하는 기분을 냈을지도 모릅니다. 그런 뒤 테일러가 브리티시항공에 예약을 했습니다. 그건 분명합니다. 수전 잭슨이라는 이름이 탑승객 명단에 있다는 데 1 대 10으로 내기를 해도 좋습니다. 그리고 그녀 옆에 멜로디 잭슨이라는 영국 아이가 앉아 있었다는 데에도 역시 1 대 10으로 걸겠습니다. 실은 그들이 케이트와 제이드 레인이었겠지만요."

"하지만 그러면 수전과 멜로디는 미국에서 움직이지 못하잖아요."

"잠시 그럴 뿐입니다. 테일러가 우편으로 뭘 부쳤다고 했죠?"

"얇은 책이요. 고무 밴드로 묶여 있었다고 했었죠."

"얇은 책에 고무 밴드를 두르는 사람이 있습니까? 사실 그건 두 권의 아주 얇은 책이었죠. 여권 두 개를 묶은 겁니다. 수전이 묵고 있는 뉴욕의 호텔방으로 말입니다. 수전과 멜로디는 거기서 여권이 도착하길 기다리는 중일 겁니다."

"하지만 스탬프의 순서가 맞지 않을 텐데요. 입국한 적도 없이 출국하는 게 돼버리잖아요."

리처가 고개를 끄덕였다. "비정상이죠. 그런 것에 대해 JFK 공항에선 어떻게 대처합니까? 강제출국입니다. 그리고 그게 바로 그들이 바라는 겁니다. 결국 무사히 영국으로 돌아오게 되는 거죠."

"여동생들. 이 모든 일의 배후에는 여동생들의 헌신이 있네요. 패티 조셉, 디 마리 그라지아노, 수전 잭슨."

리처는 묵묵히 차를 몰았다.

"정말 믿을 수 없는 일이에요. 오늘 아침에 우리가 케이트와 제이드를 봤다니."

"괭이를 메고 있었죠. 새 삶을 시작하려 하고 있었습니다."

그는 액셀러레이터를 조금 더 밟았다. 셋퍼드라는 도시 주변의 우회도로로 접어들면서 도로가 넓어지고 곧아졌다.

존 그레고리 역시 속도를 높였다. 그는 렌터카 업체에서 빌린 암녹색 7

인승 도요타 랜드크루저 SUV의 운전대를 잡고 있었다. 에드워드 레인이 조수석에 그와 나란히 앉았다. 코발스키와 애디슨, 카터 그룹은 뒷자리에 어깨를 맞대고 앉아 있었다. 버크와 페레스는 제일 뒤쪽의 보조좌석을 차지했다. 그들은 막 M11 고속도로를 남쪽 끝에서 진입한 참이었다. 중심부를 가로질러 도심의 북동쪽 모서리로 빠져나왔던 것이다.

65

이번에는 환한 대낮이었으므로 리처는 B'sh'ps P'ter 표지판을 100미터 앞에서 발견하고 미리 속도를 늦춰 평생 노퍽 시골길을 운전해온 사람처럼 노련하게 꺾어 들어갔다. 오후 2시 가까운 시간이었다. 태양이 하늘 높이 솟았고 바람은 잦아들었다. 파란 하늘에 점점이 하얀 구름이 떠 있고 녹색 들판이 펼쳐졌다. 완벽한 영국의 늦여름 날씨였다. 거의 완벽한.

폴링이 물었다. "그 사람들을 만나면 뭐라고 말할 작정이에요?"

"미안하다고 할 겁니다. 그리고 그곳이 새 삶을 시작하기에 가장 좋은 곳 같다는 말도."

"그런 다음에는?"

"같은 말을 한 번 더 되풀이하겠죠."

"그들은 거기서 살 수 없어요."

"거긴 농장입니다. 사람의 손길이 필요해요."

"당신이 자원하는 건가요?"

"글쎄요."

"농사에 대해 아는 게 있어요?"

"영화에서 본 게 전부입니다. 대개는 메뚜기떼가 덮치더군요. 불이 나든지."

"여긴 그렇지 않아요. 문제가 있다면 그건 홍수일 거예요."

"그리고 나 같은 바보들도 문제겠죠."

"너무 자신을 탓하지 말아요. 그들은 납치극을 연출했어요. 납치를 심각하게 받아들였다는 걸로 자신을 비난할 필요는 없어요."

"알아차렸어야 했습니다. 처음부터 묘한 구석이 있었는데 내가 놓쳤어요."

그들은 비숍스 암스 펍을 지나쳤다. 막 점심식사 시간이 끝난 참이었다. 주차장에는 차가 다섯 대 있었는데 그레인지 팜의 랜드로버는 보이지 않았다. 동쪽으로 계속 달리다 보니 납작한 사각형 모양의 회색 교회 탑이 눈에 들어왔다. 높이가 고작 12미터 정도였으나 주위에 들판뿐이다 보니 엠파이어스테이트 빌딩처럼 우뚝 솟아 있었다. 그들은 계속 달려 그레인지 팜의 서쪽 경계를 이룬 도랑을 지나쳤다. 새 쫓는 장치의 소리가 들려왔다. 쾅 하고 산탄총의 폭발음이 울렸다.

"난 저게 싫어요." 폴링이 말했다.

"좋아하게 될 겁니다. 저런 식의 위장이야말로 우리한테는 가장 좋은 친구죠."

"테일러한테도 가장 좋은 친구가 되겠네요. 앞으로 60초 후에는. 그는 공격을 받는 거라 여길 테니까."

리처가 고개를 끄덕이며 말했다. "심호흡을 해요."

그는 작고 평평한 다리에 이르기 한참 전부터 차의 속도를 줄였다. 일부러 크게 선회하며 다리에 올라서서 기어를 2단에 놓고 앞으로 나아갔다. 소형차가 저속으로 운행하고 있으니 위협적으로 비치지 않길 바랐다.

차량 진입로는 길었다. 커브를 두 번 그리며 휘어져 있었는데 눈으로 봐서는 알 수 없지만 유달리 지면이 부드럽고 약한 부분을 피하기 위해서인 듯했다. 진입로의 흙은 단단히 다져져 있었으나 질척거렸으며 멀리서 볼 때와는 달리 울퉁불퉁했다. 작은 미니쿠퍼는 요동치며 튀어 올랐다. 본채의 박공벽에는 창문이 없었다. 굴뚝에서는 전보다 짙은 연기가 피어오르고 있었다. 바람이 덜 불어 연기가 수평으로 흩어지지 않고 위로 피어올랐다. 리처는 차창을 내렸다. 미니쿠퍼의 엔진 소리와 바퀴가 자갈 위로 구르며 버석거리는 소리 외에는 아무 소리도 들리지 않았다.

"모두들 어디 있을까요?" 폴링이 말했다. "아직도 잡초를 뽑고 있을까요?"

"일곱 시간 동안 줄곧 괭이질을 할 수는 없습니다. 그러다간 등이 부러져버릴 겁니다."

차량 진입로는 농가 본채를 30미터 앞에 두고 둘로 갈라졌다. 서쪽이 본채 정문으로 가는 길이었다. 동쪽으로 난 상태가 좋지 않은 길은 랜드로버가 세워져 있던 곳을 지나 헛간으로 이어졌다. 리처는 동쪽 길로 갔다. 랜드로버는 거기 없었고 헛간의 문은 모조리 닫혀 있었다. 농장 전체가 적막에 잠겨 있었다. 움직임이 전혀 없었다.

리처는 브레이크를 살짝 밟고 후진했다. 이번에는 더 넓은 서쪽 길로 가보았다. 시들시들한 물푸레나무를 한 그루 심고 자갈로 둥그런 경계를 만들어 둔 곳이 있었다. 나무 주위에 목재 벤치를 둘러 두었는데 가느다란 나무 몸통에 비해 벤치가 너무 컸다. 본래 있던 나무를 뽑고 새로 심은 것이든지 목수가 100년 앞을 내다보고 그렇게 만든 듯싶었다. 리처는 원을 이룬 자갈 주위를 시계 방향으로, 그러니까 영국식으로 돌아 본채 정문에서 3미터 떨어진 곳에 멈춰 섰다. 정문도 닫혀 있었다. 굴뚝에서 서서히 피어오르는 연기를 제외하고는 어디에도 움직임이 없었다.

"이제 어쩌죠?" 폴링이 물었다.

"노크를 해봅시다. 천천히 움직여야 해요. 손을 보이는 위치에 두고."

"그들이 우리를 감시하고 있다고 생각해요?"

"누군가 감시하고 있습니다. 확실해요. 느껴집니다."

그는 엔진을 끄고 잠시 그대로 앉아 있다가 차문을 열었다. 커다란 몸을 천천히 수월하게 움직여 차에서 내려 그대로 가만히 섰다. 양손을 옆구리에서 뗀 자세였다. 2미터 떨어진 곳에서 폴링도 같은 자세를 취했다. 그런 뒤 두 사람은 나란히 정문으로 걸어갔다. 아주 오래된 오크나무로 만든 문은 색깔이 새카맸다. 쇠고리와 경첩의 녹슬고 부식된 부분에는 새로 페인트칠이 되어 있었다. 사자의 입 안에 달린 울퉁불퉁한 고리를 잡고 사과 크기 정도의 못대가리 장식을 내려쳐 문을 두드리게끔 되어 있었다. 리처는 고리를 쥐고 오크 문짝을 둔탁하게 두 번 두드렸다. 베이스 드럼 같은 소리가 울렸다.

아무 반응이 없었다.

"계십니까?" 리처가 사람을 불렀지만 대답이 없었다.

그가 다시 불러보았다. "테일러? 그레이엄 테일러?"

역시 반응이 없었다.

"테일러? 거기 있습니까?"

답이 없었다.

그는 고리로 문을 다시 두 번 두드렸다.

여전히 반응이 없었다. 안에서는 아무 소리도 들리지 않았다. 10미터쯤 떨어진 곳에서 작은 발이 살짝 끌리는 소리를 제외하면.

뒷걸음질 치면서 가느다란 신발 밑창이 돌에 쓸리는 소리였다. 리처는 재빨리 몸을 돌려 왼쪽을 쳐다보았다. 조그만 무릎이 본채 모퉁이에서 휙 사라지는 것이 보였다. 몸을 숨기는 것이다.

리처가 큰 소리로 말했다. "널 봤단다."

대답이 없었다.

"어서 나와. 괜찮아."

대답이 없었다.

"우리 차 좀 보렴. 이렇게 멋진 차를 본 적 있니?"

기척이 없었다.

"빨간색이야. 소방차처럼."

대답이 없었다.

"아줌마가 나와 같이 있단다. 아줌마도 멋져."

리처는 폴링 옆에 가만히 서 있었다. 한참이 지나자 작고 검은 머리가 모퉁이에서 삐죽이 나왔다. 작은 얼굴, 창백한 피부, 커다란 녹색 눈, 진지한 입매. 여덟 살쯤 된 여자아이.

"안녕. 네 이름이 뭐니?" 폴링이 물었다.

"멜로디 잭슨." 제이드 레인이 말했다.

66

리처가 다코타의 침실에서 본 불완전한 복사 사진만으로도 제이드를 바로 알아볼 수 있었다. 사진을 찍었을 때보다 한 살쯤 많아 보였지만 약간 구불거리는 걸 고운 긴 검은 머리카락과 녹색 눈, 도자기 같은 살결은 그대로였다. 사진도 매력적이었지만 실물이 더 나았다. 제이드 레인은 정말 예쁜 아이였다.

"내 이름은 로런 폴링이란다." 폴링이 말했다. "이 아저씨는 잭 리처라고 해."

제이드는 머리를 끄덕였다. 심각하고 진지하게. 하지만 아무 말도 하지 않았고 가까이 다가오지도 않았다. 아이는 줄무늬가 있는 얇은 민소매 여름 원피스를 입고 있었다. 렉싱턴가의 블루밍데일에서 산 옷인 듯했다. 어쩌면 아이가 가장 좋아하는 옷, 급하고 서툴게 싼 짐 속에 들었던 옷일지도 몰랐다. 신고 있는 하얀 양말과 가느다란 여름 샌들은 더러웠다.

폴링이 말했다. "어른들을 만나려고 왔는데 어디 계시는지 아니?"

10미터 밖에서 제이드가 말없이 고개를 끄덕였다.

"어디 계시니?"

그때 다른 방향에서, 역시 10미터 거리를 두고 목소리가 들렸다.

"여기 있어요."

케이트 레인이 본채의 다른 모퉁이에서 모습을 나타냈다. 그녀 역시 사진 속의 모습과 똑같았다. 검은 머리카락, 녹색 눈, 높은 광대뼈, 꽃봉오리 같은 입술. 지극히, 불가능할 정도로 아름다웠다. 사진사의 스튜디오에서 보다 약간 피곤과 긴장이 감돌긴 했다. 그러나 분명 동일 인물이었다. 실물로 보니 키는 175센티미터쯤, 날씬하고 호리호리한 몸매로 미루어 몸무게는 52킬로그램을 넘지 않을 것 같았다. 전직 모델이라는 말을 들으면 떠올리게 되는 딱 그런 몸매였다. 케이트는 큼지막한 남성용 플란넬 셔츠를 입고 있었다. 빌려 입은 게 분명했지만 멋지게 어울렸다. 그녀라면 쓰레기봉투에 머리와 팔다리용 구멍을 뚫어 걸쳐도 근사하게 보일 것 같았다.

그녀가 말했다. "난 수전 잭슨이에요."

리처는 고개를 저었다. "당신은 수전 잭슨이 아닙니다. 하지만 어쨌거나 만나서 반갑습니다. 제이드를 만난 것도. 내가 얼마나 기쁜지 짐작도 못할 겁니다."

"난 수전 잭슨이에요." 그녀가 다시 말했다. "저 애는 멜로디고."

"그런 얘기로 낭비할 시간이 없습니다, 케이트. 당신 억양만 들어도 확실하니까요."

"당신은 대체 누굽니까?"

"내 이름은 잭 리처입니다."

"뭘 원하죠?"

"테일러는 어디 있습니까?"

"누구요?"

리처는 제이드 쪽을 흘깃 쳐다본 뒤 케이트를 향해 한 걸음 앞으로 나섰다. "이야기를 좀 나눌 수 있을까요? 딴 데로 가서."

"왜요?"

"프라이버시 문제라서."

"무슨 일인데요?"

"따님을 불안하게 만들고 싶지 않습니다."

"저 애는 상황이 어떻게 돌아가는지 알고 있어요."

"알겠습니다. 우린 당신들한테 경고하기 위해 여기 왔습니다."

"무엇에 대해서요?"

"에드워드 레인이 우리와 한 시간 차이로 이리 오고 있습니다. 어쩌면 그보다 더 빨리 올지도 모릅니다."

"에드워드가 이곳에?" 처음으로 진정한 공포가 그녀의 얼굴에 나타났다. "에드워드가 여기 영국에? 벌써요?"

리처는 고개를 끄덕였다. "이리로 오는 중입니다."

"당신은 대체 누군가요?"

"테일러를 찾아내고 돈을 받기로 한 사람입니다."

"그런데 왜 우리한테 그걸 알려주는 거죠?"

"납치사건이 진짜가 아니었다는 걸 조금 전에 깨달았기 때문입니다."

케이트는 거기에 대해 아무 말도 하지 않았다.

"테일러는 어디 있습니까?" 리처가 다시 물었다.

"밖에 나갔어요. 토니와 함께."

"앤서니 잭슨? 매부 말입니까?"

케이트가 고개를 끄덕였다. "그래요. 여긴 그의 농장이에요."

"어디로 갔습니까?"

"노리치에 굴착기 부품을 사러요. 도랑 바닥을 좀 파내야 한다고 했어요."

"언제 출발했습니까?"

"두 시간쯤 전에요."

리처는 고개를 끄덕였다. 노리치. 대도시다. 가는 데 50킬로미터, 오는 데 50킬로미터. 대략 두 시간쯤 걸릴 것이다. 그는 도로 남쪽을 쳐다보았다. 차는 한 대도 없었다.

"자, 모두들 안으로 들어갑시다." 그가 말했다.

"난 당신의 정체를 모르는데요."

"당신은 알고 있습니다. 지금 이 순간, 나는 당신의 가장 좋은 친구입니다."

케이트는 폴링을 물끄러미 쳐다보았다. 다른 여성의 존재에 다소 마음을 놓은 듯했다. 그녀는 눈을 한 번 깜박이더니 정문을 열어 사람들을 안으로 들였다. 농가의 내부는 어둡고 냉기가 돌았다. 들보가 낮은 천장에 바닥은 울퉁불퉁한 석재였다. 두꺼운 벽에는 꽃무늬 벽지를 발랐고 자그만 납틀 창문*이 달려 있었다. 주방이 집의 중심이었다. 널따란 직사각형 주방은 깔끔하게 정리되어 있었다. 반짝반짝 윤이 나는 구리 팬들이 고리에 나란히 걸렸고 소파와 팔걸이의자들이 놓여 있었다. 벽난로는 안에 살림을 차려도 될 정도로 컸고 대형 구식 화덕도 있었다. 거대한 오크 식탁 주위엔 의자가 열두 개 놓였고 별도의 소나무 탁자 위에는 전화기와 종이 더미, 봉투, 펜과 연필과 우표와 고무 밴드를 담아둔 항아리들이 놓여 있었다. 모든 가구는 오래되었고 낡았으며 편안했는데 집 안에 개가 없음에

---

* 납으로 틀을 짜서 마름모꼴의 유리를 규칙적으로 배치한 창문.

도 불구하고 가구에서 개 냄새가 풍겼다. 전 주인이 개를 키운 듯했다. 농장을 살 때 가구도 포함되었던 모양이다. 전 주인이 파산해 농장을 넘겼을지도 모른다.

"케이트, 당신은 지금 당장 여기서 나가야 합니다." 리처가 말했다. "제이드를 데리고. 상황이 정리될 때까지 여기 있으면 안 됩니다."

"어떻게 나가요? 지금은 트럭이 없는걸요."

"우리 차를 타고 가십시오."

"영국에서는 한 번도 운전을 한 적이 없어요. 영국에 와본 것도 이번이 처음인걸요."

"내가 운전해서 데려다줄게요." 폴링이 말했다.

"어디로요?"

"어디든 당신이 원하는 곳으로요. 상황이 정리될 때까지 거기 가 있어요."

"정말로 레인이 벌써 영국에 온 건가요?"

폴링이 고개를 끄덕였다. "적어도 한 시간 전에는 런던에서 출발했을 거예요."

"좋아요. 우릴 어딘가로 데려다줘요. 어디든. 지금 당장. 부탁해요."

그녀는 일어서서 제이드의 손을 잡았다. 가방도 코트도 없이 즉시 나가려고 했다. 주저하지도 머뭇거리지도 않았다. 극심한 공포에 휩싸여 있었다. 리처는 폴링에게 미니쿠퍼의 열쇠를 던져주고 그들을 뒤따라 다시 밖으로 나갔다. 제이드가 뒷자리에 올랐고 케이트는 폴링 옆에 앉았다. 폴링은 운전석 위치와 거울을 조정하고 안전벨트를 맨 다음 시동을 걸었다.

"기다려요." 리처가 말했다.

서쪽으로 1.5킬로미터 지점의 도로에 암녹색 형체가 나무 한 그루를 지나치며 쏜살같이 달려오는 것이 보였다. 녹색 차량이 희미한 태양 빛을 받아 반짝였다. 농장 트럭처럼 더러운 것이 아니라 깨끗했으며 반짝반짝 윤이 났다.

1.5킬로미터 밖. 90초 거리다. 시간이 없었다.

"모두 집 안으로 들어가요." 리처가 말했다. "지금 당장."

67

케이트와 제이드와 폴링은 위층으로 뛰어 올라갔고 리처는 집의 남서쪽 모퉁이로 향했다. 그는 벽에 몸을 딱 붙인 채 도랑을 건너는 다리가 보이는 지점으로 살금살금 움직였다. 마침 그 트럭이 다리로 접어드는 참이었다. 구식 랜드로버 디펜더였다. 사각형의 뭉툭한 트럭은 자동차라기보다는 기기였으며 진창에서도 유용한 스노타이어를 장착했고 갈색 캔버스 천 덮개가 달려 있었다. 남자 둘이 타고 있었다. 울퉁불퉁한 진입로를 지나며 좌석에서 튀어 오르는 그들의 모습이 햇볕에 반짝이는 앞창 너머로 보였다. 한 사람은 리처가 아침 일찍 보았던 인물이었다. 토니 잭슨. 농장 주인이었다. 다른 남자는 테일러였다. 그 트럭은 세차하고 광택을 낸 그레인지 팜의 랜드로버였다. 차가 전날 밤과는 확 달라져 있었다. 노리치에 굴착기 부품을 사러 간 김에 세차도 한 모양이었다.

리처는 주방으로 들어가 텅 빈 계단을 향해 소리쳐 알린 다음 밖으로 나가 기다렸다. 차량 진입로의 커브를 좌우로 돌며 달려오던 랜드로버가 잠깐 멈춰 섰다. 잭슨과 테일러가 45미터 앞쪽에 있는 미니쿠퍼를 유심히 쳐다보다 다시 속도를 높이더니 집 뒤편과 헛간 사이의 주차 지점으로 미끄러져 들어갔다. 차문이 열리고 잭슨과 테일러가 내렸다. 리처는 두 사람이 바로 앞으로 다가올 때까지 그대로 서 있었다.

"당신은 지금 무단침입을 한 겁니다." 잭슨이 말했다. "무슨 속셈인지 켐프 씨에게 들었어요. 농장은 팔지 않을 겁니다."

"난 농장을 사려는 게 아닙니다."

"그럼 여긴 왜 온 거죠?"

잭슨은 테일러처럼 마르고 체격이 탄탄한 사람이었다. 키도 비슷했고 체중도 비슷했다. 영국인 특유의 용모도 같았다. 억양도 비슷했다. 치아 상태는 더 좋았고 약간 더 푸석한 머리카락은 색이 좀 더 옅었다. 하지만 전체적으로 보아 둘은 처남-매부가 아니라 형제처럼 보였다.

"테일러 씨를 만나러 왔습니다."

리처의 말에 테일러가 한 걸음 앞으로 나섰다. "무슨 용건입니까?"

"당신한테 사과하기 위해서입니다. 그리고 당신에게 경고하기 위해서이기도 합니다."

테일러는 잠깐 멈칫했다. 눈을 한 번 깜박였다. 그러더니 눈동자가 왼쪽으로, 오른쪽으로 홱홱 움직였다. 지성과 판단력이 눈 속에서 번뜩였다.

"레인?"

"한 시간 거리 이내에 있습니다."

"그렇군요."

테일러는 침착하게 말했다. 차분했다. 놀란 기색은 없었다. 리처도 그가 놀랄 것이라고는 생각하지 않았다. 놀라는 건 아마추어나 하는 짓이다. 테일러는 프로였다. 특수부대 출신의 영리하고 유능한 사람이었다. 귀중한 몇 초를 놀라는 데 쓰면 귀중한 몇 초를 그대로 낭비하게 된다. 테일러는 그 귀중한 몇 초를 훈련받은 방식대로 사용했다. 생각하고, 계획하고, 전술을 수정하고, 선택 대안을 검토하는 것.

"내 탓입니다." 리처가 말했다. "미안합니다."

"6번가에서 당신을 본 적 있습니다." 테일러가 말했다. "재규어를 탈 때 봤어요. 그때는 대수롭지 않게 여겼는데 어젯밤에 또 당신을 보게 됐죠. 펍에서. 그때 알았습니다. 당신이 방으로 올라가 레인한테 전화를 할 거라고 생각했습니다. 그렇다고는 해도 레인이 생각보다 빠르게 움직이는군요."

"이미 이곳으로 오는 중입니다."

"일부러 와서 알려주다니 고맙네요."

"별것 아닙니다. 이런 상황에서는."

"레인이 이곳의 정확한 위치를 알고 있습니까?"

"대략. 내가 그레인지 팜이라는 이름을 말했습니다. 비숍스파지터란 지명이 입 밖에 나오는 건 막았지만. 대신에 펜처치 세인트메리라고 알려줬습니다."

"전화번호부를 보고 우리를 찾아냈을 겁니다. 펜처치에는 그레인지 팜이라는 곳이 없으니까. 가장 가까운 곳이 여깁니다."

"미안합니다." 리처가 다시 사과했다.

"당신은 언제 모든 걸 파악했습니까?"

"너무 늦은 순간에."

"어디서 힌트를 얻었습니까?"

"장난감. 제이드는 아끼는 장난감을 챙겨 갔습니다."

"그 애를 만났습니까?"

"5분 전에."

테일러는 미소를 지었다. 형편없는 치아가 드러났으나 그 웃음에는 따뜻함이 있었다. "똑똑한 애죠. 그렇지 않습니까?"

"그런 것 같더군요."

"당신은 원래 뭐 하는 사람입니까? 사립탐정?"

"육군 헌병이었습니다."

"이름은?"

"잭 리처."

"레인이 당신한테 돈을 얼마나 줬습니까?"

"100만 달러."

테일러가 다시 웃음을 지었다. "어깨가 으쓱해지는데요. 당신은 잘 해냈습니다. 하지만 결국엔 시간문제였습니다. 내 시체가 발견되지 않은 채 시간이 계속 흘러가면 사람들이 의문을 갖게 될 테니까요. 그래도 내가 예상했던 것보다는 빠릅니다. 몇 주는 여유가 있을 줄 알았는데."

"이제 60분의 여유가 있습니다."

그들은 전략회의를 위해 농가의 주방에 모였다. 테일러, 케이트, 제이드, 잭슨, 폴링 그리고 리처까지 여섯 명이 모두 모였다. 제이드는 딱히 참여한 것도 배제된 것도 아니었다. 아이는 탁자에 앉아 색색의 크레용으로 리처가 다코타에서 보았던 것처럼 굵은 선으로 두꺼운 포장지에 그림을 그리면서 어른들의 이야기를 듣고만 있었다.

테일러는 다음과 같은 말로 전략회의의 개막을 알렸다.

"불을 좀 피웁시다. 여긴 한기가 도네요. 차도 한 잔 마시고."

"그럴 시간이 있나요?" 폴링이 물었다.

"영국 군인들은 대개 그렇습니다." 리처가 말했다. "차 한 잔 마실 시간은 언제나 있다고."

난로 근처에 불쏘시개가 담긴 버들고리 바구니가 놓여 있었다. 테일러
는 구겨진 신문지 위에 불쏘시개를 한 아름 쌓고 성냥을 켰다. 불이 붙자
굵직한 통나무들을 집어넣었다. 그러는 동안 잭슨은 화덕으로 가서 물을
한 주전자 끓이면서 포트에 티백을 넣었다. 잭슨 역시 크게 걱정하는 기색
은 없었다. 차분하고 능숙하게 서두르지 않으면서 차를 끓였다.

리처가 그에게 물었다. "예전에 군대에선 어디 소속이었습니까?"

"제1낙하산."

리처는 고개를 끄덕였다. 제1낙하산연대. 미국 육군의 레인저연대와 대
략 비슷한 곳이다. 거친 공수부대원들. 영국 SAS만큼은 아니어도 비슷하
다. SAS 신입 대부분이 제1낙하산연대 출신이다.

리처가 말했다. "레인은 부하 여섯을 데리고 있습니다."

"A팀 말입니까?" 테일러가 말했다. "전에는 일곱 명이었죠. 내가 빠지
기 전에는."

"아홉 명이겠죠." 리처가 말했다.

"호바트와 나이트 말이군요. 케이트가 호바트의 여동생한테서 그 이야
기를 들었습니다."

"그게 계기였습니까?"

"부분적으로는. 다른 것도 있었죠."

"어떤?"

"호바트가 유일한 경우가 아니었습니다. 호바트가 최악의 경우인 것 같
긴 하지만 다른 사람들도 있습니다. 레인은 많은 사람들을 죽거나 다치게
만들었습니다."

"레인의 인덱스파일을 봤습니다."

"레인은 그 사람들을 위해 아무것도 안 했어요. 남은 가족들을 위해서도."

"그래서 돈을 요구했던 겁니까?"

"그 돈은 이혼수당입니다. 케이트에게 받을 자격이 있는 돈이에요. 어떻게 쓰느냐 하는 건 그녀에게 달려 있습니다. 하지만 올바르게 쓸 거라고 확신합니다."

토니 잭슨은 뜨겁고 진한 차를 이가 빠지고 모양이 제각각인 머그잔 다섯 개에 따랐다. 제이드는 자기가 먹을 사과주스를 컵에 부었다.

"우리한테 이럴 시간이 있어요?" 폴링이 다시 물었다.

"리처 씨, 어떻습니까?" 테일러가 말했다. "우리한테 이럴 시간이 있습니까?"

"당신의 목표가 무엇인지에 따라 다르겠죠."

"내 목표는 앞으로 쭉 행복하게 사는 겁니다."

"알겠습니다." 리처가 말했다. "여긴 영국입니다. 만약 이곳이 캔자스였다면 나도 걱정했을 겁니다. 캔자스였다면, 데이브 켐프의 작은 상점은 물론 수백 곳에서 소총과 탄환을 팔 테니까. 다행히 여긴 캔자스가 아닙니다. 게다가 레인은 비행기를 타고 왔으니 무기를 가져올 방법이 없습니다. 그러니 무장하지 않은 상태로 모습을 나타내겠죠. 진입로의 자갈을 집어 우리한테로 던지는 것 외에는 할 수 있는 게 없습니다. 그래봤자 벽이 이렇게 두껍고 창문은 이렇게 작으니 우리로선 겁날 게 없겠군요."

"집에 불을 지를 수도 있어요." 폴링이 말했다. "화염병 같은 걸 던져서요."

리처가 말없이 테일러를 힐끗 쳐다보자 그가 입을 열었다.

"레인은 나를 산 채로 잡길 원합니다. 분명히 그럴 겁니다. 불에 태우는 것도 고문 목록에 들어 있을지 모르지만 나중에, 천천히 제대로 불맛을 보여주려 할 겁니다. 빠르고 쉬운 방법으로는 직성이 풀리지 않을 테니까요."

"그럼 여기 이대로 앉아 있자는 거예요?"

"리처 씨가 말한 그대롭니다. 지금 레인은 무장하지 않은 상태입니다."

"그래요, 여긴 영국이에요. 하지만 어딘가에서 무기를 구할 수 있을 거예요."

테일러는 고개를 끄덕였다. "사실상 어디서든 구할 수 있겠죠. 영국 용병을 상대로 사적으로 무기를 제조하는 업자, 부패한 병참장교, 조직폭력배들. 하지만 그들의 연락처는 전화번호부에 나와 있지 않습니다. 선을 대려면 시간이 걸리죠."

"얼마나요?"

"최소한 열두 시간은 걸립니다. 어떤 중개인을 찾느냐에 따라 다르긴 하겠지만. 그러니 리처 씨 말대로 레인이 지금 나타나면 아무런 위협도 되지 않습니다. 만약 무기부터 손에 넣으려 한다면 최소한 내일이 되어야 여기 올 수 있습니다. 또 하나, 레인은 새벽에 급습하는 걸 좋아합니다. 항상 그랬습니다. 제로-다크-서티*. 그가 델타에서 배운 게 그겁니다. 새벽의 첫 햇살이 비칠 때 공격하라."

리처가 물었다. "여기엔 무기가 있습니까?"

---

* Zero-dark-thirty: 대개 동틀 무렵을 말하는 것으로 자정부터 일출 사이의 불특정 시간을 가리키는 미군 속어.

"여긴 농장입니다." 잭슨이 말했다. "농부들은 농작물에 해를 입히는 야생동물에 항상 대비하고 있죠."

그의 목소리에 무언가가 담겨 있었다. 필사의 결의 같은 것이. 리처는 잭슨과 테일러를 쳐다보았다. 비슷한 키, 비슷한 몸무게, 일반적인 영국인의 특징을 공유하고 있다. 전체적으로 보아 형제처럼 보인다. 때로는 약간 닮았다는 것만으로 충분하다. 리처는 의자에서 일어나 서성거리며 소나무제 탁자 위의 전화기로 눈길을 돌렸다. 구식 검은 전화기였다. 다이얼식 유선전화로 메모리버튼도 단축번호도 없었다.

리처는 테일러에게로 몸을 돌렸다. "당신은 일이 이렇게 되기를 원했군요."

"내가?"

"당신은 리로이 클락슨이라는 이름을 썼습니다. 아파트가 있는 곳을 알려주기 위해."

테일러는 아무 말도 하지 않았다.

"당신은 제이드가 옛날 장난감을 챙기지 못하도록 할 수 있었습니다. 케이트에게 사진을 두고 오라고도 할 수 있었습니다. 당신 여동생 수전이 토니의 여권을 가져와 당신에게 줄 수도 있었습니다. 가방 속에 넣어 오면 그만이니까. 그랬더라면 탑승객 명단에는 잭슨 세 사람이 있었을 겁니다. 두 명의 잭슨과 한 명의 테일러가 아니라. 하지만 진짜 이름을 쓰지 않았더라면 영국으로 뒤쫓아 오게 만들 수 없었겠죠."

테일러는 계속 침묵을 지켰다.

"당신 아파트에 있는 전화기는 새것이었습니다. 전부터 쓰던 물건이 아니라. 수전의 전화번호를 남겨두기 위해 일부러 산 겁니다."

"내가 왜 그렇게 하겠습니까?"

"레인이 이곳에서 당신을 발견하게 하려고."

테일러는 다시 입을 다물었다.

"당신은 마을 상점의 캠프 씨와 이야기를 나누었습니다. 그러면서 필요 이상으로 여러 가지 세부사항을 알렸습니다. 이 마을 최고의 떠버리한테. 또한 당신은 펍에 눌어붙어 말 많은 농부들 사이에 앉아 있었습니다. 마음 같아선 집에 있고 싶었겠지요. 새 가족과 함께. 하지만 그럴 수 없었습니다. 확실한 자취를 남겨야 했으니까. 당신은 레인이 나 같은 사람을 고용할 걸 알고 있었습니다. 나 같은 사람이 당신을 찾아내도록 도움을 주어야 했습니다. 레인을 이리로 데려와 여기서 결판을 내고 싶었던 겁니다."

침묵이 흘렀다.

다시 리처가 말했다. "당신은 홈그라운드에서 레인을 맞고 싶었던 겁니다. 더구나 이곳은 방어하기가 쉬운 곳입니다."

침묵이 이어졌다. 리처는 케이트에게로 눈길을 돌렸다.

"당신은 당황했습니다. 레인이 오는 것 때문이 아니라 지금 온다는 사실 때문에. 벌써, 너무 빨리."

케이트는 아무 말도 하지 않았지만 테일러는 고개를 끄덕였다. "좀 전에 말한 것처럼 우리 예상보다 좀 빨랐습니다. 맞아요. 우리는 레인이 이리로 오길 바랐습니다."

"왜요?"

"당신이 방금 말했잖습니까. 결판을 내야 하니까. 결말을 짓고 막을 내려야 하니까."

"왜 지금입니까?"

"말했잖습니까."

"부상당한 이들에 대한 보상은 긴급한 것은 아닙니다. 이런 식으로 해야 할 건 아니죠."

난로 옆의 의자에 앉아 있던 케이트 레인이 고개를 치켜들었다.

"난 아기를 가졌어요." 그녀가 말했다.

68

벽난로의 은은한 불빛에 케이트의 꾸밈없고 연약한 아름다움이 더욱 강조되어 슬픔을 자아낼 정도였다.

"에드워드가 내 부정을 의심해서 부부싸움이 시작된 즈음이었어요. 그 당시에는 사실이 아니었죠. 하지만 그는 몹시 화를 냈어요. 내가 부정을 저지르는 증거를 잡기만 하면 자기가 그 탓에 얼마나 큰 상처를 받았는지 보여주겠다고 했죠. 제이드한테 무슨 짓을 해서 내게 더 큰 상처를 줌으로써 말이에요. 어떤 짓을 할 작정인지 상세하게 말했어요. 애 앞에서 차마 옮길 수가 없군요. 아주 무시무시한 내용이었어요. 너무 끔찍한 것이어서 심각하게 받아들이지 말자고 나 자신을 타일렀어요. 하지만 앤과 나이트와 호바트에 대해 듣고 보니 더 이상은 안 되겠다는 생각이 들었어요. 그 시점에서는 정말로 그에게 감춰야 할 일이 있었으니까요. 그래서 우리는 도망쳤고 지금 여기 있는 거예요."

"레인을 버리고 말이죠."

"그는 그런 꼴을 당해 마땅해요, 리처 씨. 그 사람은 정말로 괴물이에요."

리처는 잭슨에게로 몸을 돌렸다. "당신은 도랑을 긁어내기 위해 굴착기를 수리한 게 아닙니다. 그렇죠? 비도 오지 않았고 도랑은 손댈 필요가 없어 보이더군요. 그런 작업을 하려고 시간을 들이진 않을 겁니다. 이 시점에, 이런 상황에서. 당신은 무덤을 파려고 굴착기를 수리한 겁니다. 아닙니까?"

"최소한 무덤 하나." 대답한 것은 테일러였다. "두 개나 세 개가 될 수도 있습니다. 놈들이 모두 미국으로 돌아가고 우리를 이대로 내버려두게 하려면, 그게 당신한테 문제가 됩니까?"

우선 우리가 테일러를 찾아냅니다. 리처는 영국으로 오는 비행기에서 그렇게 말했었다. 레인이 테일러를 처치할 테고 그다음엔 내가 레인을 처치합니다. 그러자 폴링이 물었었다. 레인의 부하들은? 리처는 이렇게 대답했다. 레인이 없어진 걸 계기로 뿔뿔이 흩어질 것 같으면 그대로 내버려둘 겁니다. 하지만 레인의 역할을 떠맡아 하던 일을 계속하려 드는 자가 있다면 역시 처치해야죠. 그런 식입니다. 그자들이 완전히 흩어질 때까지.

폴링은 이렇게 말했었다. 잔인하네요.

그래서 리처는 물었다. 무엇과 비교해서?

리처가 테일러를 똑바로 쳐다보았다. "아닙니다. 전혀 문제 될 것 없습니다. 그저 나와 주파수가 일치하는 사람을 만나는 데 익숙하지 않아 그런 것뿐입니다."

"100만 달러는 당신이 가질 겁니까?"

리처는 고개를 저었다. "호바트에게 줄 겁니다."

"좋네요." 케이트가 반색을 했다. "그러면 우린 꽤 많은 돈을 다른 사람들한테 쓸 수 있어요."

테일러가 이번에는 폴링에게 물었다. "폴링 씨, 당신은 어떻습니까? 문제가 있습니까?"

"문제가 있어야만 해요. 아주 엄청난 문제가 있어야 해요. 법을 지키겠다고 예전에 맹세했으니까."

"그런데요?"

"다른 방식으로는 레인을 어떻게 할 수가 없군요. 그래요, 나도 문제없어요."

"그럼 우린 한 배에 탄 셈이로군요." 테일러가 말했다. "파티에 오신 걸 환영합니다."

차를 마시고 난 뒤 잭슨은 리처를 주방 뒤편 다용도실로 데려가 식기세척기 위에 걸린 붙박이장의 여닫이문을 열었다. 안에 헤클러 앤드 코흐 G36 자동소총 네 자루가 걸려 있었다. G36은 최신식 소총으로 리처가 제대하기 직전에 군대에서 사용하기 시작한 물건이다. 따라서 리처는 그 총에 그다지 익숙하지 않았다. 48센티미터 총신에 개머리판은 접이식이고, 특대형 운반용 손잡이에 달린 부피가 큰 광학조준기를 제외하면 기본적으로는 재래식 소총과 유사한 총이다. 5.56밀리미터 표준 나토탄을 사용하며 독일제답게 아주 고급스럽고 아름답게 가공되어 있다.

"어디서 구했습니까?"

"샀습니다. 네덜란드의 부패한 병참장교한테서. 수전이 그리로 가서 받아 왔죠."

"레인이 올 것에 대비해서?"

잭슨은 고개를 끄덕였다. "지난 몇 주간 힘들었습니다. 계획을 세울 게 많아서."

"이 총들은 추적이 가능합니까?"

"네덜란드 장교가 서류를 보여줬습니다. 훈련 중 사고로 부서진 걸로 되어 있었습니다."

"탄환도 있습니까?"

잭슨은 건너편으로 가서 약간 낮은 곳에 위치한 또 다른 붙박이장을 열었다. 일렬로 놓인 진흙투성이 웰링턴 부츠들 뒤로 검은 금속들이 번쩍이는 게 보였다. 양이 아주 많았다.

"탄창 70개입니다. 2,100개의 탄환."

"이 정도면 확실하군요."

"하지만 쓸 수 없습니다. 기껏해야 서너 발 정도. 소리가 너무 커요."

"경찰은 얼마나 가까운 곳에 있습니까?"

"아주 가까이에 있는 건 아닙니다. 노리치에 있을 거예요. 순찰차가 돌아다니는 것만 아니라면. 하지만 여기 사람들도 전화라는 물건을 갖고 있습니다. 그들 중 일부는 사용법도 알지요."

"새 쫓는 장치를 꺼둬야겠군요."

"당연히 그래야죠. 하지만 실은 그 장치도 사용하면 안 되는 거였습니다. 유기농 재배를 하면 새 쫓는 장치가 필요 없습니다. 살충제를 쓰지 않으니 새들의 먹잇감인 벌레들이 많거든요. 그래서 새들은 씨앗을 쪼아 먹지 않습니다. 조만간에 사람들도 눈치채겠죠."

"새 쫓는 장치 역시 새로 놓은 겁니까?"

잭슨이 고개를 끄덕였다. "계획의 일부입니다. 동틀 무렵 공포탄이 발사되도록 해두었죠. 레인이 올 시점에 맞춰서."

"내게도 여동생과 매부가 있다면 수전과 당신 같은 사람이면 좋겠습니다."

"테일러와는 오래전부터 알았습니다. 시에라리온에서 같이 있었어요. 테일러를 위해서라면 못할 게 없습니다."

"난 아프리카에 가본 적이 없습니다."

"운이 좋았군요. 우리는 웨스트사이드 보이즈라는 반란군 무리와 전투를 벌였습니다. 놈들이 사람들한테 무슨 짓을 했는지 내 눈으로 봤어요. 그래서 호바트가 어떤 일을 겪었는지 잘 압니다. 부르키나파소와 그리 멀지 않은 곳이었어요."

"이런 일을 해도 괜찮습니까? 당신은 문자 그대로 이곳에 뿌리를 내린 거잖습니까."

"그럼 우리가 뭘 해야 되겠습니까?"

"휴가를 가십시오. 당신들 모두. 여긴 내가 있겠습니다."

잭슨은 고개를 가로저었다. "우린 괜찮을 겁니다. 총알 한 발이면 됩니다. G36은 정확도가 아주 높은 물건입니다."

잭슨이 다용도실의 양쪽 붙박이장을 잠그는 동안 리처는 주방으로 돌아와 테일러 옆에 앉았다. "그레고리에 대해 듣고 싶군요."

"어떤 걸 말입니까?"

"그가 레인 편을 들까요? 아니면 당신 편을 들까요?"

"레인일 것 같은데요."

"같이 복무했는데도 말입니까?"

"레인이 그를 샀으니까요. 군대 시절에 그레고리는 장교가 되고 싶어했지만 뜻을 이루지 못했습니다. 몹시 속상해 했죠. 그럴 때 레인이 비공식적으로나마 중위로 만들어준 겁니다. 적어도 서열상으로는. 아무 의미도 없는 짓거리지만 그게 꽤나 중요한 부분이거든요. 그러니 그레고리는 계속 레인한테 붙어 있을 겁니다. 게다가 내가 비밀을 털어놓지 않았다는 사실 때문에 기분도 상했을 테고. 그는 외국에 나온 영국인 두 명은 모든 걸 공유해야 한다고 생각하는 사람입니다."

"그가 이 근처 지리에 밝습니까?"

테일러는 고개를 저었다. "그레고리는 런던 사람입니다. 나처럼."

"나머지는 어떻습니까? 레인한테 등 돌릴 만한 사람이 있을까요?"

"코발스키는 아닙니다. 페레스도 아닙니다. 입장을 바꾸려면 두뇌 활동이 필요한데 그 둘의 지능은 실내온도 정도밖에 안 되거든요. 애디슨도 아마 아닐 겁니다. 하지만 그룸과 버크는 바보가 아니에요. 배가 가라앉을 것 같다 싶으면 재빨리 내릴 겁니다."

"그건 입장을 바꾸는 것과 같은 게 아닌데요."

"그들 중 누구도 우리 편으로 넘어오진 않을 겁니다. 그런 가능성은 배제해야 해요. 바랄 수 있는 최상의 시나리오는 그룸과 버크가 중립을 지켜주는 겁니다. 하지만 그들이 그렇게 한다는 데 농장을 걸 수는 없겠군요."

"그들은 유능합니까? 전체로 봐서 말입니다."

"나하고 비슷하다고 보면 됩니다. 다시 말해 내리막길에 접어들었다는 뜻입니다. 예전엔 특출했지만 지금은 평균 정도. 경험이 많고 능력이 있지만 계속 훈련을 받은 게 아니니까요. 훈련이 핵심 아닙니까. 군대에 있을 때는 우리가 한 일의 99퍼센트가 훈련이었어요."

"당신은 왜 거기 들어갔습니까?"

"돈. 그게 이유죠. 나오지 않고 계속 있었던 건 케이트 때문입니다. 처음 본 순간부터 그녀를 사랑했습니다."

"케이트 역시 당신을 사랑했습니까?"

"나중엔 그렇게 되었죠."

"나중이 아니에요." 벽난로 옆의 의자에 앉은 케이트가 끼어들었다. "사실은 아주 빨랐죠. 왜 이를 고치지 않느냐고 어느 날 물어본 적이 있어요. 그런 생각조차 해본 적이 없다고 하더군요. 나는 그렇게 자존심 강하고 자신감 있는 남자가 좋아요."

테일러가 리처에게 물었다. "당신도 내 이에 뭔가 문제가 있다고 봅니까?"

"문제가 아주 많죠. 그런 치아로 음식을 먹을 수 있다는 데 놀랐습니다. 아마 그래서 그렇게 체격이 작을지도 모르죠."

"지금 이대로의 내가 나입니다." 테일러가 말했다.

주방에 모여 앉아 벽난로에 불을 지핀 지 정확히 한 시간 뒤 그들은 첫 번째 감시 당번을 제비뽑기로 정했다. 잭슨과 폴링이 당첨되었다. 잭슨은 집 뒤편에 세워둔 랜드로버에, 폴링은 정면의 미니쿠퍼에 앉아 있기로 했다. 그렇게 하면 각자의 시야가 180도 약간 넘게 확보되며 들판 너머 1.5킬로미터 이상의 거리를 지켜볼 수 있다. 레인이 도로를 따라 온다면 경고 신호를 보낼 시간이 90초 생긴다. 들판을 가로질러 온다면 아무래도 속도가 느려질 것이므로 시간을 더 벌 수 있다.

합리적인 경계 방침이었다.

해가 저물기 전까지는.

69

8시 조금 지나 해가 졌다. 이제 리처가 랜드로버에, 케이트 레인이 미니 쿠퍼에 앉아 있었다. 동쪽 하늘은 어두워졌고 서쪽 하늘은 붉게 물들었다. 땅거미가 빠르게 몰려왔다. 땅거미와 함께 밤안개도 자욱해졌다. 보기엔 그림처럼 아름다웠지만 시야가 100미터 이내로 좁아졌다. 짧으면 15분, 길면 40분 간격으로 오후 내내 무작위로 공포탄을 쏘아대던 새 쫓는 장치도 조용했다. 갑자기 조용해지자 시끄러운 소리보다 그게 더 신경이 쓰였다.

테일러와 잭슨은 헛간 한 채에서 굴착기와 씨름하는 중이었다. 폴링은 주방에서 저녁으로 먹을 깡통을 땄다. 제이드는 여태 식탁에 앉아 그림을 그리고 있었다.

8시 30분이 되자 완전히 캄캄해져서 거의 보이는 게 없었으므로 리처는 랜드로버에서 나와 주방으로 향했다. 가는 길에 헛간에서 돌아오는 잭슨과 마주쳤다. 잭슨의 손은 기름범벅이었다.

리처가 물었다. "어떻게 돼 갑니까?"

"준비가 거의 끝났습니다."

테일러도 어둠 속에서 모습을 나타냈다. "열 시간 남았군요. 새벽까지는 안전합니다."

"정말 그럴까요?" 리처가 물었다.

"확신할 순 없겠죠."

"내 생각도 그렇습니다."

"미국 육군의 야전지침서에서는 야간 방어선 안전 확보에 대해서 어떻게 나와 있습니까?"

리처가 슬쩍 웃음을 머금었다. "100미터 바깥에 클레이모어 지뢰를 잔뜩 뿌려두라고 나와 있습니다. 그중 하나가 터지면 침입자 한 명이 죽은 걸로 알면 된다고."

"클레이모어가 없을 때는요?"

"숨어야죠."

"SAS도 같은 방식입니다. 하지만 우린 집에 숨을 수가 없어요."

"일단 케이트와 제이드를 딴 데로 보낼 수는 있습니다."

테일러는 고개를 저었다. "같이 있는 게 낫습니다. 그렇지 않으면 내 주의가 분산되니까요."

"케이트와 제이드의 생각도 같습니까?"

"직접 물어봐요."

그래서 리처는 그렇게 했다. 그는 집을 통과하는 지름길을 통해 미니쿠퍼로 가서 저녁을 먹으며 잠시 쉬자고 케이트에게 말했다. 그런 다음 그녀와 제이드를 원하는 곳에 태워다주겠다고 제안했다. 호텔, 리조트, 온천, 노리치, 버밍엄, 런던, 어디든지. 케이트는 거절했다. 레인이 살아 있는 한 총을 지닌 채 테일러 옆에 꼭 붙어 있겠다면서 벽 두께가 1미터나 되는 농가야말로 그러기에 가장 좋은 장소라고 했다. 리처는 반론을 제기하지 않았다. 개인적으로 그는 테일러와 생각이 같았다. 주의가 분산되는 건 좋지 않다. 또한 레인의 부하들이 비밀리에 이미 정찰을 개시했을 가능성도 있었다. 그럴 가능성이 상당히 높았다. 도로를 감시하며 지나치는 차량을 지켜볼 것이다. 일차적으로는 테일러를 확인하는 데 신경을 집중하겠지만 수전과 멜로디 잭슨이 실은 케이트와 제이드 레인이라는 사실을 알아차릴 수도 있다. 그렇게 되면 게임이 완전히 달라진다.

폴링이 찬장에서 찾아낸 이런저런 통조림들이 그들의 저녁식사였다. 폴링은 대단한 요리사가 못되었다. 아파트에서 전화로 음식을 주문하는 데 너무 익숙했다. 하지만 푸짐한 식사를 즐길 기분이 아니었으므로 아무도 불만을 표시하지 않았다. 그들은 저녁을 먹으며 계획을 세웠다. 두 명씩, 각각 다섯 시간 동안 감시를 맡기로 했다. 그렇게 새벽이 될 때까지 기다린다. 장전된 G36으로 무장하고 한 명은 본채를 중심으로 남쪽 방향을, 다른 한 명은 북쪽을 감시한다. 첫 당번은 테일러와 잭슨이 맡고 이어 리처와 폴링이 교대해 새벽까지 감시한다. 케이트 레인은 집에서 나오지 않기로 했다. 상대가 야간 정찰을 할 경우 그녀의 정체가 발각되면 너무 큰 위험이 따른다.

리처는 식탁을 정리하고 설거지를 했다. 테일러와 잭슨은 G36에 탄환을 채워 밖으로 나갔고 케이트는 딸을 재우러 2층으로 올라갔다. 폴링은 벽난로에 통나무를 집어넣으며 개수대에 선 리처를 쳐다보았다. "괜찮아요?"

"전에도 취사 근무를 해봤습니다."

"그 얘기가 아니잖아요."

"이쪽에서는 SAS 출신이, 저쪽에서는 낙하산연대 출신이 이 집을 지키고 있습니다. 자동 화기를 들고. 게다가 개인적인 동기도 명확합니다. 잠들

걱정은 없습니다."

"그 얘기도 아니에요. 이번 일 전체에 대한 거죠."

"우리가 누구도 법정에 세우지는 않을 거란 얘기는 벌써 했을 텐데요."

폴링은 고개를 끄덕였다. "그녀는 매력적이에요. 그렇죠?"

"누구 말입니까?"

"케이트. 고전적인 미인이에요."

"나이 든 여자가 어떤 면에서는 낫죠."

"고마워요."

"진심으로 하는 말입니다. 내게 선택권이 있다면 난 당신과 함께 미국으로 돌아갈 겁니다. 그녀가 아니라."

"왜죠?"

"내가 괴상한 놈이라 그렇겠죠."

"누군가를 법정에 세워야만 할 것 같은 생각이 들어요."

"나도 그랬습니다. 전에는. 하지만 이번에는 아닙니다. 이런 식으로 처리하는 데 이의 없습니다."

"나 역시 그래요. 그렇다는 게 마음에 걸려요."

"그런 감정은 극복할 수 있습니다. 굴착기와 비행기표가 도움이 될 겁니다."

"거리 말인가요? 땅속 2미터 깊이와 4,800킬로미터의 간격이?"

"그건 언제나 통합니다."

"그래요? 정말 그런가요?"

"어제 우리는 차를 달리면서 벌레 천 마리를 앞창에서 튀겨냈어요. 오늘도 천 마리. 한 마리 더 그렇게 한다고 해서 달라질 건 없습니다."

"레인은 벌레가 아니에요."

"그렇죠. 벌레보다 못한 놈이니까."

"다른 사람들은요?"

"그들에겐 선택권이 있습니다. 지극히 단순한 선택입니다. 머무를 수도 있고 갈 수도 있어요. 전적으로 그들 몫입니다."

"지금 그들은 어디 있을까요?"

"저 바깥 어딘가에."

30분 뒤 케이트 레인이 2층에서 내려왔다. 빌려 입은 셔츠 자락을 허리에서 묶고 소매를 팔꿈치까지 걷은 모습이었다. "제이드는 잠들었어요."

식탁 의자를 피해 몸을 옆으로 돌리는 모습을 보면서 임신한 티가 난다고 리처는 생각했다. 하지만 가까스로 알아볼 수 있을 정도였다. 그것도 임신 사실을 들어서 알기 때문일 것이다.

"잠은 잘 들었습니까?"

"이런 상황을 감안하면 그렇죠. 요즘 잘 못 자요. 아직도 시차에 시달리고 있거든요. 그리고 다소 긴장한 것 같아요. 게다가 왜 이곳에 동물이 전혀 없는지 이해를 못해요. 농장에서 곡식을 키우는 걸 이해하지 못하는 거죠. 그 애는 우리가 귀여운 동물들을 죄다 감춰두고 있는 줄 알아요."

"남동생이나 여동생이 생길 거라는 건 알고 있습니까?"

케이트는 고개를 끄덕였다. "비행기를 탈 때까지 기다렸다 얘기했어요. 우린 비행기를 타고 이곳으로 오는 걸 애가 신나는 모험으로 생각하게 만들려고 애썼죠."

"공항에서는 어땠습니까?"

"아무 문제도 없었어요. 여권도 무사통과. 그 사람들은 사진보다 이름에 더 신경을 쓰던데요. 항공권에 기재된 이름과 같은지만 확인했어요."

폴링이 끼어들었다. "국토안보부에 대한 비판은 그쯤 해둬요."

케이트는 다시 고개를 끄덕였다. "신문기사에서 아이디어를 얻었어요. 어떤 남자가 갑자기 해외출장을 가게 돼 서랍에 든 여권을 급히 챙겼대요. 그러고 나서 여섯 나라를 돌아다녔죠. 그런데 나중에 보니 그게 아내의 여권이었다는 거예요."

리처가 말했다. "사건의 전모에 대해 얘기해주십시오."

"실은 아주 쉬웠답니다. 일단 사전에 몇 가지 준비를 했어요. 음성변조기를 사고, 아파트를 빌리고, 의자를 사고, 자동차 열쇠들을 빼내고."

"대부분 테일러가 맡아서 했겠군요."

"자기보다 내가 더 기억에 남기 쉽다고 했죠."

"그 말이 맞을 겁니다."

"하지만 음성변조기는 내가 사야 했어요. 말 못하는 사람이 그런 물건을 사면 수상하게 보일 테니까."

"그랬겠죠."

"그런 다음 스테이플스에서 사진을 복사했어요. 그 부분은 힘들었어요. 그룹한테 태워달라고 해야 했거든요. 항상 테일러가 운전해야 한다고 고집하면 의심을 살 수 있으니까. 하지만 그다음부터는 쉬웠어요. 그날 아침에 블루밍데일로 간다고 하고 바로 테일러의 아파트로 갔지요. 거기 숨어서 기다리기만 하면 됐어요. 우린 숨죽이고 지냈어요. 누군가 이웃 사람들한테 물어볼 수도 있잖아요. 불도 켜지 않았고 지나가던 행인이 볼까 봐 창문도 가렸어요. 그런 뒤에 전화를 걸기 시작했죠. 바로 그 아파트에서요. 처음 전화를 걸 때는 신경이 얼마나 곤두섰는지 몰라요."

"경찰은 안 된다고 얘기하는 걸 잊었죠."

"그래요. 그래서 내가 일을 망쳐버렸다고 생각했어요. 하지만 에드워드는 눈치채지 못한 것 같았어요. 두 번째 전화부터는 훨씬 쉬워졌죠. 실전을 거듭함에 따라."

"버크가 운전할 때 나도 그 차에 있었습니다. 대단했습니다."

"누군가 같이 있을 거라고 생각했어요. 버크의 목소리에서 그런 기미가 느껴졌어요. 게다가 버크는 계속 지금 어디를 지나는지 얘기했잖아요. 당신한테 알려주고 있었던 거죠. 그때 당신은 모습이 보이지 않도록 숨어 있어야 했겠네요."

"당신은 자기도 모르게 그의 이름을 부르게 될까 봐 일부러 이름을 물었습니다."

케이트는 고개를 끄덕였다. "당연히 나는 버크라는 걸 알고 있었어요. 그리고 그렇게 해야 지배적인 것처럼 보일 거라는 생각도 했고요."

"그리니치빌리지의 지리를 상세히 알더군요."

"에드워드와 결혼하기 전에 거기 살았어요."

"왜 몸값을 세 번에 나눠 받았습니까?"

"한꺼번에 그 돈을 요구하면 너무 큰 실마리가 될 수도 있잖아요. 우린 압박 수준을 차츰 높이는 게 낫겠다고 생각했어요. 그러면 에드워드가 그 금액이 뜻하는 바를 놓칠 수도 있으니까요."

"그는 연관성을 놓치지 않았습니다. 다만 잘못 해석했던 거죠. 그는 호바트를 떠올렸고 아프리카와 관련된 일이라고 여겼습니다."

"호바트는 정말 그렇게 상태가 나쁜가요?"

"그런 일을 당했으니까요."

"용서할 수 없는 일이에요."

"동감입니다."

"내가 너무 무정하다고 생각하세요?"

"설사 그렇다 해도 비난할 마음은 없습니다."

"에드워드는 날 소유하려 했어요. 소지품처럼. 게다가 내 부정이 밝혀지면 감자 깎는 칼로 제이드의 처녀막을 찢어버리겠다고 했어요. 나를 묶어놓고 내 눈으로 그 장면을 보게 하겠다고. 애가 다섯 살 때 그런 말을 했어요."

리처는 아무 말도 하지 않았다.

케이트는 폴링을 쳐다보며 물었다. "아이가 있으신가요?"

폴링이 고개를 젓자 케이트는 이야기를 이었다.

"그런 말을 들으면 얼룩을 지우듯 마음에서 지워버리게 된답니다. 꼭지가 돌아서 생각 없이 내뱉은 말이려니 하면서. 잠깐 제정신이 아니었으려니 하면서. 하지만 앤에 관한 이야기를 듣자 그가 정말로 그런 짓을 할 수 있는 인간이란 사실을 알게 되었어요. 그래서 지금은 그가 죽기를 바라고 있는 거예요."

리처가 말했다. "그렇게 될 겁니다. 아주 빠른 시간 안에."

"암사자와 새끼들 사이엔 절대 끼어들면 안 된다는 얘기가 있죠. 전에는 그게 무슨 뜻인지 몰랐어요. 이젠 알아요. 새끼를 지키려는 암사자에겐 못할 게 없어요."

집은 시골에서만 가능한 정적에 휩싸였다. 벽난로 안의 불꽃이 펄럭이며 춤을 추었고 기묘한 그림자가 벽에 어른거렸다.

"영원히 여기서 살 생각입니까?"

"그랬으면 좋겠어요. 유기농법이 앞으로 유행할 거예요. 사람들한테 좋고 땅에도 좋으니까요. 우리는 농장을 넓힐 수도 있을 거예요. 근처 사람들한테 땅을 조금 더 사서."

"우리?"

"여기 속해 있다는 느낌을 받아요."

"당신이 키우고 있는 건 뭡니까?"

"지금 당장은 그냥 풀이에요. 앞으로 5년 정도는 건초 사업을 할 거거든요. 땅에 남아 있는 화학비료를 뽑아내야 해요. 그러려면 시간이 걸리죠."

"당신이 농사짓는 모습은 상상하기 힘듭니다."

"즐겁게 일할 수 있을 것 같아요."

"레인이 영영 사라져도 마찬가지입니까?"

"그렇게 되면 이따금 뉴욕에 돌아가겠죠. 하지만 시내에만 갈 거예요. 다코타는 싫어요."

"앤의 여동생이 바로 건너편에 살고 있습니다. 마제스틱에. 그녀는 4년 동안 날마다 레인을 감시해왔습니다."

"만나보고 싶네요. 호바트의 여동생도 다시 만나고 싶고요."

"생존자 클럽이 되겠군요." 폴링이 말했다.

리처는 의자에서 몸을 일으켜 창가로 걸어갔다. 밤의 어둠 이외에는 아무것도 보이지 않았다. 정적 이외에는 아무 소리도 들리지 않았다.

"그러려면 우선 살아남아야 합니다." 그가 말했다.

그들은 불을 피워둔 채 팔걸이의자에서 선잠을 잤다. 머릿속 시계가 새벽 1시 30분을 알리자 리처는 무릎을 톡톡 쳐서 폴링을 깨우고 자기도 의자에서 일어나 몸을 쭉 폈다. 두 사람은 한밤중의 어둠과 추위 속으로 함께 나갔다. 나지막하게 부르는 소리에 테일러와 잭슨이 정문 앞에 모습을 나타냈다. 리처는 테일러의 무기를 받아 들고 본채의 남쪽 끝으로 향했다. 테일러의 온기가 남아 총이 따뜻했다. 안전장치가 위로 젖혀져 방아쇠 뒤로 가 있었다. 안전장치에 새겨진 트리튬 표식이 어둠속에서 희미하게 빛났다. 리처는 '단발'을 선택한 뒤 총을 어깨에 걸치고 몸에 잘 맞는지 점검했다. 아주 좋았다. 균형이 딱 잡혔다. 운반용 손잡이는 M16의 손잡이보다 크기만 컸지 형태는 거의 비슷했다. 손잡이의 앞쪽 경사면에 달린 타원형의 렌즈가 뒤쪽에 장착된 조준기와 연결되는데 조준기는 평면 3배율 단안경이었다. 광학 법칙에 따르면 육안으로 볼 때와 비교해 대상을 3배 가까이 볼 수 있는 동시에 실제보다 3단계 어둡게 보인다는 뜻이다. 결국 밤에는 기능적으로 무용지물이란 의미였다. 칠흑보다 3단계 어두워서야 아무 소용이 없다. 하지만 전체적으로 보아 훌륭한 무기였고 새벽까지는 그걸로 충분할 것 같았다.

그는 벽에 등을 대고 자세를 잡았다. 주방 굴뚝을 통해 나무 냄새가 흘러나왔다. 1분이 지나자 눈이 어둠에 적응하면서 두터운 구름 뒤로 약한 달빛이 보였다. 칠흑보다는 한 단계 밝은 정도라고 할까. 그 정도의 미약한 빛을 걱정할 필요는 없었다. 멀리서는 누구도 그를 볼 수 없을 터였다. 그는 회색 바지에 회색 재킷을 입고 회색 벽에 기대어 검은 총을 쥐고 있었다. 반면 그에게는 몇 킬로미터 떨어진 곳에서 달리는 차량들의 전조등 불빛이 보였다. 걸어서 접근하는 자가 있다면 3미터 거리에서 알아볼 수 있을 것이다. 3미터는 너무 가까운 거리이긴 하지만 밤에는 시각이 중요하지 않다. 어둠 속에서는 청각이 우선이다. 조기 경보로는 소리만 한 것이 없다. 리처 자신은 움직이지 않고 있으므로 조금도 소리를 내지 않는 것이 가능하지만 침입자는 그럴 수 없다. 침입자들은 움직여야만 한다.

그는 두 걸음 앞으로 나와 그대로 가만히 섰다. 머리를 천천히 좌우로 돌리며 주위 200도를 훑었다. 거대한 집음기라도 된 듯 모든 소리를 인식하려 애썼다. 폴링이 본채 북쪽에서 같은 행동을 하고 있다면 침입자는 어떤 각도에서 접근하든 걸리게 되어 있다. 처음에는 아무 소리도 들리지 않았다. 진공 상태에 놓인 것처럼, 귀머거리가 된 것처럼 절대적인 소리 부재의 상태였다. 하지만 긴장을 풀고 집중하자 평원을 가로질러 들리는 감지하기 힘든 미세한 소리가 귀에 들어왔다. 멀리 떨어진 나무들 사이로 부는 바람의 희미한 떨림. 몇 킬로미터 떨어진 곳에서 송전선이 웅웅 떠는 소리. 도랑 속의 물이 흙에 스며드는 소리. 마른 흙 알갱이가 고랑으로 떨어지는 소리. 굴 속에 든 들쥐들의 소리. 만물이 자라고 있었다. 그는 레이더처럼 고개를 좌우로 돌렸다. 사람이 이쪽으로 접근한다면 밴드가 행진하는 것 같은 시끄러운 소리가 날 것이다. 아무리 조심해도 100미터 밖에서부터 똑똑히 들릴 것이다.

리처는 어둠 속에 혼자 있었다. 무장을 한 위험인물. 그를 당할 자는 없었다.

그는 다섯 시간 내내 같은 자리에 서 있었다. 춥긴 했지만 참을 만했다. 침입자는 없었다. 새벽 6시 30분이 되자 멀리 그의 왼편에서 해가 떴다. 하늘에 밝은 분홍색이 번지고 땅에는 두터운 안개가 수평으로 깔렸다. 어렴풋한 가시권이 물결처럼 서쪽으로 확장되는 중이었다.

새로운 날의 새벽.

위험이 최고조에 달한 시간.

테일러와 잭슨이 소총을 들고 집에서 나왔다. 리처는 말없이 본채 뒤로 뚜벅뚜벅 걸어가서 새로 위치를 잡았다. 남쪽을 향하도록 집 뒷벽 모서리에 어깨를 댔다. 테일러는 정면 벽에서 동일한 자세를 취했다. 18미터 뒤쪽에서 잭슨과 폴링도 똑같이 하고 있을 거라는 사실을 보지 않고도 리처는 알았다. 네 자루의 총, 여덟 개의 눈이 모두 바깥을 향하고 있다.

합리적인 경계 방침이었다.

그들이 계속 위치를 고수할 수만 있다면.

70

그들은 하루 종일 각자의 위치를 고수했다. 오전 내내, 오후 내내, 그리고 저녁 무렵까지. 열네 시간 동안 줄곧.

레인은 오지 않았다.

그들은 한 명씩 교대로 식사를 하면서 잠깐씩 쉬었다. 화장실도 교대로 갔다. 변화를 주기 위해 집 주위를 시계 방향으로 돌면서 위치를 바꾸었다. 손에 든 3.5킬로그램 소총의 무게가 3.5톤처럼 느껴지기 시작했다. 중간에 잭슨이 잠깐 빠져나가 새 쫓는 장치를 가동시키고 왔다. 그러자 공포탄의 시끄러운 폭발음이 일정치 않은 간격으로 가끔씩 정적을 깨트렸다. 그 소리가 울릴 걸 알고 있으면서도 막상 공포탄이 터질 때마다 그들은 펄쩍 뛰면서 몸을 홱 수그리곤 했다.

레인은 오지 않았다.

케이트와 제이드는 눈에 띄지 않도록 계속 집 안에 있으면서 요리를 하고 음료를 준비해 쟁반에 받쳐 창문과 문으로 밖에 있는 사람들에게 전달했다. 테일러와 잭슨에게는 차를, 리처에게는 커피를, 폴링에게는 오렌지주스를 내다 주었다. 태양이 안개 속에서 불타며 공기가 따뜻해지더니 오후 늦게부터 다시 추워졌다.

레인은 오지 않았다.

제이드는 그림을 그렸다. 20분마다 아이는 새 그림을 다른 창문으로 내밀면서 칭찬을 중심으로 한 의견을 요청했다. 심사 차례가 돌아오면 리처는 고개를 숙여 종이를 잠깐 쳐다보았다. 그런 다음에는 시선을 다시 바깥으로 돌리면서 입 한 귀퉁이로 말했다. 아주 잘 그렸구나. 실제로 칭찬할 만한 그림이었다. 제이드는 서툰 꼬마 화가가 아니었다. 처음 몇 장은 미래를 상상해 그린 것이었으나 시간이 지나자 있는 그대로의 모사로 바뀌었다. 아이는 빨간 미니쿠퍼를 그렸고, 총을 든 폴링을 그렸다. 테일러의 입을 망가진 뷰익의 라디에이터 그릴처럼 그렸다. 아이가 그린 리처는 거대했고 집보다 더 컸다. 좀 더 시간이 지나자 다시 현실 모사에서 상상으로 바뀌었다. 아이는 헛간의 가축들을 그렸다. 잭슨 농장에는 동물이 없으며 개 한 마리도 키우지 않는다는 말을 들었음에도 제이드는 동물들을 그렸다.

레인은 오지 않았다.

케이트는 이른 저녁식사로 샌드위치를 만들었다. 제이드는 모퉁이 창문으로 와서 밖에 나가서 돌아다녀도 되냐고 차례로 모든 사람에게 물었다. 모두가 안 된다고, 숨어 있어야 한다고 대답했다. 그런 일이 세 번째 반복되었을 때 테일러에게 하는 말을 듣고 아이가 부탁하는 내용을 바꾸었음을 리처는 알아차렸다. 제이드는 어두워진 다음에는 나가도 되냐고 물었다. 테일러가 아마 괜찮을 거라고 대답하는 소리가 들렸다. 시달리다 지친 부모들이 누구나 그러듯.

레인은 오지 않았다.

저녁 8시 30분이 되자 다시 아무것도 보이지 않게 되었다. 리처는 열아홉 시간 내내 줄곧 서 있었다. 폴링도 마찬가지였다. 테일러와 잭슨은 지난밤에 다섯 시간 동안 교대하며 쉬긴 했지만 24시간 동안 보초를 선 셈이었다. 그들은 흐트러진 자세로 어둠 속에서 정문 앞에 모였다. 네 사람 모두 피곤에 절어 비틀거렸고 성과 없는 감시 탓에 좌절감과 분노에 휩싸였다.

테일러가 말했다. "그자가 우리를 기다리게 하는군요."

"그러니 승리는 놈의 것이군." 잭슨이 말했다. "우리가 언제까지나 이 짓을 계속할 순 없으니까."

"그는 27시간의 여유를 가졌어요." 폴링이 말했다. "이젠 레인이 무장했다고 가정해야 해요."

"내일 새벽에 오겠군요." 테일러가 말했다.

리처가 물었다. "확신합니까?"

"그건 아니지만."

"나도 그렇습니다. 한밤중이라도 그자들에겐 마찬가지니까."

"그 시간엔 너무 어둡습니다."

"그자들이 총을 샀다면 야간투시경도 샀을 겁니다."

"당신이라면 어떻게 하겠습니까?"

"세 명이 우회하면서 도보로 북쪽 방향에서 침투합니다. 나머지 넷은 진입로로 갑니다. 그중 둘은 불을 끈 차량을 타고 고속으로 침투하고, 다른 둘은 차량 측면에 붙어 도보로 움직입니다. 두 방향에서 일곱 명이 창문 일곱 개로 들이닥칩니다. 적어도 세 명은 집 안으로 들어갈 수 있습니다. 그런 뒤 인질을 확보해 반격을 막습니다."

"당신, 정말 대단한 사람이군요."

"그자들 입장이 되어 생각해본 것뿐입니다."

"집에 가까이 접근하기 전에 우리가 놈들을 제압할 겁니다."

"그건 우리 네 사람 모두가 앞으로 여덟 시간 동안 잠들지 않고 경계를 할 때에만 가능합니다. 레인이 하루를 더 미루면 32시간이 되고, 이틀을 미루면 56시간이 됩니다. 그자 마음이죠. 그자에겐 서두를 이유가 없으니까. 레인은 바보가 아닙니다. 우리를 기다리게 만들겠다고 작정했다면 진이 빠질 때까지 내버려둘 겁니다."

"우린 다른 곳으로 움직이지 않을 겁니다. 이곳은 요새입니다."

"3차원적으로는 이곳도 괜찮습니다. 하지만 전투는 3차원이 아니라 4차원에서 벌어집니다. 길이, 너비, 높이, 그리고 시간입니다. 그런데 시간은 우리 편이 아니라 레인 편입니다. 일종의 포위작전인 셈이죠. 식량이 떨어질 테고 조만간 우리 넷은 모두 동시에 잠들어버리고 말 겁니다."

"그러면 경비를 반으로 줄입시다. 한 명이 북쪽, 한 명이 남쪽을 맡고 나머지 두 사람은 대기하면서 쉬는 걸로."

리처는 고개를 흔들었다. "아니, 지금은 공격에 나서야 할 때입니다."

"어떻게요?"

"내가 놈들을 찾겠습니다. 그자들은 어딘가 가까운 곳에 숨어 있을 겁니다. 이쪽에서 방문해주어야죠. 그자들도 그런 생각은 못 할 테니까."

"혼자서?" 폴링이 물었다. "그건 미친 짓이에요."

"그래도 해야 합니다. 아직 호바트의 돈을 받지 못했습니다. 80만 달러가 거기 있어요. 그 돈을 날릴 수는 없습니다."

테일러와 폴링은 계속 경계를 섰고 리처는 미니쿠퍼에서 대형 육지측량부 지도를 가지고 왔다. 그는 식탁에 있는 제이드의 그림들을 의자 위로 치우고 거기에 지도를 펼친 뒤 잭슨과 함께 지도를 살펴보았다. 인근에 대한 잭슨의 지식은 1년 치에 불과해 만족스러운 것은 아니었지만 전혀 모르는 것보다는 나았다. 지도에는 대부분의 지형이 등고선으로 표시되어 있었다. 희미한 주황색으로 그려진 등고선은 아주 넓게 퍼져나가며 완만하게 곡선을 그렸다. 평지. 아마도 영국에서 가장 평평한 지역일 터였다. 당구대처럼 평평하다. 그레인지 팜과 비숍스파지터는 텅 빈 커다란 삼각형의 중심에 위치했다. 삼각형의 동쪽은 노리치에서 서퍽의 입스위치를 향해 남쪽으로 달리는 도로와 접했고, 서쪽은 폴링과 리처가 세 번이나 달린 적 있는 셋퍼드가에 면해 있었다. 삼각형의 나머지 한 면은 구불구불한 작은 길들로 이루어졌고 농장 거주지와 분리되어 있었다. 교차로를 중심으로 여기저기에 우연과 역사에 의해 형성된 작은 마을들이 앉아 있었다. 지도상에는 그런 마을들이 회색의 작은 사각형으로 표시되어 있었다. 몇몇 사각형에는 집들이 몇 채 그려져 있고, 약간 더 큰 건물은 따로 이름이 나와 있었다. 비숍스파지터 및 PH로 표기된 곳에서 너무 멀지 않은 곳에 위치한 유일한 건물은 비숍스 암스였다.

이곳이 몇 킬로미터 안쪽에서는 유일한 펍이오. 바에 있던 농부들이 그렇게 말했었다. 여기가 무슨 번화가라도 되는 줄 아시오?

리처가 잭슨에게 물었다. "그자들이 거기 있을까요? 어떻습니까?"

"놈들이 일단 펜처치 세인트메리로 갔다가 거기서 비숍스파지터로 움직였다면 지나치는 길에 있는 유일한 건물이 그곳이겠죠. 하지만 북쪽으로 갔을 수도 있습니다. 노리치 가까운 데는 펍이 여러 곳 있습니다."

"노리치에서는 총을 살 수 없습니다. 네덜란드에 전화를 건다면 모르겠지만."

"산탄총이 고작이겠죠. 그보다 강력한 무기는 구할 수 없을 겁니다."

"그러니 그쪽으로 가지는 않았다고 봐야죠."

리처는 자동차 지도를 떠올렸다. 노리치는 툭 불거져 나온 이스트 앵글리아의 오른쪽 상단에 묻은 짙은 얼룩처럼 보였었다. 다른 곳으로 가는 중에 지나치게 되는 지역이 아니다.

"놈들은 가까이에 있을 겁니다."

리처의 말에 잭슨이 결론을 냈다. "그렇다면 비숍스 암스겠군요."

8킬로미터. 걸어서 왕복하면 세 시간이다. 리처는 생각했다. 자정까지는 돌아올 수 있겠군.

"내가 가서 확인해보겠습니다."

리처는 주방 뒤편 다용도실 붙박이장으로 가서 G36 탄창 두 개를 챙겼다. 주방에 폴링의 가방이 놓인 것을 보고 거기 든 작은 맥라이트 손전등을 빌렸다. 지도는 접어서 주머니에 넣었다. 그런 뒤 어둠 속에서 다른 사람들과 현관문 앞에서 만나 암호를 정했다. 돌아오는 길에 총알이 박히는 신세가 될 순 없는 노릇이었다. 잭슨이 '카나리아스'가 어떠냐고 제안했다. 노란색 유니폼을 입는 노리치 축구팀의 애칭이라고 했다.

"잘하는 팀입니까?" 리처가 물었다.

"전에는 그랬죠." 잭슨이 말했다. "20년 전쯤엔 대단했습니다."

그때는 나도 그랬지. 리처는 생각했다.

폴링이 그의 뺨에 입을 맞추었다. "조심해요."

"다녀오겠습니다."

그는 집 뒤편에 놓인 북쪽 길로 가다가 서쪽으로 방향을 돌려 축구장 너비만큼 떨어져 있는 도로와 나란히 걸어갔다. 하늘에는 어슴푸레한 빛이 약간 남아 있었다. 황혼의 마지막 자취였다. 조각조각 찢어진 구름 너머로 창백한 별들이 걸려 있었다. 공기는 차가웠으며 약간 축축했다. 엷은 안개가 무릎 높이까지 땅에 아른아른 깔렸다. 발에 밟히는 흙은 부드럽고 차졌다. 그는 필요할 때 언제든 사격 자세를 취할 수 있도록 왼손으로 G36의 손잡이를 들고 걸었다.

리처는 어둠 속에 혼자 있었다.

그레인지 팜의 경계인 도랑은 폭이 3미터, 진창 바닥까지의 깊이가 1.8미터였다. 평지에 필요한 배수로로 네덜란드의 운하 정도는 아니었지만 쉽게 지나갈 수 있는 곳은 아니었다. 리처는 둑을 미끄러져 내려가 힘겹게 진창을 건너서 건너편 둑으로 올라섰다. 겨우 1.5킬로미터 걷는 동안 그의 바지는 엉망이 되었다. 미국으로 돌아가면 구두에 광을 내기 위해 상당한 시간을 쏟아야 할 것이다. 호바트에게 줄 돈에서 치니 구두 한 켤레를 새로 살 돈을 빼야 할지도 몰랐다. 실은 오는 길에 구두 제조업체에 들를 수도 있었다. 자동차 지도에는 노샘프턴이 케임브리지 서쪽 65킬로미터 거리에 있는 것으로 나와 있었다. 폴링에게 두 시간을 들여 그곳으로 가자고 할 수도 있었지만 메이시 백화점으로 가자는 그녀의 말에 그대로 따랐었다.

3킬로미터쯤 걷자 극도의 피곤이 느껴졌다. 걸음걸이가 느려져 계획보다 뒤처졌기에 그는 길을 바꾸어 약간 남서쪽으로 나아갔다. 도로와 더 가까워졌다. 그러자 농장의 트랙터길이 눈에 들어왔다. 중간 부분은 볼록 솟아 풀이 돋아 있었지만 양쪽은 커다란 트랙터 바퀴로 단단히 다져져 있었다. 그는 구두를 풀에 문질러 닦고 약간 속도를 높였다. 가다 보니 낡은 철도 침목으로 만든 발판이 놓인 도랑이 나왔다. 트랙터의 무게를 너끈히 견디는 발판은 그가 지나가도 문제없었다. 트랙터의 타이어 자국을 따라가 던 리처는 그 자국이 갑자기 북쪽으로 방향을 트는 지점에 도달했다. 거기 서부터는 다시 들판을 헤치며 걸어야 했다.

6.5킬로미터를 걷자 그의 머릿속 시계가 밤 10시 30분을 알렸다. 잔광 은 완전히 사라졌지만 구름이 걷히면서 달이 환하게 밝았다. 별들은 멀리 떨어져 있었다. 왼쪽 저 멀리에서 도로 위를 달리는 차량이 이따금 보였 다. 석 대는 서쪽으로, 두 대는 동쪽으로 사라졌다. 이론적으로는 동쪽으로 향한 두 대의 자동차에 레인 일당이 탔을 수도 있지만 그럴 것 같지는 않 았다. 밤 10시나 11시는 공격에 적당한 시간이 아니다. 이 시간쯤 농촌 도 로에는 차량 통행이 약간 늘어나는 듯싶었다. 술집은 문을 닫고 집을 방문 한 친구들은 돌아가는 시간이다. 그러니 증인이 너무 많다. 그가 그 사실 을 알고 있다면 레인 또한 알 터였다. 분명 그레고리도 알 것이다.

리처는 계속 걸었다. 주머니에 든 여분의 탄창이 엉덩이에 탁탁 부딪쳤 다. 10시 55분, 펍의 간판 조명이 눈에 들어왔다. 간판 자체는 건물에 가려 져 있었으므로 안개 낀 대기 속으로 희끄무레한 빛만 보였다. 굴뚝에서 나 무 타는 냄새가 흘러나왔다. 그는 도로를 계속 남쪽에 두고 빛과 냄새를 향해 우회하며 접근했다. 혹시라도 레인이 감시하고 있을지 몰라 펍 건물 의 후면이 400미터 앞으로 다가올 때까지 계속 들판을 통해 나아갔다. 조 야한 흰색으로 빛나는 작은 사각형들이 보였다. 창문. 커튼이 없는 단조로 운 창문들. 그는 주방과 욕실의 창문일 거라고 짐작했다. 그렇다면 성에가 끼었거나 불투명 유리다. 밖이 보이지 않는다.

그는 빛나는 사각형들을 향해 똑바로 나아갔다.

71

펍 바로 뒤편의 폐쇄된 주차장은 폐기물을 내어놓는 곳으로 사용되고 있었다. 병맥주 상자, 금속제 맥주 저장통, 커다란 쓰레기통들로 가득했다. 브레이크 드럼 밑을 벽돌로 받쳐둔 바퀴 없는 고물 자동차도 한 대 있었다. 방수포에 덮인 낡은 차량이 한 대 더 있었고 그 너머로 쓰레기더미에 가려 눈에 띄지 않는 펍의 뒷문이 보였다. 영업시간 중에는 주방에서 나온 쓰레기를 내놓으러 자주 오갈 수 있도록 문을 잠그지 않을 터였다.

리처는 뒷문을 무시하고 어둠 속에서 건물을 시계 방향으로 돌았다. 창문에서 나오는 빛이 비치는 범위 밖으로, 벽에서 10미터 거리를 유지하며 돌았다.

불이 켜진 뒤편의 작은 방들은 욕실이 분명했다. 싸구려 욕조와 흰색 타일이 비쳐 창으로 흘러나오는 빛에 희미한 녹색이 감돌았다. 건물 동쪽 벽 모퉁이 근처에는 벽돌만 다닥다닥 붙어 있을 뿐 창은 일체 나 있지 않았다. 이어진 정면 벽의 모퉁이, 입구를 기준으로 동쪽 벽의 모퉁이 근처에는 일반 바의 창 세 개가 달려 있었다. 멀찍이서 들여다보았더니 리처가 이틀 전에 보았던 그 농부 넷이 같은 자리에 앉아 있었다. 바텐더도 같은 사람이었다. 맥주를 통에서 따르고 수건으로 손을 닦아가며 여전히 바쁜 모습이었다. 조명은 어둑했지만 거기 다른 사람이 아무도 없는 건 분명했다. 모든 탁자가 비어 있었다.

리처는 계속 움직였다.

정문은 닫혀 있었다. 주차장에 선 차는 넉 대. 되는 대로 나란히 세워져 있었다. 새 자동차는 없었다. 렌터카 업체가 급히 레인에게 조달해주었을 법한 차는 한 대도 없었다. 낡고 더럽고 함부로 굴린 차량들뿐이었다. 타이어가 닳고 펜더가 움푹 들어가고 진흙과 거름이 묻은 자동차들. 농부들의 차량이었다.

리처는 계속 움직였다.

입구 서쪽 벽에는 특실 바의 창 세 개가 있었다.

이틀 전에는 비어 있던 곳.

그런데 지금은 비어 있지 않았다.

탁자 하나에 손님들이 앉아 있었다.

세 명. 그룹과 버크, 코발스키였다.

그들의 모습이 똑똑히 보였다. 먹다 남긴 식사와 빈 컵 여섯 개가 탁자 위에 놓여 있었다. 그리고 반쯤 찬 컵 세 개에는 마시다 남은 맥주가 있었다. 코발스키와 버크가 나란히 앉았고 건너편에 그룹이 혼자 앉아 있었다. 코발스키가 버크에게 뭔가 이야기하는 중이었다. 그룹은 의자를 뒤로 젖히고 허공을 바라보고 있었다. 그의 어깨 너머로 보이는 검댕이 앉은 벽난로에서는 통나무가 타고 있었다. 밝고 따뜻하고 멋진 바였다.

리처는 계속 움직였다.

다음번 모퉁이 근처, 정면 서쪽 벽 끝머리에 창이 하나 있었다. 조금 전의 풍경이 다른 각도에서 보였다. 탁자에 앉은 그룹과 버크, 코발스키. 술 마시고 이야기하면서 시간을 보내고 있다. 특실 바에는 그들뿐이었다. 현관으로 통하는 문은 닫혀 있었다. 바를 전세 낸 셈이었다.

리처는 잔걸음으로 네 발 물러섰다가 정확히 45도 각도에 위치한 정면 모퉁이 쪽으로 갔다. 어떤 창문에서도 보이지 않는 지점이었다. 그는 벽을 짚고 무릎을 꿇었다. 오른손으로 벽을 짚은 채 북쪽 방향으로 움직였다. 왼팔을 최대한 멀리 뻗어 매우 조심스럽게 총을 바닥에 내려놓았다. 서쪽을 향한 창문 바로 아래, 가장 그늘이 짙은 벽 발치에 딱 붙여두었다. 그런 뒤 남쪽 방향으로 움직여 몸을 일으키고는 뒤로 물러서 같은 각도에서 확인했다. 그 자리에서는 총을 볼 수 없었다. 총에 발이 걸려 넘어지기 전에는 누구도 발견하지 못할 지점이었다.

그는 뒷걸음질로 빛이 미치는 범위에서 완전히 빠져나와 정면 출입구로 향했다. 문을 열고 현관으로 들어섰다. 낮은 들보, 무늬 카펫, 만 개는 될 것 같은 놋쇠 장식품들. 윤이 나는 안내 데스크.

숙박부.

그는 데스크로 다가갔다. 오른편 일반 바는 사교적인 침묵에 싸여 있었다. 그 농부들은 술을 마시면서 말은 그다지 하지 않았고 바텐더는 조용히 일하는 사람이었다. 왼편에서는 코발스키의 목소리가 들려왔다. 닫힌 문 너머에서 나는 소리라 내용은 알 수 없었다. 단어조차 뚜렷이 들리지 않았고 낮게 웅웅 울리기만 했다. 때로 억양이 높아지면서 군대 시절 몸에 밴 명령조의 딱딱 끊어지는 말투도 들렸다.

그는 숙박부를 180도 돌렸다. 반짝반짝 니스칠이 된 데스크 표면 위로 가죽이 부드럽게 움직였다. 숙박부를 펼쳤다. 이틀 전 자신이 쓴 내용 이전의 것들은 휙휙 넘겼다. 'J. & L. 베이스워터. 미국 뉴욕 브롱크스 이스트 161번가. 롤스로이스 R34CHR.' 거기서부터 뒷부분을 살폈다. 바로 다음

날 세 사람의 손님이 투숙했다. C. 그룸, A. 버크, L. 코발스키였다. 리처와는 달리 그들은 개인정보 제공을 그다지 꺼리지 않았다. 사무실 주소도 정확히 써두었다. 미국 뉴욕주 뉴욕, 원 72번가. 다코타 빌딩의 주소였다. 자동차 기재란에는 도요타 랜드크루저라고 썼다. 번호판은 문자와 숫자가 조합된 영국식 일곱 자리였는데 리처로서는 런던의 렌터카 업체에서 빌린 것이라는 사실 이외에는 아무것도 알 수 없었다.

주차장에는 도요타 랜드크루저가 없었다.

레인과 그레고리, 페레스, 애디슨은 어딜 간 거지?

그는 숙박부를 앞으로 넘겨보았다. 비숍스 암스에서 숙박 가능한 방의 개수는 세 개였다. 그룸과 버크, 코발스키가 각각 방 하나씩을 차지했다면 나머지는 잘 곳이 없다. 빌린 도요타에 올라타고 어딘가 딴 곳으로 가야 했을 것이다.

어디로?

리처는 특실 바의 문을 힐끗 쳐다보았지만 정작 들어간 곳은 일반 바였다. 바텐더가 고개를 들고 그를 쳐다보았고, 네 명의 농부는 스툴 위에서 천천히 몸을 돌려 술집에 낯선 사람이 들어왔을 때 보이는 '뭐하는 놈이야?' 하는 눈길을 던졌다. 그러다 리처를 알아보고는 고개를 끄덕여 조심스레 알은체를 하고 맥주잔을 향해 돌아앉았다. 바텐더는 하던 일을 멈춘 채 예의 바르게 주문을 기다렸다. 30파운드도 안 되는 돈으로 즉시 마음을 터놓게 할 수 있다.

리처가 물었다. "다른 네 사람은 어디로 보냈습니까?"

바텐더는 "누구 말입니까?"라고 되물었다.

"어제 일곱 명이 왔을 텐데요. 세 명은 여기 있고, 나머지 네 사람은 어디로 보냈습니까?"

"여긴 투숙객을 받는 방이 세 개밖에 없습니다."

"알고 있습니다. 그럼 손님이 넘칠 때는 어디를 추천합니까?"

"매스턴 매너로 가라고 했습니다."

"거기가 어딥니까?"

"비숍스파지터의 반대쪽 끄트머리예요. 한 10킬로 너머에 있는."

"지도에는 다른 펍이 나와 있지 않던데요."

"시골 저택이오. 돈 내는 손님을 받지요."

한 농부가 반쯤 몸을 틀고 설명을 덧붙였다. "아침식사를 주는 호텔이
오. 아주 멋진 곳이지. 여기보다 세련된 곳이고. 그 사람들은 아마 제비뽑
기를 해서 진 쪽이 여기 남았을 거요."

일행이 쿡쿡 낮은 소리로 천천히 웃었다. 술집 유머는 전 세계 어디서
나 똑같다.

"여기보다 더 비싼 곳이오." 바텐더가 방어적으로 말하자 농부는 "당연
히 그래야지"라고 받았다.

"도로를 따라가면 나옵니까?" 리처가 물었다.

바텐더는 고개를 끄덕였다. "비숍스파지터까지 곧장 가서 교회와 데이
브 켐프의 상점을 지나 계속 가면 되오. 대략 10킬로미터 정도. 쉽게 찾을
수 있을 거요. 간판이 있거든. 매스턴 매너라고."

"고맙습니다."

리처는 현관 쪽으로 나갔다. 등 뒤로 문을 닫고 무늬 카펫을 가로질러
특실 바의 문 앞에 섰다. 코발스키가 아직도 떠들고 있었다. 리처는 문손
잡이를 잡았다. 잠시 그대로 있다가 손잡이를 돌리며 문을 밀었다.

72

바 안쪽 탁자에서 문을 마주 본 자리에 앉은 건 카터 그룸이었다. 그는 바텐더와 거의 같은 속도로 고개를 들었으나 코발스키와 버크는 농부들보다 반응이 빨랐다. 두 사람은 몸을 홱 돌려 리처를 쳐다보았다. 리처는 바 안으로 들어가 등 뒤로 조용히 문을 닫은 뒤 움직이지 않고 그대로 가만히 서 있었다.

"다시 만났군." 리처가 말했다. 침묵을 깨트리기 위한 말일 뿐이었다.

"용기가 가상한데." 그룸이 말했다.

특실 바는 현관과 같은 형태로 꾸며져 있었다. 낮은 들보, 어둡고 광택 있는 목재, 벽에 걸린 촛대들, 엄청난 수의 놋쇠 장식품들, 벽에서 벽까지 바닥을 완전히 덮은 빨간색과 금색의 소용돌이 무늬 카펫. 리처는 벽난로 가까이로 다가갔다. 구두 앞코를 난로 모서리에 대고 톡톡 쳐서 진흙을 떨어냈다. 걸려 있는 무거운 부지깽이를 내려 끄트머리로 뒤꿈치의 흙을 긁어낸 다음 부지깽이를 제자리에 돌려놓고 바짓단을 손으로 탁탁 털었다. 허리를 굽혀 바지의 흙을 털어내는 데 족히 1분 이상의 시간을 들였다. 그러면서도 불쏘시개가 담긴 반짝이는 구리 항아리의 볼록한 면에 비친 탁자의 모습에서 눈을 떼지 않았다. 아무도 움직이는 사람은 없었다. 셋은 그대로 앉아서 그저 기다리고 있었다. 공공장소에서 섣부른 짓을 해서는 안 된다는 것 정도는 아는 자들이었다.

"상황이 바뀌었거든." 리처는 말하면서 서쪽으로 면한 창문 쪽으로 움직였다. 커튼이 젖혀진 안쪽 창문은 미닫이 식이었고 바깥의 평범한 목제 창틀은 여닫이 식이었다. 그는 창에서 가장 가까운 탁자에서 의자를 하나 끌어와 거기 앉았다. 세 남자에게서 2미터 떨어진 곳, 두 장의 유리를 사이에 두고 총을 놓아둔 곳과는 1미터 떨어진 곳이었다.

"바뀌다니 어떻게?" 버크가 말했다.

"납치 같은 건 없었어. 위장 납치였지. 케이트와 테일러는 한통속이고, 눈이 맞아 함께 달아난 거야. 같이 있고 싶었으니까. 그게 전부지. 당연히 제이드도 데리고 갔고. 하지만 위장이 필요했어. 레인은 결혼에 관련된 문제에서는 정신병자니까. 특히 그 문제에 관해선."

"케이트가 살아 있다고?" 그룸이 물었다.

리처가 고개를 끄덕였다. "제이드도 그렇고."

"어디에?"

"아마도 미국 어딘가에."

"그럼 테일러는 왜 여기 있는 거지?"

"홈그라운드에서 레인과 결판을 내고 싶은 거겠지."

"곧 그렇게 될 테지."

리처는 고개를 저었다. "그게 좋은 생각이 아니라는 걸 말해주려고 내가 여기 온 거야. 테일러는 농장에 있어. 차를 타고 건널 수 없는 깊은 도랑으로 둘러싸인 곳. 그러니 차를 두고 걸어서 건너가야 해. 게다가 거긴 협력자들이 많이 있거든. 옛 SAS 동료 여덟 명. 또 테일러의 매부는 미국으로 치면 그린 베레 출신 비슷한 사람이지. 그도 동료 여섯 명을 불렀고.

그들은 주위 100미터에 클레이모어 지뢰를 깔아두었고 창문마다 기관총을 설치해 두었어. 야간투시경과 유탄발사기도 갖고 있고."

"그런 걸 쓸 수는 없을걸. 여기선 안 되지. 여긴 레바논이 아니라 영국이니까."

"테일러는 쏠 준비를 하고 있어. 정말로. 하지만 실은 그럴 필요가 없지. SAS 친구들 중 넷이 저격수니까. 그들은 PSG1을 갖고 있거든. 헤클러 앤드 코흐의 저격용 라이플. 벨기에의 암시장에서 구한 물건이지. 300미터 밖에서 너희 세 놈을 죄다 쓰러트릴 수 있어. 눈 감고도 말이야. 일곱 발이면 게임 끝. 그들이 있는 농가에서 몇 킬로미터 근처에는 아무것도 없어. 아무에게도 들리지 않겠지. 설사 들린다 해도 상관치 않을 거야. 여긴 오지 중의 오지니까. 구석에 처박힌 이런 시골에선 항상 누군가가 뭔가를 쏘고 있거든. 여우, 도로표지판, 강도 등등을 향해. 서로를 향해."

바 안이 조용해졌다. 코발스키가 맥주잔을 들고 한입 들이켰다. 이어 버크와 그룸도 맥주로 목을 축였다. 코발스키는 왼손잡이였고 버크와 그룸은 오른손잡이였다. 리처는 이야기를 이었다. "그러니 최선의 방법은 여기 일을 잊어버리고 즉시 미국으로 돌아가는 거야. 레인은 죽게 될 거야. 그건 분명해. 그렇다고 당신들이 레인과 저승길에 동행해야 하는 건 아니지. 이건 당신들의 싸움이 아니야. 레인의 자존심 문제일 뿐. 레인과 케이트와 테일러 사이의 문제. 그런 진창에 휘말려 공연히 목숨을 버릴 이유는 없겠지?"

버크가 말했다. "그렇다고 외면하고 가버릴 순 없지."

"아프리카에서는 그렇게 했잖아. 호바트와 나이트를 버리고 갔지. 부대를 구하기 위해. 그러니 지금은 레인을 버리고 가야 해. 당신들 스스로를 구하기 위해. 이건 이길 수 없는 싸움이야. 테일러는 유능해. 그의 동료들도 실력이 엇비슷하지. 당신들은 숫자에서도 밀려. 2 대 1이 넘어. 완전히 거꾸로 된 상황이야. 알고 있을 테지? 이런 상황에서는 공격자가 방어하는 측보다 숫자가 많아야 승산이 있다는 걸. 가봤자 깨질 뿐이야."

아무도 이의를 제기하지 않았다.

"당신들은 미국으로 돌아가야 해." 리처는 같은 말을 되풀이했다. "일자리는 어디 다른 곳을 알아보도록. 아예 직접 사업체를 차리든지."

그룹이 물었다. "당신은 테일러 편인가?"

리처는 고개를 끄덕였다. "그리고 난 소총을 꽤 다룰 줄 알지. 군에 있을 때는 해병대 저격수 우승컵도 탔어. 육군 군복을 입고 나가서 한심한 해병대원들을 모조리 이겼지. 아마 나도 PSG 한 자루를 들 거야. 당신들 전부를 500미터 거리에서 쓰러트릴지도 모르지. 그저 재미 삼아. 700미터, 900미터 밖에서도 가능하고."

정적이 흘렀다. 벽난로 속의 통나무들이 탁탁 타오르는 소리를 제외하면 아무 소리도 들리지 않았다. 리처는 코발스키를 똑바로 쳐다보았다.

"5, 7, 1, 3." 그는 거짓말을 했다. "레인의 벽장문 비밀번호야. 아직도 거긴 900만 달러 이상이 들어 있어. 현금으로. 얼른 가지러 가. 지금 당장."

반응이 없었다.

"어서들 가라니까. 훗날 다시 싸우려면 일단 살고 봐야 하니까."

"그들은 그 돈을 전부 훔쳤어." 버크였다.

"이혼수당이야. 달라고 직접 요구하는 것보다는 그 편이 더 쉬운 길이었지. 앤 레인이 이혼수당을 요구했다가 목숨을 잃었으니까. 케이트는 그 사실을 알고 있었어."

"그건 납치였어."

리처가 고개를 가로저었다. "나이트가 앤을 죽였어. 레인을 위해. 앤이 헤어지길 원했거든. 당신들이 아프리카에서 나이트를 버리게 된 이유도 그거야. 레인은 그럴싸한 말로 진짜 이유를 숨겼지. 호바트도 나이트와 같은 참호에 있었기 때문에 희생시킨 거고."

"헛소리."

"내가 호바트를 찾아냈어. 나이트가 그 일을 전부 털어놓았다고 하더군. 손발이 잘리느라 바쁘게 지내는 와중에."

침묵.

"그런 쓰레기 같은 인간을 위해 목숨을 버릴 건가?"

리처의 말에 버크가 그룸을 쳐다보았다. 그룸은 버크를 쳐다보았다. 그들 둘은 코발스키를 쳐다보았다. 한참을 그러고 있다가 버크가 리처에게로 시선을 돌렸다.

"좋아. 우린 이 일에서 빠지겠어."

그룸은 고개를 끄덕였고 코발스키는 어깨를 으쓱했다. 리처는 의자에서 몸을 일으켰다.

"현명한 결정이군." 그는 문을 향해 걸어가다 벽난로 옆에 멈춰서 다시 난로 모서리에 대고 구두를 톡톡 차며 물었다. "레인과 다른 사람들은 어디 있지?"

잠시 침묵이 흐른 뒤 그룸이 입을 열었다. "방이 모자라서 노리치로 갔어. 도시로. 거기 있는 호텔로. 바텐더가 거길 추천하더군."

리처는 고개를 끄덕였다. "레인은 언제를 공격 시점으로 잡고 있지?"

다시 잠깐의 침묵.

"모레 새벽."

"무기는 어떤 걸 샀나?"

"기관단총. MP5K를 한 사람당 하나씩. 거기에 여벌로 두 정 더 샀고. 탄환, 야간투시경, 손전등, 그밖에 이것저것."

"내가 여길 떠나자마자 레인한테 전화를 할 건가?"

"아니." 버크가 대답했다. "레인은 이런 소식을 전화로 전할 수 있는 상대가 아니야."

"그렇군."

리처는 재빨리 왼쪽으로 움직여 고리에 걸린 부지깽이를 집었다. 그는 부지깽이의 방향을 바꿔 쥐고 부드러운 동작으로 단번에 몸을 홱 돌리면서 카터 그룸의 오른팔을 힘껏 내리쳤다. 팔꿈치와 어깨의 중간 부위를 똑바로 겨냥한 힘이 실린 동작이었다. 부지깽이는 무거운 쇠막대기였으며 리처는 힘이 센 데다 화가 나 있었다. 그룸의 위팔뼈가 땅에 떨어진 도자기처럼 부서졌다. 갑작스러운 고통과 쇼크로 그룸의 입이 딱 벌어졌다. 그 입에서 비명이 터지기도 전에 리처는 왼쪽으로 두 걸음 옮겨 백핸드로 거칠게 부지깽이를 휘둘러 코발스키의 왼팔을 부러뜨렸다. 코발스키는 왼손잡이였고 버크와 그룸은 오른손잡이였다. 코발스키를 엉덩이로 밀어 쓰러트린 리처는 강타자 미키 맨틀이 타격 자세를 취하는 옛날 뉴스의 한 장면처럼 부지깽이를 허공에 들어 올려 버크의 오른손목을 박살내고 그 부위의 모든 뼈를 가루로 만들었다. 그런 뒤 크게 숨을 내쉬면서 몸을 돌려 벽난로로 가서 부지깽이를 고리에 걸었다.

"그저 확실히 해두려는 거야." 리처가 말했다. "네놈들의 대답을 완전히 믿기 어려워서 말이지. 특히 레인의 호텔 부분."

그는 특실 바에서 나가 등 뒤로 조용히 문을 닫았다. 그의 머릿속 시계에 따르면 밤 11시 30분이었다.

왼쪽 팔목에 찬 백금 롤렉스시계가 정확히 11시 32분을 가리켰을 때 에드워드 레인은 헤클러 앤드 코흐의 MP5K 아홉 정, 탄환이 30발씩 든 탄창 60개, 야간투시경 일곱 개, 손전등 열 개, 덕트 테이프 여섯 개, 기다란 로프 묶음 두 개가 실린 도요타의 뒷문을 닫았다. 존 그레고리가 시동을 걸었다. 그레고리 뒷자리에는 페레스와 애디슨이 생각에 잠겨 말없이 앉아 있었다. 레인이 조수석에 올라타자 그레고리는 도요타를 한 바퀴 돌려 서쪽으로 출발했다. 특수부대 표준지침서에는 공격을 할 때는 새벽을 택하라고 나와 있다. 하지만 장시간 잠복할 때는 사전 정찰을 위해 그 전에 소규모 선발대를 파견하라는 내용도 있었다.

침대 옆 탁자에 놓인 시계가 정확히 밤 11시 33분을 가리켰을 때 제이드는 잠에서 깼다. 정신이 멍했고 더웠으며 시차로 인한 혼란도 있었다. 아이는 몽롱한 상태로 잠시 침대에 조용히 앉아 있었다. 그러다 바닥에 발을 내려놓았다. 천천히 방을 가로질러 가서 창의 커튼을 걷었다. 밖은 캄캄했다. 어두울 때는 밖에 나가도 된다. 테일러가 그렇게 말했었다. 헛간에 가볼 수도 있다. 거기 가면 반드시 동물들이 있을 것이다.

11시 34분, 리처는 특실 바 창문 아래 두었던 G36을 회수해 농장으로 출발했다. 이번에는 도로를 택했는데 그게 더 빠를 것 같아서였다. 오르막이 없는 평평한 길 8킬로미터를 적당한 속도로 걷는다면 75분 정도 걸릴 것 같았다. 피곤하긴 했지만 기분은 좋았다. 아주 만족스러웠다. 세 명이 총을 쏠 수 없도록 만들어 두었으니 상대의 전력은 57퍼센트로 줄어든 것이다. 이제 4 대 4로 대등해졌으니 보람 있는 정찰이라 할 만했다. 그룹은 깊이 각인된 충성심 탓에 레인의 호텔에 대해 거짓말을 했다. 공격 시간에 대한 것도 거짓말일 가능성이 높았다. 모레 새벽이란 말은 사실을 숨기기 위해 급히 꾸며대려다가 엉겁결에 나온 것일 테니 실은 내일 새벽일 것이다. 하지만 구매한 장비에 대해서는 제대로 이야기했을 것이다. 야간투시경이야 밤 정찰에 당연한 것이고 MP5K도 레인 같은 자가 급습에 사용할 무기로 고를 만한 것이었다. 가볍고 정확하고 믿을 만한 무기. 빨리 손에 넣을 수 있는 친숙한 무기.

앞선 경계가 곧 앞선 무장이지. 리처는 생각했다. 저녁 한나절 작업치고는 나쁘지 않았다. 그는 계속 걸었다. 발걸음에 힘이 실렸고 얼굴에는 음울한 웃음이 퍼졌다.

리처는 어둠 속에 혼자 있었다. 아무도 그를 당할 자는 없었다.

그런 감정은 정확히 1시간 15분 동안 지속되었다. 하지만 그레인지 팜의 차량 진입로를 지나 어둠에 싸인 집이 눈앞에 나타나는 순간 사라졌다. 그는 암호를 여섯 번이나 말했다. 처음에는 조용히, 그러다 점점 더 크게.

카나리아스, 카나리아스, 카나리아스.

카나리아스. 카나리아스, 카나리아스.

누구도 답하는 사람이 없었다.

73

리처는 무의식적으로 총을 들어 올려 발사 자세를 취했다. 개머리판을 오른쪽 어깨에 대고 안전장치를 푼 다음 오른손 검지를 방아쇠 앞에 놓고 총신을 수평으로 들었다. 오랜 기간의 훈련이 세포 수준으로 흡수되어 그의 DNA에 각인되어 있었다. 즉시 사용할 준비가 되어 있지 않으면 무기를 들고 다닐 이유가 없다. 교관들은 그렇게 고함치곤 했었다.

그는 미동도 없이 서 있었다. 정신을 집중하고 귀를 기울여 보았지만 아무 소리도 들리지 않았다. 그는 머리를 왼쪽으로 돌렸다. 귀를 기울였다. 정적. 머리를 오른쪽으로 돌렸다. 정적.

다시 한번 암호를 말해보았다. 속삭이듯 낮은 소리로. 카나리아스.

답이 없었다.

레인이다. 그는 생각했다.

리처는 놀라지 않았다. 놀라는 것은 아마추어나 하는 짓이었고 리처는 프로였다. 동요하지도 않았다. 궁지에 몰렸을 때 공포심과 공황 상태를 억제할 수 있는 유일한 방법은 철저하게 눈앞의 일에 집중하는 것이라는 사실을 그는 오래전에 배웠다. 그러므로 그는 로런 폴링이나 케이트 레인에 관한 생각을 일체 하지 않았다. 잭슨이나 테일러에 대해서도. 제이드에 대해서도. 한순간도 그런 생각을 하지 않았다. 그는 사전에 프로그래밍된 기계처럼 뒷걸음질을 치며 왼쪽으로 움직여 조용히 집에서 멀어졌다. 몸을 움츠려 표적으로서의 크기를 줄이면서 시야를 넓게 확보했다. 주방 쪽에서 희미한 붉은 빛이 보였다. 벽난로의 불이 남아 있다. 정문은 닫혀 있다. 정문 근처에 주차된 미니쿠퍼의 어렴풋한 형체. 어둠 속에서는 차가운 회색 물체로 보였는데 형태가 묘했다. 문 앞에 비스듬히 놓인 것이 무릎을 꿇은 듯한 모습이었다.

그는 기척을 죽이고 천천히 미니쿠퍼로 다가갔다. 운전석 옆에 무릎을 꿇고 타이어를 만져보았다. 타이어가 없었다. 찢어진 고무 조각들과 마구잡이로 구겨진 비드 와이어가 널려 있었다. 바퀴 안쪽 가장자리가 부서지면서 떨어져 나간 플라스틱 파편도 있었다. 그게 전부였다. 그는 조용히 반대쪽으로 움직였다. 마찬가지였다. 조수석 쪽도 타이어 없이 땅에 풀썩 주저앉아 있었다.

전륜구동 차량인 미니쿠퍼는 전혀 움직일 수 없게 되었다. 양쪽 바퀴가 절단 났다. 한쪽 타이어라면 갈아 끼울 수 있으므로 하나만 망가트리는 것으로는 부족하다. 기관단총을 두 번 갈겨야 했다는 뜻이다. 주의를 끌 위험이 두 배다. 하지만 리처의 경험에 따르면 세 발 연속 발사되는 MP5K의 총성이 소총의 단발 발사음보다는 의혹을 살 가능성이 낮았다. 한 번 울려 퍼지는 총성은 누구의 귀에나 총성으로 들린다. 그만큼 독특하다. 소리의 정체가 분명하다. 한편 MP5K는 1분에 900발을 발사한다. 1초에 열다섯 발. 세 발을 쏘면 5분의 1초. 그러면 소리의 정체가 불분명해진다. 그르렁거리는 모호한 소리로 들릴 수 있다. 멀리서 신호 대기 중인 오토바이 소리처럼.

레인이다. 그는 다시 생각했다.

대체 언제?

75분 전에 그는 8킬로미터 떨어진 곳에 있었다. 가청도可聽度는 거리의 제곱에 반비례하므로 거리가 두 배로 멀어지면 소리는 네 배 작게 들린다. 네 배로 멀어지면 열여섯 배 작게 들린다. 그는 아무 소리도 듣지 못했다. 그 점은 분명했다. 중간에 아무것도 없는 이런 평지, 그것도 노퍽처럼 밀도와 습도가 높은 밤공기 속이었다면 3킬로미터쯤 떨어진 곳에서는 MP5K의 발사음이 들렸어야 했다. 그러므로 레인은 최소한 30분 전에 온 것이다. 그보다 더 전이었을 수도 있다.

그는 꼼짝 않고 선 채로 귀를 기울였다. 여전히 아무 소리도 들리지 않았다. 정문 쪽으로 움직였다. 문은 닫혀 있었지만 잠긴 것은 아니었다. 그는 소총에서 왼손을 떼어내 문손잡이를 돌렸다. 안은 캄캄했고 비어 있는 것 같았다. 주방을 확인했다. 따뜻했다. 벽난로에 흐릿한 잉걸불이 남아 있었다. 제이드가 그린 그림들은 그가 놓아두었던 자리, 의자 위에 그대로 있었다. 폴링의 가방도 손전등을 꺼내고 던져둔 곳에 그대로 있었다. 곳곳에 빈 찻잔이 널려 있고 개수대에는 접시가 들어 있었다. 주방은 그가 떠날 때와 조금도 달라진 점이 없었다. 사람들이 없어졌다는 점을 제외하면.

그는 손전등을 켜서 총신을 받친 왼손 손바닥에 쥐었다. 불빛을 비추며 1층의 모든 방을 확인했다. 식당은 텅 비었으며 춥고 어둡고 사용 흔적이 없었다. 아무도 없었다. 비숍스 암스의 특실 바처럼 꾸며진 응접실은 적막했다. 역시 아무도 없었다. 화장실, 현관 근처의 의복수납장, 주방 뒤편 다용도실. 모두 비어 있었다.

그는 계단을 올라갔다. 처음 들어선 방은 제이드의 방이 분명했다. 얇은 녹색 민소매 원피스가 개켜져 의자 위에 얹혀 있었다. 바닥에는 그림들이 흩어져 있었다. 다코타에서 가져온 낡은 장난감들이 침대와 나란히, 벽에 기대어 한 줄로 정리되어 있었다. 눈이 하나 없고 안감이 비칠 정도로 털이 닳은 곰 인형도 거기 앉아 있었다. 빨간 매직펜으로 서툴게 립스틱을 새로 칠해 둔 공주 인형은 한 눈은 감고 한 눈은 뜨고 있었다. 침대에는 잠을 잔 흔적이 있었다. 베개가 움푹 들어갔고 시트는 말려 올라갔다.

하지만 아이의 모습은 어디에도 없었다.

옆방은 잭슨 부부의 방이었다. 깔끔했다. 영국제 화장품들, 별갑으로 만든 머리빗과 손거울 세트가 놓인 화장대. 제이드가 아닌 다른 여자아이의 사진이 든 액자들. 멜로디일 것이다. 머리판이 높은 침대가 안쪽 벽에 붙어 있고 어두운 색조로 통일된 장롱들이 나란히 서 있었다. 장롱 속에는 남자와 여자의 옷이 꽉 차 있었다. 침대 옆 탁자 중 하나에는 굴착기 카탈로그가 놓여 있었다. 토니 잭슨이 잠자리에서 읽는 책.

잭슨 자신의 모습은 어디에도 없었다.

옆방은 케이트와 테일러의 방이었다. 낡은 퀸 사이즈 침대와 오크 협탁. 손님용 침실처럼 소박하고 꾸밈없는 방. 그 사진은 서랍장 윗부분 선반에 걸쳐져 있었다. 케이트와 제이드가 함께 있는 원본 사진. 액자는 없었다. 두 사람의 얼굴이 손전등 불빛에 빛났다. 사진에 사랑이 드러나 있었다. 빈 토트백 하나, 케이트의 물건이다. 몸값으로 받은 돈의 흔적은 전혀 없었다. 빈 더플백 세 개가 구석에 포개져 있을 뿐이었다. 그중 하나는 리처 자신이 옮긴 것이었다. 버크를 옆에 끼고 다코타의 엘리베이터에서 검은 BMW로.

그는 골방이나 욕실을 찾아 계속 움직였다. 2층 복도를 따라가던 그는 중간 지점에서 멈췄다.

바닥에 핏자국이 있었다.

작고 가느다란 얼룩이었다. 페인트를 흘린 것처럼 곡선을 이룬 가는 핏자국의 길이는 30센티미터 정도였다. 웅덩이처럼 흥건하게 괸 것도, 깔끔한 형태의 자국도 아니었다. 역동적인 형태가 다급한 움직임을 나타냈다. 리처는 복도 첫머리로 되돌아갔다. 킁킁대며 공기 냄새를 맡아보았다. 희미하게 화약 냄새가 났다. 손전등으로 아래를 비추며 복도를 걷다 보니 끄트머리에 욕실 문이 열려 있는 게 보였다. 욕실 안쪽 벽에 붙은 가슴높이의 타일 하나가 산산이 부서져 있었다. 가로세로 15센티미터의 세라믹 사각형을 정확히 맞춘 깔끔한 솜씨였다. 달리는 목표물, 치켜든 총, 방아쇠를 당기는 손가락, 세 발 발사, 살 속을 파고드는 총알. 맞은 부위는 아마도 팔 위쪽이었을 것이다. 총을 쏜 자는 키가 작다. 그렇지 않다면 조준점이 더 아래로 향했을 것이다. 더 아래쪽의 타일이 박살났을 것이다. 십중팔구 페레스다. 오늘 밤에 있었던 최소 일곱 번의 사격 가운데 첫 번째 총알을 페레스가 쏘았다. 여기, 집 안에서 한 번. 그다음 미니쿠퍼의 타이어에 두 번. 그런 다음엔 분명히 랜드로버 타이어에도 네 번. 신중한 사람이라면 사륜구동 차량의 타이어 네 개를 모두 절단 내어야 마음을 놓을 것이다. 필사적인 운전자는 타이어 두 개만으로도 일단 차를 몰 수는 있다.

쥐 죽은 듯 고요한 밤에 총성이 일곱 번 울렸다. 최소한 일곱 번. 40분쯤 전에. 여기 사람들도 전화라는 물건을 갖고 있습니다. 잭슨이 말했었다. 그들 중 일부는 사용법도 알지요. 하지만 이웃 사람들은 전화를 쓰지 않았다. 분명했다. 40분이면 노리치의 경찰이 도착하고도 남는다. 경광등을 번쩍이고 사이렌을 울리며 텅 빈 도로를 50킬로미터 달리는 데는 길어야 25분밖에 걸리지 않는다. 그러니 아무도 전화를 하지 않은 것이다.

MP5K의 발사 속도가 사람들이 생각하는 것과 다르기 때문이다. TV나 영화에 나오는 기관총은 대개 구형이어서 발사 속도가 느리다. 기관총을 발사한다는 사실을 관객한테 납득시키기 위해서다. 40분 전쯤에 총소리를 들은 사람들은 그게 무슨 소리인지 몰랐을 것이다. 뭔지 모를 웅웅거리는 소리로만 들렸을 것이다. 재봉틀 소리나 혀를 입천장에 붙이고 입바람을 불 때의 소리처럼.

그렇다면. 리처는 생각했다. 적어도 한 명이 다쳤고 경찰은 오지 않았다.

그는 계단을 내려가 집 밖의 캄캄한 어둠 속으로 되돌아갔다.

리처는 시계 방향으로 집 주위를 한 바퀴 돌았다. 멀리 있는 헛간은 어둡고 조용했다. 생각대로 낡은 랜드로버는 땅바닥에 풀썩 주저앉아 있었다. 타이어 네 개가 모두 날아갔다. 그는 랜드로버를 지나쳐 본채 남쪽 벽으로 똑바로 걸어가 벽 앞에서 멈췄다. 손전등을 끄고 어둠에 잠긴 차량 진입로를 물끄러미 쳐다보았다.

어쩌다 이렇게 된 거지?

그는 폴링을 신뢰했다. 그녀가 어떤 사람인지 알기에. 테일러와 잭슨은 잘 모르지만 그들도 신뢰했다. 세 명의 프로가 여기 있었다. 경험과 지식, 활성화된 뇌세포가 풍부한 프로들. 지쳐 있었다 해도 기능에는 문제가 없다. 침입자의 관점에서 보자면 접근이 아주 위험하고 시간도 많이 걸린다. 승산이 없다. 그의 눈앞에는 벌집이 된 시체 네 구와 파괴된 렌터카 한 대가 있어야 맞다. 잭슨이 굴착기에 시동을 걸고 있어야 한다. 폴링은 맥주 캔을 따고 케이트는 토스트를 만들며 콩을 데우는 중이어야 한다.

그런데 왜 그렇지 않지?

주의가 흐트러진 것이다. 언제나 그랬듯 이번에도 답은 제이드의 그림

속에 있었다. 헛간의 동물들. 요즘 잘 못 자요. 케이트가 그렇게 말했었다. 아직도 시차에 시달리고 있거든요. 리처는 아이가 잠에서 깬 모습을 떠올렸다. 자정 전후였을 것이다. 아이는 침대에서 일어나 집 밖으로 달려 나간다. 캄캄하니까 안전할 것으로 믿고. 네 명의 어른들이 소리를 지르며 아이를 쫓아간다. 두려움과 혼란에 휩싸여 아이를 찾고 있을 때 몸을 숨기고 있던 침입자들이 풀밭에서 몸을 드러내고 다가온다. 빌린 도요타 SUV를 탄 레인이 진입로로 쇄도한다. 테일러와 잭슨과 폴링은 총을 쏠 수가 없다. 서로를 맞히거나 케이트나 제이드를 맞힐지도 모르니까.

레인은 차를 세운다. 이제 전조등을 켠 상태다.

전조등을 켠 레인은 의붓딸을 알아본다.

자신의 아내도.

리처는 부르르 몸을 떨었다. 통제할 수 없는 격렬한 경련이었다. 그는 두 눈을 감았다가 떴다. 다시 손전등을 켜고 발치를 비추면서 진입로를 걸어 내려와 도로로 향했다. 어디로 가야 할지 몰랐지만 그곳을 향해.

페레스는 야간투시경을 이마 위로 올리고 말했다. "됐습니다. 리처가 갔습니다. 여기서 나갔습니다."

에드워드 레인은 고개를 끄덕였다. 그러다 갑자기 손전등을 백핸드로 휘둘러 잭슨의 얼굴을 갈겼다. 한 번, 두 번, 세 번. 잭슨이 쓰러질 때까지 세게 때렸다. 그레고리가 잭슨을 일으켜 세웠고 애디슨은 그의 입을 막은 테이프를 찢었다.

레인이 말했다. "평소의 식단에 대해 말해봐."

잭슨은 피를 뱉어냈다. "뭐라고?"

"식단. 뭘 먹느냐고. 집에 없는 마누라가 뭘 먹였냐고."

"왜 그런 걸 묻지?"

"감자를 먹는지 궁금해서."

"감자 안 먹는 사람도 있나?"

"그럼 주방에 껍질 벗기는 칼이 있겠군?"

74

리처는 손전등 불빛을 낮춰 전방 3미터 지점을 비추며 걸었다. 작고 밝은 타원형이 좌우로 약간씩 흔들리며 그의 걸음걸이에 맞춰 튀어 올랐다. 다져진 땅 위의 바퀴 자국과 움푹 팬 곳들이 불빛에 드러나 속도를 높일 수 있었다. 진입로의 첫 번째 커브를 지난 그는 앞쪽의 어둠에 시선을 고정시키고 도로를 향해 달리기 시작했다.

레인은 페레스에게 말했다.

"주방으로 가서 내가 원하는 걸 가져와. 그리고 전화기도 찾아봐. 비숍스 암스에 전화해서 지금 바로 여기로 오라고 해."

"트럭을 우리가 타고 왔는데요."

"걸어오라고 해."

잭슨이 말했다. "리처는 돌아올 거다. 너도 알겠지만."

그가 유일하게 말을 할 수 있는 사람이었다. 입에 테이프가 붙어 있지 않은 건 잭슨뿐이었다.

"돌아올 거라는 건 나도 알아. 분명히 그러겠지. 우리가 왜 리처를 추적하지 않는지 알고 있나? 우리한테 최악의 시나리오라고 해도 리처가 동쪽으로 10킬로미터를 걸어가 허탕을 치고 되돌아오는 거야. 그러려면 네 시간은 걸리겠지. 그때쯤엔 넌 죽어 있을 테고. 그러면 그자한테 네 역할을 맡기면 되겠지. 아이가 죽는 것을, 이어 폴링이 죽는 것을 놈한테 구경시켜줄 거야. 그런 다음 내 손으로 놈을 죽일 거야. 천천히."

"완전히 미쳤군. 제정신이 아니야."

"내 생각은 다른데."

"리처는 차를 얻어 탈 거다."

"이런 한밤중에? 소총을 들고? 그렇진 않을걸."

"넌 미치광이야. 완전히 정신이 나갔어."

"아니지. 난 화가 난 거야. 내 생각엔 나한테 그럴 권리가 있는 것 같은데."

페레스가 나갔다. 주방을 향해.

리처는 달리면서 두 번째 커브를 지나친 다음 약간 속도를 늦췄다.

그러다 우뚝 멈췄다.

그는 손전등을 끄고 두 눈을 감았다. 어둠 속에 서서 심호흡을 하면서 자기가 방금 본 것이 무엇인지 그 이미지에 정신을 집중했다.

차량 진입로는 별다른 이유도 없이 두 번 구부러져 있었다. 실용적이지도 않고 미학적이지도 않았다. 땅이 무른 곳을 피하기 위해서라고 리처는 생각했었다. 빗물이 잘 빠지지 않는 부분을 에둘러 진입로를 낸 줄 알았다. 그 생각이 맞았다는 건 조금 전에 확인되었다. 커브 지점의 땅은 부드럽고 질퍽했다. 며칠 동안 비가 오지 않았는데도 진창이었다.

진흙에는 타이어 자국이 찍혀 있었다.

세 종류의 자국.

첫 번째는 토니 잭슨의 낡은 랜드로버. 농장 트럭에 달린 스노타이어의 뭉툭한 자취가 남아 있었다. 굵고 닳은 타이어 자국이 오가는 방향으로 수백 개 찍혀 있었다. 곳곳에 그런 자국이 남아 있었다. 오래된 것, 희미한 것, 풍화된 것, 새것, 뚜렷한 것, 최근에 찍힌 것. 모든 곳에 찍혀 있었다. 마치 배경음처럼.

두 번째는 미니쿠퍼의 타이어 자국이다. 랜드로버와는 전혀 달랐다. 좁고 또렷하고 최근에 난 자국이었다. 접지력과 아스팔트 위의 코너링 안정성을 높이기 위해 타이어 표면의 요철 무늬가 더 촘촘했다. 전날 리처는 기어를 2단에 놓고 크게 선회하면서 보란 듯 천천히 그 진입로를 달렸다. 느린 속도로 다가오는 소형차라면 위협으로 느끼지 않을 것이라고 생각했기 때문이다. 그는 커브 두 곳을 지나쳐 차를 집 앞에 세웠고 그대로 내버려두었다. 차는 지금도 여전히 그 자리에 있다. 다시 몰고 나간 적이 없으니 그 자리에서 움직이지 않았다. 앞으로도 다시는 움직이지 못할 것이며 트레일러에 실려 그곳을 떠나게 될 것이다.

따라서 미니쿠퍼의 타이어 자국은 하나뿐이었다.

세 번째 자국도 하나뿐이었다. 한 방향으로 한 번 통과한 것이다. 폭이 넓은 타이어. 크고 무거운 차량이다. 새로 난 자국이어서 접지면의 성근 무늬가 또렷했다. 고급 SUV에 달려 있음직한 오프로드 겸용 타이어 자국.

빌린 도요타 랜드크루저에 장착되었을 법한 타이어 자국.

그런데 하나뿐이다.

한 번.

그 도요타는 비포장도로를 달릴 수 있는 차량이다. 리처도 알고 있었다. 그렇다 해도 차량 진입로를 이용하지 않고 농장에 들어왔다는 건 말이 안 된다. 백만 년이 지나도 불가능한 일이다. 농장은 도랑으로 둘러싸여 있다. 양쪽 비탈면도 가팔라 차가 내려가고 올라갈 수 없는 각도다. 군용차량인 험비도 그런 건 못한다. 장갑차나 탱크라도 안 된다. 그레인지 팜의 도랑은 대전차장애물보다 든든했다. 그러니 도요타는 도랑을 건너서 올 수 없었다. 작고 평평한 다리를 건너 차량 진입로를 달려야 한다. 다른 방법은 전혀 없다.

그리고 그 차는 나가지 않았다.

타이어 자국이 하나뿐이다.

한 번 운행한 자국뿐이다.

레인은 아직 농장 안에 있다.

레인은 잭슨의 머리를 또 한 번 손전등으로 세게 내리쳤다. 손전등의 렌즈가 박살났고 잭슨은 다시 바닥에 쓰러졌다.

"새 손전등을 가져 와. 이놈은 못쓰게 돼버렸군."

애디슨이 웃음을 흘리며 상자에서 손전등을 꺼냈다. 로런 폴링은 문을 쳐다보고 있었다. 입이 테이프로 막히고 두 손은 뒤로 묶인 상태였다. 문은 그대로 닫혀 있었다. 하지만 곧 열릴 것이다. 저리로 들어오는 사람은 페레스 아니면 리처다. 나쁜 소식 혹은 좋은 소식.

제발 그게 리처였으면. 그녀는 생각했다. 차창의 벌레들을 튀겨 죽이는 일에 양심의 가책은 없다. 제발 리처였으면.

애디슨에게서 새 손전등을 받아든 레인은 케이트에게로 다가갔다. 그녀의 얼굴에서 15센티미터 떨어진 곳에 얼굴을 바싹 갖다 댔다. 눈과 눈이 마주쳤다. 그들은 키가 거의 같았다. 레인은 손전등을 그녀의 턱 밑에 붙이고 불빛을 위로 비췄다. 케이트의 아름다운 얼굴이 할로윈의 유령 마스크처럼 보였다.

"죽음이 우리를 갈라놓을 때까지." 레인이 말했다. "나는 그 말을 진지하게 받아들이지."

케이트는 얼굴을 돌렸다. 테이프로 막힌 입으로 숨을 헐떡였다. 레인은 손전등을 들지 않은 손으로 턱을 움켜쥐고 그녀의 얼굴을 자기 쪽으로 돌렸다.

"다른 모든 것을 저버린다 해도 그 말만큼은 심각하게 받아들인다고. 당신은 그러지 않아 유감이야."

케이트는 눈을 감았다.

리처는 계속 남쪽 방향으로 걸었다. 진입로 끝까지 가서 다리를 건너 도로 위로 올라섰다. 농장에서 멀어지는 내내 손전등으로 가는 길을 비추었다. 감시당하고 있을 가능성이 있으므로 자기가 가버렸다고 생각하게끔 만들어야 했다. 인간은 일관성을 좋아한다. 야간투시경을 통해 유령 같은 조그만 형체가 남쪽으로 남쪽으로, 다시 동쪽으로 동쪽으로, 계속 동쪽으로 걸어가는 것을 보면 영원히 동쪽으로 간다고 믿어버리게 된다. 가버렸군. 놈들은 그렇게 말할 것이다. 이젠 여기 없어. 그러고 나면 그 형체에 대해 잊어버린다. 어디로 향하는지 알고 있기 때문에. 그래서 놈들은 그 형체가 돌아오는 것을 알지 못한다. 더 이상 지켜보지 않기 때문에.

그는 동쪽으로 200미터쯤 가다가 손전등을 껐다. 그런 다음 어둠 속에서 다시 200미터를 동쪽으로 계속 걸었다. 거기서 걸음을 멈췄다. 90도 돌아 북쪽 갓길을 넘어 경계 도랑의 비탈면을 미끄러져 내려갔다. 한 손으로 소총을 치켜들고 도랑 바닥의 두터운 검은 진흙 속에서 허우적거리며 반대편으로 갔다. 도랑을 빠져나온 그는 북쪽 방향으로 빠르게 달렸다. 보폭을 넓혀 쟁기로 갈아둔 땅의 불룩한 이랑 부분을 골라 디디며 달렸다.

2분 동안 400미터를 달린 리처는 헛간들 뒤편에서 동쪽으로 300미터 떨어진 지점에 숨을 헐떡이며 다다랐다. 그는 나무가 늘어선 곳에 몸을 숨기고 호흡을 가다듬으면서 소총 조정간을 단발로 바꿨다. 그런 다음 개머리판을 어깨에 대고 앞으로 걸어갔다. 서쪽, 헛간들이 있는 쪽으로.

어둠 속을 홀로 걷는 리처. 무장한 위험인물. 그가 돌아왔다.

에드워드 레인은 여전히 케이트와 얼굴을 맞대고 있었다.

"저놈과 몇 년 동안이나 같이 잤겠지."

케이트는 대답하지 않았다.

"콘돔은 썼을 테지? 저런 놈한테서는 무슨 병이 옮을지 모르니까."

그러더니 레인은 미소를 지었다. 새로운 생각이 떠오른 모양이었다. 그러니까 그에게는 일종의 농담이었다. "임신할 수도 있고 말이야."

공포에 질린 케이트의 눈 속에 무언가 떠올랐다.

"뭐? 뭐라고 하는 거지?"

그녀는 고개를 가로저었다.

"임신한 거로군. 그렇지? 임신한 거야. 난 알 수 있어. 어딘지 달라 보여. 난 알 수 있어."

레인은 손바닥을 그녀의 배에 갖다 대었다. 그녀는 몸을 뒤로 빼면서 묶여 있는 기둥에서 거세게 저항했다. 레인이 반 발짝 앞으로 다가갔다.

"하, 도저히 믿을 수 없군. 넌 딴 놈의 씨를 뱃속에 넣고 죽게 될 거야."

레인은 몸을 돌리다가 멈추고 다시 돌아섰다. 고개를 설레설레 저었다.

"그건 안 되지. 올바른 일이 아니야. 우선 낙태부터 시켜야겠군. 페레스한테 옷걸이를 가져오라고 말했어야 했는데. 할 수 없군. 다른 걸 찾아야지. 여기도 뭔가 있겠지. 농장이니까 뭔가 있을 거야."

케이트는 두 눈을 질끈 감았다.

"어쨌거나 네가 죽는다는 사실에는 변함이 없어."

레인은 이 세상에서 가장 합리적인 사람처럼 말했다.

리처는 그들이 헛간에 있다는 걸 알고 있었다. 그럴 수밖에 없다. 분명하다. 헛간이 아니라면 도요타를 어디에 숨길 수 있겠는가? 헛간은 모두 다섯 채였다. 낮에 멀리서 흘깃 보았었다. 세 채는 다져진 흙마당 주위에 모여 있고, 두 채는 각각 외따로 떨어져 있다. 다섯 채 모두 커다란 출입문 쪽에 바퀴 자국이 나 있어 굴착기, 트랙터, 트레일러, 건초 묶는 기계 등 농기구를 넣어두는 곳인 모양이라고 짐작했었다. 지금 발밑의 땅은 건조해 흙먼지가 풀썩거리고 돌처럼 단단하다. 더구나 캄캄한 어둠 속이라 타이어 자국을 확인할 수 없다. 그렇다고 손전등 불빛을 비춰볼 수도 없는 노릇이다.

어느 헛간이지?

그는 행운을 바라면서 가장 가까운 헛간부터 시작했다. 행운은 그의 편이 아니었다. 가장 가까운 헛간은 따로 떨어진 두 곳 가운데 하나로, 천연 건조 판자로 지은 커다란 건물이었다. 200년 동안 모진 바람을 견디느라 전체가 살짝 틀어져 있었다. 리처는 판자가 벌어진 틈에 귀를 대고 신경을 집중했다. 안에서는 아무 소리도 들리지 않았다. 틈새에 눈을 갖다 대었지만 아무것도 보이지 않았다. 캄캄한 어둠뿐이었다. 차가운 공기와 눅눅한 땅, 자루 따위가 썩어가는 냄새가 풍겼다.

리처는 이번에야말로 운이 따르길 바라면서 45미터 떨어진 두 번째 헛간으로 옮겨갔다. 하지만 행운은 다시 그를 외면했다. 첫 번째 헛간과 마찬가지로 캄캄했고 정적만 흘렀다. 퀴퀴하고 차가운 안쪽에서는 아무런 움직임이 없었다. 질소 냄새가 코를 찔렀다. 오래된 퇴비 냄새. 그는 어둠 속에서 느리게 살금살금 움직여 마당 주위에 모여 선 세 채의 헛간 쪽으로 움직였다. 100미터 정도 떨어진 곳에 있었다.

4분의 1쯤 나아갔을 때 리처는 걸음을 딱 멈췄다.

왼쪽 어깨 너머의 불빛이 시야의 한쪽 구석에 잡혔다. 본채 안에서 불빛이 움직이고 있었다. 주방 창문이었다. 손전등 불빛. 안쪽 창문에 이리저리 휘돌아다니는 그림자가 비쳤다.

레인이 그레고리에게 말했다. "철사끈 같은 걸 찾아봐."

"아이가 먼저 아니고요?" 그레고리가 물었다.

"안 될 것 있나? 애한테는 예습이 될 거야. 페레스가 껍질 벗기는 칼을 가져오는 대로 똑같은 일을 당하게 될 테니까. 바람을 피우면 애가 무슨 일을 당하게 될지 몇 년 전에 저 애 엄마한테 말해두었지. 나는 한 번 뱉은 말은 반드시 지킨다."

"누구나 그래야죠."

"일단 작업대가 필요하겠어. 평평한 물건을 찾아봐. 트럭의 라이트도 켜고. 작업할 때 잘 보이지 않으면 곤란하니까."

"넌 미쳤어." 잭슨이 소리쳤다. "병원에 가서 도움을 받아야 해."

"도움? 그런 건 필요 없을걸. 낙태수술은 한 명이 하는 걸로 아는데. 뒷골목 노파들이 혼자서 하지."

리처는 본채 뒷문으로 빠르고 조용히 움직여 벽에 몸을 딱 붙였다. 그는 기다렸다. 등 뒤에 울퉁불퉁한 벽면이 느껴졌다. 뒷문 저편에서 목소리가 흘러나왔다. 누군가와 대화를 나누는 목소리가 아주 희미하게 들렸다. 히스패닉 말씨가 약간 섞였다. 페레스가 통화를 하고 있었다. 리처는 소총의 방향을 돌렸다. 총신을 쥐고 연습 삼아 한 번 휘둘러보았다.

그리고 그는 기다렸다. 어둠 속에 홀로 서서.

그레고리는 판자를 여러 겹 눌러 붙여 만든 낡은 문을 찾아냈다. 뒷면에 Z형 버팀목이 붙어 있는 문이었다. 그는 버려진 목재 무더기에서 그것을 찾아내 똑바로 세웠다.

"완벽해." 레인이 그에게 소리쳤다.

밖으로 나온 페레스가 몸을 돌려 문을 닫으려는 순간 리처는 그를 덮쳤다. 몸무게를 앞쪽으로 실으면서 엉덩이를 틀고 팔을 쭉 뻗어 손목을 꺾었다. 좋지 않았다. 늦었다. 파울볼이다. 좌익수 쪽으로 날아가 스탠드를 맞히는 파울볼. 하지만 페레스의 머리는 야구공이 아니었다. 또한 G36은 야구방망이가 아니었다. 무게 3.5킬로그램의 강철이었다. 소총의 조준기가 페레스의 관자놀이에 부딪히며 왼쪽 눈에서 콧날을 지나 오른쪽 눈의 중간 지점에 이르는 뼈를 강타했다. 개머리판의 위쪽 모서리가 그의 귀를 두개골 쪽으로 납작하게 으깨놓았다. 그러니 완벽한 스윙이 아니었다. 1,000분의 1초 더 빨랐고 5센티미터만 뒤쪽이었다면 반숙 달걀이 쪼개지듯 페레스의 머리 윗부분이 날아갔을 것이다. 약간 늦었기 때문에 양 볼과 이마 사이에 깊고 치명적인 홈을 엉망으로 파놓는 데 그쳤다.

엉망이었지만 효과적이긴 했다. 페레스는 땅에 쓰러지기 전에 이미 숨이 끊어졌다. 몸집이 작은 페레스는 나무둥치처럼 천천히 쓰러지는 것이 아니라 마치 땅의 일부분인 듯 풀썩 허물어졌다.

레인이 애디슨에게 말했다.

"페레스가 왜 이리 꾸물대는지 가봐. 벌써 돌아왔어야 하는데 뭐하는 건지. 슬슬 지루해지잖나. 누구도 피 한 방울 흘리지 않고 있다니."

"난 피를 흘리고 있다." 잭슨이 말했다.

"넌 셈에 들어가지 않아."

"테일러도 피를 흘리고 있어. 페레스의 총에 맞았다."

"그것도 아니지. 지혈해 두었으니까. 잠깐 동안이지만."

"리처는 바로 저 바깥에 있다."

"내 생각은 다른데."

잭슨이 고개를 끄덕였다. "밖에 있다. 그래서 페레스가 안 오는 거야. 리처가 해치웠어."

레인이 미소를 지었다. "그래서 날더러 어쩌라고? 밖에 나가서 수색이라도 할까? 부하 둘을 데리고? 너희들이 내 등 뒤에서 필사적인 탈출을 감행하도록 내버려두고? 그걸 노리는 건가? 그런 일은 없다. 지금쯤 리처는 비숍스파지터 교회를 지나가는 중일 거야. 같은 포로들한테 조금이라도 희망을 주려고 그런 말을 하나? 그런 게 영국인의 용기라는 건가? 저 유명한 불굴의 정신이야?"

잭슨은 힘주어 말했다. "리처는 바깥에 있다. 난 알아."

리처는 주방 문 밖에 쭈그리고 앉아 페레스가 떨어트린 물건들을 챙겼다. 탄환 서른 발이 든 탄창이 장착된 MP5K 한 정, 나일론제 멜빵, 부서진 손전등. 손잡이가 검은 주방용 칼 두 개. 긴 쪽은 톱니칼이었고 짧은 건 일반 식도였다. 그리고 카페리 여행기념품인 코르크마개 뽑는 기구.

그리고 감자 껍질 벗기는 칼.

감자칼의 손잡이 부분은 붉은 칠이 거의 날아갔다. 금속 칼날을 두꺼운 줄로 칭칭 감아 평범한 목재 손잡이에 고정시켜 둔 물건이었다. V자 형태를 이룬 칼날은 끄트머리가 약간 뾰족했다. 단순하고 실용적이며 널리 사용되는 구식 디자인이었다.

리처는 잠시 그 칼을 쳐다보다가 주머니에 집어넣었다. 긴 칼은 페레스의 가슴에 있는 칼집에 꽂아두고 짧은 칼은 자기 구두에 넣었다. 코르크 마개 뽑는 기구와 부서진 손전등은 발로 차서 보이지 않는 곳으로 치웠다. G36의 렌즈에 묻은 페레스의 피와 뇌수를 엄지로 닦고 MP5K를 집어 왼쪽 어깨에 걸쳤다.

그런 뒤 북동쪽으로 되짚어 가 헛간으로 접근했다.

리처는 어둠 속에 혼자 있었다. 그는 조금씩 앞으로 나아갔다.

75

리처는 단단하게 다져진 흙마당으로 들어섰다. 마당의 넓이는 900제곱미터쯤이었고 북쪽 면, 동쪽 면, 남쪽 면의 헛간 세 채가 어둠 속에서 어렴풋이 형체를 드러냈다. 세 채는 모두 똑같아 보였다. 같은 자재를 써서 동일한 건축 방식으로 같은 시기에 세운 건물이었다. 타일 지붕에 목재벽, 기다란 미닫이문이 달린 헛간들은 별빛을 받아 칙칙한 회색으로 보였다. 외따로 떨어진 두 채보다 늦게 지은 것으로 더 튼튼했다. 뒤틀림 없이 단단하고 견고했다. 농부인 잭슨 입장에서야 좋겠지만 그에게는 불리했다. 틀어진 판자도, 균열도, 빈틈도, 옹이구멍도 없다는 뜻이었다.

사람들이 있는 헛간이 어디인지 한눈에 구별할 방법이 없었다.

리처는 가만히 서서 생각했다. 북쪽 아니면 동쪽 헛간일 것이다. 그래야 트럭을 집어넣기 편하다. 직진해서 들어가든지 90도로 꺾기만 하면 된다. 남쪽은 아닐 것이다. 안으로 들어가려면 180도 유턴을 해야 한다. 또 본채와 진입로를 등지고 있어 마음이 편치 않을 것이다. 칠흑 같은 어둠 속이라 해도 문에서 보이는 시야는 심리적으로 중요하다.

그는 소리를 내지 않고 천천히 마당을 가로질렀다. 망가진 구두가 도움이 되었다. 밑창에 덕지덕지 묻은 진흙이 운동화를 신은 듯, 카펫 위를 걷는 듯 발소리를 죽여주었다. 그는 북쪽 헛간의 왼쪽 모퉁이로 접근해 뒤편의 어둠으로 자취를 감추었다. 시계 방향으로 헛간 주위를 한 바퀴 돌았다. 벽이 느껴지자 가볍게 두드려보았다. 단단한 판자. 오크나무 같았고 두께가 2.5센티미터는 될 듯했다. 뼈대는 옛날 선박들처럼 30센티미터 두께의 재목으로 만들었을 것이다. 안쪽에도 2.5센티미터 두께의 판자 내벽이 있을 것이다. 리처는 이런 헛간보다 못한 곳에서 살았던 적도 있었다.

그는 오른쪽 모퉁이까지 가서 걸음을 멈췄다. 정문 이외에는 들어갈 수 있는 방법이 없었다. 문은 10센티미터 두께 재목들을 아연을 입힌 철끈으로 묶어 만든 것이고 위쪽에 슬라이더가 달려 있었다. U자형의 홈이 있는 미닫이문 레일이 헛간 본채에 볼트로 박혀 있고 미니쿠퍼 바퀴와 크기가 비슷한 바퀴들이 문에 달려 있었다. 바닥에도 U자형의 홈이 있는 레일을 콘크리트로 고정시켜두었는데 거기에는 조금 더 작은 바퀴들이 안에 들어 있었다. 산업용 기자재를 위한 출입문으로 극장의 커튼처럼 열리는 구조였다. 문이 열리면 12미터 높이가 확보돼 콤바인이 드나들기에도 충분했다.

그는 정면 벽을 따라 살금살금 움직여 문과 벽 사이에 귀를 갖다 댔다. 아무 소리도 들리지 않았다. 불빛의 깜박임도 보이지 않았다.

여기가 아니군. 그는 생각했다.

리처는 몸을 돌려 동쪽 헛간을 힐끗 쳐다보았다. 저곳이다. 그는 마당을 대각선으로 가로질러 그쪽으로 발걸음을 옮겼다. 6미터 거리로 접근했을 때 요란한 소리와 함께 그 동쪽 헛간의 문이 열렸다. 바퀴가 레일 위를 움직이며 끽끽거렸다. 폭이 1미터쯤 되는 밝은 푸른 빛이 안에서 쏟아져 나왔다. 크세논 불빛. 안에 세워진 도요타 SUV의 전조등 불빛이었다. 애디슨이 빛줄기 속에서 밖으로 나왔다. MP5K를 어깨에 걸치고 있었다. 서쪽으로 떨어진 그의 기괴한 그림자가 춤을 추었다. 애디슨은 미닫이문을 닫기 위해 돌아섰다. 양손으로 손잡이를 잡고 몸을 뒤로 젖힌 채 끙끙대던 그는 문을 밀다가 15센티미터쯤 남겨두고 손을 뗐다. 틈이 그대로 남았다. 파란 빛의 막대기가 얇은 칼날처럼 좁아졌다. 애디슨이 손전등을 켜자 아무렇게나 전방을 향해 비춘 불빛이 리처의 얼굴을 가로질렀다. 하지만 애디슨의 시선은 손전등 불빛보다 1초쯤 늦었다. 그는 아무 반응도 보이지 않고 몸을 왼쪽으로 반쯤 틀더니 본채로 향했다.

리처는 생각했다. 결론은?

생각할 것도 없다. 한 번에 한 명씩 밖으로 끌어낸다. 기껏 주어진 기회를 낭비하면 안 되지.

그는 심호흡을 하고 빛의 칼날을 지나 6미터 거리를 두고 빠르고 조용히 애디슨의 뒤를 따랐다. 거리가 4.5미터로 좁혀졌다. 다시 3미터로 줄었다. 애디슨은 전혀 눈치채지 못하고 아무 생각 없이 손전등으로 앞만 비추며 똑바로 걸어가고 있었다.

이제 1.5미터 뒤.

1미터 뒤.

두 형체가 어둠 속에서 뒤엉켰다. 그러다 움직임이 느려지더니 멈췄다. 손전등이 땅에 떨어져 천천히 구르다 정지했다. 손전등의 노란 불빛에 비친 작은 돌멩이들이 뾰족한 바위 형상의 기괴한 그림자를 떨어트렸다. 애디슨이 비틀거리며 쓰러졌다. 무릎이 먼저 꺾였고 이어 얼굴을 땅바닥에 처박았다. 리처가 구두에서 꺼낸 칼이 그의 목을 깨끗하게 찢어놓았다.

애디슨의 경련이 잦아들기도 전에 리처는 다시 움직였다. 자동소총 한 정, 반자동소총 두 정, 칼 한 자루를 든 그는 헛간이 아니라 본채로 향했다.

집으로 들어간 그는 바로 2층으로 올라가 잭슨 부부의 침실로 갔다. 그런 다음 주방으로 가 벽난로와 책상에서 잠깐씩 멈췄다. 밖으로 나와 페레스의 시체를 지나치고 다시 애디슨의 시체를 지나쳤다. 정식으로 입대한 군인보다 더 뛰어난 전투원이어야 할 필요는 없어요. 며칠 전 패티는 그렇게 말했다. 전투 역량이 오히려 떨어지는 경우도 많죠. 테일러도 그런 말을 했다. 예전엔 특출했지만 지금은 평균 정도. 그 평가들이 옳았다고 리처는 생각했다.

그는 헛간을 향해 걸음을 재촉했다.

리처는 동쪽 헛간 옆에 멈춰 서서 무기를 골랐다. G36은 적당치 않았다. 한 번에 한 발 아니면 세 발 연속으로 발사할 수 있는데 연속 발사 때는 속도가 너무 느렸다. 영화나 TV에 등장하는 기관총 소리와 너무 비슷한 것도 문제였다. 한밤중에는 너무 두드러지는 소리다. 총열이 휘었을 가능성도 있었다. 눈으로 봐서는 아무 문제도 없어 보였지만 페레스를 가격할 때 미세한 손상이 갔을 수 있다. 그는 헛간의 옆벽 발치에 G36을 내려놓고 페레스의 MP5K에서 탄창을 빼냈다. 총알이 아홉 발 남아 있었다. 스물한 발 사용. 세 발씩 일곱 번 발사한 것이다. 역시 방아쇠를 당긴 것은 페레스였다. 그렇다면 애디슨의 탄창은 꽉 차 있을 것이다. 확인해보니 실제로 그랬다. 서른 발이 그대로 들어 있었다. 통통한 9밀리 총알이 별빛을 받아 희미하게 빛났다. 그는 애디슨의 탄창을 페레스의 총에 끼웠다. 총알이 가득 든 것을 확인한 탄창을 작동에 전혀 문제가 없을 총에 장착했다. 앞으로 5분이라는 시간 동안 목숨을 걸어야 하는 사람으로서는 분별 있는 조치였다.

그는 G36 위에 애디슨의 총과 페레스의 탄창을 겹쳐두었다. 어깨를 돌리고 목을 풀었다. 숨을 깊게 들이쉬고 깊게 내쉬었다.

쇼 타임.

리처는 약간 열린 문을 등지고 바닥에 앉아 본채에서 가져온 물건들을 챙겼다. 벽난로에서 가져온 불쏘시개, 책상 위에 놓인 항아리에서 집어온 고무 밴드 세 개, 수전 잭슨의 화장대에 있던 별갑 손거울.

불쏘시개는 곧은 물푸레나무 가지로 길이 45센티미터에 굵기는 아이 손목 두께였다. 우체국에서 편지를 묶을 때 쓰는 것과 같은 종류의 고무 밴드는 작고 튼튼했다. 손거울은 골동품인 듯했다. 손잡이가 달린 둥근 거울로 크기는 탁구채 정도였다.

그는 별갑 거울의 손잡이를 불쏘시개에 고무 밴드로 묶었다. 그런 다음 바닥에 배를 깔고 납작 엎드려 불쏘시개를 앞으로 살짝 내밀었다. 헛간 문 틈새로 왼손을 써서 거울을 집어넣고 안쪽의 모습이 제대로 비칠 때까지 불쏘시개를 돌리며 거울의 방향을 조정했다.

막대기 끝에 거울을 매단 리처가 거기 있었다.

76

거울에 비친 헛간 내부는 견고하고 튼튼했다. 기둥들이 지붕을 지지하면서 서까래를 떠받치고 있었다. 기둥은 지름 30센티미터쯤 되는 재목으로 콘크리트로 고정돼 있었다. 그런 기둥이 모두 열두 개였다. 그중 다섯 개의 기둥에 사람들이 묶여 있었다. 거울에 비친 모습을 보니 왼쪽부터 차례로 테일러, 잭슨, 폴링, 케이트, 제이드였다. 팔을 등 뒤로 돌려 기둥 뒤에서 묶고, 발목도 모아서 묶어두었다. 입은 덕트 테이프로 막아두었다. 잭슨만 예외였다. 잭슨의 입은 테이프로 막혀 있지 않았으나 피투성이였다. 양쪽 눈썹 위로 베인 상처가 깊이 나 있었다. 잭슨은 제대로 서 있는 게 아니었다. 반쯤 의식을 잃고 기둥 발치에 고꾸라져 있었다.

총상을 입은 건 테일러였다. 셔츠가 찢어지고 오른쪽 위팔이 피로 물들었다. 폴링은 괜찮아 보였다. 은색 테이프 위의 눈이 흥분으로 번들거리고 머리카락이 엉망으로 헝클어졌으나 다친 곳은 없었다. 케이트는 백지장처럼 핏기 없는 얼굴이었고 두 눈을 감고 있었다. 제이드는 기둥에서 미끄러져 내려와 바닥에 주저앉아 있었는데 고개를 푹 숙인 채 움직이지 않았다. 아무래도 기절한 것 같았다.

놈들은 후진해 들어가 도요타 차체를 헛간 안쪽의 왼쪽 벽에 붙여 세워두었다. 전조등의 하이빔이 문 쪽으로 뻗어나가며 기둥에 묶인 이들의 어지러운 그림자를 바닥에 떨궜다.

그레고리는 MP5K를 등 뒤에 걸친 채 크고 평평한 판을 들고 씨름 중이었다. 낡은 문짝 아니면 탁자 상판 같았다. 그는 두 손으로 그 물건을 움켜쥐고 왼쪽 모서리와 오른쪽 모서리를 번갈아 바닥에 놓으면서 조금씩 앞으로 움직였다.

레인은 헛간 중간쯤에 미동도 없이 서 있었다. 오른손은 MP5K의 손잡이를 쥐고 왼손으로는 총신 앞쪽을 잡고 있었다. 손가락을 방아쇠에 걸고 있었으며 열손가락 관절 부위로 뼈가 하얗게 드러나 있었다. 그는 도요타에서 비켜난 곳에 서서 문 쪽을 쳐다보고 있었다. 자동차의 크세논 불빛에 드러난 그 얼굴에는 기묘한 안도감이 나타나 있었다. 눈이 컴컴한 구멍 같았다. 정신이상의 경계선에 있다. 사람들이 그렇게 말했었다. 아니, 이미 오래전에 그 선을 넘었지.

그레고리가 커다랗고 평평한 판을 옮기면서 묻는 소리가 들렸다. "이걸 어디에 둘까요?"

레인이 대답했다. "모탕*이 있어야 되는데."

리처는 쭈그린 잭슨에게로 가는 레인의 모습을 거울로 좇았다. 레인은 잭슨의 갈비뼈를 걸어차면서 물었다. "여기 모탕이 있나?"

잭슨이 대답했다. "다른 헛간에."

"페레스와 애디슨이 돌아오면 가지러 보내야겠군."

그 둘은 돌아오지 않을 거다. 리처는 생각했다.

"돌아오지 않는다." 잭슨이 말했다. "리처가 저 바깥에서 놈들을 해치웠다."

---

* 톱질할 때 받침대로 쓰는 것으로 대개 다리가 네 개 달려 있다.

"네놈이 내 신경을 긁는군."

말은 그렇게 했으나 레인은 문 쪽을 흘깃거렸다. 그것이 잭슨이 노리는 것이란 사실을 리처는 알아챘다. 레인의 관심을 포로들로부터 바깥으로 돌리려는 것이다. 시간을 벌려는 것이다.

똑똑한 친구다.

거울에 비친 레인의 모습이 점차 확대되었다. 리처는 물푸레나무 막대기를 천천히 조심스럽게 자기 쪽으로 끌어당기고는 MP5K로 출입문에서 2.5센티미터 바깥, 지면에서 160센티미터쯤 위의 지점을 겨냥했다.

머리를 밖으로 내밀어라. 그는 생각했다. 제발 밖을 내다봐라. 총알 세 발로 양쪽 귀를 일직선으로 뚫어주마.

그런 행운은 없었다. 레인이 문 바로 안쪽에서 걸음을 멈추고 소리치는 게 들렸다. "리처? 밖에 있나?"

리처는 기다렸다.

레인의 고함소리가 이어졌다. "페레스? 애디슨?"

리처는 기다렸다.

"리처? 거기 있나? 잘 들어. 10초 뒤에 잭슨을 쏘겠다. 허벅지를 쏜다. 잭슨이 대퇴부 동맥으로 피를 줄줄 흘리면 로런 폴링한테 개처럼 그 피를 핥도록 하겠다."

리처는 기다렸다.

"10." 레인이 소리쳤다. "9, 8."

레인이 안쪽으로 다시 걸어 들어갔기 때문에 목소리가 희미해졌다. 리처는 거울을 다시 틈새로 밀어넣었다. 레인이 잭슨 옆에 서서 말하는 게 보였다. "봤지? 리처는 밖에 없다. 만약 있다면 네놈한테 전혀 신경 쓰지

528

않는다는 거겠지." 그러더니 몸을 돌려 소리쳤다. "7, 6, 5." 그레고리는 판을 몸 앞쪽에 수직으로 들고 잠자코 서 있었다.

"4."

단 1초라는 시간에도 많은 일이 일어날 수 있다. 패를 고르는 카드 도박꾼처럼 온갖 생각이 리처의 머릿속을 스치고 지나갔다. 잭슨을 희생시킬 위험을 무릅쓰는 것을 고려해보았다. 레인도 진심으로 하는 말은 아닐 것이다. 만약 정말로 잭슨을 쏜다면 제정신이 아닌 레인은 전자동으로 발사해 탄창을 깨끗이 비워버릴 것이다. 그레고리는 판을 지탱하느라 손이 묶여 있다. 잭슨이 다리에 서른 발의 총탄을 맞은 뒤, 레인이 빈 총을 딸깍거리고 있을 때 안으로 들어가 총알 세 발로 판자를 관통해 그레고리의 가슴을 꿰뚫고 다시 세 발로 레인의 머리를 날려버리면 된다. 다섯 명의 인질 중에서 한 명의 사망자를 내는 건 그다지 심한 일도 아니다. 20퍼센트. 리처는 그보다 더 많은 희생자를 내고도 훈장을 받은 적이 있었다.

레인이 고함을 질렀다. "3."

하지만 리처는 잭슨을 좋아했다. 또한 수전과 멜로디 생각도 해야 했다. 수전은 신실한 여동생이었고 멜로디는 죄 없는 아이다. 케이트 레인의 꿈도 있다. 확대가족을 이루어 함께 농사를 짓는다는 꿈. 건초를 키우며 노픽의 토양에서 화학비료를 뽑아낸 다음 5년 뒤에는 건강에 좋은 채소를 심겠다는 꿈.

"2."

리처는 거울을 손에서 놓고 오른팔을 수영선수처럼 뻗으면서 출입문의 모서리를 손가락으로 잡았다. 뒷걸음질로 재빨리 기면서 문을 자기 쪽으로 끌어당겼다. 안에서는 보이지 않도록 문에 몸을 숨긴 채로 힘껏 당겼다. 그는 문을 완전히 당겨 6미터 폭으로 열어두었다.

그런 뒤 그대로 기다렸다.

헛간 안은 침묵에 휩싸였다. 레인의 눈이 바깥의 빈 어둠을 응시하고 있을 것이다. 레인의 귀가 정적 속의 소리를 가려내려 쫑긋 섰을 것이다. 태곳적 파충류의 뇌에 깊이 각인된, 가장 오래된 본연의 공포는 인간이 동굴에서 벗어난 뒤 수십만 년이 흐른 뒤에도 여전히 생생하게 살아 있다. 바깥에 무언가 있다는 공포심.

그레고리가 판을 떨어트리는 둔탁한 소리가 들렸다. 지금부터는 속도전이다. 레인의 시야에서 보자면 출입문은 오른쪽에서 왼쪽으로 열린 것이다. 보이지 않는 누군가에 의해. 그러므로 그 누군가는 지금 밖에 있으며 위치는 열린 문의 왼쪽이다. 리처는 일어서서 뒤로 물러선 다음 몸을 틀어 헛간 주위를 시계 방향으로 달렸다. 첫 번째 모퉁이를 돌고 남쪽 벽면을 따라 15미터 달렸다. 다음 모퉁이를 돌아 뒷벽과 나란히 30미터를 달렸다. 이어진 모퉁이를 돌아 북쪽 벽을 따라 15미터 달렸다. 최고 속력까지 내지는 않았다. 모퉁이를 네 번 돌면서 90미터를 달리는 데 30초쯤 걸렸다. 올림픽 육상선수라면 10초에 주파했을 것이다. 하지만 올림픽 선수는 결승점에서 기관단총을 정확히 쏠 수 있을 정도로 침착한 상태를 유지할 필요가 없다.

그는 마지막 모퉁이를 돌아 헛간의 정면 벽으로 돌아왔다. 입을 꽉 다물고 코로 숨을 몰아쉬면서 쿵쿵 뛰는 가슴을 억눌렀다.

이제 그의 위치는 헛간 출입문의 오른쪽이었다.

안에서는 아무 소리도 들리지 않았다. 움직임이 없었다. 리처는 멈춰서서 왼쪽 어깨를 벽에 기댔다. 팔꿈치를 굽히고 손목을 돌려 왼손으로

MP5K의 앞쪽 손잡이를 가볍고 부드럽게 쥐었다. 오른손으로는 방아쇠 손잡이를 쥐고 오른손 검지는 이미 3밀리미터쯤 방아쇠를 당긴 상태였다. 그는 왼쪽 눈을 감고 오른쪽 눈은 조준을 한 상태로 기다렸다. 헛간의 콘크리트 바닥을 울리는 가벼운 발소리가 들렸다. 빛줄기 속으로 그림자가 드러났다. 리처는 기다렸다. 레인의 뒤통수가 보였다. 목을 빼고 바깥의 왼편 어둠 속을 쳐다보는 뒤통수가 초승달 모양으로 일부분만 보였다. 레인이 멘 MP5K의 멜빵이 캔버스천 재질의 재킷을 파고든 것이 보였다. 리처는 총을 움직이지 않았다. 헛간 안쪽을 향해서가 아니라 헛간 정면 벽과 나란히 발사해야 했다. 총의 각도를 움직이면 인질들이 다칠 우려가 있었다. 별갑 손거울로 파악한 위치에 따르면 그럴 경우 테일러가 총에 맞을 확률이 가장 높았다. 잭슨도 위험했다. 참고 기다리면서 레인이 밖으로 나오도록 유도해야 했다.

레인이 움직였다. 레인은 그에게 등을 보인 채 3센티미터 앞으로 나와 몸을 앞으로 기울이고 목을 왼쪽으로 빼 바깥을 살폈다. 그러다 앞에 디딘 발을 움직이며 3센티미터 더 바깥으로 나왔다. 리처는 레인을 무시하고 MP5K의 가늠자에만 정신을 집중했다. 기하학적 위치를 표시하는 가늠쇠의 트리튬 점들이 리처에게는 어둠을 꿰뚫는 레이저빔처럼 사실적이었다. 레인이 조금씩 시야 안으로 들어왔다. 처음엔 두개골 오른쪽 귀퉁이. 이어 시야에 들어온 부위가 조금 더 커졌다. 점점 더 커졌다. 불룩 솟은 레인의 뒤통수가 전면에 들어왔다. 정확히 중심부였다. 워낙 가깝게 보여 짧은 머리카락을 한 올 한 올 셀 수 있을 정도였다.

레인의 이름을 부른다는 생각이 일순 리처의 머리를 스쳤다. 두 손을 들고 돌아서라고 한다. 왜 죽게 되는지 이야기한다. 그의 악행을 열거한다. 법적 절차를 밟듯이.

남자 대 남자로서의 싸움에 대해서도 생각했다. 칼이나 주먹으로 결판을 낸다. 일종의 의식처럼. 좀 더 공정하게.

그리고 리처는 호바트를 생각했다. 그 즉시 방아쇠를 당겼다.

재봉틀이나 멀리서 신호대기 중인 오토바이의 소음처럼 드르륵 긁히는 묘한 소리가 울렸다. 5분의 1초 동안에 세 발의 9밀리 탄환에서 떨어진 탄피들이 밝은 빛 속에서 곡선을 그리며 리처의 오른편 돌바닥에 쨍그랑 소리를 내며 떨어졌다. 도요타의 전조등 불빛을 받아 푸른 빛을 띤 안개구름 속에서 레인의 머리가 터졌다. 고개가 뒤로 꺾이면서 몸이 풀썩 무너졌다. 면과 캔버스 재질 옷 때문에 약간 무뎌지긴 했으나 살과 뼈가 콘크리트 바닥을 때리는 둔탁한 소리가 또렷이 들려왔다.

제이드가 보지 않았어야 할 텐데. 리처는 생각했다.

그는 차량 진입로로 걸어갔다. 결정적 순간에 멈칫거렸던 그레고리는 혼란에서 완전히 벗어나지 못했다. 그는 레인의 뒤에서 왼편을 보고 있었다. 하지만 레인의 목숨을 끊은 총알은 오른쪽에서 날아왔다. 있을 수 없는 일이었다. 그레고리의 두뇌가 순간적으로 작동을 멈췄다.

"놈을 쏴." 잭슨이 소리쳤다.

리처는 움직이지 않았다.

"놈을 쏴." 잭슨이 다시 소리쳤다. "저 문짝을 뭐에 쓰려던 거였는지 꼭 말을 해야 해?"

리처는 테일러를 흘끗 쳐다보는 위험을 무릅썼다. 테일러가 고개를 끄덕였다. 리처는 폴링을 보았다. 그녀도 고개를 끄덕였다. 리처는 그레고리의 가슴팍에 총알 세 발을 박아넣었다.

77

그들은 남은 밤 내내, 그리고 이튿날도 거의 온종일 치우는 일에 매달렸다. 극도로 지쳐 있었지만 아무도 잠을 자려고 하지 않았다. 제이드만 예외였다. 케이트가 아이를 침대로 데려가 잠이 들 때까지 옆에 앉아 있었다. 일찌감치 기절했던 제이드는 대부분의 상황을 보지 못했으며 의식을 되찾은 후의 장면도 이해하지 못하는 듯했다. 하지만 의붓아버지가 악당이었고 그래서 쫓아버렸다는 사실만은 아이도 알았다. 그 점에 관해서는 전부터 이야기를 들었으므로 의붓아버지가 나쁜 사람이라는 사실 탓에 새삼 혼란을 느끼지는 않았다. 그래서 아이는 동요하지 않고 잠이 들었다. 리처가 보기에 며칠만 지나면 포장지에 크레용으로 그림을 그리며 놀게 될 것 같았다.

케이트는 지옥에 갔다 돌아온 사람처럼 보였다. 그런 사람들이 대부분 그렇듯 그녀도 기쁨에 휩싸였다. 정말 나쁜 상황까지 내몰렸었기 때문에 되돌아왔다는 기쁨이 더욱 컸다. 그녀는 레인의 시체를 한참 동안 내려다보았다. 머리 반쪽이 날아간 시체. 할리우드 영화에서처럼 그가 되살아나 벌떡 일어나는 일은 없을 터였다. 레인은 죽었다. 철저하게, 완벽하게, 명백하게. 그녀는 레인이 죽는 장면을 두 눈으로 목격했다. 그런 것이 확신을 갖는 데 도움을 주는 법이다. 그녀는 경쾌한 발걸음으로 시체에서 멀어졌다.

테일러는 오른쪽 삼두근이 완전히 찢어졌다. 리처는 구두 속에서 꺼낸 주방용 칼로 그의 셔츠를 찢고 2층 침실에서 가져온 구급상자로 최대한 응급처치를 했다. 테일러는 병원에서 치료를 받아야 했다. 하지만 그는 병원에 가는 걸 며칠 미루겠다고 했다. 한눈에 총상으로 보이는 상처는 아니었으며 인근 주민들이 뭔가를 들었을 가능성도 희박했지만 그날 밤의 아수라장 속으로 구급차가 달려오는 것은 피하는 게 현명했다.

잭슨은 눈썹 부위가 찢어지고, 얼굴에 멍이 들고, 입술이 터지고, 이가 두 개 빠진 것을 제외하면 괜찮았다. 전에도 비슷한 일을 대여섯 번 겪었다고 했다. 제1낙하산연대가 주둔한 곳에서는 늘 술집에서 싸움이 끊이지 않았다고, 주둔지역 남자들은 항상 뭔가를 보여주려 들었다고 그는 말했다.

폴링도 괜찮았다. 리처가 몸을 묶은 로프를 끊어내자 폴링은 자기 손으로 입에 붙은 테이프를 떼고 그에게 격렬하게 키스했다. 그녀는 리처가 나타나 뭔가를 해줄 것이라고 분명히 믿었던 듯했다. 그녀가 그런 사실을 인정하거나 그를 칭찬해줄지는 알 수 없었지만. 어쨌거나 리처는 유령을 쫓아 완전히 농장을 벗어날 뻔했던 일에 대해서는 입을 다물었다. 진입로의 땅바닥을 얼핏 본 것이 계기가 되어 레인 일당이 안에 있다는 점을 알아챈 게 얼마나 운이 좋았던 것인지 굳이 말하지 않았다.

그는 도요타를 뒤져 레인의 가죽 더플백을 찾아냈다. 파크레인 힐튼 호텔에서 보았던 그 물건이었다. 80만 달러. 돈은 고스란히 그대로 들어 있었다. 그는 폴링에게 안전하게 보관해달라고 했다. 그런 뒤 그레고리의 시체에서 2미터 떨어진 곳, 케이트가 묶였던 기둥에 기대어 바닥에 주저앉았다. 리처는 차분했다. 유난히 폭력적인 그의 삶에서는 일상적으로 벌어지는 일일 따름이었다. 그는 그런 상황에 익숙했다. 문자 그대로 익숙했다. 회한이라는 감정은 그의 DNA에서 사라져버렸다. 완전히. 그런 감정 자체가 아예 존재하지 않았다. 다른 사람들이라면 지난 일을 되짚어보며 자신을 정당화하려 애썼을 그런 순간에 그는 시체를 어디에 숨기면 좋을지 생각하고 있었다.

그들은 농장의 북서쪽 모퉁이 근처 4만 제곱미터의 들판에 시체들을 묻었다. 나무들로 가려진 그곳은 휴경지로 1년 동안 갈지 않은 곳이었다. 잭슨이 수리를 마친 굴착기에 시동을 걸어 헤드라이트를 켠 채 몰고 나와 구덩이를 파기 시작했다. 차량들도 함께 묻기로 했으므로 구덩이가 가로 3미터, 세로 9미터, 깊이 3미터는 되어야 했다.

리처가 폴링에게 물었다. "미니쿠퍼에 별도의 보험을 들었습니까?"

그녀는 고개를 끄덕였다.

"내일 전화해요. 도난당했다고 합시다."

테일러는 부상을 당했으므로 땅 파는 작업에서 빠졌다. 대신 농장 전체를 샅샅이 뒤지면서 물리적 증거들을 없애는 데 주력했다. 그는 페레스의 MP5K에서 나온 총알 스물일곱 개를 포함해 증거가 될 만한 물건들을 모아서 가지고 왔다. 폴링은 2층 복도 바닥에 흘린 테일러의 핏자국을 문질러 지우고 부서진 욕실 타일을 새것으로 교체했다. 리처는 도요타 랜드크루저 안에 시체들을 쌓았다.

구덩이를 파는 작업은 해가 뜨고 몇 시간이 지난 뒤에야 끝났다. 잭슨이 한쪽에 계단식 경사면을 남겨 두었으므로 리처는 구덩이 속으로 도요타를 몰고 내려가 다른 쪽 면에 차를 힘껏 들이박았다. 잭슨은 굴착기를 집 쪽으로 몰고 가 앞쪽의 버킷으로 미니쿠퍼를 들어 올려 구덩이 옆으로 가져왔다. 굴착기가 구덩이 속으로 굴려 떨어트리자 미니쿠퍼는 도요타의 뒤쪽 범퍼에 가서 박혔다. 테일러도 자기가 찾아낸 물건들을 구덩이 속으로 던졌다. 그런 뒤 잭슨이 구덩이를 메우기 시작했다. 리처는 앉아서 가만히 지켜보고 있었다. 연푸른 하늘에 태양이 희미하게 빛났다. 작은 구름들이 하늘 높이 떠 있고 따스한 미풍이 불었다. 리처는 자기 주위의 이 평원지대에서 석기시대 사람들이 고분이라 불리는 기다란 무덤을 만들었다는 사실을 생각했다. 이어 청동기시대 사람들, 철기시대 사람들, 켈트족, 로마인들, 색슨족, 앵글족, 좁고 긴 배를 탄 바이킹족, 노르만족, 그리고 영국인 자신들이 수천 년 동안 무덤을 팠다. 아마도 이 땅은 시체 네 구 정도는 더 품을 수 있으리라. 그는 차량들의 윗부분이 흙더미에 파묻히는 것까지 보고 그 자리에서 빠져나와 천천히 본채로 돌아갔다.

그로부터 정확히 열두 달 뒤, 그 4만 제곱미터의 들판은 깔끔하게 갈아엎어져 신종 겨울 작물의 파릇파릇한 싹으로 뒤덮였다. 토니와 수전 잭슨 부부, 그레이엄과 케이트 테일러 부부는 바로 옆의 밭에서 일하는 중이었다. 태양이 밝게 빛났다. 집 안에서는 아홉 살 동갑내기 사촌이자 친구인 멜로디 잭슨과 제이드 테일러가 제이드의 남동생을 돌보고 있었다. 5개월 된 건강한 아기의 이름은 잭이었다.

그레인지 팜에서 4,800킬로미터 떨어진 곳, 거기보다는 다섯 시간 빠른 시각에 폴링은 배로가의 아파트에 혼자 앉아 커피를 마시며 『뉴욕타임스』를 읽고 있었다. 그녀는 이라크에 갓 도착한 민간 용병 세 명이 사망했다는 메인 섹션의 기사를 못 보고 지나쳤다. 그들의 이름은 버크, 그룸, 코발스키였다. 기사가 나기 이틀 전, 차량이 지뢰를 밟아 그들은 바그다드 외곽에서 폭사했다. 하지만 폴링은 다코타 빌딩의 조합 이사회가 12개월 연속해 월세가 밀린 한 아파트에 대해 담보권을 실행했다는 메트로 섹션의 기사는 놓치지 않았다. 그 아파트의 잠긴 벽장 속에서 900만 달러 이상의 현금이 발견되었다고 나와 있었다.

그레인지 팜에서 서쪽으로 9,600킬로미터 떨어진 곳, 여섯 시간 빠른 시각에 패티는 워싱턴주 시애틀의 바닷가 콘도에서 깊이 잠들어 있었다. 그녀는 잡지 교열 편집자 자리를 구해 열 달째 일하는 중이었다. 세부사항을 놓치지 않는 날카로운 시선과 남다른 참을성 덕분에 그녀는 유능한 교열 편집자로 인정받았으며 지역 신문기자와 가끔 데이트를 즐기는 중이었다. 그녀는 행복했다.

시애틀에서 멀리 떨어진 곳, 뉴욕에서도 비숍스파지터에서도 한참 떨어진 앨라배마주 버밍햄에서 아침 일찍 일어난 디 마리 그라지아노는 병원 체육관에 있었다. 그녀는 오빠가 새 금속 지팡이를 짚고 바닥을 가로질러 걷는 모습을 지켜보았다.

잭 리처가 어디에 있는지는 아무도 몰랐다. 그는 굴착기 작업이 끝나기 두 시간 전에 그레인지 팜을 떠났다. 이후 그에 관해서는 아무 소식도 들려오지 않았다.

하드보일드 액션스릴러의 진수, 리 차일드의 잭 리처 컬렉션

출입통제구역 Blue Moon 리 차일드 지음 | 정세윤 옮김

우크라이나인과 알바니아인 갱단이 동서로 구역을 나눠 지배하는 마을. 리처는 이들에게 위협받는 노인을 대신해 사채 문제를 해결해주려다가 의도치 않게 두 갱단에 오해를 불러일으키면서 조직 간에 난투극이 벌어지게 만든다. 이 틈을 타 갱단들을 박살 내려던 리처는 이들 뒤에 더 큰 세력이 존재함을 알게 되고 코어 집단을 파괴하기 위해 출입통제구역으로 향한다.

10호실 Past Tense 리 차일드 지음 | 윤철희 옮김

아버지의 고향인 뉴햄프셔 래코니아 도로 표지판을 발견한 리처는 충동적으로 래코니아로 향한다. 그 시각, 연인 사이인 쇼티와 패티가 중요한 물건이 담긴 여행 가방을 차에 싣고 뉴욕으로 가던 중 자동차가 고장 난다. 둘은 가까운 모텔을 찾아가는데 투숙객은 두 사람뿐이다. 모텔 관리자에게 자동차 수리를 부탁했으나 오히려 자동차는 완전히 망가져 버린다. 꼼짝 못하는 신세가 된 두 사람에게 모텔 관리자는 선택의 여지가 없는 끔찍한 제안을 한다.

웨스트포인트 2005 The Midnight Line 리 차일드 지음 | 정경호 옮김

잠시 들른 휴게소에서 산책길에 나선 리처는 전당포 앞을 지나가다 진열창에 놓여 있는 반지를 보고 걸음을 멈춘다. 웨스트포인트의 2005년도 졸업 반지. 4년에 걸친 혹독한 훈련을 이겨낸 자만이 가질 수 있는 영광스러운 반지를 전당포에 맡길 졸업생은 아무도 없다. 리처는 반지의 주인인 여자 생도에게 심각한 문제가 생겼음을 직감하고 추적에 나선다.

나이트 스쿨 Night School 리 차일드 지음 | 정경호 옮김

1996년의 어느 날 아침, 펜타곤이 리처를 정체불명의 '학교'로 보낸다. 그곳에는 FBI 요원 워터맨과 CIA 분석전문가 화이트가 먼저 와 있다. 왜 그곳에 있는지 영문도 모른 채 앉아 있던 그들 앞에 국가안보위원회의 두 거물이 찾아와, 독일 함부르크 신흥 불법조직에 심어둔 CIA 스파이가 보내온 의문의 메시지를 전한다. '그 미국인이 1억 달러를 요구합니다.' 1억 달러의 어마어마한 가치를 지닌 것은 대체 무엇인가.

메이크 미 Make Me 리 차일드 지음 | 정경호 옮김

"Mother's Rest"라는 독특한 마을 이름에 끌려 기차에서 내리게 된 잭 리처. 그때 리처를 자신의 동료로 착각한 사설탐정 장이 다가와 말을 건네고, 그녀는 리처에게 예전 FBI 동료였던 키버가 이 마을에서 실종되었다며 도움을 청한다. 리처는 키버가 묵었던 객실에서 버려진 종이 뭉치를 발견한다. 거기에는 『LA 타임스』 기자의 전화번호와 "사망자 200"이라는 뜻 모를 메모가 적혀 있다.

퍼스널 Personal　리 차일드 지음 | 정경호 옮김

파리에서 벌어진 프랑스 대통령 저격 사건. 다행히 총알은 빗나갔지만 수사를 진행하는 과정에서 실수가 아니라 일부러 빗맞혔다는 사실이 드러난다. 대통령 저격 사건은 연습에 불과했고, 범인의 진짜 목표는 얼마 후 개최될 G8 정상회담에 참가하는 세계 각국의 정상들이라는 것. 사건을 파헤치던 리처는 이 모든 사건에 국제 범죄조직들이 연루되어 있음을 알게 된다.

1030 Bad Luck And Trouble　리 차일드 지음 | 정경호 옮김

잭 리처의 진두지휘 아래 각종 임무를 수행했던 최정예 특수부대원 8명. 그 일원이었던 동료가 고도 900미터 상공에서 산 채로 내던져진다. 사건의 전모를 밝히기 위해 리처는 예전 부대원들을 모으고 죽은 동료의 복수를 거행한다.

원티드맨 A Wanted Man　리 차일드 지음 | 정경호 옮김

오래전 폐쇄된 펌프장에서 벌어진 미스터리한 살인 사건. 이를 해결하기 위해 CIA와 국무성에서도 특수요원을 파견한다. 대체 살해당한 사람은 누구인가? 설상가상으로 목격자마저 자취를 감춰버리고 사건은 점차 미궁으로 빠져든다.

악의 사슬 Worth Dying For　리 차일드 지음 | 정경호 옮김

25년간 미제로 남은 한 소녀의 실종 사건과 맞닥뜨리게 된 리처는 마을 전체를 장악한 던컨 일가에게서 악의 기운을 감지하고 사건을 파헤쳐나간다. 단단히 꼬여버린 악의 사슬은 어디서부터 시작된 것인가. 밝히려는 자와 막으려는 자, 이들의 피 튀기는 혈투가 시작된다.

61시간 61Hours　리 차일드 지음 | 박슬라 옮김

갑작스러운 버스 사고로 낯선 마을에 머물게 된 잭 리처. 평화로워 보이는 마을에서는 마약 밀매가 성행하고 경찰들은 그저 속수무책이다. 우연히 마약 거래 현장을 목격한 한 노부인이 증언에 대한 굳은 의지를 보이며 증인으로 나서지만 적들은 시시각각 그녀의 목숨을 노린다. 노부인의 안전을 지킬 수 있는 사람은 잭 리처뿐이다.

사라진 내일 Gone Tomorrow　리 차일드 지음 | 박슬라 옮김

군 출신 유명 정치인의 수많은 훈장 속에 숨겨진 테러 집단과의 경악할 만한 비밀. 수수께끼에 싸인 우크라이나 출신의 미녀와 잭 리처의 만남, 이 모든 것들의 종착지에는 과연 어떠한 내일이 기다리고 있는가.

하드웨이

초판 1쇄 발행 2012년 8월 31일
개정판 1쇄 발행 2024년 1월 31일

지은이 | 리 차일드
옮긴이 | 전미영
펴낸이 | 정상우
편집 | 이민정
디자인 | 김해연
관리 | 남영애 김명희

펴낸곳 | 오픈하우스
출판등록 | 2007년 11월 29일(제13-237호)
주소 | 서울시 은평구 증산로9길 32(03496)
전화 | 02-333-3705 팩스 | 02-333-3745
페이스북 | facebook.com/openhouse.kr
인스타그램 | instagram.com/openhousebooks

ISBN 979-11-92385-23-5 04800
    979-11-86009-19-2 (세트)

VERTIGO는 (주)오픈하우스의 장르문학 시리즈입니다.